근대의 안과 밖

2008

탄생 100주년 문학인 기념문학제 논문집

근대의
안과 밖

조남현 · 김인환 외

탄생 100주년 문학인 기념문학제 논문집 2008

민음사

차 례

【총론】

저항성의 협주와 현실참여 방법의 차별화

조남현(서울대 교수)

세 작가는 1930년대의 저항 작가로 묶을 수 있다

김유정(金裕貞, 1908~1937), 이무영(李無影, 1908~1960), 김정한(金廷漢, 1908~1996), 유치환(柳致環, 1908~1967)은 1908년에 태어나 1930년대에 본격적인 창작 활동을 했다는 공통점을 지닌다. 1933년에서 1937년까지 대략 30여 편의 소설을 발표한 김유정은 1935년에 「소낙비」, 「만무방」, 「노다지」, 「금 따는 콩밭」, 「봄·봄」 등 9편을, 1936년에 「봄과 따라지」, 「두꺼비」, 「동백꽃」, 「정조」 등 12편을 몰아서 발표했던 기록을 남기고 있다. 작품의 면면을 보면 김유정은 질적으로는 1935년에, 양적으로는 1936년에 절정에 오른 것이 된다. 이무영은 1929년부터 1959년까지 30년 동안 거의 한 해도 거르지 않고 작품을 발표하여 무려 180여 편의 소설을 남겼는데, 연대로는 1930년대에 가장 많은 작품을 발표한 셈이고 연도로는 1934년, 1935년, 1953년, 1957년이 각각 10편 이상의 소설 작품을 발표한 왕성한 활동기가 된다. 이무영의 경우 「루바슈카」, 「거미줄을 타고 세상을 건느려는 B녀의 소묘」, 「용자소전」, 「타락녀 이야기」, 「제일과 제일장」 등과 같은 무게 있는 작품들이 줄지어 나온 1930년대가 절정기이거나 문제의 시기라고 할 수 있다. 90세 가까이 살았던 김정한은 1932년 12월에 「그물」로 첫선을 보인 이래 1977년에 「오끼나와에서 온 편지」를 발표할 때까지 45년 동안 50편 가까운 작품을 발표하였다. 김정한으로서는 「인간단지」, 「어둠 속에서」 등 14편의 소설을 발표했던 1970년대가 가장 활발하게 창작 활동을 한 시기가 되지만 「사하촌」, 「항진기」, 「기로」 등 7편을 발표했던 시대가 더욱 문제적인 시기가 될 수 있다. 1930년대가 문제적인 시기가 되었던 점에서 1939년에 첫 시집 『청마시초』를 펴낸 청마 유치환도 예외가 아니다.

1908년생이며 1930년대가 가장 문제적 시기라는 공통점 이외에 김유정, 이무영, 김정한, 유치환을 거의 도식화된 문학사적 자리매김이나 평가를 받고 있다는 또 하나의 공통점을 열어 보이고 있다. 김유정, 이무영, 김정한 이들 세 작가는 얼핏 농민 소설가로 묶일 수 있다. 특히 이무영의 경우 1940년대 이후 '대표적인 농민 작가'라는 이름이 무색하지 않을 정도로 많은 농민 소설을 써 내긴 하였지만 1930년대 문제작들 중에는 농민 소설이라고 할 만한 작품이 거의 들어 있지 않다. 김유정은 개성적인 소설 담론의 구사와 엽기적이기까지 한 인물 행태의 제시로 1920~1930년대의 한국 농촌 사회의 단면은 열어 놓았으되 핵심에는 접근하지 못했다는 도식적 평가에 직면하고 있으며, 이무영은 「제일과 제일장」, 「흙의 노예」류의 농민 소설가라는 제한된 평가를 벗어나지 못하고 있으며, 김정한은 「사하촌」의 작가라는 명토가 깊숙하게 박혀 있는 형편이다. 1930년대의 유치환은 '생명', '의지', '허무' 등을 노래한 시인이라는 해석에 계속 쫓기고 있다.

1930년대의 작품 경향만을 고려하면 이들 세 작가들은 농민 소설가보다는 저항성이 뚜렷한 작가로 묶는 것이 타당하다. 김유정은 당시 농민들이 생계를 유지하기 위해 종래의 도덕률이 감당하기 어려운 인물 행태를 보여줌으로써 '부정의 미학'을 구축할 수 있었다. 이무영은 문인 소설, 지식인 소설, 주의자 소설 등을 집중적으로 써 내 삶의 가치, 양심, 생활 등의 문제를 근본적으로 살펴볼 수 있었다. 김정한은 부당한 지주나 마름과 맞서 싸우는 소작인을 반복해서 설정했다. 이제 이들이 부정의 정신, 저항의 몸짓을 어떻게 취했는지 구체적으로 살펴볼 필요가 있다.

김유정도 농촌 현실의 근본 동인에 다가갔다

김유정은 「총각과 맹꽁이」, 「노다지」, 「땡볕」, 「심청」 등 30여 편에 가까운 단편 소설을 남겼다. 창작 활동이 불과 6~7년이었다는 점과 창작 활동의 기본 여건이 열악했던 점을 고려하면 그가 남긴 30편은 결코 적다고 할 수 없다. 김유정의 소설을 대상으로 한 지금까지의 연구 논저들은 김유정을 1930년대의 대표적인 리얼리스트로, 해학미, 단문체, 구어체, 욕설, 반어법, 심리 묘사 등을 잘 구현한 작가로 규정하고 있다. 대개의 논자들은 김유정을 형식이 주제를, 미가 의식을 끌고 갔거나 뒷받침한 작가로 정리하는 데 주저하지 않는다. 김유정의 경우 1920~1930년대의 한국 농민들의 삶의 모습을 똑바로 관찰하고 제대로 그려 내고자 한 것도 관심을 끌긴 하지만 작중인물의 심리와 행동을 묘사하는 데 있어서도 남다른 비상한 터치를 보여 줌으로써 시선을 끄는 것도 사실이다. 그런데 김유정은 주제의 폭도 작지만 주제를 구현하는 과정에서도 단순성을 드러냈음을 부정하기 어렵다. 김유정의 소설은 다음과 같이 몇 가지의 필수 모티프를 반복적으로 제시하고 있는 것으로 정리된다.

폭력 모티프: 「소낙비」, 「만무방」, 「노다지」, 「금」, 「금 따는 콩밭」, 「안해」, 「봄과 따라지」, 「형」

들병이 모티프: 「총각과 맹꽁이」, 「소낙비」, 「솥」, 「안해」, 「가을」, 「정조」

도둑질이나 속이기 모티프: 「산골나그네」, 「총각과 맹꽁이」, 「솥」, 「만무방」, 「노다지」, 「금」, 「금 따는 콩밭」, 「산골」, 「봄·봄」, 「따라지」, 「가을」, 「두꺼비」, 「정조」, 「형」

노름 모티프: 「소낙비」, 「만무방」

부부 도망 모티프: 「산골나그네」, 「솥」, 「가을」
금점판 모티프: 「노다지」, 「금」, 「금 따는 콩밭」

　김유정 소설에서 가장 많이 반복된 모티프는 내가 생존하기 위해 남을 속인다는 모티프이며 가장 충격적인 모티프는 들병이 모티프라고 할 수 있다. 남편이 아내에게 들병이를 권한다는 모티프는 기아를 면하기 위해 최소한의 가족 윤리조차 포기해 버린다는 1920~1930년대 한국인들의 삶의 한 극상을 가장 잘 반영해 준다. 「솥」에서 가난하고 어리석은 농부 근식은 계숙이라는 들병이의 환심을 사기 위해 집에 있는 살림살이들을 훔쳐다가 가져다 주는 행위를 반복하다가 나중에는 속은 것을 알고 "들병이란 가난한 농군들의 피를 빨아먹는 여우"라고 비난한다. 「안해」에서 아내가 "들병이가 얼굴만 이뻐서 되는 게 아니라던데, 얼굴은 박색이라도 수단이 있어야지."라고 하자 남편인 '나'는 들병이란 "밑천이 뭐 드는 것도 아니고 소리나 몇 마디 반반히 가르쳐서 데리고 나서면 고만이니까" 하는 생각에서 아내에게 소리를 열심히 가르쳐 준다. 「정조」에서의 행랑어멈의 남편은 아내가 주인아저씨와 계획적으로 성관계를 한 대가로 돈 200원을 받아내 아내로 하여금 술집을 내게 한다. 「안해」에서의 남편은 아내를 들병이로 내보내려다 그만두었고 「정조」에서의 남편은 이제 기대에 부풀어 아내를 들병이로 내보낼 참이다. 「소낙비」는 남편 춘호가 노름도 마음대로 할 수 있고 땅도 얻을 수 있다는 기대를 갖고 처에게 매춘을 강요한다는 사건을 설정하고 있다.

　그러나 위에 제시된 반복 모티프들에 지나치게 시선을 주다 보면 김유정 소설에 왜곡된 평가를 유도하는 결과가 생길 수도 있다. 위에 제시된 모티프들 자체가 1920~1930년대 한국 농민들의 궁핍상을 일러 주거나 암시하는 기능을 하고 있기는 하지만 이런 모티프들은 때로는 1차적이거나 근본적인 현실을 감추어 버린 채 2차적인 현실로 드러나는 경우가 많다. 김유정은 1차적이거나 근본적이거나 원인적인 현실을 정면에서 응시한 흔적을 여러 군데에서 드러낸다. 그 흔적을 면밀하게 살펴볼 필요가 있다.

(1) 가혹한 도지다. 입쌀 석 섬, 보리·콩 두 포의 소출은 근근 댓 섬, 나눠 먹기도 못 된다. 본디 밭이 아니다. 고목 느티나무 그늘섬에 가려 여름날 오고 가는 농군이 쉬던 정자터이다. 그것을 지주가 무리로 갈아 도지를 놓아 먹는다.(「총각과 맹꽁이」)[1]

(2) "이 땀을 흘리고 제누리 없이 일할 수 있나? 진흥회 아니라 제할아버기 온대두." 하고 또 뇌더니 아무도 대답이 없으매 "개×두 없는 놈에게 호포는 올려두 제누리만 안 먹으면 산담 그래—" 어조를 높여 일동에게 맞장을 친다.(「총각과 맹꽁이」)[2]

(3) 춘호는 아직도 분이 못 풀려 뿌루퉁하니 홀로 앉았다. 그는 자기의 고향인 인제를 등진 지 벌써 삼 년이 되었다. 해를 이어 흉작에 농작물은 말 못 되고 따라 빚쟁이들이 위협과 악다구니는 날로 심하였다. 마침내 하릴없이 집, 세간살이를 그대로 내버리고 알몸으로 밤도주를 하였던 것이다. 살기 좋은 곳을 찾는다고 나어린 아내의 손목을 이끌고 이 산 저 산을 넘어 표랑하였다. 그러나 우정 찾아든 것이 고작 이 마을이나 살속은 역시 일반이다. 어는 산골엘 가 호미를 잡아 보아도 정은 조그만치도 안 붙었다. 거기에는 오직 쌀쌀한 불안과 굶주림이 품을 벌려 그를 맞을 뿐이었다. 터무니없다 하여 농토를 안 준다. 일구넝이 없으매 품을 못 판다. 밥이 없다. 결국엔 그는 피폐하여 가는 농민 사이를 감도는 엉뚱한 투기심에 몸이 달떴다.(「소낙비」)[3]

---

1) 유인순 편, 김유정 단편선, 『동백꽃』(2005, 문학과 지성사), 30쪽.
2) 같은 책, 31쪽.
3) 같은 책, 52~53쪽.

(4) 그도 오 년 전에는 사랑하는 아내가 있었고 아들이 있었고 집도 있었고 그때야 어딜 하루라고 집을 떨어져 보았으랴. 밤마다 아내와 마주앉으면 어찌하면 이 살림이 좀 늘어 볼까. 애간장을 태우며 같은 궁리를 되하고 되하였다. 마는 별 뾰족한 수는 없었다. 농사는 열심히 하는 것 같은데 알고 보면 남는 건 겨우 남의 빚뿐. 이러다가는 결말엔 봉변을 면치 못할 것이다. (중략) 그 사람들의 이름을 쭉 적어 놓았다. 금액은 제각기 그 아래다 달아놓고. 그 옆으론 조금 사이를 떼어 여기 조선문으로 나의 소유는 이것바께 없노라. 나는 오십사 원을 갚을 길이 없으매 죄진 몸이라 도망하니 그대들은 아예 싸울 게 아니겠고 서로 의논하여 억울치 않도록 분배하여 가기 바라노라 하는 의미의 성명서를 벽에 남기자 안으로 문들을 걸어닫고 울타리 밑구멍으로 세 식구 빠져나왔다.(「만무방」)[4]

(5) 농토는 모조리 떨어질 것이다. 그러나 대관절 올 밭도지 벼 두 섬 반은 뭘로 해내야 좋을지. 게다 밭을 망쳤으니 자칫하면 징역을 갈는지도 모른다.(「금 따는 콩밭」)[5]

(6) 스뿔르게 농사만 짓고 있다간 결국 비렁뱅이밖에는 더 못 된다. 얼마 안 있으면 산이고 논이고 밭이고 할 것 없이 다 금쟁이 손에 구멍이 뚫리고 뒤집히고 뒤죽박죽이 될 것이다. 그때는 뭘 파 먹고 사나. 자 보아라. 머슴들은 짜위나 한 듯이 일하다 말고 흑닥하면 금점으로들 내빼지 않는가.(「금 따는 콩밭」)[6]

(7) 허나 인심을 정말 잃었다면 욕보다 읍의 배참봉 댁 마름으로 더 잃었다. 본디 마름이란 욕 잘하고 사람 잘 치고 그리고 생김 생기길 호박개

---

4) 같은 책, 91~92쪽.
5) 같은 책, 149쪽.
6) 같은 책, 152쪽.

같아야 쓰는 거지만 장인님은 외양이 뚝 됐다. 장인이 닭 한 마리나 좀 보내지 않는다든가 애벌논 때 품을 좀 안 준다든가 하면 그해 가을에는 영락없이 땅이 뚝뚝 떨어진다. 그러면 미리부터 돈도 먹이고 술도 먹이고 안달재신으로 돌아치던 놈이 그 땅을 슬쩍 돌아안는다. 이 바람에 장인님 집 빈 외양간에는 눈깔 커다란 황소 한 놈이 절로 엉금엉금 기어들고 동리 사람은 그 욕을 다 먹어가면서도 그래도 굽신굽신하는 게 아닌가.(「봄·봄」)⁷⁾

(8) 마는 누구나 다 일반이겠지. 가다가 속이 맥맥하고 부아가 끓어오를 적이 있지 않냐. 농사는 지어도 남는 것이 없고 빚에는 몰리고. 게다가 집에 들어서면 자식놈 킹킹거려, 년은 옷이 없으니 떨고 있어 이러한 때 그냥 배길 수야 있느냐.(「안해」)⁸⁾

(9) 그러잖아도 저희는 마름이고 우리는 그 손에서 배재를 얻어 땅을 부치므로 일상 굽실거린다. 우리가 이 마을에 처음 들어와 집이 없어서 곤란으로 지낼 제 집터를 빌리고 그 위에 집을 또 짓도록 마련해 준 것도 점순네의 호의였다. (중략) 왜냐하면 내가 점순이하고 일을 저질렀다가는 점순네가 노할 것이고 그러면 우리는 땅도 떨어지고 집도 내쫓기고 하지 않으면 안 되는 까닭이었다.(「동백꽃」)⁹⁾

(1)에서는 "가혹한 도지"와 지주의 횡포가 (2)에서는 가혹한 세금이 농촌 현실의 원인으로 제시되고 있다. (3)은 빚―야반도주―표랑―부적응―투기심과 같은 삶의 변화 과정을 요약해서 보여 주고 있다. (4)는 열심히 농사를 지었으나 남는 것은 빚밖에 없는지라 결국 빚잔치하고 야반도주하는 과정을 그려 보이고 있다. (5)는 짧은 문장 속에, 소작권을 떼일지

---

7) 같은 책, 201쪽.
8) 같은 책, 218쪽.
9) 같은 책, 299쪽.

도 모른다는 불안감, 도지를 낼 수 없다는 절망감, 징역 갈지도 모른다는 공포심을 압축해 넣고 있다. (6)은 농사만 짓다가는 비렁뱅이 되기 십상이라는 불안감에서 금점판으로 가게 된 동기를 찾고 있다. (7)은 「봄·봄」에서의 예비 장인이 실은 얼마나 악독하고 교활한 마름인지 잘 폭로하고 있다. (8)에 나타나는 현실은 「소낙비」와 「만무방」에서 잘 나타나고 있다. (9)에는 처녀 총각 사이에 마름 집안과 소작인 집안의 관계가 변수로 작용할 수 있다는 주장이 깃들어 있다.

이무영은 동반자 작가를 이상적인 작가로 생각했다

이무영이 본격적으로 활동하기 시작했던 1930년대에 발표한 60여 편 가운데서 문제작은 지식인이나 소설가나 주의자가 주인공인 소설에서 대부분 찾아낼 수 있다. 1930년대에 이무영은 농민이나 농촌보다는 자신이 속해 있었던 문인이나 지식인이나 이데올로그의 세계에 더욱 관심이 많았던 것으로 나타난다.

「안해」(≪신생≫, 1930. 10)는 "전과자인 나를 써 주는 곳은 아무데도 없엇다. 그렇다고 십오원 밖에 안되는 안해의 월급만 벌건이 바라고 앉엇을 수도 물론 없엇다."(48쪽)와 같이 주인공의 절박한 형편을 일러 주는 문장으로 시작하여 "편지로도 말슴했지만 참 미안하게 되엇네. 전과를 퍽 끄을이니 어찌할 수 잇어야지 그리고 자네가 ×××××인 줄을 빤히 알고 보니―"(49쪽)와 같이 사상범의 전력이 있기에 신문사 취직이 거부당하는 것으로 끝난 콩트이다. 이무영은 아내를 곤궁한 생활 속에서도 비슷한 이념을 지닌 동지로 설정했다. 아내는 인쇄소 직공으로 일하면서 "≪×긔≫"의 발행을 준비하고 있다. 아내는 신문사 영업국 자리가 날 것이라고 기대하다가 안 되고 만 '나'에게 "그까짓 돈 삼사십 원에 그 ×놈들한테 목을 매고 지내요. ≪×긔≫는 동지를 더 모아서 계속합시다그려. 그것이 떳떳하지 않겟어요?"라고 조언하였다. 작중 아내도 노동자, 지식인, 전위의 삼중의 역할을 해 보이고 있는 만큼 「안해」는 지식인 소설이며 주의자 소설이라고 할 수 있다.

「반역자」(≪비판≫, 1931. 12~1932. 12, 모두 5회 연재)는 세 명의 남녀 사이에서 이념 갈등과 애정 갈등이 겹쳐 일어난 것을 그린 소설로, 사이비 운동가인 '나'와 정옥이가 결혼하는 것으로 시작하여 리철마와 정옥이가 결합하여 같이 도망하는 것으로 끝나고 있다. 화자인 '내'가 반역자로 자인하면서 자기의 라이벌을 영웅적인 존재로 그려 놓은 것은 흔치 않은 방법이다. '나'는 "철마는 순수한 푸로레타리아 산의 뽈세비키엇다. 그러나 나는 불조아의 외아들로 기분에 뜬 뽈세비키라기보다 ××사상의 한 공명자에 지나지 안는다."라고 철마와 자신을 비교한 끝에 부잣집 자식으로 기분에 들뜬 허울 좋은 사회 운동자임을 반성하게 된다. '나'는 리철마가 일본 경찰에 붙들려 간 사이에 정옥을 차지하여 7년 동안을 아이도 낳고 재미있게 살았으나 반역자라는 강박관념에서는 벗어나지 못하였다. 리철마가 강도로 위장하여 '나'의 집에 들어와 장정옥을 채가 버리는 것으로 이 소설은 끝난다.

「두 훈시」(≪동광≫, 1932. 5)는 임금 감하 반대의 스트라이크 사건으로 고무 공장에서 쫓겨난 후 석 달 동안 돈 될 만한 것은 다 팔아먹은 상철이가 여섯 끼를 내리 굶고 삼청동 빈민굴에서 나와 창덕궁 근처의 서점에 들어가 "사회주의 대의"라는 팸플릿을 오 전 한 푼에 팔고 인사동 소재의 중국집에 들어가 호떡을 두 개 먹고 모자라는 돈 대신 모자를 내밀자 주인이 파출소로 끌고 간다는 이야기를 들려준다. 순사한테 뺨과 정강이를 얻어맞고 구류를 살고 나온 상철은 호떡 두 개는 나의 앞길을 밝혀 주었다고 뜻 모를 인사를 한다. 이 소설은 의성어, 의태어, 중첩어를 유난히 많이 쓴 특징을 보여 주고 있다. "날이 어둑어둑하여지며 뒷집에서 상보는 소리가 달가닥달가닥 날 때는 아무 보람 없는 조바심만 바득바득 났다." "속이 쪽쪽 훑인다. 손톱으로 박박 긁어내리는 듯이 쓰리다. 뱃속에서는 꾸르륵꾸르륵 밥에 주린 창자가 네 굽을 놓는다." "나글나글한 생과자도 되어 보이고 쫀득쫀득한 식빵토막도 되어 보였다." "쿵, 쾅, 삑, 철석하는 모든 음향은 몇

십만 척 지하에서 울려오는 것 같다.” “김이 무럭무럭 나는 고슬고슬한 밥!” “입술은 바짝바짝 탔다. 혓바닥은 난도질을 한 것같이 짜릿짜릿하게 아프다” “바짝 마른 나뭇짐에 불을 퍽 지르면 포동포동 살진 암소고기가 지글지글 굽힌다” 등이 그 예다. 그만큼 주인공이 처한 극한 상황을 생생하게 묘사한 결과라고 할 수 있다.

「세창침」(≪신동아≫, 1932. 7)은 세계정세→ 일본의 정황→ 철 공장 사정→ 다섯 직공의 공동 숙소 환경 등의 순으로 서술해 놓은 콩트 정도의 분량이다. 짧은 길이의 소설에 세계정세라든가 일본 정황과 같은 큰 배경론을 담을 필요가 있는가 하는 의문을 갖게 한다. 이 소설은 “용철이가 밥버리 ── (라기보다도, ××가에게 ×를 ×리는 곳) ── 를 단기는 곳은 강기정(岡崎町) ××철공장이엇다.”[10]로 시작하여 몇 줄 건넌 후 “때맞임, 구미각국의 자본가들의 코를 납작하게 옹겨놓은 발광(發狂)한 말굽소리가튼 불경기(不景氣) 소리가, 찌렁! 하고 횡빈부두(橫濱埠頭)에 울렷을때다. 그리지안어도, 때를 엿보고잇든 빈구내각은 대경실색하야 외마듸소리로 악을 썻을 때다. ‘금해금(金解禁)이다!’ 사자후(獅子吼)라고 별명까지잇는 빈구의 호령소리다. 큰 도시는 말할 것도 업지만 담배대 한 개도 이삼십리 나가야 사는 벽촌에까지 금해금소리는 찌렁찌렁 울렷다. ‘금해금이다!’ 라듸오는 일제히 전국의 중요도시로 방송을 하엿다. ‘긴축이다!’ 또다시 신문은 보도햇다. 그리고 필경에는 ‘감봉!’ 소리까지, 전국에 퍼젓다.”[11]와 같은 배경론 제시로 나아갔다. 이러한 배경론 제시에 이어 철공장에 임금 감하 반대 운동이 일어난 것을 서술하나 나중에 가서는 6명의 노동자들이 합숙하는 방에 빈대와 벼룩이 많아 도배를 했다는 식으로 이야기가 끝난다. 소설이 처음에는 전투적인 분위기였으나 뒤로 가면서 스케일이 작은 이야기로 이어진 불균형을 초래하였다. 기본적으로 거대 서사를 지향한 이 작품은 노동자들을 주인공으로 한 저항 소설의 면모를 지닌 것이라고 할 수 있다.

---

10) ≪신동아≫, 1932. 7, 131쪽.
11) 같은 책, 134쪽.

「루바슈카」(≪신동아≫, 1933. 2)는 '우리회' 회원인 소설가 '나'와 R과 최 군이 갈등을 보인 끝에 '나'와 최 군이 자기반성하고 새로운 각오를 다지면서 재결합의 기쁨을 맞기까지의 과정을 그린 것이다. '나'는 극심한 생활고로 아내가 가출하고 약 한번 쓰지 못한 채 어린 딸이 폐렴으로 죽는 고통을 겪는다. '나'는 역시 아내가 가출해 버린 최 군과 가까이 지내면서 연일술 마시며 신세타령을 늘어놓게 되었다. R은 거지 노릇과 자살 연극을 해 가면서까지 남의 동정을 받아 생활해 가는 최 군을 자기 집에서 내쫓고 '나'에게는 동지 관계를 끊어 달라고 부탁한다. 이에 '나'는 실로 오랜만에 R과 흉금을 털어놓고 운동의 활성화 방법, 자금 융통 방법, 조직 문제 등에 대해 의견을 나누었다. 바로 이때 최 군은 루바슈카를 입고 나타나 "이것은 루바슈카다. 로서아 청년이 입는 루바슈카! 이만하면 족하지 안으냐? 자 나의 손을 잡어다오! 나를 동지! 하고 불러다오!"[12]라고 호소하면서 자기를 '우리회'의 동지로 다시 영입해 줄 것을 간절히 요구한다. "××운동의 통일과 ××적 ××들에게 대항하기 위하야 ××로만 조직된 ××회"라든가 "우리회라는 것은 B××에 대항하야 조직된 ×××을 연구하는 그룹 ××회를 말함이엇다."[13]와 같이 복자 처리되어 '우리회'의 성격을 정확히 알기는 어렵지만 이 작품은 생활고로 인해 어려움이 줄지어 오면서 사상운동에서 좌절과 방황을 거듭했던 지식인들이 다시 전열을 가다듬기까지의 과정을 잘 보여 준다. 그런 점에서 이 소설은 사상 소설이며 주의자 소설의 적절한 사례가 된다.

「산장소화」(≪신가정≫, 1933. 6)는 주의자 소설이며 여성 소설이며 액자 소설이다. 앞으로 이사 갈 집의 여주인이 훌륭한 신여성이라고 칭찬한 어머니에게 반감을 가졌던 '그'는 이사 가서 딸이 주워 온 편지를 읽고 그 여주인의 한 여성으로서의 애정과, 주의자였던 남편의 아내로서의 책임감 사이에서 고민했던 흔적을 확인한다. 한 씨 부인은 종원에게 보낸 편지에서

---

12) ≪신동아≫, 1933. 2, 131쪽.
13) 같은 책, 129쪽.

도덕과 사랑과 모성애와 남편의 운동 사이에서 고민할 수밖에 없다고 하였다. 한 씨는 편지의 끝을 "나는 그를 존경합니다. 존경하고 그의 일의 뒤를 받치기 위하여 나의 사랑을 희생합니다. 그는 일찍이 가정보다도 사랑보다도 더 큰 무엇이 있음을 역설해 왔습니다. 더 큰 무엇! 나는 '더 큰 무엇'을 위하여 나의 이 애끓는 사랑을 희생합니다. 나는 오늘에야 내가 그에게서 맡은 어린 것들을 큰일의 후계자로 만드는 것이 그의 큰 뜻을 받음이 된다는 것을 깨달았나이다……."[14]로 맺고 있다. 한씨 부인도 남편의 뒤를 따라 저항적 존재의 길을 걸어가기로 한 것이다.

「창백한 얼골」(≪신동아≫, 1934. 2)은 소설가인 '나'와 성대를 수석으로 마쳤으나 기어이 문학 전공으로 옮긴 친구 정이 구직난에 봉착하여 극도의 가난에서 벗어나지 못하자 마지막에는 체면을 가리지 않고 토사 운반 노동자로 뛰어든다는 결말을 보여 준다. 이들은 그 노동판의 일을 몹시 힘들어하면서도 대학 출신의 신분으로 막노동판에 뛰어든 것을 부끄러워하지 않게 된다. 가난을 견디지 못해 아내는 가출해 버리고 중견 소설가인 '내'가 매문 문사로 전락한 것을 자책하는 점에서 최서해의 「전아사」를 떠올리게 한다. 이 작품에서 '나'와 정군이 보인 하향 이동 모티프는 채만식의 「레디메이드 인생」과 「명일」을 떠올리게 한다.

「나는 보아 잘 안다」(≪신여성≫, 1934. 4)는 죽은 지 석 달 사흘이 지난 남편 박철이 남편 친구 김 군에게 몸과 마음을 의탁하고 마침내 딸 옥이를 다른 사람에게 맡겨 버린 아내 윤혜라에게 편지를 쓰는 독특한 형식의 소설이다. 망자를 발신자요 화자로 설정한 유례가 드문 형식의 소설이다. 이 소설에서 "그러나 혜라야, 나는 보아서 잘 안다."라는 어구를 15번 이상이나 반복 제시하고 있다. 남편 박철은 사상운동 혐의로 수감되었다가 폐결핵에 걸려 가출옥한 후 얼마 안 있어 죽고 만다. 감옥에 있을 때 아내는 피땀 흘려 번 돈으로 사식을 대 주었고 출옥 후에도 자기 몸을 팔아서까지

---

14) 『이무영 문학 전집 2』(국학자료원, 2000), 341쪽.

치료비를 댔다. 김 군은 박철의 임종을 지켰던 친구이자 의사다. 박철이 세상을 떠난 후 김 군은 윤혜라와 그 딸을 물심양면으로 도와주던 끝에 서울로 데리고 가 자기 병원의 사무원으로 취직시켜 주고 은밀하게 정을 나누다 아내에게 들키고 만다. 박철은 아내를 이해하려고 애쓰는 기조를 보이면서도 딸 옥이를 다른 사람에게 맡겨 버린 것을 오히려 감사하게 생각하는 태도를 지닌다. "몹시 지쳤구나. 네게는 이것으로 끝을 막고 이제부터 나는 나의 어린 후계자 — 어린 것에게 편지를 쓰겠다. 이것으로 나는 나의 이후의 일을 삼으려는 것이다."[15]와 같은 결말은 죽은 남편 박철과 살아 있는 아내의 정신적 단절을 암시한다. 이런 결말은 앞서 논한 「산장소화」와 좋은 대조를 이루고 있다.

「거미줄을 타고 세상을 건느려는 B녀의 소묘」(≪신동아≫, 1934. 6)는 대중 작가 김한성이 이미 고인이 된 경향 작가 장만억과 결별하기까지의 과정과 5년 전에 일방적으로 파혼하고 다른 곳으로 시집갔다가 실패하고 폐병에 걸려 죽어 가는 박현순을 극적으로 함흥에서 만나기까지의 과정이 겹쳐진 이야기를 들려준다. 이무영은 소설 작품을 통해서도 평론문 못지않은 문단사의 한 귀중한 자료를 제공하는 힘을 보여 준다.

조선에 「신경향」 문학이 들어오던 초기에 있어서 살인 주사침 같은 붓끝으로 …… 한우리를 노래하던 — 아니 고함치던 장군. 잡지 ≪화성≫을 활무대로 대중을 ……하던 장군! 그러나 그는 붓끝에 매인 사람이 아니었다. 가느다란 붓끝으로만은 펄펄 끓는 정열을 쏟을 길이 없는 장군이었다. 하로 아츰 그는 붓을 꺾어 버렸다. 활활 타는 화염 속에다 붓동강이를 살났다. 그러고는 한성을 향하여 웨쳤던 것이다. "붓을 꺾어 버려라!" (중략) "너 같은 인간은 몇만명이 있어도 일없다. 자 우리가 꺾어버리는 붓이 아깝거든 그 동강이라도 주어가지고 가렴!" 가장 가깝고 가장 많은 이해를 가지고 사

---

15) 『이무영 문학 전집 3』(국학자료원, 2000), 47쪽.

괴어 나려오던 장군은 이 말 한마디를 계기로 그로부터 영원히 떠나가 버리고 말았던 것이다. 장군으로부터 버림을 받은 한성은 몇해 글너다니는 동안에 다시는 주어져 보지 못할 인간 쓰러기가 되고 말았다. 비속하기 짝이 없는 조선의 쩌날리즘에 추파를 보내어 종이 값도 변변이 못되는 원고료로 그 날그날을 연명해 가는 그지없이 가엾슨 인간이 되고 말았던 것이다. '장군과 현순. ──그들은 좋은 대상이었다.' 그는 가비어이 한숨을 내쉬었다. 동아줄처럼 믿고 있던 장군이 간 지 일년이 못되어 현순도 가고 말았던 것이다.[16]

김한성은 함흥에 있는 장만억의 무덤 앞에서 다시 한번 자신의 작가로서의 삶을 교활함과 간사함과 도피주의로 규정한다. 경향 문학의 맹장이었던 장만억을 영웅시한 점에서 또 김한성과 같은 매문 문사가 자기반성하고 있는 것으로 그린 점에서 이무영은 경향 작가나 동반자 작가를 바람직한 작가로 생각한 것이 된다. 김한성은 자기 집이 파산했을 때 배신하고 떠나간 현순을 그리워하면서도 복수심을 이기지 못해 현순을 모델로 하여 음탕하고 잔인하고 허영심으로 가득 찬 여성을 주인공으로 한 대중 장편 소설 「십년간」을 쓰기로 계획한 적도 있다. 이 소설의 끝은 전라도로 시집갔다가 실패하고 상하이로 건너가 화류계에서 일하다가 병들어 귀국하여 죽어 가면서 남긴 500쪽짜리의 「나의 참회록」을 김한성이 다듬어서 발표하려는 것으로 되어 있다.

작가 이무영은 이러한 주인공의 태도를 경계하는 흔적을 분명하게 남기고 있다. 원래 현순은 "거미줄을 타고 세상을 건느려는 계집"을 자처했다. 현순은 한성의 품에 안겨 죽어 가는 자신을 향해 "거미줄을 타고 세상을 건느려는 어리석기 짝이 없는 계집"으로 판단한다. 김한성은 현순을 향해 "현실을 망각하는 허영녀의 표본"이라고 생각하면서 현순의 자기 판단에 동의한다. 남녀의 사랑과 배신을 다룬 이야기가 양적으로는 더 큰 비중을 차지

---

16) 《신동아》, 1934. 6, 214쪽.

하고는 있지만 이 작품은 소설가 소설이며 사상 소설의 값진 사례가 되고 있다.

「용자소전」(≪신가정≫, 1934. 11~12)은 의사로 문인 친구가 많으며 누이 동생 용자를 늘 긍정적으로 생각하는 박진문의 시선으로 용자의 주의자로 서의 성장 과정을 지켜본 여성 성장 소설이다. 용자 입장에서 보면 여성 성장 소설이다. 오빠의 눈에 용자는 오빠의 중학교 동창이며 문단에서 "동 반자 작가로 가장 촉망을 받고 있으며"(473쪽) 진보적인 생각을 지니고 있 는 B로부터 영향을 받았고 가능하면 B와 결혼할 생각을 가진 것처럼 보인 다. 용자가 오빠를 향해 너무 봉건적이며 귀족적이라고 비판하는 태도는 용자의 성장을 일러 주는 한 지표가 된다. 그런데도 '나'는 용자를 진보적 사상의 소유자로 인식하면서 동생을 깨끗하면서도 범접할 수 없는 존재로 보았다. 용자는 물심양면에서 공주처럼 컸는데도 고교 졸업 때는 오히려 자신을 극히 평범한 존재로 인식하는 일시적인 혼란을 겪기도 한다. 그런 가 하면 사람은 사상이나 이상만으로 살 수 없고 돈도 있어야 된다고 깨닫 기도 한다. 이 소설은 '내'가 종로서 박 형사한테 연락을 받고 경찰서에 가 용자가 "해외서 들어온 어떤 청년이 저지른 사건에 관련된 것"을 알고 다 음과 같이 용자가 말하는 것을 듣는 것으로 끝난다.

"오빠. B를 떼어버린 지가 언제라구요! 난 B를 따라가려다가 그만에 지 나쳐 버렸지요. 글 쓴다는 자들은 결국 고짓밖에 못하겠더군요. 원고지에다 가는 엉뚱한 패기를 보이지만 …… 딱 큰일을 당하면 자라 모가지처럼 패기 가 쑥 들어가나봐" …… 나는 하도 어이가 없어서 아무 말도 못하고 우두커 니 서서만 있었다.[17]

용자는 실천력 면에서는 동반자 작가의 수준을 넘어서 버린 만큼 성장한

---

17) 『이무영 문학 전집 3』(국학자료원, 2000), 493쪽.

것이다.

이무영의 「노래를 잊은 사람」(《중앙》, 1934. 11~12)은 "달아달아 밝은 달아 / 이태백이 노던 달아 / 저기저기 저달 속에 / 계수나무 박혔으니"라는 노래가 도시에서 작가 노릇을 하다가 두 달 감옥살이하고 아무것도 가진 것 없이 8년 만에 귀향한 '나'의 귀에 들려오는 것으로 시작한다. 이 노래는 광인 박정화가 남들이 다 자는 한밤중에 부르고 다니는 것으로 그는 후반부를 "천년만년 사잿더니 / 천년만년 사잿더니 / 봉화뚝엔 불꺼지고"와 같이 자기가 지은 가사로 채워 놓았다. 벙어리이면서 사시사철 단벌 옷으로 버티며 밥 한술에 동네 온갖 궂은 일을 하는 성녹이가 겨울에 물방앗간에서 얼어죽은 것을 보고 분통을 터뜨리다 픽 돌아버린 박정화는 원래 신화청년회의 일원으로 사재를 털어 야학을 운영하고 동네 거지들과 생활을 함께하는 청년이었다. 그 후 박정화는 갑자기 도조를 올려 받는 지주에게 반항하다가 감옥에 갇힌 경험을 하였다. 작중의 '나'는 박정화가 미치게 된 요인으로 성녹이의 죽음과 감옥살이가 가져다 준 충격 이외에 같이 일하던 청년 회원들의 타락과 변절과 취직을 들고 있다. 정신이상자가 된 박정화는 다리 밑에서 스무 명의 거지들과 함께 살면서 때로는 요릿집에 가서 사람들에게 마구 호통을 치는 기행을 보이기도 한다. 그후 '나'는 취직이 되어 서울로 올라가는 기차가 막 출발하기 직전에 박정화의 노랫소리를 듣게 된다. 그는 어떻게 될 것인지 아무도 모른다. 이 소설은 "박정화는 성봉수를 중심으로 한 신화청년회원이다."라는 구절 다음의 10여 행 이상을 삭제한 흔적을 역력하게 보여 준다. 신화회의 성격과 활동상을 서술한 부분이 삭제된 것으로 볼 수 있다.

「타락녀 이야기」(《신인문학》, 1935. 3)에서는 과거에 열혈 청년이었고 주의자였던 형재가 40원짜리 인쇄소 사무원으로 취직하여 찬영과 다시 만나 비난받고 뺨까지 얻어맞는다는 이야기를 들려준다. 찬영이 자기를 처음 만났을 때 형재가 "나를 데리고 계급이 어떠니 사회가 어떠니, 아나키즘이 어떤 것이고 하는 어려운 강화를 하는 것을 보고 이렇게 순진한 사나이를 한번 놀려내는 자미도 글치는 않으리라고 생각했더랍니다."[18]라고 하자 형재는 다 과거지사라고 하고 자기는 지금 40원짜리 월급쟁이에 지나지 않는다고 고백하였다. 이에 찬영은 "뭣이라니! 비교적 부르죠아던 때 그만큼 계급의식에 눈이 떴던 형재 씨가 정말 푸로레타리아가 된 지금 와서 그런 의식을 버리다니요? 전보다도 훨씬 열열해야만 할 성질이 아니었을까요?"[19]라고 큰 소리로 나무란다. 형재가 술에 취해 추태를 보이자 찬영은 형재의 뺨을 때리고 하는 식으로 헤어진 후 형재는 여러 차례 찬영이 있는 호텔이나 술집으로 찾아갔으나 만나지 못하고 이듬해 겨울 실직하고 만다. 룸펜 신세로 도서관에 가 신문을 보고 "××예술가들의 신전술"이란 제목 아래 찬영이 좌익 예술 단체 재건을 주도적으로 이끈 활약상을 읽게 된다. 찬영의 실체를 알게 된 형재는 한없이 부끄럽고 초라한 자신을 느끼며, 타락한 것은 바로 자기라는 것을 깨닫는다.

장편 소설 「먼동이 틀 때」(≪동아일보≫, 1935. 8. 6~12. 30)는 인쇄소 직공인 일도가 사랑과 사회운동의 양면에서 최후의 승리자가 되는 것으로 이야기를 끌어갔지만 라이벌이었던 김인화도 프로타고니스트로 설정하였다. 김인화는 "올해 성대를 마친 수재로 학생 때부터 시작을 발표하여 동반자 층에서는 오래전부터 인정받아 온 시인"[20]으로 가문도 좋고 재산도 많은 전도유망한 청년으로 그려져 있다.

'신흥예술'은 김인화의 경영이다. 카프에 가맹치 않은 동반자 층의 작가들이 주로 그 집필자가 되어 있는 순문학잡지다. 문학은 선전문이 아니다. 문학은 문학 그 자체대로 뻗칠 길이 있는 것이요 또 뻗쳐 가야만 할 것이다. ── 이러한 주장 밑에서 카프보다는 훨씬 자유로운 입장에서 편집도 했고 또 이에 공명하는 작가들이 모여드는 유일한 집합장도 되어 있는 터였다.[21]

18) ≪신인문학≫, 1935. 3, 137쪽.
19) 같은 책, 137쪽.
20) 『이무영 문학 전집 3』(국학자료원, 2000), 150쪽.

이상에서 살펴본 이무영의 소설들은 주인공이든 아니든 저항적 존재의 범주에 넣을 수 있는 존재를 내세운 공통점을 보이고 있다.

김정한은 저항적 농민상을 내세우는 데 힘썼다

　　김정한은 「모래톱 이야기」(1966), 「수라도」(1969), 「인간단지」(1970) 등이 대표작으로 평가된 작가로 1960년대에 자리매김되긴 했지만 그의 작가 정신과 작가적 역량은 이미 1930년대의 「그물」 이후의 일련의 단편 소설들에서 충분히 입증된 바 있다.

　　「그물」(《문학건설》, 1932. 12)은 지주와 소작인의 갈등을 중심 사건으로 한 농민 소설이다. 7월에 지주 박양산의 사음인 김 주사가 소작인 또줄에게 와서 느닷없이 5원을 빌려 달라고 했을 때 없다고 하자 김 주사는 버럭 화를 내고 가 버린다. 겨울이 오자 또줄이가 서말 반지기 논에 넉 섬 소작료로 바친 것을 보고 마름 김 주사가 트집을 잡자 지주 박양산은 나쁜 나락만 가져왔다는 이유로 명년부터 논을 부치지 말라고 한다. 송또줄은 계약 기간이 3년이나 남았는데도 갑자기 지주가 소작권을 떼 버린 것은 마름 김 주사의 농간 때문이라고 짐작했다. 다음 해 춘분이 되어 송또줄이 경작했던 안골 논을 김 주사네가 와서 논을 갈자 둘은 충돌한다. 혼자서 김 주사네 사람들 셋과 싸우다가 주재소에 끌려갔는데 조선 순사는 소작권이 김 주사에게 있다고 한다. 그러나 송또줄은 그냥 주저앉지 않는다. 이삼일 뒤 송또줄은 김 주사네 집에 가 온갖 욕설을 퍼붓고 대든다. 김 주사는 50원을 갖고 오면 춘삼이네 소작권을 넘겨주겠다고 하였고 송또줄이 이를 거절하자 김 주사 아들들이 구타한다. 이 소설은 또줄이 복수심을 다지는 실현성은 약하지만 열려 있는 결말을 취하고 있다. 지주나 마름의 횡포를 구체적으로 제시한 점, 소작인이 끝까지 대들고 따지는 것으로 그린 점에서 「그물」은

---

21) 같은 책, 182쪽.

1920년대 프로 소설의 저항적 태도에 조금도 뒤지지 않는다.

「사하촌」(《조선일보》, 1936. 1. 8~23)은 서두에서 상징 소설의 효과를 잘 발휘하고 있다. 지렁이 한 마리에 새까맣게 달라붙은 개미 떼, 기둥이 뒤틀어지고 문이 돌아가 버린 오두막집, 배배 뒤틀린 고목, 배고파 울다 목이 쉬어 버린 어린애, 류머티즘이 고질병처럼 되어 버린 노인 등은 1920~1930년대 한국 농민들의 비참한 모습을 축약해서 보여 준다. 이 작품은 적극적 리얼리즘이자 비판적 리얼리즘의 모델이라고 할 수 있다. 치삼 노인의 아들 들깨가 극심한 가뭄에 물을 자기네 논에만 대려고 하는 중들과 싸우는 모습에서 저항적 농민의 상을 볼 수 있다. 들깨는 "한 번이라도 중에게 반항을 하면 두말없이 절논을 떼고 마는 것"을 잘 알면서도 중간에서 물막는 중들과 싸우는 것을 서슴지 않는다. 류머티즘으로 고생하는 치삼 노인은 아들 들깨가 보광사 중들과 면장을 욕하자 젊었을 때 자신이 저지른 우행을 떠올리며 후회한다.

> 아들의 불퉁스러운 어조에는 거칠어질 대로 거칠어진 농민의 성미가 뚜렷이 엿보였다. 가뭄은 그들의 신경을 더욱 날카롭게 하였던 것이다. 치삼 로인은 중놈이란 바람에 가슴이 선뜩하였다. 그것은, 자기들이 부치고 있는 절논 중에서 제일 물길 좋은 두 마지기가 자기가 젊었을 때, 자손대대로 복 많이 받고 또 극락 가리라는 중의 꼬임에 속아서 그만 불전에, 아니 보광사(普光寺)에 시주한 것이기 때문이다.[22]

치삼 노인은 보광사 중들이 어떻게 해서 대지주가 되었는지 그 단면을 잘 보여 준다. 김정한은 힘은 있지만 부당한 존재들을 향한 반감을 감추지 않는다. 중 지주와의 직접적인 충돌 장면을 설정한 것은 말할 것도 없거니와 성동리의 유력자 최다리 주사, 면 서기이며 농사 조합 평의원인 진수,

---

22) 강진호 편, 김정한 단편선, 『사하촌』(문학과 지성사, 2004), 27쪽.

주재소의 고자쟁이인 이시봉 등은 농민들을 끊임없이 협박하고 착취하는 존재로 그려진다. 농민들을 기준으로 보면 가해자나 방해자의 유형에 들어 가는 이런 존재들의 노골적으로 드러내는 것 자체가 쉽지 않았지만 김정한 은 이들 존재들을 부정한 태도를 억제하지도 감추지도 않았다. 기골이 장 대한 고 서방은 물 때문에 중들과 싸우다가 중들의 편을 드는 농사 조합 서기 기봉이로부터 아랫배를 얻어맞고 주재소로 끌려가게 되자 용서해 달 라고 빈다. 그러면서도 고 서방은 앞날을 더 걱정한다.

그러나 일편 중들은 제논물이 밋헷논에 넘어나가지 못하게 도두어둔 물 귀와 논두렁 나진 쌈을 한칭 더 단단케 단속하느라고 이리저리 밧브다. 고 서방은 분도 분이지만 그보다 내년봄에 별말업시 그 절논 두마지기가 떨어 질 것을 생각하고 압흐로 살아나갈 일이 암담하엿다. 아무런 험이 업서도 물길조은 봇목논은 살림하는 중들에게 모조리 떼여가는 이지음에 아무리 독 농가로 신임을 밧아오든 고서방도 오늘 저질은 일로 보아서 논은 빼앗긴 논 이라고 실망하지 안할수 업섯다.[23]

보광사에서 간평을 나와 과도한 세금과 비료 대금을 부과하자 마을 농민 들은 연기 신청을 하였으나 차압딱지가 붙고 만다. 이 소설은 들깨, 철한이, 또줄이, 봉주 등과 같은 농민들이 모여 차압 취소와 소작료 면제를 목표로 보광사 쪽을 향해 가는 것으로 끝난다. 「그물」과 마찬가지로 이후의 주인 공의 운명에 대해서는 독자들의 상상력에 맡기고 있다. 작가 김정한조차도 이들 농민들에게 좋은 일이 생기리라고 기대하고 있지 않다.

「옥심이」(≪조선일보≫, 1936. 6. 18~7. 1)는 「사하촌」과 같은 해에 같은 조선일보에 발표되었던 단편 소설로, 문둥병에 걸려 움막에 따로 사는 남 편을 두고 자식까지 있는 스물여섯 살의 옥심이 동네 공사장 감독인 안 십

---

23) 같은 책, 34쪽.

장과 눈이 맞아 집을 나갔다가 얼마 후에 자식이 보고 싶어 다시 돌아온다는 이야기다. 이 작품의 첫 장면은 백암사로 통하는 신작로 공사장에 백암사 소작인들이 부역을 나와 고통스럽게 노동하는 모습을 보여 주고 있다. 공사장에서 일하는 여자들은 점심을 먹으며 백암사 중들의 마누라들이 팔자가 늘어진 것이 부럽다는 따위의 잡담을 나눈다. 만두 할멈은 지금은 속인들이 중을 보고 코가 땅에 닿도록 머리를 숙이는 세상이 되었다고 개탄한다. 두미산 넓은 들판이 거의 다 중의 토지가 되어 버렸기 때문이라는 것이다. 옥심에게 잘해 주는 시아버지도 백암사 농사 조합으로부터 아무이유 없이 비료 대부를 거절당하는 조치를 당했는데 논 떼어 가려는 조짐이 아니냐고 걱정한다. 옥심이가 안 십장과 도망가 버리고 닷새도 안 지나옥심이 시아버지 허 서방은 10년이나 부쳐 오던 절논 네 마지기마저 떼여 집안이 영락하게 된다. 물론 「옥심이」의 중심 이야기는 옥심이의 탈선과 귀향으로 정리되긴 하지만 「그물」과 「사하촌」에서 원인적 사건이요 필수 모티프의 기능을 보여 준 지주의 횡포를 부분적으로 재현해 보이고 있다. 「옥심이」는 「사하촌」과 마찬가지로 중 지주의 위세와 횡포를 당시 농민들이 처한 현실의 근본적 동인으로 제시한다. 「사하촌」이 지주와 소작인의 대결담으로 전체 구조를 만든 것이라면 「옥심이」에서는 지주를 향한 소작인의 저항은 다루지 않았다.

「항진기」(≪조선일보≫, 1937. 1. 27~2. 11)는 제목에서부터 작가의 저항 의지와 현실 타개 의지가 감지된다. 이 소설은 두 가지의 갈등 관계로 구성되어 있다. 하나는 뜻과 행동을 같이 하는 박 첨지와 둘째아들 두호가 자칭 사회주의자인 큰아들 태호를 향해 갖는 반감과 부정적 인식을 말하며 다른 하나는 두호가 자기네 등너머 논의 소작권을 빼앗으려는 사음의 뜻을 꺾어 버린 것을 말한다. 이 소설의 제목은 아버지 박 첨지가 탐욕스러운 마름의 뜻을 거부하고 아들 두호가 직접 맞서 싸우는 후자의 갈등 관계를 가리키고 있기는 하지만, 작가 김정한은 부자 갈등, 착색된 전자의 갈등 관계를 그리는 데 큰 비중을 두었다. "토지갑시싸니 그러치. 당장 굶어죽는

판에 논밭이 쓸데잇든가! 그저 지낼 만한 댁에 가서 흰죽 한그릇쯤 어더마시고는 서너마지기씩 착착 뺏겻거던. 너희 칠촌댁 재산도 죄다 그때 걸태질해 들인것이란말야. 우리도 논마지기 조히 갓다바첫지……"[24]와 같이 칠촌댁의 재산 형성 과정을 암시한 것을 보면 칠촌댁의 도움을 받아 유학 갔다 온 태호도 한통속으로 본 것이 된다. 박 첨지가 사음의 소작권 요구를 묵살해 버린 채 수십 명의 야학 후원 회원들을 동원하여 모내기를 강행하는 것, 박 첨지네가 밤 사이에 모내기했다는 소식을 듣고 사음이 달려와 노발대발하며 논 한가운데 들어가 두호의 발목을 잡은 것을 두호가 뿌리치자 사음이 두고보자고 하며 뒷걸음치는 것은 소작인 송또줄이 사음 김 주사와 육탄전을 벌이거나 폭언하는 식으로 저항한다는 「그물」의 이야기를 재현해 낸 것이라고 할 수 있다. 「항진기」에서 여러 차례 반복하여 "사음 녀석"이라고 부른 것과 같이 김정한은 소작농의 편을 들고 있으며 지주와 마름에게는 적대적인 태도를 취하였다.

이상 몇 편의 김정한 소설에서 지주나 마름의 횡포에 소작농이 저항한다는 모티프는 분명히 반복 모티프가 되고 있다. 뿐만 아니라 동네 유력자, 관리, 경관 등과 같이 잘살거나 권력 있는 자들이 모두 한통속이 된다는 이야기도 반복해서 제시하였다. 그런데 「항진기」는 「그물」, 「사하촌」, 「옥심이」와는 달리 탐욕스러운 지주나 악독한 사음만을 적으로 두고 있지 않다. 「항진기」(《조선일보》, 1937. 2. 4분)에서는 열심히 정직하게 일하는 농민의 타자적 존재는 지주 세력과 자칭 공산주의자로 나타난다. 이 작품에서는 집안일은 전혀 하지 않고 공산주의 타령만 해 대는 지식인이 건강하고 순박한 농민들의 반감을 사는 것으로 그려진다. 동생 두호는 "가산을 망친 형", "입으로만 ××주의를 씨부렁거리고 다니는 형"이라고 인식하고 있고 태호는 두호를 향해 "봉건적 혹은 인식 부족이니 하며 곧잘 타박만 주었고", "농민이란 건 원래 짬도 없이 고집통이만 세거든!"이라는 관념을

---

24) 《조선일보》, 1937. 1. 28.

가졌다. 동생이 형에게 왜 취직하지 않고 놀기만 하느냐고 따지자 형은 자기를 죽이면서까지 취직할 수 없다고 하였고 이에 동생이 어떤 일을 하더라도 제 마음만 단단하고 보면 반드시 자기를 살릴 수 있다고 반론을 펴자 형은 그게 바로 억설이라고 하면서 너도 아버지를 닮아 고집통이 농민 근성을 가졌다고 비난하며 이러한 근성은 "인식 부족과 사회적 훈련의 부족의 탓"이라고 한다. 이에 질세라 두호는 그래도 "농민근성"이 형처럼 "꿈만 꾸는 근성"보다는 낫다고 반박한다. 두호가 "레닌의 조직론만 읽으면 만사가 해결되는 줄 아오? 조직업시는 아무 일도 못한다고 노상 한탄만 했지, 이 지방을 위해서 무슨 조직체 하나 맹글어봤소?"라고 묻자 태호는 "지방 정세가 그러치 못한 걸 어떠케?" 하면서 신경질적으로 자기 한계를 인정한다. "정세" 타령을 들은 두호는 "보전교군 만승천자 기다리는 것과 마찬가지로군요!"라고 비꼬면서 부디 "함렛트"나 되지 말라고 경고한다. 이미 아버지 박 첨지는 큰아들 태호에게 집안일을 돕든가 취직하든가라면서 얼치기 공산주의자 공격론을 펼친 바 있다.

취직자리를 구해보라고 그처럼 타일러도 도모지 그럴 념도 안먹고, 그러타고 집안일이나 거덧느냐하면 그것도 하지안코 밤낮 펀둥펀둥 잣바저놀면서 남이 차저다니며 ××주의니 뭐니하고 시시덕거리니 그게 어듸 될일인가! 에이 참 더러운 꼴을 다 보겟네. 괜히 두삼이 본을 바다가지고 …… 이놈아, 그래 두삼이가 무슨 ××주의를 하드냐? 술이나 처먹고 갈보무릅을 베고 누어서 네말맛다나 축음기 소리에 눈물흘리는 그것이 ××주원가? 갑싼 눈물! 그냥 놀고 처먹을랴니 남부끄러워서 하는 부자집 자식들의 그 엄청난 잠꼬대! 어느놈이 그것을 ××주의라고 하디? 참말로 공산주의자가 듯는다면 배를 안고 나잣버질것일세.[25]

---

25) ≪조선일보≫, 1937. 2. 3.

물론 박 첨지는 마르크시즘의 본질을 어느 정도라도 알고 하는 소리는 아니었으나 당시의 사회주의자들에게서 쉽게 간취되는 행태를 예리하게 지적한 결과가 되기는 했다. 박 첨지와 두호가 장마통에 쓰러져 누운 보리를 거두어들이느라고 애쓰는 바로 그 시간에 태호, 태호의 칠촌 아저씨, 두삼이, 농촌 지도원 영애 등과 같은 자칭 공산주의자들과 지주는 뱃놀이하면서 술 먹고 노래 부르는 모습을 보여 주는 것으로 그리고 있다. 이 소설은 농민인 두호가 이념 문제에서나 여성 문제에서나 승리하는 것으로 매듭짓고 있다. 두호는 두 통의 편지를 받는데 하나는 형에게서 온 것이며 하나는 영애에게서 온 것이다. 형이 될 수 있는 대로 빨리 일자리를 찾겠다고 하고는 자신이 "공상가"인 대신에 동생은 "생활의 인", "실행의 인"이기에 그대를 존중하고 그대의 충고를 달게 받겠다고 한 것으로 그린 점에서, 또 영애가 당신을 그리워하고 있다는 내용의 연서를 보내온 것으로 그린 점에서 결국 김정한은 주의자보다는 농민의 손을 들어 준 셈이 된다. 큰 것을 꿈꾸는 공상가보다는 조그만 것이라도 만들어 내는 현실주의자 쪽으로 기운 것이다.

김정한은 「항진기」를 발표한 직후에 단편 소설 「기로」(≪조선일보≫, 1938. 6. 2~23)를 발표했다. 이 소설은 술장수 생활을 청산하고 은파, 두보 부부가 개골로 와 죽마고우였던 만식의 도움으로 수도 저수지 공사장 석수장이 일을 하다가 삯전 문제로 사이가 갈라진 것을 원인적 사건으로 설정하였다. 두보가 저수지 언막이 파괴 혐의로 옥살이하고 있을 때 아내 은파는 만식의 유혹에 빠져 도망가려다 아들 일남이가 눈에 밟혀 다시 돌아왔으나 일남이는 이제 막 출옥한 아버지 두보가 데리고 어디론가 가 버렸다는 결말을 읽을 수 있다. 이야기 내용에 비해서는 부부가 개골로 가서 정착하는 과정, 집을 얻었을 때 동네 애들이 시비 거는 장면, 만식 앞에서 부부싸움하는 장면, 두보가 옥에 있을 때 빨래 품팔이하다가 구장 부인과 다투는 과정 등은 지나치게 길게 처리되었다. 중간중간 대화 장면이 길게 처리된 것도 작품의 긴장감을 떨어뜨린다. 이 소설에서 가장 중요한 인간관계는 두보와 만식의 관계다. 두보는 만식과 동향인이요 소학교 동창으로 개골로 가서 만식 덕분에 집도 구하고 일자리도 구했으나 사용자 편에 있는 만식과 삯전 문제로 싸우게 된다. 두 사람은 술 한잔 하면서 격렬한 토론을 벌인다.

"귀신이야 아니지만 바로 노동기계지. 인간으로서는 이미 죽은 셈이고, 그저 기계로서만 살아있는 셈이지 뭐야!"

"그걸로써 족하지 않을까? 지금 우리들의 경우로선……."

"천만에! 그건 바로 니이체가 지적한 바와 같이 현실회피의 비겁한 노예주의거든. 아무리 경우가 딱하기로서니 인간성까지야 버릴 수 있나, 온!"

"자넨 곧잘 니이체니 뭐니 하지만 거 다 실상은 현실을 모르고서 그저 책상 위에서만 따져 낸 위대한 잠꼬댈세. 자네도 그따위 니이체니 인간성이니 하는 것을 어서 버리고서 절박한 목전의 현실부터 먼저 이해해야 될 걸세. 그럴 용기는 없는가? …… 플타아크의 영웅전이라고 한번 읽어보지 그래?"

"영웅전을?"[26]

만식은 생활이나 현실을, 두보는 인간성과 자존심을 중시하는 입장이다. 이 토론이 끝나고 만식과 두보는 피투성이가 되도록 싸웠고 두보는 저수지 언막 파괴 혐의로 양 서방, 거칠이와 함께 여러 달 옥살이한 후 무죄석방되어 나와 아내 은파가 만식이와 애정도피한 현실에 직면한다. 그러나 이 소설은 은파가 아들 일남이 때문에 안 십장과 기차를 타고 도망가기 직전 도로 돌아온 것으로 결말을 처리했다. 「기로」는 2년 전에 발표된 「옥심이」에서 중심 모티프로 제시된 옥심이와 안 십장의 애정 도피 모티프를 반복 설정하고 있다. 자식 때문에 되돌아온다는 사건을 똑같이 설정해 보인 것은 모성성이 여성성보다 강한 것임을 인정한 것이라고 할 수 있다. 물론 「옥

---

26) 『김정한 소설 선집』(창작과 비평사, 1974), 111쪽.

심이」가 모성성으로 돌아오는 데 성공한 반면 「기로」는 실패한 것으로 그린 차이가 있기는 하다. 「추산당과 곁사람들」(≪문장≫, 1940. 10)은 대처승으로 논밭을 포함하여 많은 재산을 지니고 있는 추산당이 중병에 걸려 임종이 가까워 오자 많은 사람들이 분재에 기대를 걸고 찾아오긴 했으나, 명호는 추산당이 종조이면서 동경 유학을 잠시 보내 준 은혜를 받은 적이 있기는 하나 더러운 무리에 섞이기 싫어 일부러 문병을 가지 않는다. 추산당이 부른다는 전갈을 받고 아버지와 함께 갔다가 추산당에게 사과하기는커녕 논 타러 온 것처럼 보일까 일부러 오지 않았다는 되바라진 말대꾸를 하여 추산당의 분노를 사고 만다. 추산당은 숨이 끊어진 다음에도 토지 대장만은 놓지 않는 기태를 보인다. 명호는 인부들이 추산당의 금니를 빼 가기 위해 두골을 앞에 놓고 다투는 모습을 보고 충격을 받기도 한다. 이 소설은 추산당의 양자 구룡이가 유서가 없어졌다고 소동을 피우는 바람에 여러 사람들에게 구타당하는 것으로 매듭짓고 있다. 작가는 아버지 강 첨지와 명호가 추산당을 마지막으로 뵙기 위해 산길을 올라가는 모습을 과다하게 그리면서 "시대가 시대인 만큼, 중도 제맘대로 취처를 해가지고 여염 살림을 할뿐더러 어중이떠중이 모다 돈도 하고 나도는 세상이므로 절간에 들어서도 역시 사람의 자취를 잘 볼 수가 없었다."[27]라고 비판하기도 한다. 김정한은 추산당뿐만 아니라 살아생전이나 사후에 추산당 곁에 모인 사람들을 모두 비판하는 부정의 소설을 쓴 것이다. 승속, 남녀, 노소, 신분 고하를 가리지 않고 공격의 대상으로 삼았다.

유치환은 슬픔과 외로움에서 빠져나오지 않았다

유치환은 1947년 6월 행문사에서 발행한 시집 『생명의 서』의 42~44쪽에 「출생기」라는 시를 수록했다. 그중 "상서롭지 못한 世代의 어둔 바람이

---

27) ≪문장≫, 1940. 10, 70쪽.

불어오던/ —— 隆熙 二年!", "희미한 등잔불 장지 안에/ 煩文辱禮 事大
主義이 욕된 後裔로 세상에 떨어졌나니"와 같은 표현처럼 김유정, 이무영,
김정한, 유치환이 태어났던 1908년은 우리의 국운이 기울어져 가던 시기였
다. 유치환은 55편의 시편을 담아 놓은 첫 시집『청마시초』(청색지사, 1939)
에서 바로「출생기」에 깃들어 있는 "상서롭지 못하고" "욕되고" "슬픈" 마
음을 드러내는 데 힘쓴 결과를 보이고 있다. 유치환은 55편의 시 도처에서
슬프고 허황하고 외롭고 고독하고 적막하고 적요하고 의미 없고 춥고 영락
하고 비노(悲怒)한 심정이나 상태에서 헤어나지 못하고 있음을 고백한다.
이러한 심정이나 상태를 빚어낸 매개체나 객관적 상관물은 제시되기는 했
지만 이들은 한결같이 생활이나 현실에 포함되기 어려운 것들이었다.

　"파리한 幻想과 怪夢에/ 몸을 야위고", "호올로 서러운 춤을 추려느뇨"
(「박쥐」), "이렇게 슬프고도 애닲은 마음을"(「旗빨」), "바람센 오늘은 더욱
너 그리워/ 진종일 헛되이 나의 마음은/ 공중의 旗빨처럼 울고만 있나니"
(「그리움」), "虛荒한 저녁, 慟哭하고 싶은 외로운 心思엔들" "나는 바람처
럼 또한/ 孤獨의 哀傷에 한 道를 가졌노라."(「이별」), "永遠히 濟度못할
劫罪를 지고/ 이렇게 寂寞한 骨董이여"(「보살상」), "여기는 나의 寂寥의
空洞/ 透明히 絶緣體된 忘却의 邊涯어니/ 意味없는 哀愁는 드디어 渺
漠하야 돌아오지 않고/ 오로지 無念한 孤獨은 한 마리 小蟹에 滅하나
니"(「동해안에서」), "파리한 사람들은 말없이 움쿠리고 오가거늘/ 이 치웁고
낡은 現實의 어디에서"(「수선화」), "오늘의 이 艱難과 不如意를"(「점경에
서」), "이 덧없이 無常한/ 骨肉에 엉기인 有情의 거미줄을 觀念하며/ 遙寥
한 太虛가온대/ 오직 孤獨한 홀몸을 凝視하고"(「병처」), "오르고 깊은 높으
고도 슬픈 山 있노니", "그 漠漠한 어둠 속에 奄然히 막아섰을/ 오오 나의
山이여"(「산 4」), "내려 쪼이는 단양아래 點點히 쪼구린 적은 돌맹이여"
(「정적」), "船夫들은 이렇게 배들을 방축에 매어 둔 채로/ 어디로 다들 避
하였는가"(「항구에 와서」), "나는 젖는대로 비에 젖는/ 어느 한 마리 외로
운 갈매기로다/ 願하야 이룬바 없고/ 悔恨은 오직 病같어"(「어느 갈매기」),

"나는 零落한 孤獨의 가마귀", "希望은 떠러진 포켓트로 흘러가고 / 내 黑 奴같이 병들어"(「향수」), "그 數萬의 발자죽도 술래박퀴도 / 저 어디메 寂 寂히 쓸물처럼 물러가고 / 오직 亡滅의 虛寂만이 隱身한 네거리에 / 華麗 한 殘骸는 輓章처럼 不吉한 影子를 느려트리고", "나는 醉하야 魍魎처 럼 울며 지내가다"(「심야」), "아아 진실로 커다란 寂寥는", "이 어찌 憂鬱 한 情景이리오 / 나는 목을 메우는 塵埃를 먹고 / 벙어리같이 悲怒하야" (「군중」), "白晝는 陰影을 잃고 茫然히 自失하고 / 멀건히 비인 廓寥한 停車場", "寂寥의 轢死한 하얀 옷자락이 널려있고"(「백주의 정차장」), "나 는 非力하야 앉은뱅이 / 日曆은 헛되이 모가지에 汚辱의 年輪만 기치고 / 남은 것은 오직 즘생같은 悲怒이어늘"(「非力의 시」), "내오늘 病든 즘생처 럼", "스스로 悲怒하야 갈곳 없고" "아아 내 어디메 이 卑陋한 人生을 戮 屍하료"(「가마귀의 노래」) 등과 같은 예를 들 수 있다.

그러나 그는 이렇듯 소극적이고 나약하고 정태적인 시만 쓴 것은 아니 다. 비록 전자의 경향의 시편보다는 적지만 여러 가지 어둡고 부정적인 현 상을 극복하려는 노력을 보여 주기도 했다. 유치환은 「산 1」에서 "그 孤獨 한 등을 萬里虛空에 들내여 / 默默히 瞑目하고 自慰하는 너 / ──山이 여 / 내 또한 너처럼 늙노니"라고 산처럼 의젓하게 늙어 가겠다고 했고 「수 선화」에서는 "그 맑고도 고요한 너의 탄생", "그 純潔하고 優雅한 氣魄", "그 忍苦하고 嚴肅한 뿌리" "반드시 돌아올 本然한 人子의 叡智와 純眞 을 너게서 믿노라", "그 한없이 淸楚한 자태"와 같이 노래하고 있다. 「소 리개」에서는 "傲岸하게도 / 動物性의 땅의 執念을 떠나서 / 모든 愛念과 因緣의 煩瑣함을 떠나서 / 사람이 다스리는 世界를 떠나서 / 그는 저만의 삼가하고도 放膽한 넋을 타고 / 저 無邊大한 天空을 날어 / 거기 靜思의 닷을 고요히 놓고"와 같이 노래하여 사람들에게 이상과 야심과 꿈을 가질 것을 종용하고 있다.

그리고 「철로」에서는 철로를 보고 "意志를 意志하는 深刻한 苦行의 길이로다", "오오 한가닥 自虐에도 가까운 意慾과 熱意의 길이로다"와 같이 의지, 의욕, 열의를 지닐 것을 권하면서 철로 위를 "信念의 피의 불꽃의 火車"가 달리는 장면을 상상했다. 「일월」에서는 "나의 원수와 / 원수에게 아첨하는 자에겐 / 가장 옳은 憎惡를 예비하였나니"와 같이 증오심이 오히려 가치 있는 삶의 한 요소임을 암시하였다. 「지연」은 "우르르면 滿滿한 寒天에 紙鳶 몇 개 / 나의 鄕愁는 또한 天心에도 있었노라"와 같이 단 두 행으로 이루어져 있는데 "천심"은 촌철이 되고 있다. 하늘의 마음이기도, 하늘을 향한 나의 마음이기도 하다. 뿐만 아니라 천심은 천명이 될 수도 있고 천리가 될 수도 있다. 앞서 논한 것과 같이 여러 가지 정서나 태도로 표현될 수 있는 쇠망, 환멸, 허무 등으로 가득 찬 현실을 극복할 수 있는 자세를 비교적 다양하고도 구체적으로 제시한 것으로 「송가」를 들 수 있다.

> 항상 저희는 이렇듯
> 슬프고도 오롯한 系圖를 자랑으로 받들므로
> 머언 遺業을 그대로 이어
> 오직 옳고 强하기를 소망하고
> 좋은 원수를 일컷되
> 간사함은 미워하고
> 어떠한 惡意와 모함에도 견디어
> 끝내 屈從에 길들지 않고
> 하야 눈은 눈으로!
> 이는 죽엄과 같은, 저희의 피의 法度가 되어지이다.

세 사람은 방법과 이념은 다르지만 적극적으로 현실참여하였다

이상에서 본 것처럼 김유정, 이무영, 김정한 등 세 작가는 농민 소설을 주력해서 쓴 작가라는 공통점 이외에 소설 양식은 기존의 삶의 방식, 사고 방식, 풍습 등을 거부하거나 뒤집어 엎는 거부와 저항의 양식임을 실제 작품을 통해 입증해 보인 공통점을 지닌다. 그런가 하면 이들 세 작가들은 소설 양식을 가족 갈등이든 빈부 갈등이든 이념 갈등이든 갈등 관계를 설정하고, 파헤치는 양식임을 공통적으로 실천에 옮긴다. 이들 세 작가들은 1920~1930년대 한국인들의 궁핍상과 절망감이 어디에서 왔는가를 끈질기게 문제시하는 한편, 저항성으로 부를 수 있는 현실 극복 방안을 제시하고자 한 공통점을 보이면서 김유정은 가족 갈등이나 빈부 갈등에, 이무영은 이념 갈등에, 김정한은 빈부 갈등에 작가적 관심을 기울이는 차이점을 보였다.

　김유정은 1937년에 세상을 떠났고 유치환, 이무영, 김정한은 1945년 8월에 해방을 맞았다. 청마 유치환은 해방 전에 통영협성상업고등학교 교사(1937~1940)를 거쳐 1940년 봄에 가족과 함께 만주 빈강성 연수현으로 옮겨가 농장을 관리하고 정미소를 운영하다가 1945년 해방을 맞아 귀국하여 통영문화협회 초대 회장(1946), 통영여자중학교 교사(1945~1948), 청년문학가협회 부회장(1946), 문인 구국대 조직, 육군 제3사단 종군(1950), 종군문인 체험을 살린 『보병과 더불어』 간행(1951), 대한민국 예술원 회원 피선(1954), 경주고등학교 교장(1955~1959), 한국시인협회장(1957), ≪대구매일≫에 게재한 칼럼이 문제되어 경주고등학교 교장 사임(1959. 9), 경주여자고등학교 교장(1961~1962), 한국예술단체 총연합회 경북 지부장 피선(1963), 한국문인협회 부산 지부장(1964), 시선집 『파도야 어쩌란 말이냐』 간행(1965) 등과 같은 경력을 거친다.[28]

　말년인 1965년에 간행된 『파도야 어쩌란 말이냐』에서는 유치환의 문학관이 분명하게 달라졌음을, 또 유치환이 현실참여한 흔적이 뚜렷하게 나타나고 있음을 확인할 수 있다. "김주열 군의 주검에"라는 부제가 붙은 「안공에 포탄을 꽂은 꽃」, "3·1의 정신이여, 일어서라 / 깃발이 아니라 실물

---

28) 남송우 엮음, 『청마 유치환 전집 6』(국학자료원, 2008), 489~493쪽.

을! / 채색을 평계 말고 / 순백의 장미를 달라!"와 같이 1960년에 삼일절을 맞아 민족적 정기를 되살리자고 한 「하늬바람의 노래」, "다시 8·15날에"라는 부제가 붙어 있고 "이제는 무어로 치고 두들겨도 / 아예 울 줄을 모르는 종이여 / 안으로만 울고 / 밖으론 울지 않는 종이여"라고 답답한 심정을 표백한 「노한 종」, 신금단 부녀 상봉 기사를 보고 분단의 아픔을 노래한 「암담한 고난의 땅을 향하여 나는 맹세하였다」, 4·19혁명 6주년을 맞아 "삼월에 이어 / 또 하나 사월의 / 정정히 치켜 선 진노의 나무"와 같이 4·19혁명 정신의 퇴색을 우려한 「사월의 나무」, 남한산성에 올라 인조 때의 치욕의 역사를 떠올리며 "진실로 진실로 역사는 / 뉘의 힘에 쓰여짐이 아니거니 / 스스로 제 손으로 제가 쓰는 것"이라고 비장하게 노래한 「역사를 고쳐 쓰다」, '무명전사 영령전'이란 부제가 붙어 있고 "애홉다! / 귀하고 애석하매 너희의 그 목숨과 이름 / 저 푸른 하늘빛에, 이 소소리바람 맑은 / 햇빛에, 겨레의 가슴팍에 길이 못박혀 무념 되어 있는도다"라고 매듭지은 「진혼가」, "태풍 사라호 후문"이라는 부제가 붙은 「비극은 없는 것인가?」 등이 유치환의 적극적인 현실참여 태도를 입증해 주고 있다.

1959년 6월 9일자 ≪조선일보≫에 발표한 단연체 32행의 시 「화방에서」는 참여시의 한 모델로 보아도 될 정도로 당시의 정상배를 향해 높은 토운의 비판력을 행사하고 있다. 다루기 어려운 소재들과 거론하기 어려운 존재들이 뚜렷하게 문면에 비치고 있다. 이 시는 자유당 말기인 1959년에 발표되었다는 점 한 가지만으로도 존재 가치를 지닌다.

> 경무대가 보이누나
> 태평로 의사당이 보이누나
> 실크 햇트를 멋지게 쓴 홀(笏)을 든 무소불능공(公)이 가시누나
> 연지곤지 성적한 민의(民意) 부인(夫人)들이 가시누나
> 그리고 그들을 한사코 얼려 시종 드는
> 사기씨 부정 선생 조삼모사 영감에 뭇 아유구용 주구배들이

요지경 속처럼 아련아련 뒤치락거리누나
그러나 거기에 아예 나타나 보이지 않는 것이 있으니
그것은 진짜 악의 덩어리, 구더기, 그싯는 분노, 억눌린 눈물!

1960년 11월 16일자 ≪민국일보≫에서는 민주당 정권이 들어서고 난 직후의 위정자들과 권력 지망생들을 향해 점잖게 꾸짖고 있는 6연 44행의 시 「태평로에서」를 발표했다. 이 시는 이 무렵에 시인 자신이 주로 신문지상에 발표했던 시평과 흡사한 내용과 어조를 들려주고 있다. 유치환은 3연에서 "하기야 이들도 뉘 못잖이 / 바른 사회를 갈망한다, 정의를 애혼한다 / 그러나 살 수가 없으니! 살기가 딱해서!"라고 이해하려는 움직임도 보여 준다. 이중에서도 5연을 주목할 필요가 있다.

권력의 취득은 정의의 추구와 반비례한다
또한 언제고 권력은 정의를 포기하기 마련인 사실을
젊은 피로써 청결하려던 저 전당 속에서
다시 되풀이됨을 지금 역력히 보거니
그리고 그 같은 배신인즉
산란기의 정어리떼처럼 이(利)에로만
윤리의 무정란(無精卵)들로써 보수되거니

유치환은 1950년대와 1960년대에 여러 편의 짤막한 시평을 통해 자신의 현실참여의 정신과 방향을 일러 주었다. 「구이팔과 북진의 회고」(≪국제신보≫에 실린 글)에서는 북진 통일하지 못하고 다시 압록강 두만강에서 철수하던 것이 아쉽다고 하였고, 3사단 종군 문인 시절에는 숙식은 좋지 않았지만 "달아나는 적을 이겨 자꾸 쫓아가는 편이라 즐거웠다."[29]와 같이 자신

---

29) 남송우 엮음, 『청마 유치환 전집 6』(국학자료원, 2008), 65쪽.

의 감정을 솔직하게 털어놓았다. 특히 원산에 갔을 때 길에서 어린아이의 시체를 보고는 "이렇게도 무모하고 엄청난 죄악을 장본한 공산 두목들에게 무한한 증오와 분노가 피를 역류시킴을 못내 견딜 수 없었다."[30]와 같이 북한에 대한 적개심을 감추지 않았다.

「抗拒精神과 海隅蒼生」(≪대구매일신문≫, 1953. 3. 5)에서는 장관들부터 백성을 제대로 이끌 자세를 갖추라고 충고하였고 「악몽이제」(≪대구매일신문≫, 1960. 8. 13)에서는 해방 직후에 특히 교육계가 제대로 정화되지 않은 면을 지적하면서 이승만 대통령 주변의 권력자들을 향해 쓴소리를 내뱉었다. 그런데 이 글은 "지난 자유당 치하에 살고 있는 동안 내가 간혹 신문이나 잡지에 주로 그들의 말단 정치의 비위를 들어 귀 따가운 소릴 한다 하여 경찰 국가의 위력 그대로의 사찰 대상이 된 영광을 누렸었고 따라서 모처럼 기회 있던 구라파 여행도 제지되었을 뿐만 아니라 마침내는 가졌던 직장마저도 물러나지 않으면 안 되었던 일을 나의 둘레에서는 다 알고 있는 바다."[31]와 같이 적극적으로 정치를 비판하고 사회를 고발한 시인에게 정치 권력이 부당하게 제재를 가하였음을 폭로하였다.

'우리의 문화와 문화인'이라는 부제가 붙은 「백번을 참회」(1950년 12월 26일에 일간지에 "전국 문화인에게"라는 기획물에 실린 글)에서는 전쟁이 나 조국의 운명이 백척간두에 달려 있는데도 조국의 위기를 구하기 위해 달려가는 자가 거의 없다는 사실을 지적하면서 참으로 부끄럽고 한심하다고 하였다. "시방 조국의 이 위난을 동족상잔이라 하여 원수 앞에 총 들기를 거부한다면 그것은 가증한 이기적 기회주의에서 오는 자이며, 오히려 아무런 이해도 인연도 없던 외국의 수많은 청년들이 정의의 이름 아래 이 전지에 와서 조용히 죽어 가는 사실을 어떻게 설명할 것인가……."[32]라고 비장한 어조로 꾸짖었다.

---

30) 같은 책, 66쪽.
31) 같은 책, 79쪽.
32) 같은 책, 105쪽.

≪대구매일신문≫ 1960년 4월 3일자에 실린 「현실과 문학」에서는 시인은 어려운 때일수록 역사에 참여하고 사회에 뛰어들어야 한다는 시인 유치환으로서는 의외다 싶은 조언을 하였다. 문학인이 현실에 불감하고 오불관하는 이유를 두 가지 경우로 들기는 하면서도 유치환은 어떤 유파의 작가나 시인들이라고 하더라도 현실과 유리될 수는 없는 법이라고 하였다. 초월주의 문학도 광의의 휴머니즘의 질료를 제공하는 것이라는 식으로 이른바 순수 문학을 감싼 데서 논리의 초점이 흐려지기는 했다.

그는 4·19혁명이 일어난 지 한 달여인 1960년 5월 29일자 ≪동아일보≫에서 사월혁명 이후 지난날 정권에 아부하고 편승한 문인들에 대한 질타가 있는 것은 당연한 일이라고 하면서 "방관으로써 악을 허용하던 축들이 비굴하게 그 악의 세도가 물러나자 악의 편승하던 축을 문책하는 데 큰 소리로 합세한다는 일은 역시 오늘의 시기를 노린 한갓 편승은 아니겠는가?"라고 의문을 표시하였다. 유치환은 침묵과 방관도 못나고 부끄러운 일이라면서 용렬하고 비굴함을 청산하여야 하다고 역설한 다음, 자신이 관계했던 단체, 사업, 행사는 과거 정권에 부화뇌동한 것인 만큼 이제 예술원 회원 자리를 물러나 문단적인 연계로부터도 자유 무애하게 살면서 문학을 하고 싶다고 하였다. 당시 유치환의 예술원 회원 사퇴는 불의와 부정의 비판이라는 행위 못지않은 의미를 지니는 자기반성의 선언이었던 것이다. 유치환은 자기를 반성하는 행위는 타자를 비판하는 행위 못지않은 값진 역사 참여 정신이라고 판단하였던 것이다.

당시 문인들 가운데서 유치환만큼 억압과 기휘를 무릅쓰고 비판정신을 행사한 사람도 많지 않다. 유치환은 1960년 전후하여 ≪대구매일신문≫에 쓴 「땅에 떨어진 것」, 「더욱 의연한 정신을」, 「녹화설법」, 「好男當兵 不好男不當兵」, 「무연치 않은 것」, 「내 자신을 알라」, 「애국 매국」 등과 같은 시평에서 우리 사회 도처에 도사리고 있는 불의, 부정, 부패 등을 고발하였다. 그는 자유당 시절인 1959년에 신흥출판사에서 발행된 자작시 해설집 『구름에 그린다』에 수록된 「나와 문학」에서 다음과 같이 진술하고 있다.

지각이 있는 사람치고는 누구나 다 그렇겠지마는 현실 사회에 일어나는 보고 듣는 일에 대하여 쏠리는 관심이 내게도 대단히 많습니다. 더구나 그 것이 부정불의한 일일 것 같으면 견딜 수 없을 만큼 흥분하기까지 하기가 일쑤입니다. 그래서 직접 정치나 사회 문제에 관한 작품이나 잡문을 써서는 원고를 청해 온 잡지나 신문에서 당국의 기휘를 두려워 은근한 말로 퇴짜도 맞고 더러는 발표되어 진정 애국 애족이 무엇인지를 모른 권력의 주구들에 게서 부당한 지목과 압력을 받고 지내는 것입니다. 그러나 그렇다고 나는 나대로의 정의감이나 내지는 인생관을 바꾸든지 굽힐 수는 적어도 내가 글 을 쓰는 한에서는 불가능한 일입니다.(151쪽)

일제 강점기 때 대체로 침묵의 세월을 보냈던 유치환은 한국전쟁 종군을 겪으면서 공동체의 삶과 현실에 눈을 뜨고 고발이든 비판이든 그에 대한 발언을 하는 것이 문학의 본령의 하나임을 깨닫고 1950년대와 1960년대에 는 자기반성, 애국심, 정의, 휴머니즘 등을 지켜 내고자 현실참여의 길에 나섰다. 그러나 시보다는 논설에 의존하여 참여 정신을 펼침으로써, 시인으 로서는 한계를 보였다.

해방 이전에 이무영은 안재좌의 「조선 프로레타리아 예술 운동의 신전망」 (≪전선≫, 1933. 1), 김팔봉의 「1933년도 단편 창작 76편」(≪신동아≫, 1933. 12), 「조선 문학의 현재의 수준」(≪신동아≫, 1934. 1), 박승극의 「조선 문학 의 재건설」(≪신동아≫, 1935. 6) 등과 같은 동반자 작가론에서 유진오와 함 께 대표적인 동반자 작가로 평가되었다. 임화도 해방 직후에 그때까지의 근대 소설의 발전 과정을 설명하는 자리에서 그동안의 소설의 계열은 민족 파 / 계급파, 순문학파 / 계급 문학파로 대별할 수 있다고 하면서 독자적 경 지에 있거나 중간파에 있는 동반자 문학이 제3의 갈래로 추가될 수 있다고 주장하였다. 그리고 이무영을 가장 앞줄에 세웠다.[33] 1946년 당시 임화의

---

33) 임화, 「조선 소설에 관한 보고」, 조선문학가동맹 편, 『건설기의 조선 문학』(백양당, 1946), 59쪽.

눈에는 이무영이 진정한 동반자 작가로 비쳤을 것이다. 동반자 작가를 일컫는 말로는 혁명의 반려, 수반자, 수반 작가, 사회주의 동반자, 동반자적 경향 작가, 경향 작가, 중간파 작가, 외곽적 작가, 반려자, 잡계급적 진보적 작가, 진보적 소시민 작가, 진보적 인텔리 작가, 자유주의적 중간파 작가 등이 있다.[34)]

이무영이 1930년대에 발표했던 소설들은 이무영의 동반자 작가로서의 위상을 '사회주의 동반자'나 '동반자적 경향 작가'나 '진보적 인텔리 작가'로 보게 만든다. 이무영이 1930년대 일련의 소설에서 이상적인 작가로 꼽았던 동반자 작가는 단순한 중간파가 아니었다. 해방 이후 이무영은 전국문화단체 총연합회 최고위원(1947), 해군 정훈 장교로 특별 임관(1950. 12), 국방부 정훈감 취임(1953. 2), 해군 대령으로 예편(1955), 전국문화단체 총연합회 최고위원 재선, 자유문학자협회 부회장, 국제펜대회(런던)에 한국 대표로 참가(1956), 단국대학교 교수 취임(1958) 등과 같은 이력을 거쳤다.[35)] 이무영은 한국전쟁 3년간의 문학을 "도색화, 안이화, 퇴폐화"라고 비판하면서 특히 문단 섹트화를 개탄하고 자유문협이 결성될 수밖에 없었던 필연성을 강조한 「한국 문단에 드리는 글」(≪예술시보≫, 1955년)에서는 다음과 같이 주목할 만한 주장을 펼쳤다.

문학이란 그 자체가 언제나 현실에 항거적 요소를 띠느니만큼 일부 문학인이 현실에의 영합으로써 탈선을 하기는 했지만 새로운 진리 추구에 강렬한 의욕을 갖고 있는 문학인이 많았음도 사실이다. 이 문학의 본질적인 생리가 자연 문학인으로 하여금 진보적인 사상인이 되게 했고, 이 진보적 사상이 공산 독재의 아전인수적인 '진보적 사상'과 혼동, 합류될 위험성이 가장 많았던 것이다. 사실 그때까지의 공산주의는 일(日)의 군국주의와 정면

---

34) 졸고, 「동반자 작가의 성격과 위상」, 『한국현대문학사상연구』(서울대학교 출판부, 1994), 170~171쪽.
35) 『이무영 문학 전집 6』(국학자료원, 2000), 연보 577~586쪽.

으로 대치하여 공을 세웠고 우리의 해방에도 기여한 바 없지 않았으므로 민주주의의 가면을 쓴 공산주의에 현혹되기도 쉬웠던 것이다. 그리고 무엇보다도 위험한 일은 1930년을 전후한 7년 간 문단 독재의 달콤한 맛을 본 일이 있는 '카프'파 일련의 문학인들이 소련의 강력한 정치 세력에 편승하여 문단 '헤게모니' 장악에 혈안이 된 것이었다. 이 적색 소아병자(赤色小兒病者)들과의 치열한 투쟁에서 용감히 싸운 중앙문화협의회를 중심한 여러 문학인들의 공로에 우리는 끝없는 찬사와 경의를 표해 마지않는다.[36]

이무영은 1930년대에는 동반자 작가를 이상적인 작가로 생각했으나 해방을 맞고 한국전쟁을 정훈 장교로 겪고 난 후에는 카프 작가들의 해방 후의 행태를 "정치 세력 편승", "헤게모니 장악에 혈안", "적색소아병자" 등과 같이 비판하는 식으로 변하였다.

이무영이 동반자 작가로 이름을 떨쳤던 1930년대 무렵에 김정한은 이무영보다는 더욱 저항적인 태도를 여러 차례 보여 주었다. 김정한은 해방 이전에는 교원 연맹 조직에 관한 이야기를 친구에게 편지로 썼다가 검열에 발각되어 체포(1928), 마르크시스트 이찬, 안막, 이원조 등과 교류, 동경 동지사 발기인으로 활동(1931), 여름 하기 방학으로 귀향시 양산 농민 봉기 사건의 피해 조사와 농사 재건 등을 위해 개입한 혐의로 피검(1932), ≪동아일보≫ 지대 독려를 위한 모임이 치안유지법에 저촉되어 유치장 생활(1940) 등과 같은 활동상을 보여 주었고 해방 이후에는 미군정에 의해 부산인민위원회 위원장 노백용과 함께 체포(1946), 조선문화단체총연맹(문련) 부산지부장(1946), 보도연맹 가입(1949), 한국전쟁 후 남북 문화 교류 필요성을 주장한 연설로 5·16군사정변 직후 부산대학교 교수직 사직(1961), 복직(1965), 한국문인협회 부산지부장(1967), 자유실천문인협의회 고문(1974), 민족작가회의 회장(1987) 등의 이력을 거치면서[37] 민중 문학 진영

36) 같은 책, 402~403쪽.
37) 조갑상, 「시대의 질곡과 한 인간의 명징함」, 강진호 편, 『김정한』(새미, 2002), 11~23쪽.

의 한 어른으로 자리하였다. 새로운 자료를 찾아 1946년 2월에 김정한이 조선문학동맹 부산지부 위원장에 선출되었음과 조선예술연맹 부산지구협의회 위원장으로 추대되었음을 밝히고 있는 차민기는 「광복기 김정한의 좌익 활동과 문학 실천」에서 김정한이 해방 직후에 발표한 단편 소설 「옥중회갑」(≪전선≫, 1946. 3)과 「설날」(≪문학비평≫, 1947. 6)을 집중 분석하였다. 차민기는 여러 선행 연구에 힘입어 "「설날」이 발표된 1947년 6월 즈음에 요산은 '공위경축민주임정촉진 인민대회'에 '문화인 대표'의 자격으로 참석한다. 당시 조선 공산당의 문화 전위대였던 문학, 연극, 음악, 미술 등 각 대중 예술 단체 연합의 대표 자격이다."[38]라고 하였고 「설날」은 민전 부산지부 위원장인 노백용과 조선부녀동맹 경남지부 위원인 딸 노남교와 김해군 인민위원회 위원장 노재갑 등 일가에 대한 존경의 눈길을 보낸 소설이라고 하였다.[39]

「설날」은 해방 직후의 김정한의 이념적 향배를 잘 일러 주는 작품이다. K도 부녀동맹 위원장으로 있는 30세의 호출 어머니는 한 달 전부터 남편 친구 집에 피신하여 지내다가 1947년 새해를 맞는다. 설빔 타령하면서 집으로 돌아가자는 아들 호출은 어머니한테 들은 풍월로 아버지는 "독립하구 또 불근 깃발하다가" 죽은 것으로 알고 있다. 호출 어머니는 죽은 남편에 대한 생각도 간절하지만 칠순 노령의 사상범으로 옥고를 치르고 있는 아버지에 대해서는 연민과 존경심으로 가득 차 있다.

확실히 평생을 인민의 해방을 위하여 바쳐온 또 바치고 가실 그 끔직한 정신에 대한 숭경심도 더해 잇섯슬 것이다. 아무런 공로도 업는 자들이 해방후 갑자기 짐줏 애국자인 체하고 고관대작도 되고 군정고문관도 되어 뽐내고 다니지만 그는 오로지 인민의 참된 벗으로서 「민전」 의장의 자리를 지

---

38) 차민기, 「광복기 김정한의 좌익 활동과 문학 실천」, ≪지역문학연구≫ 9호(경남·부산 지역문학회, 2004), 170쪽.
39) 같은 글, 171쪽.

키고 잇섯스며 그로 말미암아 다시금 옥으로 끌려간 것이엇다.[40]

호출 어머니는 설날이니까 감시의 눈도 약할 것이고 면회도 쉬울 것이라는 판단 아래 아들을 데리고 동지 진숙이와 함께 형무소로 가 면회 신청을 한다. 면회 신청하고 기다리는 시간에 다리 다친 멧새를 본 순간 호출 어머니는 죽은 남편을 떠올린다.

그의 눈에는 뜻박게 새 대신으로 죽은 남편의 피투성이된 환영(幻影)이 어른거리기 시작했던 것이다. 一九四六년 시월 남부조선의 처참한 인민항쟁의 첫 희생자로 사라진 남편! 쌀을 다오! 인민의 권리를 다오! 외치며 도탄에 빠진 인민의 한 사람으로서 인민의 동무로서 싸우다가 원통하게도 반동의 총알에 피를 뿜으며 쓰러진 남편의 그 창백한 얼굴이 불현듯 눈아페 떠올랏다.[41]

면회장에서 생각지도 않던 남동생까지 면회하게 된 호출 어머니는 수척해지고 한쪽 눈이 실명된 아버지가 얼른 병보석될 수 있도록 노력해야겠다고 생각한다. 그리고 자신은 좀더 활발하게 투쟁해야겠다고 다짐한다. 호출 어머니는 면회를 마치고 돌아오는 길에서 일제 청산을 강조한 임화의 시 "깃발을 내리자"를 읊조리며 투쟁 정신을 가다듬기도 한다. 이 소설은 호출 어머니가 남편의 무덤 앞에서 아들과 함께 「붉은 깃발의 노래」를 부르는 것으로 마무리되고 있다. 「설날」의 주요 인물들은 과거에도 투쟁했고 현재에도 투쟁 중이고 앞으로도 계속 투쟁할 것이라고 다짐하는 인물들로 단색화되고 있다.

해방 후에 적극적으로 현실참여했다는 공통점을 보이면서도 김정한, 이무

---

40) ≪문학비평≫, 1947. 6, 52~53쪽.
41) 같은 글, 66쪽.

영, 유치환은 각각 해방 직후에, 한국 전쟁기에, 이승만 정부 시절과 4·19혁
명 직후에 적극적으로 현실참여하고 나름대로의 이념 선택을 하였다는 차
이점을 드러냈다.

순정과 의지의 친화와 결속

유성호(한양대 교수)

청마 시의 자장과 연구사적 흐름

청마(靑馬) 유치환(柳致環)의 문학 생애를 일관하는 특징 가운데 가장 이채로운 것은, 그가 일제 강점기와 분단 시대를 철저하게 겪었으면서도 당대의 담론적 주류와 크게 조우하지 않았다는 점이다. 가령 그의 문학 행위는 우리 문학의 담론적 축을 형성했던 '순수 / 참여' 범주나, '리얼리즘 / 모더니즘', '전통 / 실험' 등의 주류적 맥락에서 비껴난 독자적 자리에 놓여 있다. 그만큼 그는 '생명'이라는 키워드를 중심으로 하여 고유한 음역을 보여 준 시인이었으며 나아가 우리 시사의 주요 흐름이었던 '정한(情恨)'이나 '순수 서정'의 범위에서도 한껏 벗어나 있는 이채로운 존재임에 틀림없다.

청마가 이처럼 당대에 강력한 주류를 형성했던 순수, 참여 진영 양쪽에서 모두 자유로울 수 있었던 것은, 그가 남쪽 항도에서 태어나 경성이 아닌 지역 사회에서 주로 활동했다는 지역적 조건 외에도, 특별히 이데올로기적 침윤을 받을 만한 지적 세례 과정이 매우 빈곤했기 때문이다. 가령 그의 장형이 유명한 희곡 작가 유치진(柳致眞)이었기 때문에 문단 접근이 용이했을 것이고, 그 스스로도 "번문욕례 사대주의의 욕된 후예로 세상에 떨어졌"(「출생기」)다는 사회 역사적 인식을 가지고 있었음에도 불구하고, 그의 시편들은 이념적이고 역사적인 장(場)보다는 비교적 원형(archetype)에 가까운 순정과 의지의 세계에서 발원한 것이다.

"우리 집은 유약국 / 행이불언(行而不言)하시는 아버지께서 어느덧 / 돋보기를 쓰시고 나의 절을 받으시고 / 헌 책력처럼 애정에 낡으신 어머님 옆에서 / 나는 끼고 온 신간을 그림책인 양 보았소"(「귀고(歸故)」)라는 표현에서 우리는 그가 유학 생활 중 고향에 돌아왔을 때 느낀 감회를 경험한다. 이 무렵 그는 일본의 아나키스트들과 정지용 시편에 강한 관심을 보였다고 하지만 뚜렷한 영향 관계나 그로 인한 이념적 정향이 간취되지는 않는다. 시에 대한 각별한 열정을 가지고 경성에 갔으나 학교 분위기에 적응하지 못하고 다시 동경으로 건너갔다가 재차 귀국하여, 청마는 1931년 ≪문예월간≫에 「정적(靜寂)」을 발표하면서 문단에 발을 들여놓는다. 그 후 그는 꾸준히 시작 활동을 하는 가운데 부산, 평양 등지로 거주지를 옮기며 불안정한 생활을 하면서도 동인지 ≪생리(生理)≫를 5집까지 간행하였다.

마침내 첫 시집 『청마시초』(1939)를 펴내고 통영으로 이주하여 통영협성상업학교 교사로 지내던 중, 일제 강점기 말에 가중되는 억압을 피해 1940년 봄에 만주로 떠나 농장 관리인으로 지냈다. 그곳은 "고향도 사랑도 회의도 버리고 / 여기에 굳이 입명(立命)하려는 길에 / 광야는 음우(陰雨)에 바다처럼 황막히 거칠어"(「절명지(絶命地)」) 가는 곳이요 비정(非情)의 대지였다. 거기서 그는 황막한 대지와 맞서며 생명의 불모성과 가열함이라는 이중의 속성을 거친 음색으로 증언하게 된다. 해방의 기쁨 속에서 그는 고향에서 충무문화협회를 조직하고 각 학교의 한글 강습회에도 나가며 분주한 생활을 시작하였다. 이후 시집 『생명의 서』(1947), 『울릉도』(1948), 『청령일기(蜻蛉日記)』(1949) 등을 거의 매년 잇따라 간행하였다. 하지만 그에게 해방 직후는 조국이 혼란에 빠져 어지러운 소식으로 가득한 시기였다. 거기서 벗어나 "한 점 섬 울릉도"(「울릉도」)나 가 버릴까라면서 현실에 대한 환멸과 다짐을 동시에 보여 준다.

하지만 청마의 현실에 대한 관심은 정치 권력이 저지른 비리에 국한하지 않고 사회 전체의 문제로 확장한다. 그때 청마는 지배 계층의 부조리만 고발한 것이 아니라 사회 구성원 개개인의 잘못과 억눌린 자, 가지지 못한 자의 위선에도 날카로운 비판의 칼을 갖다 댄 것이다.[1] 어쨌든 해방 직후 그의 목소리는 매우 격정적인 외관을 띠었으며, 전쟁이 일어나자 종군을 통하여 시집 『보병(步兵)과 더불어』(1951)에서 그 목소리를 확산적으로 재현한다. 『보병과 더불어』는 그가 직접 전쟁에 참여한 종군 시집으로서, 조국애와 휴머니즘과 윤리 의식을 집중적으로 보여 준다. 그의 이러한 비판의 목소리는 휴전 이후의 조국 현실에 대해서도 이어지는데, 곧 현실에 대한 뿌리 깊은 긍정에도 불구하고 현실에 대한 격렬한 비판과 저항의 자세를 보이는 것이다. 이러한 격정의 목소리는 『뜨거운 노래는 땅에 묻는다』(1960), 『미루나무와 남풍(南風)』(1964) 등에 잘 드러나 있다.[2] 그 밖에도 『예루살렘의 닭』(1953), 『청마시집』(1954), 『제9시집』(1957) 등을 펴낸 그는, 4·19혁명 이후 교직에 복귀하여 부정한 현실과 이상 사이에서 늘 갈등하다가 60세 되던 1967년 부산에서 교통사고로 타계한다.

한국 현대시에서 가장 방대하고도 견고한 장관을 보여 준 그의 시 세계는, "생경하고 소박한 무기교의 기교"[3]라는 평가가 따를 정도로 투박하고 격정적인 외관을 보여 준다. "현실에 대한 울분과 탄식, 저항과 질타"[4]의 목소리를 통해, 스스로의 심연 속으로 침잠하여 본연의 의지를 다시 일으켜 비정(非情)의 세계를 향해 손을 뻗다가도 애틋한 마음으로 사랑하는 이에 대한 순정을 읊조리기도 한 그의 시작 40년은 일제 강점기와 해방, 전쟁과 혁명 등 역사적 물굽이가 그대로 반영되어 험난한 이 땅 근대사의 굴곡을 여실히 보여 주면서도, 인간이 가지는 여리고 애달픈 순정의 세계도

1) 오세영, 「휴머니즘과 실존 그리고 허무 의지」, 『유치환』(건국대학교 출판부, 2000).
2) 문덕수, 「유치환의 시 연구」, ≪홍대논총≫ 9집(홍익대학교, 1977).
3) 김동리, 「유치환 시선에 부침」, 유치환, 『유치환 시선』(정음사, 1958).
4) 김현, 「깃발의 시학」, 『김현 문학 전집 5』(문학과지성사, 1992).

잊지 않고 있다.

우리가 잘 아는 청마의 에피셋은 '생명파'라는 규정 속에 있다. 유치환을 시사에서 처음으로 '생명파'로 규정한 사람은 미당 서정주였다. 미당은 『현대 조선 명시선』(1950)에서 자신과 청마를 '생명파'로 묶어 1930년대에 새로 등장한 하나의 유파적 개념으로 설정하였다.[5] 이 규정이 지금까지 관행적 분류법이 되고 있음은 주지의 사실이다. 청마의 가장 우호적 이해자인 김종길은, 청마의 생래적 다정이 그 자신의 허무주의적 회의를 거침으로써 그로 하여금 거대한 시력을 얻게 하였고 또한 자유에 대한 강렬함, 즉 삶에 대한 열애를 지속할 수 있게 하였던 힘이었다고 규정하였다. 그러면서 청마를 한국 현대시사에서 가장 거대하고 꾸준하고 열렬한 도덕적 시인으로 평가하였다.[6]

그런가 하면 청마 초기 시편에서 보인 대결 정신이 자학적 허무주의로 패배적 양상을 띠지만 이후에는 조국애와 현실참여 의식으로 변모하였다는 김재홍의 지적도 음미될 만하다.[7] 또한 이숭원은 인간에게 의지와 감정의 양면성이 본질적으로 내재해 있다면서, 청마가 정신이 고양된 상태에서 부정과 비리에 대한 고발과 저항을 토로할 수 있는 동시에 영혼의 낮은 곳에서 스며 나오는 연정의 애달픔도 억제하지 않았던 것이라고 말하였다.[8] 이처럼 청마 시를 논하는 관점은 '의지'와 '감정'의 흐름으로 집약되며, 그의 시편들이 짧지 않은 세월 동안 어떻게 변모해 왔는가 하는 문제가 초점이었다고 할 수 있다.

잘 알려져 있듯이, 청마의 시는 '생명파', '인생파', '허무의 의지', '비정

---

5) 이 점 깊이 강조되어 마땅하다. 미당이 해방 후 비평적 작업에서, 왜 청마를 자신과 이념적, 정신적 동류항에 놓으려는 욕망을 보였는지, 이에 대해서는 추후 세세한 논의가 따라야 할 것이다.

6) 김종길, 「청마 유치환론」, 박철석 편, 『한국 현대시인 연구 18 — 유치환』(문학세계사, 1999).

7) 김재홍, 「대결 정신과 허무의 향일성」, ≪심상(心象)≫ 1975. 1.

8) 이숭원, 「청마 시 연구의 반성과 전망」, 『현대시』 2집(문학세계사, 1985).

(非情)의 시학' 등으로 명명되어 왔다. 그만큼 그는 비교적 무겁고 사변적인 주제를 담은 일종의 '관념적' 시편을 많이 썼다. 자신도 "나는 시인이라기보다 먼저 한 사람이 되고 싶다."라고 거듭 주장했던 만큼, 그는 순수시보다는 '인생을 위한 시'를 썼으며, 역사의식과 현실 인식의 시편을 많이 썼다. 특히 '허무 의지'는 청마 시를 설명하는 가장 중요한 특성인데, 그는 스스로 '허무 의지'가 일체의 인간적 감정을 초극한 냉혹하고 비정한 어떤 경지에 대한 의지라고 밝힌 바 있다. 따라서 그의 시는 세속적이고 미시적인 감정에 의해 쓴 것이 아니라, 현상적인 것을 넘어 초월적이고 절대적인 경지를 추구한 세계였다고 할 수 있다.

하지만 그가 이루어 낸 시적 성취에 비해 그에 대한 평가가 넉넉하지만은 않았다. 그의 '의지'의 측면과 '순정'의 측면이 일정하게 모순으로 파악되기도 하였고, 그의 고풍스러운 한자어나 관념적 시어로 인해 한글 세대 독자들로부터 멀어지기도 하였다. 하지만 탄생 100주년을 맞아, 우리 시가 점점 가녀리고 여성적인 어조로 흘러가는 데 대한 시사적 반성의 자료로 청마 시편은 새롭게 읽힐 필요가 있다. 그것은 강한 '의지'와 부드러운 '순정'이 친화하고 결속하는 그의 시 세계를 응시하는 일이 될 것이다.

순정과 사랑의 시학

청마 시편의 속성 가운데 가장 중요한 것 가운데 하나는 그가 토박이말을 중심으로 하는 기층 언어보다는 한자어의 미학적 가능성을 최대한 실험한 시인이라는 데 있다. 가령 그의 시어 가운데는 한자 사전에도 없는 한자어 조어(造語)가 매우 빈번하게 나타나고, 토박이말로 바꾸었을 때 정서적 감염이 훨씬 용이했을 표현도 얼마든지 많다. 또한 그의 시는 무거운 주제를 언표할 경우 한자어의 빈도가 점증한다. 그래서 그의 시편들은 기층 언어에 기초를 둔 시편들이 가지는 이른바 '기억 촉진성'에서 멀어지고, 관념의 자기 표현으로서의 무게를 강하게 띠게 된다. 그럼에도 불구하고 그의 시편 가운데서도 성공한 것들은 대부분 생경한 한자어의 세례에서 거리를 둔 경우가 많다. 가령 초기 시편인 「깃발」은, '깃발'이 불러일으키는 이미지의 연쇄로 이루어진 작품인데, 그 핵심은 '그리움'이라는 감정이 불러일으키는 물결이나 바람 같은 '파동감'에 있다. 이 경우에도 우리가 어려워할 한자어의 과용은 찾아볼 수 없다.

> 이것은 소리 없는 아우성.
> 저 푸른 해원(海原)을 향하여 흔드는
> 영원한 노스탤지어의 손수건
> 순정(純情)은 물결같이 바람에 나부끼고
> 오로지 맑고 곧은 이념(理念)의 푯대 끝에
> 애수(哀愁)는 백로(白鷺)처럼 날개를 펴다.
> 아! 누구인가?
> 이렇게 슬프고도 애닲은 마음을
> 맨 처음 공중에 달 줄을 안 그는.
>
> ──「깃발」 전문

이 시편의 시상은 '동경'에서 '좌절'로 전개된다. 먼저 깃발은 '소리 없는 아우성'에 비유된다. 이때 '아우성'이란 여럿이 울부짖는 소리를 뜻한다. 이러한 모순 형용을 통해서 남는 것은 소리가 제거된 시각적 이미지이며, 손을 흔들 듯이 몸부림치는 몸짓과 같은 깃발의 펄럭임을 우리는 여기서 경험한다. 그 '깃발'의 나부낌은 격렬한 몸부림을 담고 있으며 어떤 모순을 간직하고 있다. 그 다음으로 '깃발'은 '노스탤지어의 손수건'에 비유된다. '노스탤지어(nostalgia)'란 생명 본연에 대한 향수로서, 여기서 우리는 '깃발'이 바닷가 높은 언덕에 세워진 깃대에 달려 동경과 이상의 세계를 향해 펄럭이고 있음을 알 수 있다.

그 다음의 시상을 이어 가는 이념의 푯대로서의 깃대와 날리는 기폭은,

운명에 매여 있으면서도 끊임없이 자유를 갈망하는 인간의 모습을 보여 준다. 여기에서 '순정'이 물결로 비유되어 바람에 나부끼는 모습이 나타난다. 애수가 백로로 비유되어 날개를 펴는 모습은 파동성과 부드러움을 지니고 그리움의 감정을 떠올리게 한다. 그 '그리움'은 '이념의 푯대'라는 매우 관념적인 시어와 결합되면서, 청마의 이념이 어떤 이데올로기가 아닌 생명의 순수성에 대한 지향과 관련되어 있음을 알게 한다. 그래서 그것은 인간의 한계 상황과 생의 모순을 자각하게 해 준다. 이러한 이미지는 "진종일 헛되이 나의 마음은／공중의 깃발처럼 울고만 있나니／아 너는 어디메 꽃같이 숨었나뇨"(「그리움」) 같은 데서도 나타난다. 그것은 '깃발'의 펄럭임처럼 공중에 매달린 채 여운을 남기며 지속되는 물음이다.

시인(詩人)이 되기 전에 한 사람이 되리라는 이 쉽고 얼마 안 된 말이 내게는 갈수록 감당하기 어려움을 깊이 깊이 뉘우쳐 깨달으옵니다. 오늘 불쌍한 생애(生涯)에 있는 오직 하나의 가까운 혈육(血肉)을 위하여서만으로도 길가의 한 신기리가 되려는 그러한 굳고 깨끗한 마음성을 가지기를 나는 소망하오니.[9]

이러한 바람을 담은 위의 시편은, 청마가 지닌 '순정'이 생래적인 그의 욕망이었음을 알게 한다. '순정'이 사랑하는 사람을 만난다면 이는 현실의 어떠한 제약에도 굴하지 않는 '열애'를 경험하게 된다. 그리고 '열애'가 이루어지지 못하면 '순정'은 끝없는 그리움과 애수를 토하게 된다. 또한 '순정'이 허무와 대결하게 되었을 때 애련에 빠짐을 치욕으로 여기는 비정으로 맞설 것이 틀림없다. 청마는 사랑을 "다른 하나의 나를 설정하는 일"이라고 말하였는데, 그만큼 청마에겐 한 인간의 영혼을 정화하는 '순정'의 마음을 깊이 품었다고 할 수 있다. 사랑에 닿아 있는 마음, 사랑을 부르는 마음

9) 유치환, 『청마시초』(청색지사, 1939), 5~6쪽.

은 시인의 혈류 깊은 곳에 뜨겁게 흐르는 '순정'에 바탕을 둔 것으로 볼 수 있을 것이다.

김현은 청마 시가 보여 주는 사랑의 모습은 쉽게 이루어지지 않아서 고통스러운 사랑이며 그 고통스러움은 자기의 사랑이 상대방에게 전달되지 않을까 봐 걱정하는 데서 생겨나는 고통이 아니라 서로 사랑하는 것을 충분히 확인하였는데도 같이 있을 수 없는 데서 생겨나는 고통스러움으로 보았다.[10] 가령 "해지자 날 흐리더니 / 너 그리움처럼 또 비 내린다 / 문 걸고 / 등 앞에 앉으면 / 나를 안고도 남는 너의 애정!"(「밤비」)에서처럼 청마는 자신에 대한 상대방의 애정을 확신하고 있다. 자신이 이별로 인한 슬픔에 쌓여 고목처럼 늙어 가고 "저 임종의 날에도 고이 간직하고" 갈 만큼 그 사랑을 쉬이 놓지 못하리란 걸 알기에 청마가 사랑하는 상대방 역시 그러리란 걱정을 할 것은 당연한 일이다.

순수한 '생명'에의 의지를 통한 대결 의식을 일생 동안 견지했던 청마는 윤리적이고 남성적인 관념 시편을 많이 창작하여 여성 편향성이 강한 우리 시사에 굵은 음역과 정의로운 시적 자세를 이채롭게 선보인 큰 시인이었다. 하지만 그는 푸른 하늘을 날개 치며 날아갈 수 없는 운명과 이룰 수 없는 사랑에 대한 영원한 노스탤지어를 노래한 시인이기도 하다. 그의 이러한 '순정'은 후기 시집 『청령일기』에 오면서 심연으로 침잠하여 고뇌하는 감정으로 전환하고 있는데, 초기 시부터 이러한 순정과 열애의 에너지는 깊은 그리움의 정서를 만들어 내고 있었던 것이다.

바람아 나는 알겠다.
네 말을 나는 알겠다.
한사코 풀잎을 흔들고
또 나의 얼굴을 스쳐가

---

10) 김현, 「깃발의 시학」, 『김현 문학 전집』(문학과지성사, 1992), 95쪽.

하늘 끝에 우는

네 말을 나는 알겠다.

눈 감고 이렇게 등성이에 누우면

나의 영혼의 깊은 데까지 닿는 너.

이 호호(浩浩)한 천지를 배경하고

나의 모나리자!

어디에 어찌 안아볼 길 없는 너.

바람아 나는 알겠다.

한 오리 풀잎이나마 부여잡고 흐느끼는

네 말을 나는 정녕 알겠다.

—「바람에게」 전문

청마 시의 주요 이미지는 '깃발', '바위' 그리고 '바람'이다. 그의 시에서 '바람'은 매우 중요한 의미를 지닌다. '바람'은 자신은 보이지 않으면서 사물을 움직이게 하고 땅에 있는 것을 높히거나 공중으로 들어올린다. 또한 '바람'은 물결(그의 시 「그리움」에서의 '파도')과 같이 파동성을 가지고 움직이는 부드러운 존재이다. 청마 시에서 바람이 흔드는 것은 시인의 마음이며, 불러일으키는 것은 그리움이다. 그것은 순정을 물결같이 나부끼게 하거나 일상적 삶에 안주하려는 사람을 깨워 쉼없이 뉘우치고 탄식하고 회의하게 만든다. 그래서 '바람'은 우주의 섭리를 알려 주고 존재의 본질이 무엇인가를 일깨워 주는 매개체이다.

위 시편에서도 '바람'은 "나의 영혼의 깊은 데까지 닿"아 와 '나'를 일깨워 주는 존재이다. 이 시편의 첫 연은 "바람아 나는 알겠다 / 네 말을 나는 알겠다"라는 깨달음의 말로 시작된다. 그 다음 '바람'의 행위를 통한 인식이 나타난다. 바람은 우주 만물을 스쳐가고 그것과 함께 호흡하는 존재임을 알 수 있다. 화자는 존재의 본질을 파악할 수 없다는 역설적 자각을 보여 주는데, "나의 모나리자! / 어디에 어찌 안아볼 길 없는 너"라고 바람을 일컬어 마치 손 뻗을 수 없는 구원의 여인상인 것처럼 애달파하기 때문이다. 이제 '바람'은 이 넓은 천지에서 만물 어디에나 닿아 있는 존재이지만 또 볼 수도 없고 안을 수도 없는 존재이다. 그것은 우주에 가득 들어찬 어떤 '생명' 혹은 '사랑'이라고 부를 수 있는 것을 표상하는 존재이다. 그래서 그것은 "한 오리 풀잎마다 부여잡고 흐느낀다." 시인은 바람이 불러일으키는 순수한 생명의 세계, 사랑에 대한 그리움에 목메면서, 그 그리움이 '나'의 참된 존재를 일깨워 주는 감격을 노래한다. 이처럼 청마는 순정을 일컬어 "영혼의 어떤 갈구의 응답인 존재"라 하였던 바, 이 시편에서 '바람'은 바로 그러한 '나'의 전 존재를 거듭나게 하는 '사랑'과 같은 것이라고 볼 수 있다.

십 년이 넘는 세월을 두고 당신을 못내 사랑해오지 않은 바 아니언마는 이번에서사 진실로 당신이 나 자신보다도 귀한 것으로서 아낌과 애정이 절절히 깨우쳐지는 것입니다. 그 허망한 사후까지를 기약할 수 없는 애정의 깊이와 진실이란 것을 오늘에야 알 수 있는 것입니다.[11]

이 편지 단편만으로도 그의 애정이 가열한 것이라는 것을 쉽게 짐작할 수 있다. '나 자신보다도 더 귀한 당신'에서 출발하여 사후까지 같이 할 수 없음을 미리 안타까워하는 순정한 사랑은, 사랑을 하는 사람은 사랑을 받느니보다 행복하다는 섬세한 정서를 만들어 냈고 그 사랑이 주는 슬픔까지도 모조리 받아들여 사랑의 의미를 획득하게 한 것이다. 하지만 그 순정의 밀도가 은은하게 배어 있는 다음 시편에 눈길이 머물게 되면, 청마와 일생을 함께했던 아내에 대한 순정의 마음이 아련하게 번져 옴을 느끼게 된다.

아픈가 물으면 가늘게 미소하고
아프면 가만히 눈감는 아내 ──

---

11) 이영도, 『사랑하였으므로 행복하였네라』(중앙출판공사, 1967), 200쪽.

한 떨기 들꽃이 피었다 시들고 지고
한 사람이 살고 병들고 또한 죽어가다
이 앞에서는 전 우주(宇宙)를 다 하야도 더욱 무력한가
내 드디어 그대 앓음을 나누지 못하나니

가만히 눈 감고 아내어
이 덧없이 무상한
골육에 엉기인 유정(有情)의 거미줄을 관념(觀念)하며
요요(遙寥)한 태허(太虛) 가운데
오직 고독한 홀몸을 응시하고
보지 못할 천상의 아득한 성망(星芒)을 지키며
소조(蕭條)히 지저(地底)를 구우는 무색 음풍을 듣는가
하여 애련의 야윈 손을 내밀어
인연의 어린 새 새끼들을 애석하는가

아아 그대는 일찍이
나의 청춘을 정열한 한 떨기 아담한 꽃
나의 가난한 인생에
다만 한 포기 쉬일 애증(愛憎)의 푸른 나무러니
아아 가을이런가
추풍은 소조(蕭條)히 그대 위를 스쳐 부는가

그대 만약 죽으면 ——
이 생각만으로 가슴은 슬픔에 즘생 같다
그러나 이는 오직 철없는 애정의 짜증이러니
진실로 엄숙한 사실 앞에서
그대는 바람같이 사라지고

내 또한 바람처럼 외로이 남으리니
아아 이 지극히 가까웁고도 머언 자여

——「병처(病妻)」 전문

　화자는 아픈 아내의 곁을 지키고 있다. 그동안 무엇이든지 나누어 왔지만 병고(病苦)만은 나누어 가질 수 없다. 아내는 야윈 손을 더듬어 아이들을 찾는다. 한때 그녀는 내 아내이기 이전에 "나의 청춘을 정열한 한 떨기 아담한 꽃"이었다. 청마 젊은 날의 애인이었던 것이다. 가장 가까운 아내에 대하여 '순정'이 물결같이 바람에 나부끼고 있다.

저물도록 학교에서 아이 돌아오지 않아
그를 기다려 저녁 한길로 나가 보니
보오얀 초생달은 거리 끝에 꿈같이 비껴 있고
느릅나무 그늘 새로 화안히 불 밝힌 우리 집 영머리엔
북두성좌의 그 찬란한 보국이 신비론 표ㅅ대처럼 지켜 있나니
때로는 하나이 병으로 눕고
또는 구차함에 항상 마음 조일지라도
도련도련 이뤄지는 너무나 의고(擬古)한 단란(團欒)을
먼 천상에서 밤마다 지켜 있고
인간의 수수한 영위(營爲)에
우주의 무궁함이 이렇듯 맑게 인연되어 있었나니
아이야 어서 돌아와 손목 잡고
북두성좌가 지켜 있는 우리 집으로 가자

——「경이(驚異)는 이렇게 나의 신변(身邊)에 있었도다」 중에서

　시의 화자는 돌아오지 않는 아이를 마중하러 한길로 나간다. 그때 발견한 북두성좌, 그 찬란한 보국이 자신의 집을 지켜 주고 있다. 누군가가 병

고를 앓거나 가난할 때 자신을 지켜 주는 북두성좌, 그 우주적 인연으로 가족은 보금자리를 지킨다. 아이가 돌아와 '도련도련 이뤄지는 너무나 의고한 단란'을 꿈꾸는 이의 마음이야말로 청마 시편의 '경이'에 가득한 순정을 잘 드러내 준다. 따라서 청마 시편은 이처럼 가장으로서 가족들에 대한 충실한 애정과 책임에서 발원하는 속성을 보이는 것이다.

이처럼 우리가 살폈듯이, 청마 시편의 순도와 열도는 '순정'의 시학이 가지는 일관된 힘에서 발원한 것이다. 청마가 지닌 '순정'은 생래적 욕망이었고, 사랑하는 사람을 만나 현실의 어떠한 제약에도 굴하지 않는 '열애'로 이월하게 된다. 그 힘이 그로 하여금 생명의 의지로 나아가게끔 한 가장 깊은 근인(根因)이었던 것이다.

의지와 현실 비판의 시학

청마가 일관되게 탐구했던 것은 '존재' 혹은 '생명'에 관한 것이었다. 청마에게 무엇보다 고귀한 것은 '생명'이며 그의 시의 테마는 '생명'의 탐색으로 모아졌다. 하지만 그는 인간에게 삶이 곧 죽음이며, 재앙이나 고통 역시 신의 섭리에 의해 좌우되는 것이 아니라 우주의 분신으로서 인간의 의지에 따라 유전하는 것에 지나지 않는다는 점을 발견한다. 그러면 궁극적으로 허무밖에 없는 세계에서 인간이 그 존재의 한계를 극복하는 길은 무엇인가 하는 곳에 그의 질문이 머물게 된다. 여기서 그의 시가 탐구한 '의지'의 문제가 제기된다. 청마에게 생명이란 '의지'에 의해 발현되는데, 인간이 그의 생명을 확장하고 존재의 완전성을 이룰 수 있는 방법은 오직 이 허무 혹은 영원한 무 앞에서 자신의 '의지'를 실현시키는 것밖에 없다.

나의 가는 곳
어디나 백일(白日)이 없을소냐.

머언 미개(未開)적 유풍(遺風)을 그대로
성진(星辰)과 더불어 잠자고

비와 바람을 더불어 근심하고
나의 생명(生命)과
생명(生命)에 속(屬)한 것을 열애(熱愛)하되

삼가 애련(愛憐)에 빠지지 않음은
── 그는 치욕(恥辱)임일레라.

나의 원수(怨讐)와
원수(怨讐)에게 아첨하는 자에겐
가장 옳은 증오(憎惡)를 예비하였나니.

마지막 우러른 태양(太陽)이
두 동공(瞳孔)에 해바라기처럼 박힌 채로
내 어느 불의(不意)에 즘생처럼 무찔리기로

오오 나의 세상의 거룩한 일월(日月)에
또한 무슨 회한(悔恨)인들 남길소냐.

──「일월」 전문

　이 시편은 1939년 4월 발표작으로 청마가 가족을 거느리고 만주로 이주
하기 얼마 전에 쓴 작품이다. 처음 부분은 "나의 가는 곳／어디나 백일이
없을소냐"라는 의지적 구절로 시작되는데, 일제 강점기 아래의 굴욕적 삶
에 비한다면 낯선 어디든 그곳이 오히려 자유로울 것이라는 역설적 의지가
제시된다. 후반으로 갈수록 대결 '의지'가 고조되는데, 특히 열애의 대상인

"생명에 속한 것"에 대한 애착은 "슬프고 어두운 하늘 아래 생을 받은 불쌍한 우리 겨레와 혈육들을 진심으로 아끼고 사랑하자는 것"(「차단의 시간에서」)의 발로이다. "가장 옳은 증오"란 바로 열애가 구체적으로 나타난 것이다. 그만큼 이 시편에는 일제 강점기 아래 시인의 현실 대결 의지가 직접적으로 나타나 있다. 그 다음 부분은 원시적 생명의 순수성이 광활한 스케일로 퍼져 가고 있음을 보여 준다. 따라서 이 시편 안에서 '나의 가는 곳'은 도피적 망명이 아니라 더 적극적인 대결 의지의 장(場)으로 거듭난다. 여기서 화자가 가장 경계하는 것이 '애련'임이 드러난다. '애련'은 자칫 원수에 대한 강한 의지를 발휘하는 데 장애가 되기 때문이다. 그래서 청마는 '증오'를 말한다. "가장 옳은 증오"는 애련에 물들지 않은 '열애'와 등가를 이룬다. 또한 '애련'은 "원수에게 아첨하는 자"에게로 통할 수 있다. 여기서 '사랑 / 원수'의 의미는 생명의 원래적 모순과 갈등이라는 의미보다는 오히려 일제 강점기 아래 시인의 현실에 대한 대결 의지를 집약하고 있다고 할 수 있다. 그 대결 정신은 뛰어나게 강렬한 표현을 얻는데, "마지막 우러른 태양이 / 두 동공에 해바라기처럼 박힌 채로 / 내 어느 불의에 즘생처럼 무찔리기로"라는 구절 속에는 사무친 원한에 죽어도 눈을 감을 수 없다는 의미가 들어 있고, 불의에 맞서 쓰러질지언정 태양을 우러른 의지만은 굽힐 수 없는 의지가 각인되어 있다.

결국 이 시편에서 화자가 '애련'에 빠지지 않고 원수를 '증오'하는 것은 '일월(광명)'에 대한 믿음과 생명에 대한 의지를 보여 주는 것이다. "오직 그의 비수를 품은 악의 앞에서만 / 나는 항상 옳고 강하였거늘"(「원수(怨讐)」) 같은 고백에서도 그와 같은 정의감은 어렵지 않게 발견된다. 그가 만년에 이르러 「할렐루야」나 「감옥 묘지」와 같은 일련의 작품에서 통렬한 역설을 통하여 인간 사회의 위선을 고발하고 자기가 살고 있는 현실의 부조리를 정면으로 파헤치는 작품을 발표한 것도 이러한 의지가 지속되었기 때문이다. 청마의 의지는 다음 시편에서 더욱 잘 드러난다.

내 죽으면 한 개 바위가 되리라

아예 애련(愛憐)에 물들지 않고

희노(喜怒)에 움직이지 않고

비와 바람에 깎이는 대로

억년(億年) 비정(非情)의 함묵(緘默)에

안으로 안으로만 채찍질하여

드디어 생명(生命)도 망각(忘却)하고

흐르는 구름

머언 원뢰(遠雷)

두 쪽으로 깨뜨려져도

소리하지 않는 바위가 되리라

──「바위」 전문

이 시편은 극도의 절제와 극기의 노력을 통한 비장미의 절정을 보여 준다. 우선 '바위'라는 제목부터가 광물적 이미지로서 단단한 의지, 견고에의 집념을 표상한다. 시편의 첫 행은 단단한 결의의 표명으로 시작된다. "죽으면"이라는 비장한 각오에 이어지는 '바위'의 이미지가 강한 견고에의 집념을 보여 준다. 또 죽음과 바위의 대응 속에는 인생의 유한성과 자연의 영원성이 대조된다. 그 다음은 바위의 속성과 본질이 묘사된다. 바위가 되고 싶다는 것은 '애련'과 '희로'에서 벗어난 영원한 자유로움을 얻고자 하는 것이다. 그러므로 화자는 희로애락을 넘어 '비정'과 생명 망각에 이르고자 한다. "흐르는 구름 / 머언 원뢰"는 의미상으로는 다음 행의 "꿈꾸어도 노래하지 않고"에 연결된다. '노래'는 '희로애락'의 다른 표현이기 때문이다. 그래서 천둥 번개에 두 쪽이 나더라도 소리하지 않는 바위, 어떤 자극과 번뇌에도 동요하지 않는 침묵과 비정의 바위가 되고자 하는 것이다. 견고한 '의지'를 통해 비애를 막고 삶의 비극성을 극복하려는 의지가 표현된 것이다. 이처럼 이 시편은 「깃발」에서 보이는 삶의 비극적인 모순성에 대한 깨달음과 「일월」의 우주적 상상력이 결합되어 견고한 '바위'의 이미지를 보여 준다.

앞서 언급했듯 청마에게 세상은 무(無)이며 신(神)이 존재하지 않는 세상에서 이미 정해진 운명 따위는 존재하지 않는다. 다만 허무와 맞서는 자신의 의지만이 애련의 삶에서 영원한 생명으로 자신을 인도할 수 있을 뿐이다. 즉 세상은 '의지를 의지하는 심각한 고행의 길'이지만 이 길을 비껴가면 나락만이 존재한다고 믿고 있다. 그래서 청마는 더욱 비장한 목소리로 생명을 열애하기 시작한다.

나의 지식이 독한 회의를 구하지 못하고
내 또한 삶의 애증(愛憎)을 다 짐지지 못하여
병든 나무처럼 생명이 부대낄 때
저 머나먼 아라비아의 사막으로 나는 가자

거기는 한 번 뜬 백일(白日)이 불사신같이 작열하고
일체가 모래 속에 사멸한 영겁의 허적(虛寂)에
오직 알라 ― 의 신만이
밤마다 고민하고 방황하는 열사(熱沙)의 끝

그 열렬한 고독 가운데
옷자락을 나부끼고 호올로 서면
운명처럼 반드시 '나'와 대면케 될지니
하여 '나'란 나의 생명이란
그 원시의 본연한 자태를 다시 배우지 못하거든
차라리 나는 어느 사구(砂丘)에 회한 없는 백골을 쪼이리라

―「생명의 서」전문

이 시편은 일제 강점기 말의 절망적 상황 아래서 절망을 통해 고독을 극복하려는 생의 의지를 보여 준다. 이 시편의 특징은 우선 한자어가 많이 등장한다는 것인데, 청마 시는 주제가 무거운 것일수록 한자어가 많이 등장한다는 점은 앞에서 언급한 바 있다. 시편의 처음은 존재의 본질에 대한 '독한 회의'를 지식으로 구할 수 없고 삶이 애증에 시달려 자아의 생명이 '병든 나무'처럼 고갈되어 갈 때, '아라비아의 사막'에서 생명의 순수성을 찾고자 한다. '아라비아의 사막'은 '백일'과 '허적'의 공간이다. 여기서는 신(神)마저 방황하고, 그에 비례하여 화자의 의지 또한 치열해진다. 일체가 모래 속에 사멸한 죽음의 세계는 곧 새로운 생명을 갈구하는 세계이기도 하다. 여기서 역시 고뇌와 절망의 극단화를 통해 절망감을 극복하려는 자세를 볼 수 있다.

그 다음은 '원시의 본연의 자태' 곧 생명의 순수성을 찾아내고야 말리라는 치열한 대결 의지를 역설적으로 표현하고 있다. 나의 생명이 발견하고자 하는 것은 현실에서 방황하는 '나'를 넘어 성취하고자 하는 근원적 생명과 순수성으로서의 '나'이다. 여기서 '원시의 본연한 자태'란 청마가 줄곧 시 속에서 구현하려 했던 참된 실존적 존재를 말하고, 운명처럼 만나게 될 '나'와 같은 존재이다. 결국 이 시편은 생명의 본질을 고독 가운데서 회복하고자 한 것으로서, 극한 상황에 대한 치열한 대결 의지는 이육사의 시 「절정(絶頂)」과 통한다고 할 수 있다.

결국 이 시편이 놓인 위치는 비정적 세계와 생명이 맞닿은 상황이다. 가장 비생명적인 곳에 생명을 대치시킬 때 비로소 생명의 본질이 드러나듯이,[12] 청마는 열사의 끝에서 '열렬한 고독' 가운데 '원시의 본연한 자태'를 배워 자신의 생명을 온전하게 구하고자 한 것이다. 이러한 가열한 의지는 후기 시편으로 갈수록 현실에 대한 준열한 저항과 비판으로 나타나게 된다.

---

12) 김윤식, 「유치환론 ── 허무 의지와 수사학」, 박철희 편, 『유치환』(서강대학교 출판부, 1999).

귀한 종이를 낭비해가면서까지도 이렇게 시를 버리지 못함은 오늘 한국의 현실에 대한 절망과 소위 문단이란 것에 대한 증오로 보면 내 자신 오욕의 느낌을 금하지 못하나, 따지고 보면 실상 내가 시 그것에보다도 인생을 열애(熱愛)하는 소이에서가 아닌가 싶다.[13]

이처럼 청마의 후기 시편들은 그가 살았던 직접적 현실에 대한 대응의 산물로서의 속성이 짙게 나타난다. 한국 전쟁의 비극을 겪으면서 그는 문총구국대에 참여하여 종군 체험을 바탕으로 『보병과 더불어』를 출간하였고, 전쟁 속에서 자신을 내던질 수 있는 결의를 내보인다. 이는 그의 원초적이고 생래적인 '순정'과 '생명'의 의지가 강렬한 휴머니즘 의식으로 전이된 까닭일 것이다.

지각이 있는 사람치고는 누구나 다 그렇겠지마는 현실 사회에 일어나는 보고 듣는 일에 대하여 쏠리는 관심이 내게도 대단히 많습니다. 더구나 그것이 부정불의한 일일 것 같으면 견딜 수 없을 만큼 흥분하기까지 하기가 일쑤입니다. (……) 나는 나대로의 정의감이나 내지는 인생관을 바꾸든지 굽힐 수는 적어도 내가 글을 쓰는 한에서는 불가능한 일입니다. 왜냐하면 글이나 문학이란 언제나 높은 윤리의 태반을 갖지 않고서야 낳아지지가 않기 때문입니다. 윤리를 갖지 않은 글, 윤리의 정신에서 생산되지 않은 문학은 무엇보다 첫째, 그것을 읽어 줄 독자가 없을 것입니다. 그 이유는 읽어서 공명을 맛볼 수 없으므로 읽을 필요나 흥미를 아무도 안 느낄 것이기 말입니다.[14]

이 인용문은 그의 시학적 중추가 가열한 현실 비판의 윤리적 태도에 있음을 알려준다. 그 '윤리'의 시학은 다음 작품에서 현실에 대한 비판과 저

---

13) 유치환, 『청마시집』(문성당, 1957), 244쪽.
14) 유치환, 『구름에 그린다』(신흥출판사, 1959), 151~152쪽.

항의 모습으로 이어지게 된다. 청마는 참되고 옳음이 숨어야 하는 계절로 당시의 상황을 규정하고, 무쇠 연자의 시련이 있더라도 자신의 노래를 '비도(非道)'를 장식하는 데는 빼앗기지 않으리라는 의지를 표명하게 된다. 거기서 '뜨거운 노래'를 땅에 묻는다고 노래하였다.

고독은 욕되지 않으다
견디는 이의 값진 영광

겨울의 숲으로 오니
그렇게 요조턴 빛깔도
설레이던 몸짓들도
깡그리 거두어 간 기술사(奇術篩)의 모자
앙상한 공허만이
먼 한천(寒天) 끝까지 잇닿아 있어
차라리
마음 고독한 자의 거닐기에 좋아라

진실로 참되고 옳음이
죽어지고 숨어야 하는 이 계절엔
나의 뜨거운 노래는
여기 먼 땅에 묻으리
아아 나의 이름은 나의 노래
목숨보다 귀하고 높은 것
마침내 비굴한 목숨은
눈을 에이고 땅바닥 옥에
무쇠 연자를 돌릴지라도
나의 노래는

비도(非道)를 치레하기에 앗기지는 않으리
들어 보라
저 거짓의 거리에서 물결쳐 오는
뭇 구호와 빈 찬양의 헛한 울림을
모두가 영혼을 팔아 예복을 입고
소리 맞춰 목청 뽑을지라도

여기 진실은 고독히
뜨거운 노래는 땅에 묻는다
　　　　　　　　　　　　──「뜨거운 노래는 땅에 묻는다」 전문

이른바 3·15부정선거 직전에 쓴 작품이다. 여기서 '비도(非道)'란 청마가 인식한 '진실'과 철저하게 대립하는 것으로서, '진실'이 뜨거운 노래라면 '비도'는 거리에 울려 퍼지는 거짓 노래, 즉 시류를 타며 목소리를 높이는 이들의 노래가 된다. 따라서 청마는 당대의 불의한 것들을 찬양하느니 차라리 입을 다무는 쪽을 택한다. 그는 일제 강점기 말 만주행으로 강한 저항의 노래 대신 고독과 그리움으로 현실을 대했지만, 그 후 어지러운 시대에 대해서는 날카로운 칼날을 서슴지 않는다. 이처럼 일제 강점기와 해방기, 전쟁과 개발 시대에 이르기까지 격동의 세월을 살아오면서, 청마는 '애련'에 빠지지 않고 부정한 세상을 향하여 비판하고 저항하였다. 또 '생명'에 대한 가열한 탐구를 시도하여 존재의 허무를 온몸으로 표현하게 된다. 청마가 이토록 세상 구석구석을 살필 수 있었던 건 그가 지닌 '순정'과 '의지'의 친화와 결속 때문이다.

청마의 시적 원류
청마 시의 원류는 이처럼 '순정'과 '의지'의 친화와 결속에 있었다. 먼저

'순정'은 그로 하여금 허무한 세상에 비정한 '의지'를 품게 하였다. 그는 모든 것이 '허무'임을 깨닫고 그에 대항하는 '의지'를 키우기 위해 저기 원시적 고독의 공간을 추구하였다. 일체의 인간적 감정을 초월하고 비정한 의지를 품고자 하는 그의 시편들은 우리로 하여금 그의 순수한 정신세계를 들여다보게 하였다. 그리고 청마의 '순정'이 불의한 세상을 마주했을 때 그것은 가열한 '의지'의 목소리로 나타났음을 알 수 있다. 그의 시 세계 안에서, 압제와 부정이 만연한 시대를 겨눈 작품과 사랑이나 그리움을 읊은 시편이 평화로이 공존하는 것도 그 점에서 매우 자연스럽다. 이처럼 그의 시편들은 아름다운 사랑 노래이자, 치열한 생명 추구의 노래이며, 현실에 대한 응전의 목소리를 담은 증언록이기도 하였다. 우리 시의 '정한'과 '순수 서정' 편향의 지반에서 그의 시편들이 단연 돌올하게 읽히는 까닭도 바로 여기에 있을 것이다.

제1주제에 관한 토론문

김춘식(동국대 교수)

청마 시 세계의 원류를 '의지와 순정의 친화 그리고 결속'에서 발견하고 동시에 그 시의 전개 과정을 꼼꼼히 짚어 가고 있는 유성호 선생님의 발표를 잘 들었습니다.

이 발표는 첫 장의 소제목이 '청마 시의 자장과 연구사적 흐름'인 것처럼, 한국 문학사에서 청마 시의 '위치와 의의'를 재검토하고 그 연구사적 흐름을 정리하는 방식의 다소 평이한 접근 방법을 취하고 있는 듯한 인상을 주는 것이 사실입니다. 그러나 '순정과 사랑의 시학'으로 정의된 초기 시편과 '의지와 현실 비판의 시학'으로 정의된 후기 시편 사이의 연관 관계를 시간적 선후 관계에 따라 작품 분석을 중심으로 밝혀 나가고 있는 '비평적 읽기'의 과정은 이 발표의 중요한 미덕이었다고 생각됩니다.

선행 연구의 검토나 청마 시의 독특함이 한국 시사에서 지니고 있는 의미 등을 밝히는 작업이 새롭고 독창적인 사실이나 연구 결과라고는 볼 수 없을 것입니다. 그러나 발표문에 이미 밝혀져 있듯이 "그가 이루어 낸 시적 성취에 비해 그에 대한 평가가 넉넉하지" 않으며, "의지의 측면과 순정의 측면이 일정하게 모순으로 파악"되거나, "고풍스러운 한자어나 관념적 시어" 등에 대한 낯섦이 한글 세대 독자들로부터 거리감을 갖게 하는 점 등을 지적하고 오늘날의 한국 시가 "여성적 어조"로 점차 흘러가는 데 대한 시사적 반성의 계기를 모색한 점은 이 발표문의 한 의의라고 할 수 있을 것입니다.

특히, '탄생 100주년 문인' 중의 한 사람으로서 재조명하는 과정에서 유치환 시인을 다루고 있는 발표라는 점에서 새로운 '논쟁'거리 '연구 쟁점'을 찾기보다는 오늘날의 한국 시단에서 '청마 유치환'의 위치와 흔적을 어떻게 찾을 수 있는가를 재정리한 이 발표문의 형식은 '기억의 환기' 혹은 문학사의 재검토 차원에 충실한 것이라고 여겨집니다. 또한 이러한 재평가는 청마 유치환의 시 작품이 문학 현장의 '독서물'에서 점차 망각으로 빨려들어가면서 문학사적 대상 혹은 연구 대상으로 그 성격이 변해 가고 있는 현실과도 관계가 있다고 할 것입니다.

다만, 질의자의 입장에서 이 발표문에 대해 몇 가지 의문을 제기한다면 다음과 같은 것을 제시할 수는 있을 것 같습니다.

청마의 시를 현재의 독자가 재음미할 수 있는 섬세한 독법을 통해 다시 읽는 과정을 보여 주는 것은 이 발표문의 중요한 장점입니다. 그러나 이러한 '재발견'의 방식에 무언가가 누락되어 있다는 느낌 또한 쉽사리 지울 수는 없을 듯합니다. 우선, 청마 시의 선행 연구를 검토하며, 그 시적 원류를 '순정'과 '의지'에서 찾았는데, 이 '순정'과 '의지'가 청마 시의 한 특색임은 분명하나 그에 대한 '지금, 여기'에서의 재평가가 다소 미약하다는 점입니다. 청마 시의 원류를 밝혀낸다는 것은 한 사람의 시인이 자신의 시대를 살아가며 느낀 고통스러운 내면의 실체를 조명한다는 점에서 의의가 깊은 것입니다. 그러나 결국 그러한 한 시인의 내면이 "문학사에서 어떻게 기록되고 기억되는가" 하는 점에 대해 의문을 품는다면, 그 내면의 기록은, 곧 한 시대가 기억하는 '시인의 초상'을 재생산하는 과정에서 최종적으로 의미가 확정된다는 것을 알게 됩니다. 청마의 순정과 의지가 그의 시대에 의미를 지니고 있다면 어떤 점에서 그럴 수 있고 또 현재적 의미에서 이런 '순정과 의지'의 시학이 지닐 수 있는 의미는 무엇인가 하는 점에 대한 의문은 기억을 둘러싼 '과거와 현재의 간극'을 문제 삼는 것입니다. 청마에 대한 과거와 현재의 기억 사이에 존재하는 편차에서 과연 우리는 어떤 시사점을 찾을 수 있지는 않을까 하는 생각에 대해 발표자의 보충 설명을 부탁드립니다.

다음은 "청마의 순정이 불의한 세상을 마주했을 때 그것은 가열한 '의지'의 목소리"가 되었다는 결론 부분에 대한 질문입니다. 이 결론은 청마의 '순정과 의지'가 친화하고 결합한 근본적인 원인 속에 '불의한 세상'이 존재하기 때문이라는 것인데, 이 점은 다소 청마의 시적 원류의 상관성에 대한 인상적인 평가가 아닌가 생각됩니다. 이미 '깃발'이라는 시에서 발표자도 살펴보았듯이, 청마의 시에는 '순정적인 것과 의지적인 것'이 공존하고 있습니다. 즉 순정과 의지가 청마 시의 원류라고 한다면, 이 둘은 시대적인 상황, 환경에 따라서 둘 중 하나가 더 두드러지게 보일 뿐이지 그 둘이 서로 분리되어 있던 적은 없었다고 할 수 있습니다. 실제로 청마의 시편은 순정(감성적 측면)과 의지(신념)의 '상호 모순과 공존'에서 오는 내면적 드라마라고 할 수 있지 않을까 합니다. 즉 청마의 내면 속에는 의지적 지향과 그 의지의 첨단에서 오는 인간적 갈등, 순정, 노스탤지어가 언제나 공존하고 있었고 그것이 청마의 내면과 시 세계를 초기부터 구성했지만 청년과 장년, 혹은 시대적 환경의 차이에 따라서 이 두 가지 특색이 각기 비중을 달리 해서 나타난 것은 아닌가 생각됩니다. 이 점에 대한 발표자의 견해를 듣고 싶습니다.

다음은 서정주가 규정했다는 '생명파'에 관한 것입니다. 이제 일반적 규정처럼 되어 버린 이 평가에 대해서 발표자는 일단은 기존의 '관행적 분류법'이라고 지적하고 있으면서도 그것이 문학사적으로 통용되어 온 이유 등에 대해서 대체로 수긍하는 입장을 취하고 있습니다. 그러나 이런 기존의 평가가 관행이 되고 있다는 것은 그 평가의 정당성을 다른 모든 연구자도 암묵적으로 인정하고 있기 때문인 것인지, 아니면 이 점에 대한 문제의식을 별다르게 가져 본 적이 없기 때문인지 다소 석연치 않다는 생각이 듭니다. '생명파', '인생파'라는 호칭에는 문학사적으로 보면 1930년대 후반 신세대 문인의 미학적 정체성 혹은 세대적인 아비투스가 어느 정도는 녹아 있는 것이 아닌가 생각됩니다. 특히, 미당이 청마에게서 읽어 낸 동류 의식은 무엇이었는지 자못 궁금하지 않을 수 없습니다. 이 '관행적 분류의 타당성'이 문제가 아니라 그러한 관행적 분류를 가능하게 한 '미당'과 '청마'의 '인생', '생명'의 개념이 이 점에서 좀더 주목을 요하는 연구 대상은 아닌가 하는 점입니다. 더불어 '생의 구경 탐구'라는 '문협 정통파'의 이후 미학적 원칙과는 또 어느 정도의 연관성을 갖는 것인가도 중요한 문젯거리라고 여겨집니다. 이 점에 대한 발표자의 견해를 묻고 싶습니다.

이상 질문을 마치겠습니다.

유치환 생애 연보

1908년 7월 14일(음력), 한의사인 유준수(柳俊秀, 진주 유씨)와 어머니 박우
       수(朴又守, 밀양 박씨) 사이에서 8남매 중 차남으로 태어남. 장남은
       극작가 동랑(東郎) 유치진(柳致眞)이며, 삼남은 시인 유치상(柳致
       祥). 출생지와 관련해서는, 형인 유치진과 유치환이 수필 등에서 통영
       시 태평동에서 태어났음을 밝히고 있는 것에 따라 출생지를 통영으로
       보는 입장과, 아버지 유준수가 고향인 거제시 둔덕면 방하리에서 두
       아들을 낳은 직후인 1910년경 처가가 있는 통영으로 이주했다고 보아
       출생지를 거제시로 보는 입장이 대립하고 있음. 어떻든 출생지가 아니
       라 어린 시절을 보낸 실질적인 고향은 통영이라 할 수 있음. 호는 청
       마(靑馬).
1918년 4월, 외가에서 마련한 사숙(私塾)에서 한문 공부를 하다가 통영초등
       학교 입학.
1922년 3월 20일, 통영초등학교 4학년을 수료하고 일본으로 건너가 부잔(豊
       山) 중학교 입학. 형 치진은 이 중학교의 3학년이었고, 1923년에는 아
       우 치상도 일본으로 유학 옴. 중학생 시절 도쿠토미 로카(德富蘆花)
       의『자연과 인생』, 요시다 겐지로(吉田絃二郎)의『생명의 미소』를 탐
       독했고, 타카무라 고타로(高村光太郎), 하기와라 사쿠타로(萩原朔太
       郎), 쿠사노 신페이(草野心平), 다케우치 데루요(竹內照代) 등의 시
       인을 좋아했으며, 니체, 파스칼도 읽었다고 함. 청마의 생명 존중 사
       상, 남성적 시풍, 허무주의나 아나키즘적 경향 등이 이 무렵 발아하기
       시작한 것으로 보임.

1923년 형 치진, 아우 치상과 함께 도쿄 교외에서 자취. 9월 1일 발생한 간토
        대지진(關東大地震) 때 동포 5000여 명이 학살되는 사건이 벌어져
        큰 충격을 받음. 형 치진이 주도하는 '토성회' 동인의 회원으로서 박명
        국(朴明國), 김성주(金星柱), 최두춘(崔杜春), 장허(張虛) 등과 함께
        동인지 《토성》에 시를 발표.

1925년 9월, 부잔중학교 4학년 2학기 때 다른 사업에 손을 댄 부친의 사업 실
        패로 유학을 계속하기 어려워 귀국, 동래고등보통학교 4학년에 편입함.

1927년 3월, 동래고등보통학교 5학년 졸업(제4회). 이 무렵 통영의 '참새' 동
        인에서 발행한 동인지 《참새》 2권 1호(4집)에 「단가(短歌)」라는 제
        목으로 토막 시 9편 발표.

1928년 4월, 연희전문학교 문과 본과에 입학하였으나 1년 중퇴함. 다시 일본
        으로 건너가 사진 학원에 다녔다고 하나 출국 및 귀국의 정확한 일자
        는 미상. 이해 10월 안동 권씨 재순(權在順)과 결혼. 권재순은 청마와
        통영초등학교 한 학년 위(나이는 한 살 아래)로서 청마와 알고 사귄
        지 10년 만의 결혼임.

1929년 10월, 장녀 인전(仁全) 출생.

1930년 9월, 형 치진과 함께 발간한 회람지 『소제부(掃除夫)』(제1시집)에 시
        「축복」, 「5월의 마음」 등 26편의 시 발표.

1931년 《문예월간》 2호에 시 「정적(靜寂)」을 발표하여 문단에 정식 데뷔. 4월,
        차녀 춘비(春妃) 출생.

1932년 아내의 권유로 신학교에 입학하기 위하여 아내와 함께 평양으로 이주
        했으나 신학교에 입학하지 않고 모 회사의 평양 지사 사원으로 근무
        하다(사진관을 경영했다는 설도 있음) 곧 향리로 돌아와 시작(詩作)
        에 전념. 이해부터 《조선일보》, 《동아일보》, 《카톨릭청년》 등의
        신문과 잡지에 작품을 활발하게 발표하기 시작함. 12월에 3녀 자연(紫
        燕) 출생.

1934년 부산시 초량동으로 이주. 부산 화신연쇄점에서 1년간 근무함. 부인 권

재순은 초량동 소재 유치원(현재 삼일 유치원) 교사로 근무.

1935년 10월, 장남 일향(日向) 출생.

1936년 도쿄 가는 길에 부산 초량 집으로 찾아온 이상(李箱)과 하룻밤을 함께 보냄.

1937년 부산에서 통영으로 돌아가서 향교 재단이 운영하는 통영협성상업학교 교사로 취임. 7월과 10월에 동인지 ≪생리≫ 1집과 2집을 발간. ≪생리≫ 동인으로는 최상규(崔上圭), 장응두(張應斗), 염주용(廉周用), 박영포(朴永浦), 동생인 유치상, 최두춘(崔杜春), 김기섭(金玘燮) 등이 있었으며, 청마는 이 동인지에 「심야」, 「창공」, 「까치」 등을 발표함.

1939년 12월, 수필가 김소운(金素雲)의 소개로 화가 구본웅(具本雄)의 부친이 경영하던 청색지사에서 첫 시집 『청마시초(靑馬詩鈔)』 발간. 시 「깃발」 「일월」 등 55편 수록.

1940년 3월, 통영협성상업학교 교사 사임. 봄에 가족을 거느리고 만주 빈강성(濱江省) 연수현(延壽縣) 유신구(維新區) 2호로 이거. 형 치진의 처가 소유의 농장 관리인으로 일하며 정미소 경영에도 나섬. 7월 차남 문성(文聖) 출생. 11월 장남 일향 사망.

1942년 9월에 발간된 『재만시인집(在滿詩人集)』(재일협화구락문화부 편)에 「편지」, 「하얼빈 도리공원(哈爾濱 道裏公園)」, 「귀고(歸故)」 등의 시를 게재함.

1945년 봄에 북만주를 찾은 김소운과 만남. 광복을 앞둔 6월 말 가족을 거느리고 귀국. 부인 권재순이 통영문화유치원을 경영함. 9월 15일 통영문화협회를 조직, 초대 회장을 맡음. 간사는 작곡가 윤이상(尹伊桑)이었고 회원으로 전혁림(全爀林), 정명윤(鄭命允), 시인 김춘수(金春洙) 등이 있었으며, 한글 강습회, 정서 교육 강습회, 시민 상식 강좌, 농촌 계몽, 연극 공연 등의 사업을 펼침. 10월, 통영여자중학교 교사로 부임.

1946년 진주에서 발행한 동인지 ≪등불≫의 동인(동인으로는 백상현, 설창수, 이경순, 조향, 조지훈, 박목월 등이 있었음.)이 됨. 4월, 좌파 문학인

단체에 맞서기 위해 결성된 우파 청년 문학인 단체인 '한국청년문학가협회'의 초대 부회장이 됨.(회장은 김동리, 또 한 명의 부회장으로 김달진.) 가을에 대구를 방문하면서 대구를 중심으로 활동하던 ≪죽순≫ 동인들과 교유하며, 동인지 ≪죽순≫에 「육 년 후」, 「동정」 등의 작품 발표. 이후 청마가 오랜 기간 사랑의 편지를 주고받은 상대인 시조시인 이영도(李永道)와의 만남도 ≪죽순≫ 동인과의 교유를 통해 이루어진 것으로 보임. 이영도는 이해 10월, 청마가 교사로 근무하던 통영여자중학교에 교사로 부임함.

1947년　6월 15일, 통영시 태평동 522번지로부터 통영시 문화동 183번지로 이사하면서 호주 유준수로부터 분가함. 6월, 두 번째 시집 『생명의 서』를 행문사에서 발간, 시 「귀고」, 「바위」, 「생명의 서」, 그리고 북만주 시절을 배경으로 생명 의지와 허무 사상을 읊은 시 등 58편 수록. 11월, 조선청년문학가협회의 2대 회장이 됨.(부회장은 서정주, 김달진.) 조선청년문학가협회 제1회 시인상 수상.

1948년　3월, 통영여자중학교 교사 사임. 9월에 제3시집 『울릉도』를 행문사에서 발간, 시 「동백꽃」 「울릉도」 등 34편 수록. 9월 김춘수의 첫 시집 『구름과 장미』에 서문을 써 줌. 12월 차남 문성 사망.

1949년　5월에 제4시집 『청령일기(蜻蛉日記)』를 행문사에서 발간, 시 「심산(深山)」 「그리움」 등 67편 수록. 제2회 서울특별시 문화상(문학 분야) 수상.

1950년　3월에 김달진, 장도환(張道煥) 등이 통영을 찾아와 치환을 만났으며 5월, 통영 문화동에 있는 청마의 청령장으로 시인 정지용, 동양화가 정종여(鄭鍾汝)가 찾아옴. 한국전쟁으로 가속들을 이끌고 부산으로 피난. 부산으로 피난 온 서정주, 조지훈 등과 며칠을 함께 보냄. 경남문총구국대(慶南文總救國隊)를 조직, 육군 제3사단에서 종군함.

1951년　7월, 어머니 박우수 별세. 9월, 한국전쟁에 종군하여 최전방 체험을 담은 시집 『보병과 더불어』를 문예사에서 발간, 시 「호천(好天)」 등 33편

수록함. 11월, 통영여자고등학교 교사로 부임.

1952년 대구를 기반으로 한 동인지 ≪시와 시론≫의 동인이 됨.(동인으로는 김윤성(金潤成), 설창수(薛昌洙), 김춘수, 구상(具常) 등이 있었음.) 11월, 하기락(河岐洛)의 주선으로 경남 함양의 안의중학교 교장으로 취임하여 1954년 10월까지 근무.

1953년 4월, 통영으로 이거. 제6시집이기도 한 수상록『예루살렘의 닭』을 산 호장에서 발간, 시「선한 나무」등 58편 수록.

1954년 4월, 대한민국 예술원 초대 회원으로 피선됨. 경북대학교 문리대 교수 로 있던 하기락의 초청으로 경북대학교 문리대학 전임 강사로 부임, 문학 개론 등을 강의.(재임 기간 : 1954. 4. 30~1955. 3. 31) 10월, 두 개의 시집『기도가』와『행복은 이렇게 오더니라』를 합본한『청마시 집』을 문성당에서 발간, 시「낙화」외 111편 수록. 청마는 이를 두 권 의 시집으로 간주함.

1955년 2월, 경주고등학교 교장으로 취임하여, 1959년 9월까지 근무. 이해에 중·고교가 분리됨에 따라 중·고교장을 겸임함. 경주 지역의 동인지 ≪청맥(靑麥)≫의 동인으로 추대됨. 동인은 박종우, 정연길, 김해석, 김윤식 등이었음.

1956년 3월, 제1회 경북 문화상 수상. 4월 25일자 ≪대구매일신문≫에 발표한 「애국매국」에서 처음으로 '이승만 정권'이라는 용어를 쓰면서 관권과 야합한 이승만의 3선 출마와 부정 비리를 비판함.

1957년 3월, 한국시인협회 초대 회장으로 피선됨. 4월에 대한민국 예술원 2대 회원으로 재피선됨. 12월에 시집『제9시집』을 한국출판사에서 발간하 여 시「춘조(春潮)」외 38편의 시와 단장(短章) 95편 수록.

1958년 2월, 아세아재단이 주관하는 제5회 자유문학상 수상. 12월에『유치환 시선』을 정음사에서 간행. 12월 30일 한국시인협회상 수상.

1959년 3월, 한국시인협회 회장으로 재피선됨. 3월, 시선집『동방의 느티』를 신구문화사에서 발간. 9월 30일, ≪대구매일신문≫에 게재한 칼럼이 문제가 되어 경주고등학교 교장 직에서 강제로 물러남. 10월부터 ≪대구매일신문≫ 논설위원이 되었으나 이내 사임함. 11월 하순 전라남도 남해안과 제주도를 여행하며, 제주도에서의 강연에서 문인의 '정치적 중립'을 주장함. 12월, 자작시 해설집 『구름에 그린다』를 신흥출판사에서 발간, 출생기, 생장기, 만주로의 이주, 한국전쟁 시의 종군 등을 다룬 「나의 시 나의 인생」 등의 사상적 에세이를 같이 묶음.

1960년　3월, ≪동아일보≫에 저항시 「뜨거운 노래는 땅에 묻는다」를 발표. 3월, 대한민국 예술원 회원으로 재피선되지만, 4·19혁명을 계기로 하여 5월에 예술원 회원을 자진 사퇴함. 11월 6일에 발족한 경북청년문학회(회장 신동집(申瞳集))의 고문으로 추대됨. 12월, 열 번째 시집 『뜨거운 노래는 땅에 묻는다』를 동서문화사에서 발간, 마산의 3·15의거의 희생자 김주열(金周烈)을 애도한 「안공에 포탄을 꽂은 꽃」 외 35편과 단장(短章) I, II 수록.

1961년　4월 10일 건립된 대구 '2·28학생의거 기념탑'의 비문을 씀. 5월, 경주여자중고등학교 교장에 재취임.(1962년 3월까지 근무.) 이는 자유당 정권에서 강제로 퇴직당한 것에 대한 사실상의 복직이었음. 이 무렵 좌골신경통이 발병.

1962년　3월, 대구여자고등학교 교장 취임.(1963년 7월까지 근무.) 7월, 제7회 대한민국 예술원상 수상. 7월, 부산 용두산 공원에 국제신문사 주관으로 건립된 '4·19민주혁명 기념탑'에 비문을 씀.

1963년　한국예술단체총연합회 경북 지부장으로 추대되었으나 달가워하지 않음. 7월, 경남여자고등학교 교장에 취임.(1965년 3월까지 근무함.) 8월, 아버지 유준수가 향년 76세로 별세. 12월, 수필집 『나는 고독하지 않다』를 평화사에서 발간, 「2·28학생의거 기념탑 비문」, 「4·19민주혁명 기념탑 비문」, 「경주에 와서」 등 72편의 산문을 수록함.

1964년　1월, 한국문인협회 부산 지부장으로 추대되었으나 역시 달가워하지 않고 회의에도 참석하지 않음. 11월, 열한 번째 시집 『미루나무와 남풍』

을 평화사에서 발간, 시「한 그루 백양나무」외 41편 수록. 12월, 부산시 문화상을 수상했으나 수상을 고사했으며 시상식에도 불참함.

1965년 4월, 5·16혁명 이후에도 계속 정부과 권력의 비리를 비판하는 글을 썼다는 이유로 부산 남여자상업고등학교 교장으로 전임됨.(이후 사망시까지 이 학교 교장으로 근무.) 한국예술단체총연합회 부산 지부장 역임. 11월, 시선집『파도야 어쩌란 말이냐』를 평화사에서 발간.

1966년 3월, 예술원 임시 총회에서 제4대 예술원 회원으로 선출됨.

1967년 1월, 부산문인협회(한국문인협회 부산 지부) 회장으로 재추대되고, 이어서 부산예총 회장(한국예술문화단체총연합회 부산 지부장)으로 추대됨. 2월 13일 하오 9시 30분 무렵, 문인들과 만나고 귀가하던 도중, 부산시 동구 수정동 앞길에서 윤화를 당해 부산대학교 병원으로 이송 도중 영면함. 부산남여자상업고등학교, 한국예술문화단체총연합회 부산 지부, 부산문인협회 합동장으로 장례 거행. 2월 17일 부산시 사하구 하단동 승학산 산록에 묻혔으나 후일 경남 양산시 백운공원묘지로 이장되었다가(1981), 다시 1997년 경남 거제시 둔덕면 방하리 지전당골의 선산으로 이장됨.

유치환 작품 연보

발표일	분류	제 목	발표지
1927	시	단가(短歌, 토막 시) 9편	참새[1] 2권 1호 (새해 증대호)
1930. 9. 3	시	축복	소제부 제1시집
1930. 9. 3	시	5월의 마음	소제부 제1시집
1930. 9. 3	시	산	소제부 제1시집
1930. 9. 3	시	바다	소제부 제1시집
1930. 9. 3	시	봄을 맞이하는 둥구나무	소제부 제1시집
1930. 9. 3	시	두꺼비에게	소제부 제1시집
1930. 9. 3	시	무제	소제부 제1시집
1930. 9. 3	시	악몽	소제부 제1시집
1930. 9. 3	시	무제	소제부 제1시집
1930. 9. 3	시	유월의 하늘	소제부 제1시집
1930. 9. 3	시	정물	소제부 제1시집
1930. 9. 3	시	소리개	소제부 제1시집
1930. 9. 3	시	비오는 밤	소제부 제1시집
1930. 9. 3	시	얼굴	소제부 제1시집
1930. 9. 3	시	아침	소제부 제1시집
1930. 9. 3	시	점풍시(點風矢)	소제부 제1시집

---

1) 통영 참새모임회 간행.

발표일	분류	제 목	발표지
1930. 9. 3	시	봄 없는 나라여	소제부 제1시집
1930. 9. 3	시	정적	소제부 제1시집
1930. 9. 3	시	눈 어둔 제비에게	소제부 제1시집
1930. 9. 3	시	유성이다	소제부 제1시집
1930. 9. 3	시	설날의 하차장	소제부 제1시집
1930. 9. 3	시	별과 아해들	소제부 제1시집
1930. 9. 3	시	앞집 세 남매	소제부 제1시집
1930. 9. 3	시	저녁 풍경	소제부 제1시집
1930. 9. 3	시	이 자식아 돌아	소제부 제1시집
1930. 9. 3	시	딸네집의 저녁	소제부 제1시집
1931. 12	시	정적	문예월간 2호
1932. 11	시	또 하나 꽃	조광 창간호
1933. 2. 8	시	폐리(廢履)	조선일보
1933. 2. 16	시	벽(壁)	조선일보
1933. 2. 17	시	우박(雹)	조선일보
1933. 3. 1	시	무제	조선일보
1933. 5	시	어머님께 드리는 시[2]	미상
1933. 12	시	철로(鐵路)	카톨릭청년 2-1
1933. 12. 20	시	박쥐	동아일보
1933. 12. 20	시	악대	동아일보
1934. 1	시	수선화	문학
1934. 2	시	포푸라	문학 2호
1934. 2. 14	시	어머니께 드리는 시	동아일보

2) 여러 목록에 올라 있으나, 발표지가 제시되어 있지 않다. 1934년 2월 14일 ≪동아일보≫ 에 발표한 작품을 혼동한 것일지도 모른다.

발표일	분류	제 목	발표지
1934. 2. 21	시	향수(鄉愁)	동아일보
1934. 3. 1	시	칼렌다	동아일보
1934. 3. 11	시	북숭아꽃	동아일보
1934. 3	시	해수(海獸) — 고향의 용감한 어부들에게	중앙
1934. 3	시	담천(曇天)	형상 3호
1934. 4	시	영원의 사자(嗣子)	카톨릭청년
1934. 4	시	무제	카톨릭청년
1934. 4	시	눈	문학 3호
1934. 4	시	마음의 나무	중앙
1934. 4	시	가난한 아이들	신동아
1934. 5	시	도시시초(都市詩抄)[3]	신동아 31호
1934. 9	시	봄비	조선시단 8호
1934. 9	시	소리개	중앙
1934. 10	시	산	신조선 6호
1935. 1. 23	시	유원지에 와서	동아일보
1935. 3	시	가을 3제(三題)[4]	삼사문학 3호
1935. 3	시	가을의 모놀로그(MONOLOGUE)[5]	카톨릭청년 3-4
1935. 3	시	산	중앙
1935. 3	시	비애(悲哀)	중앙
1935. 4. 14	시	춘소(春宵)	동아일보
1935. 4. 18	시	계절의 점화자	조선중앙일보

3) 「삘딩」, 「街路樹」, 「救×軍」, 「自動車」, 「빌엉뱅이」의 5편의 단시로 구성되어 있음.
4) 이 세 작품은 각각 「秋雲」, 「秋風」, 「秋蝶」이라는 제목으로 미간행 시집 『草稿集 1』에 수록되어 있다.
5) 「無題」, 「港口의 가을」, 「市日」, 「松籟」 4편의 단시로 구성되어 있음.

발표일	분류	제 목	발표지
1935. 7. 17	시	백주의 정거장	동아일보
1935. 9. 4	시	항구에 와서	동아일보
1935. 9. 24	시	아버님	동아일보
1935. 10. 9	시	또 그리운 너에게	동아일보
1935. 10	시	동해안에서	시원(詩苑) 5호
1935. 11	시	또 하나 꽃	조광
1935. 12	시	이별	조선문단
1936. 1	시	소상(塑像)	신가정
1936. 1	시	기ㅅ발	조선문단
1936. 2. 21	시	항구의 낮 — 부산도(釜山圖)	동아일보
1936. 2	시	병처부(病妻賦)	신동아
1936. 3. 15	시	기술사(奇術師)	동아일보
1936. 4	시	점경(點景)에서	신동아 54
1936. 5	시	슬픈 새	신동아 55
1936. 7	시	가난한 꽃	신동아 57
1936. 7	시	감골에서 온 아이	신동아 57
1936. 7	시	바렌시아	조광
1936. 8	시	묘비	조선문학
1936. 9	시	산	조선문학
1936. 9	시	병(病)	조광 11
1936. 11	시	해돈(海豚)	조선문학
1937. 1	시	기도	조선문학
1937. 5	시	낙뢰(落雷)	백광 5집
1937. 5. 6	시	아(痾)	조선일보
1937. 6	시	차라리 너는 낭만하다	조선문학

발표일	분류	제 목	발표지
1937. 7	시	심야	생리 1집
1937. 7	시	창공	생리 1집
1937. 7. 9	시	전통·맥추(傳統·麥秋)	동아일보
1937. 7. 21	시	돌 우에 새기는 시(歸納 / 斷崖)[6]	동아일보
1937. 8	시	노송(老松)	조선문학
1937. 9. 2	시	입추	동아일보
1937. 10	시	까치	생리 2집
1937. 10. 6	시	풍습	동아일보
1937. 10. 26	시	청조(靑鳥)에게	동아일보
1937. 12. 9	시	보살상	동아일보
1937. 12. 22	시	북풍(北風)	동아일보
1938. 3	시	조춘(早春)	조광
1938. 3	시	소망	조광
1938. 3	시	그리우면	조광
1938. 6. 4	시	비력(非力)의 시	조선일보
1938. 6. 4	시	원수	조선일보
1938. 6. 4	시	오월우(五月雨)	조선일보
1938. 9	시	기약	청색지
1938. 9	시	부산도(釜山圖)	청색지
1939. 3. 24	시	근음2제(近吟二題: 무제 / 솔밭에는)	동아일보
1939. 4	시	일월(日月)	문장 3호
1939. 5	시	내 차라리 생기지 않았던들!	청색지 5호
1939. 5	시	가마귀의 노래	시학 2호
1939. 6	시	송가(頌歌)	문장

---

6)「歸納」,「斷崖」두 편으로 구성되어 있음.

발표일	분류	제 목	발표지
1939. 10	시	오오랜 태양— 생명의 서 제3장	시건설 7
1939. 10	시	추요(秋寥)	시학 4
1939. 10	시	지연(紙鳶)	시학 4
1939. 10	시	사모(思慕)	여성
1939. 12	시	산	인문평론
1939. 12	시집	청마시초(靑馬詩鈔)	청색지사
1940. 1	시	내 너를 내세우니	문장 2호
1940. 3	시	편지	문장
1940. 4	시	가마귀의 노래	조선작품연감[7]
1940. 5	시	하일애상(夏日哀傷)	문장
1940. 5	시	편경(編磬)	문장
1940. 5	시	석류꽃	여성 5-5
1940. 7	시	학	조광
1940. 7	시	광야에 와서	인문평론
1940. 8	시	아상(兒喪) — P누님께	여성 5-8
1940. 9	시	촉규(蜀葵) 있는 어촌	문장
1940. 11	시	절조(絶島)	인문평론
1940. 12	시	교목(喬木)	문장
1940. 12	시	나비인양	문장
1941. 4	시	귀고(歸故)	문장
1941. 4	시	춘일지지(春日遲遲)	문장
1941. 4	시	바위	삼천리[8]

---

7) 인문사 편집부 편, 『昭和 14년도 조선작품연감』. 이 작품은 ≪시학≫ 2집에 발표한 것을 재수록한 것임.

발표일	분류	제 목	발표지
1942. 3	시	수(首)	국민문학
1942. 9. 20	시	편지	재만시인집[9]
1942. 9. 20	시	하르빈 도리공원	재만시인집
1942. 9. 20	시	귀고(歸故)	재만시인집
1943. 12	시	전야(前夜)	춘추
1944. 3	시	북두성	조광
1946. 5	시	육 년 후	죽순 창간호
1946. 5	시	동정(冬庭)	죽순 창간호
1946. 7	시	노(怒)한 산(山)	신문학 3호
1946. 9	시	동백꽃	중성(衆聲) 5호
1946. 10. 13	시	동백꽃	민주일보
1946. 11. 17	시	눈초리를 찢고 보리라	한성일보
1946. 12	시	어리석어	죽순 3집
1947. 1. 28	시	히마라야 이르기를	동아일보
1947. 3	시	호화스런 족속들	백민 3-2
1947. 4. 6	시	연만가(連彎歌)	부산매일신문
1947. 4	시	고대용시도(古代龍市圖)	문화 1-1
1947. 5	시	곽이라사후기행(郭爾羅斯後旗行)	죽순 4호
1947. 6	시집	생명의 서	행문사
1947. 6. 17	시	춘추(春愁)	민주일보
1947. 7	시	어린 피오닐	문화 1-2
1947. 8	시	빈수선 개도(濱綏線開道)에서	죽순 5호
1947. 10. 23	시	너에게	경향신문

8) 특집 '南方鄕土詩集' 중 1편으로 수록.
9) 『在滿詩人集』(길림, 재일협화구락문화부, 1942. 9. 20).

발표일	분류	제 목	발표지
1947. 10	시	작약이 이울 무렵	백민
1947. 10	시	오상보성(五常堡城)	죽순 6호
1947. 10	시	하나 호롱―곡 노작(露雀)	죽순 6호
1947. 10	시	1947년 7월 조선에 한 달 비내리다	예술조선 1호
미상	시	서울에 부치노라	미상
미상	시	조국이여 당신은 진정 고아일다	미상
1948. 1	시	작약꽃 이울 무렵	백민 11
1948. 3	시	청령집(蜻蛉集)[10]	백민 4-2
1948. 3	시	청산유운도(靑山流雲圖)	죽순 8호
1948. 3	시	선창에서	죽순 8호
1948. 3	시	새	죽순 8호
1948. 5	시	공산(空山)에서	해동공론 3-2
1948. 6	시	너에게	영남문학
1948. 6	시	산령(山嶺)	영남문학
1948. 7 · 8	시	기(旗) 없는 기(旗)ㅅ대	백민 15
1948. 8. 29	시	일찌기 한밤중에 무지개를 보았느뇨	동아일보
1948. 9	시집	울릉도	행문사
1948. 9	시	낙화(落花)	예술조선 4호
1948. 10	시	원경(遠景)	영남문학 6호
1948. 12	시	마지막 항구	현대공론
1948	서문	김춘수 시집 『구름과 장미』 서	구름과 장미
1949 봄	시	5행시 청령장일기(蜻蛉莊日記)[11]	영문(嶺文)

---

10) 「幼日」, 「山家」, 「그의 一團」, 「秋陽」, 「秋草여」, 「직지사 정거장 근방」 등 수록.
11) 「쓰르라미와 개미」, 「轉身」, 「비새」, 「蛛絲」, 「밤비」, 「風竹 1」, 「風竹 3」, 「낮달」, 「雨

발표일	분류	제 목	발표지
			영춘호
1949. 2	시	일찍이 한밤중에 무지개를 보았느뇨	죽순 9호
1949. 2	시	청령(蜻蛉)의 노래	죽순 9호
1949. 3	시	쓰-탄카-멘 왕의 뇌임	백민 5-2
1949. 3	시	노송(老松)	해동공론 49호
1949. 4	시	깨우침	대조 4-1
1949. 4	시	한밤의 태양	죽순 10호
1949. 4	시	천계(天啓)	신원 1호
1949. 4	잡문	형벌	조선교육 3-2
1949. 5	시집	청령일기	행문사
1949. 5	시	초려(焦慮)	문예
1949. 5	시	최후의 만찬	민성 34호
1949. 5	서간	H촌에 있는 P군에게	조선명사서간 대집[12]
1949. 8	시	죄욕(罪辱) : 백범옹 피살의 비보를 들은 날	신천지 38호
1949. 8	시	허무의 전설	문예 1호
1949. 8	시	심산(深山)	문예 1호
1949. 8	시	그리움	신태양
1949. 9	시	격투	민족문화 1호
1949. 10	시	뉘가 이것을 만들었는가 ― 포올,	문예 1-3

後晴」, 「夏雲」, 「炎天」, 「山中無曆日」, 「봄바다」, 「春蝶」, 「落日」, 「등불」, 「바위」, 「營爲」, 「大寒前夜」, 「겨울」 등 20편.
12) 明星出版社 편집부 편, 1949. 5. 1 발행.

발표일	분류	제 목	발표지
		바레리-씨에게	
1949. 11	시	사향(思鄕)	영문 8호
1949. 12	시	북방추색(北方秋色)	민성 5-12
1949. 12. 6	산문	우리 문단과 문학	서울신문
1950. 1	시	낙과집(落果集)[13]	시문학 1호
1950. 1	시	태풍	시문학 1호
1950. 1	시	씨앗이	시문학 1호
1950. 1	시	원두막	시문학 1호
1950. 1	시	심장기(尋莊記)	시문학 1호
1950. 1	시	촉석루 소견	시문학 1호
1950. 1	시	시인	시문학 1호
1950. 1	서한	청마서한집	시문학 1호
1950. 1~6	수필	수상록	문예
1950. 3	시	제신(諸神)의 좌(座)(시단 27인집)	백민
1950. 4	수필	작약은 슬프다	부인경향 (婦人京鄕)
1950. 4	시	돌아오지 않는 비행기	신천지 45호
1950. 5	시	초려(焦慮)	문예
1950. 5. 28	산문	인민을 팔지 않을 자를! — 국회의원 입후보 난립상을 보고	서울신문
1950. 12	시	보병과 더불어(동북전선종군시초)	문예
1951. 1	시	어머님 묘전(墓前)에서	신천지
1951. 6	시	황혼에서	신조(新潮)

---

13) '낙과집'이란 제하에, 「태풍」, 「씨앗이」, 「원두막」, 「심장기」, 「촉석루소견」, 「시인」 등 단시 6편이 실려 있음.

발표일	분류	제 목	발표지
1951. 6	시	배수의 거리	시문학 3 (전시판)
1951. 7. 3	산문	최후의 단애(斷崖)에서	부산일보
1951. 9	시집	보병과 더불어	문예사
1951. 11	시	새에게	영문 9
1951	산문	우연히 시인이 되었다	작가수업[14]
1952. 1 ~1953. 2[15]	수필	수상록	문예
1952. 1	잡문	시 천후(薦後)의 말	문예
1952. 4	시	잠 깨는 봄	학원
1952. 5	시	어업(漁業), 제1과	자유세계 1-4
1952. 5~6	잡문	시 천후감 2	문예
1952. 9	시	원술랑	새벗
1952. 9	동시	메아리	새벗
1952	시	5월의 다도해를 가면	바다 창간호
1952. 11	시	대결	시와시론 창간호
1952. 11	산문	청마 노트(其一)	시와시론 창간호
1952. 12	시	고독	전선문학 2호
1952	산문	서(序)	3인집[16]
1953. 2	시	부활	예술원보 창간호
1953. 2	시	까마귀의 노래	사상계
1953. 2	동시	석수	새벗
1953. 3. 5	산문	항거 정신과 해우창생(海隅蒼生)	대구매일신문

14) 조연현 편, 『작가수업』(부산: 수도문화사, 1951).
15) 1952. 1, 1952. 5~6, 1953. 2 등.
16) 영남문학회, 1952.

발표일	분류	제 목	발표지
1953. 4	시집	예루살렘의 닭	산호장
1953. 5. 4	시	석굴암 대불(大佛) 외 1편	신천지 8-1
1953. 5	시	저녁놀	연합신문
1953. 6	시	행복	문예
1953. 6	시	밤 진해만두(鎭海灣頭)에서	자유세계 2-3
1953. 8	동시	가자 산으로 가자	새벗
1953. 9	시	할렐루야	신천지
1953. 10	시	뻐꾹새	문예 4-4
1953. 10	시	개가	현대공론
1953. 11	시	옥천사(玉泉寺)	문화세계
1953. 11	시	포고	영문 11
1953. 12	시	낙과집(落果集)	전선문학 7
1953. 12	시	바둑이	신천지
1953. 12	동시	아가와 예수 크리스토	새벗
1954	편시집	유치환·이설주 공편, (1953년) 연간시집	문성당
1954. 1	산문	시천후기	문예 2-1
1954. 4	시	기다림	문학예술 창간호
1954. 5	동시	할매꽃	새벗
1954. 6	시	전선(戰線)에서	신천지
1954. 6	시	사자도(獅子圖)	시정신 2
1954. 8	시	백설(白雪)에 대하여	현대공론
1954. 8. 29	수상	욕(辱)스러운 자리에서 — 문학도 로서의 일언(一言)	평화신문
1954. 10	시집	청마시집[17]	문성사

발표일	분류	제 목	발표지
1954. 11	시	일식(日蝕)	영문 12
1954. 12	산문	시(詩)노트	경대학보 1집
1955	편시집	유치환·이설주 공편, (1954년) 연간시집	문성당
1955. 1	시	대공(對空) 사격연습	현대문학
1955. 2	시	까마귀의 노래	사상계 3-2
1955. 2. 2	산문	우이독경	발표지 미상 (일간신문)
1955. 4	시	잠자리 : 석굴암 소견	현대문학
1955. 4. 9	수필	야간 통금시간	조선일보
1955. 4	산문	저항자와 시	영남일보
1955. 5	동시	별바라기꽃	새벗
1955. 5	시	이충무공 동상에 제(題)함	새벽 2-3
1955. 6	시	부활	예술원보 1
1955. 6	시	파도	사상계
1955. 6	동시	비행구름	학원
1955. 6	잡문	시 천후평(1)	현대문학
1955. 7	잡문	시 천후평	현대문학
1955. 7. 28	시	칼을 갈라	동아일보
1955. 8	시	미루나무의 노래	현대문학
1955. 9. 3	수필	신(神)에게	조선일보
1955. 9	산문	희곡 선후감	현대문학
1955. 9. 18	수필	공전 십개년(空轉 十個年)	국제신보
1955. 10	잡문	시 천후평(2)	현대문학

---

17) 시집 『기도가』와 『행복은 이렇게 오더니라』의 합본으로 출간됨.

발표일	분류	제 목	발표지
1955. 10	시	역투(逆投)	문학예술
1955. 11. 5	수필	종다수식(從多數式)(肖)	동아일보
1955. 11. 10~11	수필	신의 존재와 인간의 위치	동아일보
1955. 12	시	휴전선에서	현대문학
1955. 12	시	동화	여원
1955. 12	산문	생명의 필수	사상계
1955. 12	시	현시(現示)	청맥 1집
1955. ?	산문	저항의 시	영남일보
1956. 1	시	보경사(寶鏡寺) 계곡에서	문학예술
1956. 1	시	구름장 아래서	한글문학 창간호
1956. 1. 29	산문	박토탄(薄土歎)	대구매일신문
1956. 1. 29	산문	살벌의식(殺伐意識)	대구매일신문
1956. 2	수필	신(神)의 자세	현대문학
1956. 3	시	매화나무	동아일보
1956. 3	단평	시 선후평	현대문학
1956. 3. 2	수필	북국에의 향수	조선일보
1956. 4	시	나목림(裸木林)	현대문학
1956. 4. 15	논설	자유분위기란 떡	대구매일신문
1956. 4. 18	논설	오탁의 이유	대구매일신문
1956. 4. 25	논설	애국매국(愛國賣國)	대구매일신문
1956. 4. 29	논설	한 오라기의 희망	대구매일신문
1956. 5	시	아가(雅歌)	여원
1956. 5. 26	수필	이발관에서	조선일보
1956. 6	시	낮달	호서문단 3
1956. 7. 17~18	수필	신의 영역과 인간의 부분 — 나는	동아일보

발표일	분류	제 목	발표지
		고독하지 않다	
1956. 8	시	원제사지(遠願寺祉)	문학예술
1956. 8	시	바닷가에 서서[18]	여원
1956. 8. 20	동시	영아 갈가지	동아일보
1956. 8. 26	산문	비대(肥大) 불가(不可)	미상(대구 지역 일간지)
1956. 9	시	상화 이제	현대문학
1956. 9	시	계절이 부재(不在)한 골짝에서	시정신 4
1956. 9. 1~5	시	울릉도 시초[19]	조선일보
1956. 9. 5~	경구	단장(短章)	매일신문
1956. 10	시	산처럼	사상계
1956. 11	잡문	응모시 독후감	현대문학
1956. 12	산문	숨바곡질	사상계
1956	서문	서(序)	육사시집[20]
1957	시집	생명의 서(재판)	영웅출판사
1957. 1. 27	수필	끝내 아류여야 하나 — 창작 예술 분야	동아일보
1957. 1~2	시	천상유원(天上遊園)	문학예술
1957. 2	시	새	자유춘추 1
1957. 3	시	창천(蒼天)에 취하다	현대문학
1957. 3. 7	수필	추억과 나의 시	서울신문
1957. 3. 9	수필	H여교장과 꾀꼬리(신춘유감)	동아일보
1957. 4. 19	수필	신과 천지와 인간과 국도(國島)	동아일보

18) 혹은 「바닷가에 서면」.
19) (1) 정결한 왕국, (2) 당개나리꽃, (3) 月夜道洞, (4) 한바다 복판에서 (5) 독도여.
20) 범조사, 1956.

발표일	분류	제 목	발표지
		기행	
1957. 4. 25	잡문	아호 풀이 : 「청마」의 변	동아일보
1957. 4~6	수필	사고와 직관	현대문학
1957. 5	시	춘조(春朝)	여원
1957. 6	시?	한거불선(閑居不善)	사상계
1957. 6. 11	수필	인간의 우울과 희망	동아일보
1957. 8. 24~29	서한	가야산에서	동아일보
1957. 8. 29	논설	대한민국과 도둑	대구매일신문
1957. 9	산문	기호와 취미	현대문학
1957. 10	시	동양의 봄	현대시 1
1957. 10	시	무제(無題)	문필 1집
1957. 10. 29	산문	은행나무 아래에서 — 제1회 전국백일장 유감	조선일보
1957. 11	시	성령수태[21]	문학예술
1957. 11	시	사면불(四面佛)	문학예술
1957. 11	시	현시(現示)	문학예술
1957. 11	시	실솔이	문학예술
1957. 11	시	나도 모르노라	문학예술
1957. 11	시	내가 보인다	문학예술
1957. 11	사	밤	문학예술
1957. 11	시	밤비소리	문학예술
1957. 12	시	산중시초(山中詩抄)	사상계
1957. 12. 6	동화	가야산 호랑이(전설)	동아일보
1957. 12	시집	제9시집	한국출판사

---

21) '시작품 8점'으로 묶임.

발표일	분류	제 목	발표지
1957. 12. 31	산문	문학의 주변	영남일보
1958. 1	시	아가(雅歌)	여원
1958. 1. 1	산문	문학과 진실	대구매일신문[22]
1958. 3	시	단장(斷章)	문학계 1집
1958. 4	시	당신	현대문학
1958. 4. 1	시	안식일	동아일보
1958. 4. 24	시	강오원(姜五元)	조선일보
1958. 5	수필	식인의 윤리	사상계 6-5
1958. 5. 1	시	춘효(春曉)	동아일보
1958. 6	시	바다에서	신천지
1958. 6	시	원경(遠景)	사상계
1958. 6	시	아지랑이	한국평론 2
1958. 6. 11	수필	'녹음을 찾아서' 화려한 향연	조선일보
1958. 6. 25	평론	불신의 문학 — 어떠한 자신에서 만인에게 읽으라는 것	동아일보
1958. 7. 30	수필	사학(私學)의 갈길 — 보다 나은 인간 도야 있을 뿐	동아일보
1958. 7	시	지족(至足): 피카소 작 「수확」에	사조
1958. 7	시	오전의 회한	자유공론
1958. 8	평론	문학과 진리	현대문학
1958. 9	산문	수공업적 장인	신문예
1958. 10	시	아부라함의 일족(一族)	현대문학
1958. 10. 13	논설	몰윤리의 근원이 되는 것	대구매일신문
1958. 12	시	묻는다	지성

22) 「시에의 회의」, ≪대구매일신문≫ 날짜 미상도 있음.

발표일	분류	제 목	발표지
1958. 12	시	시위하는 악마 ― 임레 나지의 죽음에	자유공론
1958. 12	시	열락(悅樂)	예술원보 2
1958. 12. 3	서평	정한모 시집 『카오스의 사족』	동아일보
1958. 12	시집	유치환 시선	정음사
1959	수상·단장집	동방의 느티	신구문화사
1959. 1	시	일광(日光)	사상계
1959. 1	시	단장(斷章)	현대문학
1959. 2. 11	수상	입춘지후(立春之候)	대구매일신문
1959. 2. 16	수상	춘분 전후	대구매일신문
1959. 2. 23	서평	최계락 엮음, 『어린이 세계 문학』	동아일보
1959. 3	시	비오 12세	현대문학
1959. 4	시	아리아	사상계
1959. 4	시	자유항(自由港)	사상계
1959. 5. 17	수필	무엇을 쓸 것인가(문학적 각서)	동아일보
1959. 5. 28	수상	해오라기	대구매일신문
1959. 7	시	오전의 회한	자유공론
1959. 7. 14	수필	여성에게 하곺은 말: 안에서 빛나는 아름다움을	동아일보
1959. 7. 18	수필	녹음의 덕이여	동아일보
1959. 8	시	속(續) 단장(斷章)	현대문학
1959. 8~9	평론	소월(素月)과 춘성(春城) ― 소월의 시를 말한다	신문예 14
1959. 11	시	하수인들은 창가 같은 것 외치며 가고 있고	문예

발표일	분류	제 목	발표지
1959. 11	시	비극은 없는 것인가	현대문학
1959. 11. 5~6	수필	신의 실재와 인간의 인식 노오트의 초	동아일보
1959. 12	시	분토(分土)	대구매일
1959. 12	시해설집	구름에 그린다: 자작시 해설	신흥출판사
1959. 12	서문	『꽃씨』에 부쳐	꽃씨[23]
1960	평론	나의 시, 나의 시론	한국시인협회편
1960. 1. 1	시	바라소리 물결쳐 울려라	동아일보
1960. 1	산문	산중일기(山中日記)	사상계
1960. 3	시	지령(地靈)	현대문학
1960. 3	시	하늬바람의 노래	새벽
1960. 3. 13	시	뜨거운 노래는 땅에 묻는다	동아일보
1960. 3. 30	서평	최계락 동시집『꽃씨』	동아일보
1960. 4	시	종달새와 국가	사상계
1960. 4. 28	평론	현실과 문학	대구매일신문
1960. 5	시	귀로에서: 손주에게 주는 편지	현대문학
1960. 5. 29	수필	문단과의 결별: 지난날을 돌아보며	동아일보
1960. 6	수필	지성과 정신의 청혈(淸血)	새벽
1960. 7	시	사월애가(四月哀歌)	현대문학
1960. 8. 13	시론(詩論)	악몽 2제	대구매일신문
1960. 9~12	단상집	무위초(無爲抄)	현대문학 9~12
1960. 9. 1	잡문	여성과 새로운 멋 — 천성을 살리는 길	동아일보

23) 최계락 동시집『꽃씨』, 해동문화사, 1959(프린트판)

발표일	분류	제 목	발표지
1960. 10	시	열도(熱禱)	새벽
1960. 11. 16	시	태평로에서	민국일보
1960. 12	시집	뜨거운 노래는 땅에 묻는다	동서문화사
1961	시	은행기(銀杏記)	연세문학 2
1961	시	눈엽(嫩葉)	예술원보 7
1961. 1	시	야홍화(野紅花)	현대문학 7-1
1961. 1	시	좌사리제도(佐沙里諸島)	현대문학
1961. 1. 1	시	여기는 생자(生者)의 일월(日月)과 그 지역	동아일보
1961. 1. 7	수필	필경(筆耕) 노릇이라도	동아일보
1961. 2	잡문	시 천후기	현대문학
1961. 3	산문	조국의 하늘 아래서	사상계
1961. 4. 20	산문	자유의 한계성(4·19민주혁명 일주 유감)	동아일보
1961. 7	시	서열	현대문학
1961. 12	시	미루나무와 남풍	사상계
1962	공편저	유치환, 하기락 공편, 사랑과 모랄의 진리	구미서관
1962. 1	시	눈엽	현대문학
1962. 3	?	순수사변	사상계
1962. 11	시	황오리(皇吾里) 5호총(號塚)	자유문학
1962. 11	시	꽃샘	문예
1962. 11	시	조장(鳥葬)	현대문학
1962. 11	시	읽히지 않는 천서(天書)	현대문학
1962. 12	시	두족(頭足)	재건

발표일	분류	제 목	발표지
1962. 12	산문	문학과 인간	현대문학
1963. 1	시	나의 겨레	최고회의록
1963. 1	시	지상은 연한 청색	신사조
1963. ?	시	상봉(相逢) : 경주 계림에서	신세계 1-3
1963. 4	시	산속에는	현대문학
1963. 6	시	부재(不在)의 재(在) : 운문사 계곡에서	사상계
1963. 7	시	한 그루 백양나무	자유문학 8-7
1963. 9	산문	예지를 잃은 슬픈 나의 문단 교우록	현대문학
1963. 12	시	그래서 너는 시를 쓴다?	문예
1963. 12	시+수필집	나는 고독하지 않다	평화사
1964. 1	시	호모 사피엔스의 나무	현대문학
1964. 5	시	모년모월모일 외 2편	문학춘추
1964. 6	시	영가(靈歌)	현대문학
1964. 7	산문	나의 시에 대하여	세대
1964. 9. 22	수필	오블로모프와 토사곽란	부산일보
1964. 10	시	나의 신작 5편	세계
1964. 10	수필	평범한, 너무나 평범한 나의 저서	현대문학
1964. 11	시집	미루나무와 남풍	평화사
1964. 12	시	상선(商船)에 대하여	사상계
1964. 12	시	노호(老虎)	부산문예
1964. 12. 31	시	암담한 고난의 땅을 향하여 나는 맹세하였다	경향신문
1965	시	아라비안 나이트	윤좌(輪座)

발표일	분류	제 목	발표지
1965	수필	교장선생님의 고추는	윤좌
1965	시	자유항	부산시정 창간호
1965. 1. 1	시	우륵의 가락이여	국제신보
1965. 1. 13	산문	비둘기 날으는 교정에의 애착	경남여고 5호
1965. 2	시	오막살이 두 채	시문학
1965. 2	시	11월에	모음(母音) 창간호
1965. 3	산문	고추박이	고요한 기대[24]
1965. 4	시	춘수(春樹)	신동아
1965. 6	시	봄비 소리	윤좌 창간호
1965. 8	시	밤하늘	여상(女像)
1965. 8. 17	산문	높은 윤리의 결핍 : 해방 20년 맞은 한 시인의 자책	조선일보
1965. 9	시	수렵도(狩獵圖) : 제비에게	예술원보 9호
1965. 9	산문	흐릿한 초기 습작 시대 : 나의 처녀작을 말한다	세대 3-8
1965. 10. 12	시	추일(秋日)	대한일보
1965. 10	산문	나의 생활과 시작(詩作)	부산문예 2집
1965. 11	시집	파도야 어쩌란 말이냐	평화사
1965. 12	시	실상사(實相寺) 실기(實記)	문학춘추
1965. 12	시	바람	문학춘추
1965. 12	해설	「고대용시도(古代龍市圖)」 시 해설 이삭을 주울 때[25]

24) 50인 에세이집 『고요한 기대』, 창우사, 1965. 3.
25) 에세이집 『이삭을 주울 때』, 창우사, 1965. 12.

발표일	분류	제 목	발표지
1966. 1. 1	시	이 날에야	부산일보
1966. 1. 1	시	역사를 고쳐 쓰다	한국일보
1966. 1. 1	시	저 은수(恩讎)의 지호(指呼)에 있는 자	조선일보
1966. 2	산문	박대통령께 올리는 글	세대 4-2
1966. 3	시	밤	현대문학
1966. 3	시	대교향곡	현대문학
1966. 3	시	만덕고개	현대문학
1966. 3	시	종열차(終列車)	현대문학
1966. 3	시	대화	문학시대
1966. 3	시	이제야 나는	현대주택
1966. 3	시	비창	현대문학
1966. 4. 19	시	4월의 나무—4·19에	국제신보
1966. 5	시	해동녘	사상계
1966. 5	시	아꾸	신문학
1966. 5	시	메아리	사상계
1966. 6. 24	시	산도화(山桃花)	한국일보
1966. 7	시	바람	현대문학
1966. 7	시	샤마니즘의 바람이여	문학 1-3
1966. 8~9	시	바람 높은 날은	현대주택
1966. 8~9	시	계절	현대주택
1966. 추동호	시	원경(遠景)	한국문학
1966. 추동호	시	폐병(廢兵)	한국문학
1966. 추동호	시	이것과 이것이 무슨 상관인가?	한국문학
1966. 9	산문	하나 필연(必然)의 길: 나의	세대 4-9

발표일	분류	제 목	발표지
		문학적 자서록(自敍錄)	
1966. 10	시	구(舊) 시집에서	예술원보 10
1966. 12	시	체육대회	문학
1966. 12	시	노송(老松)	신동아
1966. 12	산문	문학을 좋아하는 아가씨들에게	국원(菊苑)[26] 창간호
1967	서간집	이영도, 최계락 공편, 사랑했으므로 행복하였네라	중앙출판공사
1967	시문선집	행복은 이렇게 오더니라	동서문화원
1967. 2	시	괴변—이중섭 화(畵)「달과 까마귀」에	현대문학
1967. 2	시	여심(旅心)	현대문학
1967. 2	시	광일(曠日)	현대문학
1967. 4	시	나는 내게서 벗어나려 시를 쓴다[27]	현대문학
1967. 4	시	해벽(海壁)	현대문학
1967. 4	시	석상(石像)에	현대문학
1967. 12	수필	나팔	문학시대
1971	서간집	청마와 사색의 그림자들	현암사
1973. 5	시선	유치환 시집 50편	현대시학 5-5
1973	시선집	청마시선	민음사
1975	시선집	깃발 : 유치환 시집	삼중당
1976	수필집	쫓겨난 아담	범우사
1979	수필집	나의 창에 마지막 겨울 달빛이[28]	문학세계사

---

26) 부산진여자상업고등학교 교지.
27) 이하 3편은 '유고'로 발표됨.
28) 부제는 '청마 최후의 사랑과 인생의 명상록'.

발표일	분류	제 목	발표지
1981	선집	한국현대시문학대개 15 : 유치환 (김현 편)	지식산업사
1984	전집	유치환 전집(정현기 편)[29]	정음사
1986	시선집	깃발	자유문학사
1986	수필집	마침내 사랑은 이렇게 오더니라	문학세계사
1988	시선집	유치환 시선집	문학세계사
1991	선집	문병란 편, 시가 있는 명상 노우트 : 유치환	일월서각
1991	선집	생명의 서	미래사
1993	선집	바위	태학당출판사
1997	선집	새 발굴 청마 유치환의 시와 산문 (박철석 편)	열음사
1999	선집	한국현대시인연구 18 : 유치환 (박철석 편)	문학세계사
2002. 12	산문	새발굴 / 청마의 산문	시문학 32-12
2003. 1	산문	새발굴 / 청마의 산문 5편	시문학 33-1
2003. 2	산문	새발굴 / 청마의 산문 5편	시문학 33-2
2004	시집	청마시초[30]	열린책들
2008	전집	청마 유치환 전집(남송우 편, 박철석 감수)	국학자료원

발표지 불명 시 : 석수 / 겨레의 어머니여, 낙동강이여 / 비극은 없는 것인가? / 갈 가치 / 산골까마귀 / 슬픈 태양 / 찬가 / 사람과 산과 하늘과 / 비슬산 기슭 부근 / 추

---

29) 1권 : 깃발, 2권 : 파도야 어쩌란 말이냐, 3권 : 나는 고독하지 않다.
30) 이남호 편, 『한국 대표 시인 초간본 총서』 중 14권.

일(秋日) / 진혼가(鎭魂歌) / 경북대학교 교가 시안 / 한밤의 태양 / 다시 복현(伏賢) 숲속의 젊은 미네르바의 부엉새에게 / 소풍열차 / 백학(白鶴)의 해체(1930년대 초기작 신문에 발표한 작품) / 무제 4 / 진실(1946~1947년경 자유민보) / 노(怒)한 종(鐘)

유작시 : 채권(菜田) / 태초에 말이 있었나니 / 바닷가에 서서 / 태국에서 온 새끼 호랑이 / 바람을 기다리는 어린 잎새들 / 등성이에 올라 / 운명보다 하층(下層)의 것 / 어시장(魚市場)에서 / 무제(無題) / 장례 / 원경(遠景)에서 / 대장깐에서 / 호도와 다람쥐

발표지 혹은 발표일 미상 산문 : 인위(人爲)와 천심(天心)(대구매일신문) / 한국적 비애(대구매일신문) / 양철에 도금?(대구매일신문) / 대한민국과 도둑(대구매일신문) / 소크라테스의 유훈(遺訓)(대구매일신문) / 강오원(姜五元)의 경우(대구매일신문) / 무연(無緣)치 않은 것(대구매일신문) / 내 자신을 알라(대구매일신문) / 녹화 설법(綠化 說法)(대구매일신문) / 영감과 아저씨(대구매일신문) / 누구의 죄?(대구매일신문) / 통탄스런 일(대구 지역 일간지) / '화장실'적인 것(대구 지역 일간지) / 가로수의 비애(부산 지역 일간지) / 진부한 것(국제신보) / 민주주의와 차비(부산일보) / 프로메테우스의 수수께끼(부산일보) / 왼손을 쓰자(부산일보) / 땅에 떨어진 것(대구매일신문) / 더욱 의연한 정신을(대구 지역 일간지) / 정치와 문화(부산일보) / 애국심의 한도(일간지) / 새해맞이(대구매일신문) / 흙우내(대구매일신문) / 진눈까비(대구매일신문) / 삼일절(대구매일신문) / 만우절의 이유(대구매일신문) / 꽃보라(대구매일신문) / 창포꽃과 석가탄일(대구매일신문) / 보리고개(대구매일신문) / 석류꽃과 단오(대구매일신문) / 해거리 감나무(대구매일신문, 1959. 2월초) / 바람의 여신(대구매일신문, 1959) / 개악(改惡)(국제신보) / 9 · 28과 북진의 회고(국제신보) / 반차표(미상) / 춘래불사춘(春來不似春)(민주신문, 부산에서 발간한 일간지) / 방장산 실상사에서(부산일보) / 동정 상실(同情 喪失)(국제신보) / 동무라는 말(음력 1964. 7. 4) / 당신들이 열어준 문 앞에 서서(미상) / 백번을 참회(일간지 1950. 12. 26) / 시에의 회의(대구매일신문) / 『전쟁과 평화』를 읽고(미상) / 문화상(文化賞)의 의미 / 민족의 예지 세종 성군(1956. 10. 5)

* 이상의 발표지 불명 시, 유작시, 발표지 혹은 발표 날짜 미상 산문은 모두 박철석 편, 『새 발굴 청마 유치환의 시와 산문』(열음사, 1997)에 수록되어 있음.

유치환 연구 서지

1949. 3   구상, 「고투와 관조와 적멸 : 유치환 씨의 작금 시정신」, ≪백민≫ 5-2

1952   김동리, 「청마와 「생명의 서」」, ≪문학과 인간≫, 청운사

1953. 여름   김춘수, 「청마론」, ≪문예≫ 16호

1953. 11   김양수, 「유치환의 '수상록'」, ≪문예≫ 4-5

1955   서정주, 「의지의 시인 유치환」, ≪시창작법≫, 선문사

1955. 4   김성욱, 「청마론 서설」, ≪신작품≫ 8호

1956. 8   박영섭, 「민족과 청마」, ≪상록≫ 3

1957. 1   조용만, 「구인회의 기억」, ≪현대문학≫

1957. 11   문덕수, 「청마 유치환론」, ≪현대문학≫
~1958. 4

1958   김동리, 『유치환 시선』에 부침」, 『유치환 시선』, 정음사

1962. 2. 17   김동리, 「고독한 사자」, ≪중앙일보≫

1962. 10   이유식, 「한국의 범신주의」, ≪현대문학≫

1964. 10   김종길, 「비정의 철학 : 유치환의 세계」, ≪세대≫ 2-10

1965. 2   이형기, 「유치환론」, ≪문학춘추≫ 2-2

1966. 9   정재완, 「청마 유치환의 시 세계」, ≪현대문학≫

1967. 2. 16   조지훈, 「정답던 그 이름 청마 선생」, ≪동아일보≫

1967. 2. 17   김동리, 「고독한 사자」, ≪중앙일보≫

1967. 2. 17   김상옥, 「청마의 예술과 인간」, ≪서울신문≫

1967. 2. 17   김용호, 「뜨거운 노래는 땅에 묻히는가」, ≪경향신문≫

1967. 2. 17	서정주, 「영원한 시인」, ≪신아일보≫
1967. 4	이동주, 「유치환」, ≪현대문학≫ 13-4
1967. 5	김성욱, 「청마의 죽음과 그 주변」, ≪현대문학≫ 13-5
1967. 5	김춘수, 「청마의 시와 미당의 시 : 이달의 화제」, ≪현대문학≫ 13-5
1967. 10	김해성, 「청마의 연서(戀書) 사건 화제 : 이달의 화제」, ≪현대문학≫ 13-10
1967. 11	박철석, 「유치환론 : 우주의 의미」, ≪시문학≫ 16
1967. 12	정태용, 「유치환론 : 허무와 긍지」, ≪시문학≫ 17
1969	서정주, 「유치환과 그의 시」, ≪한국의 현대시≫, 일지사
1969. 6	김양수, 「유치환론 : 고전의 재평가, 작가의 재발견」, ≪월간문학≫ 2~6
1969. 6	정재완, 「한국 시와 니힐의 극복」, ≪현대문학≫
1969	최규복, 「청마, 유치환론」, 이화여대, ≪한국어문학연구≫ 9
1970	반희정, ≪청마의 사색의 그림자들≫, 서울: 현암사
1970	문덕수, 「생명과 허무의 의지」, 『신한국문학전집』, 어문각
1970. 10~11	김윤식, 「유치환론 : 한국시인론」, ≪현대시학≫
1971	권영건, 「못다하신 노래 신운에 부치소서」, ≪청마문학≫ 1집
1971	권재순, 「날로 더해가는 이 아픔」, ≪청마문학≫ 1집
1971	유인전, 「나의 아버님 생각」, ≪청마문학≫ 1집
1971	유춘비, 「아버님을 생각하며」, ≪청마문학≫ 1집
1971	한흑구, 「청마와의 교우기」, ≪청마문학≫ 1집
1971	김성욱, 「청마 선생 4주기에 즈음하여」, ≪청마문학≫ 1집
1971	박기원, 「다시 생각키우는 청마의 인품」, ≪청마문학≫ 1집
1971. 3	원형갑, 「청마의 인간과 문학」, ≪현대문학≫
1971. 12	오규원, 「색채의 미학 : 이상・유치환・서정주를 중심으로」, ≪시문학≫ 1-5

1973. 1~2 김정한, 「내 속에 남은 청마」, ≪시인들≫

1973. 1~2 정진업, 「만주로 갔던 청마」, ≪시인들≫

1973. 3. 4 김용성, 「문학사 탐방 — 「깃발」의 청마 유치환」, ≪한국일보≫

1973. 5 홍신선, 「유치환의 시」, ≪현대시학≫ 5-5

1973. 8 김정한, 「청마의 인간과 문학」, ≪부산문학≫ 5집

1973. 9 하계덕, 「청마 유치환의 시 세계」, ≪다리≫ 4-9

1973. 9 김영호, 「허무의 시학 : 청마의 변모 과정」, ≪고대문화(高大文化)≫ 14

1973. 10 권도현, 「고독과 니힐의 부정 문학 : 천명과 청마와 작가의 오뇌」, ≪현대문학≫ 19-10

1974 김기출, 「청마 유치환 연구」, 숭전대 석사 논문

1974 홍기삼, 「유치환 연구」, 동국대 석사 논문

1974 김영석, 「유치환론」, 경희대 석사 논문

1974 박철석, 「한국 시에 나타난 자연관 연구 : 무(無)의 형이상학을 중심으로」, 동아대 석사 논문

1974 윤미길, 「유치환 연구」, 서울대 석사 논문

1974 김윤식, 「허무의지와 수사학」, 『한국근대작가논고』, 일지사

1974. 4 고두동, 「뜨거운 돌비(碑) : 고(故) 청마 유치환 형 묘비 제막의 날에」, ≪시문학≫ 33

1974. 4 김윤식, 「시와 전통의 맥락, 이육사·유치환·서정주의 시」, ≪심상≫ 7

1974. 6 홍신선, 「바위 혹은 생명의 비정한 절대(絶對), 유치환의 「바위」」, ≪현대시학≫ 63

1974. 여름 김종길, 「청마 유치환론」, ≪창작과비평≫

1974. 8 「기(旗)의 의미 외 : 한국전쟁과 시」, ≪현대시학≫ 65

1974. 9 허만하, 「해바라기의 비밀 : 유치환의 「육 년 후」」, ≪심상≫ 12

1974. 10 유종태, 「청마 유치환론 : 작품상으로 본 그의 시 세계」, ≪국어

국문학연구≫ 1, 원광대 국어국문학연구회

1974. 12   김기출, 「청마 유치환 연구: 시를 통해 본 청마의 사상」, ≪숭
            전어문학≫ 3, 숭전대 국어국문학과

1974   박철석, 「한국 시에 나타난 자연관 연구」, ≪수련어문논집≫ 2,
            부산여대

1974   김종길, 「청마의 생애와 시」, 『청마시선』, 민음사

1975   김복순, 「유치환론」, 단국대 석사 논문

1975   윤영길, 「유치환 연구: 그의 허무 의식을 중심으로」, 서울대 교
            육대학원 석사 논문

1975   김윤식, 「청마론」, 『한국현대시론비판』, 일지사

1975   박철석, 「한국 시와 밤의 인식」, ≪수련어문논집≫ 3, 부산여대

1975   김해성, 「오도적(悟道的) 의지의 사관고(詩觀考)」, ≪국어국문
            학≫, 67호

1975   이어령, 『(새 자료 조사를 통한) 한국 작가 전기 연구 2』, 동화
            출판공사

1975. 1   신달자, 「청마의 연가: 특집 유치환 연구」, ≪심상≫ 16

1975. 1   김재홍, 「대결 정신과 허무의 향일성: 특집 유치환 연구」, ≪심
            상≫ 16

1975. 1   허만하, 「실존과 사랑: 특집 유치환 연구」, ≪심상≫ 16

1975. 1   김윤식, 「청마론의 행방: 특집 유치환 연구」, ≪심상≫ 16

1975. 3   박철석, 「청마 시가 가지는 세 가지 의미」, ≪수련≫ 9집

1976   문덕수, 「유치환의 시 연구」, 고려대 석사 논문

1976   윤미길, 「유치환 소고」, ≪국어교육≫, 27호

1976   홍기삼, 「유치환의 시와 사상」, ≪한국학연구≫(동국대) 1

1976   박철석, 「유치환의 시정신 연구」, ≪수련어문론집≫ 4, 부산여대

1976   조병무, 「유치환론」, 『쫓겨난 아담』, 범우사

1976. 2   조동민, 「생명의 윤리: 청마 유치환론」, ≪신동아≫ 138

1977	정가강, 「청마시 연구 : 특히 죽음의 의식을 중심으로」, 이화여대 교육대학원 석사 논문
1977	문덕수, 「유치환의 시 연구」, 《홍대논총》, 9
1977	조연현, 「유치환」, 『한국 현대 작가론』, 어문각
1977. 1	박철석, 「유치환 시의 변천」, 《현대문학》
1977. 2. 12	김춘수, 「청마의 반어」, 《부산일보》
1977. 2. 12	허만하, 「청마의 자장」, 《국제신문》
1977. 3	조동민, 「미당과 청마」, 《현대문학》
1977. 4	조동민, 「청마 사상의 연구」, 《국어국문학》 74집
1978	박철석, 「유치환 초기 시 연구」, 《부산문학》
1978. 8	허만하, 「청마의 아포리즘」, 《심상》
1979	임종성, 「유치환 시 연구」, 고려대 교육대학원 석사 논문
1979	김도영, 「유치환의 작품과 사상 연구」, 명지대 석사 논문
1979	홍정운, 「초극에의 의지」, 《새국어교육》 29~30집
1980	박춘덕, 「청마 시와 선의지의 궤적」, 부산대 석사 논문
1980	오탁번, 「청마 유치환론」, 《어문논집》, 고려대 안암어문학회, 21집 No.1
1980	김준오, 「청마 시의 반인간주의」, 《부산대 문리대 논문집》 19집
1980	김준오, 「청마의 신관 고」, 《한국문학논총》 3
1980. 2. 12	허만하, 「청마의 두 얼굴」, 《부산일보》
1981	조완호, 「유치환 시 연구」, 연세대 석사 논문
1981	박재승, 「생명파 연구 — 서정주와 유치환을 중심으로」, 충북대 석사 논문
1981	이해웅, 「청마 유치환 작품고 : 물의 이미지를 중심으로」, 동아대 석사 논문
1981	최동호, 「한국 현대시에 나타난 물의 심상과 의식의 연구 — 김영랑, 유치환, 윤동주의 시를 중심으로」, 고려대 박사 논문

1981	이지영, 「청마의 문학 세계 : 생명관과 자연관을 중심으로」, 상명여자사범대학 대학원 석사 논문
1981	정재완, 「식민지 역사 현실과 시인의 페르소나(persona) : 「빼앗긴 들에도 봄은 오는가」 등 네 작품의 분석과 한국 시의 새 방향 모색」, ≪성곡논총≫(성곡학술문화재단) 12집
1981	김은자, 「유치환의 『생명의 서』」, 『한국 현대시 작품론』, 문장사
1981	조동민, 「청마 연구 서설」, 『국문학 연구 총서 9 현대시 연구』, 정음사
1981. 4	허만하, 「청마 시의 현장」, ≪심상≫
1981. 7	허만하, 「역광의 청마」, ≪심상≫
1982	정진석, 「청마 유치환 시 연구」, 숭전대 석사 논문
1982. 9	이기서, 「청마 유치환론」, ≪어문논집≫ 23, 고려대국어국문학연구회
1982. 12	백천풍, 「김소운의 일역시에 대하여」, ≪대학원연구논집≫ 12, 동국대 대학원
1983	김예호, 「청마 유치환론」, 연세대 석사 논문
1983	박철석, 「한일 근대시의 비교문학적 연구」, ≪국어국문학≫ 5, 동아대
1983	권영민, 「유치환과 생명 의지」, 김용직 외, 『한국 현대시사 연구』, 일지사
1983	김준오, 「허무와 비의지적 자아」, 『한국 대표 시 평설』, 문학세계사
1983	오세영, 「생명파 연구」, ≪국문학 논집≫ 11집, 단국대 국문과
1983. 12	곽동훈, 「시집 『생명의 서』에 깔려 있는 청마의 방황」, ≪국어국문학≫ 21, (부산대 국어국문학과)
1984	김봉군, 「유치환론」, 『한국 현대 작가론』, 민지사

1984   김광회 편, 『뜨거운 노래는 땅에 묻고』, 지문사

1984. 11   박춘덕, 「청마 유치환의 종교관」, 『박지홍 회갑 기념 논총』

1985   정규태, 「청마 유치환의 사상성 고찰」, 조선대 석사 논문

1985   김성호, 「유치환 연구」, 연세대 석사 논문

1985   조래희, 「한국 시의 화자 유형 연구」, 고려대 석사 논문

1985   이혜선, 「유치환 연구 : 참여 의식을 중심으로」, 세종대 대학원
                석사 논문

1985   이건청, 「한국 전원시 연구」, 단국대 박사 논문

1985   조향순, 「현대시에 나타난 시적 화자와 청마 연구」, 경남대 석
                사 논문

1985   박홍원, 「허무 의식의 극복을 위한 단장곡(斷腸曲)」, ≪국어교
                육연구≫ 4

1985   이윤섭 이해웅, 「현대시의 원형 비평적 고찰」, ≪논문집≫ 21
                No.1, 부산교육대

1985   김준오, 「원시주의와 자학」, 『가면의 해석학』, 이우출판사

1985   이숭원, 「청마 시 연구의 반성과 전망」, ≪현대시≫ 2집

1985   김은전, 「청마 유치환의 시사적 위치」, ≪현대시≫ 2집

1985   주승택, 「한국 근대시 형성의 장르론적 측면」, ≪현대시≫ 2집

1985   최동호, 「청마 시의 깃발이 향하는 곳」, ≪현대시≫ 2집

1985   한계전, 「시학과 수사학」, ≪현대시≫ 2집

1985   김광회 편, 『뜨거운 노래는 땅에 묻고』, 지문사

1985. 7   정효구, 「이념과 실존의 거리」, ≪한국문학≫

1985. 9   김재홍, 「청마, 모순의 시학, 극복의 시학」, ≪소설문학≫ 11-8

1985. 12   허만하, 「생명의 인연을 찾는 고독한 순례자」, ≪대원≫

1986   김재홍, 「청마 유치환」, 『한국 현대시인 연구』, 일지사

1986   이어령, 「문학 공간의 기호론적 연구 ─ 청마의 시를 모형으로
                한 이론과 분석」, 단국대 박사 논문

1986   이진엽, 「청마 시에 나타난 의식의 지향성 연구」, 성균관대 석
            사 논문

1986   이인숙, 「유치환 시의 구조적 특성 연구」, 성심여대 석사 논문

1986   김광엽, 「한국 시의 공간 연구—청마와 육사를 중심으로」, 서
            강대 석사 논문

1986   김종길, 「생명의 탐구—유치환과 서정주의 시」, 『시에 대하여』,
            민음사

1987   박철석, 「한국 낭만주의 시 연구」, 세종대 박사 논문

1987   박명용, 「유치환 시 연구」, 홍익대 석사 논문

1987   동시영, 「청마 문학의 노장 사상 수용 연구」, 건국대 석사 논문

1987   김영주, 「유치환 시 연구」, 동아대 석사 논문

1987   주태섭, 「청마 유치환 연구」, 동아대 석사 논문

1987   김종섭, 「청마 유치환 시 연구—모순과 초극의 시학에 대하여」,
            영남대 석사 논문

1987   김현, 「깃발의 시학」, 『한국 현대시 문학 대계 15』, 지식산업사

1987   신상철, 「유치환 시에 나타난 현실 인식」, ≪문학한글≫ 1호

1987. 2   김춘수, 「짧은 교분으로 엿본 청마의 시란」, ≪현대문학≫

1987. 12   최병준, 「상황과 시 : 포화 속의 시편들」, ≪논문집≫ 17, 강남
            사회복지대

1987·12   박철석, 「한국 낭만주의 시의 취향」, ≪세종어문연구≫ 3·4,
            세종대 세종어문학회

1988   신용협, 「현대 한국시의 시정신 연구—소월, 만해, 석정, 청마
            시를 중심으로」, 고려대 박사 논문

1988   유윤식, 「시문학파 연구」, 한양대 박사 논문

1988   신용협, 「유치환의 시정신 연구」, ≪우리어문연구≫ 2 No.1, 우
            리어문학회

1988   조상기, 「청마 유치환의 시세계」, ≪동대논총≫ 18 No.1, 동덕

여대

1988	박인기, 「아나키즘의 수용」, ≪한국 현대시의 모더니즘 연구≫, 단국대 출판부
1988	오양호, 「청마 시의 북만 공간」, 『한국 문학과 간도』, 문예출판사
1988	박철희, 「유치환 시 작품의 정체」, ≪홍익어문≫ 7집
1988	정재완, 「유치환의 시 연구」, ≪홍익어문≫ 7집
1988	오세영, 「한국 현대 문학과 휴머니즘」, 서울대 인문과학연구소 편, 『휴머니즘 연구』, 서울대 출판부
1988. 12	신용협, 「유치환의 시정신 연구(1)」, ≪심상≫
1989	성낙수, 「청마 유치환의 시에 나타난 사상적 배경 연구」, 경희대 석사 논문
1989	전유숙, 「청마 시에 나타난 현실 인식 연구」, 효성여대 석사 논문
1989	홍정운, 「유치환론」, 『김장호 선생 회갑 논문집』, 태학사
1989	방인태, 「유치환의 인간주의 문학관」, ≪관악어문연구≫ 14 No.1, 서울대
1989. 12	김예호, 「청마 시의 심상」, ≪국민어문연구≫ 2, 국민대
1990	방인태, 「한국 현대시의 인간주의 연구 : 유치환의 시를 중심으로」, 서울대 대학원 박사 논문
1990	강정화, 「유치환의 시 연구 : 그 소외 의식을 중심으로」, 신라대 대학원 석사 논문
1990	박재승, 「유치환 시 연구」, 인하대 박사 논문
1990	조상기, 「유치환 연구」, 한양대 박사 논문
1990. 7	박재승, 「청마론의 현황과 문제점」, ≪어문연구≫ 65·66, 일조각
1990. 7	방인태, 「유치환 문학의 연구사 검토」, ≪국제어문≫ 11
1990. 8	조상기, 「유치환론」, ≪월간 현대시≫
1990. 12	방인태, 「유치환의 시에 나타난 지상적 행복 I」, ≪국어교육≫ 71

1990. 12   방인태, 「유치환 시에 나타난 '생명 존중'」, ≪배달말≫ 15 No.1

1990   이몽희, 「바리공주와 청마 유치환」, ≪어문학교육≫ 12

1991   유재근, 「유치환 시 연구」, 연세대 교육대학원 석사 논문

1991   박창효, 「유치환 시에 나타난 자아와 시적 화자」, 동국대 석사
논문

1991   송찬구, 「청마 유치환 시에 나타난 화자(話者) 연구」, 충남대
석사 논문

1991   김예호, 「청마 시의 심상 구조 연구」, 연세대 석사 논문

1991   신상철, 「유치환의 시 세계와 그 변모의 양상」, ≪한국시문학≫
5집, 한국시문학회

1991   방인태, 「유치환의 시에 나타난 평화 정신」, ≪초등국어교육≫
No.1

1991   이활, 『서정주 유치환의 시 세계』, 명문당

1991. 3   방인태, 「선비 정신과 의인의 목소리 : 유치환의 중기의 시 세
계」, ≪동양문학≫ 33

1992   서정학, 「청마 유치환 연구」, 충남대 박사 논문

1992   허만하, 『부드러운 시론(시론) : 청마 유치환의 시와 삶에 관하
여』, 열음사

1992. 11   방인태, 「유치환의 시론」, 『한국 현대시론사』

1993   전상훈, 「유치환 시 연구 : 현실 인식과 대응의 변모 양상을 중
심으로」, 조선대 석사 논문

1993   박근배, 「일제 강점기 만주 체험의 시적 수용 : 이용악·유치
환·백석 시를 중심으로」, 경남대 석사 논문

1993   김영미, 「한국 현대시의 어조 연구 : 영랑과 청마 시를 중심으
로」, 이화여대 석사 논문

1993. 1   박근배, 「일제 강점기 만주 체험의 시적 수용 : 이용악·유치
환·백석 시를 중심으로」, ≪경남어문≫ 26, 경남어문학회

1993. 5   이성일, 「청마 유치환의 미발표 및 작품집 미수록 초기 시」, ≪현대문학≫ 461

1993. 5   김윤식, 「젊은 청마의 표정」, ≪현대문학≫ 461

1993. 6   Lee Sung Il, "Recently Discovered Early Poems of Yu Ch'i-hwan", *KOREA JOURNAL*(Korean National Commission for UNESCO), 33, 2

1993. 11   김용직, 「절대 의지의 미학: 유치환론」, ≪현대시≫ 4-11

1993   방인태, 「유치환의 말기 시에 나타난 명상과 순응주의」, ≪한국학논집≫, Vol.1

1994   김광엽, 「한국 현대시의 공간 구조 연구 : 청마와 육사, 김춘수와 김수영을 중심으로」, 서강대 박사 논문

1994   이수정, 「유치환 연구」, 충남대 석사 논문

1994   박종석, 「유치환 시의 남성 화자 연구」, 동아대 석사 논문

1994   최진송, 「1950년대 전후 한국 현대시의 전개 양상」, 동아대 대학원 박사 논문

1994   김용균, 「일제 식민지 시대 시에 나타난 유랑 의식 연구」, 공주대 교육대학원 석사 논문

1994. 5   조상기, 「청마의 현실 대응과 허무 의지」, ≪동대논총≫ 24, 동덕여대

1994   박미령, 「생명파의 낭만과 서정주의」, ≪용인대 논문집≫ 10 No. 1

1995   김인자, 「유치환 시 연구 — 심상과 어조를 중심으로」, 고려대 석사 논문

1995   송외속, 「청마 유치환 시 연구」, 창원대 석사 논문

1995   이혜선, 「유치환 시에 나타난 윤리의식」, ≪동국어문학≫ 7

1995   남송우, 「청마 유치환 시 다시 읽기(1)」, ≪거경문학≫ 4집

1995. 2   박유미, 「유치환 시 연구」, ≪성신어문학≫ 7

1995. 5	방인태, 「유치환 시의 세 흐름」, ≪국제어문≫ 16, 국제어문학연구회
1995. 5	정대호, 「청마의 만주 시기의 시에 나타난 절망의 이유 고찰」, ≪문학과언어≫ 16, 문학과 언어연구회
1995. 겨울	김춘수, 「그들이 깃드는 시간 2」, ≪시와반시≫ 14집
1995. 12	이혜선, 「유치환의 효용론적 문학관 Ⅰ」, ≪세종어문연구≫ 8, 세종대
1995. 12	이어령, 「청마의 「기(旗)빨」과 은유적 공간: 시의 오독(誤讀)에 대한 고찰」, ≪예술논문집≫(예술원) 34
1996	김정연, 「한국 현대시에 나타난 남성 편향성에 관한 연구」, 건국대 석사 논문
1996	김행숙, 「서정주와 유치환의 초기 시 비교 연구」, 고려대 석사 논문
1996	박해수, 「유치환 시 연구」, 대구 효성가톨릭대 박사 논문
1996	이혜선, 「유치환 시의 효용론적 연구」, 세종대 박사 논문
1996	정대호, 「유치환의 시 연구 — 아나키즘과 세계 인식의 관련 양상을 중심으로」, 경북대 박사 논문
1996	박상준, 「1930년대 시에 나타난 고향 의식의 시간과 공간 연구」, 건국대 석사 논문
1996. 4	남송우, 「청마의 고향은 거제 둔덕이다」, ≪열린시≫
1996. 8	남송우, 「청마의 출생지는 거제 둔덕」, ≪열린시≫
1996. 8	배윤기, 「해방 51년 되새기는 친일 문인: 누가 무엇을 어떻게 했나」, ≪시민시대≫ 142, 목요학술회
1996. 8	이병문, 「유치환의 시 세계 연구: 유치환의 저항시를 중심으로」, ≪논문집≫ 21, 광주보건전문대학
1996. 8	오세영, 「유치환의 「깃발」」, ≪현대시≫ 7-8
1996. 겨울	김춘수, 「소리개는 소리개 청마는 청마다」, ≪문학예술≫

1996. 겨울	허만하, 「청마가 시인으로 눈뜰 무렵·기타」, ≪문학예술≫
1996. 12	박철석, 「유치환의 미발표 및 작품집 미수록 시에 대하여(1)」, ≪국어국문학≫ 15, 동아대
1996. 12	이혜선, 「유치환 시에 나타난 민족의식」, ≪동악어문논집≫ 31
1996. 12	김용진, 「한국 현대시에 나타난 자아의 정체성 연구」, ≪논문집≫ 19집, 안양전문대
1996	김구림, 「청마 출생지는 거제」(특집 Ⅰ: 청마 유치환의 생과 문학 세계), ≪거제문학≫ 15집
1996	박철석, 「청마의 초기 시 경향」(특집 Ⅰ: 청마 유치환의 생과 문학 세계), ≪거제문학≫ 15집
1996	이석, 「청마의 비밀」(특집 Ⅰ: 청마 유치환의 생과 문학 세계), ≪거제문학≫ 15집
1996	남송우, 「청마 유치환의 시 다시 읽기」(특집 Ⅰ: 청마 유치환의 생과 문학 세계), ≪거제문학≫ 15집
1996. 가을~겨울	이혜선, 「청마 유치환의 시 세계」, ≪해동문학≫
1997	정은숙, 「유치환 시 연구 ― 어조를 중심으로」, 서강대 석사 논문
1997	장재건, 「1950년대 전후 시의 내면 의식 연구」, 건국대 교육대학원 석사 논문
1997	심재휘, 「1930년대 후반기 시 연구」, 고려대 박사 논문
1997	김준태, 「청마 유치환과 한국 시의 영원한 그리움」, ≪거제문학≫ 16집
1997	오세영, 「유치환과 생명파」, ≪거제문학≫ 16집
1997	이하석, 「의지와 애련의 융화」, ≪거제문학≫ 16집
1997	박철석 편, 『새 발굴 청마 유치환의 시와 산문』, 열음사
1997. 2	김형필, 「식민지 시대의 시정신 연구: 유치환」, ≪논문집≫ 30, 한국외대
1997. 봄	박철석, 「유치환의 미수록 초기 시에 대하여」, ≪문학지평≫

1997. 3	김춘수, 「청마 선생!」, 《시문학》
1997. 3	김윤식, 「청마 시의 정신사적 소묘」, 《시문학》
1997. 3	김종길, 「하나의 거대한 역설」, 《시문학》
1997. 4	박철석, 「《참새》 동인지와 유치환의 단가」, 《열린시》
1997. 4	남송우, 「청마 산문의 다양한 모습」, 동랑·청마기념사업회, 청마 30주기 추모 문학 세미나
1997. 여름	박철석, 「1930년대 청마 시의 모습」, 《문학지평》
1997. 6	문덕수, 「청마 시의 문제점」, 《시문학》 311
1997. 6	박철석, 「유치환의 초기 시에 대하여」, 《한국문학논총》 20
1997. 7	임종성, 「생명·현실 인식과 시적 고뇌: 서정주, 유치환, 김수영, 박인환의 경우」, 《어문학교육》 19, 한국어문교육학회
1997. 9	이연승, 「유치환의 생애와 시적 편력에 대하여: 청마 서거 30주기, 그의 존재론적 허무 의지와 자아 탐구」, 《황해문화》 16
1997. 12	이혜선, 「유치환 시의 현실 비판과 풍자 의식」, 《동국어문학》 9
1997. 12	정대호, 「청마 시에 나타난 아나키즘의 수용」, 《문학과언어》 19, 문학과언어학회
1998	박건명, 「1930년대 시에 나타난 산(山) 이미저리의 의미 층위 연구」, 건국대 대학원 박사 논문
1998	강정화, 「유치환 시의 구조 연구」, 대구효성가톨릭대 박사 논문
1998	김영주, 「청마 유치환 시에 나타난 시적 자아 연구: 타자성과 양면성을 중심으로」, 부산대 석사 논문
1998	장재건, 「1950년대 전후 시의 내면 의식 연구」, 건국대 교육대학원 석사 논문
1998	김경복, 「한국 아나키즘 시문학 연구」, 부산대 박사 논문
1998	신종호, 「유치환 시 연구」, 《숭실어문》 14
1998	박해수, 「유치환 초기 시의 형성과 배경 1」, 《향토문학연구》 창간호, 대구경북향토문학연구회

1998. 8	윤일광, 「청마 시에 나타난 삶과 죽음의 미학 : 장자 사상을 중심으로」, 《동남어문논집》 8, 동남어문학회
1998. 12	윤일광, 「청마 「바위」와 버림의 미학 : 장자 사상을 중심으로」, 《국어국문학》 17, 동아대 국어국문학과
1999	박철석 편, 『한국 현대시인 연구 18 : 유치환』, 문학세계사
1999	박철희 편, 『유치환』, 서강대 출판부
1999	박광규, 「유치환 시 연구 : 절대 의지의 시적 미학을 중심으로」, 명지대 사회교육대학원 석사 논문
1999	이재돈, 「유치환 시에 시간 의식 연구」, 인제대 석사 논문
1999	진보겸, 「청마 유치환 시 연구」, 연세대 석사 논문
1999	박해수, 「유치환의 초기 시의 형성과 배경 2」, 《향토문학연구》 2호, 대구경북향토문학연구회
1999	오세영, 「유치환에 있어서 허무와 의지」, 《한국시학연구》 2
1999. 가을	박철석, 「유치환의 시와 인간」, 《신생》
2000	유자연, 「나의 아버지 청마 유치환」, 《청마문학》 3집
2000	정재완, 「한국 현대시의 정체성과 청마 유치환의 시 세계」, 《청마문학》 3집
2000	최성민, 「일제 강점기 유치환 시 연구」, 인하대 석사 논문
2000	정주연, 「유치환 시 연구 : 아포리즘과의 관계를 중심으로」, 서강대 석사 논문
2000	김진희, 「생명파 시의 현대성 연구」, 이화여대 박사 논문
2000	오세영, 『유치환』, 건국대 출판부
2000. 2	이남호, 「교과서에 실린 문학작품을 어떻게 가르칠 것인가 : 유치환, 『생명의 서』」, 《현대문학》 542
2000. 2. 20	이근배, 「유치환의 서간집」, 《중앙일보》
2000. 5	김은정, 「유치환 시의 거리 연구 1 : 전반기 시를 중심으로」, 《한국언어문학》 44, 한국언어문학회

2000. 6	김은정, 「유치환 시의 거리 연구 2 : 후반기 시(1950년대와 1960년대 시)를 중심으로」, ≪어문연구≫ 33, 충남대 어문연구학회
2000. 여름	박철석, 「자주인 청마의 진면목」, ≪시와 생명≫
2000. 11	이해웅, 「담화 구조 면에서 본 청마 시의 문체 연구」, ≪어문학교육≫ 22, 한국어문교육학회
2000. 12	남기택, 「청마 시의 실존 의식 : 후기 시를 중심으로」, ≪어문연구≫ 34, 충남대 어문연구학회
2000. 12	이미경, 「유치환과 아나키즘 : 특히 ≪소제부≫, ≪생리≫ 지 소재의 시를 중심으로」, ≪한국학보≫ 26-4
2001	배호남, 「유치환의 문학관 연구」, 경희대 석사 논문
2001	허만하, 『청마 풍경』, 솔
2001. 2	고동주, 「청마문학상과 통영시」, ≪청마문학≫ 4집
2001. 2	김태웅, 「청마 유치환론」, ≪청마문학≫ 4집
2001. 2	김만옥, 「청마와 나」, ≪청마문학≫ 4집
2001. 2	김해석, 「위대한 시인의 위대한 아내」, ≪청마문학≫ 4집
2001. 2	변세화, 「청마 선생과 나」, ≪청마문학≫ 4집
2001. 2	이광석, 「비록 작은 인연이지만」, ≪청마문학≫ 4집
2001. 4	손종호, 「유치환 시에 나타난 종교성」, ≪어문연구≫ 35
2001. 5	김윤식, 「청마론을 통해 본 문덕수의 세계 : 황홀에서 황홀에로」, ≪시문학≫ 358
2002	김시태 외, 『청마 문학의 재조명』, 청마문학회
2002	김미선, 「유치환 시 연구 : 아나키즘과의 관련을 중심으로」, 공주대 석사 논문
2002	김명희, 「유치환 시 율격 연구」, 창원대 석사 논문
2002	김동중, 「유치환 시 연구」, 배재대 석사 논문
2002	박수경, 「청마 시에 나타난 허무 연구」, 한남대 석사 논문
2002	차영한, 「청마 유치환 고향시 연구」, 경상대 석사 논문

2002	홍종심, 「청마 유치환의 시 연구」, 순천향대 교육대학원 석사 논문
2002	박태일, 「경남 지역 문학과 부왜 활동」, ≪한국문학논총≫, 30
2002	김상태, 「인내와 기다림의 미학(Aesthetics of Perseverance and Waiting)」, ≪비교문학≫ 29
2002. 2	김봉군, 「한국 현대시의 서정적 자아와 윤리적 자아의 상호성 연구: 서정주·유치환·박두진·구상의 시를 중심으로」, ≪국어교육≫ 107호, 한국국어교육연구학회
2002. 2	황송문, 「중국 조선족 시문학의 변화 양상 연구」, ≪시문학≫ 32권 5호
2002. 4	유지현, 「1950년대 전후(戰後) 전통 지향 시에 나타난 산의 시·공간 고찰」, ≪어문논집≫ 45집, 민족어문학회
2002. 5	김지숙, 「자연지향성 시의 생명」, ≪시문학≫ 32권 5호
2002. 5	서우승, 「사시적 편견과 표현의 저질성」, ≪청마문학≫ 5집
2002. 5	이상옥, 「청마 출생지 논쟁에 대하여」, ≪청마문학≫ 5집
2002. 5	허만하, 「안의에서 대구로 나타난 청마」, ≪청마문학≫ 5집
2002. 7	박미령, 「한국 현대시에 나타난 서정: 청마 유치환을 중심으로」, ≪비평문학≫ 16호, 한국비평문학회
2002. 9	김춘수, 「행이불언(行而不言)하는 청마」, ≪시문학≫ 32권 9호
2002. 9	허만하, 「청마의 침묵」, ≪시문학≫ 32권 9호
2002. 9~11	서영수, 「경주에서의 청마」, ≪시문학≫ 32권 9~11호
2002. 9	윤정숙, 「경남여자고등학교장 시절의 청마」, ≪시문학≫ 32권 9호
2002. 10	정영자, 「청마의 출생지와 로칼리즘」, ≪시문학≫ 32권 10호
2002. 10	박철희, 「청마 시를 다시 읽는다」, ≪시문학≫ 32권 10호
2002. 10	김시태, 「청마 문학의 재조명」, ≪시문학≫ 32권 10호
2002. 11	서영수, 「경주에서의 청마」, ≪시문학≫ 32권 11호
2002. 11~12	차영한, 「청마 유치환 출생지 쟁점에 대한 고찰 1-2」, ≪시문학≫

32권 11, 12호

2002. 12   서영수, 「청마 시인과 경주」, ≪경주문화≫ 8호, 경주문화원

2002. 12   손종호, 「청마 문학의 종교성 연구 : 산문 문학에 나타난 신관 (神觀)을 중심으로」, ≪한국언어문학≫ 49집, 한국언어문학회

2003   이경숙, 「유치환 시 연구 : 시의 언어와 문학관의 상관성을 중심으로」, 아주대 석사 논문

2003   최윤철, 「청마 유치환 시 연구 : 순정과 영원의 노스탤지어」, 연세대 석사 논문

2003   이경미, 「청마 시의 발화 형식 연구」, 대구가톨릭대 석사 논문

2003   김수정, 「청마 유치환의 심상 체계 연구」, 연세대 석사 논문

2003   남송우, 「청마 연구사 일고(1)」, ≪거제문학≫ 23집

2003   문덕수, 『니힐리즘을 넘어서』, 시문학사

2003. 3   김순철, 「법정에 선 청마」, ≪청마문학≫ 6집

2003. 3   김하준, 「교장 선생님 청마」, ≪청마문학≫ 6집

2003. 3   서대승, 「출생지의 증인은 낳은 어머니여야 한다」, ≪청마문학≫ 6집

2003. 3   손봉호, 「윗물」, ≪청마문학≫ 6집

2003. 가을   김영주, 「청마 시의 정신 세계와 창작 동인」, ≪부산시인≫

2003. 가을   박철석, 「청마와 부산 문단」, ≪부산시인≫

2003. 가을   전기웅, 「청마 유치환의 생애」, ≪부산시인≫

2003. 11   장윤익, 「관념과 감각의 거리 : 유치환론」, ≪경주문화≫ 9호, 경주문화원

2003. 겨울   김행숙, 「유치환 1908~1967 : '문학'과 '연애'」, ≪시인세계≫ 6호

2003. 겨울   문영, 「유치환의 시와 삶 : 절대 의지의 미학」, ≪시로여는세상≫ 2권 4호

2003   민병기, 「유치환 시 연구」, ≪인문논총≫ 10집, 창원대 인문과학연구소

2003	양민이, 「유치환의 시 연구」, ≪서강교육≫ No.1
2004	문덕수, 『유치환 평전』, 시문학사
2004	홍창우, 「유치환 시의 지도 방안 연구」, 국민대 석사 논문
2004	이새봄, 「유치환 시에 나타난 수직적 상상력 연구 : 숭고의 의미를 중심으로」, 서울대 석사 논문
2004	김양희, 「청마의 순정시에 대한 고찰」, 동국대 교육대학원 석사 논문
2004	임수만, 「유치환 시의 낭만적 특성 연구 : 낭만적 아이러니를 중심으로」, 서울대 박사 논문
2004	남송우, 「청마 연구사 일고(2)」, ≪거제문학≫ 24집
2004	홍정선, 「청마 유치환의 삶과 문학」, ≪거제문학≫ 24집
2004	김형수, 「부일 협력, 그 기억과 망각 사이를 떠도는 망령 : 유치환과 권환의 '부일 협력' 의혹에 대하여」, ≪인문논총≫ 11집, 창원대 인문과학연구소
2004. 12	이명찬, 「한국 근대시의 만주 체험」, ≪한중인문학연구≫ 13집, 한중인문학회
2005	임승희, 「유치환 문학에 나타난 도덕론적 문학관과 선비 정신」, 서강대 석사 논문
2005	서동인, 「서정주와 유치환 시의 생명성 연구」, 성균관대 석사 논문
2005. 2	장백일, 「문학사 증언에의 한 권의 저서 : '청마 유치환 평전'에 붙여」, ≪월간문학≫ 38권 2호, 한국문인협회
2005. 3	김진희, 「생명 의식의 역사성과 민족 문학의 도정 : '해방 문단'의 '생명파'를 중심으로」, ≪서정시학≫ 15권 1호
2005. 7	박민철, 「생명파 시인 청마 유치환」, ≪시사문단≫ 3권 7호
2005. 가을	정대호, 「청마의 시에 나타난 생명 의식」, ≪신생≫ 24호
2005. 12	김훈겸, 「재만 조선인 시문학의 디아스포라적 양상 : 일제 말기

	유치환, 김조규의 시를 중심으로」, ≪한국언어문화≫ 28집, 한국언어문화학회
2006	서여명, 「청마 유치환 만주 시편 연구」, 인하대
2006	이균상, 「유치환과 금춘수 시의 대비 연구」, 창원대 박사 논문
2006	류인영, 「유치환 시의 효과적인 교육 방법 고찰」, 동국대 석사 논문
2006. 상반기	임헌영 홍기돈 대담, 「친일 문학 : 이제까지의 논란, 무엇이 문제인가」, ≪시경≫ 7호
2007	이재훈, 「한국 현대시의 허무 의식 연구 : 유치환·박인환·이형기·강은교를 중심으로」, 중앙대 대학원 박사 논문
2007	송진경, 「유치환 시 연구」, 한국교원대 석사 논문
2007	황동욱, 「유치환의 시에 나타나는 아나키즘」, 동국대 석사 논문
2007	정남채, 「한국전쟁기 종군시의 주제 의식과 미적 특성 연구 : 조지훈·조영암·유치환을 중심으로」, 경성대 석사 논문
2007	남송우, 「청마 연구사 일고(3)」, ≪거제문학≫ 27집
2007. 4	이재훈, 「유치환 시에 나타난 허무 의식 연구」, ≪한국문예비평연구≫ 22집
2007. 여름	김석규, 「청마 유치환의 ≪뜨거운 노래는 땅에 묻는다』」, ≪신생≫ 31호
2007. 12	정남채, 「6·25전쟁기 청마의 종군시 소고」, ≪우리말글≫ 41집, 우리말글학회
2007. 12	박태일, 「청마 유치환의 북방시 연구 : 통영 출향과 만주국, 그리고 부왜시문」, ≪어문학≫ 98집
2008	안해란, 「유치환 시 연구 : 허무 의지와 대결 정신을 중심으로」, 경희대 석사 논문
2008	한미경, 「유치환 시 연구」, 충남대 박사 논문
2008	서유진, 「청마 유치환 시의 현실 인식과 지향성 연구」, 충북대

석사 논문

2008. 3   홍정선, 「청마 유치환을 향한 친일 의혹, 그 문제점에 대하여」,
                     ≪시문학≫ 38권 3호

작성자 신두원   문학평론가. 민족문학사연구소 사무국장.

불통 시대의 말더듬이, 그 문학적 소통 가능성

우찬제(서강대 교수)

불통 시대와 말더듬이의 문학적 소통

1930년대 소설사에서 김유정(1908~1937)의 자리는 넉넉하다. 불과 6~7년 동안 30편의 단편을 창작했을 뿐인데도, 나름의 독특한 현실 감각과 소설 수사학으로 동시대의 다른 작가들과 확연히 변별되는 김유정만의 소설을 남겼다. 그는 근대의 위력이 본격화되던 1930년대 중반에 소설을 쓰면서, 누구보다도 절실하게 근대의 고통을 몸과 마음으로 앓아야 했던 작가다. 폐결핵으로 불과 서른에 요절했거니와 그는 자신의 창작 시대에 죽음보다 더 고통스러운 현실과 온몸으로 싸워야 했다. 고통스런 삶 속에서도 웃음으로 울음을 견디는 독특한 소설 미학을 보여 주었다는 점에 대해서는 여러 논자들이 일치된 견해를 보인다.

김유정에 대해 많은 논의가 있었다. 김유정 전문가인 전신재의 최근 보고에 따르면, "1935년부터 2007년까지 발표된 김유정 연구 논저는 모두 607편"[1]이라고 한다. 30편의 소설을 놓고 볼 때 결코 적지 않은 분량이다.

---

1) 전신재, 「김유정을 바라보는 일곱 가지 시각」, ≪문학사상≫ 425(2008년 3월호, 문학
   사상사), 217쪽. 박사 논문 13편, 석사 논문 208편, 단독 저서 9권을 포함한 607편이라

그 많은 논의들과 조금 다르게 언급할 수 있는 다소간의 행운을 기대하면서, 소통의 테마를 중심으로 하여 김유정 문학에 대한 새로운 소통의 지평을 열고자 한다. 두루 짐작할 수 있다시피 인간은 언어, 밥/돈, 섹스/연애로 소통하며 살아간다. 언어로 말을 하며 서로 소통하고, 밥을 같이 먹거나 돈거래를 하면서 소통하며, 연애나 섹스로 마음과 몸의 소통을 수행한다. 그런데 알려진 연보에 따르면 김유정은 그 어느 것 하나 제대로 소통할 수 없었던 삶을 살았다.

1) 김유정은 아버지 청풍 김씨 김춘식(1873~1917)과 어머니 청송 심씨(1870~1915) 사이의 2남 6녀 중 일곱째로 태어났다. 7세에 어머니를 9세에 아버지를 각각 여의었다. 소설 「형」에서 보이듯 아버지와 형 사이에서 심각한 애증 갈등을 겪어야 했고, 낭비벽이 심하며 포악한 형[2]의 눈치를 살펴야 했으며, 자전적 소설 「생의 반려」에서 보이듯 신경질적인 누이 집에 얹혀살면서 심각한 스트레스를 받았던 것 같다. 하여 「생의 반려」에서 묘사된 것처럼 말더듬이였고,[3] 그로 인하여 1924년에는 눌언 교정소에서 치료를 받은 것으로 되어 있다. 이와 같은 가족 서사와 말더듬이 증후는 그의 문학적 소통 방식에 매우 중요한 요소이다. 김유정 소설 수사학의 특

고 한다. 탄생 100주년을 맞은 올해 그를 재조명하는 각종 기획에서 발표되는 논의들을 합치면 이보다 더 늘어난다.

2) 「생의 반려」에서 형은 이렇게 형상화된다. "주색에 잠기어 밤낮을 모르고 남봉군이었다. 그리고 자기 일신을 위하얀 열 사람의 가족이 희생을 하라는 무지한 폭군이었다. 그는 아무 교양도 없었고 지식도 없었다. 다만 그의 앞에는 수십만의 철량이 있어 그 폭행을 조장할 뿐이었다."(「생의 반려」, 전신재 편, 『원본 김유정 전집』(한림대학교 출판부, 1987), 238쪽.)

3) 김영수, 이석훈, 김화경 등도 김유정이 말더듬이였음을 밝혀 논한다. "김유정은 전형적인 후천적 말더듬이다. 그가 말더듬이였던 것은 폐결핵과 함께 스스로 고백하듯 염인증을 가지게 되는 데 주요한 원인이었을 것이다."(김영수, 「김유정의 생애」, 『김유정 전집』(김유정기념사업회, 1994), 310쪽.) 김유정의 수필에 이런 대목이 있다. "나는 숙명적으로 사람을 싫어합니다. 다시 말하면 사람을 두려워한다는 것이 좀 더 적절하는지 모릅니다. 늘 주위의 인물을 경계하는 버릇이 있습니다. 그 버릇이 결국에는 말없는 우울을 낳습니다."(김유정, 「어떠한 부인을 마지할까」, 전신재 편, 『원본 김유정 전집』, 406쪽.)

징을 이루는 생동감 있는 구어체 문장, 짧은 문장의 경쾌한 산문 리듬, 욕설과 해학, 반어 등은 실제로 언어적 소통의 장애를 겪은 이의 문학적 소통 방식의 일환이다.

2) 김유정의 조부 김익찬은 6천 석의 거부였고, 부 김춘식은 서울 종로 운니동에 백여 칸 집을 마련했던 거부였다. 그런데 부친이 사망한 후 방탕한 형 김유근에 의해 경제적으로 몰락의 길을 겪는다. 근대로 진입하면서 전형적으로 하향 분해된 경우에 속한다. 이로 인해 김유정은 경제적으로 자심한 고통을 받았다.[4] 밥과 돈의 소통이 원활하지 않았기에 사회적으로 단절된 삶을 살았다. 자신의 골방에 처박혀 있는 시간이 많았다. 물론 밥과 돈이라는 경제적 수단의 부족이나 결여로 말미암아 원활한 소통이 이루어지지 않는 단절의 양상은 물론 그만의 경험에서 그칠 수 있는 게 아니었다. 서울의 하층민들은 물론 춘천의 농민들 역시 그러했다. 그가 그린 서울 사람이든 농촌 사람이든 대부분의 인물들은 밥과 돈 때문에 고난을 겪으며, 그로 인해 위반의 행동을 보인다. 정상적인 소통이나 거래가 아닌 위반의 소통이나 거래를 보이는 인물들의 행태는 식민지 조선의 하층민들의 문제적 생태의 일환이었으며, 김유정은 자신의 경험을 바탕으로 이웃의 생태를 매우 실감 있게 그려 낼 수 있었다.

3)「생의 반려」에서 김유정은 기생 나명주에게 일방적으로 구애 편지를 보내는 일화를 애절하게 그린다. 「두꺼비」에도 명창 옥화에게 매일같이 편지를 띄우는 "열정의 총량"이 그려진다. 실제로 그는 21세에서 23세까지 판소리 명창 박녹주에게 열렬하게 구애하였으나 끝내 거절당했다. 28세에

---

4) 돈 없는 곤경한 처지를, 김유정은 작가 안회남에게 보낸 서간(1937년 3월 18일)에서 이렇게 적었다. "지금 나는 병마와 최후의 담판이다. 홍패가 이 고비에 달려 있음을 내가 잘 안다. 나에게는 돈이 시급히 필요하다. 그 돈이 없는 것이다. (중략) 그 돈이 되면 우선 닭을 한 삼십 마리 고아 먹겠다. 그리고 땅꾼을 들여, 살모사 구렁이를 십여 뭇 먹어 보겠다. 그래야 내가 다시 살아날 것이다. 그리고 궁둥이가 쏙속구리 돈을 잡아 먹는다. 돈, 돈, 슬픈 일이다."(김유정, 「필승 전(前)」, 전신재 편, 『원본 김유정 전집』, 451∼452쪽.)

는 시인 박용철의 여동생 박봉자에게 구애하였지만 역시 차갑게 거절당한다. 이렇게 김유정은 연애와 섹스의 소통에 실패한 사람이다. 전달되지 않는 편지, 소통되지 않는 연애의 감정은 폐결핵보다 더 고통스러운 사건이었을 것이다. 김유정의 여러 소설에서 섹스와 연애는 적절한 소통의 방식을 보이지 않는다. 부부관계도 철저하게 왜곡되거나 훼절되기 일쑤다. 그가 자주 제시한 '들병이' 모티프나 '아내 팔기' 모티프 같은 것은 연애와 섹스의 소통에 실패하였던 작가가 문학적으로 보인 위반의 소통 방식이었다.

말더듬이의 해학적 언어 소통 게임

김유정은 매우 어려운 농촌 현실을 허구화하는 과정에서 놀이와 게임의 즐거움을 십분 인식했던 작가에 속한다. 익살스럽고 품위 있는 농담인 해학은 기본적으로 유희 본능과 관계가 있다. 유희가 아닌 실제 상황이라면 쉽게 웃고 즐길 수 없다. 허구적 놀이 공간 속에서 독자의 관습적인 기대를 현실적인 위험이나 손해 없이 깨뜨리며 유머는 성립되고, 그 결과 독자들이 기대하지 않았던 어떤 흥미를 자아내고 새로운 욕구를 충족시켜 주기도 한다. 그리고 해학은 동료 인간에 대하여 선의를 가지고 그 약점, 실수, 부족을 같이 즐겁게 시인하는 공감적 태도에서 비롯되는 것이다. 빠르고 날카로운 기지(위트)에 비해 해학(유머)은 느리고 부드럽다. 위트가 기술적 조작의 결과라면 유머는 자연스러운 감정의 발로이다. 특히 김유정의 해학은 말더듬이의 언어 소통 게임과 관련된다는 점이 특징이다. 현실에서 열등한 지위에 있는 바보스러운 인물들은 언어의 유창성과는 거리가 멀다. 어눌하게 억눌린 말을 할 뿐이며, 말의 소통을 제대로 하지 못하기에, 그들의 현실적 지위는 개선의 지평으로 나아가기 어렵다. 그런데도 어눌한 말더듬이들은 해학적 웃음을 동반하는 가운데 인간적 진실을 폭넓게 환기한다. 개별 인물들은 어눌하지만, 전체적으로 소설 수사학을 구성하는 서술자는 매우 유창한 방식으로 독자와의 원활한 소통 지평을 연다. 어눌한 인물과 유창한

서술자 사이의 담론적 반어가 김유정 소설을 읽는 재미를 배가한다.[5]

「봄·봄」(≪조광≫, 1935. 12)은 가난한 데릴사위의 차마 웃지 못할 애환을 웃음으로 표현한 소설이다. 장인이나 점순이와 주인공 '나'와의 관계는 물론 주인공의 어조 자체가 매우 이채로운 것이어서 연민과 더불어 삶의 고단한 고개를 넘어갈 때 도움이 되는 웃음을 자아내게 한다. 주인공 '나'는 순박하고 어리숙한 인물이다. 점순이와 결혼하는 것을 조건으로 마름인 봉필의 집에 들어와 노임 한 푼도 받지 못한 채 일만 한다. 봉필은 매우 인심 사나운 마름이다. 딸 셋을 둔 그는 데릴사위를 바꿔 가며 거의 머슴격으로 노동력을 착취한다. 재작년 가을에 시집간 맏딸의 경우 열 명의 데릴사위를 갈아치우며 머슴처럼 부리다가 결국 혼례를 치르게 했으며, 둘째딸인 점순의 경우도 주인공 '나'가 세 번째이다. 여섯 살인 셋째딸이 열 살은 되어야 데릴사위를 둘 수 있을 터이므로, 봉필은 점순과 주인공과의 혼례를 계속 미루기만 한다. 봉필은 데릴사위를 갈아치우고 싶기도 했지만 주인공이 워낙 일도 잘하고 어리숙하니까 계속 붙들어 둔다.

이런 기본적인 상황은 일종의 게임이다. 즉 점순과 결혼하고자 하는 주인공과 결혼을 미루고 부려먹으려고만 드는 욕심 사나운 장인 봉필과의 게임이 독자들의 유희 본능을 자극한다고 볼 수 있다. 이 게임에서 주인공은 매우 불리한 처지에 있다. 점순이 키가 자라면 결혼시켜 준다는 게임 조건만 하더라도 장인에게만 유리한 상황이다. 키가 얼마나 자라야 결혼할 수 있는지 결정하는 것은 전적으로 장인의 권한에 속하는 것으로 되어 있기 때문이다. 그리고 보니 주인공 입장에서는 무엇보다 점순의 키가 자라게 해 달라고 비는 수밖에 다른 방법을 찾지 못한다.

---

5) 김유정이 내면화된 말더듬이였음을 주목한 김화경은 "김유정의 말더듬은 그의 글 속에 나타나는 과도한 유창성과 유머를 낳는 바탕이 되었"(김화경, 「말더듬이 김유정의 문학과 상상력」, ≪현대소설연구≫ 32(한국현대소설학회, 2006), 75쪽)음을 밝힌 바 있다. 그는 음운이나 음성 표현의 미시적인 분석을 통해 이를 밝혔는데, 본고에서는 예의 역설적 유창성이 소설 구조 차원에서 발휘되는 국면을 밝히고자 한다.

아무리 잘 봐야 내 겨드랑(다른 사람보다 좀 크긴 하지만) 밑에서 넘을
락말락 밤낮 요 모양이다. 개돼지는 푹푹 크는데 왜 이리도 사람은 안 크는
지, 한동안 머리가 아프도록 궁리도 해보았다. 아하, 물동이를 자꾸 이니까
뼈다귀가 움츠러드나 보다, 하고 내가 넌짓넌짓이 그 물을 대신 길어도 주
었다. 뿐만 아니라 나무를 하러 가면 서낭당에 돌을 올려놓고,

"점순이의 키 좀 크게 해줍소사. 그러면 담엔 떡 갖다 놓고 고사드립죠니
까."

하고 치성도 한두 번 드린 것이 아니다. 어떻게 돼먹은 킨지 이래도 막무
가내니…….[6]

게임 규약이나 게임에 대처하는 주인공의 태도부터가 우선 유머를 자극
한다. 점순의 키가 자라면 결혼시켜 준다는 게임 규약에 주인공은 거의 속
수무책이다. 점순의 키가 잘 안 자란다고 조바심하는 것이나 이 때문에 그
저 빌기만 하는 주인공의 태도는 연민을 동반한 웃음을 제공한다. 주인공
'나'는 장인의 성품이나 속셈을 잘 안다. 게임의 상대자인 장인에 대한 다
음과 같은 진술이 그것을 직접적으로 증거한다.

우리 장인님은 약이 오르면 이렇게 손버릇이 아주 못됐다. 또 사위에게
이자식 저자식 하는 이놈의 장인님은 어디 있느냐. 오죽해야 우리 동리에서
누굴 물론하고 그에게 욕을 안 먹는 사람은 명이 짜르다 한다. 조그만 아이
들까지도 그를 돌아세 놓고 욕필이(본 이름이 봉필이니까), 욕필이, 하고 손
가락질을 할 만치 두루 인심을 잃었다. 하나 인심을 정말 잃었다면 욕보다
읍의 배참봉 댁 마름으로 더 잃었다. 번이 마름이란 욕 잘 하고 사람 잘 치
고 그리고 생김 생기길 호박개 같아야 쓰는 거지만 장인님은 외양에 똑 됐
다. 장인께 닭 마리나 좀 보내지 않는다든가 애벌논 때 품을 좀 안 준다든

6) 김유정, 「봄·봄」, 이상 / 김유정, 『날개 / 동백꽃』(두산동아, 1995), 261쪽.

가 하면 그해 가을에는 영락없이 땅이 뚝뚝 떨어진다. 그러면 미리부터 돈도 먹고 술도 먹고 안달재신으로 돌아치던 놈이 그 땅을 슬쩍 돌아앉는다. 이 바람에 장인님 집 외양간에는 눈깔 커다란 황소 한 놈이 절로 엉금엉금 기어들고, 동리 사람들은 그 욕을 다 먹어 가면서도 그래도 굽신굽신 하는 게 아닌가 ─.[7]

이런 장인이기에 애초에 계약이 잘못된 줄을 주인공은 알지만, 이제 와서 달리 어쩔 방도를 찾지 못한다. 이러고 있는 주인공에게 점순이는 약을 올린다. 밤낮 일만 할 것이냐고 조롱하는 것이다. 이에 주인공은 화가 난다. 자기가 열심히 일한 결과를 점순이가 먹고 키가 큰다면 모르겠지만 그보다는 못된 장인의 배만 부르게 할 것 같아 속상한 것이다. 화난 주인공은 모를 내다 말고 배가 아프다는 핑계를 대고 논둑으로 나온다. 그러자 장인은 주인공의 멱살을 잡고 뺨을 친다. 홧김에 장인을 혼내 주고 집으로 돌아갈까 생각도 해 보지만 그렇게 하지 못한다. 생각 끝에 장인을 구장 댁으로 끌고 가 구장에게 중재를 요청한다. 구장은 당사자가 결혼하고 싶다는데 빨리 성례를 시켜 주라고 말한다. 장인은 구장에게 점순이가 아직 어리니 조금만 더 크면 혼례를 치러 줄 것이라고 말하며 위기를 모면한다.

이틀 뒤에 점순이는 구장댁에 갔다가 그냥 돌아오는 법이 어디 있느냐며 또 주인공을 힐난한다. 아내 될 점순이가 병신이라고 놀려 대자 주인공은 어떤 식으로든 결판을 내야겠다는 생각을 하고 일터에 나가다 말고 바깥마당 공석 위에 드러눕는다. 장인은 징역을 보내겠다고 겁을 주지만, 주인공도 이번만은 물러서지 않겠다고 결심하며 장인에게 대든다. 점순에게 병신 소리를 듣는 것보다 징역 가는 게 낫다고 생각한 까닭이다. 이래서 장인과 주인공 사이에 격투가 벌어진다. 이 싸움의 과정에서 주인공은 그래도 점순이 자기편을 들어 주리라 기대했는데, 알고 보니 자기 아버지 역성을 들

---

7) 같은 책, 262~263쪽.

고 있는 게 아닌가. 장인에게 매를 맞은 것도 맞은 것이려니와 점순의 알수 없는 태도 때문에 주인공 '나'는 그만 넋을 잃고 만다. 이미 예고된 게임 결과이긴 하지만 주인공의 패배로 둘 사이의 게임은 끝난다.

「봄·봄」은 이런 이야기다. 당시의 경제 상황과 관련해 볼 때 마름과 소작농, 혹은 주인과 머슴 사이의 계급적 갈등의 상태를 작가가 에둘러 표현하고 있는 셈이다. 계급적 갈등과 대립의 상태를 미래의 장인과 데릴사위의 관계로 희화화하고 있다는 것이다. 계급 문제에 가족주의가 개입할 때, 계급적 갈등의 의미는 매우 약화되기 마련이다. 약화되고 희화화된 관계속에서 주인공의 해학적인 면모가 부각된다. 주인공 '나'는 장인이 부당하다는 것을 알고 있으면서도 가족주의의 곤혹스러움 때문에 정당한 대응책을 찾지 못하고 끝내 당하기만 한다. 둘은 경제적 계급적으로 보면 주인과 머슴의 관계이지만, 가족의 테두리에서 보면 장래의 장인과 데릴사위의 관계인데, 이때 주인공은 가족적인 관계 쪽에 심리적으로 이끌리고 있기 때문에 곤혹스러움이 생기는 것이다. 한갓 머슴에 대한 주인이라면 당당히 주장할 수 있는 것도 장인 앞에서는 곤란한 일이 되는 까닭이다.

이런 주인공의 행태는 연민을 동반한 웃음을 자아내지만, 그것은 결코 단순한 웃음일 수 없다. 그 자신이 결코 장인을 향한 인식론적 적의를 직접 보이지는 않지만, 공격하지 않음으로써 오히려 역설적으로 공격적인 풍자의 효과를 거둘 수 있었다고 생각된다. 가족주의의 곤혹스러움 때문에 주인공이 속절없이 당하고 있는 모습에서 독자들이 깊은 연민을 느낀다면, 그 연민 안에서 사태의 본질은 뚜렷이 파악될 수 있다. 이데올로기에 입각한 계급적 비판의 방식보다는 해학에 의한 척박한 현실 인식, 바로 이것이 자연 상태에 가까운 효과적 소설 전략이라고 작가 김유정이 생각했던 게 아닐까 짐작한다.

해학에 의한 언어적 소통 전략은 그의 대표작으로 꼽히는 「동백꽃」(《조광》, 1936. 5)에서 더욱 효과를 거둔다. 이 소설 역시 유희 본능에 입각한 게임의 구조로 되어 있다. 특히 닭싸움을 매개로 한 주인공 '나'와 마름집 딸 점순의 게임은 대단히 흥미롭다. 나흘 전에 점순이는 울타리를 엮는 내 등 뒤로 와서 전과는 달리 곰살맞게 감자를 내밀었다. 그녀의 호감을 알아 채지 못한 주인공은 그녀의 손을 밀어 버렸다. 그러자 점순은 화를 내며 독기를 뿜어 내더니 이내 눈물을 보여 주인공을 놀라게 한다. 다음 날 점 순은 주인공네 씨암탉을 붙들어 놓고 때리는데, 이를 본 주인공은 어쩌지 못한 채 애만 태운다. 점순은 닭에게 해코지를 할 뿐만 아니라, '나'에게도 욕을 동반한 언어적 공격을 가해 온다.

"이 바보 녀석아!"

"얘! 너 배냇병신이지?"

그만도 좋으련만

"얘! 너 느 아버지가 고자라지?"

"뭐? 울 아버지가 그래 고자야?"

할 양으로 열병거지가 나서 고개를 홱 돌리어 바라봤더니 그때까지 울타 리 위로 나와 있어야 할 점순이의 대가리가 어디를 갔는지 보이지가 않는 다. 그러나 돌아서서 오자면 아까에 한 욕을 울 밖으로 또 퍼붓는다. 욕을 이토록 먹어가면서도 대거리 한마디 못하는 걸 생각하니 돌부리에 채이어 발톱 밑이 터지는 것도 모를 만치 분하고 급기야는 두 눈에 눈물까지 불끈 내솟는다.[8]

바보 녀석이니, 배냇병신이니, 고자니 하는 욕설의 숨은 의도는 뻔하다. 여자인 점순이 쪽에서 계속 자극을 보내도 성적으로 반응을 나타내지 못하 는 주인공에 대한 심한 책망의 성격을 띤 욕설이기 때문이다. 호감과 공격 성이라는 양가적인 태도 사이를 오가는 점순의 애증을 함축하고 있는 부분 이다. 이런 욕설에도 불구하고 주인공은 분해하며 눈물만을 흘릴 뿐 별다

---

8) 김유정, 「동백꽃」, 앞의 책, 327쪽.

른 반응을 보이지 않는다. 제대로 말거리를 하지 못한다. 어눌하기 짝이 없는 인물이다. 그러자 점순은 자신의 호의를 알아주지 못하는 순박한 '나'에 대한 앙갚음으로 닭싸움을 선택한다. 사람들이 없는 틈을 타 자기네 힘센 수탉을 가지고 와서 주인공네 수탉과 싸움을 붙인다. 언제나 주인공네 닭이 진다. 속상한 주인공은 자기 집 수탉에게 용을 쓰라고 고추장을 먹여 싸움을 시켜 보지만 별로 효과를 거두지 못한 채 또 당하기만 한다. 닭싸움에 져 풀이 죽어 있던 주인공네 닭은 오늘에야 정신이 든다. 그런데 점순이가 또 닭싸움을 시키려 하자 닭을 빼앗아 가두고 나무를 하러 간다. 나무를 다 하고 내려오던 중 주인공은 점순이가 동백꽃 깔린 바윗돌 틈에 앉아 청승맞게 호드기를 불고 있는 것을 보게 된다. 가까이 와 보니 또 닭싸움을 시켜 놓고 자기는 천연스레 호드기를 불고 있는 게 아닌가.

산기슭에 널려 있는 굵은 바윗돌 틈에 노란 동백꽃이 소보록하니 깔리었다. 그 틈에 끼어 앉아서 점순이가 청승맞게시리 호드기를 불고 있는 것이다. 그보다도 더 놀란 것은 그 앞에서 또 푸드득푸드득 하고 들리는 닭의 횃소리다. 필연코 요년이 나의 약을 올리느라고 또 닭을 집어 내다가 내가 내려올 길목에다 쌈을 시켜 놓고 저는 그 앞에 앉아서 천연스레 호드기를 불고 있음에 틀림없으리라.

나는 약이 오를 대로 다 올라서 두 눈에서 불과 함께 눈물이 퍽 쏟아졌다. 나무 지게도 벗어 놀 새 없이 그대로 내동댕이치고는 지게 막대기를 뻗치고 허둥지둥 달려들었다.

가까이 와보니 과연 나의 짐작대로 우리 수탉이 피를 흘리고 거의 빈사지경에 이르렀다. 닭도 닭이려니와 그러함에도 불구하고 눈 하나 깜짝 없이 고대로 앉아서 호드기만 부는 그 꼴에 더욱 치가 떨린다. 동리에서도 소문이 났거니와 나도 한때는 걱실걱실히 일 잘하고 얼굴 예쁜 계집애인 줄 알았더니 시방 보니까 그 눈깔이 꼭 여우새끼 같다.[9]

동백꽃 사이로 호드기 불고 있는 산골 처녀의 모습과 닭싸움에서 피흘리는 닭의 모습은 퍽 대조적이다. 닭싸움에 저 피를 흘려 거의 빈사 지경이 된 수탉의 처지는 곧 주인공의 입장을 간접적으로 증거하는 것이기도 하다. 그러기에 이 장면에서 주인공은 더 이상 참지 못하고 분노를 폭발시킨다. 지게 작대기로 점순네 수탉을 단매로 때려죽이는 것이다. 지금까지의 게임에서 일방적으로 당하기만 했던 주인공의 입장에서 점순 쪽에 보낸 최초의 공격적인 대응 방식이었다. 그러자 '여우새끼' 같은 점순이가 눈을 치뜨고 달려든다. 순간적인 분노로 점순네 닭을 때려죽이긴 했지만, 가만 생각해 보니 매우 난처하게 되었다는 생각을 주인공은 하게 된다. 점순네가 마름 집이므로 이제 땅도 떨어지고 집에서도 쫓겨날지도 모른다는 걱정에 이르자 이내 주인공은 울음을 터뜨리고 만다.

나는 비슬비슬 일어나며 소맷자락으로 눈을 가리고는 얼김에 엉하고 울음을 놓았다. 그러다 점순이가 앞으로 다가와서,

"그럼, 너 이담부턴 안 그럴 테냐?"

하고 물을 때에야 비로소 살 길을 찾은 듯싶었다. 나는 눈물을 우선 씻고 뭘 안 그러는지 명색도 모르건만,

"그래!"

하고 무턱대고 대답하였다.

"요 담부터 또 그래 보라, 내 자꾸 못살게 굴 테니."

"그래그래, 인젠 안 그럴 테야."

"닭 죽은 건 염려 마라. 내 안 이를 테니."

그리고 뭣에 떠다밀렸는지 나의 어깨를 짚은 채 그대로 퍽 쓰러진다. 그 바람에 나의 몸뚱이도 겹쳐서 쓰러지며 한창 피어 퍼드러진 노란 동백꽃 속으로 푹 파묻혀 버렸다.

---

9) 같은 책, 330쪽.

알싸한 그리고 향긋한 그 냄새에 나는 땅이 꺼지는 듯이 온 정신이 고만 아찔하였다.[10]

　모처럼 보인 적극적인 반응 행동으로 인해 다시 크게 위축되어 있던 주인공에게 점순이 다시 자극을 보낸다. "그럼, 너 이담부턴 안 그럴 테냐?"라고 점순이 묻고 주인공이 "그래!"라고 대답하는 가운데 둘 사이의 화해 분위기는 조성된다. 물론 그 분위기는 동백꽃이 흐드러진 자연 상태에서 더욱 농익어 가는 것이다. 닭싸움을 매개로 그토록 다투던 둘의 몸이 동백꽃 속으로 푹 파묻히는 장면은 둘 사이의 완벽한 화해의 풍경이요, 또한 자연 동화의 장면이라 하겠다. 이 장면에 이르면 마름의 딸과 소작인의 아들이라는 계급 사이의 문제는 거의 사라진다. 오직 자연 상태에서의 순박한 산골 남녀의 사랑 이야기로 귀결되는 것처럼 보이기 때문이다.

　이런 결과를 놓고 볼 때 팽팽한 게임을 펼쳤던 두 남녀의 갈등의 원인은 서로 다른 것이었음을 알게 된다. 점순의 입장에서 보면 순수하게 한 여성으로서 남성인 주인공에게 이끌리고 호감을 표시했는데도 응해 주지 않는 주인공에 대한 분풀이의 형식으로 닭싸움을 매개로 한 갈등을 일으킨 것이다. 반면 주인공은 소작농의 아들로서 위축된 의식을 지니고 있는 터라 점순을 한 여성으로 받아들일 준비가 되어 있지 않았다. 그러므로 마름의 딸이라는 지위를 남용하는 못된 처사로 점순이의 행태를 받아들였을 것이고, 그것이 갈등 원인이었던 것이다.

　이렇게 어긋나는 갈등의 원인이 한편으로는 해학의 요소가 되기도 하면서, 다른 한편으로는 둘 사이의 화해를 이끌어내는 요인이 되기도 한다. 만약 마름-소작농이라는 계급 문제가 전적으로 갈등의 원인이었다면, 이들의 화해 방식은 철저하게 거짓 화해가 되고 말았을 것이다. 그러나 계급 문제가 아닌 적극적인 여성과 소극적인 남성, 혹은 평강 공주와 온달 사이의

---

10) 같은 책, 331쪽.

갈등 같은 것이었기에 동백꽃이 흐드러진 자연 배경이 감싸안는 가운데 둘은 아름다운 화해를 보일 수 있었던 것으로 생각한다.

황금광 시대와 빈자(貧者)의 돈거래

1930년대의 궁핍한 현실은 정치적, 사회적이며 미학적이고 수사학적 기호인 돈으로 하여금 경제적 상상력을 추동케 함으로써 새로운 형식의 리얼리즘 소설을 이루게 한다. "위대한 예술 작품들이 상품의 공황기, 돈이 추구되는 시기 또는 제국주의기에 쓰였다는 것은 패러독스다."[11]라고 말한 존 버넌의 지적은 이 시기의 경우도 과히 벗어나지 않는다. 이 시대를 지배한 가난의 현실 혹은 돈의 결핍 현실은 리얼리티의 기반 요소가 된다. 돈의 결여가 허위적 황금광 시대에의 욕망을 부추기기도 했던 당시에 김유정은 매우 인상적인 방식으로 빈자들의 돈거래 방식과 인물형을 형상화했다. 그의 여러 소설에서 돈은 매우 중요한 행위의 원천적인 동기이자 그 기호로 재현된다.

김유정의 소설에서 대부분의 인물들은 기본적인 생계나 결혼을 위한 돈을 지니지 못한 상태다. 그래서 허황하게 금광에 몰입하거나, 노름을 하거나, 도둑질을 하거나, 아내를 들병이로 몰아 돈을 마련하려고 하거나, 심지어는 아내를 팔기도 한다. 「금 따는 콩밭」, 「금」, 「노다지」 등은 허황한 금쟁이들의 욕망이 폭력과 자기 파멸의 양상으로 악화되는 이야기를 다룬 소설들이다.

「노다지」에서 더펄이는 꽁보에게 속아 "금이 푹푹 쏟아지는 화수분"[12]이라는 금점판에서 금을 파다가 매몰되고 만다. 「금 따는 콩밭」에서 가난한 영식 역시 사기꾼 수재에게 속아 멀쩡한 콩밭을 망치고 빚만 잔뜩 진다.

---

11) John Vernon, *Money and Fiction: Literary Realism and Early Twentieth Century*(Ithaca: Cornell UP., 1984), 24쪽.
12) 김유정, 「노다지」, 이상 / 김유정, 『날개 / 동백꽃』, 211쪽.

"딴은 일 년 고생하고 끽 콩 몇 섬 얻어먹느니보다는 금을 캐는 것이 슬기로운 짓이다. 하루에 잘만 캔다면 한 해 줄곧 공들인 그 수확보다 훨씬 이익이다. 올봄 보낼 제 비료 값, 품삯, 빚에 빚진 칠 원 까닭에 나날이 졸리는 이 판이다. 이렇게 지지하게 살고 말 바에는 차라리 가로지나 세로지나 사내자식이 한번 해볼 것이다."¹³⁾ 가혹할 정도로 가난한 현실에서 빈자의 꿈은 허황할 수밖에 없다. 허상에 가까운 이 빈자의 꿈은 차라리 리얼리티에 가깝다. 속절없는 현실을 넘어서 새로운 삶을 거래할 돈을 그는 마련할 방도를 알지 못하기 때문이다. 그러나 빈자의 꿈은 역시 허무하게 무너진다. "불그죽죽한 황토"를 캐 놓고 수재가 금줄이라며 한 포대에 오십 원씩 나올 거라고 둘러대자, 순진한 듯 어리석은 영식이 부부는 뛸 듯이 기뻐하지만, 실패를 간파한 수재는 곧 달아날 궁리를 한다.

「만무방」의 응칠이나 「소낙비」의 춘호는 노름을 한다. 춘호는 "해를 이어 흉작에 농작물은 말못되고 따라 빚쟁이들의 위협과 악다구니는 날로 심"¹⁴⁾해지자 알몸으로 야반도주한 인물이다. 어디 가나 "쌀쌀한 불안과 굶주림"뿐으로 살 길이 막힌 그는 "피폐하여 가는 농민 사이를 감도는 엉뚱한 투기심에 몸이 달"¹⁵⁾떠 노름판을 전전하지만 돈이 모자라 애꿎은 아내만 닦달한다. 하여 아내의 매춘을 강요하듯 부추긴다. 「만무방」에서 도박과 절도 전과자인 형 응칠과는 달리 동생 응오는 "진실한 농군"이다. 그러나 현실은 가혹하다. 가을에 타작을 해 봤자 "지주에게 도지를 제하고, 장리쌀을 제하고, 색초를 제하고 보니 남은 것은 등줄기를 흐르는 식은땀이 있을 따름"¹⁶⁾인 상황이기에 그는 차라리 도둑질을 한다. 그것도 자기가 붙인 논에서 벼이삭을 훔친다. 정상적으로 수확을 해서 타작을 해 봐야 소용없기 때문이다. "내 걸 내가 훔쳐야 하는 그 운명"¹⁷⁾의 얄궂음으로 인해 돈 없는

---

13) 같은 책, 221~222쪽.
14) 김유정, 「소낙비」, 앞의 책, 198쪽.
15) 같은 책, 199쪽.
16) 김유정, 「만무방」, 「땡볕」, 앞의 책, 238쪽.
17) 같은 책, 258쪽.

자의 비극성은 심각하게 환기된다.[18]

「소낙비」에서 투전꾼 춘호는 노름 밑천을 위해 아내를 매춘의 대오로 내민다. 춘호 처는 남편의 노름 밑천을 마련하기 위해 동네의 장자 이주사와 거래를 한다. 몸과 돈의 거래로, 위반의 소통의 전형적인 모습이다. 춘호 부부만 그런 게 아니다. 「산골 나그네」의 들병이도 그렇고, 「정조」의 행랑어멈도 사정이 어슷비슷하다. 「정조」의 행랑어멈은 주인 서방님의 취중 실수를 미끼로 하여 이백 원이라는 큰돈을 거래하는 데 성공한다. 「금 따는 콩밭」의 영식과는 달리 황금을 몸으로 따 낸 형국이다.

그런가 하면 「땡볕」에서 가난한 덕순이는 병든 아내를 지게에 지고 대학병원에 가면서 아내가 임상 실험용으로 사용되어 15원을 받을 수 있기를 바란다. "너무도 벅찬 희망의 보행"[19]을 하지만, 뱃속에서 태어나지 못하고 죽은 아이를 수술해야 한다는 말을 듣고 절망한다. 죽어 가는 아내의 몸을 돈으로 거래하고 싶었던 그의 욕망이 처절하게 좌절되고 만 셈이다.

「가을」에 이르러 사태는 더욱 심각해진다. 50원에 아내를 거래한다. 두말할 필요도 없이 이 소설에서 복만이 아내를 팔게 된 경위는 나날의 양식을 도저히 해결할 수 없기 때문이다. 단지 그 이유만으로 다음과 같은 매매계약서에 지장을 찍는다. "매매계약서. 일금 오십 원야라. 우금은 내 아내의 대금으로 정히 영수합니다."[20] 아내 판 돈을 세는 모습도 매우 희화적이다. "일 원짜리 때 묻은 지전 뭉치를 끄내 들더니 손가락에 연신 침을 발라가며 앞으로 세여보고 뒤로 세여보고 그리고 이번에는 꺼꾸로 들고 또 침을 발라가며 공손히 세여본다. 이렇게 후질근히 침을 발라 셋건만 복만이가 또다시 공손히 발르기 시작하니 아마 지전은 침을 발라야 장수하나부

---

18) 형 응칠이나 진실한 농군이던 응오가 표제인 '만무방'이 뜻하는 대로 '막되어 먹은 사람'으로 전락한 사정에서 작가 김유정의 기본적인 현실 인식을 읽어 낼 수 있다. 다른 소설과 달리 그렇게 현실 인식이 뚜렷하게 부각되었다는 점이 「만무방」의 특징이기도 하다.

19) 김유정, 「땡볕」, 앞의 책, 419쪽.

20) 김유정, 「가을」, 앞의 책, 291쪽.

다." 돈에 영혼이 주린 빈자가 얼마나 갈급해 있었던가를 단적으로 드러내 준다. 복만이뿐만 아니다. 이 모습을 지켜보는 화자 '나'는 팔 아내가 없음을 한탄한다. "돈은 없고 복만이같이 내팔 아내도 없다. 우리 집에는 여편네라곤 병들은 어머니밖에 없으나 나이도 늙었지만(좀 부끄럽다) 우리 아버지가 있으니가 내 맘대룬 못하고 ──. 나도 일찍이 장가나 들어 두었으면 이런 때 팔아먹을 걸 하는 부끄러운 후회뿐으로."[21]

이렇듯 김유정 소설에서 빈자들의 꿈은 돈이다. 원활한 돈의 소통이고 거래다. 그러나 언제나 그들에게 돈의 소통은 요원하기만 하다. 그래서 노름이나 금점판, 폭력, 절도, 인신매매 등으로 돈을 마련하려 하지만 끝내 여의치 않은 모습을 형상화한다. 황금광 시대의 어둡고 척박한 헛금광 터널을 속절없이 잠행해야 했던 빈자들의 처지와 애환을 김유정은 실감 있게 그렸다. 경제적으로 돈의 원활한 소통이 위반 상태에 있던 현실에서 위반의 소통을 시도하다가 끝내 위반의 악순환에 빠지고 마는 이런 이야기들에서 심각한 좌절의 정치적 무의식을 읽어 내는 것도 결코 어려운 일이 아니다.

연애의 불통과 '들병이'의 트릭

앞에서 김유정이 두 차례에 걸쳐 일방적인 구애를 시도하다가 실패했음을 언급했다. 연애의 불통은 말의 불통, 돈의 불통과 더불어 그의 삶에서 매우 심각한 문제였다. 자전적 소설 「생의 반려」에서 명렬 군은 다섯 살 연상인 기생 나명주에게 열렬하게 구애하는 편지를 보낸다. 이를테면 이런 식이다. "선생이시어. 저에게 지금 단 하나의 원이 있다면 그것은 제가 어

---

21) 앞의 책, 289쪽. 물론 「가을」에서 복만의 아내는 팔린 지 나흘 되는 날 밤에 도망친다. 그 즈음에 복만이도 사라진다. 이에 복만의 아내를 사 간 소장수 황거풍은 사기 매매 아니냐며 계약서를 써 준 '나'에게 따진다. 이런 설정은 있는 실상을 생생하게 해학적인 방식으로 그리면서도 나름의 시적 정의를 추구하고자 했던 작가의 윤리의식을 짐작케 한다.

려서 잃어버린 그 어머님이 보고싶사외다. 그리고 그 품에 안기어 저의 기운이 다할 때까지 한껏 울어보고 싶사외다. 그러나 그는 이땅에 이미 없노니 어찌하오리까. 선생이시어. 당신은 슬픔을 아시나이까, 그렇다면 그 한쪽을 저에게 나누어 주소서. 그리고 거기 닳으는 길을 지시하야 주소서."[22] 서술자가 "어머니로써 동무로써 그리고 연인으로써 명주가 그에게 필요하였다."[23]라고 진술하고 있거니와, 나명주는 명렬에게 어머니이자 연인으로서 한없는 그리움의 대상이었다. 마치 아이가 어머니와의 상상적 합일을 꿈꾸듯이, 명주에게 명렬은 상상적 합일을 동경하는 연애의 대상이었다. 그러나 그 편지는 한 차례도 제대로 명주에게 전달되지 않는다. 그의 연애 감정은 결코 소통의 지평에 이르지 못한다. 친구의 조작에 의한 위장 답신만 한 번 있었을 따름이다. 위반의 소통이고, 이로 인해 소통은 더욱 악순환을 거듭한다.

이런 사태는 「두꺼비」에서도 비슷하게 연출된다. 여기서도 주인공은 "저쪽에선 나의 존재를 그리 대단히 여겨 주지 않으려는데 나만 몸이 달아서 답장 못 받는 엽서를 매일같이 석 달 동안"[24] 기생 옥화에게 쓴다. 결국 엽서나 편지는 소통되지 않고 "모두가 꿈을 보는 것 같고 어릿광대 같은 자신을 깨달았"[25]음에도 불구하고 옥화에 대한 미련을 버리지 못한다. "기생이 늙으면 갈 데가 없을 것"이라는 생각에 붙잡혀 그녀가 빨리 늙기만을 기다린다. 「따라지」에서는 카페 여급 아키코가 톨스토이로 불리는 소설가를 연모하여 소통하고 싶어 하지만 이루어지지 않는다. 「산골」에서 이뿐이는 욕망하는 도련님과의 소통은 단절된 가운데, 욕망하지 않는 석숭이의 소통 욕망에 시달린다.

그 밖의 여러 소설에서도 돈을 매개로 한 부적절한 섹스의 소통은 있더

---

22) 김유정, 「생의 반려」, 전신재 편, 『원본 김유정 전집』, 250쪽.
23) 같은 책, 243쪽.
24) 김유정, 「두꺼비」, 이상 / 김유정, 『날개 / 동백꽃』, 306쪽.
25) 같은 책, 311쪽.

라도 연애는 언제나 불통이다. 「동백꽃」에서 점순과 주인공의 연애 가능성을 암시한 것이 거의 유일한 예외로 보인다. 이렇듯 연애의 불통이 만연한 가운데 김유정 특유의 '들병이' 모티프가 새로운 서사적 소통의 지평을 연다. 김유정은 '들병이 철학'이라는 부제가 붙은 산문 「조선의 집시」에서 "지주와 빚쟁이에게 수확물을 주고 다시 한겨울을 염려하기 위하여 한 해 동안 땀을 흘렸는지 모"르는 "위협과 굴욕"의 상황에서 "한번 분발(憤發)한 것이 즉 들병이 생활"[26]이라고 지적한 바 있다. 또 들병이들이 흔히 남편이 없다고 말하지만 실제로 그것은 트릭에 불과하고,[27] '들병이-트릭스터'에 의해 이런저런 애환 섞인 사건이 발생한다고 말한다.

「산골 나그네」에 등장하는 들병이를 비롯한 여러 들병이들의 기본 동인은 경제적 처지다. 생활을 위해 거래할 돈이 결핍된 가운데 그들은 어쩔 수 없이 들병이를 선택한다. 혹은 들병이로 내몰린다. 들병이로서의 생존을 위해 몸도 마음도 위장하고, 위반의 소통을 수행한다. 「산골 나그네」에서는 위장 결혼까지 한다. 그런데 들병이만 트릭스터인 것은 아니다. 어리숙한 총각 맹꽁이를 속여 들병이와 놀아나는 「총각과 맹꽁이」의 뭉태도 트릭스터요, 「금 따는 콩밭」의 수재, 「만무방」의 응오, 「봄·봄」의 장인, 「가을」의 복만과 그의 아내 등 여러 유형의 트릭스터들이 김유정의 소설 공간에 무수히 출몰한다. 척박한 식민지 경제 사정 때문에 '분발(憤發)한' 들병이-트릭스터의 변형 생성 양상들이다.

---

26) 김유정, 「조선의 집시 — 들병이 철학」, 전신재 편, 『원본 김유정 전집』, 393쪽.
27) "들병이는 남편이 없다는 것이 유일의 자본이다. 부부생활이 얼마나 무미건조하였던가를 역력히 해몽함으로써 그들은 술꾼을 매혹케 한다. 그러나 들병이에게는 언제나 남편이 수행하고 있는 것이다. 아내가 술을 팔고 있으면 남편은 그 근처에서 배회하고 있다. 들병이의 남편이라면 흔히 도박자요 불량하기로 정평이 났다. 그들은 아내가 돈을 벌어 놓으면 각금 달려들어 압수하여 간다. 그리고 그걸로 투전을 한다. 술을 먹는다 — 이렇게 명색 없이 소비되고 만다."(같은 책, 397쪽.)

현실적 소통의 절망과 자연 상태의 소통 가능성

김유정은 식민지 치하의 난세에서 현실적 소통의 절망을 보인 작가다. 결코 포즈가 아닌 절실한 절망의 모습이다. 앞에서 살펴본 것처럼 작가 김유정은 말, 돈, 연애가 제대로 소통될 수 없는 불통의 상황에 절망하면서도 그 절망적인 불통 상황을 해학으로 견디면서 마지막 남은 소통의 가능성을 탐문하고자 했다. 이때 마지막 남은 소통 가능성이란 물론 문학적 소통 이외에 다른 것이 아니었다. 그 가능성에의 탐문만이 김유정이 불통의 현실을 견디는 거의 유일한 방법이었을 것이다. 김유정의 서사 세계 안에서 인물들은, 「동백꽃」 같은 일부 예외를 제외하면, 소망하는 소통의 지평에 이르지 못한다. 서사적 현실에서 소통하지 못하고 불통의 절망에 빠질 수밖에 없는 비극적 현실 인식을, 반성적으로 독자와 함께 나누고자 한 것이 김유정의 소설이다. 다시 말해 김유정은 소망스러운 소통의 현실을 위계적으로 지시하지 않고, 다만 불통의 현실을 환기함으로써 진정한 소통을 향한 소망을 웅숭 깊게 했다.

확실히 근대적 거래 관계에서 원활한 소통이란, 김유정에게는 가망 없는 희망처럼 비쳤던 것 같다. 그가 근대적 사회적 거래 관계를 넘어서 자연 상태로의 회귀를 서사적으로 기획하려는 경향을 보였던 것도 이와 관련되지 않을까 싶다. 흔히 김유정을 일컬어 강원도 산골 농촌의 향토적인 배경을 밑그림으로 하여 토속적이고 자연적인 서정미와 원시적 건강성을 해학적으로 보여 준 작가라고 말하거니와, 여기서 우리는 새삼 자연 상태에서의 원시적 건강성의 회복 문제나 원시적 소통의 문제에 착목하게 된다. 원시적 건강성의 상실과 회복의 문제는, 김유정이 즐겨 취했던 자연 친화적 태도와 관련된다. 그것은 근대 속에서 근대를 초극하려는 상상적 의지와 상관되는 것이기도 하다.

물론 그것을 근대 초극에의 의지로 볼 것인지, 현실 도피적인 것인 태도로 볼 것인지는 토론의 여지가 없지 않다. 그러나 자연 친화적이거나 자연에의 회귀 경향에 대해서 현실 도피적인 것으로 파악하려는 관점은 엄밀해야 할 필요가 있다. 특히 김유정의 경우 도회지를 공간 배경으로 한 작품은 물론이거니와 산촌을 배경으로 한 작품의 경우에도 당시의 현실적 문제를 나름대로 함축하는 배경이었음에 유의한다면, 그가 결코 현실을 외면하거나 현실에서 도피하려 한 작가가 아니라는 사실을 알게 된다. 현실의 비극적인 문제를 다루면서도 계급 문제를 전경화하지 않았는데, 이 또한 계급적 접근을 통해서는 유기적 전체성의 세계에 이르기 어렵다는 작가의 판단에 근거한 것으로 이해된다. 아울러 근대적인 문서나 서한, 말 거래는 대개 불통에 그치고 만다는 것, 「동백꽃」에서 형상화한 소통도 말보다는 몸이 앞선다는 것 등을 고려하면, 자연 상태에서의 소통 가능성을 모색하면서, 삶의 유기적인 순환과 소통을 지향하고자 했다는 사실을 추론할 수 있다. 그러나 이 논점에 대해서는 다른 자리에서 좀 더 엄밀하게 논증해야 할 것이다.

제2주제에 관한 토론문

정혜경(순천향대 교수)

이 논문은 작가의 삶과 작품이 역동적으로 관계 맺는 방식을 통해 김유정 문학의 실마리를 풀어 감으로써 김유정의 문학을 통합적으로 살펴볼 수 있는 기회를 제공하고 있습니다. 이는 고난의 시대를 살다 간 요절 작가 김유정의 작품이 어떻게 문학사적인 의미를 획득하게 되었는지 그 발생론을 밝히는 일이며, 또한 작가가 보여 준 다양하고 독특한 소설 세계를 유기적으로 이해할 수 있는 길을 여는 작업입니다. "언어, 밥 / 돈, 섹스 / 연애"라는 '소통의 테마'를 중심으로 김유정 문학을 살펴본 이 논문의 문제의식에 공감하면서 다음과 같은 질문을 드리고자 합니다.

먼저, "말더듬이의 해학적 언어 소통 게임"에서 "담론적 반어"에 대해 여쭙고자 합니다. 김유정 소설에서 해학적 언어의 문학적 메커니즘을 밝히는 일은 매우 중요하므로 담론적 반어는 세심하게 논증되어야 할 부분입니다. 선생님께서는 담론적 반어가 김유정 소설을 읽는 재미를 배가하는 요소이며 "어눌한 인물과 유창한 서술자 사이"에서 생성되는 것이라고 하셨습니다. 그런데 예로 든 「봄 · 봄」이나 「동백꽃」은 모두 인물이 서술의 역할을 맡고 있는 일인칭 서술 상황입니다. 인물과 서술자가 일치하는(물론 엄밀하게는 '일치하는 듯이 보이는'이라고 해야 할 것입니다. 주지하다시피, 소설은 매개자인 서술자에 의해 성립되므로 일인칭 서술 상황의 경우에도 경험 주체인 '나'와 서술 주체인 '나'가 완전히 일치할 수는 없기 때문입니다.) 상황에서 '어눌함'과 '유창함'이 담론적 반어를 형성하는 독특한 언술 행위를 구명하려면 인물과 서술 방식에 대한 분석이 함께 이루어져야 할 것입니다. 선생님께서는 주로 인물의 행위와 사건을 중심으로 이 문제에 접근하고 계셔서 '어눌한 인물과 유창한 서술자 사이의 담론적 반어'에 대해서는 여전히 궁금함이 남습니다. 덧붙여서, 김유정 문학이 보여 주는 해학은 '언어'의 문제이기도 하고 '태도'의 문제이기도 하므로 이 두 층위를 분석하되 종합적으로 설명하는 작업이 필요하다고 생각합니다.

그리고, '연애의 불통과 '들병이'의 트릭'에서 언급하신 "김유정 특유의 '들병이' 모티프가 새로운 서사적 소통의 지평을 연다."라는 점에 대하여 좀더 소상한 말씀을 듣고 싶습니다. 김유정 소설에 자주 등장하는 들병이 모티프를 '들병이-트릭스터'로 주목한 것은 중요한 지적이라고 생각합니다. 속임수가 개입되고 인물의 이중성이 드러난다는 점, 그리고 결말에서 서사에 역전(逆轉)의 논리를 제공한다는 점에서 들병이는 트릭스터의 범주에 들어간다고 할 수 있을 것입니다. 그런데 궁금한 것은 김유정 소설에서 들병이가 보여 주는 트릭스터로서의 개성적인 역할과 속성에 관한 것입니다. 동서양의 여러 서사 텍스트에 나타나는 트릭스터가 사회 문화적 차이에 따라 상이하고 다양한 형상을 보여 준다는 사실에서 알 수 있는 것처럼, 들병이-트릭스터의 특성은 당대 사회와 상호 작용한 김유정 소설의 개성을 구명할 수 있는 지점입니다. 이러한 연장선에서 "들병이-트릭스터의 변형 생성 양상들"이라고 말씀하신 김유정 소설의 여러 트릭스터도 인물의 특성과 서사적 효과에 따라 유형별로 세분화하여 분석하되 이 장에서 다루고 있는 '연애의 불통'과의 연관성도 함께 해명되어야 할 것 같습니다.

아울러, '현실적 소통의 절망과 자연 상태의 소통 가능성'에서 근대 초극의 의지를 엿보게 하는 "자연 상태에서의 원시적 건강성의 회복 문제", 혹은 "자연 친화적 태도"에 대해서도 구체적인 말씀을 듣고자 합니다. 주지하다시피 실제로 김유정 소설을 잘 살펴보면 자연이 단순한 배경에서 그치지 않습니다. 자연을 묘사한 서술이 곳곳에 배치되어 있는데, 특히 자연에 대한 묘사로 시작하는 도입부가 많은 편입니다. "산골에, 가을은 무르익었다."로 시작하는 「만무방」은 도입부가 자연에 대한 정성스러운 묘사로 이루어져 있습니다. 또 아내 팔기 모티프를 가진 「가을」에서 씨근거리며 복만을 찾으러 가던 소장수가 "무슨 마음이 내켰는지" 재봉에게 친절히 말을 걸어 속내를 보여 주면서 화해 분위기로 가게 된 것도 두 사람이 깊은 가을 산골을 앞서거니 뒤서거니 해서 걷던 것과 밀접한 관계가 있습니다.(작가가 그들이 가던 산길에 대한 묘사를 길게 풀어 놓았던 것은 물론이지요.) 「동백꽃」에서 두 몸뚱이를 감싸는 "한창 피어 퍼드러진 노란 동백꽃"은 이미 잘 알려진 인상적인 결말입니다. 이러한 몇 가지 예에서도 보는 바와 같이, 김유정 소설에서 자연은 강원도 산골이라는 배경적 공간인 것은 물론 인물의 내면을 돌올하게 부각시키는 역할을 하고 있으며 인물들의 행위에 영향을 미치는 중요한 요인이라고 할 수 있습니다. "자연 상태의 소통 가능성"이 본론의 여타 장(章)들과 어떻게 연관되는 것인지, 또 김유정 소설의 자연이 현실 도피의 수단으로 가는 것을 견제하며 문학적 소통의 역할을 할 수 있었던 경계가 어디이고 그것이 어떻게 가능했는지를 소상히 밝혀 주서서 김유정 문학 연구의 장(場)을 더욱 풍성하게 해 주시기 바랍니다. 탄생 100주년을 맞는 김유정 문학을 또 다른 각도에서 생각할 수 있는 기회를 주서서 고맙습니다.

김유정 생애 연보

1908년 1월 11일, 강원도 춘천부(春川府) 남내이작면(南內二作面) 증리(甑
里-실레) 427번지, 지금의 강원도 춘천군 신동면 증리에서 부 김춘식
(金春植), 모 청송(靑松) 심씨 사이의 2남 6녀 중 일곱째이자 차남으
로 출생. 고조부 김기순(金基恂) 때 춘천 실레 마을로 이주. 증조부
김병선(金秉善)은 실레 마을에 화서학파(華西學波)의 거유(巨儒)인
김평묵(金平默)을 초빙, 학당을 열고 자제들을 교육케 함. 화서학파의
위정척사(衛正斥邪) 학풍을 이어받은 조부 김익찬(金益贊)은 춘천
의병 봉기의 배후 인물로 재정 지원을 함. 조부 때 6천 석 추수를 하
는 춘천의 명가(名家)가 됨. 김유정이 탄생한 그해에 춘천의 2차 의
병 봉기가 일어남.

1914년 11월 26일, 도사(都事) 벼슬을 했던 조부 김익찬이 사망. 이해 겨울에
서울 종로구 운니동(당시 진골)에 저택을 마련, 30여 명의 가족이 이
사함. 춘천의 집은 그냥 두어 소작농으로 하여금 농사를 짓게 함.

1915년 3월 18일, 어머니 청송 심씨 사망. 춘천에 내려갔던 형 유근(裕近)이
미처 오지 못하자 홀로 상주가 되어 상을 치름.

1917년 5월 23일 아버지 김춘식 사망. 운니동(雲泥洞)에서 관철동(貫鐵洞)
으로 이사. 1919년 봄까지 3년 동안 한학과 붓글씨를 익힘.

1920년 12세에 재동공립보통학교(齋洞公立普通學校)에 입학.

1921년 3학년으로 월반함.

1923년 재동공립보통학교 4년을 마치고 4월 9일 휘문고등보통학교를 검정(檢
定)으로 입학. 훗날 소설가가 된 안회남(安懷南)과 같은 반으로 각별

히 친하게 지냄. 숭인동(崇仁洞) 80번지로 이사함.

1926년 휘문고보 4학년으로 진급하지 못하고 낙제함.

1927년 휘문고보 4학년에 복학함.

1928년 형 유근 가족이 춘천 실레로 이사함. 유정은 봉익동 삼촌댁에 얹혀 지내게 됨. 가을 무렵 인간문화재 박록주(朴綠珠)의 공연을 처음 관람하고 편지를 보내기 시작함.

1929년 휘문고보를 21회로 졸업. 삼촌댁에서 사직동 둘째누님 유형(裕瀅)의 집으로 거처를 옮김.

1930년 연희전문학교 문과에 입학하였으나 6월 24일 학칙 제26조에 의거, 제명처분을 당함. 하지만 김유정은 더 배울 것이 없어 자퇴하였다고 기록함. 박록주를 짝사랑했으나 끝내 거절당함. 춘천 실레에 내려와 방랑 생활을 하며 들병이와 친하게 지냄. 늑막염 발병. 이 무렵 안회남의 권고로 소설 습작을 시작함.

1931년 4월 20일, 보성전문학교 상과에 다시 입학하였다가 곧 자퇴. 실레 마을에 야학당을 열었음. 농우회, 노인회, 부인회 등을 조직하고 「농우가(農友歌)」를 지어서 부름.

1932년 야학당을 금병의숙(金屏義熟)으로 넓히고 간이 학교로 인가를 받음. 6월 15일, 처녀작 단편 「심청(深青)」 탈고. 충남 예산 등지의 금광을 전전함.

1933년 1월 13일, 「산ㅅ골나그네」를 탈고하여 안회남의 주선으로 ≪제일선≫지 3월호에 발표함. 서울에 올라와 사직동에서 누님과 함께 기거함. 악화된 늑막염이 폐결핵으로 진행되어 병원에서 폐결핵 진단을 받음. 8월 6일, 「총각과 맹꽁이」를 탈고, ≪신여성≫ 9월호에 발표. 이석훈(李石薰), 채만식(蔡萬植), 박태원(朴泰遠), 이상(李箱) 등을 만나 교유함.

1934년 누님이 사직동 집을 처분, 혜화동 개천가에 셋방을 얻어 밥장사를 함. 8월 16일, 「정분」, 9월 10일, 「만무방」, 12월 10일, 「애기」를 연이어 탈고 「노다지」를 12월에 탈고. 1933년 탈고한 「따라지의 목숨」을 「흙을 등지고」로 개작함. 안회남이 김유정 대신 신춘문예 응모작을 투고함.

1935년 조선일보 신춘문예 현상모집에 「흙을 등지고」가 1등에 당선. 신문사와 협의하여 제목을 「소낙비」로 수정하여 발표. 조선중앙일보 신춘문예 현상모집에 「노다지」가 가작으로 입선. 1월 20일 아서원에서 신춘문예현상 1등 당선 축하회를 엶. 6월 3일 ≪조선문단≫이 주최한 문예좌담회에서 이태준(李泰俊)에 대해 깊은 관심을 보임. 구인회(九人會) 후기 동인으로 참여하고 이상과 깊은 친분을 가짐. 단편 「금 따는 콩밭」, 「떡」, 「만무방」, 「산골」, 「솥」, 「봄봄」, 「안해」 등을 연이어 발표. 수필 「잎이 푸르러 가시든 님이」, 「조선의 집시 — 들병이 철학」, 「나와 귀뚜람이」 등을 발표하는 등 이해에만 소설 9편과 수필 3편을 발표.

1936년 1월부터 8월까지 단편 「심청」, 「봄과 따라지」, 「가을」, 「두꺼비」, 「봄밤」, 「이런 음악회」, 「동백꽃」, 「야앵」, 「옥토끼」를 연이어 발표. 7월 이후 정릉에 있는 절로 정양 갔다가 결핵이 악화되어 형수댁으로 들어감. 미완의 장편 소설 『생의 반려』가 ≪중앙≫ 8, 9월호에 연재됨. 수필 「오월의 산골작이」, 「어떠한 부인을 마지할까」, 「전차가 희극을 낳어」, 「길」, 「행복을 등진 정열」, 「밤이 조금만 짤렀드면」 등을 발표. 단편 소설 「정조」와 「슬픈 이야기」를 연말에 발표. 시인 박용철의 누이 박봉자에게 구애의 편지를 보냈으나 회신을 받지 못함. 평론가 김문집이 병고 작가 구조 운동을 벌임.

1937년 서간문 「문단에 올리는 말슴」을 ≪조선문학≫ 1월호에 게재. 2월 11일, 수필 「네가 봄이런가」를 집필. 수필 「강원도 여성」, 「병상 영춘기」 등을 발표. 소설 「따라지」, 「땡볕」, 「연기」 등을 발표. 2월, 조카 진수에 의지하여 경기도 광주군 중부면 신상곡리 100번지의 매형 유세준의 집으로 옮겨 요양 치료를 함. 서간문 「병상의 생각」을 ≪조광≫ 3월호에 발표. 세상을 뜨기 11일 전인 3월 18일 안회남에게 마지막 편지

「필승전」을 보냄. 3월 29일 오전 6시 30분에 30세의 나이를 다 채우지 못하고 경기도 광주군 중부면 산상곡리 100번지 매형 유세준의 집에서 사망. 서대문 밖(홍제동 화장터)에서 유해는 화장되어 한강에 뿌려짐. 이해 사후 발표작으로 수필 「네가 봄이런가」, 단편 「정분」, 번역 동화 「귀여운 소녀」, 번역 탐정 소설 「잃어진 보석」 등이 발표됨.

김유정 작품 연보

발표일	분류	제 목	발표지
1933. 3	소설	산ㅅ골나그네	제일선
1933. 9	소설	총각과 맹꽁이	신여성
1935. 1. 29~2. 4	소설	소낙비	조선일보
1935. 3	소설	금 따는 콩밧	개벽
1935. 3. 9	수필	닙히푸르러 가시든님이	조선일보
1935. 3. 2~9	소설	노다지	조선중앙일보
1935. 6	소설	떡	중앙
1935. 7	소설	산골	조선문단
1935. 7. 17~30	소설	만무방	조선일보
1935. 9. 3~14	소설	솟	매일신보
1935. 10. 22~29	수필	조선의 집시	매일신보
1935. 11	수필	나와 귀뚜람이	조광
1935. 12	소설	봄·봄	조광
1935. 12	소설	안해	사해공론
1936. 1	소설	심청	중앙
1936. 1	소설	봄과 따라지	신인문학
1936. 1	소설	가을	사해공론
1936. 3	소설	두꺼비	시와소설
1936. 4	소설	이런 음악회	중앙

발표일	분류	제 목	발표지
1936. 4	소설	봄밤	여성
1936. 5	소설	동백꽃	조광
1936. 5	수필	5월의 산골작이	조광
1936. 5	수필	어떠한 부인을 마지할까	여성
1936. 6	수필	전차(電車)가 희극을 낳어	조광
1936. 7	소설	야앵(夜櫻)	조광
1936. 7	소설	옥토끼	여성
1936. 8	수필	길	여성
1936. 8~9	장편	생(生)의 반려(伴侶)(미완)	중앙
1936. 10	단편	정조(貞操)	조광
1936. 10	수필	행복을 등진 정열	여성
1936. 11	수필	밤이 조금만 짤럿드면	조광
1936. 12	단편	슬픈 이야기	여성
1936. 12	설문 응답	우리의 정조(情調)	풍림
1937. 1	서간	문단에 올리는 말슴	조선문학
1937. 1	수필	강원도 여성	여성
1937. 1. 29~2. 2	수필	병상영춘기(病床迎春記)	조선일보
1937. 2	소설	따라지	조광
1937. 2	단편	땡볕	여성
1937. 3	단편	연기	창공
1937. 3	서간	병상(病床)의 생각	조광
1937. 4	수필	네가 봄이런가	여성
1937. 4. 16~21	번역 동화	귀여운 소녀	매일신보
1937. 5	소설	정분	조광
1937. 5	서간	강로향전(姜鷺鄕前)	조광

발표일	분류	제 목	발표지
1937. 5	서간	박태원전(朴泰遠前)	백광
1937. 6~11	번역 탐정 소설	잃어진 보석	조광
1938	소설	금(1935. 1. 10 탈고)	동백꽃
1939. 1~5	아동 소설	두포전	소년
1939. 11	단편	형	광업조선
1939. 12	소설	애기	문장
1943	서간	필승 전(前)	서간문강화 (이태준)

김유정 연구 서지

1935. 1. 4   「단편 소설 1등 당선 김유정 씨 약력」, ≪조선일보≫

1935. 1. 8   김동인, 「단편 소설 선후감(選後感) ─ 가작 「노다지」 김유정
                작」, ≪조선중앙일보≫

1935. 3. 26   김동인, 「3월 창작평 ─ 촉망한 신진, 김유정, 금 따는 콩밭」,
                ≪매일신보≫

1935. 7. 23   김남천, 「최근의 창작 2 ─ 김유정 「산골」, ≪조선일보≫

1935. 8   안함광, 「최근 창작평 ─「금(金) 따는 콩밧」 김유정 씨」, ≪조
                선문단≫

1935. 12   안함광, 「작금 문예진 총검(總檢) ─ 김유정 씨의 「이런 음악회」」,
                ≪비판≫

1936. 5. 6   엄흥섭, 「성격 묘사의 부조화」, ≪조선일보≫

1936. 6   백철, 「4월 창작 개평 ─ 김유정 씨의 「이런 음악회」」, ≪조선문
                학≫

1937. 1   김문집, 「병고 작가 원조 운동의 변(辯) ─ 김유정 군의 관한」,
                ≪조선문학≫

1937. 1   한효, 「김유정론 ─ 신진 작가론」, ≪풍림≫ 2호

1937. 4. 3, 6 정인택, 「희(噫), 유정 김군」, ≪매일신보≫

1937. 5   "작가 김유정 추모 특집", ≪조광≫
                김문집, 「고 김유정 군의 예술과 그의 인간 비밀」
                모윤숙, 「가신 김유정 씨」
                채만식, 「유정과 나」

강노향, 「유정과 나」

박태원, 「유정과 나」

이석훈, 「유정과 나」

이선희, 「김유정과 나」

1937. 5   편집국, 「문단 콤멘트 ― 김유정 씨의 장서를 삼가 조상한다」, 《백광》

박태원, 「고 유정 군과 엽서」

채만식, 「밥이 사람을 먹다 ― 유정의 굳김을 놓고」

이석훈, 「유정의 영전에 바치는 최후의 고백」

1937. 5   이병각, 「김유정론」, 《풍림》 5호

1938. 3. 29~31   안회남, 「작가 김유정론 ― 그 일주기를 당하야」(상·하), 《조선일보》

1938. 11   김문집, 「김유정」, 《비평문학》(김문집 평론집)

1939. 3   석산인, 「「동백꽃」 독후감(신간평)」, 《비판》 107호

1939. 5   이상, 「김유정 ― 소설체로 쓴 김유정론」, 《청색지》 5호

1939. 10   안회남, 「겸허 ― 김유정전」, 《문장》

1939. 12   이석훈, 「유정의 면모 편편(片片)」, 《조광》

1940   김문집, 「김유정의 비련(秘戀)을 공개한다」, 《여성》

1955. 11   정창범, 「김유정론」, 《사상계》

1955. 12   정태용, 「김유정론 ― 니힐리즘과 문학」, 《예술집단》; 《현대문학》(1958. 8)

1957. 6   백철, 「현대 문학의 분화기 ― 인생파의 문학」, 이병기·백철, 『국문학 전사』, 신구문화사

1958. 11   이어령, 「해학의 미적 범주」, 《사상계》 6권 11호

1960. 3   윤병로, 「김유정론」, 《현대문학》; 『현대 작가론』(이우출판사, 1974)

1960. 10   윤병로, 「겸허의 인생파」, 《여원》 6권 10호

1961. 3	오일환, 「김유정론」, 경희대 석사 논문
1962. 4	이종표, 「김유정론」, ≪건대학보≫ 12호
1962. 10	김남주, 「김유정론」, ≪국어국문학연구≫ 4집, 이화여대 국어국문학회
1963	박승인, 「김유정 연구」, 단국대 석사 논문
1963. 1	이봉구, 「살려고 애쓰던 김유정」, ≪현대문학≫
1964. 12	정창범, 「열등 인간의 초상 ― 김유정론」, ≪문학춘추≫
1965. 1. 5~12	임중빈, 「닫힌 사회의 캐리커츄어 ― 김유정 연구(抄)」, ≪동아일보≫
1965. 5	백철, 「고난 속에 빚은 웃음의 상(像) ― 김유정의 인간 편모와 그 작품성」, ≪문학춘추≫
1965. 5	유진오, 「다정했던 30년대」, ≪문예춘추≫ 2권 5호
1965. 8	방의겸, 「김유정론」, ≪문과대학보≫ 19호, 중앙대
1966. 11	김순남, 「김유정의 문학적 표정」, ≪한양≫ 57호
1967. 1. 25	홍병철, 「김유정 연구」, ≪학해≫, 경동고
1967. 9	김영기, 「김유정론」, ≪현대문학≫ 153호
1967. 11. 3	김영기, 「김유정 문학의 특성」, ≪강원일보≫
1968	김우종, 「토속의 리리씨즘(유정)」, 『한국 현대 소설사』, 선명문화사
1968. 6	김영기, 「「동백꽃」의 김유정」, ≪새강원≫
1968. 9	김유정기념사업회, 『김유정 전집』, 현대문학사
1968. 9	김영수, 「김유정의 생애」, 『김유정 전집』, 현대문학사
1968. 9	김영기, 「김유정 문학의 본질」, 『김유정 전집』, 현대문학사
1968. 9	이선희, 「가신 김유정 씨」, 『김유정 전집』, 현대문학사
1969	노화남, 「김유정 연구」, ≪석우≫ 5집, 춘천교대
1969	서정록, 「한국적 전통으로 본 김유정의 문학」, ≪동대논총≫ 1집, 동덕여대

1969	유종호, 「현대 문학 속의 자기 발견 — 김유정론」, 『한국 단편 문학 대계』, 삼성출판사
1969	이규정, 「이상과 김유정의 문체 연구」, 동아대 석사 논문.
1969. 1	신동욱, 「김유정고 — 목가와 현실의 차이」, ≪현대문학≫; 김시 태 편, 『한국 현대 작가·작품론』, 이우출판사(1989)
1969. 6	김상일, 「김유정론」, ≪월간문학≫
1969. 6	홍기삼, 「한국 현대 소설 사전 — 김유정 편」, ≪현대문학≫ 174호
1969. 8	한찬수, 「김유정 문학론 — 작품「봄·봄」을 중심으로」, ≪서라 벌문학≫ 5호, 서라벌예술대
1969. 9	이경희, 「김유정론」, 전남대 석사 논문
1970	남상규, 「나와 우주의 관계 — 김유정의 「안해」를 이해하기 위 하여」, ≪낙산어문≫ 2집, 서울대 국어국문학회
1970	안교자, 「김유정론」, ≪청파문학≫ 9집, 숙명여대
1970	한태석, 「김유정의 문학과 인생」, 『동백꽃』, 을유문화사
1970. 2	이규정, 「이상과 김유정의 문체 연구」, 동아대 석사 논문
1970. 11	남상규, 「나와 우주의 관계 — 김유정의 「안해」를 이해하기 위 하여」, ≪낙산어문≫ 2, 서울대 국어국문학회
1971	송백헌, 「한국 농민 문학 연구 — 일제하 문학을 중심으로」, 중 앙대 석사 논문
1971	신동욱, 「숭고미와 골계미의 양상」, ≪창작과비평≫ 22호; 『한 국 현대 문학론』, 박영사(1972)
1971. 6	박우극, 「김유정 연구」, 연세대 교육대학원 석사 논문
1972	임중빈, 「김유정론 — 닫힌 사회의 희화」, 『부정의 문학』, 한얼 문고
1972	정한숙, 「해학의 변이 — 김유정 문학의 본질」, ≪인문논총≫ 17집, 고려대; 『현대 한국 작가론』, 고려대 출판부(1976)
1972	조연현, 『한국 현대 소설의 이해』, 일지사

1972. 2	신언철, 「김유정 문학의 문체론적 연구」, 충남대 석사 논문
1972. 3	신동욱, 「김유정의 「만무방」」, 『한국 현대 문학론』, 박영사
1972. 3. 28	장백일, 「유정의 작품과 생애」, ≪중앙일보≫
1972. 3. 28	이선영, 「김유정 34주기 ─ 그의 문학 세계」, ≪조선일보≫
1972. 4	임헌영, 「김유정론」, ≪창조≫; 김열규 외 편, 『국문학 논문선』 10, 민중서관(1977)
1972. 5	정한숙, 「해학의 변이 ─ 김유정 문학의 본질」, ≪인문논집≫ 17, 고려대 문과대
1972. 12	신언철, 「김유정의 초기 작품 고」, ≪금강문학≫ 7, 공주사대 국어국문학회
1973	김윤식, 「소낙비」, 『한국 근대 문학의 이해』, 일지사
1973	구인환, 「김유정 소설의 미학 ─ 피에로의 곡예」, 『무애 양주동 박사 고희 기념 논문집』
1973	구인환, 「1930년대 한국 소설 연구 ─ 이효석·이상·김유정을 중심으로」, 문교부 연구 보고서
1973	신언철, 「김유정 소설의 문체론적 연구」, ≪연구보고≫
1973. 2	최범섭, 「김유정 작품에 나타난 방언 연구」, ≪강원어문≫, 강원대 국문과
1973. 2	이강언, 「1930년대 한국 리얼리즘 문학 연구 ─ 주로 이효석, 김유정, 이기영의 현실 수용 방법을 중심으로」, 영남대 석사 논문
1973. 3. 28	이선영, 「유정의 문학 세계」, ≪중앙일보≫
1973. 4	박녹주, 「녹주 나 너를 사랑한다」, ≪문학사상≫ 7호
1973. 6	김영기, 「유정 연구의 필수본」, ≪문학사상≫ 9호
1973. 6	문학사상 자료조사연구실, 「두 전집에서 누락된 「형」」, ≪문학사상≫ 9호
1973. 6	하동호, 「유정 문학 이해의 귀중한 자료」, ≪문학사상≫ 9호

1973. 8	김윤식·김현, 「식민지 시대의 재인식과 그 표현 — 김유정 혹은 농촌의 궁핍화 현상」, 『한국 문학사』, 민음사
1973. 10	김영기, 「김유정론(1) 해학 정신의 확장」, ≪한국문학과 전통≫, 현대문학사
1973. 10	김영기, 「김유정론(2) 농민 문학과 리얼리즘」, ≪한국문학과 전통≫, 현대문학사
1973. 10	김영기, 「농민 문학론 — 김유정의 경우」, ≪현대문학≫ 226호
1974	김주연, 「유우머와 초월」, 『문학비평론』, 열화당
1974	서정록, 「「불」 「뽕」 「떡」에서의 한국적 리얼리티」, ≪동대논총≫ 4집, 동덕여대
1974	유종호, 「흙에서 솟은 눈물과 웃음 — 김유정」, 전광용·유종호 외, 『현대의 문학가 9인』, 신구문화사
1974	이명복, 「김유정 소설의 문체론적 연구」, 서울대 석사 논문
1974. 1. 5~2. 28	박녹주, 「나의 이력서」, ≪한국일보≫
1974. 1	이동주, 「김유정(실명 소설)」, ≪월간문학≫
1974. 7	김병익, 「땅을 잃어버린 시대의 언어 — 김유정의 문학사적 위치」, ≪문학사상≫
1974. 7	김용직, 「반산문적 경향과 토속성 — 김유정의 소설 문체」, ≪문학사상≫
1974. 7	이재선, 「회화적 감각과 바보 열전 — 김유정의 작품 세계의 이면성」, ≪문학사상≫ 22; 『한국 단편 소설 연구』, 일조각
1974. 7	문학사상자료조사연구실, 「김유정의 여인 — 박봉자 여사에의 실연기」, ≪문학사상≫
1974. 7	이명자, 「새 조사에 의한 김유정 작품 목록」, ≪문학사상≫ 22
1974. 7	이성미, 「새 자료로 본 김유정의 생애」, ≪문학사상≫ 22
1974. 7	조운제, 「암시와 상징의 유우머 — 김유정의 문학과 한국인의 웃음」, ≪문학사상≫ 22

1974. 11	김현숙, 「김유정 작품의 민족적 윤리성」, 이화여대 석사 논문
1974. 12	이주일, 「김유정 연구」, 중앙대 석사 논문
1974. 12	김상태, 「김유정의 문학적 특성」, ≪전북대 논문집≫, 인문사회 과학편 16집
1975	김덕자, 「김유정 문학의 반어」, 연세대 석사 논문
1975	김영화, 「김유정의 소설 연구」, ≪어문론집≫ 16집, 고려대 국 어국문학과
1975	김영화, 「소설사의 확대와 충격 — 김유정론」, ≪제주문학≫ 4호, 제주대
1975	이어령, 「김유정」, 이어령 편, 『한국 작가 전기 연구』 상, 동화 출판사
1975	이선영, 「따라지의 비애와 해학 — 김유정의 작품 세계」, ≪소나 기 외≫, 정음사; 『상황의 문학』(민음사, 1976)
1975. 9	윤홍로, 「한국 현대 소설의 미학 — 김유정 「동백꽃」과 선우휘 의 「불꽃」을 중심으로」, ≪국어국문학≫ 68·69 합병호, 국어 국문학회
1975. 11	조진기, 「김유정 작품론고 — 30년대 현실 인식과 수용 자세」, ≪영남어문학≫ 2집, 영남대 국문과
1975. 11	김종구, 「한국 소설의 서술 시점 연구 — 그 일반 양상, 김유정 과 이상 소설의 개별 양상」, 서강대 석사 논문
1975. 12	한상무, 「반어적 방법과 반어적 비전 — 김유정 연구」, ≪강원대 연구논문집≫ 9집
1975. 12	김혜자, 「김유정 문학의 반어」, 연세대 석사 논문
1976	김상태, 「생동의 미학」, 『현대 한국 작가 연구』, 민음사
1976	백철, 「현대 문학의 분위기 — 인생파의 문학」, 『국문학 전사』, 신구문화사
1976	서정록, 「작품에 투영된 작가의 심층 의식 — 김유정의 여성 콤

플렉스(Female Complex)를 중심으로」, ≪동대논총≫ 6집, 동덕
여대

1976   서종택, 「궁핍화 시대의 현실과 작품 변용 — 최서해·김유정의
현실 수용의 문제」, ≪어문론집≫ 17집, 고려대 국문과

1976   윤병로, 「김유정의 소설 미학」, ≪한국 문학의 해석학적 연구≫,
일지사

1976   이주형, 「「소낙비」와 「감자」의 거리 — 식민지 시대 작가의 현
실 인식의 두 유형」, ≪국어교육연구≫ 8집, 경북대 국어교육
과; 김열규 외 편, 『국문학 논문선』 10, 민중서관(1977); 『현대
소설 연구』, 정음문화사(1986)

1976   정태용, 「계용묵·김유정·이상의 문학」, 『신한국 문학 전집』 6,
어문각

1976   허인일, 「김유정론」, ≪선청어문≫ 6집, 서울대 국어교육과

1976   박정백, 「김유정 연구」, 단국대 석사 논문

1976. 4   김근수, 「실레 마을, 그 문제점」, ≪문학사상≫

1976. 6   박녹주, 「여보 도련님 날 데려가오 — 털어놓고 하는 말」, ≪뿌
리깊은 나무≫

1976. 7   김영화, 「김유정론」, ≪현대문학≫ 259

1976. 9   문학사상 자료조사연구실, 「동화체 소설의 귀중한 문헌」, ≪문
학사상≫ 48

1976. 9   임종국, 「잘못 인식된 비극성 — 김유정 「솥」」, ≪한국문학≫

1977   신동욱 편, 『김유정 작품집』, 형성출판사

1977   강봉근, 「김유정 소설의 인물론」, ≪지천 김교선 선생 정년 기
념 논총≫, 전북대

1977   김병익, 「시대와 언어 — 김유정론」, 김열규 외 편, ≪국문학 논
문선≫ 11, 민중서관

1977   이주일, 「김유정 소설의 무대와 구성」, ≪상지≫ 1집, 상지대

1977	정한숙, 「한국 소설 기교의 전개」, 『현대 한국 소설론』, 고려대 출판부
1977. 2	박정백, 「김유정 연구」, 단국대 석사 논문
1977. 2	한상무, 「소설의 미적 거리와 예술적 형상화 — 이효석·김유정의 작품을 대상으로」, 《국어교육》 30호, 한국국어교육연구회
1977. 6	구인환, 「피에로의 곡예」, 『한국 근대 소설 연구』, 삼영사
1977. 12	김진악, 「김유정의 작품 연구」, 고려대 교육대학원 석사 논문
1978	김영기, 「농민과 고향의 발견」, 『한국 문학 전집』 13 — 이상·김유정, 삼성출판사
1978. 2	최수례, 「유정 소설의 구조적 고찰」, 수도여사대 석사 논문
1978. 3	한용환, 「김유정론의 반성」, 《현대문학》 279
1978. 6	정현기, 「인간이라는 욕망의 늪 — 김유정의 「노다지」」, 《문학사상》; 『한국 근대 소설의 인물 유형』, 인문당(1983)
1978. 11	이승훈, 「김유정 — 빈 들 속에 잠든 한의 실타래」, 《문학사상》 74
1978. 12	한상훈, 「김유정론 재고」, 《어문론집》 13호, 중앙대 국문과
1979	김용성, 「김유정」, 『한국 현대 문학사 탐방』, 국민서관
1979	신동욱, 「김유정론」, 서정주·조연현 편, 『현대 작가론』, 형설출판사; 『우리 시대의 작가와 모순의 미학』, 개문사(1982)
1979	이규정, 「「날개」와 「봄·봄」의 문체론적 비교 연구」, 《수련어문론집》 6호, 부산여대 국교과
1979	이동희, 「김유정의 언어 미학」, 《국어국문학논지》 7호, 대구교대
1979	이재선, 「김유정의 해학 세계와 농촌」, 『한국 현대 소설사』, 홍성
1979	임영선, 「해학에서 본 유정 문학」, 《목원어문학》 1집, 목원대
1979	임종수, 「유정 문학의 문체론적 연구」, 《어문론집》 14집, 중앙대 국문과
1979. 2	손선옥, 「김유정 연구」, 성신여사대 석사 논문

1979. 8   김덕기, 「김유정론」, 연세대 교육대학원 석사 논문

1979. 12   김종곤, 「김유정 연구」, 단국대 석사 논문

1980   김수남, 「김유정 문학에 대한 소설 사회학적 사고」, ≪인문과학 연구≫ 2, 조선대

1980   김순명, 「김유정 소고」, 고려대 교육대학원 석사 논문

1980   김용구, 「김유정 소설의 구조」, ≪관악어문연구≫ 5집, 서울대 국문과

1980   서종택, 「최서해 · 김유정의 세계 인식」, 『식민지 시대의 문학 연구』, 깊은샘

1980   이주일, 「김유정 소설의 문장 고찰」, ≪논문집≫ 1집, 상지대

1980   이주일, 「유정 문학의 향토성과 해학성」, ≪국어국문학≫ 83호, 국어국문학회

1980   조건상, 「김유정과 채만식 소설의 특질 — 해학과 풍자의 거리」, ≪도남학보≫ 3집, 도남학회; 『한국 현대 골계 소설 연구』, 문학예술사(1985)

1980. 2   김학심, 「김유정 연구」, 연세대 교육대학원 석사 논문

1980. 6   유인순, 「김유정 소설의 구조 분석」, 이화여대 석사 논문

1980. 11   이동희, 「김유정의 언어 미학」, ≪국어국문학논지≫ 7, 대구교대 국어과

1980. 12   이강언, 「현실과 이상의 갈등 구조 — 김유정 소설의 구성법」, ≪영남어문학≫ 7집, 영남대 국문과; 『한국 근대 소설 논고』, 형성출판사

1981   김상태, 「김유정의 「동백꽃」 — 동백꽃의 아이러니」, 이재선 · 조동일 편, 『한국 현대 소설 작품론』, 문장사

1981   김창집, 「김유정의 소설 연구」, 제주대 교육대학원 석사 논문

1981   신동욱, 「김유정의 「만무방」」, 『한국 현대 문학론』, 개정 증보, 박영사

1981	전규태, 「김유정론」, 『한국 문학의 통시적 연구』, 지문사
1981	전영태, 「김유정의 「산골」 ― 소설 속의 토속미와 서정성의 일례」, 이재선 외 편, 『한국 현대 소설 작품론』, 문장
1981. 8	조영학, 「김유정 문학의 전통성 연구」, 인하대 교육대학원 석사 논문
1981. 10	서종택, 「한국 근대 소설 작중 인물의 사회 갈등 연구」, 고려대 박사 논문
1981. 12	김정자, 「소설에 나타난 아이러니와 문체」, 《인문논총》 20, 부산대
1981. 12	박종철, 「김유정의 언어적 특성」, 《강원문화연구》 창간호, 강원대
1982	김상태, 「김유정의 문체」, 『문체의 이론과 해석』, 새문사
1982	김병익, 「김유정의 시대 인식과 언어 표현」, 임형택 외 편, 『한국 근대 문학사론』, 한길사
1982	서종택, 「궁핍화 현실과 자기 방어 ― 김유정의 경우」, 『한국 근대 소설의 구조』, 시문학사
1982	이계보, 「김유정 소설의 등장인물에 대한 고찰」, 《눈문집》 3집, 상지대
1982	이주일, 「김유정 소설의 등장인물에 대한 고찰」, 《눈문집》 3집, 상지대
1982	이홍재, 「김유정 문학의 전통성 연구」, 《한성어문학》 1집, 한성대 국문과
1982	정한숙, 「현대 소설의 확립」, 『현대 한국 문학사』, 고려대 출판부
1982	정현기, 「1930년대 한국 소설이 감당한 궁핍 문제 고찰 ― 염상섭·박영준·김유정·채만식」, 《현상과인식》; 『한국 근대 소설의 인물과 유형』, 인문당(1983)
1982	박정규, 「김유정 문학의 재조명」, 고려대 석사 논문

1982. 2	배홍득, 「김유정 작품 연구 — 시대고를 통해 본 인물 유형」, 동아대 석사 논문
1982. 2	채종렬, 「김유정 소설의 미의식 연구」, 경희대 교육대학원 석사 논문
1982. 2	홍선의, 「김유정 연구 — 해학과 한을 중심으로」, 충남대 교육대학원 석사 논문
1982. 8	박순만, 「김유정 문학의 해학성 고찰」, 조선대 교육대학원 석사 논문
1982. 9	김진석, 「「만무방」 논고」, ≪어문논집≫ 23집, 고려대 국어국문학연구회
1982. 11	김종곤, 「전통적 맥락에서 본 해학 — 김유정을 중심으로」, ≪국어교육≫ 42·43합, 한국국어교육연구회
1982. 12	유종영, 「김유정의 소설 연구 — 반어의 양상과 기능을 중심으로」, 동국대 석사 논문
1982. 12	정영자, 「한국 현대 소설의 자연관 연구」, ≪수련어문논집≫ 10집, 부산여대 국어과
1983	김정자, 「기법으로 본 문체 — 시간 착오의 기법을 중심으로」, 『난대 이응백 박사 회갑 기념 논문집』, 보진재
1983	김지원, 「한국적 해학과 풍자의 맥락 조망」, 『해학과 풍자 문학』, 도서출판 문장
1983	김현실, 「김유정 문학의 전통성 — 고전 문학과의 비교를 통해서」, ≪이화어문논집≫ 6집, 이화여대 한국어문학연구소
1983	박선부, 「김유정 소설의 문학적 지평」, ≪한국학논집≫ 3집, 한양대 한국학연구소
1983	신명석, 「김유정의 문체 연구」, ≪논문집≫ 1, 성심외국어전문대
1983	조건상, 「한국 현대 골계 소설의 전개 과정과 그 양상」, ≪성대 논문집≫ 23호, 성균관대

1983	박진수, 「『변강쇠가』와 『안해』의 대비 연구」, 이화여대 석사 논문
1983	김유진, 「이상과 김유정의 작품에 나타난 Ego의 연구」, 충남대 석사 논문
1983	신종한, 「김유정 소설 연구」, 단국대 석사 논문
1983	주경순, 「김유정 연구」, 연세대 교육대학원 석사 논문
1983	차은로, 「김유정 연구」, 연세대 교육대학원 석사 논문
1983. 9	이난순, 「김유정의 작품에 나타난 사회의식」, 명지대 석사 논문
1983. 11	문재룡, 「김유정 소설의 구조와 문제」, 성균관대 석사 논문
1983. 12	신순철, 「김유정 소설 연구」, 영남대 석사 논문
1983. 12	유종영, 「김유정의 소설 연구 — 반어의 양상과 기능을 중심으로」, ≪동악어문논집≫ 18, 동악어문학회
1983. 12	유인순, 「풍자 문학론 — 채만식·김유정을 중심으로」, ≪인문학연구≫ 18집, 강원대
1983. 12	유순영, 「김유정과 이효석 소설의 비교 연구」, 연세대 석사 논문
1984	김상태, 「김유정과 해학의 미학」, 전광용 외, 『한국 현대 소설사 연구』, 민음사
1984	김수업, 「「봄·봄」의 기법」, ≪배달말≫ 8집
1984	이순, 「김유정 문학의 서론적 고찰」, ≪어문론총≫ 3집, 청주대 국문과
1984	전신재, 「김유정 소설의 판소리 수용」, ≪강원문화연구≫ 4집, 강원대 강원문화연구소
1984	조래희, 「김유정 소설의 시점과 인물」, ≪국제어문≫ 5집, 국제대 국문과
1984	한상무, 「김유정론」, 김봉군 외, 『한국 현대 작가론』, 민지사
1984	차명원, 「김유정 문학에 나타난 사회의식 고찰」, 조선대 교육대학원 석사 논문
1984. 2	박응만, 「김유정 소설의 등장인물 연구」, 인하대 교육대학원 석

사 논문

1984. 2   신동한, 「김유정 소설 연구」, 단국대 석사 논문

1984. 3   조진기, 「김유정 소설과 현실 수용」, 『한국 현대 소설 연구』, 학
           문사

1984. 6   양희역, 「1930년대 소설에 나타난 풍자와 해학의 연구 — 채만
           식과 김유정 소설의 경우」, 성균관대 석사 논문

1984. 6   신종한, 「김유정 소설 연구」, 《어문연구》 12-1, 한국어문교육
           연구회

1984. 6   이경희, 「김유정과 채만식의 작품 비교 연구」, 연세대 석사 논문

1984. 8   문창기, 「김유정 연구」, 성균관대 교육대학원 석사 논문

1984. 8   이명일, 「김유정 소설에 나타난 자연」, 성균관대 교육대학원 석
           사 논문

1984. 9   민현기, 「훼손된 삶과 윤리 — 김유정의 「가을」」, 『한국 근대 소
           설론』, 계명대 출판부

1984. 11   이태건, 「바보형 인물에 대한 소고」, 고려대 석사 논문

1985   김정자, 「김유정 소설의 문제」, 『한국 근대 소설의 문체론적 연
           구』, 삼지원

1985   김진악, 「김유정 소설의 골계 구조」, 《국어교육》 51·52 합병호

1985   박정숙, 「김유정 연구 — 해학성을 중심으로」, 《문리대논집》 5집,
           효성여대

1985   서영애, 「김유정 소설 연구」, 《어문학교육》 8집, 부산교대

1985   이선영, 「문학으로 불사른 단명한 생애(작품 및 생애 해설)」,
           『김유정』, 한국의 대표 명작 8, 지학사

1985   이선영, 「김유정 연구」, 《예술논문집》 24집, 예술원; 국학자료
           간행위원회 편, 『국문학 자료 논문집』 속편 2집, 대제각(1990)

1985   이주일, 「향토적 해학과 풍자의 세계 — 김유정론」, 김용성 편,
           『한국 근대 작가 연구』, 삼지원

1985	이인우, 「김유정 단편 소설 연구 — 작중 인물을 중심으로」, 영남대 교육대학원 석사 논문
1985	하창환, 「김유정 소설 연구 — 서술 구조를 중심으로」, 영남대 석사 논문
1985	한만수, 「김유정 소설의 아이러니 분석」, 동국대 석사 논문; ≪동악어문론집≫ 21집, 동악어문학회
1985. 2	김춘룡, 「김유정 소설의 아이러니 연구」, 부산대 교육대학원 석사 논문
1985. 2	전상국, 「김유정 연구」, 경희대 석사 논문
1985. 2	홍현숙, 「이상과 김유정 문체 비교 연구」, 전남대 교육대학원 석사 논문
1985. 2. 8	조용만, 「작가 김유정」, ≪중앙일보≫
1985. 4	유인순, 「김유정의 소설 공간」, 이화여대 박사 논문
1985. 8	신동규, 「모티브의 기능과 의미화 — 「소나기」를 대상으로 한 시론적 분석」, 서강대 석사 논문
1985. 9	박정규, 「보성전문을 다닌 김유정」, ≪고대신문≫
1985. 12	전혜자, 「한국 현대 소설의 배경 연구 — 도시와 농촌의 대비」, 숙명여대 박사 논문
1986	유인순, 『김유정 문학 연구』, 강원대 출판부
1986	김영기, 「김유정의 동백꽃」, 『태백의 예맥』, 강원일보사
1986	문희봉, 「김유정 소설의 실상에 관한 연구」, 공주사대 교육대학원 석사 논문
1986	박문주, 「김유정 소설 연구 — 판소리계 소설과의 관련성 고찰」, 연세대 석사 논문
1986	박정남, 「이효석과 김유정 소설에 대한 비교 연구」, 연세대 석사 논문
1986	방인태, 「김유정 소설의 인물 유형」, 『봉죽헌 박봉배 박사 회갑

기념 논문집』, 배영사

1986   송하섭, 「김유정 작「동백꽃」의 서정성론」, ≪도솔어문≫ 2집,
            단국대 국문과

1986   신망래, 「김유정 소설의 주제 고찰」, ≪인천어문학≫ 2호, 인천
            대 국문과

1986   서종택, 「최서해·김유정의 세계 인식」, 『식민지 시대의 문학
            연구』, 깊은샘

1986   신언철, 「김유정 소설의 기법에 관한 연구」, ≪공주교대 논총≫
            22권 2호

1986   신순철, 「한과 유정 소설」, ≪경주실전 논문집≫ 2

1986   안숙원, 「소설의 상징 구조」, ≪서강어문≫ 5집, 서강어문학회

1986   임종국, 「「솥」의 모델」, 『한국 문학의 민중사』, 실천문학사

1986. 2   권유화, 「김유정 작품 연구」, 효성여대 석사 논문

1986. 2   김승환, 「김유정 문학 연구」, 청주대 석사 논문

1986. 2   김인환, 「김유정 소설 연구」, 계명대 석사 논문

1986. 2   나용학, 「「동백꽃」의 구조 분석」, 충남대 교육대학원 석사 논문

1986. 2   박우현, 「김유정 소설 연구」, 경북대 교육대학원 석사 논문

1986. 2   임영환, 「1930년대 한국 농촌 사회 소설 연구」, 서울대 박사
            논문

1986. 2   조남철, 「일제하 한국 농민 소설 연구」, 연세대 박사 논문

1986. 2   송영희, 「1930년대 풍자 소설 일고 ― 채만식과 김유정의 단편
            소설을 중심으로 한 배비」, 부산여대 석사 논문

1986. 3   신순철, 「한과 유정 소설」, ≪경주실전 논문집≫ 2집

1986. 6   정인환, 「김유정 소설 연구」, 계명대 석사 논문

1986. 8   이순, 「김유정 소설의 구성 원리와 그 유형」, 이화여대 석사
            논문

1986. 10   유효경, 「김유정 소설 연구」, 성균관대 교육대학원 석사 논문

1986. 10	한만수, 「김유정 소설의 아이러니 분석」, ≪한국어문학연구≫ 21집, 한국어문학연구학회
1986. 12	이재선, 「바보 예찬론과 평형적 해소의 작가 ─ 김유정론」, ≪문학사상≫
1987	전신재 편, ≪원본 김유정 전집≫, 한림대 출판부
1987	김근태, 「김유정 소설의 서술 방식과 그 변모 과정 ─ 서술자의 활용 문제와 관련하여」, ≪숭실어문≫ 4집, 숭실대 국문과
1987	이주성, 「한국 농민 소설 연구 ─ 1920~30년대 농민 소설을 중심으로」, ≪세종어문연구≫ 2집, 세종대
1987	이동재, 「김유정 문학의 재조명」, ≪목멱어문≫ 1집, 동국대 국어교육회
1987	전신재, 「김유정 소설의 구비 문학 수용」, ≪아시아문화≫ 2호, 한림대 아시아문화연구소
1987	정현기, 「김유정 소설의 해학적 특성, 『노다지 ─ 한국 문학 대표작선』, 문학사상사
1987	명형대, 「식민지 시대 소설에 나타난 빈궁과 정조」, ≪가라문화≫ 5집, 경남대 가라문화연구소
1987	오하근, 「혼돈과 극복의 문학 정신」, ≪국어국문학회지≫ 12권, 원광대 국문학회
1987	장경탁, 「한국 근대 소설의 순환 구조 ─ 이효석의 「산협」과 김유정의 「봄·봄」을 중심으로」, ≪성대문학≫ 25집, 성균관대 국문과
1987	장무익, 「웃음 속에 감추어진 눈물의 의미 ─ 김유정의 소설 세계」, ≪공사논문집≫ 23집, 공군사관학교
1987	채규판, 「혼돈과 극복의 문학정신」, ≪국어국문학연구≫ 12, 원광대 국문과
1987. 2	김근태, 「김유정 소설의 서술 방식과 그 변모 과정에 관한 연구

—서술자를 중심으로」, 숭실대 석사 논문

1987. 2   양창욱, 「김유정 소설의 해학미 구조 분석—「동백꽃」을 중심으로」, 원광대 교육대학원 석사 논문

1987. 2   이명렬, 「김유정 문학의 전통성 연구」, 강원대 교육대학원 석사 논문

1987. 2   조춘용, 「김유정론—「소낙비」「봄·봄」「동백꽃」「만무방」을 중심으로」, 홍익대 석사 논문

1987. 4. 1   최관용, 「김유정 작품 속에 나타난 춘천 지방의 토속어」, 《강원일보》

1987. 5   조용만, 「이상과 김유정의 문학과 우정」, 《신동아》

1987. 6   박태상, 「김유정 문학의 실재성과 허구성」, 《현대문학》

1987. 8   김미선, 「한국 근대 소설의 아이러니 연구—현진건, 김유정의 몇몇 단편을 중심으로」, 부산대 석사 논문

1987. 8   김애란, 「김유정 소설 연구」, 연세대 교육대학원 석사 논문

1987. 8   오지선, 「김유정 연구」, 숙명여대 교육대학원 석사 논문

1987. 8   조석현, 「김유정 소설의 해학성」, 성균관대 석사 논문

1987. 10   박정규, 「농민 소설에 나타난 유토피아 추구 의식」, 《한양어문연구》 5집

1987. 11   박정규, 「아이러니와 변이된 상실감의 미학—김유정의 작품 세계」, 《호서문학》 13집

1987. 12   김철, 「꿈·황금·현실—김유정의 소설에 나타난 물신의 모습」, 《문학과비평》 1권 4호, 탑출판사

1987. 12   유인순, 「「노다지」의 문체 연구」, 《강원문화연구》 7집, 강원대 강원문화연구소

1988   유인순, 『김유정 문학 연구』, 강원대 출판부

1988   윤병로, 「김유정의 해학성과 「땡볕」」, 『한국 근대 작가 작품 연구』, 성균관대 출판부

1988	이영성, 「김유정 문학 일고찰」, ≪국민어문연구≫ 1집, 국민대 국문학연구회
1988	장영우, 「반어적 인물의 사회 인식」, ≪동악어문론집≫ 23집, 동악어문학회
1988	조동일, 「어두운 시대의 상황과 소설 — 만만치 않은 세상 형편」, 『한국 문학 통사』 5권, 지식산업사
1988	최병우, 「「만무방」의 서술 구조」, 『난대 이응백 박사 정년 퇴임 기념 논문집』, 서울대 국교과
1988. 2	유종호, 「김유정과 이미자의 동백 — 문학박물지초」, ≪현대문학≫
1988. 2	정치수, 「김유정 문학 연구」, 인하대 석사 논문
1988. 5	김영기, 「김유정의 인간과 문학」, ≪문학정신≫ 20
1988. 여름	윤지관, 「민중의 삶과 시적 리얼리즘≫ — 김유정론」, ≪세계의 문학≫
1988. 8	윤영성, 「김유정 문학의 문체 연구」, 인하대 석사 논문
1988. 8	이만식, 「김유정 소설의 작중 인물 연구」, 건국대 교육대학원 석사 논문
1988. 8	장양수, 「소설 경향의 몇 가지 흐름」, ≪현대문학≫
1988. 8	최명순, 「김유정 소설에 나타난 가족 관계 연구」, 계명대 교육 대학원 석사 논문
1988. 12	장영우, 「반어적 인물의 사회 인식」, ≪동악어문논집≫ 23, 동 악어문학회
1989	박남철, 「김유정 소설 연구」, 한양대 박사 논문
1989	노훈, 「김유정 연구」, 청주대 석사 논문
1989	송하섭, 「김유정 — 현실 의식 포용의 서정」, 『한국 현대 소설의 서정성 연구』, 단국대 출판부
1989	윤병로, 「1930년대 소설의 연구」, ≪대동문화연구≫ 23집, 성균 관대 대동문화연구원

1989. 2	권용철, 「김유정 소설 연구」, 성균관대 석사 논문
1989. 2	신현보, 「김유정 소설 연구— 현실 인식과 표현 양상을 중심으로」, 한남대 석사 논문
1989. 2	이명숙, 「김유정 소설 연구— 작품을 통해서 본 그의 현실 인식」, 상명여대 석사 논문 ; ≪자하어문논집≫ 6 · 7 합집, 상명여대 국교과(1990)
1989. 2	정태규, 「이효석과 김유정의 소설의 공간 이식에 대한 연구」, 부산대 석사 논문
1989. 2	지미숙, 「채만식과 김유정 문학의 풍자성 연구— 단편 소설을 중심으로」, 강원대 교육대학원 석사 논문
1989	최희자, 「김유정 작품 연구— 식민지 시대 삶의 양상을 중심으로」, 숙명여대 석사 논문
1989. 3	나병철, 「단편 소설 연구— 김유정 소설을 중심으로」, 『현대 문학의 연구』 1, 도서출판 바른글방
1989. 5	김종환, 「김유정 연구」, ≪논문집≫ 28집, 육군제3사관학교
1989. 8	정주현, 「김유정의 문학적 특성— 작가 의식을 중심으로」, 중앙대 석사 논문
1989. 8	김경순, 「김유정 단편 소설 인물의 도덕성 변화 분석」, 부산대 교육대학원 석사 논문
1989. 8	박남철, 「김유정 소설에 나타난 현실과 욕망의 양상」, ≪한국학논집≫ 16집
1989. 8	최민희, 「김유정 소설 연구— 현실 인식의 태도를 중심으로」, 단국대 석사 논문
1989. 11	강태근, 「한국 현대 문학 연구의 문제점— 한국 현대 풍자 소설을 중심으로」, ≪호서문학≫ 15집
1989. 12	박남철, 「김유정의 자전 소설 연구」, ≪관동어문학≫ 6집
1989. 12	한계전 외 3인, 「1930년대 한국 문학의 비교문학적 연구」, ≪비

교문학》 14집, 한국비교문학회

1989. 12   구인환, 「유인순 저(著), 『김유정 문학 연구』」, 《국어국문학》 102권, 국어국문학회

1990   박세현(박남철), 『김유정 소설 연구』, 인문당

1990   송기섭, 「「동백꽃」과 「봄·봄」의 서사 구조」, 《어문연구》 20집, 어문연구회

1990   이상옥, 「김유정 연구 — 빈곤 문제를 중심으로」, 이선영 편, 『1930년대 민족 문학의 인식』, 한길사

1990   장병호, 「식민지 시대 매춘 제재 소설의 고찰 — 가난과 윤리 문제를 중심으로」, 《청람어문학》 3집, 청람어문학회

1990. 2   박철석, 「한국 리얼리즘 소설 연구」, 『한국 현대 문학사론』, 민지사

1990. 2   박남철, 「김유정 소설 연구」, 한양대 박사 논문

1990. 2   박헌도, 「김유정 소설 연구」, 계명대 석사 논문

1990. 2   신종숙, 「김유정론 — 문체적 특질을 중심으로」, 전남대 석사 논문

1990. 2   이혜순, 「김유정 소설 연구」, 세종대 석사 논문

1990. 2   조성규, 「김유정 소설 연구 — 사회 의식을 중심으로」, 성균관대 교육대학원 석사 논문

1990. 봄   이상옥, 「산수유와 생강나무」, 《세계와나》

1990. 5   한용환, 「김유정 소설에서의 해학과 골계」, 서종택·정덕준 편, 『한국 현대 소설 연구』, 새문사

1990. 8   김미현, 「김유정 소설의 카니발적 구조 연구」, 이화여대 석사 논문

1990. 8   김윤호, 「김유정 소설 연구」, 관동대 석사 논문

1990. 8   홍경란, 「1930년대 농민 소설 연구 — 「흙」「고향」「만무방」「제일과제일장」을 중심으로」, 연세대 석사 논문

1990. 10   장병호, 「식민지 시대 매춘 제재 소설의 고찰 — 가난과 윤리

문제를 중심으로」, ≪청람어문학≫ 3, 청람어문학회

1990. 12   김영택, 「궁핍화 현실과 해학적 위장―「소낙비」의 작품 세계」,
           ≪목원국어국문학≫ 1집, 목원대

1991   김형민, 「김유정 소설의 서술 주체와 서술 객체―「소낙비」
           「봄·봄」「가을」을 대상으로」, ≪어문교육논집≫ 11집, 부산대
           사범대 국어교육과

1991   박철석, 「한국 리얼리즘 소설 연구」, ≪대학원논문집≫ 16집,
           동아대

1991   신종한, 「김유정 소설의 미학 구조 연구」, ≪단국대 논문집≫
           25집

1991   이대규, 「김유정의 「금 따는 콩밭」의 분석 및 해석」, ≪어문교
           육론집≫ 11집, 부산대 사범대

1991   박정규, 「역사적 상황의 소설적 표출 양상」, ≪어문논집≫ 30집,
           안암어문학회

1991   백우선, 「김유정, 그 비극적 알라존」, ≪단암문원(檀庵文苑)≫
           1~2

1991   임헌영, 「전통적인 골계와 해학」, 『우리 시대의 한국 문학』2,
           계몽사

1991   조용만, 「토속적 미학의 완벽」, 『우리 시대의 한국 문학』2, 계
           몽사

1991   전신재, 「「봄·봄」의 자연 표상」, ≪춘천문학≫ 1호, 한국문인
           협회 춘천지부

1991   한만수, 「한국 소설 문학의 바보 인물 연구―바보 민담, 판소
           리계 소설, 김유정 소설을 중심으로」, 동국대 박사 논문

1991. 2   김미경, 「김유정 작품 연구―형식적 특질의 면에서」, 전남대
           석사 논문

1991. 2   김영기, 「김유정 연구」, 국민대 석사 논문

1991. 2	이화진, 「김유정 소설 연구 — 해학성과 향토성을 통한 현실 인식」, 성균관대 석사 논문
1991. 2	임계묵, 「김유정 소설의 인물 유형 연구」, 충남대 석사 논문
1991. 2	홍순재, 「김유정 소설의 공간 구조 연구」, 배제대 석사 논문
1991. 2	하태석, 「G. 캘러의 작품에 나타난 유우머와 김유정 해학의 기능 비교 —「심술장이 판크라츠」와 「따라지」를 중심으로」, 서울대 석사 논문
1991. 5	박인숙, 「매춘 모티프를 통해 본 김유정 소설 연구」, ≪한성어문학≫ 10집, 한성대 국어국문학과
1991. 6	박정규, 「김유정 소설의 시간 구조 연구」, 한양대 박사 논문
1991. 6	정영호, 「김유정 소설의 아이러니 연구」, 경남대 석사 논문
1991. 8	주동진, 「김유정 소설 연구 — 인물 유형을 중심으로」, 중앙대 석사 논문
1991. 8	최규익, 「채만식과 김유정 소설의 풍자성 연구」, ≪우산어문학≫ 1집, 상지대 국문과
1991. 12	박정규, 「역사적 상황의 소설적 표출 양상 — 김유정의 단편 소설 「형」의 경우」, ≪어문론집≫ 30집, 고려대 국문과
1991. 12	김명숙, 「김유정 소설의 인물 연구」, 연세대 교육대학원
1991. 12	이주일, 「김유정 소설 연구」, 명지대 박사 논문
1991. 12	최수정, 「김유정 소설의 발화 방식 연구」, 한양대 석사 논문
1992	김영기, 『김유정 — 그 문학과 생애』, 지문사
1992	박정규, 『김유정 소설과 시간』, 깊은샘
1992	강태근, 「김유정 작품의 풍자」, 『한국 현대 소설의 풍자』, 삼지원
1992	김형민, 「김유정 소설의 욕망 구조로 본 바보형 인물의 유형」, 『남사 화갑 기념 논총』
1992	남미영, 「한국 현대 성장 소설 연구」, 숙명여대 박사 논문

1992   최현숙, 「김유정 소설 연구」, 경북대 석사 논문

1992. 2   한만수, 「한국 서사 문학의 바보 인물 연구—바보형 인물을 대상으로」, 홍익대 박사 논문

1992. 2   김명숙, 「김유정 소설의 인물 연구」, 연세대 석사 논문

1992. 10   이경, 「김유정 소설의 역설성 연구」, ≪국어국문학≫ 29, 부산대 국문과

1992. 11   김형민, 「김유정 소설의 서술 상황론적 연구—바보형 인물을 대상으로」, 홍익대 박사 논문

1993   전상국, 『유정의 사랑』, 고려원

1993   유인순, 「기법 차원적 소설의 시간—「아내」」, 현대소설연구회, 『현대 소설론』, 평민사

1993   노귀남, 「김유정 문학 세계의 이해」, ≪새국어교육≫ 50호

1993   신종한, 「한국 근대 소설의 판소리 서술 양식 수용」, ≪논문집≫ 27, 단국대

1993   신순철, 「김유정의 「동백꽃」」, 영남어문학회 편, ≪한국 현대소설 문학의 이해와 감삼≫, 학문사

1993   조남현, 「김유정의 작품 세계」, 『김유정—동백꽃』, 어문각

1993   김현, 「현대 소설의 담화론적 연구」, 서강대 박사 논문

1993   김형민, 「김유정 소설의 서술 상황론적 연구」, 홍익대 박사 논문

1993. 2   김인화, 「김유정 소설의 여성 인물 연구」, 숙명여대 석사 논문

1993. 2   신정림, 「김유정 단편 소설의 분석」, 부산대 석사 논문

1993. 2   장일구, 「소설 텍스트의 연행 해석학 시론—김유정 소설과 최명희 「혼불」의 해석을 중심으로」, 서강대 석사 논문

1993. 3   유인순, 「김유정의 소설 공간」, 김상태 편, 『한국 현대 소설론』, 학연사

1993. 8   박세현, 「매춘 소설의 한 양상」, ≪한국학논집≫ 23, 한양대 한국학연구소

1993. 8	신윤경, 「김유정과 이태준 단편에 나타난 아이러니 비교 연구」, 고려대 석사 논문
1993. 8	윤웅호, 「김유정 소설의 문체 연구」, 단국대 교육대학원 석사 논문
1993. 8	이영화, 「김유정의 농민 소설 연구」, 고려대 석사 논문
1993. 8	최재창, 「김유정 소설의 현실 수용 양상」, 한국교원대 석사 논문
1993. 8	황기성, 「김유정 문학 연구」, 원광대 석사 논문
1993. 11. 27	전신재, 「『유정의 사랑』에 나타난 사랑의 인식」, 한국문인협회 강원도지회 주최, '김유정 추모 문학의 밤' 강연 자료
1993. 11. 27	유인순, 「김유정 — 그 능청스런 이야기꾼」, 한국문인협회 강원도지회 주최, '김유정 추모 문학의 밤' 강연 자료
1993. 겨울	한형구, 「소설로 평전 쓰기: 배반된 실험의 의욕」, 『소설과 사상』, 고려원
1993. 12	이재복, 「김유정 「소낙비」의 담론 고찰」, ≪한양어문≫ 11집, 한양어문연구회
1994	김유정전집편찬위원회, 『김유정 전집』 상·하, 김유정기념사업회
1994	한국문학회, 『김유정 소설의 서사적 거리 연구』, 한국문학회
1994	신동욱, 「김유정 소설 연구」, 『1930년대 한국 소설 연구』, 한샘
1994	김영기, 「뿌리 뽑힌 만무방의 세계」, 『동백꽃·소나기 외』, 하서출판사
1994	양문규, 「1930년대 단편 소설의 리얼리즘적 성격 — 박태원, 이태준, 김유정을 중심으로」, ≪인문학보≫ 17, 강릉대 인문과학연구소
1994	이원태, 「고향의 내음 — 향토작가 김유정」, ≪지방행정≫ 43
1994	최원식, 「김유정을 다시 읽자」, ≪인하어문학≫ 2, 인하대 국문과 ; 『한국 근대 문학을 찾아서』, 인하대 출판부(1999)
1994	우한용, 「「만무방」의 기호론적 구조와 해석」, ≪국어교육≫ 83·84

합병호, 한국국어교육연구회

1994   유인순, 「유정의 그물 — 김유정 문학의 심리 비평적 연구」, ≪인
              문학연구≫ 32, 강원대

1994   이익성, 「1930년대 서정적 단편 소설 연구」, 서울대 박사 논문

1994   정지영, 「김유정 소설의 인물 연구」, 한양대 교육대학원 석사
              논문

1994   박성희, 「김유정 소설의 어휘 연구」, 경남대 석사 논문

1994. 2   황인봉, 「김유정 소설의 인물 연구」, 한남대 석사 논문

1994. 3   유인순, 「칼과 모순의 미학 — 「산골 나그네」 「소낙비」를 중심
              으로」, ≪월간태백≫, 강원일보사

1994. 3   김영기, 「고향 실제 인물 · 지명 작품 등장」, ≪월간태백≫, 강원
              일보사

1994. 3   전신재, 「김유정 소설 속의 여성들」, ≪월간태백≫, 강원일보사

1994. 3   우한용, 「소설 이해의 구조론적 방법 — 「만무방」」, 현대소설연
              구회, 『현대 소설론』, 평민사

1994. 3. 9   유인순, 「상처와 열매 — 김유정 문학의 비밀(발표 요지)」, ≪강
              원일보≫

1994. 3. 25   김윤식, 「들병이 사상과 알몸의 시학 — 김유정 문학의 문학사적
              인 한 고찰」, 『김유정 문학의 재조명』, 한림대 아시아문화연구
              소 9회 학술연구발표회

1994. 3. 25   전상국, 「김유정 소설의 언어와 문체」, 『김유정 문학의 재조명』,
              한림대 아시아문화연구소 9회 학술연구발표회

1994. 3. 25   전신재, 「농민의 몰락과 천진성의 발견」, 『김유정 문학의 재조
              명』, 한림대 아시아문화연구소 9회 학술연구발표회

1994. 2. 25   홍정선, 「김유정 소설의 구조」, 『김유정 문학의 재조명』, 한림대
              아시아문화연구소 9회 학술연구발표회

1994. 3. 29   김영기, 「김유정의 생애와 사상」, 『김유정 문학으로 모색해 보

는 한국 문학의 세계화』(주제 발표집), 한국문인협회

1994. 3. 29 　박양호, 「김유정의 작품 세계 — 문체의 특성을 중심으로」, 『김
　　　　　　　유정 문학으로 모색해 보는 한국 문학의 세계화』(주제 발표집),
　　　　　　　한국문인협회

1994. 3. 29 　홍기삼, 「김유정 문학을 통해 본 토속 문학의 세계화 — 좁은 문
　　　　　　　학과 넓은 문학」, 『김유정 문학으로 모색해 보는 한국 문학의
　　　　　　　세계화』(주제 발표집), 한국문인협회

1994. 4 　　　김영기, 「김유정 소설 「동백꽃」의 미학」, 《월간문학》

1994. 여름 　류보선, 「한국 근대 문학의 특수성과 문학 연구의 자리」, 《세
　　　　　　　계의문학》

1994. 8 　　　박성희, 「김유정 소설의 어휘 연구 — 농촌 배경 작품을 중심으
　　　　　　　로」, 《경남어문》 27, 경남어문학회

1994. 8 　　　박세현, 「김유정 소설의 매춘 구조 분석」, 《논문집》 13, 상지
　　　　　　　전문대

1994. 8 　　　윤채형, 「김유정 소설의 주제의식 연구」, 《교육논총》 3호, 숙
　　　　　　　명여대 교육대학원 원우회

1994. 8 　　　정귀선, 「김유정 소설 연구」, 건국대 석사 논문

1994. 9 　　　나병철, 「김유정 소설의 해학성과 현실 인식」, 《비평문학》 8호,
　　　　　　　한국비평문학회

1994. 10 　　김형민, 「바보형 인물의 유형 연구 — 김유정 소설을 대상으로」,
　　　　　　　《어문교육논집》 13·14 합집, 부산대 국교과

1994. 11 　　정현기, 「김유정의 1930년대식 해학」, 『한국 문학의 해석과 평
　　　　　　　가』, 문학과지성사

1994. 12 　　유인순, 「유정의 그물 — 김유정 문학의 심리 비평적 연구」, 《인
　　　　　　　문학연구》, 강원대 ; 『구인환 교수 정년 퇴임 기념 논문집』(1995)

1994. 12 　　이경, 「김유정 소설의 서사적 거리 연구」, 《한국문학논총》 15집,
　　　　　　　한국문학회

1994. 12	안숙원, 「구인회와 바보의 시학」, ≪서강어문≫ 10, 서강어문학회
1994. 12	최성실, 「수수께끼 풀기와 그 욕망의 중층 구조 — 김유정 단편소설의 구조 분석을 위한 시론」, ≪서강어문≫ 10, 서강어문학회
1995	전상국, 『김유정 — 시대를 초월한 문학성』, 건국대 출판부
1995	이선영 편, 『동백꽃 — 김유정 단편선』, 창작과비평사
1995	국제어문학연구회, 『김유정 소설에서 '유랑'과 '정착'의 관계를 해석하는 문제』, 국제어문학연구회
1995	유인순, 「유정의 그물」, ≪선청어문≫ 23, 서울대 국어교육과
1995	손광식, 「유랑과 정착의 관계 형성과 현실 인식의 문제 — 김유정론」, ≪반교어문연구≫ 5호
1995	유인순, 「김유정 — 사랑의 사도·문학의 순교자」, 『한국 소설문학 대계』 18 — 이상·김유정 편, 동아일보사
1995	이선영, 「민중 문학과 자기 인식」, 『리얼리즘을 넘어서』, 민음사
1995	이익성, 「김유정 소설의 회화적 서정성」, 『한국 현대 서정 소설론』, 태학사
1995	최남진, 「김유정 소설의 초점화 연구」, 부산대 석사 논문
1995	윤채형, 「김유정 소설의 주제의식 연구」, 숙명여대 석사 논문
1995	나은주, 「김유정론」, 국민대 교육대학원 석사 논문
1995	김미옥, 「김유정 소설의 해학성 연구」, 영남대 석사 논문
1995. 2	고광률, 「김유정 소설 연구 — 매춘 모티프를 중심으로」, ≪대전어문학≫ 12, 대전대 국어국문학회
1995. 2	곽신혜, 「현진건과 김유정 소설의 인물 묘사 대비 연구」, 청주대 석사 논문
1995. 4	이선영, 「김유정 소설의 민중적 성격」, ≪선청어문≫ 23, 서울대 국교과; 『동백꽃 — 김유정 단편선』, 창작과비평사(1995)
1995. 5	손광식, 「김유정의 소설에서 '유랑'과 '정착'의 관계를 해석하는

문제」, ≪국제어문≫ 16호

1995. 6   김종구, 「김유정 소설의 여주인공 연구」, ≪한국언어문학≫ 34집, 한국언어문학회

1995. 6   임영환, 「김유정 소설 연구」, 『연거재 신동익 박사 정년기념 논총』, 경인문화사

1995. 8   이동국, 「김유정과 이효석 소설의 기법 연구」, 건국대 석사 논문

1995. 8   조영숙, 「김유정 소설과 민담의 연계성 — 'Duper'/'Duped' 모티프 중심으로」, 서강대 교육대학원 석사 논문

1995. 10   김용구, 「회귀와 순환의 연속」, 『한국 소설의 유형학적 연구』, 국학자료원 ; 전신재 편, 『김유정 문학의 전통성과 근대성』, 한신대 아시아문화연구소(1997)

1995. 10   나병철, 「김유정의 해학 소설 연구」, 『전환기의 한국 문학』, 두레시대

1995. 12   김현실, 「「안해」의 해학성에 관한 연구」, ≪국어국문학≫ 115호, 국어국문학회

1995. 12   박배식, 「김유정 소설의 아이러니 분석」, ≪세종어문연구≫ 8, 세종어문학회

1996   김윤식, 「들병이 사상과 알몸의 시학 — 김유정 문학의 문학사적인 한 고찰」, 『김윤식 선집』 5

1996   강진호, 「민중의 근원적 힘과 '유우머'」, ≪기전어문학≫ 10~11호, 수원대

1996   이익성, 「김유정의 '도시 소설'의 양상과 그 의미」, ≪개신어문연구≫ 13호, 충북대 국어교육과

1996   정명효, 「김유정 소설에 나타난 현실 인식의 해학적 변용 연구」, 국민대 석사 논문

1996   표정옥, 「김유정 문학 연구 — 놀이적 양상으로 다시 읽기」, 서강대 석사 논문

1996	곽신혜,「현진건과 김유정 소설의 인물 묘사 대비 연구」, 청주대 석사 논문
1996	박길숙,「김유정 소설의 여성상 연구」, 수원대 석사 논문
1996. 2	한주경,「김유정 소설 연구」, 강원대 교육대학원 석사 논문
1996. 2	김미옥,「김유정 소설의 해학성 연구」, 영남대 석사 논문
1996. 2	김윤정,「김유정 소설 연구」, 서울대 석사 논문
1996. 2	나은주,「김유정론 — 문체적 특징을 중심으로」, 국민대 석사 논문
1996. 2	박인숙,「김유정 소설 연구 — 1930년대 농촌 사회의 형상화 방식을 중심으로」, 연세대 석사 논문
1996. 2	안경호,「김유정 소설 연구」, 상지대 석사 논문
1996. 2	한주경,「김유정 소설 연구」, 강원대 석사 논문
1996. 2	허연진,「김유정 소설 연구 — 대립 구조와 문체를 중심으로」, 중앙대 석사 논문
1996. 2	장현숙,「김유정 문학 특질고 — 작중 인물의 도덕의식과 작가의 현실 인식을 중심으로」, ≪논문집≫ 18-1집, 경원전문대학 ;『현실 인식과 인간의 길』, 계몽사(1997)
1996. 4	강진호,「소설로 피어난 비운의 생애 — 김유정」, ≪문화예술≫ 201, 한국문화예술진흥원 ;『한국 문학, 그 현장을 찾아서』, 계몽사(1997)
1996. 5	이용욱,「서사 상황으로서의 아이러니 발생의 두 가지 유형 연구」, ≪한국언어문학≫ 36, 한국언어문학회
1996. 8	송홍엽,「김유정 소설의 매춘 연구」, 경남대 석사 논문
1996. 9	김한식,「절망적 현실과 화해로운 삶의 꿈 — '구인회'와 김유정」,『근대 문학과 구인회』, 깊은샘
1996. 10	유인순,「김유정 문학 연구사」, ≪강원문화연구≫ 15집, 강원대 강원문화연구소
1996. 12	김성수,「김유정 소설에 나타난 가족 의식」, ≪진단학보≫ 82호,

진단학회

1996. 12   김정훈, 「광대의 미학」, ≪동국어문학≫ 8호, 동국대 국교과

1996. 12   박세현, 「김유정 전기의 양상」, ≪지역사회연구≫ 4, 상지전문대

1996. 12   이재선, 「바보 예찬과 해소적 놀이 ― 김유정론」, 『한국 문학의
            원근법』, 민음사

1996. 12   장일구, 「「동백꽃」의 갈등 인자와 서술 상황」, ≪서강어문≫ 12,
            서강어문학회

1996. 12   조남철, 「김유정의 농민 소설 연구 ― 춘원의 농민 소설과 비교
            하여」, ≪논문집≫ 21, 한국방송통신대

1997   전신재 편, 『김유정 문학의 전통성과 근대성』, 한림대 출판부

1997   전신재 편, 『원본 김유정 전집』, (도서출판)강

1997   김영기, 「여성주의 수필론」, ≪수필학≫ 4호, 한국수필학회

1997   김영기, 「김유정의 가문」, 전신재 편, 『김유정 문학의 전통성과
            근대성』

1997   서종택, 「김유정 소설의 현실 인식」, 전신재 편, 『김유정 문학
            의 전통성과 근대성』

1997   전상국, 「김유정 소설의 언어와 문체」, 전신재 편, 『김유정 문
            학의 전통성과 근대성』

1997   전신재, 「농민의 몰락과 천진성의 발견」, 전신재 편, 『김유정
            문학의 전통성과 근대성』

1997   홍정선, 「김유정 소설의 구조」, 전신재 편, 『김유정 문학의 전
            통성과 근대성』

1997   김재갑, 「김유정 소설의 농촌적 색조 연구」, 서원대 석사 논문

1997   표정옥, 「김유정 문학 연구」, 서강대 석사 논문

1997. 2   박길숙, 「김유정 소설의 여성상 연구」, 수원대 석사 논문

1997. 2   심재욱, 「김유정 소설 연구」, 전북대 교육대학원 석사 논문

1997. 2   이춘희, 「김유정 소설의 성과 윤리의식 연구」, 한국외대 교육대

학원 석사 논문

1997. 2   정금영, 「담론 분석을 통한 김유정 소설 연구―농촌 소재 작품을 중심으로」, 경북대 석사 논문

1997. 2   정명효, 「김유정 소설에 나타난 현실 인식의 해학적 변용 연구」, 국민대 석사 논문

1997. 2   한정아, 「김유정 연구―현실 인식과 탈윤리를 중심으로」, 명지대 사회교육대학원 석사 논문

1997. 8   유인순, 「「봄・봄」과 함께하는 문학 교실」, 《문학교육학》 1, 한국문학교육학회

1997. 9   김종건, 「1930년대 소설의 공간 설정과 작가 의식의 상관성 연구―김유정과 이무영을 중심으로」, 《우리말글 대구어문논총》 15호, 우리말글학회

1997. 9   최병우, 「농촌 현실에 대한 관심과 회화―김유정의 「만무방」」, 『한국 현대 문학의 해석과 지평』, 국학자료원

1997. 12 박세현, 「김유정 산문 읽기」, 《지역사회연구》 5, 상대전문대

1998.   박세현, 『김유정의 소설 세계』, 국학자료원

1998   이선영 편, 『김유정』, 벽호

1998   류종렬, 「일제 강점기의 '금 모티프' 소설 연구」 Ⅰ, 《외대어문논집》 13집, 부산외대 어학연구소

1998   한상무, 「김유정 소설의 성―가족 윤리」, 《어문학보》 21, 강원대 국교과

1998   박남철, 「김유정 소설의 인물 유형」, 《한국학논집》 32호

1998   한정수, 「김유정 소설의 상황 극복 원리」, 《사회과학연구》 7호, 장안전문대학

1998   김주현, 「이상 소설의 글쓰기 양상 연구」, 서울대 박사 논문

1998   신혜경, 「김유정 소설 연구」, 서울여대 석사 논문

1998   이병숙, 「김유정 소설 연구」, 강원대 석사 논문

1998	신인옥, 「김유정 소설 연구」, 인하대 석사 논문
1998	황인걸, 「김유정 소설 연구」, 한양대 교육대학원 석사 논문
1998	김유정, 「김유정 소설 연구 — 문체의 특징을 중심으로」, 한양대 교육대학원 석사 논문
1998	오매선, 「김유정 소설에 나타난 여성상 연구」, 경기대 석사 논문
1998	옥태권, 「김유정 소설의 모티프 연구」, 동아대 교육대학원 석사 논문
1998	엄미옥, 「김유정 소설의 욕망과 서술 상황 연구」, 숙명여대 석사 논문
1998	이건택, 「김유정 소설의 인물 연구」, 상지대 석사 논문
1998. 3	전신재, 「서평 — 김유정 문학 제대로 읽기」, ≪당대비평≫ 3호, 생각의나무
1998. 6	김진호, 「문학 작품의 텍스트 분석」, ≪한국어학≫ 7, 한국어학연구회
1998. 10	박세현, 「김유정 소설의 인물 유형」, ≪한국학논집≫ 32, 한양대 한국학연구소
1998. 12	유인순, 「김유정과 해외 문학」, ≪비교문학≫ 23, 한국비교문학회
1999	강경구, 「션총원(沈琮文), 김유정 소설의 비교 연구」, ≪중국어문학≫ 33집, 영남중국어문학회
1999	박세현, 「김유정 소설의 배경」, ≪논문집≫ 18, 상지전문대
1999	안미영, 「김유정 소설의 문명 비판 연구」, ≪현대소설연구≫ 11호, 한국현대소설학회
1999	유인순, 「김유정과 해외 문학」, ≪비교문학≫ 23호
1999	한정수, 「김유정 소설의 「땡볕」고(考)」, ≪장안논총≫ 19호, 장안전문대
1999	류재홍, 「김유정 소설 연구」, 창원대 석사 논문
1999	박동욱, 「김유정 소설 연구」, 국민대 석사 논문

1999	윤수진, 「김유정 소설 지도 연구」, 숙명여대 석사 논문
1999	최원실, 「김유정의 농민 소설 연구」, 충남대 석사 논문
1999	김유정, 「수수께끼 구조로 본 김유정 소설 연구 — 「만무방」「동백꽃」「금 따는 콩밭」을 중심으로」, 한양대 교육대학원 석사 논문
1999	권순예, 「한국 근대 문학 속의 여성상 — 김동인과 김유정 작품에 나타난 여성의 성의 양상을 중심으로」, 파리 7대학 박사 논문
1999. 2	김용진·박수현, 「운명 극복 방식으로서의 글쓰기」, 《논문집》 21, 안양과학대
1999. 6	박정규, 「김유정 소설에 나타난 상실 의식」, 《한민족문화연구》 4호, 한민족문화학회
1999. 7	이강현·박여범, 「김유정 소설의 여성상 연구」, 《인문사회과학논문집》 3, 중부대 인문사회과학연구소
1999. 12	전봉관, 「1930년대 금광 풍경과 황금광 시대의 문학」, 《한국현대문학연구》 7집, 한국현대문학회
2000	왕문용, 「김유정 소설의 언어」, 《강원문화연구》 19호
2000	유인순, 「루쉰과 김유정」, 《중한인문과학연구》 4호, 중한인문과학연구회
2000	장석주, 「김유정」, 『20세기 한국 문학의 탐험』 2, 시공사
2000	강문주, 「김유정 소설의 악마적 순환 이미지 연구」, 인제대 석사 논문
2000	권오식, 「김유정 소설에 나타난 현실 수용 양상」, 서원대 석사 논문
2000	김동석, 「김유정 소설의 구조 원리 연구」, 고려대 석사 논문
2000	빈영상, 「김유정 소설 연구 — 작중인물의 현실 대응 양상을 중심으로」, 경희대 교육대학원 석사 논문
2000	송경석, 「수수께끼 구조로 본 김유정 소설 연구」, 한양대 석사

논문

2000   이호림, 「김유정 소설에 나타난 여성상 연구」, 성균관대 석사
            논문

2000   문재규, 「김유정 소설의 여성 인물 연구」, 순천대 석사 논문

2000   이대용, 「김유정의 농민 소설 연구」, 성균관대 교육대학원 석사
            논문

2000   정주옥, 「골계미의 지도 방향 연구 ― 김유정과 채만식의 작품
            을 중심으로」, 아주대 석사 논문

2000. 2   임종수, 「김유정 소설의 문체 고찰」, 《논문집》 5, 삼척대 산
            업과학기술연구소

2000. 여름   전신재, 「김유정의 우리말 사랑」, 《한글사랑》 14, 한글사

2000. 6   전신재, 「김유정 소설과 언어의 기능」, 《한말연구》 6호, 한말
            연구학회

2000. 9   손종업, 「김유정의 소설과 식민지 근대성」, 《어문연구》 107권,
            한국어문교육연구회

2000. 10   전신재, 「김유정론」, 반교어문학회 편, 『근현대 문학의 사적 전
            개와 미적 양상』 1, 보고사

2001   임무출, 『김유정 어휘 사전』, 박이정

2001   변신원, 「문학 속에 드러난 민족 문화의 자취와 외국인에 대한
            문학 교육 ― 김유정 소설의 해학적 웃음을 중심으로」, 《말》
            25, 연세대 한국어학당

2001   이재인, 「창조적인 작가 김유정」, 《인문논총》 9호, 경기대

2001   한민주, 「근대 댄디들의 사랑과 성 문제 ― 이상과 김유정을 중
            심으로」, 《국제어문》 24집, 국제어문학연구회

2001   한정수, 「김유정 문학에 나타난 여성」, 《사회과학연구》 19호,
            장안전문대학

2001   임종수, 「김유정 소설의 문체 고찰」, 《산업과학기술연구논문집》

5집, 삼척대

2001   강심호, 「김유정 문학의 위반 의식 연구」, 서울대 석사 논문

2001   박준일, 「김유정 소설의 문체 연구」, 원광대 석사 논문

2001   이수정, 「현대 소설의 일탈적 인물화 연구―1920~1930년대
            단편 소설을 중심으로」, 서강대 박사 논문

2001   명영배, 「김유정 소설의 들병이 연구」, 경남대 교육대학원 석사
            논문

2001   송은옥, 「김유정의 3인칭 소설 연구」, 경성대 교육대학원 석사
            논문

2001   이대용, 「김유정의 농민 소설 연구」, 성균관대 석사 논문

2001   채향화, 「김유정 소설의 현실 인식 연구」, 군산대 석사 논문

2001. 6   장소진, 「김유정의 소설 「소낙비」와 「안해」 연구」, 《한국문학
            이론과비평》 11집, 한국문학이론과비평학회

2001. 7   김봉진, 「김유정 소설의 남성 인물 연구」, 《비평문학》 15호,
            한국비평문학회

2001. 8   이광진, 「김유정 단편 「만무방」의 약호화 과정 분석」, 《한겨레
            어문연구》 1, 한겨레어문학회

2001. 10   유인순, 「고교 문학 교재 소재 소설에 투영된 강원 문화」, 《강
            원문화연구》 19, 강원문화연구소

2001. 12   김영기, 「김유정 소설과 브·나로드 운동」, 《문예운동》 72호,
            문예운동사 ; 『민족 문학의 공간』, 지문사(2005)

2001. 12   이경분, 「김유정의 소설 「봄봄」과 이건용의 실내 희극 오페라
            「봄봄봄」」, 《낭만음악》 53호, 낭만음악사

2001. 12   전흥남, 「김유정과 성석제의 거리―소설에 나타난 해학성을
            중심으로」, 《한국언어문학》 47집, 한국언어문학회

2001. 12   유인순, 「김유정 실명 소설 연구」, 《춘주문화》 16, 춘천문화
            원 '《어문학보》 24, 강원대 국교과

2001. 12   유인순, 「한중 소설에 나타난 여성의 정체성」, ≪중한인문과학
            연구≫ 7집, 중한인문과학연구회

2002   이주일, 『한국 현대 작가 연구』, 국학자료원

2002   조두섭, 「김유정 농민 소설의 타자의 존재 방식과 주체 구성의
            전략」, ≪문예미학≫ 9호, 문예미학회

2002   박태상, 「소작농의 아픔을 대변한 언어의 마술사」, 『한국 문학
            의 발자취를 찾아서』, 태학사

2002   강진호, 「가난에서 건져올린 해학과 비애」, 『한국 문학의 현장
            을 찾아서』, 문학사상사

2002   김은정, 「해학과 아이러니의 미학 — 김유정론」, 상허학회 편,
            『새로 쓰는 한국 작가론』, 백년글사랑

2002   유인순, 「김유정 문학 속의 결핵」, 김상태 외, 『한국 현대 작가
            연구』, 푸른사상

2002   구인환, 「서민과 빈곤의 김유정」, 『근대 작가의 삶과 문학의 향
            취』, 푸른사상

2002   이지영, 「김유정 소설 연구」, ≪목원국어국문학≫ 7호

2002   구봉조, 「김유정 소설 연구」, 세명대 석사 논문

2002   이영화, 「김유정 소설의 아내 매춘 모티프 연구」, 동국대 석사
            논문

2002   김혜원, 「1930년대 단편 소설에 나타난 몸의 형상화 방식 연구」,
            서강대 석사 논문

2002   남유진, 「소설 지도 방안 연구 — 김유정의 「만무방」을 중심으
            로」, 전북대 교육대학원 석사 논문

2002   김창문, 「김유정 문학 연구」, 인하대 석사 논문

2002   이원진, 「김유정 소설의 대화 장면에 나타난 문학적 약호」, 서
            강대 석사 논문

2002   전하영, 「김유정 소설에 나타난 여성상 연구」, 성균관대 석사

논문

| 2002 | 정해옥, 「김유정 소설 연구」, 고려대 석사 논문 |

2002   원종대, 「김유정 문학의 해학성 연구」, 상지대 석사 논문

2002   이창석, 「김유정 소설의 부부관계 연구」, 대진대 석사 논문

2002   한상화, 「김유정 소설 연구 ― 매춘과 성(性) 의식을 중심으로」,
        성균관대 교육대학원 석사 논문

2002. 8 김연진, 「김유정 소설의 욕망 구조 연구 ― 일제 식민 통치 논
        리와의 상동 관계를 중심으로」, 연세대 석사 논문

2002. 9 김정진, 「김유정 소설에 나타난 성의 의미」, ≪한국어문학연구≫
        16, 한국외대 한국어문학연구회

2002. 9 오태환, 「닭던 ― 김유정의 동백꽃을 새로 엮어 씀」, ≪시안≫
        17, 시안사

2002. 12 김혜영, 「김유정 소설에 나타난 욕망의 의미」, ≪현대소설연구≫
        17호, 한국현대소설학회

2002. 12 유창진, 「「시론 ― 「장부」와 「취우」의 주제 비교(試論「丈夫」
        和「驟雨」之主題比較)」, ≪중국인문과학≫ 25, 중국인문학회

2002. 12 이호림, 「유정 소설의 영화적 독해는 가능한가」, ≪성균어문연
        구≫ 37, 성균관대 국어국문학회 ; 『친일 문학은 없다』, 한강
        (2006)

2002. 12 전신재, 「김유정 소설과 여성의 삶」, ≪춘주문화≫ 17, 춘천문
        화원

2003   유인순, 『김유정을 찾아가는 길』, 솔과학

2003   김종년 편, 『김유정 전집』 전2권, 가람기획

2003   장석주, 「한국 소설 문학의 기린아」, 김종년 편, 『김유정 전집』
        전2권

2003   임동휘, 「빈궁 소설의 서사적 특징 연구 ― 최서해·현진건·김
        유정을 중심으로」, 중앙대 석사 논문

2003	표정옥, 「놀이의 서사시학 — 1930년대 김유정, 이상, 채만식의 놀이성(Ludism)을 중심으로」, 서강대 박사 논문
2003	김은경, 「김유정 소설 연구 — 현실 인식와 욕망 구조 분석」, 동국대 문화예술대학원 석사 논문
2003	김하얀, 「여성 인물을 통해 본 김유정 소설」, 동국대 교육대학원 석사 논문
2003	이주화, 「김유정 소설의 인물 연구」, 국민대 석사 논문
2003	정현정, 「김유정 소설의 여성상 연구」, 목포대 교육대학원 석사 논문
2003	홍서연, 「김유정 소설의 문체 연구」, 경희대 교육대학원 석사 논문
2003	신난숙, 「김유정 연구 — 현실 인식 및 해학성을 중심으로 문학 교육적 고찰」, 아주대 석사 논문
2003. 8	박훈하, 「비동시대성의 동시성과 김유정의 소설 미학」, ≪한국문학논총≫ 34집, 한국문학회
2003. 9	유인순, 「김유정 문학의 부싯기 — 술·여자·노름 중심으로」, ≪강원문화연구≫ 22호, 강원대 강원문화연구소
2003. 12	김종호, 「김유정 소설에 나타난 들병이에 대한 일 고찰」, ≪한민족어문학≫ 43집, 한민족어문학회
2003. 12	이호림, 「1930년대 소설과 영화의 관련 양상 연구」, 성균관대 박사 논문
2004	이주일 편, 『산골나그네(외)』, 범우사
2004	이주일, 「향토적 해학과 풍자의 세계 — 김유정론」, 김용성·우한용 편, 『한국 근대 작가 연구』, 삼지원 ; 『산골나그네(외)』, 범우사
2004	이상진, 「인생 그 서글픈 해학 — 김유정」, 『한국 근대 작가 12인의 초상』, 옛오늘

2004	한상무, 「김유정 소설의 여성 인물과 정의적 성·가족 윤리의 식」, 『한국 근대 소설과 이데올로기』, 푸른사상
2004	김종건, 「김유정 소설의 공간 설정과 작가 의식」, 『구인회 소설의 공간 설정과 작가 의식』, 새미
2004	김중신, 「김유정 소설에 나타난 해학의 구현 양상」, ≪기전어문학≫ 16집, 수원대 국어국문학회
2004	박수정, 「김유정 소설에 나타난 현실 인식과 대응 방식 고찰」, 아주대 석사 논문
2004	이미경, 「김유정 문학에 나타난 근대성 연구」, 단국대 석사 논문
2004	박숙옥, 「김유정 소설에 나타난 현실 인식과 문학 교육」, 부경대 교육대학원 석사 논문
2004	윤은영, 「김유정 소설과 해학의 구현 양상」, 성신여대 교육대학원 석사 논문
2004	양지욱, 「김유정 소설 연구 — 작중인물의 욕망과 상징의 해학성을 중심으로」, 선문대 석사 논문
2004	이영숙, 「김유정 소설 연구 — 여성 인물을 중심으로」, 연세대 교육대학원 석사 논문
2004	함연숙, 「김유정 소설의 여성 인물 연구」, 경희대 교육대학원 석사 논문
2004	오병기, 「김유정 소설의 여성 인물 연구」, 성균관대 석사 논문
2004. 3	표정옥, 「김유정 소설에 나타난 사회적 엔트로피와 놀이성」, ≪현대소설연구≫ 21호, 한국현대소설학회
2004. 9	최병우, 「김유정 소설의 다중적 시점에 관한 연구」, ≪현대소설연구≫ 23호, 한국현대소설학회
2004. 10	김양선, 「1930년대 소설과 식민지 무의식의 한 양상」, ≪한국근대문학연구≫ 5권 2호, 한국근대문학회
2005	유인순 편, 『동백꽃 — 김유정 단편선』, 문학과지성사

2005	곽상순, 「일레아적 놀이 구조의 서사화」, ≪시학과언어학≫ 9, 시학과언어학회
2005	김준현, 「김유정 단편의 반(半)소유 모티프와 1930년대 식민 수탈 구조의 형상화」, ≪현대소설연구≫ 28, 한국현대소설학회
2005	김정동, 「김유정의 따라지 — 하층민들의 하루 살아가기」, 『문학 속 우리 도시 기행』, 옛오늘
2005	조동일, 「어두운 시대의 상황과 소설 — 하층민의 고난을 다루는 방법」, 『한국 문학 통사』, 4판, 지식산업사
2005	김영아, 「즐거운 상대성의 시학 — 김유정」, 『한국 근대 소설의 카니발리즘』, 푸른사상
2005	한상무, 「김유정 소설에 나타난 강원도 여성상」, ≪강원문화연구≫ 24호
2005	김영아, 「1930년대 소설에 나타난 카니발리즘의 양상 연구 — 채만식 · 김유정 · 이상의 소설을 중심으로」, 공주대 박사 논문
2005	김원희, 「1920~1930년대 한국 단편 소설의 모두(冒頭) 서술자 기능 연구」, 전남대 박사 논문
2005. 2	김나영, 「김유정 소설의 문체 연구」, 경희대 교육대학원 석사 논문
2005. 2	김나현, 「김유정 소설에 나타난 여성상 연구」, 창원대 석사 논문
2005. 2	안정배, 「김유정 문학의 전통성 — 「토끼전」과 비교 연구」, 목포대 교육대학원 석사 논문
2005. 3	이광진, 「김유정 소설 문체의 구술적 특성 고찰」, ≪어문연구 125권, 한국어문교육연구회
2005. 6	임경숙, 「김유정 소설 연구 — 「동백꽃」을 중심으로」, 원광대 석사 논문
2005. 6	정현정, 「김유정 소설의 여성 인물 연구」, 동국대 교육대학원 석사 논문

2005. 6	정혜명, 「김유정 소설 고찰」, 동국대 교육대학원 석사 논문
2005. 6	최주영, 「김유정 소설 연구」, 연세대 교육대학원 석사 논문
2005. 8	이광진, 「김유정 소설의 서사 담론 연구」, 강원대 박사 논문
2005. 8	김정모, 「김유정 소설 여성 인물 연구」, 한남대 교육대학원 석사 논문
2005. 8	이인숙, 「김유정의 자전 소설과 실명 소설 연구」, 강원대 석사 논문
2005. 8	이충헌, 「김유정 소설 연구」, 충북대 교육대학원 석사 논문
2005. 12	심의식, 「김유정 소설 연구 ─ 1930년대 사회상 반영을 중심으로」, 경기대 교육대학원 석사 논문
2006	김원희, 「김유정 단편에 투영된 탈식민주의 ─ 소수자와 아이러니의 형상화를 중심으로」, ≪현대문학이론연구≫ 29호, 현대문학이론학회
2006	김주리, 「김유정 소설에 나타난 파괴적 신체 고찰」, ≪한국문예비평연구≫ 21, 한국현대문예비평학회
2006	김화경, 「말더듬이 김유정의 문학과 상상력」, ≪현대소설연구≫ 32호, 한국현대소설학회
2006	양문규, 「한국 근대 소설에 나타난 구어 전통과 서구의 상호 작용」, ≪배달말≫ 38호, 배달말학회
2006	김명진, 「김유정 소설에 나타난 여성의 타자화와 카니발리즘」, 한국교원대 대학원 석사 논문
2006	홍숙희, 「김유정 소설에 나타난 양가성 연구」, 제주대 교육대학원 석사 논문
2006	주영준, 「1920~1930년대 나타난 매춘의 양상 분석」, 한남대 교육대학원 석사 논문
2006	오미화, 「김유정 소설 연구 ─ 여성 인물의 성격 분석을 중심으로」, 중앙대 교육대학원 석사 논문

2006 이유빈, 「김유정 소설의 여성상과 교육적 의의」, 부산외대 교육 대학원 석사 논문

2006 이주영, 「학습자 중심 문학 교육 방법 연구 ― 김유정의 「동백 꽃」을 중심으로」, 경성대 석사 논문

2006 김선미, 「김유정 소설의 해학 연구」, 경원대 석사 논문

2006 김희경, 「김유정 문학의 생태주의적 고찰」, 신라대 석사 논문

2006. 2 탁용식, 「김유정 소설의 해학성 고찰」, 경희대 교육대학원 석사 논문

2006. 4 신정윤, 「김유정 연구 ― 현실 인식과 표현 기법을 중심으로」, 충남대 석사 논문

2006. 12 김주리, 「마조히즘의 관점에서 본 김유정 소설의 의미」, ≪한국 현대문학연구≫ 20집, 한국현대문학회

2006. 12 김종호, 「1930년대 농촌 소설의 농민 의식 반영 양상」, ≪비평 문학≫ 24호, 한국비평문학회

2007 전신재 편, 『원본 김유정 전집』, 도서출판 강

2007 박세현, 「김유정이 전기적 편린 ― 「풍림」과 「조광」의 설문을 중심으로」, ≪새국어교육≫ 75, 한국국어교육학회

2007 정혜경, 「한국 현대 소설에 나타난 여성 정체성의 변모 과정 연구」, 부산대 박사 논문

2007 김진희, 「김유정 소설의 작중인물 연구」, 충남대 교육대학원 석 사 논문

2007 강진선, 「김유정 소설 연구」, 원광대 석사 논문

2007 손문정, 「김유정과 션총원 소설의 비교 연구」, 목포대학교 석사 논문

2007 김세희, 「김유정 소설의 해학미 연구 ― 갈등 해소 방식으로서 의 해학미를 중심으로」, 원광대 석사 논문

2007 황남호, 「김유정 소설 연구 ― 매춘의 양상과 의미를 중심으로」,

대구대 교육대학원 석사 논문

2007   조주영, 「김유정 소설에 나타난 가족 연구 — 식민지하 생존 방식을 중심으로」, 계명대 교육대학원 석사 논문

2007. 4   김종호, 「'전이(轉移)'를 통한 소설 인물의 변모 양상」, ≪비평문학≫ 25호, 한국비평문학회

2007. 8   전신재 편, 『원본 김유정 전집』 개정판, 도서출판 강

2007. 8   김종호, 「소설의 배경과 실제 사이의 거리」, ≪우리문학연구≫ 22집, 우리문학회

2008   문화통신 편, 『김유정과 떠나는 춘천 문학 여행』, 문화통신

2008   길연형, 「소설에서 비문법적으로 쓰인 상징어 연구 — 김유정 작품을 중심으로」, 한남대 교육대학원 석사 논문

2008   이지연, 「김유정 소설의 모티브 연구」, 수원대 교육대학원 석사 논문

2008   임한성, 「김유정 소설에 나타나는 '들병이' 연구」, , 공주대 대학원 석사 논문

2008. 4   이익성, 「김유정 '도시 소설'의 근대성」, ≪한국현대문학연구≫ 24집, 한국현대문학회

작성자 이희환   문학박사. 인하대 한국학연구소 HK연구교수.

김정한 소설과 검열의 문제

이상경(카이스트 교수)

머리말

1966년에 「모래톱 이야기」로 문단에 '복귀'[1]한 작가 김정한은 문학사적으로는 일제 강점기 카프의 전통을 계승하면서 1970년대의 민족 문학을 선구적으로 열어 보인 작가, 작품의 경향으로는 농민 작가, 창작 방법상으로는 리얼리즘 작가라는 것이 이미 정설로 되어 있다. 문학사적으로 카프 작가의 연장선상에 있다는 것에 큰 의미를 부여한 것은 해방과 전쟁 시기를 거치면서 카프 관련 작가들이 대부분 사라진 1960년대 남한의 문단 상황에서 김정한이 가졌던 희소성 때문일 것이다.

그런데 최근에 일제 강점기의 작품들에 대해 좀 더 집중적으로 조망을 하면서 이러한 평가를 김정한의 작가 생활 전체에 부여할 수 있는지에 대해 의문이 제기되고 있다.[2] '절필'했다고 알려진 일제 말기 및 해방기의 작

---

1) 김정한의 '절필'과 '복귀'에 관해서는 그 사이 시기의 작품들이 계속 발굴됨으로써 의미 구성이 달라지고 있다. 본고에서는 논의의 편의상 1966년 「모래톱 이야기」를 발표한 시기를 '복귀'라는 말로 쓰고자 한다.
2) 최근에만도 김정한 연구사 검토 논문이 두 편이나 나왔다. 이정석, 「김정한 문학의 재정초를 위하여」, ≪우리문학연구≫ 22(2007); 조갑상, 「요산 김정한 문학 연구의 현황과

품들과 1950년대에 쓴 작품이 새로 발굴되면서 김정한의 '복귀' 이전의 '절필'의 재해석과 그와 연관된 김정한 문학 세계에 대한 객관화가 진행되고 있다.[3] 이제 김정한의 작품은 비평의 대상이 아니라 역사적 연구의 대상이 되기 시작한 셈이다.

그런데 그러한 객관화는 그 작가가 살았던 시대 및 작품이 발표된 시대에 대한 객관화와 동시에 이루어져야 할 것이다. 작가와 작품을 그 시대적 맥락 속에서 읽어 내는 것은 언제나 중요한 일인데, 혹시나 나중에 사는 사람의 특권, 감각으로 과거의 문학을 재단하는 것은 아닌지 경계할 필요가 있다. 본 연구에서는 김정한 문학을 검열의 문제를 중심으로 그 시대의 맥락 속에 읽는 작업을 행하고자 한다.

새삼스럽지만 작가와 작품 연구의 출발점은 자료 정리, 꼼꼼한 텍스트 읽기부터 출발하는 것이다. 게다가 일제 시대, 분단 이후의 독재 체제로 표현의 자유가 억눌린 시대를 살 수밖에 없었던 작가와 그의 작품을 읽을 때는 언제나 검열을 염두에 두어야 한다. 이 논문에서는 원본 확정을 위한 기존의 연구[4]에도 불구하고 여전히 남아 있는 검열과 개작 문제 및 이에 따른 의미의 변화 문제를 짚어 본다. 그리고 1908년에 태어난 다른 작가들보다 오래 살았던 생애에도 불구하고 완성된 장편 소설이 없다는 특징 혹은 문제점을 '복귀' 이후 남한 사회의 '반공 독재'가 작가에게 가한 검열과 검열의 우회라는 측면에서 읽어 보고자 한다.

과제」, ≪지역문학연구≫ 9(경남부산지역문학회, 2004).

3) 이런 작업은 주로 그동안 가장 열심히 작업해 온 부산 경남 지역 연구자들에 의해 진행되고 있다. 그 중요한 성과물로 경남부산지역문학회에서 낸 ≪지역문학연구≫ 9(2004년 봄)가 있다.

4) 황국명, 「요산 문학의 원전 비평의 현황과 과제」, ≪작가와 사회≫ 17(2004, 겨울); 민충환, 「요산 김정한 소설에 나타난 몇 가지 문제」, 민충환 편, 『김정한 소설 선집 낙일홍』(경덕출판사, 2007).

검열과 「사하촌」

일제 강점기 작품들은 모두 검열을 거쳐서 발표될 수밖에 없었다는 점을 언제나 염두에 두어야 한다. 가혹한 검열이 상시적으로 존재했기 때문에 일제 시대 작가는 내면화된 자기 검열로 인해 처음부터 마음껏 쓰지 못했을 것이고 그나마 쓴 것도 출판 과정에서 또 검열을 거칠 수밖에 없었기 때문이다. 그런데도 근대 문학사 연구에서 검열의 문제는 간헐적으로만 지적되어 왔고 이제야 본격적인 연구가 시작되고 있다.

김정한의 「사하촌」의 경우, 작가 스스로 "「사하촌」에도 물론 복자가 있고 삭제된 부분이 있다. 그 후의 몇 편이 거의 다 복자가 보기 싫게 들어 있다."[5]라고 이야기했는데도 의외로 이 부분에 대한 검토는 이루어지지 않은 것 같다.[6] 그 이유는 김정한은 해방 후에 일제 시대 때 발표한 작품들

---

5) 김정한, 「검열이 무서울 때」, 《조선일보》 1954. 12. 6.

6) 작가가 검열의 문제를 제기했어도 그에 대해 제대로 검토하지 못하고 있는 상황이지만 검열에 대한 연구는 좀 더 본격적으로 광범위하게 이루어져야 한다. 가령 「사하촌」보다 한 해 먼저 《조선일보》 현상문예에 당선된 김유정의 「소낙비」(1935)의 경우는 신문에 발표되다가 중간에 검열에 걸려 중단되었다. 보통 검열이라고 하면 '치안 방해'의 이유만을 떠올리는데 김유정의 「소낙비」는 특이하게도 '풍속 괴란'으로 신문지법을 위반하여 '차압'되었다고 한다. 아래와 같은 대목이 그 차압된 부분에 들어 있었다.

> "이쪽으로 와."
> "신발을 안으로 들여놓고 문을 잠궈. 혹시 눈가 올는지 모르니까."
> "아아. 어떻게 오늘은 분을 바르고 왔지? 계집은 그래야만 하는 거야."
> "아아니, 너 속옷 벗었잖어? 속옷 안 입으면 이상하지 않어?"
> 그는 여자의 손을 끌어당겼다. 떡갈나무 그늘에 누워 있어도 땀이 코 끝에 흐르는 중복의 더운 날이었다. 마치 한증을 하는 그들은 보릿대 멍석 위에서 완전히……
> 한바탕 치르고 나 그들의 온몸은 데친 호박이 되었다. 여자는 이주사가 시키는 대로 아버지의 명령처럼 듣고 있었는데 더 참을 수가 없었던지 "아이고 이주사님 나 죽어."

이 대목은 《조선일보》 1935년 2월 5일에 게재될 예정이었으나 금지되었고, 출판경찰이 문제의 대목을 일본어로 번역한 것에서 중역한 것이다.(정진석, 『일제 시대 민족지 압수기사 모음』 2(LG상남언론재단, 1998), 721쪽.) 그런데 지금까지도 「소낙비」는 연재 중단된 부분이 작품의 결말인 것처럼 받아들여지고 있다. 검열로 발표되지 못한 부분은

을 정리하여 첫 작품집 『낙일홍』(세기출판사, 1956)을 냈고, 작가가 직접 퇴고한 것을 정본으로 삼는다는 관행을 연구자들이 따랐기 때문으로 보인다.[7] 작가가 독자에게 읽히고 싶은 최종본이라는 점에서는 타당하지만, 일제 시대의 문학사적 맥락을 논할 때 해방 후의 판본을 가지고 연구자가 연구하는 것은 위험하다. 일제 시대에 발표했던 작품을 해방 후에 재출간하면서 작가가 새롭게 덧붙이거나 깎은 부분들은 검열의 문제[8]와 매우 긴밀하게 연관되어 있기에 연구자의 입장에서는 언제나 재검토해야 한다. 김정한 작품의 원전 연구 작업은 몇 번 있었으나 아직도 미진한 부분이 많다.

「사하촌」의 경우는 《조선일보》 발표 원본(1936. 1. 8~23 연재, 이하 「사하촌 ― 1936」으로 표시)과 비교해서 『낙일홍』(세기출판사, 1956)에 수록될 때(이하 「사하촌 ― 1956」으로 표시) 예술적 완성도를 위하여 자구를 손질한 것으로 보이는 것 외에 두드러지게 달라진 대목이 몇 군데 있다. 불교에 대한 비판을 약화시켰고, 작가와 직접 관련이 있었던 것으로 보이는 인물에 대한 서술을 좀 모호하게 했으며, 무엇보다도 일제 시대에는 직접 드러내지 못했던 일본 순사에 대한 부정적 서술을 해방 후에 덧붙였다.

일부이기는 하겠지만, 소설 제목이 「소낙비」로 나온 것이라든지, '풍속 괴란'에 걸릴 정도로 김유정이 독특하게 표현하고 있는 '토속적 에로티시즘'의 문제를 좀 더 적극적으로 사유하게 하는 대목이다. 이렇게 원전 연구는 작품과 작가 연구의 출발점에 언제나 있어야 하는 것이다.

7) 최근 김정한 작품집의 판본을 꼼꼼히 검토한 민충환은 『인간단지』(한얼문고, 1971), 『김정한 소설 선집』(창작과 비평사, 1974), 『낙동강』 1, 2(시와 사회사, 1994)는 출판 과정상의 오탈자라든지, 편집자의 가필, 이전 판본의 오류를 답습하는 등으로 문제가 많다는 점을 지적하면서, 작가가 직접 퇴고한 『낙일홍』(세기출판사, 1956)은 신뢰할 만하다는 평가를 내리고 있다. 민충환, 「요산 김정한 소설에 나타난 몇 가지 문제」, 민충환 편, 『김정한 소설 선집 낙일홍』(경덕출판사, 2007), 415~436쪽.

8) 쓰고 싶은 것을 못 쓴 경우도 있고, 쓰고 싶지 않았던 것을 쓴 경우도 있고, 쓰고 싶은 것을 썼으나 해방이 되고 보니 새로운 사회 분위기에서 숨기고 싶어진 것도 있다.

	「사하촌 — 1936」	「사하촌 — 1956」
(가)	그러자 아까 가동 늙은이를 상해 놓던 농사조합 서기 기봉이가 서울 제국대학시대에 풋볼 차는 형식으로 곰보의 아랫배 짬을 콱 질렀다. 곰보는 악! 하며 그 자리에 쓰러졌다.	그리자 아까 가동 할멈을 상해 놓던 고자쟁이 이시봉이가 풋볼 차는 형식으로 곰보의 아랫배 짬을 콱 질렀다. 곰보는 악! 하며 그 자리에 쓰러졌다.
(나)	그러나 농부들은 사발 바닥이 마르도록 빨아먹고는, 고추장이 벌겋게 묻은 나물덩어리를 본없게 밀어 넣는다. 목도 말랐거니와 배도 고팠다.	그러나 농부들은 사발 바닥이 마르도록 빨아 넘기고는, 고추장이 벌겋게 묻은 쓰레기덩어리를 넙죽넙죽 집어 넣는다. 목도 말랐거니와 배도 허출했다.
(다)	그럴 때 마침 뿡— 하고 자동차 한 대가 농부들이 쉬는 데까지 먼지를 집어 씌우고 달아나더니 보광리 앞에서 머무른다. 거기서 내리는 사람들 — 해수욕을 갔다 오는 보광리 젊은이들이다. 동경 유학을 하는 보광사 주지의 아들을 비롯하여, 모두 팔자 좋은 중의 자녀들이다. 그들 중에 섞였던 보광사 농사조합 서기 오기봉은 내리자 바른 길로 주재소에 들어갔다.	그럴 때 마침 뿡— 하고, 자동차 한 대가 그들이 쉬는 데까지 먼지를 집어 씌우고 달아나더니 보광리 앞에서 덜컥 머물렀다. 거기서 내린 것은 — 해수욕을 갔다 오는 보광리 젊은사람들이었다. 일본으로 서울로 유학을 하고 있는 팔자 좋은 젊은이들이었다. 물론 계집애들도 섞여 있었다. 성동리 농부들은 한참 동안 그들을 바라보았다. 그들 가운데 섞여 있던 고자쟁이 이시봉은 웬일인지 차에서 내리자 바른총으로 주재소로 들어갔다.
(라)	이윽고 산지기는 보광사 파출소에서 순사를 데리고 왔다. 가동 늙은이는 한참 동안 산직이를 노려보더니 "에끼 모진 놈!" 하고 이를 달달 갈며 발악을 시작한다. "아이구 이 모진 놈아, 벼락 맞	이윽고 산지기는 보광사 파출소에서 순사 한 사람을 데리고 왔다. 가동 할멈은 한참 동안 산직이를 노려보더니 "에끼 모진 놈!" 하고 이를 덜덜 갈며 발악을 시작했다. "고라 고라! 안 대겠소 나무 산에 도둣지리 보낸 당신 자리 모했소

	「사하촌 ― 1936」	「사하촌 ― 1956」
(라)	을 놈아! 내 자식 살려내라!" 　노파는 귀신같이 눈을 부릅뜨 더니 갑자기 "하하하!" 미친 웃음 을 친다.	이 이 얀반 사라미 아니 주깃소!" 　순사는 와락 덤벼드는 가동 할 멈을 우악스럽게 물리쳤다. 그러나 밀리면서도 　"아이구 이 모진 놈아, 천벌을 맞을 놈아! 내 자식 살려내라, 살 려내 ―." 　"고런 마리 하문 안 대겠소!" 　순사는 눈을 잔뜩 부릅뜨고 노 파를 막아섰다. 　"여보 나리까지두 그러시우 ―?" 　가동 할멈은 장승같이 눈을 흘 기더니 갑자기 또 "하하하!" 미친 웃음을 친다.

(가)와 (다)의 경우는 김정한이 「사하촌」을 발표하고 난 뒤 문제가 된 범어사 측의 항의에 대해 그 절 주지의 의붓아들인 친구가 무마해 주기를 기대했는데 그가 오히려 더 일을 크게 만들었다고 회고하는 대목[9]과 연관성이 있어 보이는데 「사하촌 ― 1956」에 가서는 그런 인물의 개인적인 정보를 모호하게 하면서 '고자쟁이'라고 패를 박았다. 그밖에도 「사하촌 ― 1956」에서는 전체적으로 절과 스님을 구체적으로 가리키면서 직설적으로 비판하는 표현이 약화되었는데 발표 직후의 말썽을 의식했던 것이 아닌가 한다.

---

9) 그들이 어떤 행패를 부릴지 몰라서, 당시 그 절 주지의 덤받이로서 절논 소작인들의 관리를 위해 만들어진 농사조합이란 어용 단체의 책임자로 있던 내 친구에게 중들의 불평을 무마해 달라는 편지를 썼다. 그는 당시 경성제대의 '반제동맹사건'에 연좌되어 제적되었던 만큼 내 작품의 의도를 충분히 이해하고 있으리라 믿었기 때문이었다. …… 봄 방학 때 고향에 돌아가 주지의 아들인 예의 그 친구를 어떤 술자리에 불렀다. …… 그런데 그 친구는 나타나지 않고 뜻밖에 얼굴도 모르는 뭉구리들이 찾아와서 …… 그 뭉구리들에게 집단 폭행을 당했던 것이다. 김정한, 『황량한 들판에서』(황토, 1989), 65~66쪽.

(나)의 경우는 '나물덩어리'가 '쓰레기덩어리'로 되었는데 '시래기덩어리'로 자구 수정을 하려던 것이 잘못된 경우로 짐작된다.

(라)의 경우는 일본인 순사 대목을 「사하촌 — 1956」에서 보강했음을 알수 있다. 김정한 스스로 검열 없는 글을 쓰고 싶다는 심경을 토로한 사정을 짐작하게 해 주는 대목으로, 「사하촌 — 1936」 발표 당시 검열 때문에 아예 쓰지 못했거나, 아니면 썼다가 삭제당한 대목일 것이다. 기실 일제 시대에 발표된 소설에서 일본인 순사가 직접 악역으로 등장하는 장면은 독자를 만날 수가 없다. 그것은 검열의 중요한 항목이었다. 그러므로 이 시기의 작품을 대상으로 할 때는 늘 검열을 염두에 두어야만 한다.[10] 그리고 해방 후 작가가 보태거나 뺀 것을 분명히 해야 우리는 시대와 작품의 실상에 더 가까이 다가갈 수 있는 것이다. 「사하촌 — 1936」의 텍스트 검토를 행한 논문에서도 공교롭게도 이 대목을 지적하는 것은 빠져 있다.[11]

「항진기」의 개작과 검열

「항진기」는 일제 강점기에 발표된 김정한의 작품 중 "「사하촌」에 비견될 만한 수작"이며 "카프와 김정한의 관계를 살피는 데 의미심장한 작품"이라는 평가를 받은 바 있다.[12] 그런데 ≪조선일보≫ 발표 당시(≪조선일보≫ 1937. 1. 17~2. 11, 이하 「항진기 — 1937」로 표시)와 현재 통용되는 판본이 된 『김정한 소설 선집』(창작과 비평사, 1974)에 수록된 것(이하 「항진기 —

---

10) 곽근, 「김정한 소설에 나타난 일본인 상」, ≪동악어문연구≫ 36(2000. 12)에서 「사하촌」, 「항진기」, 「기로」를 대상으로 '해방 전 작품에 등장한 일본인 상'을 서술한 부분은 사실은 모두 작가의 해방 후 퇴고본에만 나오는 대목을 대상으로 한 것이기에 작품의 실상과는 거리가 생겼다.

11) 황국명, 「요산 문학의 원전 비평의 현황과 과제」, ≪작가와 사회≫ 17(2004, 겨울)에서는 「사하촌 — 1936」을 검토하면서 (가)와 (다)의 경우를 지적했으나, (라)처럼 중요한 대목은 빠뜨렸다.

12) 염무웅, 「김정한 소설의 문학사적 맥락에 관하여」, ≪작가와 사회≫ 17(2004 겨울), 76쪽.

1974」로 표시) 사이에는 단순한 자구 수정이 아니라 전체 인물 성격과 주제가 바뀔 정도로 차이가 많다. 그런 점에서 별개의 작품으로 처리해야 하는 것이 아닌가 한다.

우선 일반적으로 읽히고 있는 「항진기 — 1974」를 보자. 관념적 지식인인 태호와 현실에 뿌리 박으려고 하는 동생 두호, 그들 사이에 있는 양잠 지도원 영애라는 세 젊은이가 등장한다. 누에를 치느라 고생하는 장면이 펼쳐지고 처음 영애는 두호에게 열심히 양잠을 가르치면서 호의를 보였으나 곧 태호에게로 기운다. 태호는 돈 많은 칠촌 아저씨에게 졸라 전문 학교까지 나왔지만 특별히 하는 일 없이 영애가 묵고 있는 칠촌 아저씨 집에 드나들고 있다. 두호는 태호가 농민들의 삶에 도움이 되는 실제 행동은 하지 않고 무위도식하는 것에 분노한다. 일손이 무척 바쁜 날도 태호는 칠촌 아저씨와 영애와 함께 놀러 나갔다가 돌아오지 않고 영애도 사라진다. 두호는 소작 땅을 내놓으라는 마름에 맞서 마지막까지 보리를 수확하지 않고 버티다가 마을 사람들의 도움을 받아 하루 만에 보리를 베고 그 자리에 모를 낸다.

이렇게 읽으면 소설의 갈등은 전문학교까지 나온 지식인 태호와 농민인 두호 형제 사이의 갈등과, 소작인인 두호와 그의 소작지를 빼앗으려는 마름의 갈등 두 가지로 나뉘어 있다. 두 갈등은 서로 연관을 갖고 있지 못하며, 주제 역시 관념적 지식인에 대한 비판과 소작권 투쟁으로 나뉘어 있다. 모든 세부가 지주인 보광사와 소작인인 성동리 농민 사이의 갈등으로 초점이 집중된 「사하촌」과는 달리, 은밀한 삼각관계로 인생의 다양성을 제시한 점을 높이 평가하면서도 그 장치가 관념적 사회주의를 비판하는 매개적 장치로만 사용된 것이 아쉽다는 비판[13]도 그래서 나온 것이다. 그러나 「항진기 — 1937」을 읽어 보면 작품이 상당히 다르다.

「항진기 — 1937」에서는 태호와 영애가 마을에서 사라지는 과정과 또한

---

13) 같은 곳.

젊은이들이 소작권 투쟁으로 나가는 과정이 설명되어 있다. 영애는 칠촌 아저씨에게 성폭행당할 뻔한 순간을 넘기고 한밤중에 두호에게로 달려왔고, 두호는 그런 영애에게 연민과 유혹을 느끼지만 강하게 물리친다. 그날 밤으로 영애는 마을에서 사라졌다. 태호는 영애가 떠난 뒤 며칠 동안 넋을 놓고 있다가 온다간다 소리 없이 사라졌다. 두호는 그런 태호의 처지를 어쩔 수 없었을 것이라고 받아들이고 농사일에 힘쓴다. 야학 후원회원 동무들의 힘을 모아 마름의 위협을 물리치고 자기가 부치던 논을 지킬 궁리를 하는 것이다. 그리하여 힘을 모아 하룻저녁 보리를 베어 내고 다음 날 바로 그 자리에 모내기를 한다. 그 와중에 두호는 두 통의 편지를 받는다. 태호는 새로운 출발을 다짐하며 ××신문사 지국을 경영하기로 했다는 소식을 알려온다. 실제 행동하는 삶으로 들어가는 셈이다. 영애는 "마지막에 가서는 겨우 악몽을 깨었"다고 하면서 "당신을 그리워하는 영애"라고 편지를 보내왔다. 이에 용기 백배한 두호는 "오랫동안 후텁지근하던 속이 급작히 활짝 열린 듯하고 기운이 더욱 났다." 장마 끝에 갠 날씨에 마름이 방해를 해도 사람들이 즐겁고 희망차게 모내기를 하는 장면으로 끝맺는다.

두 편의 「항진기」를 비교해 보면 「항진기 ─ 1974」에서 두호가 어머니의 모성애에 감탄하면서 태호를 나름대로 이해하는 장면[14]은 일제 시대에 발표한

---

14) 다음의 (가)는 밑줄친 부분이, (나)는 전체가 「항진기 ─ 1974」에서 첨가된 부분이다.

(가) "그럼 또 건넛마을에 간 것 아닌가? 어서 가 불러 와요. 에이, 소 같은 놈!"
"어이구, 그놈은 왜 그리 철이 안 나는지 온……!"
어머니는 다시 치맛자락을 걷어쥔다. 한국의 어머니들은 자식들의 잘못은 도통 자기 잘못이나 '철부지'로만 돌리려 든다.
어머니가 사립을 나가자 뒤미처 영애가 들어왔다.

(나) "네 아버지가 죄가 많을 거다. 자식을 어쩜 저렇게까지 원망을 한단 말고? 네 형이 집을 나간 건 바로 아버지 때문이지. 하고 싶어서 공부 좀 더 한 것, 세상이 더러우니 딴생각도 내 보고, 왜놈들에게 의심도 받고…… 그래, 그게 무슨 큰 잘못이라고 자나깨나 들볶아만 댔으니 젠들 어찌…… 나무아미타불!"
어머니는 이렇게 웅얼웅얼 뇌다가 아궁이 가를 쓸어 넣고 일어선다.

「항진기 ― 1937」에는 전혀 없던 부분이다. 대신 「항진기 ― 1937」에는 영애를 사이에 둔 삼각관계가 정리되는 과정이 서술되어 있다. 또 「항진기 ― 1974」에는 두호가 마름에 맞서 마을 사람들을 조직하는 과정도 생략되고 사람들은 그냥 두호의 논에 일 도우러 나와 있는 것으로 되었다.

「항진기 ― 1937」	「항진기 ― 1974」
그래서 동리 야학회의 농번기 휴업을 하던 날 저녁, 두호는 야학 후원회 동무들과 의논을 짜고서 문제의 꼬투리가 되어 있는 자기집 등넘엣논으로 갔다. 다행히 달밤이었다. 두호는 자기가 안 아맡은 끝갈망의 비겁한 생각은 박차버리고, 다만 이십여 명의 젊은 동무들과 한 가지 흥분을 느끼면서 닭이 울 때까지 그는 서마지기의 보리를 한숨에 비어 치웠다. 그리고 이튿날은, 새벽부터 모를 내기 시작했다. 야학 후원회의 동무들은 말할 것도 없고, 그들의 어머니, 아내, 누이동생들까지 일을 나왔다.	마을 사람들은 무슨 사발통문이라도 받은 듯이 모두 일찌감치 모여들었다. 보통 때 같으면 한 이십 명 정도로써 족할 일거린데 그럭저럭 삼십 명 가까이 되었다. 그중에는 자진해 나온 사람도 있었다. 그런 사람들은 박첨지나 두호와 연분이 짙다든가, 그렇지 않으면 손가란 마름의 농간질에 논을 떼였거나 혹은 그의 악착 같은 말벗김에 속이 틀린 사람들이었다.[15]

이러한 원작과 개작 사이의 차이가 가지는 의미를 읽어 보자.

「항진기 ― 1937」에서는 영애를 둘러싼 두호와 태호의 삼각 관계가 두호의 승리로 정리가 되고 태호도 실제 일을 찾아 나선다. 이러한 삼각관계가 정리되면서 두호의 소작권 투쟁도 탄력을 받아 두호는 마름에게 당당하게

두호는 별안간 송구스러운 생각이 들어서 어찌할 줄을 몰랐다. ― 어머니의 깊은 이해와 자식들에 대한 무한한 사랑에 새삼 고개가 숙여졌다. 그는 즉각 아버지나 자기는 어머니의 백분의 일도 형의 입장을 촌탁해 주지 못했다는 것을 뉘우쳤다.

15) 『김정한 소설 선집』, 91쪽.

맞설 수 있게 되었다. 일과 사랑(당시의 문구로 하면 혁명과 연애)을 연관시킨 구성을 갖추고 있는 것이다. 반면에 「항진기 — 1974」는 태호의 행방은 묘연한 것으로 되었고 두호의 어머니가 태호의 입장을 '모성'으로 감싸 안는 것만이 도드라지게 되었다.

또한 작품 후반부의 분위기도 「항진기 — 1937」이 「항진기 — 1974」보다 훨씬 밝고 희망차 있다. 가령 일 나온 마을의 아낙네들이 부르는 모심기 노래는 「항진기 — 1937」에는 매우 흥겨운 것이, 「항진기 — 1974」에는 처량한 것이 들어 있다. 그리고 결말 부분도 「항진기 — 1937」에서는 이미 모내기를 끝내 버려서 일단은 두호가 마름에게 승리하는 것으로 마무리 지었다. 그러나 「항진기 — 1974」에서는 모내기 진행 도중에서 장면이 정지된 형국이고 결말은 알 수가 없다.

「항진기 — 1937」	「항진기 — 1974」
양주랑천 흐르는 물에 배추 씻는 저 처자야 갓에나 겉댄 다 제치고 속에 속대만 나를 주소 언제나 보던 님이라고 속에 속대만 달라지요? 지금 보면 초면이라도 있다 보면 구면이라오. 초면 구면은 그만 두고 부모님 무서 못 주겠소	한강에 모를 부어 그 모 찌기도 난감하다 모야모야 노랑 모야 너 언제 자라 열음할꼬?
"이 쥐새끼 같은 놈! 하지만 갈 데나 똑똑히 알고 가거라!"	"네, 알겠소이다. 그러나 갈 데나 똑똑히 알고 가시오!"

「항진기 — 1937」	「항진기 — 1974」
"이놈? 여하튼 가네, 가!" 사음 녀석은 피슬비슬 피해 가면서 도 이를 뿌드득뿌드득 갈아부쳤다. 미구에 그는 다시 사람들을 데리고 왔다. 그러나 벌써 모내기가 끝난 뒤였다.	두호는 미름의 으름장이 아니꼬운 듯이 그의 등에 대고 이렇게 퍼부었다. 이윽고 남정들의 너털웃음 소리가 일어났다. 그러나 일손들은 한결 잽싸 졌다.

이런 차이는 「항진기 — 1937」에서 두호가 개인적인 갈등으로부터 벗어나면서 용기를 얻는 것 외에도 두호가 마름을 상대로 벌이는 소작권 투쟁에 이웃 농민들이 두호와 함께 조직적으로 행동을 하는 것에도 기인한다. 그런 점에서 「항진기 — 1937」은 「사하촌」과 함께 카프의 농민 문학의 전통을 잇는 성공적인 작품이다.

그렇다면 작가가 한번 더 퇴고를 한 「항진기 — 1974」가 일제 시대에 나온 「항진기 — 1937」보다 분위기가 어둡고 구성에서도 부족한 점이 많은 이유는 무엇일까? 가장 직접적인 이유는 「항진기 — 1974」를 낼 때 일제 시대 때 발표했던 원본을 다 찾지 못한 상태에서 빠진 부분을 작가가 적절하게 메꾸어 넣은 탓일 것이다.

더욱이 그중 「항진기」는 조선일보 창고의 묵은 보관지에서 겨우 찾아낸 (그것도 빠진 부분이 있는) 작품이다. 이미 절판된 지 오랜 옛 작품집 속에서 가려낸 것과 하마터면 아주 잊어버릴 뻔했던 작품을 함께 싣게 된 것은 작자를 위해선 다행스러운 일이라 생각된다. 독자로서는, 내내 그런 투의 얘기가 아니냐고 할는지 모르지만.[16]

그런데 이런 작가의 해명은 작품이 바뀐 것에 대한 설명은 되겠지만

---

16) 김정한, 「머리말」, 『김정한 소설 선집』(창작과비평사, 1974).

1974년의 시점에서 작품이 더 어두워진 이유에 대한 설명으로는 부족하다. 그렇다면 다시 두 가지로 추측할 수 있다. 하나는 작가가 1937년의 시점을 지나고 나서 돌이켜 보니 그 시기에 그렇게 승리를 그렸던 것이 시의에 맞지 않았다고 생각했을 수 있다. 즉 곧 중일전쟁이 발발하고 군국주의와 동화 정책이 강화되면서 그 이전에 가능했던 여러 가지들이 가능하지 않게 되어 갔기 때문에 그렇게 낙관적인 전망을 작품에 그린다는 것이 현실적이지 않다고 생각했을 수 있다. 또 하나는 「항진기 — 1937」의 시간적 배경인 1936년에는 소작권 투쟁에서 두호가 이웃 농민들과 힘을 모아 승리할 수 있었던 일이 1974년의 시점에서는 작품으로 말하기도 저어되었을 수도 있다.

이 지점에서 우리는 작가가 '복귀'한 이후의 검열에 대해서도 눈을 돌리지 않으면 안 된다. 김정한은 평생을 검열에 짓눌린 작가임을, 일제 강점기뿐만 아니라 해방기를 잠시 제외하고 그의 마지막 작품을 발표한 1985년까지도 유형무형의 정치적 검열을 의식해야 했던 작가임을 지금 우리는 다시 기억해야 하는 것이다.

그 구체적 흔적을 「항진기 — 1974」에서 찾을 수 있다. 「항진기 — 1937」에서 '××주의'로 복자 처리 된 부분을 작가는 「항진기 — 1974」에서 모두 '사회주의'로 복원하였다. 그런데 「항진기 — 1937」를 꼼꼼히 읽어 보면 복자 처리된 부분은 원래 '공산주의'였음을 알 수 있다.

「항진기 — 1937」	「항진기 — 1974」
"취직자리를 구해보라고 그처럼 타일러도 도모지 그럴 염도 안 먹고 그렇다고 집안일이나 거드느냐 하면 그것도 하지 않고 밤낮 펀둥펀둥 자빠져 놀면서 남이 부끄러우니깐 괜히 두삼이나 찾아다니며 ××주의니 뭐니 하고 시시덕거리니 그게 어디 될 말인가! 에이	"일자리를 구해보라고 그렇게 입이 닳도록 타일러도 도무지 그럴 생각은 않지, 그렇다고 국으로 집안일이나 거드느냐 하면 그것도 싫다 하고 밤낮 펀둥펀둥 자빠져 놀면서, 남 보기가 부끄러우니 괜히 두삼이나 찾아다니며 무슨 주의니 뭐니 하고 시시덕거리니

「항진기 — 1937」	「항진기 — 1974」
참 더러운 꼴을 다 보겠네. 괜히 두삼이 본을 받아가지고서…… 이놈아 그래 두삼이가 무슨 ××주의를 하더냐? 술이나 처먹고 갈보 무릎을 베고 누워서 네 말마따나 축음기 소리에 눈물 흘리는 그것이 ××주의ㄴ가? 값싼 눈물! 그냥 놀고 처먹을랴니 남부끄러워서 하는 부잣집 자식들의 그 엄청난 잠꼬대! 어느 놈이 그것을 ××주의라고 하디? 참말로 공산주의자가 듣는다면 배를 안고 나자빠질 것일세."	그게 어디 될 말인가? 애닲지 애닲아. 괜히 두삼이 본을 받아가지고서…… 이놈아, 그래 두삼이가 무슨 사회주의를 하더냐? 술이나 처먹고, 한숨이나 쉬고, 네 말마따나 기생집에 누워서 축음기 소리에 눈물이나 흘리는 그게 사회주의ㄴ가? 개오줌 같은 눈물이지! 그냥 놀고 지내려니 남부끄러워서 하는 부잣집 자식들의 그 엄청난 잠꼬대 — 어느 놈이 그런 것을 사회주의라고 하더냐? 정말 사회주의자가 들으면 배를 안고 나자빠질 거다."

「항진기 — 1937」에서는 문제가 될 부분을 복자로 처리하면서 의도적으로 한 부분은 그대로 살려놓았다. 이는 검열을 우회하는 한 방법이기도 했다. 그런데 해방 후 1974년의 한국 사회에서 '공산주의'는 여전히 금지된 단어였기에 「항진기 — 1974」에서는 복자를 복원하면서도 '공산주의'보다는 금기의 정도가 한 단계 낮은 '사회주의'를 택했던 것이다.

이렇게 보면 「항진기 — 1937」에 소략하게나마 표현되어 있던 농민들의 조직화 과정이 「항진기 — 1974」에서는 모두 생략되고, 우연적인 요소로 두 호의 소작권 투쟁을 그리면서 작품 전체의 분위기가 어두워진 것은 단순하게 원본의 일실이거나 사후의 판단 탓이라고만 하기는 어려울 것이다. 6·25전쟁 이후의 냉전 체제 아래서 작가 김정한은 여전히 쓰고 싶은 것을 쓰는 데 자유롭지 못했던 것이다.

이런 점에서 「항진기 — 1974」는 일제 시대가 아니라 1970년대의 김정한 작품으로 파악하고 논의를 전개해야 할 것이다.

'집단적 저항'에 대한 검열

「항진기 — 1974」에서 김정한이 받았던 억압을 읽을 수 있었다면 그 시기 다른 작품들도 어떤 종류의 유형무형의 억압 아래에서 썼을 것임을 미루어 짐작할 수 있다. 가령 김정한은 농민조합에 대한 아쉬움을 곳곳에서 토로한다.

지금 생각하면 꿈 같은 얘기지만 그때만 해도 벌써 농민조합이란 것이 조직되어 있어서 지주들 힘만으로는 어찌할 도리가 없었다.[17)]

"여긴 노돈조합 같은 것 있어도 어용조합이고 논민조합 같은 건 처음부터 없다 카지요?"
나미오는 자꾸 엉뚱스런 걸 물으러 들었다.
"글씨…… 농민조합은 다 해산 당했지."
"그럼 30년, 아니 반세기 전보다 못한 셈이군요. 역시 뒷걸음쳤으니까요."
나미오는 무슨 뜻인지 입을 넓적하게 하고 웃었다.[18)]

하지만 남한 사회의 냉전적 반공주의에서 현실의 농민 조합이 없었을 뿐 아니라 작품 속에서 꿈꾸기도 어려웠다. 그 억압은 소설 속에서 다음과 같은 식으로 표현된다.

"영감님이 젊었을 때 무슨 대단한 일이라도 했다고 툭 하면 젊었을 때는 ── 하고 나서는 기요? 농민조합에 들어가서 경찰서 때리 부수는 일에 가담했다는 것밖에 더 있소?"
청년회장까지 겸하고 있는 만큼 비교적 머리가 영리하고 옛날 일도 제법 알고 있는 편이다. 안다는 놈이 그러니 송영감은 더욱 부아가 치밀었다.

---

17) 「산서동 뒷이야기」, 『김정한 소설 선집』, 445쪽.
18) 「산서동 뒷이야기」, 같은 책, 446쪽.

"그래 농민조합에 가담한 기 그렇게 나쁜 일인가?"

"농민조합은 빨갱이 단체 아니오?"

상출이는 숫제 위협 비슷하게 나왔다. 송노인은 드디어 부아통이 터지고 말았다.

"머 빨갱이 단체? 이놈들이 몬하는 말이 없구나. 그래 왜놈의 경찰이 우리 경찰이더냐? 일제 때 고자질이나 하고 헌병 앞잽이나 돼서 독립운동 하던 사람들을 괴롭히고 쏘아죽이고 하던 놈들이 요새 와서는 자진 반공 투쟁을 했을 뿐이라고 도리어 큰소릴 치고 돌아댕긴다 카디이, 바로 느그가 생사람 잡을 소릴 하는구나. 어데 그 소리 한 번 더 해봐라!"[19]

그나마 민족 문제로서 일제의 억압과 친일파 문제를 조심스럽게 썼지만 한 계급의 집단적 저항을 다루는 것은 그대로 '빨갱이'의 딱지를 붙이게 되는 두려운 일이었다. '복귀' 후의 김정한 작품에서 일제 강점기를 다루면서 친일파를 문제 삼은 것은 많지만 그 시대 배경이 일제 강점기든, 박정희 시대이든 농민의 집단적 투쟁을 직접 다룬 작품은 없다. 이것은 어떤 식으로든 작품의 구성에도 영향을 미칠 수밖에 없었다. 1960년대 이후 김정한의 작품에서 개인의 영웅주의가 두드러지고 공동체의 집단의 힘을 모으는 과정을 그리지 못한 것[20]도 단순히 작가의 미학적 인식이나 역량의 한계로 치부할 것이 아니라 일제 강점기에는 가능했던 농민 조합조차 불가능했던 시대, 그리고 젊은 시절 그런저런 사건에 관련되었다는 주시를 받았던 작가의 작품으로서 시대의 한계 속에서 읽어야 하는 것이 아닌가 한다.

'농민 조합'이 빨갱이 놀음으로 치부되고, 반공의 실상에 의문을 제기하는 것이 엄청난 죄가 되는 박정희 시대에 김정한은 그 억압을 우회하면서 일상의 삶 속에 드리운 분단의 비극을 제기하는 데 고심했다. 「과정」에서

---

19) 「어떤 유서」(1975), 『김정한 자선 대표작 낙동강』 2(시와 사회사, 1994), 389~390쪽에서 인용.

20) 이기인, 「김정한 소설의 심미성과 작가 의식」, ≪작가연구≫ 4(새미, 1997).

언어의 통일, '국어-문법'의 통일이라는 아주 온건한 발언조차 국가보안법에 걸리는 것이 현실임을 썼던 작가는, 「뒷기미 나루」에서 단지 이념으로서가 아니라 일상의 삶을 파괴하는 분단의 억압성을 다루었다.

분단 현실과 검열의 우회 혹은 검열의 상처

「뒷기미 나루」(1969. 12)는 단순하게 권력의 야수성을 폭로 고발한 작품만은 아니다. 반공 독재와 간첩 조작, 성폭력을 성의 도구화로 변조시키는 과정을 문제 삼은 작품이다. 뱃사공 춘식이가 '밤손님'들을 배에 태워 건네주다가 총에 맞고 실종된다. "폭도를 도망시키는 놈이 폭도와 뭐가 다르단 말이냐?"라고 소리치며 춘식이에게 총을 쏘았던 사람들은 춘식이 처 속득이와 춘식이 아버지 박 노인을 끌고 가서 춘식이의 행방과 "가까운 곳에서 일어났다는 어떤 폭동 사건"과의 관련을 대라며 모진 고문을 가한다. 몰라서 말할 수 없었던 그들은 반병신이 되어 풀려나 다시 일상을 꾸리고 속득이는 남편 대신 사공 일을 한다. 그런데 기관원이었던 말대가리가 술냄새를 풍기며 나타나 속득이의 배를 타고 강제로 속득이를 덮치려 한다. 속득이가 피하는 바람에 그는 발을 헛디디고 물에 빠져 죽었다. 속득이는 제발로 경찰서에 가서 이실직고를 했으나 경찰에서는 다시 속득이에게 춘식이의 행방을 물으면서 살인죄로 가혹한 형을 내린다. 이 소식을 들은 박 노인은 목을 매고 죽어 버렸다.

이런 사건은 1952년에서 1953년 사이[21]에 벌어진 일이다. 전쟁 중의 빨치산이 등장하고 양민이 빨치산으로 몰려 고초를 겪는 것이 주된 이야기이다. 거기에 더해서 여성 속득이에 대한 성 고문과 또 폭도의 아내임을 핑계로 다시 속득이를 성폭행하려는 기관원, 정당방위였는데도 도리어 폭도의 아내이기에 쉽게 살인자로 몰리는 여성의 기막힌 사연이 들어 있는 것

---

21) 작품 중의 '중석불 사건'은 1952년에 일어났다.

이다.

반공 독재의 기세가 등등한 가운데 그런 것이 아니라고 말하는 작품을 김정한은 발표했다. 그리고 일제 시대 때만이 아니라 독립되었다고 하는 나라에서 여전히 행해지는 성 고문의 일단을 조심스럽게 폭로하는 것도 중요한 주제이다.

속득이는 그날부터 자리에 누웠다. 어머니는 딸의 …… 까무러질 듯했다.[22]

속득이는 이내 속이 뭉클했다. 동시에 두 볼이 확 달아오르는 것 같았다. …… 속옷을 무작하게 잡아 찢길 때의 분함과 알몸뚱이를 마구 드러냈을 때의 부끄러움 같은 것이 한꺼번에 되살아났기 때문이다.[23]

위에서 '……'으로 처리된 대목은 성 고문에 관한 것을 제대로 표현하지 못한 것으로 보인다. 이렇게 남북의 대결과 전쟁, 분단이 가져온 참혹한 실상을 이야기하는 것은 매우 조심스럽다. 직설적으로 하지 못하고 스쳐 지나가는 듯이 끼워 넣은 형국이다. 둘러둘러 말하고 있는 것이다. 이런 상흔이 작품의 한계이면서 성과로 마무리 된 것이 「수라도」이다.

작가 탄생 100주년을 기념하는 이 자리에서 보면 김정한은 같이 거론되고 있는 1908년생 작가들 중 가장 오래 살았고, 또 1970년대 남한의 민중문학론의 대두와 함께 가장 높은 대접을 받은 작가이다. 그런데 그 오랜 생애에 비하면 작품의 수가 적고 특히 완결된 장편 소설을 남기지 못했다는 것도 특징이다. 김정한의 작품 중에서 분량이나, 내용상 다루고 있는 시기가 가장 긴 것이 「수라도」(1969)이다. 일제 강점기부터 해방 이후에 이르기까지 허씨 집안의 며느리인 가야 부인을 통해 민족의 수난사를 그렸다고

---

22) 「뒷기미 나루」, 『김정한 소설 선집』, 286쪽.
23) 「뒷기미 나루」, 같은 책, 290쪽.

평가된다. 하지만 작품을 꼼꼼히 읽어 보면 작품 속에서 사건이 진행되는 연대가 잘 맞지 않고 무엇보다도 1919년 3·1운동 이후부터 1943년 사이의 일은 생략되어 있다.

즉 한일 병합 직후 가야 부인이 시집 왔고, 3·1운동 전 해에 허 진사(가야 부인의 시할아버지)가 간도에서 죽어 유골만 찾아 왔다. 3·1운동 때는 밀양 양반(시숙)이 왜놈의 총에 맞아 죽었다. 그러고는 소설 속의 사건은 1943년의 미륵당 건립과 오봉 선생의 피검으로 건너뛴다. 그 사이에 특별한 사건은 없다. 땅에 묻힌 미륵불을 발견한 가야 부인은 오봉 선생을 거스르고 사위의 집으로 옮겨 앉아 미륵당을 짓는다. 그런데 오봉 선생이 한산도 사건으로 일경에 피검되었다는 소식에 다시 허씨 집안으로 귀환한다. 그리고 오봉 선생을 위해 이와모토 참봉과 함께 이와모토 경부보를 찾아갔다 거절당하고, 1944년 여름에는 결국 오봉 선생이 죽는다. 이와모토 참봉도 오봉 선생 장례식 동티로 죽고, 미륵당을 저주하던 무당 천금새 역시 신통력을 잃어버린다. 그러고 나서 옥이가 여자 정신대에 끌려갈 뻔하다가 가야 부인의 사위 덕에 면하고, 해방이 되는 것이다. 해방 이후는 막내아들이 돌아왔다가 다시 떠돌이가 되는 반면 이와모토 경부보는 잠시 숨었다가 이제는 아예 국회의원이 되었다고 한다. 가야 부인은 훈련 포성 소리를 들으며 임종을 맞이한다.

여기서 1919년 이후, 즉 1920년부터 1943년 사이의 서술이 빠져 있음을 알 수 있다. 작가 자신의 한창 시기의 삶(사립 명정학교 학생으로 3·1운동 때 가담했던 때 이후 서울 유학, 동래고보에서의 동맹 휴학, 울산에서의 교원 생활, 일본 유학, 양산 농민 봉기 사건 관련 피검, 남해에서의 교원 생활과 등단 등 각종 조직적인 사회 운동에 관여하고 농민 조합을 만들기도 했던 시기, 즉 시대에 저항하며 살았던 시기의 삶)에 대한 서술이 빠져 있는 것이다.

또 「수라도」가 지배층의 일원이었던 양반 가문의 연대기를 그린 점에서 높이 평가를 받았는데 이는 달리 말하면 김정한이 작가 생활 초기에 그렸던 하층 농민의 생활이라든지, '복귀' 이후 큰 관심을 쏟았던 '땅의 소유'

문제는 빠져 있다는 것이다. 카프를 계승했다고 평가 받는 작가에게 쉽게 기대할 만한 농민의 삶이나 저항 같은 것이 「수라도」에는 생략되어 있다. 그런 한 시기와 농민의 삶이 빠지면서 「수라도」는 한 가문과 마을의 역사가 되기에는 빈약해졌다. 가야 부인의 6남매가 벌였을 각종 저항(농민 운동, 독립 운동, 하다못해 연애 사건이라도)은 생략되고 1943년 무렵 딸조차도 이미 죽은 상태에서 미륵당을 짓는 사위와 학병을 피해 다니는 막내아들만 언급되었다. 작가는 나이로 따져 보면 가야 부인의 아들 뻘이고, 일제 시대 작가가 겪었던 온갖 인상적인 사건들은 그 사이의 시간에 놓여 있는데, 작가는 그 시기를 모두 생략해 버린 것이다.

단언하기는 어렵지만 박정희 시대의 반공 독재가 강요한 억압이 섣불리 그 한창 시기를 정면으로 쓰기 어렵게 한 것은 아닐까. 앞의 인용문에서 보았듯이 농민 조합이 '빨갱이'들의 것으로 치부되는 이상 섣불리 그런 식의 조직적 사회 운동에 대해 긍정적으로 쓸 수는 없었을 것이다. 일제 시대의 「그물」, 「사하촌」이나 「항진기」는 토지의 소유권이 아니라 소작권에 대한 투쟁을 다루었다. 그런데 '복귀' 후 김정한은 농민의 저항만으로는 부족하고 땅의 역사, 토지의 근대적 소유권이라는 것이 어떤 역사를 가지고 확립되어 왔는지를 보려 했다고 한다. 「모래톱 이야기」를 필두로 「평지」, 「독메」, 「산거족」, 「산서동 뒷이야기」, 「어떤 유서」 등이 그러한 소유권의 이동과 그에 저항하는 사람들의 이야기이다. 그런데 이들 작품에서 일제 강점기 작품처럼 집단적 저항으로 나아가는 것은 없다. 가령 「어떤 유서」의 송 생원은 진정서를 들고 온갖 곳을 찾아다니다가 결국 자살로 마감한다. 쓸 수 없었던 것이다. 김정한이 장편 소설을 쓰지 못한 한 가지 이유[24]는 여기에 있지 않을까 싶다.

---

24) 물론 다른 이유도 있을 것이다. 소설가로서 상대적으로 안정된 직장을 가지고 있는 것이 원고료 수입의 절박성을 약화시켰다든지 하는 것, 『농촌세시기』에서 보듯 변화하는 농촌 사회에서 인물의 역사성을 제대로 포착하지 못한 것 등의 이유를 들 수 있을 것 같다. 김정한의 미완의 장편 소설 『농촌세시기』와 「수라도」의 관계는 별고를 요한다.

한편 이런 역사적 시기의 결락에도 불구하고 「수라도」가 주는 감동은 그 시기 전체를 싸안은 가야 부인의 임종 장면에 있다.

멀리서 적을 가상한 훈련 포성이 쿵, 쿵, 일정한 간격을 두고 울려 왔다. 아주 정나미가 떨어지는 포성이다. 그 포성이 갑자기 커질 때마다 가야 부인은 눈을 힘없이 떠보기도 한다. 그러나 시선은 내처 방향을 못 잡는다.[25]

"석이 안 왔나?"

가야 부인은 겨우 눈을 또 뜨곤 막내아들의 이름을 불렀다. 벌써 몇 번째인지 모른다.

멀리서 또 포성이 쿵! 울려왔다. —— 왜 사람들은 싸우지 않음 안 될까? 가야 부인은 무슨 말이라도 할 듯 입을 약간 우물하다 만다. 이마에서 잇달아 솟는 땀이 드디어 그녀의 열반을 알리는 것 같았다.[26]

가야 부인의 임종은 6·25전쟁 이후의 어느 날이다. 「수라도」에서 미륵당 건립과 오봉 선생의 한산도 사건은 1943년에 터졌다.[27] 그리고 소설에서 가야 부인의 삶을 전달하는 화자 역할을 하는 손녀 분이는 미륵당을 처음 세웠을 때(1943년 말~1944년 초) 열 살 남짓했고 가야 부인 임종 시에는 낭자가 반듯한 색시가 되어 있다. 그런 만큼 가야 부인의 임종 시에 들려오는 "멀리서 적을 가상한 훈련 포성"이 지금까지의 해석처럼 6·25전쟁을 암시하는 것이라고 보기에는 시기상으로 너무 이르다. 작품 속의 서사를 따라 시간표를 구성해 보면 6·25전쟁 이후, 분단된 상황 이후가 된다. 늙은 어머니가 분단으로 헤어진 아들을 간절하게 기다리는 상황은 이후 분

---

25) 「수라도」, 민충환 편, 『낙일홍』, 227쪽.

26) 「수라도」, 같은 책, 296쪽.

27) "게다가 공교롭게도 시기가 또 불리했던 것이다. 2차 세계대전이 끝나기 이태 전이었다." 「수라도」, 같은 책, 257쪽. 그런데 재판정에서 오봉 선생이 1868년생(무진생, 고종 5년)이며 현재 나이는 68세(예순여덟)이라고 한 것으로는 한산도 사건은 1937년 무렵이 된다. 소설 중간에서 6년간의 오차가 생겼다.

단 문학에서 자주 등장하는 장면이다. 그런데 그것이 단순하게 육친의 사랑, 즉 맹목적이고 끈질긴 모성이 아니라 그 이전의 역사 시기를 싸안은 가야 부인의 열망이기에 울림이 더 큰 것이다. "왜 사람들은 싸우지 않으면 안 될까?"라는 것이 작품의 화두였고,[28] 일제 시대와 해방기를 지나 분단 이후의 남북의 적대적 관계와 그 화해에 대한 열망이 주제인 셈이다. 이렇게 김정한은 「수라도」에서 싸움의 많은 현장을 생략할 수밖에 없었다. 또한 싸움이 끝나는 자리에 대해서도 에둘러 말할 수밖에 없었다.

또한 그런 냉전 체제 아래서 카프 문학의 계승자로 평가받으면서 일제 시대에 다양하게 구사했던 소재와 주제가 일정 정도 제한을 받게 된 측면도 있어 보인다. 일제 시대, 집단적 저항이나 승리를 기록하기 어려워진 상황에서 「옥심이」, 「기로」, 「낙일홍」, 「월광한」, 「추산당과 곁사람들」 등으로 여성의 성적 자기 결정권이나, 소시민의 자기 고발, 인간 욕망의 솔직한 드러냄 등으로 김정한은 여러 가지 주제를 추구했다. 그리고 이것은 생산 소설 같은 국책 문학으로 가지 않는 한 방법이기도 했다. 그런데 '복귀' 이후 김정한은 이런 다양한 주제 추구를 접고 토지 문제와 일제 말기 친일의 문제와 토지 문제의 역사, 그리고 그것들이 분단 이후의 남한 사회에서 가지는 의미를 따지는 데 모든 힘을 쏟았다. 시대의 요구에 민감했던 작가의 글쓰기였다.

---

28) '수라도'는 싸움을 일삼는 나쁜 귀신 아수라가 사는 지옥으로 늘 싸움이 그치지 않는 세계를 의미한다.

제3주제에 관한 토론문

구모룡(한국해양대 교수)

　단절된 카프 전통의 복원, 1970년대 민족 문학의 선구자 등, 요산 김정한에 대한 문학사적 평가에 비하여 아직 그를 연구하는 데 기초가 되는 정본(또는 결정본) 전집이 만들어져 있지 않다는 지적(조갑상, 황국명)이 없었던 것은 아니다. 또한 요산기념사업회에 의한 정본 전집 구성을 위한 작업이 그의 탄생 100주년을 맞아 본격적으로 진행되고 있는 것도 사실이다. 이러한 시점에 이상경 선생의 발표문은 여러 가지로 의미 있고 유익한 시사를 던져 주고 있다고 생각한다.
　그동안 많은 논급에도 불구하고 요산 연구는 다시 시작되어야 할 대목들이 많다. 일본 유학 시절의 활동(1929~1932)과 남해 교원 생활(1933~1940)을 마감하고 부산으로 돌아와 해방을 맞는 일제 강점기 말의 시기 그리고 해방 공간과 1950년대 등에서 전기적 측면과 더불어 문학적 해석과 평가가 더해져야 할 여백들이 존재하고 있는 것이다. 와세다 유학 시절에 대한 조사가 일부 진행되고 있다(김재용)고 알려져 있는 한편 일제 강점기 말의 요산은 한때 논란에 휩싸이고 하였다. 특히 대동아 공영권을 주창한 일제가 미영과의 전쟁으로 종결된 이 시기에 요산이 쓴 희곡 「인가지」(1943)가

문제된 것이다. 이리하여 이것은 요산의 생애에 있어서 가장 큰 흠결로 부각되고 만다. 하지만 요산의 문학에서 매우 예외적으로 존재하는 이 희곡에 대한 해석의 여지는 없지 않다. 또한 이러한 문제는 중일 전쟁 이후 식민지 조선의 문학사와 지성사를 동아시아적 질서라는 보다 큰 시각에서 재조명하는 일과 연관될 수 있어 요산 한 개인의 문제로 한정하여 공과를 논하는 것이 편협할 수 있는 것이다. 해방 공간과 1950년대는 앞서 희곡을 포함하여 그가 말한 '절필'과 '문단 복귀'의 의미를 재해석하게 한다. 해방 공간의 정치 활동과 1950년대 김종률 등과의 활동을 세심하게 복원하는 가운데 이 시기에 발표한 다수의 작품들도 그 얼굴을 드러내고 있는 형편이다. 이러한 점에서 그의 '복귀'는 그 나름대로 평가된 의미를 함축하고 있는 것이다. '절필' 담론의 심리적 동기와 '복귀' 담론의 의도적인 판단에 주목할 필요가 있을 것이다.

정본 요산 전집과 함께 그의 생애를 객관적으로 조명할 전기 혹은 평전이 절실한 바 있다. 어찌 보면 그동안의 연구 성과들을 종합적으로 바라보면서 요산 연구는 다시 시동되어야 할 것 같다. 이상경 선생이 '검열의 문제'를 중심으로 요산 연구의 객관성을 더하려는 것도 연구사적 안목 위에서 진전되고 있는 작업에 다름없다. 요산 연구가 '객관화'되어야 한다는 주장에 동의하면서 몇 가지 질의를 하고자 한다.

첫째, 검열의 문제와 개작의 문제가 같은 논리의 층위에 있는가 하는 의문이다. 말할 것도 없이 검열의 계기가 제거된 시기에 본래의 의도를 복원하려는 작가의 개작 의지는 검열의 문제이다. 하지만 개작 의지에는 완성을 향한 정열도 크게 작용하는 법이다. 「사하촌」의 경우가 그렇다. 사실 '보광사'와 관련된 개작은 검열의 문제가 아닐 수 있다. 어쩌면 사적 계기가 작동한 것이다. 일본 순사의 등장 또한 검열의 문제라면 자기 검열의 문제이다. 객관적인 관점에서 검열은 원래의 원고가 삭제되어 발표되거나 복자로 처리된 것에 한정되어야 하는 것은 아닐까? '자기 검열'에 대한 예단에 연구자의 과도한 관점이 있는 것은 아닌지?

둘째, 「항진기」의 경우 연구자의 지적처럼 개작 연구에서 중요한 예시가 될 것이다. 작가가 원작품과 상당히 다른 새로운 작품을 구성하고 있기 때문이다. 만일 이것이 작가가 일제 시대의 원본을 다 찾지 못한 데서 비롯하는 것이라면 연구자의 주장처럼 서로 다른 작품이라고 해도 과언이 아니다. 그러므로 이는 순전히 개작의 문제이다. 원작품의 낙관적 전망이 담긴 결말이 개작에서 약화된 것을 '복귀' 이후의 자기 검열의 문제로 보는 것도 지나치다. 이미 1937년의 텍스트가 검열을 통과한 작품이기 때문이다. 따라서 개작 텍스트는 검열이 아니라 작가에 의한 재해석이라는 측면이 더 크게 작용한 것으로 보아야 할 것이다. 이 점은 복자로 처리된 부분의 재해석과도 연관된다. 원 텍스트의 '공산주의'가 개작에서 '사회주의'로 바뀐 것은 일정 정도 검열에 대한 의식이 없었다고는 할 수 없으나 이보다 요산의 세계관이 공산주의가 아니라 사회주의와 연관을 가지고 있었던 탓은 아닐까? 이 점은 요산의 문학과 세계 인식 전반을 관류하는 주제일 것이다.

셋째, '복귀' 이후의 작품에 내재한 자기 검열의 문제이다. 장편 『삼별초』가 대규모 국가 동원 사업의 일환으로 쓰였다는 것은 두루 알려진 사실이다. '민족 문학 대계'라는 형식으로 남한의 대부분의 작가들이 동원되는 가운데 요산도 한몫을 담당한 셈이다. 이처럼 1970년대 이후 요산과 국가의 관계는 늘 긴장되어 있다. 이러한 긴장이 작품 생산에 억압적인 측면과 더불어 창조적인 측면도 없지 않았을 것이라 본다. '집단적 저항'의 모티프가 사라지고 주인물 중심적 서술이 늘어나는 한편 검열의 상처나 우회로 짐작될 표현들이 빈번한 사실을 예거한 연구자의 지적에 공감하면서 이 모두를 검열로 환원하는 데 일정한 이의를 제기한다. 다시 말해서 검열이라는 전제를 지나치게 강조할 때 또한 요산 연구의 객관성도 약화되는 것은 아닌가? 검열을 통과하는 것도 작가의 몫이다. 물론 연구자는 검열을 시대 상황의 지표로 설정하면서 요산 문학의 한계를 간접적으로 드러내고 있다. 그렇지만 1970년대 1980년대의 요산에 대한 해석과 평가는 보다 종합적이어야 할 것이라 생각한다. 그의 위상에 **대한** 기존의 통념이 연구자를 간섭하고 있는 면은 없는가?

넷째, 발표 주제와는 다소 벗어난 것이지만 요산 문학을 민족 문학, 리얼리즘의 틀에 가두어 두지 않고 생태학적 전체성의 문학, 세계화 시대의 지역 문학, 하위 주체로서의 민중에 대한 문학 등으로 재해석할 수 있는 방안에 대하여 묻고자 한다. 연구자는 여성주의라는 관점에서 요산 문학이 가지는 의의를 말한 바 있는 만큼 21세기의 문학 지평에서 요산을 다시 읽는다면 어떠한 점이 계승할 유산이라고 보는가?

김정한 생애 연보[1]

1908년   음력 9월 26일, 경남 동래군 북면 남산리(南山里)(부산시 금정구 남
         산동 661-4번지)에서 김기수(金基壽) 씨의 6남 2녀 중 장남으로 태
         어남. 본관은 김해로, 무오사화 때 처형당한 김일손의 16대손이라고
         함. 아호는 요산(樂山). 한자명은 金廷漢.

1913년   향리에서 한학을 배우기 시작함.

1919년   범어사에서 운영하는 사립 명정(明正)학교에 입학함.(3·1운동이 일
         어남.)

1923년   중앙고보(中央高普) 입학.

1924년   9월, 동래(東萊)고보로 전학.

1927년   3월, 조분금(趙分今)과 결혼.

1928년   동래고보 졸업. 9월, 울산 대현(大峴)공립보통학교 교원 취임. 《동아
         일보》에 시 「어느 겨울날」을 투고, 발표함. 11월, 교원이 되어서 첫
         월급을 받아 보니 일본인이 조선인보다 6할이나 더 받는 차별을 당하
         는 것을 보고 '조선인 교원 연맹'을 조직하려는 취지문을 인쇄하여 경
         상남도의 교원들에게 발송했으나, 한꺼번에 많은 편지가 배달되는 것
         을 이상하게 여긴 일본 경찰에 편지가 압수되어 가택 수색을 받고 피
         검되어, 울산서에서 동래서로 이관되어 심문을 받음.

1929년   2월, 도일(渡日). 동경제일외국어학원에 1년간 수학. 일본 문학, 서양
         문학을 탐독함.

---

1) 이 연보를 작성하는 데는 조갑상 교수의 박사 학위 논문 「김정한 소설 연구」(동아대
   대학원, 1992)의 도움이 컸음을 밝히고, 이 자리를 빌려 사의를 표한다.

1930년   동경 와세다 대학 부속 제일고등학원 문과 입학.

1931년   안막, 이찬, 이원조 등과 교유하며,[2] 조선인 유학생 학우회에서 발간하
         던 ≪학지광(學之光)≫ 편집에 참여함. ≪조선시단≫, ≪신계단≫ 등
         에 시와 단편을 발표함.(이때 단편「구제사업」 발표.)

1932년   여름방학 때 일본에서 귀국하였다가 동래 출신의 유학생 박인호, 김세
         룡 등과 양산 농민 봉기 사건의 마무리 단계에 피해 조사와 농사 조
         합 재건 등의 목적으로 개입하다가 일경에 피검됨. 9월, 부득이 학업
         을 중단함.

1933년   10월, 남해공립보통학교 교원 취임. 이때부터 농민 문학에 뜻을 둠.

1936년   1월, 단편「사하촌」이 조선일보 신춘문예에 당선되어 본격적인 문학
         활동을 시작함.

1939년   일본인 산림 주사의 눈을 상하게 하여 불기소처분을 받았으나, 그 대
         신 5월에 더 벽지인 남해군 남명(南明)공립보통학교로 전근됨. 일본
         인 교장과 지역민 사이의 중재자의 역할을 맡았다고 함.

1940년   3월, 일제의 황민화 교육에 반발하여 교원직에 사표를 냄.(5월, 사표
         수리.) 6월 1일, 동아일보 동래 지국을 인수하여 동래로 이사함. 지국
         일에 전념하던 중 치안유지법 위반으로 피검됨. 8월, ≪동아일보≫ 폐
         간으로 이 시기부터 절필함. 11월, 경남도청 상공과 산하 면포 조합
         서기로 취직하여 생계를 꾸리다가, 후에 다시 양복 조합 서기로 자리
         를 옮겨 해방될 때까지 근무함.

1945년   5월 18일, 부친상을 당함. 8월 12일, 동아일보 부산 지사를 맡고 있던
         강대홍 씨로부터 불령선인으로 지목된 사람들에 대한 위해가 있을 것
         이라는 고등계 형사의 정보를 전해 듣고, 잠시 구포(龜浦)의 지인 댁
         (고아원)으로 피신함. 8·15광복과 더불어 건국준비위원회 경남지부
         문화부 차장으로 활동하면서 신고송과 함께 '희망자'라는 연극단을 만

---

2) 그러나 카프와는 관계를 맺지 않은 것으로 추정된다. 조갑상,「김정한 소설 연구」, 동
   아대 대학원 박사 논문, 1992, 16쪽.

들어 공연하는 한편, 부산·동래 희생자 위령탑을 건립함. ≪민주신보≫ 논설위원 역임.

1946년 조선문학가동맹 및 부산예련위원회 회장, 문화단체총연합회 경남 지부 부지부장(지부장 엄문현)을 맡았으나 사상성이 약하다는 이유로 중앙 으로부터 비판받았다고 함. 김구 노선을 지지하여 5·10단독 선거에 반대하다가 경찰에 구금되기도 함.

1947년 부산중학교 교사 취임.

1949년 부산대학교 출강. 경남 중등 교사 자격 심사 위원으로 위촉됨.

1950년 6월 1일, 부산대 문리과 대학 조교수로 발령. 곧 6·25전쟁이 발발하 자, 예비 검속을 피해 당시 부산 근교의 엄궁으로 피신했다가 군 기관 원에게 체포되어 죽을 고비를 넘기기도 함.

1951년 청탁에 의하여 이시영 옹의 약전 「성제소전(省齊小傳)」을 집필.

1954년 교육공무원법 개정에 의하여 부산대 강사로 전락.

1955년 3월, 교수자격심사위원회로부터 부교수 자격을 인정받음. 7월, 부교수 로 승진.

1956년 창작집 『낙일홍』 출간.

1959년 부산시 문화상 수상. 부산일보 비상임 논설위원으로 칼럼·수필 등을 발표, 이승만 독재 정권의 부정부패를 고발하다가 피신과 옥살이를 겪음.

1960년 4·19혁명 발발로 계엄사의 군사재판을 받고 석방됨. 5월부터 부산대 학교 문리과 대학 문학부장으로서 학장 일을 맡아 봄.

1961년 5·16군사쿠데타로 다시 피신과 구금을 반복하다가 6월에 교수직을 박탈당함.

1962년 부산일보 상임논설위원 역임.

1963년 6월부터 다시 부산대학교 국문과 강의를 시작함.

1965년 4월 19일, 부산대학교 전임 강사로 복직. 11월에 조교수로 승진.

1966년 10월, 「모래톱 이야기」 발표[1] 「한국의 센티멘탈리티」와 「고시조에 반 영된 농민」을 『인생론 전집』(박영사)과 부산대 ≪문리대학보≫에 각각 발표함.

1967년 한국문인협회 및 예총 부산지부장으로 취임. 이후 1971년까지 왕성한 작품 발표.

1969년 부산대학교 부교수로 환원. 중편 「수라도」로 제6회 한국문학상 수상.

1971년 제2창작집 『인간단지』(한얼문고) 간행. 11월, 제3회 대한민국 문화예술상 수상.

197년 전국 지방국립대학 교수협의회연합회 회장 역임.

1973년 문고판 『수라도·인간단지』(삼성출판사) 간행.

1974년 부산대학교에서 정년 퇴직. 만해문학상 심사위원, 자유실천문인협의회 고문, 민주회복국민회의 대표위원 역임. 『김정한 소설 선집(창작과비평사)』 간행.

1975년 문고판 『수라도』(삼중당) 간행.

1976년 한국 앰네스티(국제사면위원회) 임원 역임. 문고판 선집 『모래톱 이야기』(범우사) 간행. 『김정한 소설 선집』 재판이 『제3병동』으로 개제되어 나옴. 10월, 은관 문화훈장 수상.

1977년 한국 앰네스티 고문 역임. 문고판 『사밧재』와 『인간단지』를 동서문고로 간행. 장편 소설 『삼별초』(민족문학대계, 동화출판사) 발표.

1978년 수필집 『낙동강의 파숫군』(한길사) 간행.

1983년 『제3병동』 5판이 『김정한 소설 선집』으로 개제, 증보되어 간행됨.

1985년 부산 5·7문학회 고문 역임.

1987년 민족문학작가회의 초대 회장 역임.

1992년 폐기종으로 부산대학교 부속병원 입원. 낙상하여 대퇴부 골절로 석달 반 동안 입원. 입원 중 가톨릭 영세를 받음.(영세명은 요섭.)

---

3) 이로써 문단에 26년 만에 복귀했다는 것이 지금까지 대다수의 견해이나, 사실은 지역 신문이나 잡지에 콩트나 수필 등을 간간히 발표해 왔음을 작품 연보를 통해 충분히 알 수 있다. 오히려 1956년부터 10여 년간에 작품 발표가 없는 것으로 보아, 절필 기간을 10년 정도(1956~1966)로 잡는 것이 더 타당할 듯하다.

1994년   '심산상' 수상.

1996년   11월 28일, 오후 3시 30분, 부산 남천 성당에서 89세의 나이로 서거. 신불사 공원묘지 영면.

2008년   10월 17일, '요산 김정한 선생 탄생 100주년 기념, 제11회 요산문학제'의 첫 행사로 인하대 최원식 교수가 「요산과 21세기」를 주제로 강연함. 18일에는 시민 백일장, 19일 '요산 문학 기행'으로 부산 일원의 요산 선생 작품 무대를 돌아보고 문학 콘서트 등 행사도 가짐. 24일에는 요산기념사업회(이사장 정홍태)가 제작한 요산 흉상 제막식을 요산 문학관에서 가짐. 24~25일에 걸쳐 세미나와 전국 작가 대회, 연극 공연(마당극 극단 자갈치가 '오키나와에서 온 편지'를 상연) 등이 열림.

김정한 작품 연보

발표일	분류	제 목	발표지
1932. 11	소설	구제사업	신계단(전문 삭제)
1932. 12	소설	그물	문학건설(≪민족 문학사연구≫ 3호, 1993년 상반기, 발굴 소개)
1936. 1	소설	사하촌(신춘문예 당선작)	조선일보
1936. 6. 18~7. 1	소설	옥심이	조선일보
1937. 1. 27~2. 11	소설	항진기	조선일보
1938. 6. 2~23	소설	기로	조선일보
1938. 12	콩트	당대풍(當代風)	조광
1939. 6	소설	그러한 남편	조광
1940. 1	소설	월광한(月光恨)	문장
1940. 4~5	소설	낙일홍	조광
1940. 10	소설	추산당과 곁사람들	문장
1941. 12	소설	묵은 자장가	춘추
1943. 9	희곡	인가지(隣家誌)	춘추
1946. 3	소설	옥중회갑(獄中回甲)	전선 창간호(≪민족 문학사연구≫ 3호, 발굴 소개)

발표일	분류	제목	발표지
1947. 6	소설	설날	문학비평 창간호
1949. 8	콩트	하느님	부산신문
1950	콩트	오뉘	발표지 미상[4]
1951. 2. 23~3. 4	소설	병원에서는	부산일보
1951. 12. 15	콩트	도구	한일신문
1953. 2. 1	콩트	처시하	경남공론
1954	콩트	누가 너를 애국자라더냐	경남공론 19호 (3월 28일 탈고)
1954~1955	소설	농촌 세시기[5]	경남공론 26-32호
1955. 2. 11	콩트	남편 저당	발표지 미상
1956. 8	소설	액년	신생공론
1956. 9. 2	콩트	개와 소년	자유민보
1956. 11	소설집	낙일홍	세기문화사
1966. 10	소설	모래톱 이야기	문학 6호
1967. 9	소설	과정	문학 9호
1967. 12	소설	입대	문학시대 7집(부산)
1968. 5	소설	유채[6]	창작과비평 10호
1968. 6	소설	곰	현대문학 162호
1968. 10	소설	축생도	세대 63호
1969. 1	소설	제3병동	신동아
1969. 6	소설	수라도	월간문학 8호

4) 요산 자신은 《현대문학》 송고라고 하였으나, 착오인 듯하다고 조갑상 교수는 밝히고 있다. 조갑상, 「김정한 소설 연구」, 동아대 대학원 박사 논문, 1992, 8쪽의 각주 4) 참조.
5) 이 작품은 중편으로서, 7회에 걸쳐 연재되었다. (1) '훈장이 무서워', (2) '아이들의 세계', (3) '송구영신', (4) '새로운 풍조' 등의 중간 제목으로 나뉘어 있다.
6) 동서문고(1977년판)에는 「평지」로 개제하여 수록하고 있다.

발표일	분류	제 목	발표지
1969. 9	소설	굴살이	현대문학 177
1969. 12	소설	뒷기미 나루	창작과비평 15호
1970. 1	소설	지옥변	세대 78
1970. 3	소설	독메	월간문학 17호
1970. 4	소설	인간단지	월간중앙
1970. 7	소설	실조	신동아
1970. 12	소설	어둠 속에서	창작과비평 19호
1971. 1	소설	산거죽	월간중앙
1971. 12	작품집	인간단지	한얼문고
1971. 4	소설	사밧재	현대문학 196
1971. 6	콩트	상황경미	여성동아 부록
1971. 9	소설	산서동 뒷이야기	창조 창간호
1972	소설집	수라도(외)	삼성출판사
1973	소설집	수라도·인간단지(문고판)	삼성출판사
1973. 9	소설	회나뭇골 사람들	창작과비평 29호
1974. 10	소설집	김정한소설전집	창작과비평사
1975	소설집	수라도(문고판)	삼중당
1975. 2	소설	어떤 유서	월간중앙
1975. 6	소설	위치	신동아
1976	소설집	모래톱이야기(문고판)	범우사
1976. 3	소설집.	제3병동	창작과비평사
1976. 8	소설	교수와 모래무지	뿌리깊은 나무
1977	소설집	『사밧재』/『인간단지』(문고판)	동서문화사
1977. 11	소설	오끼나와에서 온 편지	문예중앙 창간호
1977. 12	장편	삼별초	민족문화대계 9,

발표일	분류	제 목	발표지
			동화출판공사
1978	소설집	문제 작품 20선집(염무웅 편)	한진출판사
1982	소설집	사밧재	문공사
1983	소설집	김정한 소설 선집 (증보 개정판)	창작과비평사
1983. 6	소설	거적대기	『소설 열네 마당』, 부산문예사
1985	수필집	사람답게 살아가라: 김정한 수상집	부산: 동보서적
1985. 6	소설	슬픈 해후	『12인 신작 소설집』, 창작과비평사
1987	수필집	낙동강의 파숫군	한길사
1989	수필집	황량한 들판에서: 김정한 신작 에세이	황토
1994	소설집	낙동강: 자선 대표작 1~2	시와사회사
1994	소설집	수라도	일신서적출판사
1994	소설집	삼별초	시와사회사
1995	소설집	김정한·최정희, 『수라도·흉가 외』	동아출판사
2004	소설집	사하촌 : 김정한 단편선	문학과지성사
2005	소설집	20세기 한국 소설 ⑪ : 김정한·안수길 (최원식 외 편)	창비
2007	소설집	낙일홍: 김정한 소설 선집 (민충환 편)	경덕출판사

김정한 연구 서지

1936. 2. 25~26	김우철, 「낭만적 정신과 재능 — 김정한의 '사하촌'」, 《동아일보》
1940. 11	김남천, 「추수기의 작단」, 《문장》
1964	김우종, 「농촌과 문학」, 《한양》 3권 11호
1968	『요산 김정한 선생 송수 기념 논문집』, 부산 : 요산 김정한 선생 송수 기념 논문 간행회
1968. 9. 25	최인훈, 《동아일보》 기사
1969. 1	김종출, 「김정한론」, 《현대문학》
1969. 7	김치수, 「「수라도」 기타」, 《월간문학》
1970. 가을	염무웅, 「농촌 문학론」, 《창작과비평》
1971	염무웅, 임중빈 대담, 「김정한 문학의 평가」(『인간단지』 해설), 한얼문고
1971	김치수, 「농촌 소설은 가능한가」, 《지성》 창간호
1973	김윤식, 「식민지 문학의 상흔과 그 극복」, 『한국 문학사 논고』, 법문사
1972. 봄	김병걸, 「김정한 문학과 리얼리즘」, 《창작과비평》 23호
1972. 3	임중빈, 「김정한론」, 《창조》 26권 3호
1972. 봄	임중빈, 「『인간단지』 서평」, 《문학과지성》
1972. 5	임헌영, 「수난자의 문학」, 《월간문학》
1972. 겨울	김병걸, 「한국 소설의 사회의식」, 《창작과비평》 26호
1973. 봄	신경림, 「문학과 민중」, 《창작과비평》
1973. 9	백낙청, 「문화 연구의 자세와 민족 문학」, 《월간중앙》

1973. 10	「대담 — 약자의 설움은 무엇인가?」,《문학사상》, 문학사상사
1975. 2. 15	김병걸,《중앙일보》기사
1975. 3. 1	오생근,《동아일보》기사
1975	오양호,「현실과 산문 정신」,《어문학》33집, 한국어문학회
1976	상기숙,「김정한 문학 속의 아픔과 의지」,《경희문선》(Ⅱ)
1977. 2	김상수,「김정한 농민 문학의 성격」,《국어국문학》13・14집, 부산대 국어국문학과
1977	김영화,「요산 소설론」,《고대어문론집》19・20 합집
1977. 여름	한상범,「소설을 통해 보는 인권의 현장」,《창작과비평》
1978	김병걸,「김정한 문학과 리얼리즘」,『요산 문학과 인생』, 부산 : 오늘의 문학사
	박철석,「김정한의 삶의 양식」, 같은 책
	김중하,「요산 문학에 대한 단상 몇 가지」, 같은 책
	이형기,「회건체로 써 본 김정한론」, 같은 책
	홍기삼,「김정한 작품 해설」, 같은 책
	최해군,「요산 선생의 언어」, 같은 책
	문한규,「내가 본 요산 선생」, 같은 책
1978	정경수,「요산 김정한론」,《어문학교육》1집, 한국어문교육학회, 보고사
1978	오경,「1960년대의 농촌 문학」,《덕성여대 논문집》7집
1979	구중서,「김정한 — 리얼리즘 문학의 지맥」,『민족 문학의 길』, 새밭
1979	염무웅,『민중 시대의 문학』, 창작과비평사
1980	김인배,「김정한 소설의 문체 연구」, 동아대 석사 논문
1981. 2	박덕은,「김정한의 소설 연구」, 전남대 석사 논문
1981. 5	「샘터 인터뷰」,《샘터》, 샘터사
1982	정영자,「낙동강변의 교시적 기능」,《부산문학》9집

1983	염무웅, 「김정한의 사하촌」, 신경림 편, 『농민 문학론』, 온누리
1984. 8	최동호, 「역사에의 증언과 삶의 진실」, 《광장》
1984	김종철, 「저항과 인간 해방의 리얼리즘」, 『한국 문학의 현단계 3』, 창작과비평사
1984. 11	김상문, 「낙동강 파수꾼 김정한 4대」, 《정경문화》
1984. 12	정경수, 「소설 속에 나타난 속담」, 《어문학교육》 7집, 한국어문교육학회, 보고사
1984. 12	김정자, 「모티프 구조로 본 김정한·이주홍 소설의 문체적 특성」, 《어문교육논집》 8집, 부산대 국어교육과
1985	김정자, 「주제 의식의 강렬성과 삶의 동일성 — 김정한론」, 『한국 근대 작가 연구』, 삼지원
1985. 8	염무웅, 「해방 40년 문학(김정한과의 대담)」, 《마당》, 계몽사
1986. 2	임종헌, 「김정한론: 리얼리즘적 측면에서」, 충북대 교육대학원 석사 논문
1986. 2	박홍서, 「김정한 소설 인물 유형 연구」, 경희대 교육대학원 석사 논문
1986	염무웅, 「김정한의 「사하촌」」, 『한국 현대 소설 작품론』, 문장
1986. 6	이기윤, 「김정한 소설 연구: 「사하촌」을 중심으로」, 《육사논문집》 30호
1986. 12	정경수, 「김정한 소설 문체 연구」, 《국어국문학논문집》 7집, 동아대 국어국문학과
1987	박정규, 「농민 소설에 나타난 유토피아 추구 의식」, 《한양어문연구》 5집, 한양대
1987. 2	김영년, 「김정한 소설 연구」, 청주대 석사 논문
1987. 6	성병오, 「요산의 초기 작품들」, 《현대문학》
1987. 11	이상신, 「김정한의 문체 연구: ‘사하촌’의 언어학적 문체 분석 시론」, 《이화어문논집》 9집, 이화여대 한국어문학연구소

1987. 12	김종균, 「김정한 초기 작품의 농민 의식 : 「사하촌」과 「항진기」를 중심으로」, 《어문논집》 27집, 고려대 국어국문학연구회
1987	한수영, 「1920~1930년대 한국 농민 문학 연구」, 연세대 석사 논문
1988	김종균, 「김정한 초기 작품과 윤리의식」, 《개신어문연구》 5~6집, 충북대
1988. 2	이영선, 「김정한 작품 연구 : 미적 범주론에 의한 분석」, 동아대 국문과 석사 논문
1988. 2	박종무, 「김정한 소설의 작중 인물 연구 : 사회의식과 상황에 대한 대응 양상을 중심으로」, 한국외대 교육대학원 석사 논문
1988. 2	양연규, 「김정한 소설의 인물 연구 : 인물의 변모 양상을 중심으로」, 경남대 교육대학원 석사 논문
1988. 2	정현섭, 「김정한 소설 연구」, 서울여대 석사 논문
1988. 8	조갑상, 「「그물」과 「사하촌」의 관계고」, 《파전 김무조 박사 환갑기념논총》
1988. 9	김종균, 「김정한 초기 소설과 죽음의 두 양상」, 《월간 광장》 181, 세계평화교수협의회
1988. 12	조갑상, 「김정한 초기 소설 연구」, 《용연어문논집》 4집, 경성대
1989	박덕은, 『한국 현대 소설의 이론과 적용』, 새문사
1989. 2	조수웅, 「김정한 소설에 나타난 행동 문학성 고찰」, 조선대 교육대학원 석사 논문
1989	홍기삼, 「김정한론」, 『한국 현대 작가 연구』, 백문사
1989. 6	김종균, 「김정한 초기 소설 연구 : 「월광한」, 「낙일홍」, 「묵은 자장가」론」, 《논문집》 22, 한국외대
1989. 12	조진기, 「김정한 소설 연구」, 《가라문화》 7, 경남대 가라문화연구소
1990	김명인, 「1930년 전후의 농민 운동과 그 소설적 형상화」, 『희망

의 문학』, 풀빛

1990. 2   김종균, 「김정한 초기 소설과 사(死)의식」, ≪대전어문학≫ 7, 대전대 국어국문학회

1990. 7   이규정, 「인터뷰」, ≪목요문화≫, 부산

1990. 8   한동우, 「김정한 소설의 작중 인물 연구: 노인상을 중심으로」, 건국대 교육대학원 석사 논문

1990. 9   송명희, 「「사하촌」과 「모래톱이야기」의 거리」, ≪우리문학≫ 9호

1990. 10   김정진, 「김정한 소설의 물과 불의 이미지: 「사하촌」과 「모래톱이야기」를 중심으로」, ≪우리어문학연구≫ 2, 한국외대 사범대학 한국어교육과

1990. 12   「인터뷰」, ≪문학정신≫

1990   조갑상, 「「수라도」 연구」, ≪한국문학논총≫ 11집, 한국문학회

1991. 8   조정래, 「김정한론―「사하촌」을 중심으로」, ≪국제 어문≫ 12 · 13 합집, 국제대학 국어국문학과

1991. 8   문성수, 「김정한 소설의 공간 분석」, 부산대 교육대학원 석사 논문

1991. 8   김기호, 「김정한 초기 소설과 그의 전향에 대한 고찰: 작중인물의 현실 대응의 변모를 중심으로」, ≪우리어문학연구≫ 3, 한국외대 한국어교육과

1991   조갑상, 「김정한의 「옥중회갑」과 「설날」 연구」, ≪용연어문논집≫ 5집, 경성대 국문과

1992. 2   조갑상, 「김정한 소설 연구」, 동아대 박사 논문

1992. 2   권민식, 「김정한 소설 인물 유형 연구」, 연세대 교육대학원 석사 논문

1992. 2   최병춘, 「김정한의 초기 소설 연구」, 전북대 국문과 석사 논문

1992. 2   김덕혜, 「김정한 후기 소설에 있어서의 물과 불의 상징성 연구: 「모래톱이야기」와 「유채」를 중심으로」, 한국외대 교육대학원

석사 논문

1992. 2	이병주, 「김정한 연구 : 불의에 대한 저항성을 중심으로」, 숙명여대 교육대학원 석사 논문
1993. 1	이규정, 「요산 김정한 연구」, ≪논문집≫ 35집, 신라대(부산여대)
1993. 2	김양라, 「김정한 소설 연구」, 창원대 석사 논문
1993	이옥이, 「김정한 농민 소설 연구」, 대구대 교육대학원 석사 논문
1993. 2	김인태, 「김정한 소설의 사회의식」, 강원대 교육대학원 석사 논문
1993	최원식, 「요산 김정한 선생 방문기」, ≪민족문학사연구≫ 3호, 민족문학사연구소
1994. 8	곽현영, 「김정한의 상징 유형 연구」, 숙명여대 국문과 석사
1994	김재용, 「인간 해방의 열정과 현실 탐구의 섬세함 — 김정한론」, 『개교 30주년 기념 문집』, 추계예대 문학부
1994. 12	김광중, 「김정한 소설 연구」, ≪교육논총≫ 14, 동국대 교육대학원
1995. 1	정호웅, 「김정한론」, ≪인문과학≫ 2집, 홍익대 인문과학연구소
1995. 2	조갑상, 「김정한 소설의 화자와 시점 문제」, ≪논문집≫ 16집 1권, 경성대 출판부
1995. 2	강진호, 「1930년대 후반기 신세대 작가 연구」, 고려대 박사 논문
1995	전승주, 「민족사적 삶의 복원과 역사에의 물음」, 『한국 소설 문학 대계 31』, 동아출판사
1996. 2	차인호, 「김정한 수필 연구 : 『낙동강의 파숫군』 수필집을 중심으로」, 한남대 교육대학원 석사 논문
1996. 2	박재범, 「김정한 소설 연구」, 계명대 교육대학원 석사 논문
1996. 7	최상윤, 「김정한 작품론 : 그의 전기 작품을 중심으로」, ≪비평문학≫ 10, 한국비평문학회

1996. 8	이구지, 「김정한 소설의 인물 연구」, 경남대 교육대학원 석사 논문
1996. 11. 30	고은, 「요산 김정한 선생을 추모하며」, 《한겨레신문》
1996	김태기, 「요산 김정한 소설 세계와 이야기 방식 연구」, 경상대 국문과 박사
1997. 2	김현준, 「김정한 소설의 현실 인식과 극복 양상」, 경남대 교육대학원 석사
1997. 2	진영백, 「김정한의 글쓰기 전략 고찰: 해방 전 작품을 중심으로」, 《우암어문논집》 7, 부산외대 국어국문학과
1997. 봄	김중하, 「인간 김정한론」, 《창작과 비평》
1997. 6	조수웅, 「김정한 소설에 나타난 행동 문학성 고찰」, 《한국언어문학》 38, 한국언어문학회
1997	강진호, 「근대화의 부정성과 본원적 인간의 추구 — 김정한의 60년대 소설」, 민족문학사연구소 현대소설분과, 『1960년대 문학 연구』, 깊은샘
1997. 10	김경원, 「리얼리즘 문학의 공간성과 역사성: 김정한의 1960년대 소설을 중심으로」, 《작가연구》 4호, 새미
	이기인, 「김정한 소설의 심미성과 작가 의식」, 같은 책
	조갑상, 「시대의 질곡과 한 인간의 명징함 — 김정한론」, 같은 책
	조정래, 「현실을 보는 눈과 역사를 보는 눈: 김정한의 초기 소설 연구」, 같은 책
	최원식, 「90년대에 다시 읽는 요산」, 같은 책
1997. 11	김태기, 「요산 김정한 소설 연구·1」, 《배달말교육》 18호, 배달말교육학회
1997. 12	박홍배, 「김정한론: 작품의 비사실성과 작가 의식의 이중성에 대한 소고(小考)」, 《논문집》 3집, 부산예술학교
1997. 12	오선근, 「김정한 소설에 나타난 갈등과 해결 양상의 실체: 「사

244

하촌」, 「항진기」, 「기로」를 중심으로」, ≪논문집≫ 10집, 중부대

1998. 2   남상권, 「김정한 소설 연구」, ≪어문학≫ 63집, 한국어문학회

1998. 8   신병준, 「김정한 단편 소설 연구」, 국민대 교육대학원 석사 논문

1998. 12   박선애, 「김정한 초기 소설 연구」, ≪개신어문연구≫ 15집, 개
           신어문학회

1999. 2   김길수, 「김정한 소설 연구」, 전남대 교육대학원 석사 논문

1999. 2   김수진, 「김정한 단편 소설 연구」, 고려대 교육대학원 석사 논문

1999. 2   김미영, 「김정한 소설 연구 : 민족 문학론과의 관련을 중심으로」,
           중앙대 석사 논문

1999. 6   김태기, 「요산 김정한 소설 연구·2」, ≪배달말교육≫ 20호, 배
           달말교육학회

1999   전용석, 「요산 김정한 소설 연구」, 성균관대 대학원 교육학과
           석사 논문

2000. 2   손혜경, 「김정한 후기 작품의 결말 유형 연구」, 영남대 교육대
           학원 석사 논문

2000. 2   임형도, 「김정한 소설 연구」, 성균관대 석사 논문

2000. 6   최학림, 「작가와 도시 : '낙동강 파수꾼' 김정한과 부산」, ≪문화
           관광 너울≫ 81호, 한국문화관광연구원

2000. 8   성수용, 「김정한의 소설에 나타난 인간상 연구」, 경기대 교육대
           학원 석사 논문

2000. 12   곽근, 「김정한 소설에 나타난 일본인 상」, ≪동악어문논집≫ 36집,
           동악어문학회

2000. 12   조미숙, 「김정한론」, ≪한국문예비평연구≫ 7집, 양문각

2000   조미숙, 「김정한 소설의 인물 연구」, ≪문학한글≫ 14호, 한글
           학회

2001   최원식, 「90년대에 다시 읽는 요산(樂山)」, 『문학의 귀환』, 창
           작과비평사

2001. 8 신덕일, 「김정한 소설의 인물 연구: 가해자 유형을 중심으로』, 제주대 교육대학원 석사 논문

2001. 12 배경열, 「김정한 초기 소설의 특질」, ≪한국언어문학≫ 47집, 한국언어문학회

2001. 12 이경, 「60년대의 환부와 치유: 김정한 소설론」, ≪수련어문논집≫ 26·27 합집

2002 강진호 편, 『김정한: 대쪽 같은 삶과 문학』, 새미

2002. 2 염무웅, 「농민 소설의 민중 문학적 맥락: 김정한과 송기숙의 소설사적 위치에 관한 메모」, ≪문예미학≫ 9호, 문예미학회

2002. 6 김준현, 「이원적 대립 구조와 의미의 명징성: 김정한론」, ≪작가연구≫ 13호, 깊은샘

2002. 6 이상경, 「한국 문학에서 제국주의와 여성: 김정한의 작품을 중심으로」, ≪여성문학연구≫ 7호

2002.6 박태일, 「경남 지역 문학과 부왜 활동」, ≪한국문학논총≫ 30집, 한국문학회

2002. 8 박태일, 「김정한 희곡 「인가지(隣家誌)」 연구」, ≪우리말글≫ 25집, 우리말글학회

2002. 12 김동윤, 「현대 소설에 나타난 제주 해녀」, ≪제주도연구≫ 22호, 제주도연구회

2003. 8 양정임, 「김정한 소설 연구: 갈등의 변모 과정을 중심으로」, 경성대 교육대학원 석사 논문

2003. 9 송명희, 「탈식민주의와 지역 문학 연구: 김정한·송기숙을 중심으로」, ≪현대소설연구≫ 19호

2004. 2 양은미, 「김정한 소설의 작중 인물 연구: 현실에의 저항 의식을 중심으로」, 경희대 교육대학원 석사 논문

2004. 봄 김동윤, 「김정한의 「월광한」 연구」, ≪지역문학연구≫ 9호, 경남부산지역문학회

2004. 봄   박태일, 「김정한 희곡 「인가지」 연구」, ≪지역문학연구≫ 9호,
             경남부산지역문학회

2004. 8   임지영, 「김정한 중기 소설의 작품 세계와 그 교육적 고찰」, 부
             산외대 교육대학원 석사

2004. 겨울   염무웅, 「김정한 소설의 문학사적 맥락에 관하여」, ≪작가와 사
             회≫ 17호, 부산 : 작가마을

2004. 12   양정임, 「김정한 소설의 정신분석학적 연구 : 인물들의 내면 갈
             등으로 인한 방어 기제를 중심으로」, ≪국어국문학≫ 23집, 동
             아대 국어국문학과

2004. 12   최미진, 「김정한의 미완성 장편 소설『농촌세시기』 연구」, ≪한
             국문학논총≫ 38집, 한국문학회

2004. 12   송명희, 「김정한 소설의 크로노토프 : '섬'을 공간으로 한 소설을
             중심으로」, ≪한국문학이론과 비평≫ 25호(8권 4호), 예림기획

2005   김병욱 · 김춘섭 · 정덕준 엮음 및 해설,『우리 소설 어떻게 읽
             을 것인가』 2권, 고시연구원

2005. 2   정수연, 「김정한 소설의 이원적 공간 대립 양상 연구」, 인하대
             교육대학원 석사 논문

2005   유정인, 「김정한론」, 홍익대 교육대학원 석사 논문

2005. 8   김선연, 「김정한 수필 연구」, 경성대 교육대학원 석사 논문

2005. 12   양정임, 「김정한 희곡 「인가지」 연구」, ≪국어국문학≫ 24집,
             동아대 국어국문학과

2006   김봉모,『김정한 소설 어휘 사전』, 부산 : 세종출판사

2006. 2   이순남, 「김정한 소설의 현실 비판과 표현 양상 연구」, 강릉대
             교육대학원 석사 논문

2006. 8   김봉모, 「김정한 소설의 묘사적 어휘 연구」, ≪한국문학논총≫
             43집, 한국문학회

2007   정송이, 「요산 김정한 소설 연구 : 화자와 갈등 양상을 중심으

로」, 수원대 교육대학원 석사 논문

2007. 2   안윤미, 「김정한 소설의 비장미 연구」, 목포대 교육대학원 석사
           논문

2007. 9   김택호, 「김정한 소설의 저항 의식과 유교적 세계관」, ≪현대소
           설연구≫ 35호

2007. 11   이희환, 「1930년대 신세대 작가의 두 갈래 길: 김정한과 김동
           리의 등단작을 중심으로」, ≪한국학연구≫ 17집, 인하대 한국학
           연구소

2007. 겨울 이희환, 「김정한과 김동리: 초기 문학을 중심으로」, ≪작가와
           사회≫ 29호

2007. 12   박재범, 「김정한 소설의 진보 담론 연구: 1960년대 이후 민족
           문학론과의 관련 양상을 중심으로」, ≪현대소설연구≫ 36호, 한
           국현대소설학회

작성자 김윤태 인하대 연구교수. 서울대 대학원 국어국문학과 졸업. 문학박사.

현대성에 맞서는 농민적 가치와 삶

강진호(성신여대 교수)

이무영 소설과 모더니티

이무영의 소설 「제1과 제1장」에서 신문 기자였던 수택이 솔가하여 낙향하는 장면은 소박하고 서정적인, 한없는 '느림'의 풍경을 보여 준다. 사양(斜陽)만 멀쑥한 포플러 가로수 그림자가 나른하게 길을 가로막고 있고, 행인도 별로 없는 호젓한 시골길을 우마차가 지나고 있다. 수택이 걸어가는 시골길은 도시와 농촌이라는 두 개의 세계에 놓인, 즉 공간과 공간을 잇는 외나무다리와 같은 역할을 수행한다. 수택의 뒤를 이어 또 다른 '수택들'이 도시와 문명, 농촌과 반문명을 잇는 그 경계선을 지나갔고, 도시와는 다른 농촌에서 제2의 삶을 꾸려 가고자 했다. 물론 서정적인 귀향의 풍경과는 달리 그들을 기다리고 있는 것은 궁벽한 농촌 현실과 일대일로 부딪혀 살아가는 일이다. 이들의 선택은 '소유'가 아니라 '삶'에 방점이 찍혀 있고, 그래서 귀농이 주는 울림은 매우 존재론적으로 다가온다.

농민 소설가라는 평가답게 이무영 소설에서 중심을 차지하는 것은 농촌과 농민 소재의 작품들이다. 180여 편에 이르는 방대한 분량은 그의 작품을 어느 하나의 경향으로 포괄할 수 없게 만들지만, 그럼에도 불구하고 그를 근본적으로 규율하는 것은 이른바 농민 문학에서 목격되는 삶에 대한 치열한 자세와 열정이다. 그런데 그것은 시효가 만료된 과거가 아니라 오늘날도 여전히 유효한 것이라는 점에 주목할 필요가 있다. 물론 오늘날의 도시 청년들에게 삶의 근거지로 농촌을 선택할 수 있겠느냐고 묻는 것은 쉬운 일이 아니다. 지구촌이라 불릴 만큼 세계가 시·공간적으로 좁아졌으나 농촌과 도시 간의 격차는 그와는 전혀 다른 차원으로 남아 있다. 농촌은 문명의 사각지대이며 만리 이국의 산간 오지와 같은 정서적 거리감을 자아내는 곳이다. 하지만, 그런데도 그 공간은 역설적으로 도시에서는 결핍되어 있는 어떤 무엇을 제공하는 그리움의 대상이다. 도시인이 상실한 원형으로서의 공간, 일찍이 정지용이 「향수」에서 읊었던 "얼룩배기 황소가 금빛 게으른 울음을 우는" 상징적 고향으로서의 정서적 공간인 까닭이다. 도시는 흙에서 태어난 사람들이 흙에서 이탈해서 만들어 낸 인공의 공간이기 때문에 농촌이란 도시에 부재한 그리움과 동경의 그림자와도 같은 것이다. 그리하여 인공의 도시에서 사는 동안 소멸되거나 의식적으로 생략될 수밖에 없었던 몇 가지 중요한 삶의 질문들을 우리는 이무영의 소설을 통해서 환기하게 된다.

돌이켜 보면 지금껏 우리가 걸어온 길은 모더니티(modernity, 현대성)에 도달하기 위한 지난한 과정의 역사라고 할 수 있다. 현대성이란 이성 또는 합리성이 삶의 지배적 원리가 되는 것을 의미하거니와, 그것은 삶의 비이성적 측면을 배제하는 일련의 과정 속에서 도달하는 것이라 할 수 있다. 그렇지만 우리의 삶은 이성적 측면과 함께 비이성적(혹은 감성적) 측면이 공존하기 마련이고, 따라서 삶의 비이성적 측면을 배제하는 현대성의 구현 과정이란 한편으론 삶의 전반적인 왜소화 과정을 의미하는 것이기도 하다. 합리화는 개인의 이익을 전제로 모든 것을 계량화하는 관계로 관습이나 정서, 도덕을 비롯한 절대적 가치의 희생을 요구하고 인간을 왜소화시킬 수밖에 없다. 그래서 진정한 의미의 현대성이란 이 두 국면의 적절한 조화를 필요로 하는 것이라 하겠다.[1]

이무영이 일관되게 주목했던 '어떻게 사는 것이 인간다운 삶이냐'의 문제는 바로 이런 질문과 연결되어 있다. 그의 소설은 땅과 삶과의 근원적 관계와 도시와 기계에 밀려난 농촌 사회에 대한 심각한 문제의식을 담고 있다. 말하자면 사회 전반이 합리화되는 과정에서 메말라 가는 인간성을 비판하고 바람직한 삶이 어떠해야 하는가를 진지하게 질문한다. 더구나 이무영은 그것을 관념이 아닌 자신의 실제 체험을 바탕으로 문제 삼고 있다는 점에서 강한 설득력을 갖는다. 비록 반세기 전에 쓴 작품들이지만, 아직도 그 의미가 새롭게 환기되는 것은 그가 제기한 문제들이 여전히 해결되지 않은 채 우리들의 주위를 맴돌고 있기 때문이다.

그런 맥락에서, 이무영의 대표작인 「흙의 노예」와 「제1과 제1장」과 『농민』 등은 새롭게 음미될 필요가 있다. 물질 문명의 발달과 함께 점점 똑똑해지고 풍요로워지는 듯했던 인간은 어느 순간부터 인류가 오랫동안 꿈꾸어 왔던 미래가 낙원이 아니라 그 반대의 방향으로 달리고 있다는 참담한 사실을 깨닫게 되었다. 환경은 더욱 황폐해지고 인간성은 더욱 극악해졌으며 사회적 갈등은 한층 예각화되는 등 최근의 현실은 이미 오래전 이무영이 선구적으로 예고한 재앙과도 같은 모습을 보여 주고 있다. "흙에서 나서 흙으로 돌아갈 인간이지만 흙을 경원시하고 흙을 배반해 왔기에 결국 얻은 것보다 잃은 것이 더 많다."라고 일침을 놓는 이무영 소설의 주인공 김 노인(「제1과 제1장」)과 같은 '어른'들의 말은 그래서 지금도 여전히 예사롭지 않은 여운을 남긴다. 우리가 땅의 권고, 농부들의 목소리를 너무 소홀히 흘려들은 것은 아닌지, 반성적 성찰의 계기로 이무영 소설을 볼 필요가 있다. 이 글은 그런 견지에서 이무영 소설을 현대성에 대한 성찰과 비판이라는 측면에서 고찰해 보고자 한다.

---

1) 이마무리 히토시, 이수정 옮김, 『근대성의 구조』(민음사, 1999), 1장 참조.

농민의 질박한 삶과 견인주의적 자세

이무영은 1926년부터 1950년대 말까지 단편과 장편을 포함한 180여 편의 소설(장편 14, 중편 11편)과 15편의 희곡 등을 남긴 다작의 작가였다.[2] 처녀 장편 『의지할 곳 없는 청춘』(1927)을 간행한 이후, 35년의 긴 창작 기간 동안 소설을 발표하지 않은 해가 한 해도 없을 정도로 창작에 대한 열정이 줄기찬 소설가였다. 그래서 그는 '소설에 대한 정과 열'이 무엇보다 돋보이고 중요한 작가였다고 말해지기도 한다.[3] 작품은 크게 두 부류로 나뉘는데, 하나는 농촌과 농민을 소재로 한 것이고, 다른 하나는 남녀 간의 애정과 그 윤리를 문제 삼은 작품들이다. 「제1과 제1장」, 「만보 노인」, 「기우제」를 비롯한 『농민』, 『농군』, 『노농』 3부작 등이 전자를 대표한다면, 『삼년』과 『사랑의 화첩』, 『계절의 풍속도』 등이 후자를 대표한다고 볼 수 있다. 두 부류의 작품들은 모두 인간의 진실한 삶과 자세를 문제 삼고 있다는 점에서 공통되지만, 후자의 경우는 통속성이 두드러진다는 점에서 문제성이 떨어지고 또 연구자들의 평가 역시 대부분 전자에 모여 있다. 이 글 역시 완성도나 문제의식에서 앞선 전자를 중심으로 이무영 소설의 특성을 고찰해 보고자 한다.

이무영이 농민 소설가의 길을 걷게 된 것은, 스스로 밝힌 것처럼, 농촌 출신으로서 농촌에 대한 애착이 누구보다도 강했다는 사실을 들 수 있다. 「농민 권말기」를 통해[4] 그는 자신의 문학이 농민 문학으로 규정되는 것에 대해 언급하면서 자신은 농촌 출신이고, 아버지가 독실한 농군이며, 문학 수업을 받은 스승도 농민 작가였다는[5] 것을 내세운다. 자신은 아버지와 스

---

2) 이무영에 대한 서지 사항은 이주형의 『이무영』(건국대 출판부, 2001)과 국학자료원의 『이무영 전집』(2000), 이무영 탄생 100주년 기념 소설집인 『제1과 제1장』(문이당, 2008)의 연보를 참조하였다.

3) 이주형, 『이무영』(건국대 출판부, 2001), 12쪽.

4) 이무영, 「농민 권말기」, 『농민』(대한금융조합연합회, 1954) ; 이주형, 앞의 책, 35~36쪽에서 재인용.

5) 이무영은 농민 작가로 알려진 가토 다케오(加藤武雄, 1888~1956)의 문하생이 되어

승의 뜻을 좇아서 농민 소설가가 되었을 뿐이라는 것이다. 또 다른 이유는 기존의 작품 활동에 대한 반성과 갱신의 노력을 들 수 있다. 이무영의 초기 창작 생활은 당시 문단에 막강한 영향력을 행사했던 카프(KAPF)로부터 자유로울 수 없었는데, 가령 초기작은 카프의 흐름을 좇아 지식인의 저항을 제재로 하거나 통속적인 사랑을 다루었다. 장편 『폐허의 울음』(1928)에서 인물들은 모두 지식인으로 어느 곳에도 뿌리내리지 못하고 방황하는 모습을 보이며, 종국에는 이상과 현실 사이에서 고민하다가 감옥에 들어가는 것으로 마무리된다. 그렇지만 이념과 현실 인식의 취약함으로 인해 생동감 있는 인물을 창조하지 못하고 추상적인 절망과 비애감만을 드러내는 수준에 머물고 만다.

그로 인해 이무영은 문단에서 별다른 인정을 받지 못했고, 자기에게 문학적 재능이 없다고 낙심한 이무영은 자살을 생각한 적이 있을 정도였다. 그런 상황에서 동아일보에 입사한(1934년) 이후의 작품 활동 역시 그에게 큰 만족을 주지 못했던 것으로 보인다. 기자 생활을 하면서도 지속적으로 문학과 현실의 괴리감에 시달렸고, 그런 갈등을 반복하면서 이무영은 마침내 '귀향'이라는 실존적 결단을 통해서 그것을 해소하고자 했던 것이다. 다른 어떤 분야보다도 친숙한 곳이 농촌이었고 또 몸소 농민이 되어 살고자 했기에, 그는 카프 시절의 한계를 딛고 자기만의 세계를 구축할 수 있으리라 생각했다. 그의 행선지였던 군포는 어릴 적부터의 친구 이흡(李洽)이 살고 있었고 거기서 이무영은 농사를 지으면서 작품을 창작하고자 했다. 그런 의도대로 귀향(1939년) 후 이무영은 내면의 갈등을 극복하면서 대표작으로 평가되는 농촌 제재의 작품들을 창작했고 일정하게 성공할 수 있었다.

그런 관계로 이무영 소설에서 농민의 형상은 작가 이무영이 농촌에 적응하면서 새롭게 탄생하는 과정과 긴밀하게 연결되어 있다. 「제1과 제1장」, 「흙의 노예」 등에서 작가의 분신과도 같은 수택은 철저한 자기 부정과 갱

4년간 작가 수업을 받았다.

신의 모습을 보여 주는데, 거기에는 이무영이 농촌에 정착하고 뿌리내리면서 겪은 실제 체험이 투사되어 있다. 가령, 도시인에게 농촌 생활은 생각만큼 쉬운 일이 아니다. 억새에 서벅서벅 손을 베면서 수택은 원고지에 글자를 써넣기보다 낫질하기가 더 어렵다는 것을 깨달으며, 볏섬을 지고 일어서다 코피와 눈물을 좍좍 쏟기도 한다. 그렇게 해서 농촌 생활의 제1과 제1장을 떼어 나가는 젊은이의 자세는 마치 고행을 감수하는 수도승처럼 진지하다. 모든 것을 처음부터 배워 나가고자 하는 겸허함과 진지함, 그리고 "내게선 언제부터나 흙냄새가 나려는가" 하는 독백은 의지의 순수함과 아울러 열정을 전해 준다. 작가의 실제 개인사이기도 한 이런 체험들이 수택이라는 인물을 통해서 서술되는 관계로 작품은 르포와도 같은 핍진성과 함께 구체성을 확보하는 것이다.[6] 그런 점에서 도시인이었던 그가 그동안의 가치관과 감수성을 버리고 농민으로 훈련되어 가는 과정은 단순히 도시인이 농민으로 변신하는 것이 아니라 도시와 농촌, 기자와 농민 등의 두 세계가 변증법적 종합을 거쳐 좀 더 높은 단계로 성숙해 가는 과정으로 이해할 수 있다.

이러한 정착 과정을 통해서 작가가 도달한 곳은 곧 아버지로 상징되는 농민의 세계이다. 「제1과 제1장」의 속편 격인 「흙의 노예」에서 수택은 평생 농부로 살아온 아버지의 세계를 새롭게 발견한다. 경멸의 대상이었던 아버지가 기실은 훌륭한 사상가요, 어떤 위인보다도 위대한 인물이라는 사실을 깨닫는 것이다. 그것은 곧 농민이라는 존재에 대한 새로운 발견이자 대오각성이기도 하다. 「제1과 제1장」의 김 영감과 「문서방」의 문 서방, 「만보 노인」의 만보 노인, 장편 『농민』의 원치수와 같은 인물이 바로 작가가

---

6) 핍진성이란 서사물에서 느껴지는 사실성 혹은 신빙성으로, 사물을 마치 보고 있는 것처럼 또는 자신이 직접 경험한 것처럼 자세히 묘사하는 것을 통해서 확보된다. 이무영의 개인적 체험에 바탕을 둔 소설에서 목격되는 것은 이런 사실성이다. 하지만 그것은 사회에 대한 구조적 인식을 전제한 것은 아니라는 점에서 단편적이거나 자연주의적인 소박함에서 벗어나지 못한다.

농촌에서 발견한 농민들이고 동시에 작가의 농민관을 압축해서 보여 주는 인물들이다. 「제1과 제1장」과 「흙의 노예」에서 형상화된 아버지는 '땅에 대한 신앙과도 같은 믿음'을 지닌 인물이고, 『농민』에서 원치수는 "농사란 하느님이 시키는 노릇"이라고 여기는 등 선한 농민상을 전형적으로 보여 준다. "땅은 그대로 희망이었고 기쁨이었다. 그것은 그대로 종교였다."라고 말하는 김 영감의 견해는 생래적인 것이면서 동시에 시대 변화에 대한 우직한 대응의 의미를 함축하고 있다. 현대성이 증대되면서 삶을 지배하는 원리는 이성과 합리성이 되고, 그로 인해 삶의 비이성적인 측면은 점차 뒷전으로 밀려나는 게 현실인 바, 김 영감은 그런 현실을 냉정하게 꿰뚫고 있다.

"세상이 변한 탓이지. 옛날에는 먹을 것과 입을 것과 그리고 예의범절만 있으면 살았느니라. 그러든 것이 이 근년에 와서는 짚신이 없어지고 고무신이 생기고, 감발이 없어지고 지까다비가 나왔지. 물가는 고등하지, 학교는 보내야지, 학교 다니구 나니 농사 싫지, 듣구 보았으니 양복때기라두 걸쳐야지. 화차, 자동차가 생겼으니 어디 갈 땐 타야 배기지?"

(중략)

"결국은 기계가 사람을 죽이느니라. 사람이 기계를 부리는 게 아니라 기계가 사람을 부려먹는 세상야. 산미증산 산미증산해서 소출이야 더 나지. 허지만 그 대신 대두박이니 암모니아니 거름값이 더 들지. 전엔 모두 찬밥 한 술만 떠먹으면 손으로 해치우던 걸 인전 기계 아니면 못 하는 줄 알잖니? 우리네 농군이 일 년내 피땀을 흘려서 대처 사람 좋은 일만 시키느니라. 모두 그리 가져가지. 농군한테 지까다비가 하상관야? 몸뚱이가 튼튼하면야 쇠를 먹어도 색이지, 병원이 뭔 소관이구? 움찔하면 똥이라더니 이건 움찔하면 돈이로구나………."[7]

---

7) 이무영, 「흙의 노예」, 『이무영 문학 전집 1』(국학자료원, 2000), 48~49쪽.

기계가 사람을 부리는 현실, 이를테면 과학에 의해 세계가 전일화되면서 인간의 가치가 한층 왜소화되었다는 지적은, 합리성의 진전이 생활의 편리를 제공해 주었지만 다른 한편으로는 관습과 정서적 가치의 희생을 동반했다는 예리한 자각인 것이다.

그런 본능적 자각을 바탕으로 김 노인은 아들 수택의 왜곡된 시각에 경종을 울린다. 예컨대, 귀향한 수택의 눈에는 고향산천이 전만 못해 보였다. 어렸을 적 기억으론 아카시아 숲도 있고 실개천 물도 깊어 보였는데, 어른의 장성한 눈으로 보니 보잘것없고 특징이 없어 보이는 것이다. 그런 생각을 토로하는 아들에게 아버지 김 노인은 그의 목덜미를 잡아 갑자기 가랑이 속으로 집어넣으며 이렇게 외친다. "자 봐라! 먼 산이 보이고 저 숲이며 저 물이며 이만하면 되잖았느냐."라고, 그러고는 세상이란 모두 거꾸로 봐야 하는 법이라는 진리를 역설한다. 눈높이를 어디에 두느냐에 따라 자연도 그 속에 사는 인간의 모습도 달리 보일 수밖에 없다는 것을 도시에서 온 자식에게 역설하는 것이다. 이런 일화를 통해서 수택은 지금까지 존경해 온 그 어떤 사람보다도 일개 무식한 농부인 자기 아버지한테 새삼 감격을 느끼는 것이다. 그런 감격을 통해서 수택은 도시적 삶의 허영을 버리고 대신 농촌의 풋풋한 생명력을 얻어 고향의 흙에 뼈를 묻기로 결심하는 것이다.

여기서 김 영감을 통해 드러나는 농부상은 일종의 자연 철학자의 형상과 닮아 있다. 그래서 아들은 아버지의 죽음을 두고 '학문'을 조상하는 '무지'의 슬픔을 호소했고, 그 '무지'를 경멸해 온 자신을 '참회'하는 눈물을 흘렸던 것이다. 흙에 대한 아버지의 집착에 대해 이해를 뛰어넘어 경외를 느끼게 된 데는 이렇듯 아들의 각성이 전제되어 있다. 그렇기에 흙이 '생명의 밭'이라는 아버지의 교훈을 따라 아들은 아버지가 잃어버린 농토를 다시 사들이려고 노력하는 것이다.

이런 각성을 바탕으로 작가는 한 단계 더 나아가 육십 평생 흙만을 섬겨 온 '흙의 노예' 김 영감을 파멸시킨 현실에 대해서 근원적인 문제를 제기한다. 김 영감은 일곱 살에 고아가 된 이후 열다섯에 머슴이 되어 지독하게 일을 했고, 마침내 가정을 꾸미고 스무 마지기 남짓한 논을 장만한 인물이었다. 부지런하고 성실하며 술 한잔 입에 대는 법이 없이, 여자라고는 일평생 아내밖에 모른 채 육십을 넘긴 성실한 자작농이 어느 순간 빈농으로 몰락하고 맨주먹만 쥐고 나앉게 된 현실에 대해서 작가는 의문을 품는 것이다.

물론 그 이유 중의 하나는 세상의 변화라 할 수 있다. 문명화와 근대화로 인해 농촌은 상대적으로 뒤처진 곳이 되었고, 그로 인해 기존의 생산량으로는 현실의 무게를 감당할 수 없게 되었다. 앞의 인용문에서처럼, 옛날에는 '먹을 것과 입을 것과 예의범절만 있으면' 살았는데, "근년에 와서는 …… 물가는 고등하지, 학교는 보내야지, 학교 다니고 나니 농산 싫지, 듣구 보았으니 양복때기라두 걸쳐야지." 하는 식으로, 사회 전반이 근대화되면서 그에 따른 불필요하고 과도한 소비가 증가했음을 작가는 지적한다. 전근대적인 농업으로는 사회 전반의 변화를 따라잡을 수 없는 처지가 된 것이다.

단편 「만보 노인」에서 만보 노인이 몰락하는 것도 그런 사실과 관계가 있다. 물방아를 갖고 있는 만보 노인은 추수하는 과정에서 마을 사람들이 모두 부용이네의 기계 방아로 몰려간다는 사실에 흥분을 감추지 못한다. 만보 노인이 보기에 기계 방아는 속도만 빠르다뿐이지 싸라기가 많이 생기고 밥맛도 없다. 그런 사실을 제대로 안다면 사람들은 분명히 자기에게서 방아를 찧을 것이라고 생각하지만, 그런 기대와는 달리 아무도 그에게 오는 사람이 없었다. 물방아가 한 섬을 찧을 동안에 기계 방아는 열 섬을 찧는다는 엄청난 속도를 만보 영감은 알게 되고, 급기야 기계 방아에 불을 놓는 극단의 대응을 보여 준다. 이런 모습은 산업화의 초기 단계에서 농노들의 저항이 기계 파괴라는 러다이트 운동(Luddite Movement)으로 전개된 것을 상기하면, 다분히 반근대적이고 문명 파괴적인 행위로도 볼 수 있다. 하지만 김 노인의 경우처럼 이들은 변화된 현실을 인지하고 있다는 점에서 시대착오적이라기보다는 현대화에 따른 부정성을 경계하는 것임을 알 수 있다.

하지만 농촌의 보다 근본적인 문제는 지주-소작제의 모순에 있다는 것을 작가는 날카롭게 포착해 낸다. 이무영 농민 소설의 궁극적 귀결점이라 할 수 있는 이 문제는 이들 단편뿐만 아니라 해방 후의 대표작인 『농민』 3부작을 통해서 지속적으로 탐구되거니와, 「제1과 제1장」에서는 생산량의 3분의 2 이상을 강탈당하다시피 하는 현실의 문제로 제시된다. 「흙의 노예」에서는 이 문제가 한층 본격적으로 다루어져 수택은 자신이 농촌에 정착하느냐 못 하느냐의 관건으로 그것을 인식한다. 그렇게 정직하고 부지런하고 알뜰했던 자기 아버지가 어째서 좀 더 부유하게 못 되고 땅마지기까지 놓아 버리게 되었는지, 수택은 이것을 알지 못하고는 농촌에서 금후의 생활을 설계할 자격도 없다고 생각하는 것이다.

도합 스물두 마지기에서 사십 석이 났다. 사십 석에서 스물닷 섬이 소작료로 제해졌다. 사십 석에서 스물닷 섬—열닷 섬. 그의 지식은 처음 긴요하게 씌어졌다.

그러나 이 지식은 정확성을 갖지 못한 것이었다. 거기서 비료대로 한 섬 두 말이 제해졌고 아내와 계집아이들의 설사를 치료한 쌀값으로 장리변으로 쳐서 열두 말이 떼었다. 지세도 작인과 지주가 반분해서 물기로 되어 있었다. 지세로 또 몇 말인지 떼었다. 우루루 덤비는 되강구의 목덜미를 잡아 나꾸고 볏더미 속에다 처박고 싶은 충동을 이를 악물고 참는 것이었다.

수택은 아버지를 쳐다보았다. 그 옴팡하니 들어간 눈에서는 황혼을 뚫고 무시무시한 살기 띤 빛을 발하는 것이었다. 그는 방공 연습을 할 때의 그 휘황한 몇 줄의 탐조등 광선을 연상하였다. 김영감은 꼼짝도 않고 한 자리에 서 있었다. 볏더미를 보는가 하면 그렇지도 않았다. 사음을 노리는가 하면 그것도 아닌 것 같았다. 영감은 내년 이때까지 살아갈 길을 궁리하는 것이었다.[8]

소작료와 비료대와 각종 빚을 제하고 난 뒤 아버지의 눈에서 목격되는 '살기(殺氣)'는 불합리한 토지 소유 제도에 따른 농민의 절망과 비애를 단적으로 상징하는 것이라 할 수 있다. 재주는 곰이 넘고 돈은 주인이 버는 격이라고나 할까, 농사짓는 사람으로서 어디다 한 마디 하소연조차 할 수 없고 오직 체념과 자조의 한숨만을 내쉬어야 하는 현실인 것이다.

물론, 이 지주-소작의 문제는 당시 이무영만의 관심사는 아니었다. 이기영을 비롯한 카프 계열 작가들이 지속적으로 문제 삼은 것으로, 이들은 그것을 농민들의 집단적 단합과 투쟁을 통해서 해결하려는 입장을 보여 주었다. 『고향』(이기영)의 주인공 김희준이 청년회를 만들고 농민들을 규합해서 악덕 마름 안승학과 대립했던 것은 농민 계급의 단결을 통해서 구조적 모순을 바로잡자는 의도를 표현한 것이었다. 그런데 이무영은 이 문제에 대해서 그와는 전혀 다른 태도를 보여 준다. 즉, 위의 예문에서처럼 김 영감은 눈에서 "살기 띤 빛"을 발하지만 더 이상의 어떤 행동도 보여 주지 않는다. 그의 관심은 "내년 이맘때까지 살아갈 궁리"에 있었기 때문이다. 얼마 남지 않은 곡식으로 주렁주렁 매달린 식구들을 거느리고 한 해를 어떻게 살아야 하는가를 고민하는 그의 모습은, 현실을 부정하는 것이 아니라 그것을 운명처럼 수긍하고 받아들이는 견인주의자의 모습과 닮아 있다.

이무영 소설의 중요한 특성이 되는 이런 태도는 작품의 결미에서 수택이 여남은 섬의 가마니를 지고 코피를 흘리면서 끙끙대는 모습을 통해서도 환기된다. 그의 모습은 농민의 암울한 운명을 예시하는 상징이 되거니와, 작가는 이처럼 인물들의 저항이 아닌 견인주의적 모습으로 작품을 마무리한다. 이런 사실은 이 작품이 발표된 1939년의 상황을 염두에 둘 때 작가가 의도적으로 더 이상의 서술을 피한 것으로 이해할 수도 있지만, 보다 근본적인 것은 이무영이 프로 작가들과는 다른 문학관을 갖고 있었다는 사실로 설명할 수 있을 것이다.

---

8) 이무영, 「제1과 제1장」, 『이무영 문학 전집 1』(국학자료원, 2000), 35~36쪽.

이무영은 프로 작가들과는 달리 '계급 문학도 민족 문학도 아닌 조선 문학'을 주창하였다. '조선을 위한 문학, 동포를 위한 문학'으로 표현된 이 조선 문학은 내용이 구체적으로 언급되지는 않지만, 분명한 것은 프로 문학이나 민족주의 문학과는 다른 형태의 것이라는 점이다.

"자네가 문학청년이니 말이지 지금 갓흔 문학 — 공연히 것치례만 번드르 하게 채리고는 그 목적의식 계급의식이니 무어니 해가지고 떠드는 것보다 정정당당하게 '됴선문학'을 일으키어야 한다. 됴선문학을…… 우리 독자는 — 물론 나는 문학청년이 아니다만은 — 기생노리 술타령 갓튼 것에 지쳤다. 자유련애의 고창이나 계급해방의 절규에도 우리는 지쳤다. 염증이 생겼다. 됴선을 위한 문학 동포를 위한 문학을 이르켯다오…… 참다운 새됴선을 건설할 만한 문학…….[9]"

1928년에 출간된 이 책에서 볼 수 있는 것은 목적의식, 계급의식 운운하는 계급 문학이나 자유연애를 고창하는 문학 등이 아닌 "됴선을 위한 문학 동포를 위한 문학"을 주창한다는 점이다. 물론 이 글만으로는 '조선 문학'의 내용이 무엇인지 구체적으로 드러나지는 않지만, '동포를 위한 문학'을 하겠다는 의지만은 확인할 수 있다. 이무영이 카프와는 거리를 두었던 '구인회(九人會)'에 잠시 몸담았던 것이나, 식민지 시대 소설 전반에서 이데올로기에 대해서 깊은 관심을 보이지 않았던 것은 그런 사실과 관계될 것이다.[10]

거기에 비추어 볼 때, 이무영은 인물들의 집단적 단합과 쟁의를 통해서 문제를 해결하기보다는 그들이 처한 현실을 사실적으로 제시해서 보여 주는 데 더 큰 관심을 갖고 있었음을 알 수 있다. 아버지의 옴팡하니 들어간 눈과 코피를 좍좍 쏟는 수택의 형상에는 농촌의 실상을 꿰뚫은 작가의 진

---

9) 이무영, 『폐허의 울음』(청조사, 1928), 81∼82쪽.
10) 이무영의 문학관에 대해서는 박선애의 「부정적 현실과 윤리의식의 표현 양상」(≪상허학보≫, 1996. 9) 참조.

실이 담겨 있다. 이런 사실은 해방 후의 『농민』 3부작을 통해서도 지속되거니와, 여기서도 중요하게 천착되는 것은 농민의 질박한 삶과 견인주의적 태도이다.

작인의 용서와 지주의 사죄

1945년, 이무영은 군포에서 해방을 맞았다. 해방이 된 뒤에도 이무영은 계속 군포에 머물면서 작품을 발표하였고, 1947년 이후에는 서울대학교와 연세대학교에 출강하는 등 점차 생활의 안정을 찾아갔다. 1946년에 단편 「굉장소전」을 발표하였고, 장편 『삼년』(원제는 『피는 물보다 진하다』)을 《한국일보》의 전신에 해당하는 《태양신문》에 연재하는 등 작품 활동을 본격화하면서, 한편으론 전국문화단체총연합회의 최고위원을 맡기도 하였다. 좌우의 대립 과정에서 빠르게 우익을 선택하였고, 전쟁기에는 해군 정훈 장교가 되어 선무 활동의 최전선을 담당하였다.[11] 『삼년』을 포함한 해방 후의 작품들이 대부분 강한 반공주의적 특성을 보이는 것은 그와 같은 빠른 이데올로기 선택과 무관하지 않을 것이다. 해방 후의 혼란스러운 현실을 배경으로 한 『삼년』에서 자신의 진로를 우익으로 정하고 좌익에 대해 비판적인 태도를 강하게 드러내는 인물을 주인공으로 내세운 것이나, 전쟁 후의 『사랑의 화첩』에서는 사랑하는 남편을 버리고 연하의 청년을 따라 월북한 여주인공이 북한 체제에 환멸을 느낀다는, 애정의 문제를 이데올로기와 결합시킨 독특한 형태의 작품을 발표했던 것은 그런 사실로 설명될 수 있을 것이다.

그동안 연구자들이 해방 후의 작품에 대해서 별다른 관심을 보이지 않았던 것은 작품이 갖는 이러한 반공주의와 통속성 때문이라 할 수 있다. 한 연구자의 지적대로, 해방 이후 이무영 소설은 우익 이데올로기와 이승만

---

11) 이무영의 개인사에 대해서는 『이무영 문학 전집』 6권의 연보와 『제1과 제1장』(문이당, 2008)의 연보 참조.

정권에 대한 적극적 지지를 바탕으로 함으로써 1930년대의 많은 작품에서 보였던 체제 현실의 부정과 저항 의지를 드러내지 못했고, 일부 부정적 인물들과 부분적인 현상들에 대해서만 비판적인 형상화를 보였을 뿐이다.[12] 이무영의 대표작으로 거론되는 『농민』(1950)과 뒤이은 『농군』(1953), 『노농(老農)』(1954) 3부작 역시 그런 점에서 크게 예외가 아니지만,(특히 『농군』과 『노농』) 그럼에도 이들 작품은 식민지 이래의 작가적 관심이 한층 심화되어 나타난다는 점에서 주목해 볼 수 있다. 즉 식민 치하의 농민 소설이 모순된 현실에 대한 각성과 문제 제기 차원에 머물렀다면, 『농민』 3부작은 그런 현실의 근원을 천착하고 문제를 바로잡고자 하는 적극적인 의지를 구체적으로 형상화하고 있다는 점에서 한층 진전된 모습을 갖고 있다.

『농민』 3부작은 19세기말 동학 농민 운동에서 의병 운동과 3·1운동을 포괄하는 긴 시간을 배경으로 하고 있다. 작중 주인공의 행로가 근대사의 주요 사건들을 배경으로 한다는 점에서 작가는 이 연작을 통해서 근대 농민사를 새롭게 구성하고자 했음을 짐작할 수 있다. 역사의 격랑 속에 뛰어든 농민을 중심으로 소작농과 지주와의 갈등과 대립, 지주의 딸에 대한 작인의 사랑과 심리적 고뇌 등을 기본 구조로 하면서, 그 주위에 놓인 여러 인물들의 삶을 함께 묘사해 내는 방식으로 작품은 구성되어 있다. 토호들의 희생물이 되어 갖은 수탈과 학대를 당해 온 농민들이 동학군의 힘을 빌려 양반 토호에 대한 골수에 맺힌 원한과 반항 정신을 그려 냈다는 평가처럼,[13] 『농민』에서 주목되는 것은 농민들의 삶을 질곡하는 오랜 원인인 신분제와 그에 따른 폐해, 그리고 그 상처를 씻고자 하는 농민들의 열망이다.

신분 제도의 모순은 김 승지로 대표되는 지주와 장쇠로 대표되는 소작농과의 갈등을 통해 구체적으로 형상화된다. 특히 미륵동과 탑골을 배경으로 지주와 소작인 간의 적대적 관계가 적나라하게 묘사되는데, 무엇보다 미륵동의 지주 김 승지는 극악한 토호의 전형으로 온갖 탐욕을 일삼으며 농민

---

12) 이주형, 『이무영』(건국대 출판부, 2001), 79쪽.
13) 윤병로, 「이무영의 작품 세계」, 『농민』(일신서적출판사, 2004), 344쪽.

을 갈취하는 인물이다. 그는 『고향』(이기영)의 마름 안승학처럼 마을에서 제왕과도 같은 막강한 권력을 휘두르며 농민 위에 군림한다. 소작료 징수에 대해 엄격할 뿐만 아니라 농민들의 약점을 이용해서 재물을 모으는 전형적인 악인으로, 특히 문제적인 것은 초야권까지 행사하며 전횡을 휘두른 중세 봉건 지주와 흡사한 파렴치한의 행태를 보여 준다는 데 있다. 김 승지는 원래 "계집이면 회를 치는 사람"으로, 몸종으로 부리는 계집아이들은 으레 열네댓 살만 되면 그냥 두지를 않았고 동네 상사람들이 좀 예쁘장한 며느리를 얻어 들이면 '불여우'라는 별명까지 있는 인동 할멈을 내세워서 반드시 농락하고야 말았다. 그래도 농민들은 양반이라는 이유로 그의 뜻을 거역할 수가 없었고, 또 거역했다가는 이튿날로 당장 주리를 틀리고 볼기를 맞았던 관계로 그냥 넘기곤 했다. 그런 극악한 인물이어서 마을 사람들은 김 승지를 피해 마을을 떠났던 장쇠가 다시 마을에 나타났을 때 그를 응징해 줄 것이라고 내심 기대하고 동요했던 것이다.

주인공인 장쇠는 미륵동의 충직한 소작농 원치수의 아들로, 그 또한 사악한 김 승지의 직접적인 피해자였다. 아내 금순은 김 승지에게 유린당한 뒤 목을 매어 자살했고, 장쇠 또한 김 승지를 죽이려고 칼을 품고 다닌다는 누명을 쓰고 죽도록 매를 맞았다. 이 사건을 계기로 장쇠는 고향을 떠나 종노릇도 하고, 또 남의 집 머슴살이로 전전하다가 우연히 동학군에 가담한다. 집을 나간 뒤 3년이 지난 시점에서 장쇠는 동학군 대장이 되어 마을에 나타난 것이다. 조만간 장쇠가 원한을 풀기 위해 김 승지네를 두들겨 부술지도 모른다는 소문이 퍼지고, 김 승지는 장쇠에게 보복당할 것이 두려워 안절부절못하는 상황에 처한다. 그렇지만 그런 소문과는 달리 작품의 결미는 그와는 전혀 다른 방향으로 진행된다. 즉 장쇠의 목적은 복수가 아니라 더 큰 데 있음이 암시되는 것이다.

이윽고 또 등불이 하나 키어지자 장쇠는 군중으로부터 몇 걸음 빠져나오더니 군중한테 김승지 일파를 어떻게 처치할 것인가를 묻고 있다.

"여러분!"

하고 그는 소리를 높이어,

"김승지를 죽이자는 여러분의 뜻을 잘 압니다. 그리고 승지는 죽어야 마땅한 인간입니다. 그러나 우리의 목적은 원수를 갚는 데 있지 않습니다. 사람을 죽이는 것만이 우리의 목적이 아닙니다. 우리는 어지러운 세상을 바로잡아 모든 사람이……."

"그러니까 그 놈은 죽여야 한다!"

하고 어둠 속에서 또 외치고 있다.[14)]

마을 사람들의 격한 감정을 누그러뜨리면서 장쇠는 복수보다는 어지러운 세상을 바로잡는 데 뜻을 두어야 한다고 역설한다. 하지만 누적된 불만과 증오심은 그런 장쇠의 몇 마디 말로 제지할 수 있는 게 아니어서 흥분한 마을 사람들은 김 승지를 해치려 달려들고, 그 순간 관군들이 닥치는 것으로 『농민』은 마무리된다.

이런 내용을 통해서 작가는 급박하게 전개된 근대사를 온몸으로 살았던 농민들의 삶을 실감나게 형상화해 내고 있다. 김 승지로 표상된 지주의 탐욕과 파렴치한 행위는 농민들을 억압한 실체로서의 지주 계급에 대한 고발이라는 점에서 의미를 가지며, 장쇠는 그런 지주에 대한 농민의 저항 의지를 형상화한 것이라는 점에서 평가될 수 있다. 더구나 작가는 농민들의 열망을 동학 운동과 연결시켜 역사적 사건으로 의미화한다는 점에서 우발적이 아니라 오랜 역사적 모순에 기인한 것이라는 사실을 환기하고 있다.[15)]

그렇지만, 그런 특성에도 불구하고 장쇠의 형상은 상대적으로 호소력이

---

14) 이무영, 『농민』, 『이무영 문학 전집 1』(국학자료원, 2000), 313~314쪽.

15) 그런데 작품 속의 동학은 장쇠 등의 농민들의 움직임과 유기적으로 연결되어 있지는 않다. 단지 원경(遠景)으로 처리되어 서로 관련되어 있다는 막연한 암시에 그칠 뿐이다. 또 동학 혁명에 대한 작가의 깊은 인식도 드러나지 않는다. 그래서 장쇠의 동학 가담과 투쟁은 막연한 짐작만을 줄 뿐 구체성을 갖고 있지 못하다.

떨어지는 것을 목격할 수 있다. 김 승지에게 아내를 잃고 자기마저 목숨을 잃을 뻔한 상황이었음에도 불구하고 그에 대한 장쇠의 감정은 기껏 "설마 음지도 양지 될 때가 있겠지!" 하는 막연한 수준에 머무른다. 아무리 선량한 인물이라도 아내를 죽게 만들고 또 자신의 목숨마저 강탈하려 했던 인물에게 이렇듯 무골호인으로 처신하기는 쉽지 않을 것이다. 물론 동학에 입도한 후 골수에 맺힌 상처를 떨치고 마음을 순화했다고 설명할 수도 있지만, 작품에서 동학은 그런 측면이 아니라 농민들의 원한과 증오를 표상하는 상징으로 나타난다는 점에서 설득력이 약하다. 더구나 작품 전반에서 장쇠에 대한 성격화가 제대로 이루어지지도 않았다. 작품 초반에서 장쇠는 중심적인 역할을 하면서 서사를 이끌지만 얼마 후 돌연 작품에서 사라지고 유령처럼 풍문만 떠돌다가, 작품 종반에서 갑자기 나타나 이렇듯 현실의 모순을 대승적 견지에서 해결하는 성숙한 모습을 보여 주는 것이다.

작가가 장쇠를 통해 소작인들의 신분적 불만을 제시하고자 했다면 인물의 성격을 이렇듯 추상적인 형태로 제시하지는 말았어야 했다. 더구나 2부와 3부에 해당하는 『농군』과 『노농』에서 목격되는 장쇠의 성격은 전근대적인 미망에서 벗어나지 못한 모습이다. 즉 장쇠는 소작인으로서 천추의 한을 갖고 있으면서도 개명한 지주 일양에게는 시종일관 소작인의 의식 상태에서 벗어나지 못한다. 일양이 반상의 신분을 떠나서 형제처럼 지내자고 제의하지만, 받아들이지 않고 대신 자기보다 한 단계 높은 계급의 인물로 대우하며, 또 사모하는 미연에 대해서도 자기와는 신분이 다르기 때문에 결코 결합할 수 없다는 소극적이고 차별적인 의식을 보여 준다. 그런 관계로 장쇠를 중심으로 작품을 읽으면 작가의 의도와 인물을 성격이 변증법적으로 결합되어 있지 못하다는 것을 알 수 있다.

이런 장쇠의 성격과는 달리 상대적으로 돋보이는 인물은 작품의 또 다른 축을 형성하는 미연과 일양이다. 김 승지의 딸인 미연은 작품 전편에 걸쳐 아름답고 선량한 인물로 그려지는데, 위기에 빠진 장쇠의 목숨을 구한 인물이 바로 그녀였다. 김 승지가 장쇠에게 살인 누명을 씌워서 죽이려 하는 순간에 돌연 등장해서 장쇠 대신에 자신이 죽겠다고 읍소한 뒤 아버지를 설득해서 장쇠를 구해 낸다. 또 미연은 마을에 흉년이 들었을 때 작인들에게 곡식을 퍼서 나누어 주고, 장쇠가 집을 나가자 아버지 몰래 장쇠네 집에 쌀을 대 줄 만큼 선량한 인물이다. 대지주의 딸이면서도 가난한 소작농의 처지를 대변하고 옹호하는 천사 같은 인물인 것이다. 장쇠가 마을에서 도망친 이후 동학군에 가담하게 되고 대장이 되어 다시 나타났을 때, 그가 미륵동과 탑골의 대지주들을 잡아다가 죄를 묻는 순간에 용감하게 나서서 아버지의 구명을 호소하는 것도 미연이었다. 『농군』과 『노농』에서도 미연의 이런 선량하고 총명한 모습은 이어져, 『노농』에서는 동네 처녀들을 모아 놓고 국문과 한자뿐 아니라 바느질과 수놓은 법을 가르치는 계몽적이고 선구적인 인물로 나타나며, 급기야 아버지 대부터 내려온 '빚문서와 종문서'를 모두 불태워 집안의 죄를 씻고자 하는 양심적이고 해방적인 인물로 그려진다.

그날 밤 미연이는 아버지대부터 내려온 빚문서를 아무도 모르게 아궁이에 넣고 불을 살라버렸던 것이다.
'이것이 우리 할아버지대부터 이 동리 사람들한테 끼친 누를 씻는 오직한 방법이다.'
미연이는 그 많은 빚문서와 종문서를 불사르고 나니 그래도 몸과 마음이 가벼웠다. 눈물도 나지 않았다. 아버지도 이승에서 지은 죄를 씻어 지하에서도 마음이 가벼우랴 했다. 동리 사람들한테 그 많은 죄를 지어서 긁어모은 땅도 이제는 남의 손에 넘어갔거니 하니 슬프기보다도 미연이는 뒤에 구원이나 받은 것 같았다. 이제는 언제 죽어도 좋다 했다.[16)]

한편, 일양은 김 승지와 맞수가 되는 또 다른 양반인 탑골 박 의관의 아

---

16) 이무영, 『노농』, 『이무영 문학 전집 1』(국학자료원, 2000), 535쪽.

들로, 부모에 의한 강제 결혼을 거부해서 아내를 친정으로 돌려보낸 뒤 혼자 살면서 미연을 마음 깊이 사모하는 상태이다. 그는 반상의 문제나 지주-소작의 문제에 대해 매우 비판적이어서, 3부인 『노농』에서는 양반이라는 신분에서 벗어나 직접 저수지를 만들고 농사를 지으면서 농민들과 하나가 되고자 한다. 평생 원수처럼 지내던 장쇠와 돌이를 화해시키면서 토로하는 "난 농군들한테서 농삿일을 배우구 그 대신 난 농군들을 모아놓구서 글을 배워줄 테란 말야."[17]라는 진술에는, 종문서를 태우는 미연과도 흡사한, 속죄와 갱신의 결의가 들어 있음을 알 수 있다. 그런 의도대로 일양은 만 3년에 걸쳐서 토끼섬에 저수지를 만들고 척박한 땅을 옥토로 일구는 결실을 맺는다.

이런 내용을 염두에 두고 작품을 읽으면 『농민』 3부작을 통해서 작가가 의도한 바는 장쇠와 함께 이들 인물을 통해서 드러나는 것을 알 수 있다. 미연과 일양은 지주의 자식이라는 신분상의 특권을 포기하고 평범한 농민의 삶을 추구하는 인물이라는 점, 주인공 장쇠 역시 신분과 토지 문제를 쟁의와 투쟁이 아니라 대승적인 용서와 화해를 통해서 풀고자 한다는 점을 생각해 볼 수 있다. 작가는 지주-소작의 문제를 농민들의 정상적인 삶을 가로막는 근본 요인으로 보고 있지만, 지주는 악이고 소작농은 선이라는 이분법적 구도에서 벗어나 서로에 대한 이해와 용서를 통해서 문제를 풀고자 한다. 미연과 일양이 보여 준 인도주의와 자기 부정은 보다 큰 세상을 희망하는 장쇠의 소망에 대한 지주 계급의 응답과도 같은 것이라는 점에서 프로 작가들과 구별되는 이무영의 독특한 면모가 드러나는 것이다. 좌익도 우익도 아닌 '동포를 위한 문학'을 주창했던 이무영이 이기영 식의 계급 투쟁을 통해서 문제를 해결하고자 하지는 않았던 것이다.

여기에는 또한 해방 후 우익으로 입장을 정한 이무영의 정치적 성향도 중요하게 작용했을 것으로 짐작된다. 물론, 이무영 식의 해결 방식이 현실

---

17) 이무영, 『노농』, 『이무영 문학 전집 1』(국학자료원, 2000), 501쪽.

성을 가질 수 있는가의 문제를 제기할 수도 있다. 하지만 계급 투쟁 역시 현실의 문제를 합리성의 견지에서 풀고자 하는 근대적 기획이라는 점에서, 그와는 다른 차원의 통합적 가치를 추구했던 이무영의 입장에서 보면 터무니없는 것이라고는 할 수 없을 것이다. 만일 이무영 식의 화해와 용서가 실제 현실에서 이루어졌더라면 우리는 지금과는 전혀 다른 모습의 삶을 살고 있을지도 모른다.

근대의 소설적 기록화

근대 문학사 속에 자리한 이무영의 농민 문학은 농민들의 삶에 투영된 근대의 그늘을 보여 준다는 점에서 근대의 소설적 기록화라 할 수 있다. 그런데 그 기록화는 단순한 추상이나 구상이 아니라 현대성의 전일성에 맞서는 조화와 통합의 가치를 담고 있는 것이라는 점에서 주목할 수 있다. 주지하듯이, 근대 문학사는 단순히 미적 현대성을 추구하는 과정이 아니라, 정치와 경제와 사회, 문화 전반의 합리성을 추구하는 과정의 하나였다. 그런 관계로 그것은 사회 현실과 긴밀하게 연결되어 있고, 실제로 작가들은 사회적 투쟁의 일환으로 문학을 이해해 왔다. 이무영이 보여 준 화해와 통합의 가치가 중요한 것은 그런 실제 현실을 배경으로 하고 있기 때문이다.

이무영의 농촌 소설에서 주목되는 것은 무엇보다 인물이 보여 주는 생동감에 있다. 근대 문학에서 농민을 소재로 한 많은 수의 작품들이 있었으나 이무영의 소설 속에 등장하는 농민들처럼 실감나게 그려진 경우는 드물었다. 이무영 농민 소설처럼 『흙』이나 『상록수』, 『고향』은 모두 도시 생활을 버리고 농촌으로 들어간 지식 청년의 삶을 소재로 하고 있지만, 작품의 주인공은 하나같이 작가의 계몽적 의도에 긴박되어 자연스럽지 못하고 작위적인 모습을 보여 주었다.

이무영의 경우는 그런 목적의식에서 상대적으로 벗어나 있다. 농촌 문제를 해결하는 방안 역시 이무영은 앞의 작가들과는 다른 모습을 보여 준다.

이광수와 심훈은 계몽적 열정을 바탕으로 민족의 힘과 역량을 배양해야 한다고 주장했고, 이기영은 농민들의 연대와 투쟁을 통해서 당면 현실의 문제를 혁파하고자 하였다. 그런데 이무영은 이들과는 달리 지주 계급의 자기 부정과 반성, 그리고 소작 계급의 용서와 관용을 통해서 문제를 해결하고자 하였다. 이무영은 지주-소작, 양반과 상민의 문제를 사회 구조적인 차원에서가 아니라 심정적인 차원에서 이해하고, 그 연장에서 해결의 방안을 찾고자 한 것이다. 그런 관계로 그의 소설은 이데올로기에 대한 이해가 너무나 안이하고, 또 사회를 구조적으로 이해하지도 못했다고 비난받기도 한다. 실제로 그런 시각에서 보면 작품의 대부분은 안이하고 때론 통속적인 모습을 갖고 있기도 하다. 그러나 우리 소설사가 「낙동강」이나 『고향』과 같은 소설로만 채워져야 하는 것은 아니라면 이무영이 남긴 농민 소설 역시 그 자체로 존중될 필요가 있다. 이무영의 소설들은 그 현실 인식의 수준 여부를 떠나서 체험적 진실을 담고 있다는 점에서, 그리고 그것은 현대성의 지난한 도정에서 초래된 삶의 왜소화에 맞서 총체적 인간성을 의도한 것이라는 점에서 중요하게 음미되어야 하는 것이다.

제4주제에 관한 토론문

류양선(가톨릭대 교수)

1. 발제자는 진정한 의미의 현대성이란 이성적인 측면과 함께 비이성적 혹은 감성적 측면의 적절한 조화로 이루어진다고 하면서, 이무영이 일관되게 주목했던 인간다운 삶의 문제란 바로 이런 문제의식과 연결된다고 하였는데, 이무영의 소설에서 어떤 부분을 이렇게 해석할 수 있는지 좀더 구체적인 설명을 듣고 싶습니다.

2. 발제자는 이무영의 농민 소설들이 현대화의 과정에서 메말라 가는 인간성을 비판하고 있다는 것을 지적하고, 특히 이무영의 농민 소설이 그 현실 인식의 수준 여부를 떠나서 관념이 아닌 작가의 실제 체험에서 우러나온 체험적 진실을 담고 있다는 점을 높이 평가하고 있습니다. 그러나 현실 인식의 수준과 관계없는 체험적 진실이라는 것이 농민 소설에서 어떤 의미를 지닐 수 있는지 잘 이해되지 않습니다.

3. 발제자는 「제1과 제1장」과 「흙의 노예」에 대한 분석에서, 이무영의 농민 소설을 농민 소설로서보다 일종의 구도 소설로 이해하고 평가하고자

하는 게 아닌가 생각됩니다. 그렇다면 결국 당시의 농민 문제 또는 발제자가 제기한 현대성의 문제를 수도승과 같은 고행으로 견뎌 나가겠다는 것인데, 이는 도리어 변형된 순응주의로 해석될 수 있는 여지는 없겠는지요?

4. 발제자는 이무영이 계급 문학도 민족 문학도 아닌 '조선 문학'을 주창하였지만 '조선을 위한 문학, 동포를 위한 문학'이라는 표현 외에 그 내용이 구체적으로 언급되지는 않았다고 하였습니다. 그러나 이렇게 작가가 '조선 문학'을 주창한 것이 이무영 농민 소설의 문학적 성과의 바탕이 되는 문학관을 드러낸 것으로 보고 있는데, 그렇다면 역으로 이무영의 농민 소설에서 추출될 수 있는 '조선 문학'이란 어떤 것이라고 생각하시는지요?

5. 이무영은 그의 농민 소설에서 흙에 대한 사랑을 특히 강조하고 있는데, 이것을 당시 일제의 문학 정책이나 소설에 나오는 면장의 발언 등과 연관시켜 볼 때, 그의 문학을 당시 일제가 획책했던 국책 문학의 성격과 전혀 무관한 것이라고 단정할 수 있겠는지요?

6. 이성과 감성이 조화된 인간성의 표현에 의해 현대성을 비판한 작품으로 보든, 흙에 대한 사랑을 중심으로 견인주의자의 모습을 보인 구도 소설로 보든, 이무영의 농민 소설은 전체적인 통일성의 결여로 인해 부분적이고 파편적인 것 이상의 의미를 지니지 못한다고 생각되는데, 이에 대한 발제자의 의견을 듣고 싶습니다.

이무영 생애 연보

1908년   1월 14일, 충북 음성군 음성읍 오리골(관명은 석인리) 가난한 농민인
        아버지 이덕여(李德汝)와 어머니 인(印) 씨 사이의 7남매 중 차남으
        로 출생. 본명은 갑룡(甲龍), 아명은 용구(龍求), 본관은 경주(慶州).
1913년   출생지에서 8킬로미터 정도 떨어진 충북 중원군 신니면 용원리 26번
        지로 이사를 하여 이곳이 본적지가 됨. 한국전쟁 때 행방불명된 이흡
        (李洽, 본명 李康洽)이 바로 이웃 신의실 마을에 살아 오랜 친구가
        됨. 서당에서 천자문과 동몽선습 등을 배운 뒤 이곳의 소학교에 다님.
1920년   소학교를 중퇴하고 서울로 올라와 휘문고등보통학교에 입학. 고향 지
        인 윤덕섭 씨 댁에서 학교에 다님. 2학년 때부터 동화, 소설 등을 탐
        독하기 시작했고 특히 일본의 자연주의 작가 야마다의 「이불」을 읽고
        부터 문학열에 불이 붙음. 이 소설은 감수성이 예민한 시골 소년을 사
        로잡아 작가로의 지망을 줄달음치게 하였음.
1925년   문학 수업을 하기 이해 휘문고보를 중퇴하고 현해탄을 건넘. 세이조
        (成城) 중학에 입학, 고학을 하다가 중퇴하고 일본의 문학 잡지 ≪문
        학시대≫의 편집을 맡았던 작가 가토 다케오(加藤武雄) 씨의 문하생
        으로 들어가 그곳에서 기숙하면서 4년 동안 작가 수업을 함.
1926년   이해 6월, 18세의 나이로 ≪조선문단≫에 단편 소설 「달순의 출가」를
        '이용구'라는 이름으로 투고하여 당선.
1927년   5월 25일, 처녀 장편 『의지할 곳 없는 청춘』(원명 『의지할 곳 없는 영
        혼』)을 시인 노자영이 경영하는 창조사에서 '탄금대인(彈琴臺人)'이라
        는 필명으로 간행. 1932년 11월 영창서관에서 재판 발행.

1928년   장편『폐허』(원명『폐허의 울음』)를 무영이란 아호를 써서 발간.

1929년   일본의 신인 작가들이 모이는 '20일(日)회'에 참가하여 작품 합평회에
          일본 식민주의의 첨병인 동양척식주식회사를 악귀로 상징한 「악몽」이
          란 단편을 내놓아 물의를 일으키고 고국에 돌아가기로 결심함. 귀국하
          여 강습소 교원, 출판사 사원, 잡지사 기자 등으로 전전함. 장편『8년
          간』을 ≪조선강단≫에 연재. 이때부터 '무영(無影)'이란 아호를 필명으
          로 쓰기 시작함.

1931년   ≪동아일보≫에서 한국 최초로 공모한 희곡 현상 모집에 「한낮에 꿈
          꾸는 사람들」을 이산(李山)이란 이름으로 응모하여 당선. 뒤에 이 작
          품은 극예술연구회에서 공연됨. 염상섭, 서항석, 이은상 등과 교유.

1932년   소설 「파탄」, 「두 훈시」, 「세창침」, 「조그만 반역자」, 「흙을 그리는 마
          음」 등을 발표하고 희곡 「어머니와 아들」, 「모는 자 쫓기는 자」, 「오
          전 영시」 등을 발표.

1933년   소설 「루바슈카」, 「산장 소화」, 「지축을 돌리는 사람들」(중편) 등과 희
          곡 「펼쳐진 날개」, 「아버지와 아들」, 「파경」, 「탈출」 등을 연이어 발표.

1934년   동아일보사에 입사, 학예부 기자로 일하기 시작. ≪신동아≫의 편집
          책임을 맡고 있던 최승만과 사내에서 각별한 사이가 됨. 소설 「창백한
          얼굴」을 비롯한 10여 편의 단편과 희곡 「반역자」, 「톨스토이」 등을 왕
          성하게 발표.

1936년   동아일보사에 함께 근무하던 신영균의 중매로 그의 처제 고일신과 6월
          11일, 동아일보사 강당에서 결혼. 서울 봉래동에 신혼살림을 차림. 이
          해 8월에 베를린올림픽 마라톤대회에서 우승한 손기정 선수의 사진에
          서 일장기를 말소한 사건으로 ≪동아일보≫가 무기한 정간되어 10개
          월 후 복간되기까지 실직 상태로 생활고를 겪음. 이 기간에 동향인의
          후원으로 친우 이흡과 함께 순문예지 ≪조선문학≫을 창간.

1937년   ≪동아일보≫가 복간되어 장편『명일의 포도(鋪道)』를 연재. 장녀 자
          림(慈林) 출생. 첫 단편집『취향』을 간행.

1938년   희곡 「구두쇠」를 극예술연구회가 부민관에서 공연함. 두 번째 단편집 『무영 단편집』과 장편 『명일의 포도』 간행.

1939년   창작 생활에 전념하기 위해 비장한 각오로 동아일보사를 사직하고 친구 이흡이 사는 경기도 군포의 궁말(宮村) 옆 샛말(오늘날의 시흥군 의왕면 2리)로 이사, 이곳에서 창작에 정진함. 1951년 1·4후퇴로 가족이 피난길에 오르기까지 12년간 살면서 창작 생활을 함. 장남 현(玄) 출생. 이해에 대표작 「제1과 제1장」을 씀. 장편 『먼동이 틀 때』 간행.

1940년   경성보육학원에서 문학을 강의. 「흙의 노예」 등 소설을 발표.

1941년   차남 민(民) 출생.

1942년   장편 『청기와의 집』을 ≪부산일보≫에 연재.

1943년   장편 『청기와의 집』이 일본의 신태양사에서 간행되고, 이 출판사에서 주는 '조선예술상'을 받음.

1944년   단편집 『정열의 서』 간행.

1945년   해방 이후에도 군포에서 창작에만 몰두함. 차녀 성림(聖林) 출생. 희곡 「논개」를 국악단이 국립극장에서 공연함.

1946년   서울대학교 문리대에 출강하여 소설론을 강의함. 희곡 「퀴리 부인」을 국립극장에서 공연함. 단편집 『흙의 노예』 간행.

1947년   연희대학교 문과대에 출강함. 삼녀 미림(美林) 출생. 소설론에 대한 교재의 필요성을 절감하고 『소설 작법』을 간행. 전국문화단체총연합회('문총') 최고위원에 피선. 단편집 『B녀의 소묘』 간행.

1948년   단편집 『벽화』 간행. 『고도승지대관』 간행.

1949년   '무영 농민 문학 선집' 제1권 『산가』와 제2권 『향가』 간행. 장편 『세기의 딸』 상권 간행.

1950년   한국전쟁이 발발하자 군에 입대. 손원일 제독에게 소개되어 이해 12월 해군에 입대하여 정훈 장교로 특별 임관됨. 사녀 상림(祥林) 출생.

1951년   1·4후퇴로 가족들이 피난길에 오름. 진해의 해군 통제부 정훈실장에 취임.

1952년   충무공 동상의 제작을 지휘하고 제막에 맞추어 희곡 「이순신」을 진해
         해양극장에서 공연. 삼남 홍(弘) 출생. 장편 『젊은 사람들』 간행.

1953년   2월 해군 정훈감에 취임. 부산으로 이사함.

1954년   2월 국방부 정훈국장에 취임. 2월 환도 후 성동구 신당동 344번지에
         거주하면서 이곳에서 별세할 때까지 살게 됨. 장편 『농민』 간행.

1955년   해군 대령으로 예편하여 국방부 정훈국 자문위원 겸 해군기술연구소
         이사에 취임. '문총' 최고위원에 다시 피선되고 펜클럽 한국본부 중앙
         위원, 자유문학자협회 부회장 등으로 선출됨. 희곡 「발착점에 선 사람
         들」을 국립극장에서 공연. 중편 『역류』 간행.

1956년   서울시 문화상 수상. 국제펜대회(런던)에 참가하여 2개월간 유럽을 여
         행. 장편 『삼년』 간행.

1957년   단국대학교 국문과 교수에 취임. 단편집 『해전 소설집』 간행.

1960년   4월 21일, 뇌일혈로 별세. 장례식(5일장)은 '문총장'으로 4월 25일 천
         주교 명동성당에서 거행됨. 도봉산 자락 창동의 천주교 묘지에 묻혀
         영면. 6월 26일 이무영 묘비 제막식이 구상 시인의 주선으로 거행.

1975년   『이무영 대표작 전집』(전5권)이 신구문화사에서 간행.

1985년   25주기를 맞아 4월 20일, 이무영을 기리는 문학비가 고향인 충북 음
         성읍 문화동에 세워짐.

1994년   4월 21일, 제1회 '무영제'가 음성문화원 주최로 설성공원 문학비 앞에
         서 열림.

2000년   40주기를 맞아 4월 이무영의 작품들과 산문들을 모두 다시 정리하여
         『이무영 문학 전집』(전6권)을 국학자료원에서 간행. 동양일보사 주관
         음성군 후원으로 '무영문학상'이 제정됨.

이무영 작품 연보

발표일	분류	제 목	발표지
1926. 6	단편	달순의 출가	조선문단 17호
1927. 5	장편	의지할 곳 없는 청춘	창조사
1927. 11. 15	동화	달님의 사신	조선일보
1928. 4	장편	폐허의 울음	창조사
1928. 5. 1	동화	장미와 꾀꼬리의 설움	동아일보
1929. 1. 9	시	가난뱅이 엄마	동아일보
1929. 3. 8	시	저주	동아일보
1929. 3. 24	시	봄은 왔나보다만	동아일보
1929. 5. 17	시	어머니!	동아일보
1929. 6. 2~8	단편	착각애	동아일보
1929. 9	단편	8년간	조선강단 1호
1929. 10. 24 ~27, 29	동화	엿장사 이야기	조선일보
1930. 1. 19/21~26	단편	노파	조선일보
1930. 2. 27~3. 12	단편	착각의 질투	조선일보
1930. 10	단편	아내	신여성 24호
1931. 1	단편	미남의 최후	동아일보
1931. 1	단편	구성 영감과 의학 박사	신생 27호
1931. 2. 24~28,	단편	오열	조선일보

발표일	분류	제 목	발표지
3. 4~6			
1931. 4	수필	우수 일지	신생 30호
1931. 5. 8~9, 13~22	중편	반역자	조선일보
1931. 10 · 11	단편	약혼 전말	혜성 7 · 8호
1931. 11. 6~12. 6	수필	자살 만담	동아일보
1931. 12~1932. 12	중편	반역자	비판 8~11, 19호
1932. 1. 1~7	수필	작가 생활의 불안	조선일보
1932. 1. 2~4	희곡	한낮에 꿈꾸는 사람들	동아일보
1932. 1	단편	파탄	영화시대 3호
1932. 1	수필	사랑	신여성 1월호
1932. 3. 9	수필	내게 감화를 준 인물과 그 작품	동아일보
1932. 5. 28, 31	희곡	어머니와 아들	조선일보
1932. 5	단편	두 훈시	동광 33호
1932. 5	희곡	모는 자 쫓기는 자	신동아 7호
1932. 5	수필	삶과 죽음	비판 13호
1932. 6	수필	1일 3리(厘)로 연명	비판 14호
1932. 7	단편	세창침	신동아 9호
1932. 7	시	이 아침에 부른 노래	신동아 9호
1932. 7	시	절로 우는 심금	신동아 9호
1932. 7	평론	작가의 비현실성	동광 35호
1932. 8	단편	조그만 반역자	동광 36호
1932. 9	단편	흙을 그리는 마음	신동아 11호
1932. 9	수필	꿈에 본 탄금대	신동아 11호
1932. 10	희곡	오전 영시	비판 17호

발표일	분류	제 목	발표지
1932. 12. 1	동화	똘똘이와 꿀룩새	동아일보
1932. 12	수필	굶음의 철학을	신동아 14호
1933. 1. 4	평론	문예인의 새해 선언	조선일보
1933. 1. 13	평론	내 심금의 현을 울린 작품	조선일보
1933. 1. 15	시	새벽길을 걸으며	조선일보
1933. 1	희곡	펼쳐진 날개	신가정 1호
1933. 1	수필	앞날에 있기를―기쁘던 그날	신여성 1월호
1933. 2. 19~21	수필	우울에 실은 봄	조선일보
1933. 2	단편	루바슈카	신동아 16호
1933. 3	수필	박화성 씨―못 본 이 상상기	신가정 3호
1933. 3	수필	10년 전의 무장야	신가정 3호
1933. 3	수필	R군의 임금철학	신동아 17호
1933. 4. 27	수필	누가 지었소, 봄이란 이름을	동아일보
1933. 4	수필	시골 간 벗에게	신가정 4호
1933. 4	수필	M군의 로맨스	신동아 18호
1933. 5. 1	수필	초하무제	조선일보
1933. 6. 18	평론	일본 팟쇼화의 길	동아일보
1933. 6. 20~21	평론	이종오(李鍾鳴) 소론	조선일보
1933. 6	단편	산장소화	신가정 6호
1933. 6	희곡	어머니와 아들	신동아 20호
1933. 8. 5~9. 22	중편	지축을 돌리는 사람들	동아일보
1933. 8. 25	평론	내 심금의 현을 울린 작품 ―투르게네프 50년제 기념 논문	조선일보
1933. 9. 30	수필	비지찌개와 귀뚜라미	동아일보
1933. 9	희곡	아버지와 아들	신동아 23호

발표일	분류	제 목	발표지
1933. 10. 3	수필	월요 권투장 바바리즘의 고향	조선일보
1933. 10. 10	평론	공정한 평가여, 나오라	조선일보
1933. 10. 17, 19~21	평론	10월 창작 별견	동아일보
1933. 10. 25	평론	나의 문학에 대한 태도	동아일보
1933. 10	단편	오도령	조선문학 3호
1933. 10	희곡	파경(현대 여성 기질)	신가정 10호
1933. 10	수필	억대의 쾌남아 달타니안	신동아 24호
1933. 11. 28~30	평론	문예 시평	조선중앙일보
1933. 11	희곡	탈출	신동아 25호
1933. 12. 28	평론	조선 문학과 외국 문학	조선중앙일보
1933. 12. 28	수필	만상만필	동아일보
1933. 12. 30	평론	수필 문학에 대한 사견	조선중앙일보
1933. 12	단편	궤도	중앙 2호
1933. 12	수필	늙은 거지	신가정 12호
1934. 1. 4	평론	작가 자신의 생활 혁명	조선일보
1934. 1. 13	평론	문단인으로서 사회에 보내는 희망	동아일보
1934. 1	수필	4년 전의 그 여인	신동아 27호
1934. 2. 6~9	평론	문예비평론	조선일보
1934. 2. 14, 16~19, 21~22	평론	신춘 창작평	조선중앙일보
1934. 2	단편	창백한 얼굴	신동아 28호
1934. 2	희곡	반역자	문학타임스 1호
1934. 2	평론	여류 작가 개평	신가정 14호
1934. 2	수필	백마를 타고 구월산 넘어	신동아 28호

발표일	분류	제 목	발표지
1934. 2	수필	그날의 생전 춘월	형상 1호
1934. 3	수필	결혼하는 C양에게	신가정 15호
1934. 3 · 4	단편	아저씨와 그 여인	신가정 15 · 16호
1934. 4. 1	수필	나의 아호 나의 이명	동아일보
1934. 4. 29	수필	기름	조선중앙일보
1934. 4	단편	나는 보아 잘 안다	신여성 19호
1934. 5. 23	단편	탈출기	동아일보
1934. 5. 27~30, 6. 2	평론	문단 산책	조선중앙일보
1934. 5	평론	신문 소설에 대한 관견	신동아 31호
1934. 6. 9	수필	열창냉어 ― 감상 · 비판 · 주장	동아일보
1934. 6. 20~22	평론	춘원 이광수 씨에게	조선중앙일보
1934. 6	단편	거미줄을 타고 세상을 건너려는 B녀의 소묘	신동아 32호
1934. 6	평론	대중문학이 가져야 할 길	학등 7호
1934. 7. 16	단편	남해와 금반지	조선중앙일보
1934. 7. 17~22	단편	S부인과 그후 이야기	동아일보
1934. 7. 30, 31, 8. 2~4	수필	해변 일지 ― 홍원유기	조선중앙일보
1934. 7	단편	우심	중앙 9호
1934. 7	단편	댕기 삽화	신인문학 1호
1934. 7	수필	10년 전 그 시악씨	신동아 33호
1934. 8	단편	야시 삽화	신가정 20호
1934. 8	수필	여름 양복이나 한 벌 지어 주소	중앙 10호
1934. 9. 9	수필	일기 일절	동아일보

발표일	분류	제 목	발표지
1934. 9. 13~15	수필	폐허의 고향에서	조선일보
1934. 9. 19	평론	자신에게 가일편	조선일보
1934. 9. 23	수필	향토의 가을빛	동아일보
1934. 11. 2~6	일기	산장 일기	동아일보
1934. 11. 15~18	평론	작가와 직업	조선중앙일보
1934. 11 · 12	단편	용자소전	신가정 23 · 24호
1934. 11 · 12	단편	노래를 잊은 사람	중앙 13 · 14호
1934. 11.~1935. 1	희곡	톨스토이	신동아 37~39호
1934. 12. 16~28	단편	취향	조선일보
1934. 12. 27, 28, 30	평론	금년의 문단을 회고함	동아일보
1935. 1. 1	평론	사회여, 문단에도 일고를 보내라	조선중앙일보
1935. 1. 12	수필	문인의 연두서	동아일보
1935. 1	단편	아름다운 풍경	신가정 25호
1935. 2. 27	수필	봄아 오아지이다	동아일보
1935. 2	단편	산가	신동아 40호
1935. 2	수필	길 가고 싶은 맘	신가정 26호
1935. 2	수필	영원히 가버린 그들	신동아 40호
1935. 3. 2	수필	졸장부와 나 — 나의 자화상	조선일보
1935. 3~5	단편	타락녀 이야기	신인문학 9~11호
1935. 3. 20~4. 14	중편	꾸부러진 평행선	동아일보
1935. 3	단편	만보 노인	신동아 41호
1935. 4	수필	꾀꼬리를 기다리다	삼천리 64호
1935. 4	수필	불량 학생과 예술가 기질	신동아 42호
1935. 4	수필	종달새 — 춘조춘화송	신가정 28호

발표일	분류	제 목	발표지
1935. 4 · 5	단편	수인의 아내	신가정 28 · 29호
1935. 5. 1〜7, 12, 14, 15	수필	영남주간기	동아일보
1935. 5. 26	동화	이뿌던 닭	동아일보
1935. 5	평론	셰익스피어의 제작은 과연인가?	신동아 43호
1935. 6. 2	동화	경재 미워	동아일보
1935. 6. 9	동화	경재 또 매마졌다지	동아일보
1935. 6. 16	단편	편지	동아일보
1935. 6. 26	수필	안해 있는 홀아비들	동아일보
1935. 6. 30	동화	뭘 그리 꿍꿍거려	동아일보
1935. 6	수필	가구파요 산장에 — 명창여묵	신가정 30호
1935. 6	수필	M군과 수박	신가정 30호
1935. 7. 12	시	제주도송	동아일보
1935. 7. 14	동화	아저씨가 미워죽겠지?	동아일보
1935. 7. 20, 22, 23	수필	내가 사숙하는 내외 작가	동아일보
1935. 7. 21	동화	여름방학	동아일보
1935. 7. 28	동화	편지	동아일보
1935. 7. 30	수필	S군	동아일보
1935. 7. 31	수필	수국 기행	동아일보
1935. 7	평론	문예가협회에 대한 우감	조선문단 24호
1935. 7	수필	회유 행주산성	신가정 31호
1935. 7	수필	O · K를 생각함	신동아 45호
1935. 8. 4	동화	일전 한푼	동아일보
1935. 8. 6.〜12. 30	장편	먼동이 틀 때	동아일보

발표일	분류	제 목	발표지
1935. 8. 18	동화	미운 개고리	동아일보
1935. 8	수필	여인 천하의 제주도	신가정 32호
1935. 8	수필	꿈속의 나라 제주도를 찾아서	신동아 46호
1935. 9	단편	우정	신가정 33호
1935. 10. 6	동화	백중날 씨름 / 운동회	동아일보
1935. 10. 13	동화	이학년 학생	동아일보
1935. 10. 17, 19, 22~24	평론	'문단 페스트균'의 재검토	동아일보
1935. 10. 20	동화	투정꾼	동아일보
1935. 10. 27	동화	에치오피아	동아일보
1935. 10	희곡	예술광사 사원과 5월	신동아 48호
1935. 10	수필	춘향사로 부치는 편지	신동아 48호
1935. 10	수필	추수	신가정 34호
1935. 11. 3	동화	얼간 씨와 경재 군	동아일보
1935. 11. 10	동화	경재 꾀 재기	동아일보
1935. 11. 17	동화	군포장 깍두기	동아일보
1935. 11. 20	평론	두옹과 조선 작가	동아일보
1935. 11	평론	단편 소설을 쓰려는 사람들에게	신인문학 1호
1935. 11 · 12	단편	노농	비판
1935. 12. 1	동화	공일날 생일	동아일보
1935. 12. 8	동화	그것들 우수웨	동아일보
1935. 12. 15	동화	어름판	동아일보
1935. 12. 22	동화	둘 다 미워	동아일보
1935. 12	단편	나락	삼천리 68호

발표일	분류	제 목	발표지
연대 미상	단편	호반의 전설	단편집 『B녀의 소묘』
1936. 1	희곡	현대 여성 기질	호남평론 2호
1936. 1	수필	그때 그 겨울―나의 중학시대	학등 22호
1936. 2	단편	타락녀	호남평론 2호
1936. 2. 9～5. 20	장편 동화	똘똘이	동아일보
1936. 2. 19	수필	고부간 관계―가정시감	동아일보
1936. 4	수필	약간의 자부심이 생겨진다	삼천리 72호
1936. 4 · 5	단편	파경	신가정 41 · 42호
1936. 5	수필	어떤 최후―작가생활 노트에서	조선문학 6호
1936. 6. 6	동화	거짓말	동아일보
1936. 7. 3	수필	해인사 점묘―그리운 연향	동아일보
1936. 7	단편	유모	신동아 57호
1936. 8 · 9	단편	오열	조선문학 8 · 9호
1936. 9	수필	단발령을 넘으며	신가정 45호
1936. 9	수필	동화 그리는 마음	중앙 35호
1936. 11	단편	분묘	조선문학 11호
1936	단편	농부	게재지 미상
1936	희곡	무료 치병술(수전노, 구두쇠)	게재지 미상
1937. 1	수필	그리다 둔 자화상	백광
1937. 3	단편집	취향	조선문학사
1937. 4	수필	석유 궤짝 긁는 소리	풍림 5호
1937. 6. 3～12. 25	장편	명일의 포도	동아일보

발표일	분류	제 목	발표지
1937. 6. 6	수필	거짓말	동아일보
1937. 7. 8	동화	복숭아	동아일보
1937. 8. 3	평론	소설가 아닌 소설가	동아일보
1937. 8	수필	비극	조선문학 14호
1937. 10. 9	수필	가을 6제	동아일보
1937. 10. 16	수필	렌즈에 비친 가을의 표정	동아일보
1938. 1	수필	여인과 펜	삼천리문학 1호
1938. 3. 25~30	단편	불살른 정열의 서	동아일보
1938. 5. 26	콩트	낚시질	동아일보
1938. 6. 12, 14~16	수필	강릉행	동아일보
1938. 7	단편	일요일	사해공론 39호
1938. 8	단편	적	청색지 2호
1938. 9. 9	수필	비경 탐승 — 호서의 추경단양유기	동아일보
1938. 9. 9	수필	일기 — 일기장에서	동아일보
1938. 9. 11~13	단편	화경	동아일보
1938. 9	단편	9호 병실	광업조선 3권 9호
1938. 10	단편집	무영 단편집	한성도서주식회사
1938. 10·11	단편	전설	삼천리 101·102호
1938. 10	장편	명일의 포도	삼문사
1939. 1. 8	평론	조선 연극 운동의 나아갈 방향(좌담)	동아일보
1939. 1	평론	엄홍섭을 말함	조선문단 15호
1939. 1	수필	순정	비판
1939. 1	수필	젖먹이	박문 4호

발표일	분류	제 목	발표지
1939. 4	단편	한 과정	조선문학 17호
1939. 5	평론	아지끼와 전성시대	비판 5월호
1939. 5	수필	그 시절의 비판	비판 5월호
1939. 6	평론	거짓말과 문학	작품 1호
1939. 6	수필	무제	박문 8호
1939. 7	단편	독초	조선일보
1939. 8	장편	먼동이 틀 때	영창서관
1939. 9. 15, 17, 19	평론	문학의 진실성과 실재에의 탐구	동아일보
1939. 10. 10～ 1940. 8. 11	장편	세기의 딸―퀴리 부인의 일생	동아일보
1939. 10	단편	도전	문장 9호
1939. 10	단편	제1과 제1장	인문평론 1호
1939. 11	일기	궁촌기―최근 일기초	인문평론 2호
1939. 12	단편	어떤 안해	문장 11호
1940. 1. 31～2. 3	일기	산거한제―속 궁촌기	조선일보
1940. 1	동화	딸과 아들과	인문평론 4호
1940. 2	평론	나의 문학 10년기	문장 13호
1940. 3. 17～21	평론	문학의 진실성	경성일보
1940. 3. 30～31, 4. 2, 5	일기	산촌한제―궁촌기 기(基)4	동아일보
1940. 3	단편	이름 없는 사나이	조광 53호
1940. 3	수필	외어한(外語恨)	박문 16호
1940. 4	단편	흙의 노예―속 제1과 제1장	인문평론 7호
1940. 4	수필	산거 2제	조광 54호

발표일	분류	제 목	발표지
1940. 6. 16	평론	인문사판 『조선 작품 연감』을 보고	동아일보
1940. 6	단편	청개구리	농토 1호
1940. 6	평론	5월 창작을 읽고	인문평론 9호
1940. 6	수필	잊었던 어머니 — 소설가의 어머니	조광 56호
1940. 7. 6~12	일기	무제록 — 궁촌기 기(基)5	조선일보
1940. 7. 28	수필	기우 — 나의 실농기	동아일보
1940. 8	단편	민권	인문평론 11호
1940. 8	수필	우수의 달	여성 53호
1940. 10	단편	안달소전	조광 60호
1940. 12	수필	비슷도 안한 자화상	조광 62호
1941. 2	단편	누이의 집 — 어느 여행기	문장 23호
1941. 3	단편	윈줏대	춘추 2호
1941. 4	단편	승부	인문평론 16호
1942. 3	단편	문서방	국민문학 5호
1942. 9	단편	모우지도	춘추 26호
1942. 11	수필	文書房への手紙	국민문학 11월호
1942	장편	청기와의 집	부산일보
1943. 1	단편	귀소	춘추 24호
1943. 4	단편	토룡	국민문학 16호
1943. 5. 3~9. 6	장편	향가	매일신보
1943	단편	용답	반도의빛(半島の光) 8월호
1943. 9	단편	역전	조광 95호

발표일	분류	제 목	발표지
1943. 9	장편	청기와의 집	신태양사
1943. 11	단편	대자	춘추 33호
1944	단편집	정열의 서(情熱の書)	동도서적
1944	단편	조그만 일	게재지 미상
1944	단편	슬픈 해결	게재지 미상
1944	단편	부주전 상백시	게재지 미상
1944	단편	서(壻)	정열의 서
1944	단편	초상(肖像)	정열의 서
1944	단편	과원물어(果園物語)	정열의 서
1944	단편	초설(初雪)	정열의 서
1945	단편	법	게재지 미상
1945	단편	금석	게재지 미상
1945	희곡	논개	게재지 미상
1946	장편	삼년	태양신문
1946	희곡	퀴리 부인	게재지 미상
1946. 7	단편집	흙의 노예	조선출판사
1946. 10. 6	평론	강요되는 자기비판	경향신문
1946. 12	단편	굉장소전	백민 6호
1947	단편집	B녀의 소묘	문연사
1947	이론서	소설 작법	영문사
1947. 4	단편	수염	신조 4월호
1947. 10	단편	집 이야기	민성 10월호
1947. 11. 17	평론	『사슬이 풀린 뒤』를 읽고	국제신문
1947. 12~1949. 2	중편	일년기	조선교육 7~15호
1948	단편집	벽화	문장사

발표일	분류	제 목	발표지
1948	단편	구곡동	벽화
1948	답사기	고도승지대관	조선여행사
1948. 5	단편	무사	민성 5월호
1948. 12	단편	석전기	현대공론 12월호
1949	단편	장화	이무영 대표작 전집 2권(신구 문화사, 1975)
1949. 1	장편	세기의 딸(상권)	동진문화사
1949. 2. 1, 2	수필	무제 — 최근의 일기에서	경향신문
1949. 3. 24	수필	계절 불감증	조선일보
1949. 3	단편집	산가 — 무영 농민 문학 선집 1권	민중서관
1949. 3	단편	사위	산가
1949. 3	단편	나랏님 전 상사리	산가
1949. 3	장편	향가 — 무영 농민 문학 선집 2권	민중서관
1949. 5. 4~6. 4	중편	태평관 사람들	조선일보
1949. 7. 17, 18	수필	한려수도 순항기	경향신문
1949. 8. 12	수필	무위도식의 10년	연합신문
1949. 8	평론	소설 작법 — 문학에의 길	민성 37호
1949. 10. 8, 11, 12	평론	소설 문학과 회화 — 문예수감	국도신문
1949. 10. 13	수필	추수	서울신문
1949. 11. 14~16	수필	관악일순기	조선일보
1949. 11	단편	산정의 삽화	문예 4호

발표일	분류	제 목	발표지
1949. 12. 19, 20	평론	해방 전후 문단의 회고	서울신문
1950	단편	정상에서	게재지 미상
1950. 1. 1	평론	고민하는 이와 더불어	경향신문
1950. 1. 1	수필	반역자 적발·타공 선언	한국일보
1950. 1. 1~5. 21	장편	농민	한성일보
1950. 1	단편	불암	신천지 42호
1950. 2. 21	평론	문화 정책을 확립하라	경향신문
1950. 2	단편	전기	백민 20호
1950. 2	단편	연사봉	민성 43호
1950. 3	단편	삼 여인	문예 8호
1950. 5	단편	명암	백민 22호
1950. 6. 1~22	단편	그리운 사람들(6·25전쟁 으로 중단됨)	서울신문
1950. 6. 23	수필	곡 채만식 형	국도신문
1950. 6	수필	슬픈 주봉록	신경향 6월호
1951	단편	어떤 부부	이무영 대표작 전집 5
1951. 7	단편	범선에의 길	신조 2호
1951. 12	단편	소방황	학도 1호
1952	단편	기우제	농민 소설 선집 (대한금융조합 연합회 편)
1952	중편	사랑의 화첩	이무영 대표작 전집 4
1952	희곡	이순신	게재지 미상

발표일	분류	제 목	발표지
1952. 2	장편	젊은 사람들	문연사
1953	단편집	B녀의 소묘(재판)	희망사
1953. 2	단편	ㄷ씨 행장기	문예 15호
1953. 2	단편	초향	연합신문
1953. 2	단편	바다의 대화	전선문학 13호
1953. 3. 6	평론	고민하는 문학 — 문학도의 고백	서울신문
1953. 3. 27	평론	인간 마해송	경향신문
1953. 3	단편	6 · 25	군항 2권 2호
1953. 4, 5	단편	사의 행렬	국방 23 · 24호
1953. 5	동화	창구의 고백	학원 2권 5호
1953. 5	평론	전쟁과 문학	전선문학 5호
1953. 6	단편	일야	수도평론 1호
1953. 5	단편	창구의 고백	학원 5월호
1953. 6	단편	O형의 인간	신천지 53호
1953. 6 · 9	단편	암야행로(속 ㄷ씨 행장기)	문예 16 · 17호
1953. 8. 9, 23	평론	문학, 생활, 소재	서울신문
1953. 8. 18	평론	비평 문학의 재건	중앙일보
1953. 8	단편	벽화	문화세계 2호
1953. 10~12	장편	농군	서울신문
1953. 11	단편	호반 산장 지도	신천지 57호
1953. 11	수필	방진 못하는 변	영문 11월호
1954	장편	노농	대구일보
1954. 4. 10	수필	문단가도지도	조선일보
1954. 4. 23, 24	평론	문학 운동의 위기 — 문총의	연합신문

발표일	분류	제 목	발표지
		해체를 제언함	
1954. 4. 30, 5. 1	평론	문단 현상을 해부	중앙일보
1954. 5. 15	수필	고민하는 문학 — 문학도의 고백	서울신문
1954. 5. 16	평론	우리는 무엇을 어떻게 쓸 것인가	서울신문
1954. 5	장편	농민	협동문고 2~5
1954. 5~8	중편	역류	연합신문
1954. 5	단편	영전	신천지 64호
1954. 9	단편	농부전 초	현대공론 9호
1954. 10	단편	송 미망인	펜 1호
1954. 12. 30	평론	공백의 갑오 문단을 회고함	동아일보
1955	수필	서명	사상계 21호
1955	단편	비련	게재지 미상
1955	단편	며느리	이무영 대표작 전집 2
1955	단편	아침	이무영 대표작 전집 2
1955. 1	중편집	역류	을유문화사
1955. 2	단편	숙경의 경우	사상계 19호
1955. 2	단편	또 하나의 위선	현대문학 2호
1955. 3. 3	수필	모시 두루막과 국방 헌금	동아일보
1955. 3. 26, 29	평론	새것과 낡은 것과	경향신문
1955. 3	단편	그 전날 밤	새벽 4호
1955. 3	수필	학부형의 소리(설문)	교육문화 15호

발표일	분류	제 목	발표지
1955. 4. 26	평론	백안청안	서울신문
1955. 5. 7, 8, 10	평론	농촌 문화와 농민 문학	서울신문
1955. 5	단편	소녀	사상계 22호
1955. 5	수필	모난 인간	펜
1955. 6. 1	평론	소설과 재미	연합신문
1955. 6. 17, 18	평론	월탄 선생에게 보내는 공개장	동아일보
1955. 6. 30	수필	문협과 자유 문학	경향신문
1955. 6	단편	이단자	현대문학 6호
1955. 6	단편	사진기	학원 6월호
1955. 7. 5~7	평론	비평의 생리	경향신문
1955. 7	단편	향수	문학예술 4호
1955. 7	단편	연사봉	숙대학보 1호
1955. 7	평론	창간 2주년 기념 당선 작품 선평	사상계 24호
1955. 8. 23~25	수필	한국 민주주의 10년	중앙일보
1955. 8. 29, 30	수필	망령의 허언	경향신문
1955. 9~12	중편	창	경향신문
1955. 9~12	중편	고추잠자리 뜰 때	농민생활 4호
1955. 10. 6	수필	사색 없는 가을	조선일보
1955. 10	평론	우리 문학의 가는 길, 가야 할 길	사상계 27호
1955. 11. 16, 18	평론	농촌 문화와 농민 문학	국제신문(부산판)
1955. 11. 20~12. 11	중편 동화	목마 타던 시절	한국일보(일요판)
1955. 11	희곡	팔각정 있는 집	문학예술 8호
1955. 11	수필	환(幻)	사상계 28호

발표일	분류	제 목	발표지
1955. 12. 22	평론	문학 활동과 문단 정치	동아일보
1955. 12. 25, 26	평론	융성, 찬란했던 문단	한국일보
1955. 12. 27	수필	콧수염	동아일보
1955. 12	단편	광무곡	재정 63호
1956	단편	빙화	주간희망
1956	장편	삼년	사상계사
1956	장편	농민 외	한국 문학 전집 제10권(민중서관)
1956. 1. 6	수필	이해에 하고픈 것	동아일보
1956. 2. 13	수필	탄전 왕국에서	주간희망
1956. 3. 23, 24	평론	패배의 3월 작단	동아일보
1956. 4. 5 · 6	평론	채만식의 인간과 문학	서울신문
1956. 4. 14	수필	나와 소설	조선일보
1956. 4. 25	수필	아관 정견	경향신문
1956. 5	단편	숙	문학예술 14호
1956. 5	단편	작은 반역자	사상계 34호
1956. 6	중편	역류	자유문학 1호
1956. 7. 5 · 6	평론	문학의 순수성과 통속성	동아일보
1956. 7. 19~8. 16	평론	세계 작가 회의 통신	동아일보
1956. 9. 28~10. 6	평론	신국민 운동을 제창함	동아일보
1956. 11	평론	농촌과 문화	새벽 14호
1956. 11 · 12	단편	향수	사상계 40 · 41호
1957	단편	부표	이무영 대표작 전집 2
1957	단편	들메	이무영 대표작

발표일	분류	제 목	발표지
			전집 2
1957	단편	새벽	게재지 미상
1957	단편	제대병의 소묘	게재지 미상
1957	단편	반향	게재지 미상
1957. 1	단편	호텔 이타리꼬	신태양 52호
1957. 2. 5	평론	작가의 애정	단대학보 34호
1957. 3. 13~16	평론	2・3월의 소설계	세계일보
1957. 3. 19, 20	평론	유린된 출판 문화	동아일보
1957. 3	단편	시신과의 대화	문학예술 23호
1957. 4. 4	수필	무영의 변—아호 풀이	동아일보
1957. 4. 30, 5. 1	평론	국민 도의와 문화 사업	동아일보
1957. 5. 1	평론	'선전' 유감	단대학보 38호
1957. 5. 1	수필	서재 우감	단대학보 38호
1957. 5	단편	광상	현대문학 29호
1957. 6. 19	평론	불우한 여류 시인 노천명	한국일보
1957. 7. 19, 20	평론	문학 단체의 통합 이념	자유신문
1957. 7. 20~22	평론	허구의 세계와 문학의 세계	세계일보
1957. 7	평론	애정 비평 시론	자유문학 5호
1957. 7	수필	'낙뢰'는 여성적, '저항'은 남성적	신태양 58호
1957. 8. 1, 2	평론	익명 비평의 윤리	경향신문
1957. 8	단편집	해전 소설집	해군본부 정훈감실
1957. 8	평론	소설과 모랄	자유문학 6호
1957. 8~10	중편	맥령	사상계 49~51호
1957. 9. 13	평론	재인식되어야 할 우리 문학	조선일보

발표일	분류	제 목	발표지
1957. 9	평론	순수와 비순수	자유문학 7호
1957. 10. 19~ 1958. 4. 7	장편	난류	세계일보
1957. 10. 28	평론	농민 문학의 당면 과제	조선일보
1957. 12. 1	평론(좌담)	영화와 문학	단대학보 54호
1957. 12. 11~31	수필	대만 통신	동아일보
1957. 12	수필	'감정' 유감	재정 72호
1958	단편	진소저	이무영 대표작 전집 5
1958. 1. 3	평론	문단에 말한다—과감한 생활 혁명	경향신문
1958. 1. 23	수필	귀농 5개년 계획	서울신문
1958. 1. 27	평론	기준이 서야 판단이 나온다	조선일보
1958. 1	단편	2·8 전야	자유문학 10호
1958. 2. 1	수필	내가 본 대만의 인상	단대학보 56호
1958. 2	평론	작가와 독자	자유문학 11호
1958. 3	평론	중국작가와의 문학 정담기	자유문학 12호
1958. 4. 8	평론	「난류」의 끝에 부쳐서	세계일보
1958. 4. 11	평론	진진해진 문학관	단대학보 60호
1958. 6. 25	평론	6·25는 시사에 남을 것인가?	조선일보
1958. 7. 5, 6, 9, 10	평론	50대 문학의 항변	동아일보
1958. 7	단편	어떤 부녀	자유문학 16호
1958. 7	단편	숙의 위치	사조 2호
1958. 8. 12	평론	무위도식의 10년	연합신문
1958. 9. 3~9	평론	오늘의 소설 내일의 소설	동아일보

발표일	분류	제 목	발표지
1958. 9	수필	생활 없는 생의 기록	자유문학 18호
1958. 10	평론	세대론	사조 5호
1958. 11	단편집	벽화(재판)	문장사
1958. 11	평론	고행과 작가의 정신	자유문학 20호
1958. 12. 30	평론	졸작 3편 — 나의 창작 1년	자유신문
1958. 12. 31	평론	논쟁과 '가십'의 재검토	서울신문
1958. 12	평론	문학과 도박 — 58년을 회고하여	자유문학 21호
1958.	단편	굉장 씨 후일담	게재지 미상
1958. 11. 1~ 1959. 7. 20	장편	계절의 풍속도	동아일보
1959. 1. 3	평론	생산 문학의 진작	세계일보
1959. 1. 25	수필	신개헌 초안 — 백인 천자록	세계일보
1959. 1. 26	수필	소설가가 된 동기와 이유	세계일보
1959. 2. 10, 11	평론	저널리즘과 문학	국제신문(부산판)
1959. 2	단편	실제기	자유공론 3호
1959. 2	평론	소설 추천의 이념	자유문학 23호
1959. 2	평론	소설 추천사	자유문학 23호
1959. 3. 1	평론	3·1정신과 우리 문학	세계일보
1959. 3. 4	평론	졸업은 학구 생활의 출발이다	단대학보 81호
1959. 3. 7	수필	데모와 군중	동아일보
1959. 3	단편	죄와 벌	자유문학 24호
1959. 3	평론 (좌담)	40대 작가들은 이렇게 말한다	문학평론 3월호
1959. 4	평론	한국의 농민 문학은 어찌	여원

발표일	분류	제 목	발표지
		되었나	
1959. 5. 6	수필	그리워라, 사람이	세계일보
1959. 5. 2	평론	지방 문단의 성격	단대학보 86호
1959. 5	평론	소설 추천사	자유문학 26호
1959. 6. 1	평론	농민에의 매력 — 나의 창작 역정	서울신문
1959. 6.	희곡	벽	신태양 80호
1959. 7. 1	수필	자애할 줄 아는 사람이 되자	단대학보 90호
1959. 7. 3	평론	평론·비평의 문장	서울신문
1959. 7. 16, 17, 22	평론	최근의 문단 풍속	서울신문
1959. 7. 20, 22	평론	허구의 세계와 문학의 세계	세계일보
1959. 7	평론	중앙 문단과 지방 문단	자유문학 28호
1959. 8. 9, 10	수필	무창포점묘	세계일보
1959. 8. 12	평론	장편 소설과 시점	동아일보
1959. 8. 15~17	평론	문화가 걸어온 형극의 길	세계일보
1959. 8. 16, 19	평론	민족 문학의 재반성(좌담)	서울신문
1959. 8. 29~31	수필	고민하는 구라파	경향신문
1959. 8	콩트	궁촌 사람들	무지개 4호
1959. 8	평론	해방 전 문단을 회상함	자유문학 29호
1959. 9. 7	수필	환희의 계절 — 나의 일기 초에서	서울신문
1959. 9	단편	미애	자유문학 30호
1959. 9	평론	진실한 인간으로서의 자기완성	신문예 15호
1959. 9	평론	소설 추천기	자유문학 30호

발표일	분류	제 목	발표지
1959. 10	단편	두더지	사상계 75호
1959. 7. 20	단편	기차와 박노인	이무영 문학 전집 (국학자료원, 2000)
1959. 11. 28	수필	×월 ×일	동아일보
1959. 11	수필	낙엽과 문학	자유문학 32호
1959. 12. 16, 17	평론	새로운 농민형의 농민 문학을	동아일보
1959. 12. 17	수필	아직도 늦지는 않다	조선일보
1960. 1. 8	수필	경자의 점괘	동아일보
1960. 2	평론	40년간의 문예지	사상계 79호
1960. 2	수필	국민의 무지가 비극의 원인이다	새벽 2월호
1960. 3. 26	수필	내가 즐기는 봄-낚시	조선일보
1960. 5	평론	휴머니즘과 빈곤	국제평론 3호
1960. 5	수필	외치기보다 반성	새벽 5월호
1960. 6	단편	애정 설화(유고)	문예 6월호
1962. 9, 10	중편	목석 부인	사상계 9·10월호
연대 미상	단편	원균의 후예	이무영 대표작 전집 5
연대 미상	단편	어떤 아들	이무영 대표작 전집 2
연대 미상	콩트	월급날	이무영 대표작 전집 5
연대 미상	콩트	가락지	이무영 대표작 전집 5

이무영 연구 서지

1933. 3   이봉구, 「이무영론」, 《풍림》 4호

1933. 7. 15~16 임화, 「6월 중의 창작 — 「산장 소화」, 「어머니와 아들」」, 《조
                선일보》

1933. 10. 7   김유영, 「문예시평 — 한 개의 자유주의 작품」, 《조선일보》

1933. 11. 13   한설야, 「11월 창작평 — 주제의 강화라는 것」, 《조선일보》

1933. 12. 14   한설야, 「12월 창작평 — 이무영 「궤도」」, 《조선일보》

1934. 12   김기진, 「문제 되는 몇 작가」, 《신동아》 38호

1935. 2. 10   김동인, 「'레알'은 간결 — 이무영 씨 작 「산가」」, 《매일신보》

1935. 3. 30   김동인, 「일취월장 — 이무영 씨 「만보 노인」」, 《매일신보》

1935. 11. 3,   김문집, 「장혁주 군에게 보내는 공개장」, 《조선일보》
5, 10

1936. 3. 8   박영호, 「국예술연구회 9회 공연을 보고 — 이무영 작 「무료치병
                술」, 《조선일보》

1936. 6. 16   박영희, 「6월의 창작평 — 이무영의 「키스를 거절하는 여자」」,
                《조선일보》

1936. 11. 16   엄흥섭, 「11월 창작평 — 이무영 「분묘」 외」, 《조선일보》

1937. 3. 19, 20 유진오, 「인삼과 밥과 아편 — 이무영 씨 창작집 『취향』을 읽고」,
                《조선일보》

1937. 6. 26   신남철, 「문학의 개인성과 사상성」, 《동아일보》

1937. 8   한식, 「이무영 씨의 문학에 대하여」, 《조선문학》 14호

1938. 11. 15   이흡, 「이무영 저 『명일의 포도』」, 《동아일보》

1939. 1   엄홍섭, 「『무영 단편집』과 무영」, 《조선문학》 15호

1939. 6   유진오, 「무영의 문학」, 《작품》 1호

1939. 7. 24   ?, 「연작 소설 「파경」을 읽고」, 《조선일보》

1939. 10. 13, 14   김영수, 「창작 월평 릴레」, 《조선일보》

1939. 12   인정식, 「조선 농민 문학의 근본 문제」, 《인문평론》 3호

1939. 12   임화, 「농민과 문학」, 《문장》 11호

1940 2. 27   박승극, 「농민 문학의 옹호 ― 흙의 영원성과 함께」, 《동아일보》

1940. 2. 28   박승국, 「농민 문학의 옹호 ― 농민 문학의 길」, 《동아일보》

1940. 4. 13   이원조, 「관찰과 내부적 원숙, 이무영 『흙의 노예』」, 《조선일보》

1940. 4   임화, 「생산소설론」, 《인문평론》 7호

1949. 9   B생, 「문인 가정 탐방기 ― 김광섭·이무영 편」, 《민성》

1957. 4   천상병, 「이무영 씨 「시신과의 대화」」, 《현대문학》

1958. 8. 2   정태용, 「'성'을 위한 세대 문제 ― 이무영 씨의 「50대 문학」에 대한 소견」, 《한국일보》

1960. 4. 23   김광섭, 「무영 급서를 애도함」, 《조선일보》

1960. 4. 25   모윤숙, 「애도 무영 ― 나라의 벗, 다정한 흙의 작가」, 《연합신문》

1960. 4. 24   박영준, 「외로운 작가 가다 ― 이무영 선생을 추모함」, 《세계일보》

1960. 5. 1   백철, 「현실성 중시한 작가, 내 결혼 중매 서둔 이 ― 인간 무영을 말한다」, 《단대신문》 106호

1960. 5. 1   김용호, 「굶기를 떡 먹듯 한걸, 키가 클 수 있겠소 ― '농민 문학의 어머니' 인간 무영을 말한다」, 《단대신문》 106호

1961   백철, 「농촌 제재의 작품 의미」, 《문경》 11호, 중앙대

1961. 4. 21   백철, 「농촌과 한국 문학의 길 ― 무영의 1주기에 부치는 제언」, 《동아일보》

1961. 4. 21   이동희, 「무영 선생의 문학과 생애」, 《단대신문》 128호

1961. 4. 21   류승규, 「이무영 선생 회상기」, 《단대신문》 128호

1962. 4. 20   곽하신, 「농민 문학의 선구자」, 《조선일보》

1962. 12   곽하신, 「무영 선생께 드리는 대화」, 《현대문학》

1964. 9   백철, 「농민 소설과 계몽주의」, 《세대》

1966   이성, 「이무영론」, 이화여대 석사 논문

1966. 3   김송현, 「이무영론」, 《현대문학》

1966. 6. 9   백철, 「흙에 귀의한 작가 이무영」, 《대한일보》

1967. 6   이성, 「무영의 농민 문학」, 《이화》 22호, 이화여대

1969. 1   신선규, 「인의의 성실 — 작가 이무영론」, 《자유문학》

1970. 4. 21   송지영, 「억, 무영 선생 — 그의 10주기를 맞아」, 《조선일보》

1970. 4. 21   백철, 「밭 갈며 쓴 '흙의 문학'」, 《동아일보》

1970. 4. 21   이동희, 「이무영 선생의 문학과 인간」, 《단대신문》 308호

1970. 10   이유식, 「새로운 농촌 소설의 대망」, 《월간문학》

1970. 가을   염무웅, 「농촌 문학론」, 《창작과비평》

1971   송백헌, 「한국 농민 문학 연구」, 중앙대 석사 논문

1971. 4. 21   류승규, 「흙은 그대로 남아 있는데…… — 이무영 선생 11주기
           에」, 《경향신문》

1972   김영수, 「한국의 농민 문학」, 《논문집》 7, 청주대

1972. 여름   신경림, 「농촌 현실과 농민 문학」, 《창작과비평》

1972. 12   정한숙, 「농민 소설의 변용 과정」, 《아세아연구》 48호

1973   김진기, 「이무영의 농민 문학 연구」, 청주대 석사 논문

1973. 8   이동희, 「이무영론」, 단국대 석사 논문

1974   오양호, 「암흑기(말) 문학의 주류」, 《어문학》 31

1975. 4. 17   이동희, 「흙으로 돌아간 '흙의 작가' — 이무영의 흙 사상」, 《단
           대신문》 426호

1975. 4. 21   박영준, 「농민 소설의 선구」, 《경향신문》

1975. 4. 21   송지영, 「이무영과 절교서」, 《조선일보》

1975. 5	이헌구, 「절도와 패기와······」, 『이무영 대표작 전집 1』, 신구문화사
1975. 5	백철, 「무영을 회상한다」, 『이무영 대표작 전집 2』
1975. 5	구상, 「무영 선생의 만년」, 『이무영 대표작 전집 2』
1975. 5	박영준, 「농민 작가 이무영」, 『이무영 대표작 전집 3』
1975. 5	안수길, 「무영 문학과 인간 이무영의 단면」, 『이무영 대표작 전집 4』
1975. 5	이동희, 「이무영 소론」, 『이무영 대표작 전집 5』
1976	윤병로, 「한국 농민 소설의 사적 고찰」, ≪성균관대 논문집≫ 22집
1976	유신호, 「이무영 소설 연구」, 고려대 석사 논문
1976	이동희, 「이무영론」, 단국대 석사 논문
1976. 8	이국원, 「농민 문학의 전개 과정」, ≪선청어문≫ 7집
1976. 9	임영환, 「농촌 소설의 계열화 소고」, ≪육사 논문집≫(인문사회과학 편) 15
1977. 2	구명숙, 「이무영 연구―그의 농민 소설을 중심으로」, 숙명여대 석사 논문
1978	윤병로, 「이무영과 그 문학」, 『신 한국 문학 전집 8』, 어문각
1978	김용성, 「인물 창조의 구조적 기법」, ≪국어문학≫ 19, 국어문학회
1981	이동희, 「이무영의 초기 작품에 나타난 문학 사상 연구―무의지와 폐허에의 투혼」, ≪논문집≫ 15, 단국대
1981	이동희, 「이무영의 처녀작 고찰」, ≪국어국문학≫ 86
1981. 8	이동희, 「이무영의 초기 작품에 나타난 문학 사상 연구―무의지와 폐허에의 투혼」, ≪논문집≫ 15, 단국대
1982	김송현, 「이무영론」, ≪단국문학≫ 1집
1983	조정래, 「이무영의 농민 소설에 관한 연구」, 연세대 석사 논문

1983	윤충식, 「이무영의 농민 소설 연구」, 인하대 교육대학원 석사 논문
1983	김동현, 「이무영 연구」, 단국대 교육대학원 석사 논문
1983	김항용, 「이무영 연구—그의 농민 소설을 중심으로」, 단국대 교육대학원 석사 논문
1983	강수길, 「이무영의 작품 일고찰」, 『난대 이응백 박사 회갑 기념 논문집』, 보진재
1983. 3	권영민, 「1930년대 초기의 농민 문학론」, ≪소설문학≫ 88
1983. 가을	이동희, 「흙의 작가 이무영의 생애와 작품」, ≪중원문학≫ 5집
1984	한완희, 「한국 농민 문학 연구」, 단국대 교육대학원 석사 논문
1984	이주일, 「이무영 소설의 분석 연구」, ≪논문집≫ 5, 상지대
1984	김동현, 「이무영 연구」, 단국대 석사 논문
1984	김홍신, 「이무영 연구—1930년대를 중심으로」, 건국대 석사 논문
1984	오인환, 「이무영의 농민 소설 연구」, 국민대 석사 논문
1984	정경향, 「이무영 농민 소설 연구」, 전남대 교육대학원 석사 논문
1984	김진구, 「이무영의 농민 소설 연구」, 조선대 석사 논문
1984. 9	김준, 「한국 농민 소설의 특징」, ≪서울여대≫ 14
1985	이동희, 「생의 확대와 증류: 이무영 소설에 나타난 소재의 굴절 소고」, ≪국문학논집≫ 12, 단국대 국어국문학과
1985	정순영, 「이무영 소설에 나타난 작가 의식」, 단국대 석사 논문
1985	이상기, 「이무영의 농민 소설 연구」, 국민대 석사 논문
1985. 5. 7	이동희, 「흙의 작가 고향에 부활—이무영 문학비」, ≪단대신문≫ 704호
1985. 8	정영순, 「이무영 소설에 나타난 작가 의식」, 단국대 석사 논문
1985. 8	김주연, 「진실과 소설—이무영 작품 해설」, 『이무영 편』, 지학사
1985. 8	김주연, 「이무영의 삶」, 『이무영 편』, 지학사

1985. 12	이동희, 「이무영의 「애정 설화」고」, 《국어국문학》 94호
1986	김진기, 「이무영 소설에 나타난 농촌적 색조」, 《호서문화논총》 3호, 서원대 호서문화연구소
1986	김용환, 「이무영 농민 소설의 연구」, 성균관대 석사 논문
1986. 2	조남철, 「일제하 한국 농민 소설 연구」, 연세대 박사 논문
1986. 5	김동리 외, 「새로운 농민 문학 나올 수 있다」(좌담), 《새농민》 296호
1987	류양선, 「이무영의 농민 소설에 대하여」, 《덕성어문학》 4, 덕성여대 국문과
1987	김병호, 「농민 소설 연구 — 이무영과 박영준의 작품을 중심으로」, 고려대 교육대학원 석사 논문
1987	이동희, 「이무영 연구」, 경희대 박사 논문
1987	유혜숙, 「이무영 연구」, 성균관대 석사 논문
1987. 1	윤석달, 「이무영의 현실 인식」, 《홍익어문》 6
1987. 3	김명인, 「농민 문학의 전개 과정 — 해방 후부터 70년대 말까지」, 《인하》 23, 인하대
1987. 8	간복균, 「1930년대 한국 농민 소설 연구」, 단국대 박사 논문
1987. 8	한수영, 「1920~1930년대 한국 농민 문학론 연구」, 연세대 석사 논문
1987. 8	이동희, 「이무영 연구」, 경희대 박사 논문
1987. 12	구인환, 「이동희 저, 『이무영 연구』」, 《국어국문학》 98
1988	김봉군, 「이무영 문학 연구」, 《국어교육》 98
1989	김홍신, 「이무영 작품에 투영된 톨스토이즘」, 《논문집》, 28권 1호
1989	김홍신, 「이무영 후반기 작품의 정신사적 고찰」, 《논문집》 29권 2호
1990	김준, 「한국 농민 소설 연구 — 광복 이전의 작품을 중심으로」,

경희대 박사 논문

1990   여전상, 「이무영 농민 소설의 변모 과정 연구」, 동아대 교육대
             학원 석사 논문

1990   정낙현, 「1930년대 동반자 작가의 희곡 연구」, 이화여대 석사
             논문

1990   유영윤, 「1930년대 도시 소설에 나타난 소외 연구」, ≪논문집≫
             31, 건국대

1990   이동희, 「변신과 실험」, ≪동양학≫ 20, 단국대

1990. 8   김종욱, 「1920~30년대 한국 농민 소설의 발전 과정 연구」, 서
             울대 석사 논문

1990. 12   김용구, 「1930년대 농촌 소설 연구」, ≪인문학연구≫ 28, 강원대

1991   홍은영, 「이무영 농민 소설 연구」, 충남대 교육대학원 석사 논문

1992   이승우, 「이무영 소설 연구 — 장편 『농민』을 중심으로」, 계명대
             석사 논문

1993   이동희 편, 『흙과 삶의 미학 — 농민 문학과 이무영 소설』, 단국
             대 출판부

1993   유진숙, 「이무영 연구 — 해방 전 농민 소설을 중심으로」, 숙명
             여대 석사 논문

1993. 9   이동희, 『흙과 삶의 미학 — 농민 문학과 이무영 소설』, 단국대
             출판부

1994   김동권, 「이무영 희곡 연구」, ≪건국어문학≫ 17, 건국대 국문과

1995   오양호, 「1930년대 초기 농민 소설 고찰」, ≪현대소설연구≫ 2,
             한국현대소설학회

1995   조은파, 「이무영의 1950년대 소설」, ≪한양어문≫ 13, 한양대
             국문과

1995   송백헌, 「이무영의 3부작 농민 역사 소설 연구」, ≪개신어문연
             구≫ 12, 충북대 국문과

1995	강순식, 「농민 의식과 고향의 발견」, 『교수 아카데미 총서』 8
1995	송병목, 「이무영의 농민 소설 연구」, 한양대 교육대학원 석사 논문.
1995	정광호, 「이무영 비농민 제재 소설 연구 — 장편 소설을 중심으로」, 단국대 교육대학원 석사 논문
1996	이주일 「이무영 단편 소설 연구」, ≪명지어문학≫ 23, 명지대 국문과
1996	이명우, 「이무영 소설의 재평가」, ≪동국어문학≫ 8, 동국대 국문과
1996. 8	오양호, 「농민 소설의 텍스트 상호 전이 문제 연구 — 이태준·이무영·이근영의 1940년대 농민 소설을 중심으로」, ≪어문학≫ 59호
1996. 9	박선애, 「부정적 현실과 윤리의식의 표현 양상 — 이무영 초기 소설을 중심으로」, ≪상허학보≫ 3호, 상허학회
1997	김동권, 「이무영 연구」, ≪건국어문학≫ 21, 건국대 국문과
1997	신춘호, 「1950년대의 농민 소설 연구」, ≪건국어문학≫ 21, 건국대 국문과
1997. 9	김종건, 「1930년대 소설의 공간 설정과 작가 의식의 상관성 연구 — 김유정과 이무영을 중심으로」, ≪대구어문논총≫ 15호, 대구어문학회
1998	신영덕, 「한국전쟁기 문인들의 해군 체험과 문학 활동의 의의」, ≪현대소설연구≫ 8
1998	구인환, 「이무영 소설의 욕망과 애증의 미학」, ≪현대소설연구≫ 8
1998	양민정, 「이무영 농민 소설 일고찰」, ≪한국어문학연구≫ 9, 한국외대 사범대학 한국어문학연구회
1998	간호옥, 「이무영의 3부작 「농민」·「농군」·「노농」 연구 — 작물 인물을 중심으로」, 한국외대 석사 논문

1998	김봉군, 「이무영 문학 연구」, ≪국어교육≫ 98집, 한국국어교육연구회
1999	이주형, 「일제 강점 시대 이무영 소설 연구」, ≪국어교육연구≫ 31, 경북대
2000	『이무영 문학 전집』 전6권, 국학자료원
2000	이주형, 「해방이후 이무영 소설의 전개 양상」, ≪국어교육연구≫ 32, 경북대
2000	정백훈, 「이무영 소설의 작가 의식 연구」, 서원대 석사 논문
2000. 4	김봉군, 「다시 쓰는 이무영론」, 『이무영 문학 전집 1, 국학자료원.
2000. 4	이동희, 「이무영 소설의 구조와 의식」, 『이무영 문학 전집 2』, 국학자료원
2000. 4	구인환, 「욕망과 애증의 교직도」, 『이무영 문학 전집 5』, 국학자료원
2001	한옥근, 「이무영 희곡 연구」, ≪인문학연구≫ 25, 조선대
2001	이주형, 『이무영』, 건국대 출판부
2001	이종호, 「소설 담론과 서술자의 태도」, ≪동화와번역≫ 1권 2호
2001	이종호, 「이무영 소설의 서술 기법 연구」, 건국대 박사 논문
2002	이동희, 「이무영의 농촌·농민 제재 소설 재고찰―보완과 첨삭 노트」, ≪국문학논집≫ 18, 단국대
2002	이봉범, 「이무영의 『농민』 연작 소설 고찰」, ≪반교어문연구≫ 14
2003	이종호, ≪이무영 소설의 서술시학≫, 국학자료원
2004	정창수, 「이무영 단편 소설의 인물 유형 연구, 대진대 교육대학원 석사 논문
2005	김종욱, 「이무영의 『농민』 연작에 나타난 소문의 의미」, ≪현대소설 연구≫ 26, 한국현대소설학회.
2005	신영덕, 「한국전쟁기 해군 정훈문고 『해양 소설집』 연구」, ≪한중인문과학연구≫ 16호, 한중인문학회

2005	한민주, 「일제 말기 소설 연구 ─ 파시즘의 소설적 형상화를 중심으로」, 서강대 박사 논문
2005	윤철수, 「이무영 소설 연구」, 영남대 교육대학원 석사 논문
2005. 12	김용관, 「이무영 희곡의 공연성 연구 ─ 장막극을 중심으로」, ≪어문연구≫ 49집
2008	黑木了二, 「李無影の日本語小說の文學史的価値」, 韓國日本學聯合會 第6回 學術大會 Proceedings ─ 발표문
2008. 4	조진기, 「일제 말기 생산 소설 연구」, ≪우리말글≫ 42집

작성자 이희환 문학박사. 인하대 한국학연구소 HK연구교수.

전통 부정론적 비평의 한계

김인환(고려대 교수)

임화, 백철, 김기림, 최재서는 1930년대의 한국 문단을 주도해 온 비평가들로서 그들의 비평 활동에 대해서는 그동안 다각도에서 연구되어 왔다. 성격이 생생하게 드러나고 환경이 힘 있게 그려지는 본격 소설을 티피컬한 척도로 상정하고 그 척도를 기준으로 삼아서 성격만 살아 있는 심리 소설과 환경만 전경에 나오는 세태 소설을 비판한 임화의 리얼리즘론은 이상과 박태원에 비교하여 이기영을 우위에 놓고 소설의 방향을 설정해 보려는 의미 있는 시도였다.

최재서가 이상의 소설을 리얼리즘의 심화로, 박태원의 소설을 리얼리즘의 확대로 해석한 것은 임화의 본격 소설론에 대한 간접적 이의 제기라고 할 수 있다. 그는 카프 측의 리얼리즘을 땅을 기는 낭만주의라고 하면서 그것은 1920년대의 하늘을 나는 낭만주의의 반대 모방에 해당한다고 낮게 평가하였다. 최재서는 자기 속의 유다적인 것을 격파하는 자기 고발을 소설의 방법으로 제시한 김남천의 고발 문학론을 받아서 묘사의 주체와 묘사의 대상으로부터 동시에 거리를 취할 수 있게 하는 자기 풍자를 소설의 방법으로 제시하였다. 그러므로 1930년대에 최재서는 리얼리즘 논쟁의 주변

311

부에 있었다고 할 수 있다.

백철은 당시의 계급 구성으로 보아서 농민이 절대다수를 점하고 있었으므로 농민 문학이 리얼리즘의 주류를 형성할 수밖에 없으나 그러한 사정은 이해할 수 있다고 하더라도 생산 수단을 소유하는 자본가와 노동력만을 소유하는 노동자의 계급 투쟁에서 토지를 소유하고 있거나 소유하고자 하는 농민의 위상을 노동자의 위상과 동일하게 파악할 수는 없다고 주장하였다. 백철은 프롤레타리아 문학과 농민 문학(혁명적 빈농의 문학)의 관계를 감화력에 의한 간접적 동맹 관계로 설정해야 한다는 논지를 전개한 것이었다.

김기림은 1920년대 전반기의 낭만주의 시와 1920년대 후반기의 계급주의 시를 동시에 비판하면서 언어의 문제를 중시하였다. 그러나 언어에 대한 의식이 말초적인 쇄말주의에 떨어지는 흐름을 돌리려는 의도에서 역사성과 사회성을 포함한 현실로 시적 탐구의 방향을 정향한 것은 임화의 기교주의 비판을 의식한 결과였을 것이다. 시의 언어는 개념을 지시하는 것이 아니며 거기에는 복잡하고 미묘한 느낌과 태도가 들어 있다는 것을 김기림은 지적하였다. 그는 시의 언어에서 회화성과 음악성을 중시한 바와 같은 이유에서 시적 현실의 사회성과 역사성을 강조하였다.

종래의 비평사에서는 그들의 비평에 대하여 리얼리즘, 모더니즘, 휴머니즘, 주지주의 등 여러 가지 사조와 결부하여 분파적 계보를 추적해 왔고 그들의 비평사적 위상으로 볼 때 앞으로도 계속해서 그 내용의 세부를 분석하는 연구자들이 나올 것이다. 그런데, 이 네 사람은 문학 비평가일 뿐 아니라 문학사가이고 문학 이론가였다. 이들은 한국 현대 문학의 체계를 최초로 수립한 사람들이었다.

학문의 모든 분과는 원리(principles)론과 단계(stages)론과 현장(actuality)론으로 구성되어 있다. 경제학에는 경제 원론, 경제사, 경제 평론이 있으며, 음악에는 악전, 음악사, 음악 평론이 있다. 원리론은 개념의 체계이다. 현실의 계기는 무한하고 개념의 체계는 유한하므로 원리론은 현실을 설명하기 위한 수단에 지나지 않는다. 간명성과 포괄성이 원리론을 평가하는 기준이 된다. 단계론은 자료의 정리이다. 역사의 자료들은 단계마다 서로 다른 체계를 드러내고 단계와 단계 사이에는 단절이 있으므로 현행성이 아니라 시대성이 체계의 변이를 해명하는 단계론의 평가 기준이 된다. 11세기에 악보가 나왔고 14세기와 17세기와 20세기에 각각 새로운 음악 양식이 발생하였다. 300년을 단위로 하여 음악 양식이 획기적으로 변화한 것이다. 우리는 다시 서양 음악사에서 150년을 단위로 한 작은 변화도 살펴볼 수 있다. 1450년에 중세 음악이 끝나고 르네상스 음악이 시작되었으며, 1750년에 바로크 음악이 끝나고 고전·낭만 음악의 공통 관습 시대가 시작되었다. 1750년에서 1900년까지의 150년 동안은 서양 음악 안에 국경이 철폐되었던 시기였으나, 공통 관습 시대는 1900년에 현대 음악이 나타남으로써 끝났다. 현장론은 주로 신문, 잡지에 실리는 저널리즘에 속하는 분야이다. 제한된 자료로 현상을 분석하고 문제의 해결 방향을 제시하는 작업이므로 정확성이 아니라 실험성이 현장론을 평가하는 기준이 된다.

네 비평가의 현장론에 대해서는 이미 적지 않은 연구가 축적되어 있으나, 그들의 원리론과 단계론에 대해서는 연구된 것이 많지 않다. 이 글에서 네 비평가의 문학사와 문학론에 대하여 검토해 보고자 하는 이유가 여기에 있다.

『개설 조선 신문학사』와『신문학 사조사』

임화는『개설 신문학사』를 1939년 9월 2일부터 1940년 5월 10일까지 ≪조선일보≫에 48회 연재했고 그 후속 부분을『개설 조선 신문학사』라는 제목으로 ≪인문평론≫ 1940년 11월호부터 1941년 4월호까지 4회 연재했다. 그에 앞서 1935년 10월 9일부터 11월 13일까지 ≪조선중앙일보≫에 연재했던「조선 신문학사론 서설」에서 임화는 "문학사의 문제란 실로 완전한 한 개의 실천적 과제이다."[1]라고 규정하였다. 그는 이인직과 이해조를 1단계, 이광수를 2단계, 김동인·염상섭·현진건을 3단계, 최서해를 4단계로 설정하였다. 1단계의 단순한 진화에 의해서 2단계가 나타났고, 2단계의 매개에 의한 발전의 결과로 3단계가 형성되었고, 이 세 단계의 종합에 의해서 4단계가 생성되었다는 것이 임화의 해석이다. 신경향파와 카프의 위상을 신문학사의 가장 높은 자리에 정위하는 것이 임화에게는 문학사의 문제였고 실천적 과제였다.

임화에 의하면 이인직에 대한 이광수의 우월성은 구소설에 대한 이인직의 우월성과 비교할 때 그다지 크지 못하다. "정치적·사회적 일면을 제거한 문화적 자유"(37쪽)를 추구한 이광수의 소설은 "이인직의 불철저한 근대정신의 단순한 부연"(29쪽)이다. 임화는 자연주의가 주도한 3단계에 허무주의, 감상주의, 악마주의, 퇴폐주의, 유미주의, 낭만주의를 포함하였다. 자연주의의 객관성과 낭만주의의 주관성은 구별되는 것이지만, 그 두 문예 사조는 단편성과 무이상성을 공유한다는 것이다. 부르주아가 되려는 욕망이 좌절된 데서 자연주의라는 부정적 리얼리즘이 산출되었고, 자연주의가 하향하는 시기에 암담한 환멸감이 심해지면 자연주의의 무이상에서 허무주의와 퇴폐주의가 산출되었다는 것이 임화의 견해이다.

임화는 염상섭과 이상화를 높이 평가하였다. "『만세전』은 정히 우리가 당대에서 발견할 수 있는 유일의 기념비적 작품이다. 사실 상섭은 프로 문학 십 년의 고투사가 『고향』의 작자 이기영을 발견하기까지 조선 문학사상 최대의 작가이었다."(45~46쪽) 이상화는 "긴 시를 조금도 리듬의 저조나 이완에 빠짐이 없이 조선어를 강한 열정의 표현에 조금도 부족함이 없는 시어로 창조하는 데 일 전형을 여(與)한, 가장 높게 평가될 시인이다. 이 시인의 유산으로부터 그 뒤 프롤레타리아 시가 받은 영향은 적지않은 것이다."(49~50쪽)

그러나 그가 보기에 전대의 문학을 전면적이고 종합적으로 집약하여 계

---

1) 임화, 『임화 전집』 제2권(박이정, 2001), 17쪽.(이하 이 책의 인용은 본문 안에 면수만 밝히기로 함.)

승한 것은 신경향파 문학이었다. 최서해의 작품은 신경향파가 달성한 "예술적 수준의 최고점"(69쪽)을 보여 주었다. 임화는 문학사를 "문학 사상의 모든 사실에 대하여 엄밀한 과학적 평가를 내리고 그 복잡다단한 역사적 발전의 전 노정 가운데서 일관한 객관적 법칙성을 찾아내 만든, 한 개의 정확한 체계적 묘사"(14쪽)라고 정의하였다. 임화는 『개설 조선 신문학사』에서 체계적 묘사를 시도해 보았다. 법칙을 기술하는 것과 특성을 묘사하는 것은 전혀 다른 작업이다. 문학사의 체계적 묘사에 과학적 평가와 객관적 법칙이 포함되기는 어려울 것이다. "근대 문학이란 단순히 근대에 쓰인 문학을 가리킴이 아니라 근대적 정신과 근대적 형식을 갖춘 질적으로 새로운 문학이다."(81쪽)라는 임화의 전제는 전적으로 타당하다. 그러나 "동양의 근대 문학사는 사실 서구 문학의 수입과 이식의 역사다."(81쪽)라는 단정은 오류이다. 이 문장을 "한국의 근대 국어사는 사실 서구 언어의 수입과 이식의 역사다."라는 문장으로 바꿔 놓고 보면 이 문장의 오류를 인식할 수 있다. 국어의 역사와 국문학의 역사는 떼어낼 수 없이 긴밀하게 연관되어 있기 때문이다. 중세 국어와 근대 국어 사이에는 음운 체계, 어휘 체계 등의 변이로 인한 단절이 있지만, 근대 국어를 수입되고 이식된 것으로 볼 수는 없다.

서구적인 형태와 양식과 내용을 가진 문학은 재래의 동양에는 대체로 없었다고 보아 족하기에 우선 조선에 있어 서구적인 형태의 문학사를 문제 삼자는 데 중점이 있다. 이 말은 곧 서구적인 형태의 문학을 문제 삼지 않고는 조선(일반으로는 동양)의 근대 문학사라는 것은 존재하지 않고 성립하지 아니한다는 의미도 된다.(81쪽)

임화는 근대 문학이 이식 문학이라는 근거를 자주적 근대화의 조건이 결여된 중세의 미숙성, 더 나아가서는 고대의 미숙성에서 찾았다. "개혁과 자각이 자력으로 수행되지 아니한 곳에서 이식 문화를 가지고 그곳에서 독자적으로 생성해야 했을 근대 문학사에 대신하는 것은 당연한 일이다."(81쪽) 임화는 한국의 원시 사회가 비전형적으로 붕괴되었기 때문에 고대 사회가 비전형적으로 탄생하였고, 고대 사회의 발달이 불충분하였기 때문에 중세 사회의 발달이 불충분하였고, 그것이 중세 사회 붕괴의 비전 형성과 근대 사회 탄생의 비전 형성을 초래했다고 단정하였다.

임화의 단정과는 반대로 인신 수취에 기반한 고대 사회보다 소작제에 기반한 중세 사회는 나름의 장점을 가지고 있었고 중세가 오래 지속된 것은 서양의 중세와 비교하여 동양의 중세가 소작제를 더 합리적으로 운용하였기 때문이라고 볼 수도 있다. 수확을 절반씩 나눔으로써 지주는 직접 경영을 하지 않고도 수익을 얻을 수 있으므로 학문에 집중할 시간을 벌 수 있었고 농민은 노예보다 나은 인권을 보장받을 수 있었다. 지주의 철학인 주자학이 인권의 침탈을 어느 정도 막아 준 면도 무시할 수 없을 것이다. 기술 수준이 고정되어 있는 상황에서 조세가 증가하면 결국 생산성이 떨어지므로 기계를 도입하지 않는다면 중세는 언젠가는 붕괴하게 된다. 그러나 인력을 활용하기 위하여 기술 개발에 힘을 쏟지 않은 점도 고려해야 할 것이다. 중공업과 경공업이 남한 사회 안에 자리 잡은 것은 1980년대 이후의 일이었다. 한국은 중세의 붕괴와 근대의 형성 사이에 100년에 가까운 과도기를 거쳤다고 하겠는데, 일본의 침략으로 인하여 과도기가 그토록 오래 연장되었던 것이다. 나라 잃은 시대에 나라 망한 이유가 한국 중세의 결함에 있다고 주장하는 것은 일본의 침략을 옹호하는 것과 동일한 논조가 된다.

임화는 갑오경장을 "조산 근대화의 제도적 기초"(105쪽)요 "조선 근대 문화 탄생의 위대한 신호"(113쪽)라고 보는 관점에서 체계적 묘사라고는 할 수 없는 방법으로 김윤경의 국어학사 연구, 백남운의 경제사 연구, 김태준과 조윤제의 문학사 연구를 장황하고 산만하게 인용하면서 근대 문화의 전개 과정을 서술하였다. 1894년에 일본 공사 오토리 게이스케(大鳥圭介)와 육군 소장 오시마 요시마사(大鳥義昌)가 군대로 한국 정부를 강제하여 석 달 동안 208개 조의 일본법을 한국에 시행하게 한 것이 갑오경장이었다.

조선법은 1897년에 다시 회복되었다. 임화가 한국을 "지나의 속방"(90쪽)이라고 하고 "부패한 봉건제를 유지하려던 조선을 그 유일의 배경인 청국으로부터 절단해 내는 것은 신세력에게 중대한 이익을 제공하는 것"(113쪽)이라고 판단한 것도 사실에 맞지 않는다. 17세기의 북벌론이 18세기에 북학론으로 바뀌기는 했으나 한국은 형식적인 조공을 제외하면 청나라의 속국으로 볼 수 없는 자주성을 가지고 있었다. 임화는 갑오경장에는 "전진도상에 있는 젊은 국가 일본의 힘이 크나큰 동력"(104쪽)이 되어 주었고, 1895(을미)년의 교육 개혁에는 "오카모토 류노스케, 야가다 료, 사이토 슈이치로, 이시츠카 히데조, 오바 강이치의 힘이 물론 절대하다."(121쪽)라고 기술하였다. 한국 측은 아무것도 한 일이 없다는 것이다. "우리에 있어 전통은 새 문화의 순수한 수입과 건설을 박해하였으면 했을지언정 그것을 배양하고 그것이 창조될 토양이 되지는 못했다."(117쪽)

백철은 『조선 신문학 사조사』 상권을 1947년에, 하권을 1949년에 내었다. 1단계를 교훈주의, 2단계를 자연주의와 낭만주의, 3단계를 신경향파로 설정한 것은 임화의 단계 설정과 유사하다. 그러나 프롤레타리아 문학 이후는 사조별로 정리하지 못하고 자료들을 산만하게 나열하는 데 그쳤다. 백철은 책 제목을 『사조사』라고 붙인 이유를 다음과 같이 설명하였다. "선진한 외국 문학을 받아들이는 데 있어서 어떤 대표적인 작품의 번역을 통해서 운동을 확대시키기보다 우선 주조적(主潮的)인 것을 이론과 소개로써 받아들여서 일종 사조적인 문단 분위기가 앞서고 차츰 구체적인 문학 운동, 즉 작품에의 반영을 일으키고 하는 것이 순서로 된 사실이다."[2] 백철이 말하는 사조사는 한국 문학 작품을 귀납적으로 분석하여 그 안에서 어떤 흐름을 찾아내겠다는 것이 아니라 서양 문학의 사조를 통하여 한국 문학을 보겠다는 것이었다. 그러므로 서양 문학의 사조가 통하지 않는 고전 문학

---

2) 백철, 『백철 문학 전집』 제4권(신구문화사, 1968), 15~16쪽 이하.(이 책의 인용은 본문 안에 쪽수만 밝히기로 함.)

은 논의에서 배제될 수밖에 없었다. "유럽에선 15~16세기부터 시작되어 19세기말에 끝을 본 근대 사조, 따라서 유럽으로 보면 퇴조가 흘러서 한국에 들어왔을 때에 19세기 말의 한국은 아직도 유럽 15~16세기의 조건을 가지고 그 사조를 자연스럽게 받아들일 만큼 성숙하지 못했다."(18쪽)

근대적인 의미의 신문학 운동이 한국 문학사에 등장한 것은 직접 근대 사조라는 세계 역사의 물결이 한국에 밀려들어온 것이 동기가 되었으며, 또한 그 근대 사조의 변화에 의하여 한국의 신문학이 성장되고 발달되어 온 것이다. 그러므로 우리가 한국의 신문학사를 쓸 때엔 그 근대 사조를 무시하고 쓸 수가 없을 뿐 아니라, 근대 사조의 변천 과정에 대해 끊임없이 관찰하면서 써 나가는 것이 문학사를 올바르게 쓰는 유일한 방법론이 되리라고 생각한다.(17쪽)

백철은 갑신정변과 갑오경장을 자주적 근대화의 시도라고 파악하고 그것들에 중요한 역사적 의의를 부여하였다. "진실로 애석해 마지않는 것은 갑신개혁과 갑오경장의 이대 개혁 사건이 당시의 현실을 극복하지 못했다는 사실과 갑오동학혁명이 실패로 돌아갔다는 사실이다."(22쪽) 1884년의 정변은 김옥균, 박영효, 홍영식, 서광범, 서재필이 일본 군대를 이끌고 대궐에 들어가 병조판서 민영목, 무위도통사 민태호, 예조판서 조연하, 친군좌영사 이조연, 후영사 윤태준, 전영사 한규직, 내시 유재현을 찔러 죽인 사건이었다. 그들은 국제 정세에 무지하였고 개혁의 프로그램도 가지고 있지 않았다. 동학 봉기의 경우도 그것의 의의가 반봉건에 있다기보다는 동학과 의병의 봉기가 국치를 10년 정도 늦출 수 있게 했다는 반침략에 있다고 해석해야 할 것이다.

광무·융희 시대에 나온 소설에 대해서 백철은 임화보다 좀더 자세하게 서술하였지만 논지는 거의 그대로 반복하였다. 줄거리를 요약하는 데 그친 임화의 『신문학사』에 비교해 볼 때 권선징악, 인물 유형, 해피엔드 등 구소설적 요소와 당대성, 허구성, 구어성 등 신소설 특유의 요소를 나누어 기술하고 그 주제를 자주 독립, 교육 계몽, 인습 비판, 미신 타파 등으로 요약한 것은 일단의 발전이라고 평가할 수 있다. 그러나 백철은 임화의 이식문학론을 동일하게 수용하였다.

근대 문명을 따르는 것을 당시 개화라고 불렀다. 그 근대 문명은 실제적으로 그때 명치유신을 통하여 몇 발짝 앞선 일본에서 다시 옮겨온 경우가 많은 것이 사실이었다. 그것은 당시의 정치적 현실에서 지리적인 거리가 중대한 의미를 갖고 있는 때였던 만큼 신흥한 일본이 중국과 러시아보다 개국을 강하게 또는 우선적으로 요구하고 그 권리를 제일착으로 획득한 것은 당연한 추세였으며, 그때 선구적으로 근대 문명의 의의를 각성한 신진 인텔리겐치아들이 예로부터 섬겨 온 중국보다도 일본의 신흥 세력에 의탁하여 개화를 꾀하게 된 것은 더욱 당연한 추세였을 것이다. 개화라는 이름부터가 일본 개화기의 문명 개화에서 옮겨진 것임에 틀림없는 듯하다.(42쪽)

거의 같은 시기에 제출된 임화의 이식문학론과 백철의 사실수리론은 동일한 역사의식의 산물이다. 근대는 중세보다 좋은 것이고 근대적인 것은 모두 일본에서 들어온 것이라고 전제한다면, 나라가 망해도 근대 문학이 들어왔으니 좋다고 생각하게 될 것이고 나라가 망했다는 사실을 받아들일 수밖에 없다고 생각하게 될 것이다. 백철은 전시의 시국적인 제재에 편승한 생산 소설들 —— 이기영의 「광산촌」, 「신개지」, 안수길의 「새벽」, 박영준의 「밀림의 여인」 등에 대하여 언급하고 그 자신의 사실수리론을 생산소설론의 연장선상에 배치하였다. "여기서 더 문제가 되는 것은 이러한 현실에다가 더 적극적인 역사적 전진의 의미까지 해석해 보고 싶어 한 현실 합리화의 견해인데, 이때 저자가 시도한 소위 사실수리론 같은 것이다. 이 이론이란 직접 이 시대의 현실과 관련된 것을 취급한 것이었다."(564쪽)

『시의 이해』와 『문학원론』

김기림은 1950년 4월에 을유문화사에서 『시의 이해』를 간행하였다. I. A. 리처즈의 심리학에 근거하여 자신의 평론 활동에 일정한 체계를 부여하려는 시도라고 할 수 있는 이 책은 한국에서 최초로 출현한 시의 원리론이다. 김기림은 시를 사물이 아니라 사건이라고 규정하였다. 시에는 사회적 관련의 그물이 펼쳐져 있으며 그 가운데 가장 중요한 관련은 현행성과 전통성이라는 것이다. 시인은 "일정한 전통의 약속에서 오는 일정한 예술 양식의 유산을 거진 강제적으로 상속받아야 한다. 그 한 부분을 변경한다든지 가감한다든지 하는 것은 할 수 있어도 그 양식을 모조리 버릴 수는 없다."[3] 시인이 시를 쓸 때 유산으로 상속받은 것은 일정한 시의 양식일 수밖에 없기 때문이고, 시의 언어가 민족 공동의 관습과 시인의 특수한 창안이 배합된 말일 수밖에 없기 때문이다. 시인의 경험에는 다른 사람들과 함께 나누고 있는 부분과 시인에게만 고유하게 존재하는 부분이 있다. "독자는 시에서 시인과 더불어 나누고 있는 경험을 비교적 쉽사리 받아들일 것이나 시인에게 고유한 경험은 이미 알고 있는 경험을 실마리로 해서 해석이라는 방법으로 그것에 접근해 가는 것이다."(199쪽) 원리론이면서도 체계보다 사실을 더 강조하고 전통보다 현장을 더 강조하는 데 이 책의 특색이 있다.

그러한 예술이 영향을 받으며 또 그 기능을 발휘하는 일정한 사회적 테두리와 그것을 에워싼 시간의 한계가 그 예술의 움직이는, 비유해 말한다면 숨 쉬는 장소인 것이다. 그러한 장소 안에 만들어진 한 개의 작품은 발표와 동시에 그 장소 안에서 금방 현장성(actuality)을 획득한다. 그것은 방금 일을 저지른 범인과도 같이 심각하게 우리의 경험 속으로 달려드는 것이다. 아무리 뛰어난 고전 작품도 그러한 임리(淋漓)한 현장성을 가지고 우리에게 다가들지는 못한다. 잘 되었거나 못 되었거나 오늘의 절박한 문제를 품

---

3) 김기림, 『김기림 전집』 제2권(심설당, 1988), 198쪽 이하.(이 책의 인용은 본문 안에 쪽수만 밝히기로 함.)

고 오늘의 기압 아래서 숨 쉬는 오늘의 예술만이 가질 수 있는 긴장성이 바로 이 현장성인 것이다.(197쪽)

김기림은 시의 원리에 대해서 형이상학적 가설을 꾸며내는 것을 극도로 경계하였다. 경제에서 투기(speculation)가 나쁘듯이 시론에서는 사변(speculation)이 나쁘다는 것이다.

무엇을 가리켜 형이상학이라고 하나. 과학적이 아니고 과학에 반대되는 논의들을 가리켜 하는 말이다. 사실을 다루며 어디까지든지 사실에 충실하려 들지 않고, 도리어 사실로서 안을 받치지 못한 관념을 즐겨 주무르며 그러한 그림자와 같은 관념의 논리와 체계와 장기에 열중하는 것이다. 무엇을 가리켜 사변이라고 하나. 사실을 관찰하며 계산하며 그것을 기초로 하여 정식을 얻는 것이 아니라 얼른 보면 그럴 듯한 아프리오리한 대전제로부터 출발한 추리의 전개를 말하는 것이다.(200쪽)

과학의 마지막 시금석은 사실의 검증이라고 생각하는 김기림은 심리학에 아직도 가설이 많이 남아 있다는 것을 알고 있으나 심리학의 통일이 이루어지고 말 것이라는 믿음을 가지고 시의 경험을 분석하는 데 심리학의 성과와 방법을 사용하였다. 리처즈는 마음을 신경 계통의 기능으로 규정하였다. 그에 의하면 마음은 충동의 체계이며 인식하고 의욕하고 감득하는 것이 모두 신경 계통에 일어나는 사건이다. 심리 활동은 자극에서 시작하여 행동으로 끝난다. 자극에 대하여 반응하는 것을 충동이라고 한다. 실제 경험에서 단 하나의 충동이 발생하는 법은 없다. 단순한 반사 운동조차 충동의 복잡한 뭉치이다. 심리학에서 취급하는 충동은 언제나 복합 충동이다. 어느 자극을 받아들이고 어느 충동이 뒤따르는가 하는 것은 우리의 관심들 가운데서 어느 것이 활동하느냐에 달려 있다. 마음의 실상은 충동들의 상호 작용과 상호 관계가 형성하는 하나의 전체이다. 마음은 건강 상태에 있는 동안 쉬지 않고 자라 가는 체계이다. 인간의 가장 중요한 관심사는 미묘한 균형을 성취하는 것이다. 그러나 하나의 균형이 성취된다 하더라도 새로운 상황에 처하면 그것이 균형을 흔들어 놓는다. 충동들은 동요 상태가 새로운 안정 상태로 돌아오는 방식을 찾아 상황에 반응한다. 시의 경험이 다른 종류의 경험과 구별되는 성질을 가지고 있는 것은 아니다. 리처즈는 시적 경험을 지적 기능이 아니라 정의(情意) 기능에 속하는 경험이라고 한정하고 정의를 내장과 혈관 계통, 특히 호흡 기관과 내분비선의 변화가 어떤 본능적인 경험을 촉발하는 정황에 대하여 반응할 때 일어나는 것이라고 설명하였다. 리처즈에 의하면 시의 경험은 길거리에서 겪는 경험보다는 훨씬 더 섬세하게 조직된 경험이다. 리처즈는 시의 경험을 여섯 단계로 나누었다.

(1) 글자에서 오는 시각적 감각
(2) 읽을 때 생기는 청각 영상
(3) 자유롭게 머릿속에 그려 보는 이미지들
(4) 시 속의 장면 사건 행동을 이해하는 데 필요한 생각들
(5) 시 전체가 일으키는 정서적 반응
(6) 정의적 태도(전 경험의 총 결과)

영상은 고유한 가치를 지니고 있는 것이 아니고 정의적 효과를 유도하는 수단일 뿐이며 시적 경험의 핵심은 태도라는 것이 리처즈의 결론이다. 어떤 경험이 강렬하다든가, 충격을 일으킨다든가 하는 데 가치가 있는 것이 아니라 충동들이 어떻게 조직되었나 하는 것이 가치를 결정하는 지표가 된다는 것이다.

어떤 새로운 경험의 흔적이 가장 잘 나타나는 것은 그 경험을 치르고 난 직후에 그가 장차 가지려는 행동의 준비에서인 것이다. 그리하여 경험의 이

러한 결과는 그의 인격에 그만큼 새로운 변동을 일으키는 것이다. 시가 빚어내는 태도는 다른 예술의 경우와 마찬가지로 마음의 구조에 가장 심각하고도 영속적인 변동을 일으키는 그러한 종류의 것이겠다.(221쪽)

시의 경험은 사람들의 몸과 마음을 스치며 지나가 버리는 일상 경험의 무리에서 동떨어진 비범한 경험이다. 그 경험은 뒤범벅이 된 경험의 혼돈 상태를 통어하여 움직이는 질서를 형성한다. 김기림은 "보통 사람은 그의 태도에 안정과 명석을 유지하기 위해서는 대체로 정황이 일으키는 충동의 대부분을 억눌러야 할 필요에 직면한다. 그에게는 그것들을 조직할 능력이 없다. 그러므로 그것들은 처치될 수밖에 없다. 같은 처지에 설 적에 예술가는 당황하지 않고 그것들을 포섭할 수 있다."(224쪽)라는 리처즈의 말을 인용하고 있다. 리처즈는 개인의 정황이 특수하다는 것을 인정하면서도 인간 심리의 한결같음(uniformity)을 전제하였다. 절박감(immediacy)과 현행성 (actuality)이 제거되더라도 가상(fiction) 세계라는 한계 안에서는 동일한 경험을 체험할 수 있다는 것이다.

리처즈에 의하면 태도는 행동을 지향하는 상상 속의 활동이다. 그렇다면 리처즈가 말하는 태도는 야스퍼스의 내적 행동(innere Haltung)에 해당하는 개념일 것이다. 긴장과 여유를 동시에 간직하고 있는 것이 내적 행동의 특징이다. 행동(외적 행동)과 태도(내적 행동)를 분리하는 바로 이 지점에서 리처즈에 대한 김기림의 이의가 제기된다. 행동과 태도의 분리는 시와 신념의 분리로 이어질 것인데 심리학으로 신념을 해명하기 어렵다는 점은 인정한다 하더라도 신념이 태도의 방향을 정향하는 면이 있다는 사실을 무시하는 것은 오히려 비과학적인 의견이라는 것이다. "그는 여기에 이르러 어느새 다소간 모양을 바꾼 현대식 새 유미주의로 떨어진 느낌이 없지 않다. 그로 인함인지 그의 태도론은 예술의 경험에서 태도가 일어난다는 일을 지적하였을 뿐, 태도 그것의 성질에 대한 분석은 하지 않았다."(257쪽)

악이 날뛰는 것을 방관하는 태도와 새 현실의 창조를 희망하는 태도는 엄밀하게 구별되어야 한다는 것이 김기림의 견해였다. 과학이 메우지 못하는 세계상의 빈 부분을 지혜와 통찰로 채우면서 행동까지 포섭하는 실험을 해야 한다는 것이다. "객관적인 사회적 존재 그것에서 유래하는 뿌리 깊은 대립이 한 대상에 대한 모순된 두 분별로서 나타나는 것은 어찌할 것인가. 여기 심리학적 설명의 한계가 있어 보인다."(267쪽)

김기림의 『시의 이해』는 60년 가까운 시간이 흐른 지금 읽어도 수긍할 만한 내용으로 구성되어 있다. 김기림은 리처즈의 소개자였고 동시에 리처즈에 대한 비판자였다. 그러나 자료에 근거하지 않고 개념만 대상으로 논의를 전개하였기 때문에 이 책은 이론의 군주적 지배라는 결함을 피하기 어려웠다. 광복 직후에 김기림이 처한 시대는 한국 시를 자료로 해서 귀납적으로 이론을 구축하는 작업이 곤란한 시대였고 한국 사회에서 자료를 모아 실천의 방향을 갈피 짓기는 거의 불가능한 시대였다. 그렇다 하더라도 리처즈의 시론을 한국 시로 예증하는 일은 할 수 있었을 것이다. 과학에 대한 집착에서 우리는 오히려 현실에 대한 김기림의 불안한 마음을 느끼게 된다.

최재서는 1957년에 『문학원론』을 내었는데, 그는 이 책을 리처즈의 심리학에 근거하여 구성하였다. 최재서는 문학을 가치 있는 체험의 기록이라고 정의하였다. 그에 의하면 문학 창작의 추진력은 보존 의욕에 있으며 가치없는 것을 보존하려는 사람은 없을 터이므로 가치는 문학의 기본 요소가 된다. "사상과 감정은 우리의 내부에서 따로따로 활동하지는 않는다. 하나는 원인으로서 또 하나는 결과로서 언제나 전일적·유기적으로 활동하는 생명 과정이다. 그러한 생명 과정을 우리는 체험이라 부른다. 그래서 나는 문학을 인간적 체험의 기록이라 정의한다."[4] 사상과 정서에 대한 최재서의 설명에는 혼선이 보인다. 문학은 정서의 세계라고 말할 때에 최재서는 "감

---

4) 최재서, 『문학원론』(신원도서, 1976), 10쪽 이하.(이 책의 인용은 본문에 면수만 밝히기로 함.)

각보다는 지성, 지성보다는 정서, 정서보다는 본능 — 이렇게 생명의 본질에 접근할수록 반응은 불변적이며, 따라서 체험은 보편성을 띠게 된다."(64쪽) 라고 설명하면서, 감각의 지배를 받는 취미는 세대에 따라서 달라지고 지성과 관련되는 사상은 환경에 따라서 달라지지만, 감정과 본능은 항구적이라는 것을 그러한 설명의 근거로 제시하였다. 감정과 본능의 보편성을 말하는 부분은 "사상은 그 성질상 독창적일 수 없다. 만약 다른 누구의 사상과도 다른 사상을 가졌다면 그것은 사상으로서 이미 가치와 존재 이유가 없다. 사상은 어디까지나 객관적이며 보편적이라야 하기 때문이다. 그러나 정서는 독창적일 수 있으며, 또 그것이 문학적 가치의 절반을 형성한다." (274쪽)라는 설명과 맞지 않는다.

최재서는 쾌락을 활동이 성공한 결과로 의식되는 심리 상태로 규정하고 그것을 문학의 기능에 귀속시켰다. 최재서에 의하면 한 편의 시를 읽는 데서 얻는 쾌락과 수학 문제를 푸는 데서 얻는 쾌락은 동일하다. 쾌락은 독립된 감정이나 정서가 아니므로 쾌락을 일으킬 수 있는 고유한 자극도 없다. 최재서는 "쾌락은 마음속에서 단독으로 발생하는 독립적인 현상이라기보다는 어떤 일이 발생하는 양식이다. 우리가 갖는 것은 쾌락이 아니라 어떤 종류의 쾌적한 체험이다."(49~50쪽)라는 리처즈의 말을 인용하였다. 최재서에 의하면 문학작품이 독자에게 주는 쾌락은 열정에 사로잡히는 일이 아니라 열정에서 해방되는 일이며, 감정의 흥분이 아니라 감정의 질서화이며, 흥분 자체가 스스로 조화되어 안정 상태로 돌아가는 일이다.

최재서의 체험론은 "우리는 신체이며, 좀더 자세히 말하면 신경 계통이며, 더욱 자세히 말하면 신경 계통의 중추부"(63쪽)라는 리처즈의 심리 구조론을 전제한다. 최재서가 요약한 리처즈의 심리 구조론은 다음과 같다. 신경 계통은 환경에서 오거나 또는 신체 내부에서 발생하는 자극이 적당한 행동의 결과를 일으키는 수단이다. 자극과 반응의 사이에 적응의 과정으로서 일체의 심적 사상(事象)이 일어난다. 모든 심적 사상은 원인과 성격과 결과를 포함하는데, 원인은 자극이며 결과는 행동이다. 그 심적 사상의 성격이 체험자 자신에게 느껴질 때에, 즉 그 심적 사상이 어떤 성질의 것이라 함이 알려질 때에 그것을 의식이라 한다. 자극에서 시작하여 행동에서 끝나는 심적 사상의 전 과정을 충동이라고 한다. 어떤 자극이 접수되어서 어떤 충동이 일어나느냐 하는 것은 우리의 흥미들 중에서 어떤 것이 그 순간에 활동하고 있느냐 하는 데 따라서 결정된다. 자극은 유기체의 요구에 부합될 때에만 접수된다. 자극에 대한 반응의 형태는 일부분만 자극의 성질에 의존하고, 나머지 대부분은 유기체 자체의 요구에 의존한다. 체험은 심리학적 현상인 동시에 생물학적인 현상이기도 하다. 생활이란 유기체와 환경의 결핍과 조화가 교체해서 반복되는 과정이다. 환경과의 조화가 깨질 때 그 결핍은 욕망으로 의식된다. 우리는 외부 세계와의 부조화를 느끼면 그것과 동시에 평형을 복구하려는 노력을 시작한다. 충동은 행동으로 끝나는 흥미의 동요다. 유기체가 행동으로 환경을 극복하여 욕망이 물질적으로 충족될 때 충동은 평형을 회복하고 깨어졌던 의식의 질서는 안정으로 돌아가면서 흥미는 만족감으로 변질한다.

이러한 아주 기초적인 생명 과정에서 이미 우리는 양면을 구별할 수 있다. 하나는 외부에서 유기체의 내부로 밀고 들어오는 힘이며 또 하나는 유기체의 내부에서 환경으로 밀고 나가는 힘이다. 전자를 수동이라 하고 후자를 능동이라 한다면, 생명 과정이란 수동과 능동이 상호적으로 작용하여 서로 지지하면서 전진하는 과정이다. 그것은 맹목적인 변화와 유전만은 아니다. 그것은 일정한 목표를 향해서 추진되는 운동이다. 그 운동이 끝나고 욕망이 충족되어 평형 상태로 돌아갈 때에 우리의 의식 속에는 질서가 실현된다. 질서란 어떤 통일 밑에 관계되는 모든 세력(수동과 능동)이 조화적인 평형 밑에 놓이는 상태를 의미한다. 물론 위에서 말한 것은 생명 과정이 성공한 경우이며, 또 성공한 경우라 할지라도 욕망은 결코 휴식하지 않으니까 질서는 곧 깨진다.(155쪽)

최재서는 리처즈의 시적 체험론에 대하여 김기림보다 더 자세하게 설명하였다. 인쇄된 글자가 망막에 비치면 그것이 자극이 되어 흥분을 일으키는데 그 흥분을 충동이라고 한다. 충동은 두 갈래로 갈라진다. 하나는 말들이 의미하는 사상의 흐름이고 다른 하나는 정서의 반응이다. 정서적 반응은 발전하여 태도에 도달한다. 태도는 행동의 준비 단계이지만, 시적 체험은 행동에까지 가지 않고 태도에서 끝난다. 인쇄된 글자들을 보고 청각상을 파악하는 것이 시 읽기의 시작이 된다. 악센트 하나의 위치만 바뀌어도 시의 리듬은 파괴된다. 청각상을 파악한 다음에는 상상 속에서 마음의 눈으로 이미지를 포착해야 한다. 지성은 감각 기관에서 받아들이는 무수한 감각들을 추상화하여 개념으로 분류한다. 기억은 지성이 정리해 놓은 개념들의 총체이다. 언어는 그 개념들을 기억에서 색출해 내는 일종의 색인이다. 개념의 소재는 원래 감각이었던 만큼 색출된 개념에 감각이 따라 나올 수 있다. 개념과 감각이 합체된 것이 이미지이다. 청각상과 이미지를 체험한 후에는 사상과 정서를 체험해야 한다. 시적 체험은 시의 장면, 사건, 행동을 시의 외부 사물과 연관 지어 이해하는 지적 체험의 단계를 거쳐야 한다. 지적 충동은 능동적 정서를 유도하는 수단으로서만 의미가 있다.

최재서는 워즈워드의 「홀로 보리 베는 처녀」를 이해하는 데 필요한 지적 체험의 내용을 해명하였다. 이 시는 체험의 장소를 스코틀랜드에서 아라비아로, 아라비아에서 다시 스코틀랜드 북서쪽의 헤브리디스로 세 번 이동한다. 또 체험의 시간을 현재에서 과거로, 과거에서 미래로 이동한다. "보리를 베며 노래를 부르는 처녀가 있고 노래를 듣는 시인이 있고, 또 시인이 가끔 불러대는 미지의 인물이 있다. 그는 독자 자신이다. 이 삼자를 연결해서 얻어지는 삼각형이 이 시의 세계를 구성하는 기본 시추에이션이다. 독자가 이 시추에이션 안에 위치함으로써만 이 시의 체험은 현실화된다. 이러한 시추에이션을 설정하는 것은 독자 자신의 이해력이다."(175쪽) 정서는 일종의 전신 감각이다. 충동은 주로 환경의 작용이지만, 정서는 충동에 대응하는 유기체의 반작용이다. 이 반작용은 생리적 변화를 수반하며 전신에 반향을 일으킨다. 최재서는 비애, 환희, 공포, 분노를 정서라 하고 쾌와 불쾌를 감정이라 하여 정서와 감정을 구별하였다.

　유기체는 외부에서 침입해 오는 무수한 자극들을 선택적으로 받아들인다. 흥미가 그 선택의 원리가 된다. 체험의 가치는 정신이 흥미의 운동을 통하여 더욱 넓은 평형으로 나아가는 정도에 따라서 결정된다. 적극적인 흥미를 최대한도로 활동시킬 수 있는 생활이 가치 있는 생활이다. 그러나 조직화되지 못하여 서로 충돌을 일으키는 충동들은 생활을 불행하게 만든다. 가치 있는 생활은 충동들이 최대한도로 활동하면서도 충동들의 충돌이 최소한도로 축소되어 있는 생활일 것이다. 충동들의 충돌을 피하려면 어떤 충동을 억압하거나 충동들을 타협시켜야 한다. 억압하고 정복하는 방법은 억압되고 정복된 충동들이 반란 분자가 될 우려가 있으므로 좋지 않다. 리처즈에 의하면 시는 억압이 아니라 타협과 조정을 기초로 하여 질서에 도달한 체험의 기록이다. 충동들의 타협으로 이루어진 질서에서 감동을 체험한 사람의 태도는 평생토록 지속된다. 정서와 행동의 중간에 태도라는 또하나의 단계가 있다. 태도는 충동이 행동을 준비하는 잠정적 단계이다. 실천적 체험은 태도에서 행동으로 나아가지만, 시적 체험은 태도로 끝난다. 최재서는 시적 질서를 정치적 질서로 확대하여 전제주의를 억압적 질서로, 민주주의를 타협적 질서로 규정하였다.

　　체험 통일에 채용되는 억압과 타협을 정치 생활에 나타나는 그것과 비교해 보면 더 잘 알 수 있을 것이다. 억압을 기본 방침으로 삼는 정치를 전제주의라고 한다면, 타협을 기본 방침으로 삼는 정치는 민주주의다. 전자에서는 이질적인 분자를 제외하고 국민 각자의 개성을 탄압함으로써만 고독한 정권이 유지된다. 그러나 그러한 정치 속에서는 아무런 가치도 생산되지 않는다. 그와 반대로 후자에서는 이질적인 분자까지도 넓게 포섭하고 국민 각자의 능력에 최대한도의 활동 여지를 줌으로써 광범한 협조 위에 정치 생활이 운영된다. 그러한 유기적 조직 속에서는 인간적으로 가치 있는 모든 것

이 생산될 수 있다.(232쪽)

　민주주의는 최재서가 참으로 어렵게 획득한 최소한의 도덕이다. 이 인용문 안에는 친일은 본유(本有)적인 행동이 아니라 특수한 상황에서의 우유(偶有)적인 행동이었다는 것을 이해해 달라는 희망이 들어 있다. 최재서는 신익희와의 친분을 통해서 민주주의가 자신의 본심이라는 사실을 증명하고자 하였다.

　　오늘은 고 신익희 씨 국장날이다. 좀 일찍 강의를 끝내고 시내로 들어왔다. 종로에서 버스를 내리고 다동 뒷골목 길을 걸어가는 동안 별로 행인을 못 보았다. 그들은 행렬을 맞이하러 각기 적당한 장소로 출동한 모양이었다. 나는 을지로 큰 길거리에서 시민들과 함께 배장(拜葬)했다. 만사의 기폭이 숲같이 늘어서 오고 장송곡이 흘러가는 가운데서 나는 무념무상이었다. 다만 숭엄한 기분이었다. 그러자 행렬이 지나가 길가에 섰다. 시민들이 와와 흩어지고 자동차 경적 소리가 들리고 하자, 나는 갑자기 고인이 우리들 사이에 남기고 간 커다란 공허를 느끼어 말할 수 없이 쓸쓸했다. 나는 그때에 비로소 고인이 내 서재에서 술잔을 드시며 서책과 학문을 논하시던 모습을 그려 보고 눈앞이 캄캄해짐을 느꼈다.(227쪽)

　『맥베스』를 분석하던 중에 갑자기 끼어든 인용문은 비록 본의 아니게 친일은 했으나 독립운동을 한 신익희와도 친분이 있다는 것을 알리기 위하여 넣은 부분일 것이다. 그러나 아들 강(剛)의 영전에 헌정한 『전환기의 조선문학』을 폐기할 수는 없을 것이다. 그 책에는 다음과 같이 기록되어 있다.

　　생활 전일체로서의 국가는 스스로 불가분의 생명과 이상을 가지고 있습니다. 이 국가의 가치는 모든 가치의 상위에 있는 최고의 가치일 뿐 아니라, 실로 가치의 근원으로서 모든 가치 표현에 선행하는 것입니다. 그런 까닭에 국민 한 사람 한 사람의 창조에 의해서 국가의 가치가 집적되는 것이 아니라, 국가의 가치는 국민의 본질적인 것으로서 이미 존재하며, 그 본질적인 가치가 국민 한 사람 한 사람에게 분기되어 그들 개인의 활동을 통하여 현양되는 것입니다. 이처럼 국가와 개인이 가치를 부여하고 가치를 살리는 관계로 서로 떨어질 수 없는 입장에 있는 것이 국민 문학의 입장입니다.[5]

최재서의 애처로운 변명에도 불구하고 그의 민주주의는 리처즈의 심리학에서 도출된 것이지 그 자신의 체험에서 얻은 확신이 아니라는 데 문제가 있다. 그는 한국의 전통을 철저하게 부정하는 입장에서 문학론을 전개하였다. "셰익스피어와 밀턴을 두 웅봉(雄峰)으로 연면 천여 년의 문학 전통을 가진 영국에서도 워즈워드는 거의 절망을 느끼었다. 그러한 전통도 없이 외국 문학을 무비판하게 받아들이는 우리 사회에 수치스러운 미음(媚淫) 문학의 탁류가 아무 거리낌도 없이 도도히 흐르고 있는 형편이다. 우리나라 현대 문학의 장래에 대해서 암담한 생각을 물리칠 수 없는 것은 비단 저자만은 아닐 것이다."(59쪽)

초서가 영어로 『캔터베리 이야기』를 쓴 것이 1387년이고 이성계가 조선을 건국한 것이 1392년이다. 프랑스어는 신라가 망해 가던 9세기에 생겼고 영문학은 조선이 건국되던 무렵에 시작되었다고 하는 것이 유럽 사람들의 상식이다. 영문학이 천여 년의 문학 전통을 가지고 있다는 것은 아마 8세기 초에 나온 『베오울프』를 영문학의 전통에 넣어서 계산한 것인 듯하나 그것을 7세기에 나온 향가보다 우수하다고 평가할 수는 없을 것이다. "전통이 창조의 인스피레이션이 되고 문학작품의 모태가 되는 대신에 민족 발전의 길을 가로막는 장애물이 될 때에 그 전통은 저주된 물건이다. 이조 오백 년의 유교적 전통은 확실히 그러한 전통이었다."(96쪽) "열반의 세계는 그들이 외축(畏縮)을 느끼는 유전의 세계와 마찬가지로 미적 체험이 발

---

5) 최재서, 『전환기의 조선 문학』, 노상래 역(영남대 출판부, 2006), 109~110쪽.

생할 수 없는 세계다. 불교가 그 높은 종교성에도 불구하고 문학을 갖지
못한 것은 그 때문이다."(157쪽) 최재서는 자기가 모르는 것과 존재하지 않
는 것을 혼동하고 있다. 그런데 한국의 전통을 부정하는 그의 발언에 의심
스러운 점이 있는 것은 일본의 전통에 대해서는 전혀 다른 말을 한 적이
있기 때문이다.

> 오늘 『고사기』나 『만엽집』은 국민 고전으로서 일반 지식인에게까지 그에
> 대한 교양이 요청되고 있다. 요컨대 이들 고전은 일본의 전통, 즉 일본 민족
> 의 가치관이나 그 사고방식, 표현 양식 등이 가장 순수하게 보존되어 있는,
> 말하자면 일종의 저수지로서 오늘의 국민에게 정신적인 수분을 공급해 주기
> 때문이다. 우리 비평가가 오늘 새삼스러이 일본 고전을 잘 모르는 것을 서
> 로 한탄하는 것은 결코 이유가 없는 것이 아니다.[6]

한국의 현대 문학을 서양 문학의 전통에 편입시키려는 『문학원론』의 무
모한 시도보다는 차라리 일본의 고전에 대한 이러한 논의를 확대하여 동아
시아의 전통을 적극적으로 탐색해 보고자 하는 시도가 더 효과적인 전통
탐구 방법이 될 수 있을 것 같다. 『시경』과 당시, 『겐지 이야기』와 『홍루
몽』은 각각 그 시대 세계 최고의 문학이었고, 퇴계의 『자성록』 또한 동일
한 시기의 몽테뉴의 『에세』와 비교하여 분석해 볼 만한 작품이다. 실국 시
대에는 일본의 전통을 긍정하다가 광복 이후에는 동아시아 문학을 부정하
고 한국의 현대 문학을 유럽 문학의 전통에 연결해 보겠다는 것은 앞뒤가
맞지 않는 태도라고 아니할 수 없다.
20세기 전반기의 한국 문학사는 그 시기의 독립 운동사와 분리될 수 없
다. 망국민이라는 사실을 고려하지 않으면 그 시대의 작품을 충실하게 이
해할 수 없다. 실국 시대의 광복 운동을 단순히 민족주의로 규정한다는 데

---

6) 최재서, 같은 책, 139쪽.

는 동의할 수 없는 면이 있다. 나라 잃은 시대에 나라를 찾기 위해 투쟁하는 것이야말로 국제적이고 보편적인 행동이기 때문이다. 임화와 백철, 김기림과 최재서의 비평이 이러한 의미에서의 진정한 보편성에 미달한다는 것은 다시 말할 필요도 없는 사설이지만 그들의 비평이 한국 문학의 전통 또는 동아시아 문학의 전통에 유의했다면 다음 시대까지도 통할 수 있는 보편성을 확보할 수 있었을 것이다.

근대 비평과 정치적 순응주의

신철하(강원대 교수)

비평과 근대 비평

비평이란 무엇인가. 시간의 연속선상에서 이규보(李奎報)나 김만중(金萬重)의 비평적 언어와 근대 비평의 그것이 어떤 변별성을 드러내는가를 규명하는 일은 이 글의 한계를 넘어선다. 그러나 비평이 언어의 문제와 더불어 헤겔적 의미에서의 '시대정신(Zeitgeist)'을 외면하기 힘들다는 자의식을 강조하게 된 것은 근대적 비평으로 이행하는 과정에서 입력된 의미 있는 테제이다. 비평의 언어가 다른 언어와 어떤 차이를 가지고 있다는 인식으로부터, 그럼에도 문학적 언어를 깊이 있게 내면화해야 한다는 것은 딜레마다. 그 고민은 언어에 대한 더 깊이 있는 이해로부터 일차적으로 기원하고 있다. 인문적인 것에 대한 자각이 그것이다.

인문적인 것이란 문학적인 것이라 해도 크게 허언은 아니다. 거칠게 표현하면 언어를 통해 이루어지는 학문이 인문학이다. 언어에 대한 자각은 인문학의 근본을 이룬다. 문학은 특별히 이 언어에 대한 거의 절대적 구속을 요구받는다. 그 구속에서 강조되는 것은 수사학적 기술이다. 그렇다는 것은 문학의 언어가 고도의 인간의 지적 상상의 산물이자, 언어 자체에 대

333

한 본질적 탐구를 향하고 있다는 것을 암시한다.

그렇다면 언어란 무엇인가. 그것은 무엇보다 언어의 근본 자질이 허구라는 점을 인식할 필요가 있다. 근대적 의미에서 공시적 이해의 단초를 제공한 소쉬르는 『일반 언어학 강의』에서 말은 본래 '자의적'이라고 주장하면서 '기표'와 '기의'로의 구조적 유형화를 시도한 바 있다. 그 구조적 이해는 서구 근대 이데올로기의 반영, 즉 구조주의적 발상의 결과라는 비판적 견해에도 불구하고, 언어가 지닌 모호성을 상징적으로 드러내고 있는 것처럼 보인다. 말하자면 그의 언어적 자의성은 인간의 내면적 모호성의 본질을 일정 부분 반영한다. "언어는 언제나 그리고 이미 불순한 것이기에 언어를 통해 제시되는 의미는 허구적인 것일 수밖에 없다. 언어는 나름의 질서와 체계를 지니고 있으며, 이때의 질서와 체계는 실제 세계의 질서나 체계와 결코 같은 것일 수 없다. 이런 이유 때문에 언어를 통해 세계를 제시하는 경우, 이때 제시되는 세계는 실제 세계가 아니라, 허구적인 진술 세계"라고 주장할 수 있다. 부연하여 "입증 불가능한 가치와 판단의 문제가 인문학의 핵심을 이룬다는 관점에서 볼 때, 인문학이란 본질적으로 이데올로기 또는 이념의 바탕 위에 구축된 학문이라고 할 수 있다 …… 이념을 통해 인문학적 진리나 객관적 지식이라는 환상이 싹트게" 될 수 있다.[1] 인문학적 진리가 언어의 근본적인 모호성 속에 포박돼 있으며, 그렇다는 점에서 인문(학)적 진리란 이데올로기적 전제를 바탕으로 한다는 주장의 중심에 문학과 문학적 언어가 있다.

문학은 인간의 모호성, 인간의 언어적 모호성과 이데올로기적인 것을 총체적으로 표현하는 갈래이다. 문학이 복잡화하고 개별화하는 성질을 지니는 이유가 거기에 있다. 좀 더 좁혀서 말해 근대 비평에 대한 자각은 언어에 대한 더 깊이 있는 내면화와 실질적으로 관계한다. 이광수가 문학을 '여기'로부터 어떤 '계몽'으로 인식의 전환을 꾀하게 된 것도 그렇게 철저한

---

1) 장경렬, 「언어의 수사성과 이념성」, 『삶, 반성, 인문학』(태학사, 2003) 123쪽.

것은 아니지만, 구언어에 대한 근대적 자각과 무관하지 않다. 1918년 ≪청춘≫지 현상문예 심사 소감에서 그는 새로운 문학의 조건을 근대적 시문으로 쓴 글, 조선인의 현재의 실생활을 소재로 한 글, 새로운 문학의 체제를 갖춘 글을 제시하면서, 예술을 여기(餘技)로 보아서는 안 되고, 그런 의미에서 문학은 수신서나 종교적 교훈서가 아니라 문학 자신의 이상과 임무를 내재하고 있다는 주장을 편다.[2] 이런 그의 근대 문학에 대한 인식으로부터 한국의 근대 문학, 나아가 근대 비평의 실질적 차별화는 움트기 시작한다. 그것은 전근대적인 글쓰기와의 의식적 단절을 말하는 것이기도 했다. 전근대적인 것과 근대적인 것이 왜 차별화되어야 하는지를 의식하는 것이 당시의 글쓰기에 무슨 의미를 띠고 있었는지는 어렴풋이 짐작할 수 있다.

　백철(白鐵)과 최재서(崔載瑞)도 이 범주에서 벗어나 있는 것은 아니다. 백철의 비평적 출발이 되어 준 것은 가까이는 임화, 더 위로는 이광수를 포함하여 김기진이나 박영희가 남긴 비평의 집적 위에 서 있으며, 그것은 근대적 글쓰기에 대한 충동과 밀접하게 관계되어 있다. 더 구체적으로 그것은 그의 '근대 지향 의식'과 긴밀하게 연동된다. 그의 근대 지향 의식은 그의 기질적 리버럴리즘과 절묘하게 결합함으로써, 그의 글쓰기를 시대적 욕망의 중심으로 끊임없이 이동하게 하는, 속류적 의미에서의 '문학주의'로 수렴하는 결과를 낳는다. 그의 휴머니즘론은 그것의 한 정점에 위치한다.

　반면 유사한 시기에 비평 활동을 전개했던 최재서의 비평은 오늘날 우리가 나쁜 의미에서의 강단 비평이라고 말하는 그것의 한 전형을 보여 준다. 그의 비평적 출발이 되어 준 것은 그가 쌓아 온 교양의 집적, 대학의 전문 교육을 통해 확보한 상대적으로 우월한 지적 정보의 축적이 근간이 된다. 말하자면 그는 그 근대적 지식의 무장을 통해 비평이 다른 의미에서 해설

---

2) 春園生, 「懸賞小說 考選 餘言」,(≪청춘≫ 12호, 1918) 현상문예 심사 소감의 후일담 성격이긴 하나 "문학은 결코 수신서나 종교적 교훈서도 아니요, 그 보조는 더구나 아니요, 문학에는 뚜렷이 문학 자신의 이상과 임무가 있습니다."라는 주장은 '고대 문학'과 '신문학'의 변별성을 선명하게 부각시키려고 하는 의도가 스며 있다.

이 되어야 함을 실천적으로 보여 준 강단 비평의 실질적 입법자가 되기에 이른다. 그 비평의 밑면을 받쳐 주고 있는 축은 그가 지성주의라고 말하는 대학의 교양적 지식(지성)이다. 이를 바탕으로 그는 식민지 정책이 가장 극점을 향해 나아갈 때, 거기에 순응하고 마침내 적극적으로 '몰입'함으로써 '국민 문학', 혹은 '황도 문학'을 거침없이 수행하기에 이른다.

두 경우 비평은 정치적 순응주의의 다른 이름이다. 그것은 어려운 상황의 선택에 처했을 때 기능적 지식인이 어떻게 움직이게 되는가에 대한 살아 있는 교범이 되기에도 부족함이 없다.

백철과 기능적 휴머니즘

그의 족적을 일별하면서, 일차적으로 백철 비평을 관통하는 하나의 특징이 변화무쌍한 시대적 변신과 관계할지 모른다는 기능적 신문화론을 생각하게 되는 것은 우울하지만 믿을 만한 준거가 된다. 도저한 글쓰기의 욕망, 혹은 뛰어난 현실 적응으로 평가되는 그의 비평적 기록들은 그의 근대적 글쓰기가 어떤 모순 속에 있었는가에 대한 반면교사로서도 손색이 없는 것처럼 보인다. 깊이 없는 저널 지향 비평이 보여 준 한계를 그의 기록들은 간명하게 암시해 준다. 인상주의적이라고 말해도 크게 틀리지 않을 그의 저널적 비평 태도는 늘 자신을 문단의 중심에 위치시키고자 한 글쓰기적 현시욕의 한 전형을 또한 보여 준다. 그의 그런 욕망의 핵심에 문학주의로서의 휴머니즘론과 문학사 작업이 있다.

백철의 비평적 출발은 그가 동경 유학에서 체험한 나프(NAPF)와 긴밀하게 연관되어 있다. 물론 그 전에 그의 신문화 향수의 맹아는 '내 인생의 큰 배'로 인식되었던 형 백세명과 천도교의 영향으로부터 자유롭지 않다.[3] 신문화와 민족의식의 소유자였던 형의 존재는 형성기의 그에게 결핍과 이상

---

3) 진영백, 『백철의 비평 담론 연구』(부산대학교 대학원, 2002), 17쪽.

적 원형(archetype)으로 각인되고 있다. 그의 도일 역시 형의 후원으로 이루어지며, 동경고사를 배경으로 경향 문학에 가담하게 되는 과정도 이런 바탕을 전제로 한다. 경향 문학, 나아가 프로 문학은 당시 일본 문단을 지배한 주류 담론이었다. 문제의 초점은 1930년대를 전후한 시기가 일제의 군국주의 체제가 강화되는 과정이었으며, 반면 프로 문학은 짧은 전성기를 맞아 검열과 탄압에 직면해 있었다는 점이다. 백철이 이 상황을 좀 더 긴 호흡과 능동적인 시각으로 판단했을지는 미지수이다. 그의 기록들을 보면 오히려 그는 가시적으로 영향력을 보여 주던 계급 문학의 주도적 담론에 적극적으로 가담하고 있다는 것을 알 수 있다.

유학 기간 「지상낙원」과 「전위시인」 등을 통해 설익은 시 짓기와 저널적 비평을 선보였던 그는 일본 문단의 메커니즘을 숙지하는 과정을 통해 조선의 문학 장에 어떻게 개입할 것인가를 나름대로 계산하고 있었던 것으로 보인다. 기록은 그가 실제 유사한 행보를 통해 조선의 문단 상황을 예의 주시하고 있었던 것을 예측할 수 있게 해 준다. 가령 귀국 전 《조선일보》에 「농민 문학 문제」(1931)라는 글을 투고함으로써 자신의 존재 가치를 조선 문단에 주입시키려는 욕망을 드러내는 것에서도 이는 엿보인다. 그러나 농민 문학론이나 귀국 후 짧은 시간 전개한 대중화론과 관련한 「창작 방법 문제」(1932) 등에서 보여 준 프로 문학적 견지는 몸으로 체득한 사유가 아니라, 머리의 그것이라는 것을 주목할 필요가 있다.

이런 백철의 자유분방함 혹은 기민한 현실 적응력에 대한 코멘트를 임화는 그의 생물학적 자질로부터 감각적으로 이끌어내는 과정을 통해 투항주의적, 부르주아적, 우익적, 멘셰비키적인 정치적 무관심자로 폄하한다. 백철의 비평 태도, 인간적 한계는 이무영 등의 인상적 언술에서도 유사하게 나타나는데, "백철은 양적으로 다른 사람의 약 세 배의 활동을 했으나 질적으로는 아무런 공적을 남기지 못했는데, 그 이유는 첫째, 백철의 비평이야말로 조선 문단의 실제 현실을 떠난 외국의 신간과 월간에서 신화제를 발견하는 데만 너무 충실했으며, 둘째, 기준이 없어 동요된다."라는[4] 지적이 그것이다. 이 흥미로운 단평은 그의 비평 태도와 글쓰기를 관류하는 주요한 해석적 모티프가 될 수 있다. 말하자면 그의 농민 문학론을 비롯한 계급주의 언설은 자신의 확고한 비평적 세계관으로 힘차게 주장할 만한 것이 못되었다. 그가 귀국 후에도 일본 문단을 지속적으로 주시하고 있었던 것이 이를 반증한다. 1932년 라프의 해산이나 같은 해 4월 치안유지법의 발동으로 공산당 총검거령이 내려지는 과정에서 자신의 이론적 준거였던 하야시 후사오(林房雄) 등의 전향과 구라하라 고레히토(藏原惟人), 나카노 시게하루(中野重治) 등의 체포를 통해 나프가 해산되는 과정을 간파한 그는 그 충격을 재빨리 전향이라는 카드를 통해 변신을 꾀하고자 한다. 지속적으로 탐구해야 할 정신사 탐구의 과제이기도 하겠지만, 우리는 여기서 이광수나 최남선 등이 밟아 간 기능적 신문화론자들의 패턴을 백철을 통해서도 유사하게 재독하게 된다. 말하자면 이것은 기질이나 단순하게 서양 문화의 우월성에 대한 맹목적 심취만으로는 설명되지 않는, 어떤 근원적인 궁리를 생각해 보아야 할 필요가 있다는 것이다.

백철의 당시 일본 문단이나 지식에 대한 추수는 거의 맹목적일 정도로 무비판적이었던 것처럼 보인다. 그 무비판적 신문화주의자가 요동치는 현실과 마주쳤을 때 감당할 수 있는 몫은 거의 예상할 수 있는 것이다. 백철의 경우 주시하던 일본 문단과 나프의 검거 해산을 자신의 위기로 판단하자 재빨리 전향적 자세를 취하는데, 대체로 주류 담론으로서의 계급 문학론의 시효를 직감한 것이 그것이다. 시대를 고민하는 에세이스트로서 대체할 새로운 담론은 고민하고 성찰해야 할 과제였지만, 그는 이런 사유의 과정을 의식할 시간적 간극을 보여 준 적이 거의 없다. 당시 문단에서 계급 문학론의 추상성과 관념성을 비판하는 것은 그렇게 어려운 일이 아니다. 창작이나 그것의 분석보다 원론 비평, 기준 비평에 골몰할 수밖에 없는 상황과, 현실의 문맥을 이해하려는 노력보다, 그는 이런 상황에서 자신이 발

---

4) 이무영, 「문예비평가론」, 《조선일보》, 1934. 2. 6~8.

언할 수 있는 위상과 새로운 정보에 더 심취했던 것처럼 보인다. 거의 본능적으로 감지한 상황의 위기는 '인간 탐구론'이라는 유사 휴머니즘을 강조함으로써, 세계 정세의 또 다른 중심으로 이동하고자 하는 그의 욕망의 일단을 제어 없이 실행하게 된다. 전향적 태도가 최초로 감지된 「인간 묘사 시대」에서 그는 다음과 같이 주장한다.

> 우수한 인간 묘사가 작품의 지위 결정에 있어 거대한 조건이 되느니만큼 과거의 모든 작가들이 의식적이며 무의식적임을 불구하고 인간 묘사를 문학의 중심 과제로 삼아 왔으며, 그 경향은 현대에 가까워질수록 점차로 현저해진 현상을 보여 주고 있다. …… 문학에 있어 이와같이 인간 묘사의 이상은 현대에 와서 가장 절실하게 요청되고 있다고 보아야 하고 이상이 오늘의 문학에서 완전히 실현되어야 한다는 사실을 강조하고 싶은 것이다.[5]

이로써 그가 열정적으로 주창하고 강조하던 계급문학론의 허구를 단숨에 비판하는 위치로 어떤 매개 없이 전환한다. 그런 태도는 물론 가능할 수 있는 일이다. 그러나 그 전향의 논리가 빈약하다는 비판에 직면할 때, 그가 감당해야 할 몫은 왜곡된 세계의 흐름에 순응하여 나아감으로써 직면하게 될 왜곡된 정열과 삶의 조급함일 것이다. 논쟁의 중심에 서서 근대 문단의 흐름을 형성하는 데 백철이 일조했다는 것은 주지의 사실이다. 논쟁은 시대정신의 핵심 아젠다를 부각하고 쟁점화할 수 있다는 명분에도 불구하고, 백철의 경우 자신의 위상을 과시하고자 하는 현시적 욕망이 더 작동되고 있다는 트리비얼리즘 또한 강조하지 않을 수 없다. 그의 비평적 집적을 속류 논쟁의 관점에서 이해하게 되는 것은 편견이 아닐지 모른다. 그가 인간 묘사론을 거쳐 인간 탐구론으로, 다시 모호한 성격의 휴머니즘론으로 미끄러져 가는 동안 당대 문단의 많은 논쟁 중심에 서는 결과를 낳지만, 그것

---

5) 백철, 「인간 묘사 시대」, ≪조선일보≫, 1933. 8. 29~31.

이 자신의 비평적 신념 체계나 세계관으로 느껴질 만한 개성적 목소리를 발견하지 못함은 결코 우연이 아니다. 그것을 대신하는 것은 그 자신도 견디기 힘든 비판과 타매였다.

백철의 비평적 궤적이 정세에 따라 바람처럼 나부끼는 최초의 단서가 될 전향은 사실 깊이의 측면에서 평가할 만한 것이 못된다. 신건설사 사건으로 잠시 투옥되었던 그가 집행유예로 석방된 후 전향 선언문으로 발언한 「비애(悲哀)의 성사」는 속류적 수준을 넘지 못한다.

> …… 밖에서 문학과 문학의 진실이란 의미를 이해하지 못하는 분들은 부질없는 비난을 가하고 있는 모양이나 문학인이 과거와 같은 의미에서 정치주의를 버리고 맑스주의자의 태도를 포기하는 것은 비난할 것이 아니라 문학을 위하야 도리어 크게 찬하해야 할 현상이라고 나는 누구 앞에서도 공연히 선언하고 싶다.[6]

자신의 위상 변화를 "찬하해야 할 현상"이라고 규정한 그에게 전향은 반성 없는 삶의 이월이자, 새로운 세계로의 도약을 의미하는 모티프가 된다. 근대를 향한 신문화론자로서의 백철이 어떤 현시적 욕망에 사로잡혀 자기모순과 부정을 제어 없이 감행하게 되는지를 묻는 것은 반복되는 연구자의 고민이다. 그의 기질이나 중인 신문화주의자들의 계층적 세계관으로 변명하기엔 궁색함이 남아 있다. 그가 마르크시즘을 신봉하게 된 까닭이 무엇인지를 묻는 재판장에게 "시인은 꿈을 사랑한다. 그 어딘가 유토피아가 있는 것을 믿으며 그 유토피아를 찾아서 여행하는 사람"이라고 일갈할 때 이미 그의 전향 사유는 설명을 넘어선 곳에 있음을 짐작하고도 남는다. 무체계와 논리적 불분명은 그를 감성적 아류 시인으로 더 매김하게 한다. 전향을 선언했지만 그의 인간 묘사론이나 궁극적인 휴머니즘론의 배경을 이루

---

6) 백철, 「비애의 성사」, ≪동아일보≫, 1935. 12. 27.

는 것은 넓은 의미에서의 경향 문학적 사유를 모태로 하고 있는 것이다. 나쁜 의미에서의 기능주의, 나아가 개량주의적 에세이스트의 혐의를 그는 여러 글을 통해 제공한다. 언급한 바지만 인간 묘사론이 막연한 원론적 수준 이상을 넘지 못하며 나아가 자신의 글쓰기 모순을 감당하기 어려운 상태로 몰아가고 있다는 판단이 그래서 가능하다. 가령 홍효민의 다음과 같은 반론은 단순히 경향적 문학 이해의 차원을 넘어 백철의 문학 이해의 협소함을 정확하게 지적하고 있는 글이다.

> 작품은 논문과 달라 작자 혹은 비평가의 주관과 이론으로만 성립되지 않는다. 한 작품을 타락시키는 원인은 추상적 개념으로 작품의 내용을 전체적으로 압출하는 데 있다. 그러므로 작품 중에 있는 인물을 심리적으로 묘사치 않고 심리적 과정에서 발생하지 않는 행동만으로 인물을 규정하여 감으로 그 인물은 혈맥이 없는 인형적 존재에 불과하다. …… 맑스 문학의 새로운 인간 묘사 시대가 도래하였다 하나 이것은 오히려 맑스 문학이 인형 묘사 시대라는 막다른 골목에 이르렀다고 볼 수 있는 것이다.[7]

비평이 가치의 실현을 전제로 한다는 주석을 요구하지 않더라도 동시대와 상황의 문맥을 구체적으로 묘파해야 하는 것은 어떤 당위이다. 원론적 지식의 나열은 현실을 추상화시킨다. 그리고 그것은 무엇보다 비평적 글쓰기 자체를 범박하게 하는 나쁜 영향으로 결과한다. 많은 결함 때문이기도 하겠지만, 그의 인간 묘사론에 대한 이동구, 함대훈 제씨의 비판이 잇따르는 것은 비평에 임하는 그의 자세의 불량함과 크게 관계한다. 그 불량성은 문학 장을 읽고 대응하는 그의 행적을 궁색하고 어떤 혼란으로 범벅되게 한다.

> 문학은 정치도 경제도 아니요, 그것은 어디까지든지 인간의 특수한 의식

---

7) 홍효민, 「문단시평」, 《동아일보》, 1939. 9. 14.

산물로서의 독립성과 독자적 발전을 주장하며, 문학의 귀중한 생명으로서 인간의 개성적 중요성과 전형적 생활의 시인이 비판 과정을 특징하고 있는 중요한 성격이다. 그리고 이러한 문학의 중요한 내용과 성격을 탐구 창조해 가는 데 적당한 문학적 방법으로써 사회주의적 리얼리즘이 이 과정의 전면의 슬로건으로 제시되어 있다.[8]

새로운 것이나, 무엇인가 이리저리 변화를 담으려는 그의 비평적 소재주의는 새로운 정보나 파편적 지식을 나열하는 것이 비평이라는 최재서의 해설주의를 연상하게도 한다. 휴머니즘의 앞 단계로서의 '인간 탐구론' 역시 문학의 본질적 기능이나 세계 이해를 견지하려는 그의 취향을 드러내고 있지만 비평적 설득력은 크지 않다.

> 금일의 문학에 표현되는 인간 정신이란 고뇌적이다. 다시 좀더 정확히 지적하면 금일의 문학은 고뇌 인간인 작가가 고뇌의 정신, 고뇌의 인간을 표현한 것 — 코커스 산정에서 고민하는 프로메테우스의 노래와 독사에 얽히어 고민하는 라오콘의 군산에 유비할 문학일 것이다.[9]

이런 논조가 얼마나 당시 현실에 피상적일 것인가는 예상하기 어렵지 않다. 그것은 그가 비평적 글쓰기를 그의 삶의 투철한 직시를 통해 체현하지 않는 데서 오는 필연의 결과이다. 자신의 발언에 가해지는 비판이 무엇 때문인지를 진지하게 고민하고 성찰하는 과정이 없는 그에게 그러므로 논쟁은 속류적으로 흐를 수밖에 없는 한계를 노정한다. 그가 다시 "내가 말하는 인간탐구의 길은 유행하는 그 불안성이 아니고 불안하고 암흑한 현실 가운데 자진하여 정면으로 당착하며, 고민, 고투하는 정신이며 그 비참한 고뇌 가운데서 언제나 반역의 정신을 불사르며 그 가운데서 일정한 미래에

8) 백철, 「인간 탐구의 정열과 문예 부흥의 대망 시대」, 《조선중앙일보》, 1934. 7. 12.
9) 백철, 「문학의 성립 인간으로 귀환하라」, 《조광》, 1936. 4, 193쪽.

그 고뇌에서 벗어날 것을 예견하며, 그 고통 가운데서 자포자기에 떨어지지 않고 항상 지혜를 가지고 고투하는 인간을 말"하는 것이라고 얼버무릴 때, 그것은 더 이상 동시대의 현실에 밀착한 인간 탐구와 인간 묘사는 아닌 것이다. 결정적으로 거기에는 조선의 현실에 대한 구체적 직시와, 그 직시를 통해 결과한 개연성 있는 인간 묘사의 고민을 찾아보기 힘들다. 이 모호하고 아류적인 현실 이해가 당시 문단에 파장하는 것은 갈증과 답답함이다. 김환태의 간명한 시평이 이를 웅변적으로 요약할 수 있다.

　　백철 씨의 문의를 읽을 때 우리는 그곳에 조금도 사고의 흔적을 찾을 수가 없다. 그저 두뇌에 떠오르는 잡연한 생각을 아무 논리적 통제도 없이 그저 토로하여 놓았을 뿐이다. …… 인간으로 돌아가라는 말이 루소의 자연으로 돌아가라는 말과 같은 의미로 사용되는가 하면 또 새로운 인간 타입을 탐구하자는 지드적 의미로 사용되고, 또 그 다음에는 개성으로 돌아가자는 말도 되고 …… 이리하여 우리는 씨의 인간 탐구의 설명을 들으면 들을수록 그의 진의를 포착할 수 없게 되고 마는 것이다.[10]

그러므로 그의 휴머니즘론이 '잡연한 생각을 논리적 통제도 없이 그저 토로'해 놓은 연장선상에 있을 것은 예측하기 어렵지 않다. 세계대전을 전후해 파리를 중심으로 휴머니즘이 어떤 시대정신으로 대두한 배경에는 점증하는 파시즘과 전체주의의 망령에 대항하려는 양심적 지성인들의 강력한 인간 이성 회복과 실천을 향한 양심적 고백이 있었다. 일제 강점과 전시 체제기라는 상황을 배경으로 하는 조선의 휴머니즘이 어떤 토대 위에 있어야 할 것인가의 고민은 그리 심각한 것도 못 된다. 이 단순한 물음이 거세되었다는 점에서 백철의 휴머니즘은 거칠게 축약해 '속류적 풍류 인간'으

---

10) 김환태, 「문예시평」, 《중앙》, 1936. 9, 229쪽.

로[11] 귀결되는 인간 탐구론의 결정판이라고 단정하기 어렵지 않다. 이른바 신체제기에 '사실 수리론'을 통해 체제의 문학에 복무하게 되는 과정 역시 다른 설명을 요구하지 않는다. 시대의 중심에 서고자 하는 그의 기능적 글 쓰기 욕망은 가치의 준별과 지식인의 시대적 고민에 대한 성찰을 자발적으로 삭제함으로써, 결과적으로 시대적 조류에 순응해 에세이스트의 양식도 변화해야 한다는 숙명론적 처세주의의 일단을 웅변적으로 반증하는 예이다.

백철의 이런 문단 처세학을 집약적으로 요약하고 있는 것은 그의 『문학 사조사』이다. 이 저서를 통해 그는 해방 후 한국의 대학 제도에 근대 문학 과 고전 문학의 학제를 양분하는 결정적 모티프를 제공했을 뿐만 아니라, 문단 정치학의 중심에 서서 제2의 비평 권력적 황금기를 누릴 수 있는 기회를 거머쥐게 된다. 그의 『문예 사조사』를 통괄하는 기율은 "근대적인 의미의 신문학 운동이 한국 문학사에 등장한 것은 직접 근대 사조라는 세계 역사의 물결이 한국에 밀려들어온 것이 동기가 되었으며, 또한 그 근대 사조의 변천에 의하여 한국의 신문학이 성장되고 발달되어 온" 것이라는 양구 추수주의에 바탕한다. 그 결과 그는 한국의 근대 문학을 서양의 그것을 수입 재현하는 과정에서 성립된 사조의 산물로 이해하는 데 결정적 역할을 한다. 전근대와 근대를 서양적 관점에서 구획한 이 이분법적 문학사는 당연히 뒤따르게 된 학제의 고전 파트와 현대(근대) 파트의 단절이라는 왜곡된 문학 교육을 낳는 실마리가 된다. 그리고 그 여파는 현재까지 지속되고 있다.

왜곡은 백철의 비평적 글쓰기에서 현시적 욕망의 다른 이름이기도 했다. 그 성취를 위해 그는 기능적으로 세계를 이해하고 개입함으로써 간단하게 자신의 모순을 극복하게 된다. 기능적 상황 인식이 그의 생을 지배한 화두가 되고 있다는 것은 해방 후의 현실 적응 과정에서도 그대로 재현된다. 해방 공간의 혼란기를 좌고우면하는 가운데 문학사 저술의 시간으로 문학 판의 탐색을 끝낸 그는 새로운 정치적 권력일 뿐만 아니라 문화적 그것이

---

11) 이와 관련해서는 그의 언설 「웰캄! 휴머니즘」(《조광》 15호, 1937) 「휴머니즘 문학의 본격적 경향」(《청색지》, 1938) 「풍류 인간의 문학」(《조광》 19호, 1937) 등을 참조.

기도 했던 미국의 신비평을 수입하는 과정을 통해 비평적 준거를 재설정한다. 그러나 그것은 다시 한번 자신이 주장하던 근대 문학사의 전통 단절론과 배치되는 상황에 직면한다. 이론적 충돌과 모순은 그의 기능적 현실 논리 앞에 과정적 해프닝 이상도 이하도 아니었다.

한 비평적 궤적을 일별하면서 오늘의 우리가 발견하는 것은 어떤 착잡함이다. 그것은 단순히 왜곡된 근대, 모순의 근대라는 배경이 남긴 그림자만은 아니었다. 백철은 상황의 변화를 읽는 기민한 정치 감각을 지닌 인물이었다. 그것은 그와 민족 문학을 더 풍요롭게 할 수 있는 가능성을 단초에 열어 놓고 있었다. 문제는 그러므로 그의 왜곡된 현실 인식으로 수렴된다. 일그러진 욕망의 실현을 위해 끊임없는 모순적 이동을 통해 모순의 현실을 화려하게 줄타기한 기능적 지식인의 초상을 우리는 백철의 비평적 글쓰기에서 반추해 보게 된다.

최재서 : 정치적 순응주의와 지성

1930년대와 1940년대 전시 체제기 상황의 식민지 문화에서 "문학과 예술의 세계에서 발견될 수 있는 새 진리란 별로 없(으며 따라서) 남들이 다 알고 있는 이념이나 의견이나 사상을 자기의 독창적인 것처럼 떠드는 일은 그 사람의 무지를 폭로하는 데 지나지 않"는[12]다는 주장을 펼친 최재서의 문건들은 말의 엄밀한 의미에서 시대에 분열된 교양주의의 한 전형을 예시한 경우로 평가된다. 그의 강단 비평에 젖줄을 제공한 교양주의는 일차적으로 대학에서 문학 공부를 체계적으로 수학한 사람들이 문화적 교양의 축적을 통해 비평의 지적 방법을 연마함으로써, 당시 카프나 감상적 인상주의 비평이 보여 주었던 한계를 극복해 보려는 노력과 직접적으로 관계가 있다. 최재서의 경우 그런 노력은 교양의 정신을 비평의 정신과 등가로 주

---

12) 최재서, 『문학원론』(春潮社, 1957), 2쪽.

장하는 결과로 귀착된다. 그러나 그의 교양주의는 그것이 본래 내포한 건전한 지성의 사회 참여 방식과는 달리, 체제에 속류적으로 순응한 기능적 지성주의의 파국 이상도 이하도 아니다. 그 왜곡이 마침내 전시 체제기 국책 문학의 전위로 그를 서게 하는 정신적 착란의 삶을 반성 없이 가능하게 하는 단계로 직행하게 했으며, 그 결과 그 자신의 파국으로만 끝나지 않고 오늘의 사회와 문화의 여러 곳에 스며, 일그러진 사회적 지성과 현실을 지배하는 부정적 숙주로 기능하고 있다.

최재서의 비평적 출발이 된 것은 그가 경성 제2고보를 졸업하고 1926년 경성제대 예과 3회로 입학, 이후 본과인 영문과를 수학하고, 대학원 과정을 거쳐 조선인 최초의 제국 대학 영어 강사가 되면서부터라고 할 수 있다. 서양의 문학 이론을 비교적 체계적으로 공부한 그가 최초로 비평에 관심을 기울인 것은 1934년 발표한 「현대 주지주의 문학 이론의 건설」과 「비평과 과학」 등을 조선일보에 선보이면서이다. 이 글들이 영국을 중심으로 전개된 서양 세계의 주지주의 문학론 소개에 초점이 맞춰져 있는 것은 그렇게 특별할 것이 없다. T. S. 엘리엇이나 I. A. 리처즈, H. 리드 등의 문학 지식을 소개하는 데 중점을 두고 있는 그 글들은 기본적으로 이미 1920년대 이후 많은 소설의 소재와 주제로 등장했던 후진국으로서의 조선에 대한 비교와 관계가 있다.

최재서의 지적 우월주의는 그 글들을 소개하는 과정에 하나의 기율로 작동한다. 그가 1930년대 후반 주관한 『인문평론』에 다수의 해외 문학파를 끌어들이고 있는 것도 이와 관련이 있다. 상대적으로 새로운 지식과 체계적 그것을 습득한 이들은 카프 등의 계급 문학이 보여 주었던 과격한 이념적 운동성과 그로 말미암아 결과한 정치적 탄압을 비켜갈 수 있을 뿐만 아니라, 세계 문화의 새 주류로 등장한 이론을 소개하고 실천할 그라운드를 확보함으로써, 전혀 다른 문학을 할 수 있는 배경을 확보하게 된다. 전시 체제기를 전후해 맞이한 이런 지적 상황에 순응적으로 기능한 최재서의 서양 지식 소개도 어떤 면에서 백철의 그것과 그렇게 다른 것이 아니다. 인문적 글쓰기 자체가 내장한 사유의 방식 때문에 조선의 현실을 약간 고민하고 있는 것 같지만, 그 문건들의 행간을 면밀히 살펴보면 그 진정성은 사실 발견하기 힘들다. 그것은 그가 조선의 현실에 몸담고 있음에도 살아 움직이는 조선의 현실을 체험하고 고민하려는 노력과는 무관하게 움직이고 있었다는 것을 생각하게 한다. 거칠게 요약하면 그는 조선인이었으나 제국의 학문 수업을 통해 새롭게 태어난 제국의 우월한 지식인이기도 했다. 이 이중 의식을 내재화한 지식인의 고민이 가 닿은 곳이 체제 내에서의 세계 문화 조류를 이해하는 일이었음은 쉽게 이해할 수 있다.

현대가 혼돈하다 함은 바꾸어 말하면 현대가 의거할 만한 전통과 신념을 잃었다는 말이다. 이 잃어진 전통과 신념에 대신할 만한 전통과 신념을 탐구하고 모색하는 정신이 곧 불안과 초조를 특징으로 삼는 현대 정신이다. 그리고 현대인은 이 엄청난 내용물을 과학 가운데에 구하려고 한다. 과연 과학이 다음 시대의 인류를 통제할 만한 인생관을 제공하겠느냐 함에 대하여 의혹이 없지 않다. 현대 정신의 비극적 일면은 이곳에서 생겨난 것이라고 볼 수 있다. 그러나 여하튼 현대 정신이 과학에 절대적 기대를 걸고 있는 것만은 사실이다. 따라서 우리가 현대의 비평 이론 가운데서 많은 과학의 채용을 목도함은 당연한 일이라 할 것이다. 나는 그러한 주지적 경향을 선명하게 표시하는 비평가로서 리처즈와 리드 두 사람을 든다.[13]

이런 산문이 비평을 대신할 수 있었던 것은 그의 지적 우월주의에 대한 당시 문단의 묵시적 승인이 있었기 때문이기도 하다. 그의 우월적 시혜 의식은 자신이 습득한 지식을 그가 무지한 상태로 폄하한 조선의 현실에 비판과 통제 없이 수용하는 것으로 결과한다. 주지주의 문학론도 그중 하나인데, 이 이론의 도입 배경에는 그가 '혼돈'과 '위기'로 판단한 조선과 문단

---

13) 최재서, 「비평과 과학」, 『최재서 평론집』(청운, 1961) 68쪽.

현실에 대한 타개책으로서의 새로운 문학론 도입의 필요성을 감지한 지적 시혜 의식이 내재돼 있다. 주지하듯이 1930년대 후반에 접어들면서 세계 정세는 파시즘적 전체주의가 강화돼 가는 과정을 거치면서 지식인들의 각성과 휴머니즘적 실천을 압박하는 지성적 양심의 위기적 국면을 맞게 된다.

강점기 조선의 경우도 중일 전쟁 등을 통해 일본 제국주의에 의해 창씨 개명, 신도 참배, 징병제 강화, 일본어의 국어화 등 전체주의 망령이 현실로 나타나는 전시 체제기를 강요받는다. 이런 상황은 약간의 갈등을 거치면서 지식인들을 맹목적 전향과 체제 옹호의 유혹으로 압박했는데, 이 상황의 한편으로 세계 문화의 조류를 조선에 수입하는 해외 문학파적 지식인들이 등장한다. 최재서도 그중 하나이다. 그는 조선의 현실을 지켜야 할 전통이나 규범적 문화가 없다고 단정적으로 진단함으로써, 서양의 문화와 이론의 수입을 통해 새로운 문화를 건설해야 한다는 신문화주의에 적극적으로 몰입한다.

그가 그때 기댄 지적 토대는 흄의 불연속적 세계관, 엘리엇의 전통과 개성, 리드의 정신 분석, 리처즈의 과학적 태도 등과 같이 모던한 주지주의 지식이었다. 그것은 그에게 퇴폐적 낭만주의를 극복하고 새로운 고전주의적 질서를 회복하는 것과 같았으며, 이를 통해 새로운 문화와 문학을 조선 문단에 재현할 수 있다고 보았다. 흄이 주창한 절대적 가치의 도그마나 이를 실천하기 위한 창작 방법으로 기하학적 미학을 강조하는 것은 현대가 기존의 낭만주의적 가치와 질서가 붕괴했다는 인식으로부터 기원한다. 최재서는 이런 세계 인식에 동조함으로써 그들의 이론을 자신이 전권을 행사한 『인문평론』을 통해 적극적으로 수입하고 소개하게 된다. 그것은 카프 해체 등과 맞물려 소강 상태로 들어간 문단 상황에 약간의 활력을 불어넣는 것처럼 보였다.

거칠게 말해 그러나 그것은 절름발이 상태의 기능적 지식에 불과했다. 그가 지성을 강조하고 교양을 주장하는 밑바탕이 근본적으로 서구적 이론과 지식에 의탁해 있었으므로, 그가 부정한 전통과 규범 또한 서구적 정보가 모델이 될 수밖에 없었는데, 그것은 그를 서구적 추수주의자로 협소화시키는 결과를 초래했다. 그의 지성주의는 행동 없는 그것이었으며, 그의 교양론은 전시 체제기의 지식인이 어떻게 온전히 살아남을 수 있을까에 대한 속류적 기회주의로 의심되었기 때문이다. 당연한 것이지만 이런 지성의 옹호가 풍자문학론을 역설할 때, 그 실체는 공허하고 기능적이 될 수밖에 없는 것은 의심할 것도 못 된다.

최재서의 풍자문학론은 그의 주지주의를 현실 비평에 적용하려는 묘책에서 생겨난 것이다. 현실에 대한 막연한 위기와 불안 의식은 그로 하여금 '통제'와 '질서'를 거의 맹목적으로 선호하게 하는 체제주의자가 되게 하는데, 그것은 그러나 근본적으로 반문학적이다. 문학은 질서나 통제를 생리적으로 거부하는 근본적 속성을 내면으로 지니고 있기 때문이다. 질서에 대한 강박은 문단 위기, 문학 위기를 비판과 부정이 아니라 새로운 지적 방법으로 타개해야 한다는 지성주의를 강조하는 방향으로 나아가게 한다. 그의 경우 그 방법은 서구적 지식의 인용과 해설이다. 가령, 다음과 같이 루이스의 과학적 지성을 인용·해설하는 것도 다른 여타의 지식 수입과 유사한 패턴으로 진행된다.

우리가 비평적 태도를 가질 때엔 이지적 작용으로 말미암아 자연히 유우모라든지 혹은 풍자가 부수한다. 이 같은 심리 상태는 우인담 루이스가 말한 바와 같은 정서의 왓찐 주사가 되어 맹목적으로 침전하려는 열광심을 소독 즉 냉각함에 신통한 작용을 발휘한다. …… 두 자아가 대부분의 현대인 속에 동거하면서 소위 '동굴의 내란'을 일으키고 있다. 우인담 루이스는 그것을 자아와 비자아라고 일컫고, 비자아는 늘 자아의 적이며 …… 비자아는 다시 말하면 비판적 자아다.[14]

---

14) 최재서, 「풍자문학론」, 《조선일보》, 1935. 7. 21.

그에게 문학적 풍자는 현 단계 문학의 위기를 극복하는 최고의 방법적 자각이다. 그가 이상의 「날개」와 김기림의 「기상도」를 분석하고, 채만식의 「명일」과 김유정의 「따라지」를 해설하는 기준도 이 풍자가 키워드로 작용한다. 그가 판단할 때 당시 문학에서 이들 텍스트는 가장 높은 위계에 위치하고 있는데, 이상의 언어에는 난해를 극복할 만한 지적 위트와 패러독스와 지적 풍자가 있으며, 연장선상에서 채만식의 시니시즘과 김유정이 추구한 빈궁에 대한 토속적 리얼리티를 현실을 개연성 있게 묘사해 내는 풍자로 읽었다.

이 텍스트들에 대한 그의 풍자를 아우르는 기본 태도는 지적인 방법의 언어와 그 추구에 있다. 그는 비평(가)의 기능이 '지성의 영위'라는 태도를 하나의 고정관념으로 지니고 있었다. 그러나 그러한 시각은 현실에 몸담고 있지만 현실에서 한 발짝 물러난 아카데미즘으로서의 지성이었다. 그 지성이 비평적 정론성에 미치지 못할 것은 당연하다. 최재서에게 지성은 기능적 지식의 다른 이름이었던 셈이다. 루이스를 빌어 왔지만, 그가 원칙적으로 추구하려 한 것은 과학적으로 인간의 전체를 통찰하려는 방법적 자각과 관계한다. 그것은 현실을 직시하고 현실의 살아 움직이는 삶의 실체를 실천적으로 해석하려는 노력의 소산으로 평가된다. 그러나 그가 방법으로 설정한 지성과 풍자에는 현실이 없거나 왜곡된 현실 이해만이 있었다. 그가 '문단 위기의 타개책'으로 풍자를 제시할 때 그것은 공허한 외침 이상을 넘지 못한다.

침체에 침체를 거듭하여 오다가 드디어 위기에 다다른 현재의 조선 문학을 해부하고 아울러 그 대책을 각 방면으로부터 논구하는 것이 오늘의 문단의 중심적 흥미가 되어 있다고 나는 생각한다. 그러나 현재에 우리가 목격하고 있는 문단의 위기를 해부하고 설명함에 있어서 거지반 유감이 없으리만큼 상세하고 논리적임에도 불구하고 그 구체적 대책에 있어서는 너무도 공소하고 빈약함은 어쩐 까닭인가?[15]

조선 문단과 문학을 위기로 인식하고 그 타개책을 지성적 유머나 풍자를 통해 돌파해야 한다고 강조하는 이 글은 그가 몰입한 리처즈 등의 '비행동적 행동으로서의 태도'를 지성이 지향해야 할 목표로 설정함으로써 이미 비평적 지성의 한계를 명확히 노정하게 된다. 그가 1930년대 조선 문단에서 최고의 지성으로 평가하고 있는 정지용과 이태준까지도 종교적 한계에 함몰하거나 비합리적 세계로 퇴행했다는 가차없는 비판을 하는 기준은 지성의 결여로서의 태도의 문제와 결부된다. 태도는 이성적 논리가 아니라 정치적 선택과 결단이며, 그런 점에서 이성을 초월한다. 지성을 강조하고 주지적 문학론을 제창한 그가 이런 정치적 야심이나 모순을 드러낸 데에는 이유가 있을 터지만, 그 뿌리를 더듬어 가면 이미 예고된 것이라는 추정이 가능하다.

그는 제국 대학의 훈련 과정을 거치면서 다른 신문화주의자들과 유사하게 기능적 지식인의 범주를 넘지 못한다. 궁극적으로 그것은 비평의 가장 중요한 단서가 되어야 할 조선의 현실을 직시하지 못하는 결과로 환원된다. 최재서의 경우 논리의 파탄과 모순은 그가 '통제'와 '질서'로서의 체제의 문학을 선택하고 몰입하는 과정에 실체가 전면적으로 드러나게 된다. 그는 통제가 '면치 못할' 현대인의 과제라면 "우리가 발견할 수 있는 타당한 통제 원리를 탐색하는 것이 현명"하다는 체제적 속성을 가차없이 발설한다. 그것은 "우매한 권력의 통제"를 받기 전에 "현명한 권위의 통제를 발견"해야 한다는 이상한 논리로 발전한다.

사실 그는 부정적인 의미에서 1930년대 후반과 1940년대 해방까지 식민지 조선 문단을 통제하고 지도한 최고 기획자이자 관리자였다. 그가 1939년 10월 ≪인문평론≫을 창간하고 곧이어 1941년 11월 총독부 어용 저널인 ≪국민문학≫을 발행하는 위치에 서는 과정은 체제에 적극적으로 몰입하고 충성한 결과 얻어진 당연한 귀결이라 할 수 있다. 개탄스럽게도 문학은 이

---

15) 최재서, 「풍자문학론」, ≪조선일보≫, 1937. 7. 14~28.

제 체제에 복무하는 현시욕의 수단으로 전락한다. 그 정치적 순응주의가 체제 옹호로 나아갈 때 자신은 말할 것도 없고 세계와 거리를 가지지 못할 것은 어떤 당위일 것이다. 그것은 그가 주창한 말의 진정한 의미에서의 지성과 교양을 버리는 대신 이상한 신념과 태도로 시대정신을 무장하고자 했을 때 결과할 수밖에 없는 분열된 지식인의 초상을 웅변적으로 대변한다. 그도 이광수가 "나는 지금에 와서는 이러한 신념을 가진다. 즉 조선인은 전연 조선인인 것을 잊어야 한다고, 아주 피와 살과 뼈가 일본인이 되어 버려야 한다."라는 맹목적 요설로 지성의 파탄에 이르는 것과 유사하게 다음과 같이 국책 문학에 전투적으로 매진한다.

여기까지 사태가 확실해지면 문예인은 어떻게 해서든 문예 본래의 사명으로 돌아가서 복권을 계획해야 할 것이다. 잃어버린 지도성을 회복하고 새로운 가치 창조에 매진해야만 한다. 통제의 손아귀에서 벗어나려고 허우적대는 대신, 통제의 손이 손가락질하는 커다란 흐름의 선두에 서서 노를 저어야 한다. 이것이야말로 문예의 본도이다.[16]

주지하듯이 국책 문학은 군국주의 일본의 "사상을 실현하는 지도정신이 될 원리"를 선전하고 주지하는 선전 삐라의 그것에 비유할 수 있다. ≪국민문학≫은 이를 달성하기 위해 편집 요강에 "국체 관념의 명징, 국민 의식의 앙양, 국민 사기의 진흥, 국책에의 협력, 지도적 문화 이론의 수립, 내선 문화의 종합, 국민 문화의 건설" 등을 구체적으로 명기하고 있다. 이미 방향은 설정돼 있었기 때문에 최재서가 할 수 있는 일은 그 틀 안에서 어떻게 충성을 보여 주는가만 남아 있었다. 그는 드디어 이시다 코조(石田耕造)로 창씨개명을 솔선수범하며 「받들어 모시는 문학」 등을 통해 고대 일본 문화와 일본 정신에 탐닉하는 일본주의로의 몰입을 보여 준다. 그 방법

---

16) 최재서·노상래 역, 「우감록」, 『전환기의 조선 문학』(영남대학교 출판부, 2005) 120쪽.

으로 「보도 연습반」, 「민족의 결혼」과 같은 전장 문학, 혹은 체제 문학을 직접 창작함으로써 "천황에 봉사하는 문학"에까지 도달하고자 하는 무모한 열정을 쏟는다.

통제와 질서의 문학은 최재서의 문학 원리를 지배하는 키워드이다. 그가 해방 후의 정세에 매우 불안을 느끼고 상아탑의 골방에서 자신의 문학론을 복창하는 『문학원론』을 집필하는 동안 필사적으로 퇴행적 기억을 되살리면서 힘주어 강조하고 있는 것은 다음과 같은 질서의 문학론이다.

해방 후 자유의 단맛을 알았지만, 또 질서의 귀중함을 깨달았다. 나날이 어지러워만 가는 혼란한 환경 속에서 나는 질서를 그리워하는 마음이 간절했다. 그럴 적마다 나는 문학 속에 침잠했다.[17]

질서는 그러나 최재서에게 자기기만 이외에 아무것도 아니다. 그것은 저급한 속류적 문학 인식에 그가 기초하고 있다는 것이며, 더는 정치적 트리비얼리즘에 갇혀 있다는 것을 반증한다. 모순은 최재서를 지배한 글쓰기의 원리가 되고 있다. 그것은 그가 조선의 현실을 피상적으로 관찰하고 그것을 폄하한 데서 결과한 필연이다. 그는 뛰어난 지식과 비평적 자질을 식민지 체제에 위탁해 버림으로써, 실존적 파탄과 내면의 분열을 자초한 지식인의 한 범례가 된다. 그의 왜곡된 강단 비평의 영향은 넓고 깊게 뿌리를 내려 오늘의 한국 문학과 문학 공부를 묵시적으로 통제하는 부정적 원리로 작동하고 있다. 궁극적으로 그것은 비평을 살아 움직이는 동시대를 반영하는 것으로서의 문학으로부터 해설이라는 죽은 문서 더미로 화석화하는, 부정적 기능을 확대하는 방향으로 결과하게 했다.

---

17) 최재서, 「서문」, 『문학원론』(춘조사, 1957).

에필로그

한국 근대 비평은 그 전 시대의 비평이 안고 있던 언어적 자각, 그러니까 한문 투의 구문화와 풍속에 대한 비판적 극복을 고민하는 과정에서 자기 정체성을 획득해 간다. 이광수의 근대 의식과 글들은 그 흔적의 몸부림을 표상적으로 보여 준다.

백철과 최재서는 체계적인 서구 학문의 습득을 통해 개화 초기 문단이 보여 주었던 실패와 성취의 미덕을 비교적 거리를 가지고 내면화함으로써, 다른 단계로의 문학적 지평을 열 수 있는 토대를 지니고 있었다. 그러나 이광수가 그러했던 것처럼 둘의 경우도 역사적 조건과 그것에 대한 성찰적 깊이를 내면화할 시간을 포기함으로써 거의 맹목에 가까운 신문화주의에 몰입하는 결과를 낳는다. 그 결과는 문학이나 비평이 시대와 사회의 역사적 조건을 통해 동시대의 살아 움직이는 시대정신을 구현하는 언어적 양식이라는 전제를 망각하는 우를 범한다. 극단적으로 그것은 조선에는 지켜야 할 규범이나 전통이 없다는 전통단절론으로의 극단적 선택을 하게 하는 단계로 나아감으로써, 서양 문화와 문학의 수입을 근대 문화와 문학의 성취와 등가로 판단하는 이분법적 세계 인식에 갇혀 버리게 하고 만다. 이들을 통해 우리의 근대 비평은 식민지라는 배경의 왜곡과 근대성의 단순화라는 이중의 딜레마에 봉착하는 부정적 기록을 남기게 된다.

거친 축약의 위험에도 불구하고 백철과 최재서의 비평적 집적을 저작하면서 우리는 한국 근대 문학의 일그러진 표정을 반추해 보게 된다. 인문적 지식이 지식의 박학과 선점만으로 성취되기 어렵다는 것을 이들의 지적 집적들은 간명하게 요약해 준다. 성찰 없는 지식(인)의 사회화는 자기모멸뿐만 아니라 그 공동체의 오랜 시간 불행으로 귀결된다는 것을 또한 이들의 지적 흔적들은 통찰하게 한다. 이들에게 비평은 결과론이지만, 식민지 지식인의 자기 욕망의 실현을 위한 수단으로 더 결과한다. 그 결과가 실존의 분열에서 더 나아가 역사적 파국으로 미끄러지게 된 것은 두 경우 모두 당위임은 췌언할 필요조차 없다.

제5주제에 관한 토론문

천정환(성균관대 교수)

　신철하 선생님의 글을 잘 읽었습니다. 우선, 백철의 비평과 문학사 작업이 '기능주의적 휴머니즘론'에 입각해 있고 무반성적이어서 비평 정신의 본연과는 거리가 있다는 소론에 대해 대체로 동의할 수 있습니다. 그러나 이런 평가는 백철 생존 당대에서부터 이미 있었던 백철 비평에 대한 부정적 평가와 크게 다르지 않으며, 최근의 평가(김윤식 선생의 '웰컴주의')와도 크게 벗어나 있다는 생각은 들지 않습니다. 어떤 대목에서는 선생님의 논문은 더욱 박하게 백철 비평을 평가하고 있어서, 과연 '탄생 100주년'을 맞아 어떻게 '제조명'해 볼 수 있는지 의문이 우선 들었습니다. 최재서의 경우도 비슷합니다.

　선생님의 글을 읽다 보면, 독립적인 언어와 '비판의 위치'가 확보되지 않으면 안 되는 비평의 지(知)도, 결국 근대 지식의 일부(즉, 선생님의 용어로 '기능적 지식')로 존재한다는 것을 생각하게 됩니다. 백철·최재서의 비평이 근본적으로 그러했다는 것이 이 논문의 평가라 읽었습니다. 기능주의야말로 근대의 소산입니다. 또 '순응주의'를 강요하는 제반의 권력과 비평의 관계도 강단('교양')과 매체(글쓰기)라는 제도 자체에 의해 매개됩니다. 강단과 매체를 포기하지 않는 한, 비평가의 운명은 기능주의와 권력 지향에 얽혀들 수밖에 없는 것 아닌가 하는 생각이 들었습니다.

　그래서 저는 오히려, 왜 비평(가)도 기능적 지식(인)의 한 종류일 수밖에 없는지가 그들을 통해 해명되었다면 더 흥미롭지 않았을까 생각해 봤습니다. 근대 비평이란 무엇인가? 이는 선생님 말대로 어떤 이데올로기를 전제하지 않을 수 없고, 그러면서도 객관과 보편의 지위가 상정되는 곳을 향하는 자세를 취할 수밖에 없습니다. 또한 자체로 기능성과 내적 합리성을 내장합니다. 이들 사이에서 특정한 방식으로 진동해 온 비평이 백철과 최재서의 비평인 듯합니다.

　선생님은 "문학이나 비평이 시대와 역사적 조건을 통해 동시대의 살아 움직이는 시대정신을 구현하는 언어적 양식이라는 전제"라 말씀하셨지만, 이는 추상적이고 또 한편으로는 윤리적입니다. 그렇다면 결국 비평(의 자세)은 비평가의 결단으로 선택될 윤리의 문제이거나, 아니면 어떤 당파성(Parteikeit)과 연관됩니다. 특히 후자의 경우라면 다른 딜레마가 또 생겨나는데, 그 경우라면 과연 근대 비평이란 무엇인지? 선생님께서 "인문학적 진리란…… 이데올로기적 전제를 바탕으로 한다는 주장의 중심에 문학과 문학적 언어가 있다."라고 처음에 전제하셨기 때문에 드리는 질문입니다.

　최재서의 경우에도 "국책 문학의 전위"로서의 활동이 교양주의라든가 '신문화주의'에 의해 비롯되었다는 말씀은 수긍되지 않는 바 아니지만, 모호합니다. 우선 그의 '교양주의'의 성격과 '강단' 비평의 성격에 대한 좀더 많은 논의가 전제되어야 하겠습니다. 결국 최재서의 오류(?)는 그가 시대를 잘못 판단하거나 또는 자기 정체성을 반성 없는 자리에 두었기 때문이라 생각합니다. 즉 그의 (문학적) 교양이나 지식조차 사실은 그야말로 기능적으로 보더라도 1급이 아니었고,(지의 한계) 그가 추구한 어떤 서구적 보편에 대한 추구조차 방어하지 못하는 허약한 것이었다, 또는 그로써 그의 행보는 윤리적 빈곤(계급적 한계) 때문이라 말하는 편이 더 투명하지 않을까 생각됩니다. 그런데 물론 이는 근대 문학이라는 근대 지식 자체가 처하는 한계와도 연관된다고 보입니다. 최고의 교양과 정말 더 급진적인 '신문화주의'를 추구했던 많은 일제 강점기 지식인들이 최재서와 다른 길을 실제로 걸었기 때문입니다.

백철 생애 연보[1]

1908년   3월 18일, 평안북도 의주군 월화면(月華面) 정산동(亭山洞)(호적에는
          평안북도 의주군 비현면(枇峴面) 홍희리(弘希里) 2번지에서 3월 18일
          에 출생했다고 되어 있음.) 샛골에서 아버지 백무근(白茂根)과 재취
          로 들어온 어머니 조근화(趙根嬅, 당호 誠建堂) 사이에서 태어남. 본
          명은 백세철(白世哲), 창씨명은 白矢世哲. 아버지 백무근은 1902년
          에 동학에 입도했으며, 도호는 양암(楊菴)임. 그의 형 백세명(白世明)
          은 아버지를 대신한 가문의 실질적 가장이자, 훗날 천도교 간부로 크
          게 활약한 인물임. 백철은 고향에서 13세까지 한문을 수학함.

1921년   신의주 보통학교 6학년으로 편입학하여 이듬해 졸업.

1922년   신의주 고등보통학교에 입학.

1927년   신의주 고보 졸업 후, 일본 동경고등사범학교 문과 제3부(영문학과)에
          입학.

1929년   재학 중 급우생 시라카와 마사오(白川正夫)와 선배 한식(韓植)의 영
          향으로 시 전문지 ≪지상낙원≫을 통해 일본 문단에 데뷔함.

1930년   ≪지상낙원≫을 탈퇴하고 좌익 계열인 ≪전위시인≫ 동인으로 활동함.
          또한 나프의 맹원으로 가담함. 白鐵이란 필명을 사용하기 시작함. 9월,
          천도교 1대 교주의 기념일인 천일기념(天日記念)을 맞아 「홍수 뒤의
          마을」이란 연극에서 집필, 감독, 출연을 함.

1931년   동경고사를 졸업함.(졸업 논문 주제는 '셸리론'임.) ≪중앙공론≫ 신인

---

1) 백철의 생애 연보 작성에 김윤식 교수의 『백철 연구』(소명출판)에서 많은 도움을 받았
   음을 밝혀 두면서 감사를 표한다.

작품(평론) 현상에 응모했으나 낙선함. 10월, 귀국하여 형 백세명의 주선으로 개벽사에서 발간하는 《혜성》지에 입사함. 당시 편집장은 채만식이었음. 박영희, 김팔봉, 안석주 등과 교류함. 「농민 문학 문제」를 발표하여 문단의 주목을 받음. 이후 매년 엄청난 양의 평론을 발표하기 시작함.

1932년   3월, 임화를 만남. 두 사람의 우정은 이후 지속됨. 송계월(宋桂月)과의 연애 사건을 계기로 개벽사를 떠나 《신계단》, 《집단》 등에서 근무함. 「창작 방법 문제 ─ 계급적 분석과 시의 창작 문제」를 통해 카프를 비판함.

1934년   카프에 대한 2차 검거 사건(新建設社 사건)에 연루되어 1년 6개월간 전주 형무소에 수감됨.

1935년   12월, 집행유예로 출감 후 다음 날 「출감 소감 ─ 비애의 성사(城舍)」를 《동아일보》에 연재함.

1936년   낙향하여 함흥 영생고보 교사로 재직함. 이무영, 정비석, 박기채 감독 등과 교유함.

1937년   '풍류론'에 관련된 글들을 발표함.

1938년   「시대적 우연의 수리(受理)」를 발표함.

1939년   3월, 매일신보사에 입사해 《국민신보》에서 근무함.

1940년   중편 소설 「전망(展望)」을 《인문평론》에 발표함.

1941년   1월, 학예부장으로 승진하여 《매일신보》로 자리를 옮김.

1943년   3월, 《매일신보》 베이징 지사장이자 특파원의 신분으로 베이징에 감.

1944년   베이징에서 김팔봉, 노천명, 김사량 등을 만남.

1945년   8월, 귀국함. 8월 17일 원남동 문인 모임에 출석함. 임화의 권유로 《문화전선》을 맡아 편집함.

1946년   《대조》의 문학(문화)면을 담당함. 「정치와 문학의 우정에 대하여」를 발표함. 3월, 임학수의 권유로 경성여자사범대학(이 학교는 훗날 경성사범과 합쳐 국립 서울사범대학이 됨) 영어 교수로 부임함.

1947년   우리말로 된 최초의 문학 개론서인『문학개론』이 동방문화사에서 발
         간됨.

1948년   『조선 신문학 사조사』(수선사) 발간.

1949년   3월, 동국대학교 국문과 교수로 초빙됨. 당시의 풍조에 따라 국학대학
         에도 출강함.『조선 신문학 사조사(현대편)』가 백양당에서 간행됨. 12월
         한국문학가협회의 평론분과 위원장에 선임됨.

1950년   ≪국도신문≫을 지면으로 하여 김동리와 문학 논쟁을 함.

1951년   임시 수도인 부산으로 피난.

1954년   정비석의『자유부인』을 둘러싼 논쟁에 가담하여「문학과 사회와의 관
         계」를 발표함.

1955년   4월, 중앙대학교 문과대학 학장으로 자리를 옮김.

1956년   제28차 국제펜대회(런던)에 한국 대표로 참가. 이후 '뉴크리티시즘' 비
         평의 소개 및 확산에 주력하는 평론을 발표함.

1957년   7월, 제29차 국제펜대회(도쿄)에 참석 후, 교환 교수 자격으로 미국의
         예일 대학교, 스탠포드 대학교 등에 머물면서 신비평 이론가들을 만
         남.

1959년   『문학의 이론』을 영문학자인 김병철 교수와 공역함.

1960년   황순원과 문학 논쟁을 함.

1963년   국제펜클럽 한국 본부 위원장(10대~19대, 18년간 재임)에 취임함. 서
         울시 문화상을 받음.

1964년   중앙대학교에서 명예 문학 박사 학위를 받음.『한국 문학의 이론』을
         펴냄.

1966년   학술원 회원으로 선임됨.

1968년   회갑 기념으로『백철 문학 전집 1~4』이 신구문화사에서 간행됨.(1권:
         한국 문학의 길, 2권: 비평가의 편력(遍歷), 3권: 생활과 서정, 4권:
         신문학 사조사)

1970년   제37차 국제펜대회(서울)의 대회장으로서 총회를 주관함.

1971년   대한민국 예술원상을 수상함. 미국의 하와이 대학교로부터 초청받아
         3개월간 한국 문학을 강의함.
1972년   중앙대학교 대학원장, 사회개발 대학원장, 문리대 학장을 겸임함. 정부
         로부터 공로훈장 모란장을 받음. 제1회 일본문화연구 국제학술회의의
         귀빈으로 초대받아 다녀옴.
1973년   8월, 중앙대학교에서 정년 퇴임함. 영신(永信)아카데미 한국학연구소
         소장을 맡음.
1975년   문단 생활을 회고한 문학 자서전인 『진리와 현실』, 『(속)진리와 현실』
~1976년 을 박영사에서 발간함.
1978년   중앙대학교에서 정년 퇴임 후, 중앙대학교, 연세대학교, 외국어대학교
         등에서 대학원 강의를 맡음.
1985년   10월 13일, 숙환으로 서울 동작구 흑석동 산 38의 25호 자택에서 향
         년 77세로 별세. 유족은 부인 최정숙(崔貞淑) 여사와 4남 3녀가 있으
         며, 장례식은 10월 15일 오전에 문예진흥원 광장에서 펜클럽 주관, 중
         앙대 후원의 문인장(文人葬)으로 거행됨. 장지는 충남 예산군 덕산면
         낙상리의 선산임.
1986년   문학 선집인 『인간 탐구의 문학』이 창미사에서 유고집으로 출간됨.

백철 작품 연보

발표일	분류	제 목	발표지
1929. 11	시	雹の降った日	지상낙원 4권 11호
1929. 12	시	妹よ	지상낙원 4권 12호
1930. 1	시	彼等だつて……	지상낙원 5권 1호
1930. 3	시	追悼	지상낙원 5권 3호
1930. 3	시	反逆と接吻	농민
1930. 4	시	俺ら分つたぞビラの意味が	전위시인 2
1930. 4	시	隅田川, 夕陽	지상낙원 5권 4호
1930. 5	시	Xされた仲間へ	지상낙원 5권 5호
1930. 5	시	鷗群	지상낙원 5권 5호
1930. 5	평론	ブロレタリア詩の現實問題について	지상낙원 5권 5호
1930. 6	시	春とXされた同志	지상낙원 5권 6호
1930. 6	시	松林	지상낙원 5권 6호
1930. 6	평론	ブロレタリア詩論の具體的檢討	지상낙원 5권 6호
1930. 7	시	알았으면 일어나라(일문시)	전위시인 5
1930. 7	평론	詩に於ける文化史派とは?	선언
1930. 8	평론	ブロレタリア詩人と實踐問題	전위시인 6
1930. 9	시	九月一日	전위시인 7
1930. 9	평론	黨の當面問題と藝術の任務	동학지광

발표일	분류	제 목	발표지
1931. 1	시	再びX起へ	프롤레타리아시
1931. 3	시	三月一日のために	프롤레타리아시
1931. 4	시	國境を越えて	프롤레타리아시
1931. 5	시	ピクニック	프롤레타리아단가
1931. 8. 29~30	평론	현 단계의 일본 프로 문학 운동	동아일보
1931. 10	평론	唯物辨證法的理解と詩の創作	프롤레타리아시
1931. 10. 1~20	평론	농민 문학 문제	조선일보
1931. 12	평론	문예 시평	혜성 1권 9호
1931. 12. 25~27	평론	농민시인 에세닌 6주기에 제(際)하야	조선일보
1932. 1	평론	조선 문단의 신전망	혜성 10
1932. 2	평론	5개년 계획의 달성과 쏘베트 문학	혜성 11
1932. 1. 17~27	평론	농민시인 에세닌	조선일보
1932. 3. 2~12	평론	≪비판≫지의 안재좌(安在左) 군의 소론을 읽고	중앙일보
1932. 3. 6~20	평론	창작 방법 문제—계급적 분석과 시의 창작 문제	조선일보
1932. 5. 27	시	그날의 풍경	조선일보
1932. 8	시	公判の朝—植民地勞動者として	프롤레타리아시집 (중외서방)
1932. 9	평론	문예 시평	제일선 2권 8호
1932. 10	평론	멸망하는 문학과 우월성 잇는 문학	제일선 2권 9호
1932. 10	시	가을밤	제일선 2권 9호

발표일	분류	제 목	발표지
1932. 10	시	염천(炎天) 아래서	제일선 2권 9호
1932. 10	시	이제 5분	신여성
1932. 11	평론	문예 시평	신계단 2
1932. 11	평론	창작계 총평	신동아 13
1932. 11	평론	문예 시평	제일선 2권 10호
1932. 11	평론	오백자 평론 : 문필가 협회 문제	제일선 2권 10호
1932. 11	시	날은 추워 오는데	제일선 2권 10호
1932. 12	시	국민당 제26로군(대중 낭독시)	제일선 2권 11호
1932. 12	평론	1932년도 푸로레타리아 시의 성과	문학건설 1
1932. 12	평론	1932년 노벨수상자 골스워지 란 어떠한 작가인가?	신계단 3
1932. 12	평론	18세기의 불란서 계몽철학	신계단 3
1932. 12	역시	일억이천만(마이켈골드)	신계단 3
1932. 12. 12~13	수필	연전문우회(延專文友會) 제2회 공연을 보고	조선일보
1932. 12. 21~25	평론	1932년도 기성 신흥 양 문단의 동향	조선일보
1932. 12. 27	평론	1932년도 문예평론계 회고	조선일보
1933. 1	시	재건에!	제일선 3권 1호
1933. 1	평론	1933년도 조선 문단의 전망	동광 40
1933. 1	평론	조선 문단에 대한 희망	신동아 15
1933. 1. 5	평론	문학 운동에 대한 단상 2, 3	조선일보
1933. 2	평론	문화 시평	신여성
1933. 2	평론	신춘문단의 신동향	제일선 3권 2호

발표일	분류	제 목	발표지
1933. 2	평론	동반자 작가 문제	문학타임스
1933. 2. 10	평론	최근의 잡감(雜感) 2, 3	조선일보
1933. 2. 25	평론	小林多喜二의 요절을 조(弔)함	조선일보
1933. 2. 26	수필	봄의 전주곡 ― 봄의 교훈	조선일보
1933. 3	시	대도(隊道)를 겄는 무리	제일선 3권 3호
1933. 3	평론	조선의 문학을 구하라	제일선 3권 3호
1933. 3	평론	신춘문예평	신동아 17
1933. 3. 2~8	평론	문예 시평	조선중앙일보
1933. 3. 3	평론	인테리의 명예	조선일보
1933. 3. 14~22	평론	문학에 대한 맑스의 유화(遺話)와 교훈	동아일보
1933. 4. 20	시	봄·S지구(地區)	동아일보
1933. 5. 5~12	평론	총괄적으로 본 해체기의 일본 문학	조선일보
1933. 5. 17~23	평론	히틀러와 독일 문학의 참화	조선일보
1933. 7. 12	평론	현대 문학의 신경향	매일신보
1933. 7. 30	평론	연극은 어대로?	조선일보
1933. 8. 22	평론	「투르게넵흐」의 문학 유산과 그 평가	조선중앙일보
1933. 8. 22	평론	「투르게넵흐」의 문학사적 지위의 재음미	조선일보
1933. 8. 29~9. 1	평론	문단 시평 ― 인간 묘사 시대	조선일보
1933. 9. 15	수필	가을을 당하야	조선일보
1933. 9. 16~19	평론	문예시평	조선일보
1933. 9. 29	평론	비평의 옹호 ― 비평 무용론 비판	조선중앙일보

발표일	분류	제 목	발표지
1933. 9. 29~10. 1	평론	사악한 예원(藝苑)의 분위기	동아일보
1933. 10	평론	현대 여학생과 문학	조선문학
1933. 10. 13~21	평론	문예 시평	조선중앙일보
1933. 11	평론	현대 문학의 신심리주의적 경향	중앙 1
1933. 11. 15~19	평론	기준 비평과 감상 비평의 종합 문제	동아일보
1933. 11. 19~23	평론	창작 시평	조선중앙일보
1933. 12	평론	1933년도 신문 소설계 연재 소설과 신인 작가 시대	신동아 26
1933. 12. 17~26	평론	사조 중심으로 본 33년도 문학계	조선일보
1934. 1	평론	1934년 조선 비평계의 전망	신동아 27
1934. 1	평론	문단 천기 예보—34년도 문단 예상기	중앙
1934. 1. 1~10	평론	1933년 창작계 총결산	조선중앙일보
1934. 1. 24	평론	작가와 현실과 작품	조선일보
1934. 2	평론	조이스에 관한 노트	형상 1
1934. 5. 24~6. 2	평론	인감 탐구의 도정 「인간 묘사론 기이(其二)」	동아일보
1934. 6. 30~7. 13	평론	인간 탐구의 정열과 문예 부흥의 대망 시대	조선중앙일보
1935. 12. 22~27	평론	출감 소감—비애의 성사(城舍)	동아일보
1936. 1. 12~21	평론	현대 문학의 과제인 인간 탐구와 고민의 정신	조선일보
1936. 2. 13~22	평론	문예 월평	조선일보

발표일	분류	제 목	발표지
1936. 2. 29	수필	영춘기(迎春記)	조선일보
1936. 3	평론	신춘 창작평	사해공론 2권 3호
1936. 3	평론	문예 왕성을 기할 시대	중앙
1936. 3. 19~28	평론	문예 시평 ― 낭만인가 사실인가	조선일보
1936. 4	평론	문학의 성림(聖林) ― 인간으로 귀환하라	조광 6
1936. 4	수필	봄바람에 날러와서 가을바람에 날러간 그 여자	조광 6
1936. 4	평론	정치와 문학	중앙
1936. 4. 24~5. 2	평론	문학 한담집	조선일보
1936. 5. 31~6. 11	평론	창작에 잇서서의 개성과 보편성	조선일보
1936. 6	평론	인간 탐구의 문학	사해공론
1936. 6	평론	4월 창작 개평	조선문학 7
1936. 6	평론	파시즘은 문학의 주류가 아니다	삼천리 8권 6호
1936. 6	평론	가인(歌人)을 구하라	중앙
1936. 6. 28~7. 3	평론	과학적 태도와 메별(袂別)하는 나의 비평 체계	조선일보
1936. 7	시	남가(南柯)의 비별(悲別)	부인공론
1936. 8	평론	꼴키에게 기(寄)함	사해공론
1936. 9	평론	작가 한설야에게	신동아 59
1936. 9. 16~23	평론	비평과 중상(中傷) ― 최근의 비평적 경향	조선일보
1936. 10	수필	『옷시언』의 노래와 나의 백일몽 시대	조광 12
1936. 10. 30~31	수필	무풍지대(無風地帶)	조선일보

발표일	분류	제 목	발표지
1936. 11	수필	귀전원기(歸田園記)	조광
1936. 11. 5~8	수필	추창단상(秋窓斷想)	조선일보
1936. 12	평론	금년도 여류 창작계 총평	여성
1936. 12	평론	문화의 옹호와 조선 문화의 문제	사해공론
1936. 12. 23~27	평론	우리 문단과 휴매니즘	조선일보
1937. 1	수필	삭풍에 부친 편지	사해공론 3권 1호
1937. 1	수필	신년 소감 : 감회일속(感懷一束)	여성
1937. 1	평론	문예시감	백광 1
1937. 1	수필	문인 자화상 : 영영(映映)한 기상	백광 1
1937. 1	평론	리얼리즘의 재고(再考)	사해공론
1937. 1	평론	웰컴! 휴매니즘	조광 15
1937. 2	평론	신춘지 창작 개평	조광 16
1937. 2	평론	『답사리』의 건실미 — 신년 본지의 우수 작품	조선문학
1937. 2	평론	문단주류론	풍림 3
1937. 2	수필	13도(道) 여성 순례 : 평안북도 편	여성
1937. 3	평론	신인탐구론	백광 3
1937. 3	평론	문화의 조선적 한계성	사해공론
1937. 3. 17~22	평론	울결(鬱結)의 문학 — 3월 창작의 독후감	조선일보
1937. 4	수필	문인 멘탈테스트	백광 4
1937. 4	수필	직언(直言)	조선문학
1937. 5	평론	비평가와 작가 문제	백광 5
1937. 5	평론	지성의 고민	사해공론 3권 5호

발표일	분류	제목	발표지
1937. 5	평론	동양 인간과 풍류성	조광 19
1937. 5. 25~30	평론	지식 계급의 변호	조선일보
1937. 6	평론	예술의 통제 문제	백광 6
1937. 6	평론	문화의 사(死)와 문단적 원인	백광 6
1937. 6	평론	풍류 인간의 문학	조광 20
1937. 6. 6	수필	문학자는 유아독존	동아일보
1937. 6. 8	평론	레알리즘 이후에는 낭만주의가 대두?	동아일보
1937. 8	수필	피서지 일기첩에서	조광 22
1937. 9. 3~9	평론	윤리 문제의 새 음미	조선일보
1937. 10. 13~17	평론	문화주의자가 초(草)한 현대 지식 인간론	동아일보
1937. 11	평론	인간 문제를 중심하야	조광 25
1937. 12. 17~23	평론	문학의 배리(背理)·패덕(悖德)	조선일보
1938. 2. 9	평론	논쟁으로 일관한 정열	조선일보
1938. 2. 5~6	평론	나의 지-드관(觀)	동아일보
1938. 2. 15~16	평론	문장과 사상성의 검토	동아일보
1938. 2. 25~27	평론	작가 이효석론 — 최근 경향과 성(性)의 문학	동아일보
1938. 3. 4	평론	나의 양심적인 입장 극히 애매하나마 한계가 있다	조선일보
1938. 3. 8	수필	일일일인(1日1人): 극기와 문학	매일신보
1938. 3. 11	평론	조선 문학 전집 단편집을 읽고	조선일보
1938. 3. 29~4. 1	평론	4월 창작평	조선일보
1938. 4	평론	순수 문화의 입장(문예시평)	조광 30

발표일	분류	제 목	발표지
1938. 5	평론	강경애론	여성 26
1938. 5	평론	인간 탐구의 최대 작가 성(聖) 도스도엡스키	조광
1938. 5. 1~5	평론	5월 창작 일인일평 : 윤리의 희박과 작품의 공허성	조선일보
1938. 5. 28	평론	조선 문학의 성격	동아일보
1938. 6. 3~9	평론	현세에 대한 이해와 애착	조선일보
1938. 6. 19	평론	『폭풍전야』를 읽고	조선일보
1938. 6. 30	평론	7월 창작 일인일평 : 사태 소묘와 작품 효과	조선일보
1938. 7	수필	생일 초대 편지	여성 28
1938. 7	수필	낡은 풍경화 속의 소녀	조광
1938. 7	평론	조선 영화 감독론	사해공론
1938. 7. 1~12	평론	시대를 불거하는 정신	동아일보
1938. 7. 15	수필	초연(初戀)의 하초몽(夏草夢)	조선일보
1938. 7. 20	수필	하운(夏雲) 타고 하이킹	동아일보
1938. 8	평론	종합 문학의 건설과 장편 소설의 현재와 장래	조광 34
1938. 8	평론	휴마니즘의 본격적 경향	청색지 2
1938. 8	수필	신(新)에루테르론 — 남의 처를 사랑할 때	사해공론
1938. 8. 18~21	수필	서호진산경(西湖津散景)	조선일보
1938. 9	수필	청천(晴天)을 기다리는 심정	사해공론
1938. 9	수필	피서지의 이풍경 — 수영장	조광
1938. 9. 22~23	수필	도의한(搗衣恨)(가을 문학집)	동아일보

발표일	분류	제 목	발표지
1938. 9. 28~10. 6	평론	10월 창작평 — 금일의 문학적 수준	조선일보
1938. 10	평론	문학에 있어서의 개성과 보편성의 문제	조광
1938. 10. 8	평론	도덕과 문학	매일신보
1938. 10. 15	평론	문단의 신인을 대망함	매일신보
1938. 11	평론	문학벽	박문
1938. 11	수필	국화	조광
1938. 11. 29	평론	김말봉 씨 저 『찔네꽃』	동아일보
1938. 12	평론	금년간의 창작계 개관	조광 38
1938. 12. 2	평론	1일1인 : 작품애(作品愛)	매일신보
1938. 12. 2~7	평론	시대적 우연의 수리	조선일보
1938. 12. 11~21	평론	현 문학이 가져야 할 주장과 이상	동아일보
1938. 12. 18	평론	이상의 필요	매일신보
1938. 12. 27	평론	「무풍지대」 독후감	조선일보
1939. 1	평론	문학과 생의 문제	삼천리 1권 1호
1939. 1	평론	문학과의 친화론 — 영화 발전책	조광 39
1939. 1. 1	좌담	신건(新建)할 조선 문학의 성격	동아일보
1939. 1. 6	평론	전장 문학을 계기로 인도주의가 대두	동아일보
1939. 1. 6~7	평론	해석에서 주장으로	매일신보
1939. 1. 15~21	평론	「사실」과 「신화(神話)」 뒤에 오는 이상주의의 신문학	동아일보
1939. 1. 27	수필	1일1인 : 우인론(友人論)	매일신보

발표일	분류	제 목	발표지
1939. 2	평론	일본 문학 상의 전쟁	조광 40
1939. 2	수필	스키-몽(夢)	여성
1939. 2. 8	평론	김남천 씨 저『대하(大河)』를 독(讀)함	동아일보
1939. 3	평론	문학과 영화	문장
1939. 3	수필	신정조론(新貞操論)	여성 39
1939. 3. 2	수필	1일1인 : 호반의 비가	매일신보
1939. 3. 4	평론	時局と文化問題の行き方	동양지광
1939. 4	수필	신혼미완기(밀월 시대의 감격)	조광 42
1939. 10	평론	일본 전장 문학 일고(一考)	인문평론
1939. 10. 4	평론	신간평 :『전선(戰線) 시집』	매일신보
1939. 10. 15	평론	박영희(朴英熙)의 신저(新著) 『전선(戰線) 기행』	매일신보
1939. 12	평론	시대적 사상의 고백	박문
1939. 12. 28	평론	채만식 씨의『탁류』를 읽고	매일신보
1940. 1	소설	전망	인문평론
1940. 1	수필	희망	박문
1940. 1. 19	평론	이태준 씨 장편 소설 『딸삼형제』를 읽고	매일신보
1940. 2. 6	평론	지식과 창조	매일신보
1940. 3	평론	2월 창작평 : 신세대론과 작품의 거리	인문평론
1940. 3. 21	수필	작가와 서애(鼠愛)	매일신보
1940. 3. 29	수필	독일적인 의지	매일신보
1940. 5	평론	朝鮮文學通信 : 知識と創造	문예

발표일	분류	제 목	발표지
1940. 5	평론	문학적 요설(창작평)	문장
1940. 6. 14	평론	신간평 : 소파전집	매일신보
1940. 7	수필	금후엔 문화적 사명이 중대	인문평론
1940. 7	평론	朝鮮の作家と批評家	문예
1940. 10	평론	현실과 의미, 그리고 작자의 사(私)세계	문장
1940. 11	평론	신체제와 쩌날리즘	인문평론
1940. 12	수필	「결별」을 추천함	문장
1940. 12	수필	천황폐하친열 특별관함식 배관근기(天皇陛下親閱 特別觀艦式 拜觀謹記)	삼천리 12권 10호
1941. 3	수필	성지 부소산성(聖地 扶蘇山城)	문장
1941. 3	수필	「덕성(德性)」을 추천함	문장
1941. 3	평론	문학부장에 정(呈)하는 서(書) ― 문화성을 존중하라	삼천리
1941. 3	수필	고란초(皐蘭草)	신시대
1941. 5. 31~6. 1	평론	생활과 문화	매일신보
1941. 11	좌담	朝鮮文壇の再出發を語る	국민문학
1942. 1	좌담	文藝動員を語る座談會	국민문학
1942. 1	평론	舊さと新さ	국민문학
1942. 6~7	평론	文學の理想性	동양지광
1942. 11	좌담	國民文學の一年を語る	국민문학
1942. 11	평론	評論의の一年 : 決意の時代	국민문학
1945. 10	평론	문학과 정치 문제	한성시보
1945. 11. 19	평론	문학의 건설	조선주보

발표일	분류	제 목	발표지
1946. 1	평론	과도기와 문학 건설의 방향	개벽 73
1946. 1	평론	20세기 문예의 역사적 반성	이십세기문예
1946. 4	평론	민주주의와 근대 문학	개벽 74
1946. 5. 4	평론	신인 문학의 위치	중앙신문
1946. 6	평론	문학작품에 있어서의 사실과 낭만의 세계	백민 4
1946. 6	좌담	건국과 지식 계급	대조 2
1946. 6	평론	정치와 문학의 우정에 대하여	대조 2
1946. 8	평론	여성과 정치	협동 1
1946. 10. 6	평론	문학을 위한 부의(附議)	경향신문
1946. 12. 3~4	평론	「아Q정전」에 유감	자유신문
1946. 12. 5	평론	문학 이전에 오는 문제	경향신문
1947	단행본	문학개론	동방문화사
1947. 1	평론	문화와 비판정신	백민 6
1947. 1. 12	평론	조선 문학의 장래	한성시보
1947. 3	평론	문학시평	백민 7
1947. 3. 13	평론	전형기의 작품들	경향신문
1947. 6. 6	좌담	이동좌담회	경향신문
1947. 6~1948. 3	평론	직장 문학 독본	실업조선
1947. 7	수필	다도해 초(抄)	백민 9
1947. 8	평론	시대 사조와 문학 정신	개벽 75
1947. 9. 28	평론	여류 문학의 현상	중앙신문
1947. 10. 19	평론	새 양식의 창조	경향신문
1947. 11	평론	자연주의의 초극	대조
1947. 11	평론	작품 점평(點評)	백민 11

발표일	분류	제 목	발표지
		(최근의 문제작 3편)	
1947. 12	평론	문학계 47년의 결산	민주조선 2
1948	단행본	조선 신문학사조사	수선사
1948. 1	평론	문학 운동의 재출발기	개벽 76
1948. 1. 1	평론	악(惡) 적발의 문학	중앙신문
1948. 2	평론	문학과 윤리	민성 4권 2호
1948. 2. 8	평론	문학의 위기를 비판함	경향신문
1948. 3	평론	신(新)윤리 문학의 제창	백민 13
1948. 3	평론	3·1운동 후 조선 문예 사조의 변천	새한민보
1948. 4	수필	아메리카 영화와 아메리카적인 영화	예술조선
1948. 5	평론	신윤리의 개척과 신인간의 창조	백민 14
1948. 7	평론	신사상의 주체화 문제	신천지 72
1948. 10	수필	공상 소년과 각설 문학	백민 16
1948. 10. 1	평론	기교와 내용의 문제	경향신문
1948. 10. 19	평론	작품상 제재의 위치	자유신문
1948. 10. 29	평론	신인과 문학 태도	경향신문
1948. 12. 21	평론	열풍 속의 1년	서울신문
1949	단행본	조선 신문학 사조사(현대편)	백양당
1949. 1	평론	신영화 「마음의 고향」에 기대함	민성
1949. 1. 1	평론	소위 중간파의 진출	세계일보
1949. 1. 5~12	평론	현상은 타개될 것인가	경향신문
1949. 2. 27	평론	문학 비평과 기준 문제	태양신문
1949. 5. 14~16	평론	선을 위한 문학	경향신문

발표일	분류	제 목	발표지
1949. 7. 15~22	평론	작품 시평	조선일보
1949. 8	평론	번역 문학과 관련하여	문예 1
1949. 8	좌담	녹음 속의 문인 좌담회	민성 37
1949. 8. 15	평론	시련과 고난의 족적	경향신문
1949. 8. 16	평론	모색의 1년간	서울신문
1949. 9	평론	분산 경향과 세부의 과잉 (문예시평)	민성 38
1949. 9. 27~28	평론	「풍류 잡히는 마을」에 대하여	국도신문
1949. 10~11	평론	소시민과 문학—근대성에 대한 일반성(一反省)	문예 3, 4
1949. 10. 20~25	평론	문예월평	국도신문
1949. 11. 17	평론	원자론에의 관심	서울신문
1949. 12	평론	평범 안이의 1년 문학	신경향 1
1949. 12	평론	1949년도의 우리 문학계	한국공론 1
1949. 12	좌담	문학 회담—금년의 우수 작품 문학 사조관	삼천리
1949. 12. 15~16	평론	우리말 개조에 관하여	경향신문
1949. 12. 23~25	평론	한 가지의 결론	국도신문
1949. 12. 27~29	평론	을축 문예 점경	경향신문
1950. 1. 22	평론	신문과 문화—특히 문화면에 치중하여	연합신문
1950. 2. 25~3. 5	평론	소설의 길	국도신문
1950. 3. 29~31	평론	문학론의 주제	서울신문
1950. 3. 29~4. 1	평론	산문학과 리아리즘—김동리의 미몽을 계함	국도신문

발표일	분류	제 목	발표지
1950. 4~5	평론	신인군(新人群)과 신세대(상,하)	문예
1950. 4. 8	평론	본제(本題)로 돌아가서	국도신문
1950. 5	평론	3천만인의 문학	문학 22
1950. 5	좌담	산상 좌담회 : 경기 관악산을 말함	민성 45
1950. 5. 4~7	평론	순(純)소설과 정통 소설 — 대중 소설과는 삼각관계인가	서울신문
1951	수필	사슬로 묶여서 3개월	적화삼삭구인집 (국제보도연맹)
1951. 7	평론	민주주의와 문학	신조 2
1952. 1. 1~2	평론	불안과 기원의 시대	국제신보
1952. 3. 8~10	평론	3·1운동이 남긴 문학사(文學史) 상의 의식	서울신문
1952. 4	평론	새로운 인간관계의 문제	자유세계 3
1952. 5	수필	피안(彼岸)	신천지 51
1952. 8~9	평론	한국 현대 문학의 특질	자유세계 5
1953	단행본	신문학사조사	민중서관
1953. 3. 1~2	평론	동상이몽의 문학	서울신문
1953. 3. 19	평론	찌나리즘에 제언(提言)	연합신문
1953. 5. 14~17	평론	현대와 그 항변 — 두 개의 오식(誤植)의 정정	경향신문
1953. 6	평론	모색하는 현대 문학	수도평론 1
1953. 6	평론	고(故) 김동인 선생의 인간과 예술	신천지 53
1953. 7	평론	문단을 위한 부의(附議)	문화세계 1

발표일	분류	제 목	발표지
1953. 9	평론	현대 문학과 추상주의	신천지 55
1953. 11	수필	문학자로서 나의 처세와 그 모랄	신천지 57
1953. 11	평론	현대 문학의 동향	전북대 국어문학
1953. 12	평론	외국 작품과 그 번역	문예 19
1954. 2. 22~23	평론	현대 문학의 분야	평화신문
1954. 3. 4	평론	심훈의 문학―그 전집 간행을 보고	서울신문
1954. 3. 11	평론	외국 문화를 받아들이는 태도	서울신문
1954. 3. 29	평론	문학과 사회와의 관계	대학신문
1954. 5. 17	평론	신선한 예술적 분위기―문단 신간부(新幹部)에 요망하는 것	조선일보
1954. 6. 26	평론	인간성의 옹호와 문학	조선일보
1954. 8. 15	평론	해방 후 10년간의 문학	서울신문
1954. 8. 30	평론	두 개의 단편 소설집― 「자화상」과 「소정(訴情)의 상(狀)」	조선일보
1954. 9	평론	문학의 후진성과 부흥	새벽 1
1954. 9. 20	평론	문학작품과 독서계	자유신문
1954. 10	평론	그 환경과 우리의 민족 문학	펜 1
1954. 10. 21/11. 1	평론	신구(新舊)의 교체가 오는가	경향신문
1954. 11	평론	문학과 주체성의 문제	신태양 27
1954. 11. 11	평론	역사 소설의 현장적 의의	서울신문
1954. 11. 28	평론	신문 소설 공죄(功罪)론	동아일보
1954. 12	평론	고전 문학과 현대 문학:	국학(국학대)

발표일	분류	제 목	발표지
		두 개의 관련성에 대하여	
1954. 12. 16	평론	갑오년 문화계의 회고	경향신문
1955	편저	세계문예사전	민중서관
1955. 1	평론	≪개벽≫ 전후의 문단 사조	현대공론 13
1955. 1	평론	저널리즘과 문화성	현대문학
1955. 1. 1~3	평론	기본 문제에 대한 제언	동아일보
1955. 2	평론	신세대적인 것과 문학	사상계 19
1955. 2. 13	평론	세기 비판의 시야	경향신문
1955. 3. 1	평론	3·1운동과 그 뒤의 문학	조선일보
1955. 4	평론	현대시와 그 난해성	시작 1
1955. 5	수필	책임의 수행	펜
1955. 6	수필	문학을 뜻하는 학생에게	사상계 23
1955. 8. 15~17	평론	이제부터가 창조기	경향신문
1955. 9	평론	외국 문학의 도입 문제	문학예술 6
1955. 9	평론	문예시평: 자리 잡는 창작계	새벽 7
1955. 10	평론	전형기의 문학	사상계 27
1955. 10. 18~28	평론	신인과 현대의식	조선일보
1955. 11	수필	눈을 지평선으로: 젊은 문학도에게 주는 글	동국문학
1955. 12	평론	김소월의 신문학사적 위치	문학예술 9
1955. 12	평론	한국 문학과 풍유	펜
1956	공저	표준 국문학사(이병기)	신구문화사
1956. 1	평론	자연주의 뒤에 올 것	문학예술 10
1956. 1	수필	평론 추천	문학예술 10
1956. 1	대담	1955년의 한국 문단	사상계 30

발표일	분류	제 목	발표지
1956. 1. 1~3	평론	지방색과 생활의 문학	동아일보
1956. 1. 6~7	평론	현대 문학과 전통의 문제	조선일보
1956. 2	평론	세기말의 인간관	사상계 31
1956. 2	평론	문학과 생활: 생활에서 오는 것, 생활을 지양하는 것	새교육
1956. 3	평론	문학과 창조: 허구의 것 그러나 진실한 것	새교육
1956. 4	평론	문학과 도덕: 낡은 도덕을 비판하는 것, 새 도덕을 만들어 내는 것	새교육
1956. 5	평론	문학과 교육: 감정의 순화, 인격의 도야	새교육
1956. 6	평론	문학과 교양: 무슨 작품을 읽어야 하나?	새교육
1956. 6	평론	농민 문학을 제안: 민족 문학의 제재를 넓히자	자유문학 1
1956. 7	수필	평론 천기(薦記)	문학예술 16
1956. 7. 16~21	평론	하나의 전환기	한국일보
1956. 8	평론	채만식 형의 문학적 모습	자유문학
1956. 8. 3	수필	세계작가회의의 인상	조선일보
1956. 9. 14~26	평론	세계 문학과 우리 문학	조선일보
1956. 10	평론	「질풍」과 「영회(咏懷)」(창작평)	신태양
1956. 10	평론	방송의 대중성과 통속성: 방송과 대중문화	방송
1956. 10	수필	평론 천기	문학예술 19

발표일	분류	제 목	발표지
1956. 11	평론	뉴·크리티시즘에 대하여	문학예술 20
1956. 11	평론	위기의식과 문화의 장래	방송
1956. 11	수필	평론 천기	문학예술 20
1956. 12	평론	우리 전통을 찾을 시대	문경 3
1956. 12	평론	구라파 문예 사조의 위기: 세계펜대회 참가 보고를 검하여	새벽
1956. 12	수필	평론 천기	문학예술 21
1956. 12. 14~15	평론	세계 문학과의 공동 운명을 의식	평화신문
1956. 12. 20~27	평론	금년도의 창작계	경향신문
1956. 12. 22~23	평론	병신 문화의 자취	동아일보
1957	공저	국문학전사(全史)(이병기)	신구문화사
1957. 1	평론	고전 부활과 현대 문학	현대문학
1957. 1	평론	가상 속에서도 밀알은 자란다	신태양
1957. 1. 1~4	평론	작가들이 구상하는 세계	평화신문
1957. 1. 12~13	평론	비교 문학의 방향으로	한국일보
1957. 2. 12~16	평론	신춘 창작계의 인상	연합신문
1957. 2. 23	평론	래성(來成) 형과 그 문학	경향신문
1957. 2. 28	평론	3·1의 정신을 문학에서	세계일보
1957. 3	평론	국문학사 서술방법론	사상계 44
1957. 3. 20~25	평론	창작·비평·현실	서울신문
1957. 4	평론	김래성 편(그의 후기 작품을 중심)	새벽 18
1957. 4	수필	평론 천기	문학예술 24

발표일	분류	제 목	발표지
1957. 7	평론	상반기 신구(新舊)의 창작계	사상계 48
1957. 8	평론	현대 소설의 과정	자유문학
1957. 8	평론	어떻게 개조하여야 할 것인가: 가야 할 것 와야 할 것의 문제	문경 4
1957. 8	평론	한국 잡지 성쇠기	신태양 59
1957. 9	평론	한국 신문학상에 끼친 근대 자연주의의 영향	중앙대논문집 2
1957. 10. 27	평론	한자 철폐에 영단 내리라	동아일보
1957. 11. 5~6	평론	감정과 이성과 문단	조선일보
1958	단행본	문학 ABC	글벗집
1958. 1. 4~6	평론	문예 사조의 새로운 방향	한국일보
1958. 1. 13~16	평론	현대 문학의 특질	서울신문
1958. 1. 16~20	평론	우리 고전 예술품의 가치	경향신문
1958. 1. 25~30	평론	분석 비평의 의의	동아일보
1958. 2. 9~12	평론	웰렉 교수 회견기	한국일보
1958. 2. 25~28	평론	현대 비평의 새 영역: C·부룩스 씨와의 회견기	조선일보
1958. 5	평론	I. A. 리챠즈 씨의 문학 대화	사상계 58
1958. 6. 24~7. 1	좌담	비평가의 자격과 할 일: Y. 원터즈 씨는 이렇게 말한다	동아일보
1958. 8	평론	바로잡는 이십세기 후반기의 문학관: 미국의 문화·문단 별견(瞥見)	문경 6
1958. 8. 8~12	평론	소설의 만네리즘사(史): 10년 회고에 다시금 반성되는 것	경향신문

발표일	분류	제 목	발표지
1958. 9	평론	재미 유학생에 대한 변호와 비판	사조 4
1958. 9	평론	오인된 미국 문화	신태양 72
1958. 9. 25~26	평론	문학작품의 상품성	서울신문
1958. 9. 30~10. 3	평론	신세대적인 문학 — 근래의 고대론을 읽고	연합신문
1958. 10	평론	한국 문단성에서 본 미국 문학계의 활동상	자유문학
1958. 11	평론	뉴크리티시즘의 제문제	사상계 64
1958. 11. 27	평론	출판계의 전집 붐 — 우리나라 문학의 대중화를 위한 계기	한국일보
1958. 12	평론	반항과 공동의 의식 — 친애하는 이어령 군에게	자유문학 21
1958. 12	평론	문화시감	현대문학 48
1958. 12. 13~16	평론	올해 작품들을 읽은 주인상 (主印象)	동아일보
1958. 12. 15	평론	비평 기능과 반성기	세계일보
1959	공역	문학의 이론(김병철)	신구문화사
1959	단행본	문학의 개조	신구문화사
1959. 1	평론	문학과 자유의 문제	자유공론
1959. 1	좌담	문단 산보	신태양76
1959. 1. 1	평론	표현의 자유를 지키련다	동아일보
1959. 1. 6	평론	정체성을 극복하자	한국일보
1959. 1. 23	평론	「저항 문학」의 기치를 들자	한국일보
1959. 1. 28	수필	평론가가 된 동기와 이유	세계일보

발표일	분류	제 목	발표지
1959. 1. 30	수필	의사 표시와 화술 교육	경향신문
1959. 2	평론	현대 문학과 언어 문제	국어국문학 20
1959. 2. 2~4	평론	2월의 소설과 희곡	동아일보
1959. 2. 13	수필	전문가적 비평을	서울신문
1959. 3	평론	현대 문학과 니힐리즘	신태양 77
1959. 3. 3	평론	소설의 만네리즘사(史)(5) : 10년 회고에 다시금 반성되는 것	경향신문
1959. 3. 10~11	평론	장편 소설과 단편 소설	동아일보
1959. 3. 15~17	평론	영미(英美)의 젊은 세대와 한국의 젊은 세대	조선일보
1959. 3. 24	수필	작품 선정에 이의 있다	경향신문
1959. 4	평론	「낙서족(落書族)」을 읽고	사상계 69
1959. 4. 4~5	수필	관조의 눈 : 공백의 장에 대하여	세계일보
1959. 5	평론	미국 문화와 그 영향의 문제	국제평론 2
1959. 5	평론	한국 현대 작품에 반영된 기독교 정신	기독교사상
1959. 5. 22~24	평론	4·5월 작품 BEST의 순위	동아일보
1959. 5. 30~31	평론	문장과 이메지의 간격	동아일보
1959. 6	평론	문학시평 : P.E.N회의의 윤리	신태양 80
1959. 6	평론	교내 문예 활동의 방향— 문학을 위한 과외 활동	신문예 13
1959. 6. 4~5	평론	「상상 문학」을 위한 해명	서울신문
1959. 6. 20~23	평론	6월 작품 BEST의 순위	동아일보
1959. 7. 10	수필	국산 영화 특혜 작품 심사의 경위	서울신문

발표일	분류	제 목	발표지
1959. 7. 21~24	평론	7월 작품 BEST의 순위	동아일보
1959. 7. 28~29	평론	현대 문학의 제유파(諸流派)	조선일보
1959. 8	평론	번역 문학과 관련하여	문예
1959. 8. 26~29	평론	8월 작품 BEST의 순위	동아일보
1959. 9	평론	대담한 착안과 실험	자유공론 10
1959. 9. 20~24	평론	9월 작품 BEST의 순위	동아일보
1959. 10	평론	'문학상에 반영된'「네오 휴머니즘」의 문제	새벽 35
1959. 10	평론	한국의 현대 소설에 미친 기독교의 영향	중앙대논문집 4
1959. 10	수필	제8요일을 추찬(推讚)	새벽 35
1959. 10. 27~29	평론	10월 작품 BEST의 순위	동아일보
1959. 11	평론	춘원의 문학과 그 배경	자유문학
1959. 11. 11~14	평론	영화, 문학시감	조선일보
1959. 11. 17~20	평론	11월 작품 BEST 순위	동아일보
1959. 12	좌담	50년대의 문학을 말한다	자유문학
1959. 12. 25~28	평론	금년도 소설 베스트 텐 기타	동아일보
1960. 1	평론	새로운 문학의 연구자들— 「앵그리영멘」에 대하여	새벽 29
1960. 1	평론	영미의 젊은 세대 문학	사상계
1960. 1	평론	출장 중의 현역 작가들: 1960년의 창작계를 전망하며	문예
1960. 1. 1	평론	문학사적인 이메지	동아일보
1960. 1. 20	평론	비평과 비교적 평가	서울신문
1960. 1. 27~29	평론	1월 작품 BEST 순위	동아일보

발표일	분류	제 목	발표지
1960. 2	평론	한국 문단 10년	사상계 79
1960. 2	평론	현대 비극과 휴머니즘	자유문학
1960. 2. 25~26	평론	2월 작품 BEST 순위	동아일보
1960. 3. 27~30	평론	3월의 문제작들	동아일보
1960. 4	평론	문학 비평과 그 전통	현대사상강좌 3
1960. 5. 22~23	평론	4·19와 금후의 문학	한국일보
1960. 5. 25~28	평론	4·5월 작품의 "베스트"들	동아일보
1960. 5. 30	평론	새로운 창조에의 길	조선일보
1960. 6	평론	20세기의 문예 사조	문경 9
1960. 6	평론	학생과 정치	자유문학
1960. 6	평론	변모하는 산문 세계: 근대적인 것과 현대적인 것, 한국 소설의 변성 과정을 더듬어서	문예
1960. 7. 22	평론	한국 문학에서 본 노여움과 유모어	동아일보
1960. 7. 27~28	평론	6·7월 작품의 "베스트"들	동아일보
1960. 8	평론	탁류 속의 문학 15년: 너무 병적인 부정성은 극복되어야 할 것이다	세계
1960. 8	평론	젊은 세대는 왜 반항하는가	여원
1960. 9	평론	혁명 뒤에 오는 문학 과제들	새벽
1960. 9	평론	문학의 낡은 윤리와 새로운 윤리	현대사상강좌
1960. 10	평론	한국 신세대의 노한 작품 세계	현대문학
1960. 11. 2~3	평론	8·9·10월의 작품 인상	동아일보

발표일	분류	제 목	발표지
1960. 11. 27	평론	하나의 돌을 던져지다 ― 최인훈 작 「광장」의 파문	서울신문
1960. 11. 27	수필	양도(兩刀)를 겸용하는 병법 ― 문학 활동과 대학 강의의 경우	평화신문
1960. 12	평론	다시 행동적 휴머니즘의 시대	새벽
1960. 12	평론	경자(庚子)와 작품 캘린더(소설)	자유문학
1960. 12	평론	일본 문화 수입과 그 방법론	해군
1960. 12. 10～11	평론	기억되는 작품을 더듬어	동아일보
1960. 12. 16	평론	계몽주의와 휴머니즘	서울신문
1960. 12. 18	평론	작품 의미의 콤플렉스	서울신문
1960. 12. 18	평론	작품은 실험적인 소산	한국일보
1961. 1. 10～11	평론	주체성의 확립을 위하여	동아일보
1961. 3. 16	평론	「빠르나시앙」의 거장 ― 수주(樹州) 선생의 문학 업적을 추모함	동아일보
1961. 4. 18	평론	사월혁명과 문단	동아일보
1961. 4. 21	평론	농촌과 한국 문학의 길	동아일보
1961. 5	평론	문학에 있어서의 세계성과 지방성	국어국문학 23
1961. 6	평론	농촌 제재의 작품 의미 : 문학 세계의 확대를 위하여	문경 11
1961. 6. 25	평론	6·25와 「나이트 메어」 문학	자유신문
1961. 8. 11	평론	과묵의 인(人) 계용묵 형 ― 작품에선 높은 경지를 담고	조선일보
1961. 10	평론	시대와 문학	국어국문학 24

발표일	분류	제 목	발표지
1961. 11	평론	르네쌍스의 현대적 감상	사상계
1961. 12	평론	전통론을 위한 서설	중앙대논문집 6
1961. 12	평론	전후의 문예사조	문경 12
1961. 12. 18	평론	신오년의 공과	조선일보
1961. 12. 28	평론	젊은 작가에게 말해둔다	경향신문
1962. 3. 1	평론	주체성의 확립 시대	동아일보
1962. 5	평론	현대 문학사의 붕괴	신사조 4
1962. 5. 16	평론	문학의 공동 특질을 모색	동아일보
1962. 6	수필	평론을 쓰는 요령	문경 13
1962. 6	평론	휴매니티의 옹호	미사일
1962. 8	평론	문학에 있어서의 지방성	자유문학
1962. 8	평론	Tides of Modern Korean Literature	유네스코한국위원회
1962. 9	평론	가난한 대로의 우리 유산	사상계
1962. 9	평론	세계 문학과 한국 문학	사상계
1962. 11. 19	평론	전기(傳記) 문학의 가치	동아일보
1962. 12	평론	과작과 침묵의 계용묵	현대문학
1963. 1	평론	한국 문학과 불교 사상	불교사상
1963. 1	평론	문명의 보헤미안	세대
1963. 2	평론	현대 문학에 있어서 페시미즘과 오프티미즘	문경 14
1963. 2	평론	한국 비평사를 위하여	중앙대논문집 8
1963. 3	평론	현대 이론을 향해서 반세기	사상계 118
1963. 4	평론	구인회 시대와 박태원의 「모더니티」	동아춘추

발표일	분류	제 목	발표지
1963. 5	평론	역사 사실과 현대 작품	자유문학
1963. 5	평론	염상섭의 문학사적 위치	현대문학
1963. 7	평론	문화·예술을 과소시(過小視)한 경향	세대
1963. 8	평론	≪개벽≫지 시대와 근대 문예 사조	한국사상 6
1963. 9	평론	근대 초기 작품과 신여성형	문경 15
1963. 9	평론	인더스 강의 명상—인도 현대 문학 개관	세대 4
1964	단행본	한국 문학의 이론	정음사
1964	단행본	두 개의 얼굴	휘문출판사
1964. 1	수필	그래도 인생은 즐거워라	세대
1964. 3	평론	춘원 문학과 기독교	기독교사상 75
1964. 4	평론	사상성의 깊이를	현대문학
1964. 4. 20~21	평론	신문과 신문 소설	동아일보
1964. 5	평론	창작의 원동력은 무엇인가	문학춘추
1964. 6	평론	전쟁 문학의 개념과 그 양상	세대 13
1964. 6. 30	평론	작가와 「세만 틱스」	한국일보
1964. 7	평론	아류 의식은 금물	현대문학
1964. 8	평론	고대 문학 이론의 비교	문경 17
1964. 8	평론	대중 예술과 건전성의 문제	사상계 137
1964. 9	평론	농민 소설과 계몽주의	세대 16
1964. 10	평론	현실과 이론	현대문학
1964. 12	평론	현대 작품과 그 이해법	새교육
1964. 12	평론	동서 문학의 고대 이론	예술원논문집 3

발표일	분류	제 목	발표지
1964. 12	평론	현대와 소설 — 행동과 사상의 광장	문경18
1964. 12	평론	A little History of Korean Modern Literature	국제학술원
1965	단행본	인간이 서 있는 곳	춘추각
1965. 3	평론	문예 부흥의 시대	세대 20
1965. 5	평론	고난 속에 빚은 웃음의 상(像)	문학춘추
1965. 5. 25	평론	해방 20년(문학) — 나의 증언	대한일보
1965. 6. 1	평론	지난달의 문제작	동아일보
1965. 6. 15	평론	작가와 현대 사회	동아일보
1965. 6. 25	평론	민족 문화의 주체성 확립	대한일보
1965. 6. 25	평론	한국의 전쟁 문학	한국일보
1965. 7	수필	바다와 산과 고적	세대
1965. 7	평론	현대 문학의 사조	단원(단국대)
1965. 8. 3	평론	매스미디어와 현대 문학	서울신문
1965. 8. 5	평론	강조된 작가의 사회 참여	대한일보
1965. 8. 5	평론	해방 20년의 예술	한국일보
1965. 10	평론	독서하는 민족이 되자	출판문화
1965. 10	평론	전환기의 문학	사상계
1965. 11	평론	현대 문학에의 이해	새교육 133
1965. 11	평론	한국 신문화와 근대화론	정경연구
1965. 12	평론	이름지어 '철학의 시대' — 전환하는 60년대의 표정	세대
1966. 1. 1	평론	한·일 국교 뒤에 올 것 — 문학	국제신문
1966. 1. 4	평론	백만(百萬)원 소설 —「한국인」	서울신문

발표일	분류	제 목	발표지
		선후평	
1966. 1. 20	평론	현상을 지양할 수 없을까— 동인지 문학	국제신문
1966. 2	평론	뉴크리티시즘의 행방	세대 31
1966. 2	평론	민족 문학의 이론	문경 20
1966. 3. 8	평론	문학의 사회성—순수성	국제신문
1966. 4	평론	종교와 문학	종교계
1966. 7	평론	작가와 현실과 문학	문학 7
1966. 8	수필	자유 아세아 제국(諸國)의 문화 교류를 위한 이해 증진 방안	국회보
1966. 8. 15	평론	해방 21년의 문학	대한일보
1966. 10	평론	고전의 발굴과 정리	예술원보 10
1966. 11	평론	기독교 사상이 한국 문학에 미친 영향	영남
1966. 11	평론	전근대의 땅, 온산(溫産)한 근대인	한국문학
1966. 12. 21	평론	문단 1년	경향신문
1967. 1	평론	비평 정신의 확대를 위하여	세대
1967. 1	평론	문화와 민족과 인류	시사
1967. 2	평론	'매스' 문명 속의 문학	문경 22
1967. 6. 9	수필	생각나는 사람들—흙에 귀향한 작가 이무영	대한일보
1967. 7	수필	수영의 재미	신동아
1967. 7	평론	기독교와 한국의 현대 소설	동서문화(계명대)
1967. 9	평론	민족문학론을 위한 서설	예술원논문집 6

발표일	분류	제 목	발표지
1967. 9	평론	민족 문화는 성장하고 있는가	정경연구
1967. 12	평론	이데올로기의 「출입 한국기」	정경연구
1967. 12	평론	저널리즘의 근황	예술원보
1968	편저	비평의 이해	민중서관
1968	단행본	백철 문학 전집 1~4	신구문화사
1968. 2	평론	한국 문학의 전통회복론	새교육 160
1968. 5	평론	한국의 문학지 60년	세대 58
1968. 6. 27	평론	근대 문학 성립기와 외국 문학의 영향	동아일보
1968. 8	평론	아카데미즘과 저널리즘	중앙문화
1968. 8	평론	문학은 문제에 민감했다	정경연구
1968. 8. 24	평론	측면으로 본 신문학 60년― 30년대 문단	동아일보
1968. 11	평론	신문학 60년의 발자취	월간문학
1969. 1. 16	평론	미래학의 시대―70년대를 이상하는 한국 문학	대한일보
1969. 3	평론	인물·전형의 창조	월간문학
1969. 3	평론	평론에 있어서의 한자 문제	현대문학
1969. 3	평론	비평과 더불어 40년	현대문학
1969. 4. 1	평론	문예 부흥·작가·세계 속의 한국 문학	조선일보
1969. 6	평론	창작방법론에 관한 노트(其三)	어문논집
1969. 6. 21	평론	우리 문화 세계의 광장에	경향신문
1969. 7. 8~8. 1	평론	문단교유기	대한일보
1969. 8	수필	해방 문단의 암전무대	월간중앙

발표일	분류	제 목	발표지
		(暗轉舞臺)	
1969. 10. 7	수필	넓은 문 좁은 문	조선일보
1969. 12	평론	장편소설론	중앙문화 4
1970. 4. 21	수필	밭 갈며 쓴 '흙의 문학' — 이무영 씨 10주기를 맞아	동아일보
1970. 5	평론	해학의 이것과 저것	월간문학
1970. 5	평론	한국 P.E.N 어떻게 임할까	시사
1970. 7~8	평론	세계작가대회의 수확	국회보
1970. 9~1973. 7	수필	진리와 현실	월간문학
1970. 10	평론	현실과 예술	예술계
1970. 10	평론	비평에 대한 이해	상록(서울대농대)
1970. 12	평론	오늘의 비평 직능	신동아 76
1970. 12	평론	37차 국제펜회의의 성과	예술원보
1971. 2	평론	세계 문학과의 대화	문경 28, 29 합집
1971. 2	평론	비평에 대한 이해	어문논집 6
1971. 3	평론	20년대 신문학의 특징	월간문학 29
1971. 7	평론	긴 논문의 유행과 그 의미, 주요 화제들	예술원 6권
1972. 1	평론	1972년의 한국 문학	지성
1972. 2	평론	한국 신문학에 끼친 외국 문학의 영향에 관한 연구(1)	어문논집
1972. 3	수필	대화의 시대	북한
1972. 6	평론	민족 문학의 오늘과 내일	세대 107
1972. 6	평론	최인욱 씨와 그 인생	현대문학
1972. 10	수필	개화 여걸 신풍기(新風記)	월간중앙

발표일	분류	제 목	발표지
1972. 10	수필	남행(南行)한 「북행열차」	월간중앙
1972. 11	좌담	자연주의와 이상의 갈등	문학사상
1972. 12	수필	문화부장과 여인들	월간중앙
1972. 12	수필	오천년 역사의 새 희망	북한
1973. 1	서평	저 물레에 운명의 실이 ― 『이것이 여성이다』 이어령 저	수필문학
1973. 8	평론	비평사에 남은 회월의 공과	문학사상
1973. 8	평론	신문학사 근대화 과정의 재인식	상황
1973. 9~1974. 12	수필	나의 문단 회상기	세대
1973. 12	평론	서술 방법 및 지향점	서강
1974. 4	평론	진실 옹호와 항거의 정신	자유공론
1974. 6	평론	민족 문학과 세계성	월간문학
1974. 6	평론	「사회주의적 사실주의」란 무엇인가	북한
1974. 6	평론	민족 문학의 행방	문예사조 3
1974. 7	평론	뉴크리티시즘의 기수들	한국문학
1974. 7	평론	문학 예술에 있어서의 시사성과 영원성	원광문화
1974. 9	수필	어두운 풍토, 방황의 계절	월간중앙
1974. 11	평론	한발 앞선 고독의 의미	문학사상 26
1974. 11	평론	한국문학사 서술의 요강	예술원논문집 13
1975	단행본	한국 신문학 발달사	박영사
1975	단행본	진리와 현실	박영사
1975. 3	평론	철학 부재, 평면 문학	한국문학 17
1975. 3	평론	현실비판과 문학의 신풍(新風)	세대

발표일	분류	제 목	발표지
1975. 4	수필	부정의 계절을 지나며-문학과 주변의 현실	세대
1975. 10	평론	문학은 평화에 기여할 수 있는가	광장
1976	단행본	(속)진리와 현실	박영사
1976. 6	평론	한국 문학의 문맥 고찰	한국문학 32
1976. 7	평론	정통 민족 문학의 정립과 사회주의 리얼리즘에의 희평 (戱評)	통일정책
1976. 11	평론	국문학사 연구와 현대 의식	고려대 어문논집
1976. 12	평론	박영준 형의 생애와 그 문학	예술원논문집
1976. 12	평론	평화론과 문학론	아카데미논총 4
1976. 12	수필	고향과 배추밭	북한
1977	단행본	만추의 사색	서문당
1977. 2	평론	국적 있는 교육과 민족 문화의 창달, 번영의 80년대를 향한 첫걸음	시사
1977. 2	평론	세계 문학과 한국 문학의 관계	통일세계
1977. 8	평론	민족 문화의 형성—그 자원으로서의 전통 문제	광장
1977. 9	평론	문학 사상과 공산주의	북한
1978	단행본	나의 인생관—거북의 지혜	휘문출판사
1978. 2	평론	한국 문학의 어제와 내일	광장
1978. 2	평론	신서 한국문학사에의 모험	한국문학
1978. 5	평론	월북 작가 작품에 대한	세대

발표일	분류	제 목	발표지
		문학사적인 논의	
1978. 12	평론	한국문학사와 원류적인 것	아카데미논총
1979. 1	평론	인간 회복, 그 다면의 시도	문학사상
1979. 2	평론	안이한 것과 미숙한 것	문학사상
1979. 3	평론	기미운동 전후의 신문화 운동 행방	광장 69
1979. 4	평론	멜로드라마 문학의 시대, 그 양식과 분석 현실	문예진흥 69
1979. 6	대담	한국 문학 어디로 와서 어디로 가는가?	한국문학 68
1979. 9	평론	인본주의가 문학의 본산	한국문학 71
1979. 10	수필	그 가을의 만월	북한
1979. 12	평론	산업 사회와 인간 소외와 문학	의맥 14(가톨릭대)
1980. 2	평론	계승과 새것과 질의 향상	문예진흥
1980. 4	평론	발굴과 심화의 연대(年代)	기러기178
1980. 4	평론	문학사적인 기강 『민족 문학 대계』	문예진흥
1980. 9	평론	작가는 제시자이지 그 결정자 아니다	소설문학
1981. 1	평론	전통 문학의 계승과 발전	문예진흥
1981. 5	평론	예술에 대한 학문적 접근	광장
1981. 9	평론	한국 문학과 전통의식	광장
1981. 9	평론	한국 문학과 이데올로기의 출몰기	아카데미논총
1982. 10	평론	서구 문학과의 만남 — 그	아카데미논총

발표일	분류	제 목	발표지
		의의와 진상	
1982. 11	평론	노산이 남긴 기원	소설문학 84
1982. 12	평론	민족문학사와 언어 조건	예술원보
1983. 1	대담	한국 현대 비평 문학의 반성	광장
1983. 6	수필	감상적인 보도문	소설문학
1983. 7	수필	변신의 인생과 김오성	북한
1983. 8	평론	8월 15일은 우리말의 부활절	문학사상 130
1985. 10	수필	지식인의 혜안과 사명의식은 통일의 초석	북한
1985. 11	평론	문예 사조와 작가	문학사상 157
1986	단행본	인간 탐구의 문학	창미사

백철 연구 서지

1931. 12   안함광, 「농민 문학의 규정 문제 ─ 백철 군의 데마를 일축한다」,
                ≪비판≫

1932. 2. 10   이헌구, 「비과학적 이론 ─ 백철 씨에 대한 항변」, ≪조선일보≫

1932. 3. 21~22 안재좌, 「문제의 소재와 논쟁의 요점 ─ 백철의 소론을 읽고」,
                ≪중앙일보≫

1932. 12. 5   한철호, 「다시 문필가협회에 관하여」, ≪신계단≫

1933. 2. 6   안석주, 「투계 가튼 백철 백세철 씨」, ≪조선일보≫

1933. 6. 5~7   김우철, 「민족 문학의 문제 ─ 백철의 논문을 읽고」, ≪조선일보≫

1933. 6. 14~17 임화, 「동지 백철 군을 논함」, ≪조선일보≫

1936. 4   이원조, 「문학 비평가 군상」, ≪비판≫ 4권 3호

1936. 5   이선희, 「조선 작가군」, ≪조광≫

1936. 6~7   한효, 「이갑기·백철 양씨의 논을 박함」, ≪신동아≫

1936. 6. 11~18 임화, 「현대적 부패의 표징인 인간 탐구와 고민의 정신 ─ 백철
                군의 소론에 대한 비평」, ≪조선중앙일보≫

1936. 7. 10~14 이병각, 「비평 기준의 객관성 ─ 그것의 현대적 동요에 대하여」,
                ≪조선일보≫

1936. 9. 2   박영희, 「현역 평론가의 군상 ─ 문장으로 본 그들의 인상」, ≪조
                선일보≫

1937. 3   신산자, 「현역 평론가 군상」, ≪조광≫

1937. 5   정비석, 「백철론」, ≪풍림≫ 6호

1938. 9   김오성, 「지성인의 문제 : 백철의 지식계급론을 읽고」, ≪사해공

론≫ 4권 9호

1939. 9	최상암, 「문단인물론」, ≪신세기≫, 신세기사
1946. 11. 20	김영석, 「문학을 지키는 길 — 백철 씨의 그릇된 견해에 대하여」, ≪독립신보≫
1948. 2. 12~15	현인, 「'문학 탕평'의 반동성 — 백철 씨의 문학 운동 출발에 대하야」, ≪조선일보≫
1948. 2. 17~18	조연현, 「개념과 공식 — 백철 씨와 김동석 씨」, ≪평화일보≫
1948. 3. 21~27	임긍재, 「허망과 아부 — 백철 씨의 「신윤리 문학의 제창」을 읽고」, ≪평화일보≫
1948. 3. 4	임긍재, 「제3문학관의 정체: 백철론」, ≪해동공론≫
1948. 10	김명수, 「문학 비평의 대중적 기초: 백철 씨의 비평 태도와 관련하여」, ≪신천지≫, 서울신문사
1949. 1. 19~22	정태용, 「문학의 자유 — 백철, 염상섭 양씨를 박함」, ≪조선중앙일보≫
1949. 4	이남수, 「문학 이론의 빈곤성: 백철·김기림 양씨의 문학 개론에 대하여」, ≪신천지≫, 서울신문사
1949. 8	조연현, 「개념의 공허와 그 모호성: 백철 씨의 『조선 신문학 사조사』를 중심으로」, ≪문예≫
1950. 3. 18~24	김동리, 「현대 문학의 길 — 백철의 「소설의 길」을 박함」, ≪국도신문≫
1951	조연현 편, 『작가 수업: 문단인의 걸어온 길』, 수도문화사
1953. 9	임긍재, 「제3문학관의 독소성 — 백철 씨의 「모색하는 현대 문학」을 중심으로」, ≪문예≫
1955. 7	손우성, 「비평의 창작성: 백철 씨와의 사담을 중심으로」, ≪사상계≫ 3
1959. 5. 26~29	강신재, 「평론가의 예술적 감각 — 백철 씨의 평을 반박한다」, ≪동아일보≫

1960. 12. 15   황순원, 「비평에 앞서 이해를─백철 씨 「전환기의 작품 자세」를 읽고」, ≪한국일보≫

1960. 12. 21   황순원, 「한 비평가의 정신 자세─백철 씨의 「소설 작법」을 도로 반환」, ≪한국일보≫

1960. 12. 28   신동한, 「문학의 지도성─백철 옹에게 드리는 글」, ≪서울일일신문≫

1965. 4. 20   최홍규, 「전환기 비평의 과제─백철 씨 비평의 맹점을 지적하며」, ≪조선일보≫

1966   임종국, 『친일문학론』, 평화출판사

1967. 4   김윤식, 「백철 연구를 위한 하나의 각서」, ≪청파문학≫ 7집, 숙명여대 국어국문학회

1969. 12   김윤식, 「뉴크리티시즘에 대하여─한국 문학 연구 방법과 관련하여」, ≪논문집≫ 9집, 숙명여대

1972. 여름   김용직, 「한국 휴머니즘 문학론─그 식민지 시대의 양상」, ≪문학과지성≫, 3권 2호

1973   김윤식, 『한국 근대 문예 비평사 연구』, 한얼문고

1977   강영주, 「1930년대 휴머니즘 논고」, ≪관악어문연구≫ 2집, 서울대 국어국문학과

1983   권영민, 「1930년대 초기의 농민문학론─백철의 「농민 문학의 문제」를 중심으로」, 신경림 편, 『농민문학론』, 온누리

1983. 8~10   권영민, 「백철과 인간 탐구로서의 문학─1930년대 휴머니즘문학론 비판」, ≪소설문학≫

1984   최원식, 「농민문학론을 위하여」, 『한국 문학의 현 단계』, 창작과비평사

1984. 겨울   정호웅, 「농민 문학 연구의 현황과 앞으로의 연구 방향」, ≪한국학보≫, 일지사

1984. 12   권영민, 「백철과 중간파의 문학 논리」, ≪문예중앙≫

| 1985 | 김종대, 「1930년대 휴머니즘 논쟁에 대한 일고찰」, 《어문논집》 19집, 중앙대 국어국문학과 |

1985   오세영, 「1930년대 휴머니즘 비평과 생명파」, 《동양학》 15집, 단국대 동양학연구소

1985   김윤, 「백철의 문학사 기술 방법 비판을 위한 시론」, 《한신어문연구》 1집

1985   김윤식, 『한국 근대문학 사상사』, 한길사

1985   박용찬, 「1930년대 백철 문학론 연구」, 경북대 석사 논문

1985   조남철, 「일제하 한국 농민 소설 연구」, 연세대 박사 논문

1985   성기조, 「한국 근대 문학의 전통 논의에 관한 연구」, 단국대 박사 논문

1985. 3   김윤식, 「임화와 백철(상) : 거울화의 두 표정」, 《한국문화》 185호

1985. 5   김윤식, 「임화와 백철(하) : 거울화의 두 표정」, 《한국문화》 187호

1985. 11   김재홍, 「백철의 생애와 문학」, 《문학사상》 157호

1986   권영민, 『해방 직후의 민족 문학 운동 연구』, 서울대 출판부

1986   김재홍, 「백철 문학론 서설」, 『동천 조건상 선생 고희 기념 논총』, 형설출판사

1986   최유찬, 「1930년대 한국 리얼리즘론 연구」, 연세대 박사 논문

1986. 5   김종대, 「1930년대 휴머니즘 논쟁에 대한 고찰 — 백철의 휴머니즘론을 중심으로」, 《어문논집》 19집, 중앙어문학회

1986. 5   이명재, 「백철 문학 연구 서설」, 《어문논집》 19집, 중앙어문학회

1986. 5   편집부 편, 「백철 교수 연보 및 비평 문학 작품 목록」, 《어문논집》 19집, 중앙어문학회

1987   권영민, 「백철의 창작방법론 비판 — 인간묘사론을 중심으로」,

≪예술원논문집≫ 26집

1987   신형기, 「해방 직후의 문학 운동 연구」, 연세대 박사 논문

1988   권영민, 「카프의 조직과 해체」, ≪문예중앙≫

1988   권영민, 『한국 민족문학론 연구』, 민음사

1988   신형기, 『해방 직후의 문학운동론』, 화다

1988   오인숙, 「1930년대 리얼리즘론 연구」, 숙명여대 석사 논문

1988   김기한, 「백철의 30년대 비평 연구」, 건국대 석사 논문

1988   임명진, 「한국 근대소설론의 유형별 사적 연구」, 전북대 박사
            논문

1989   이선영·강은교·최유찬·김영민, 『한국 근대 문예 비평사 연
            구』, 세계

1989   박호영, 「휴머니즘론 연구」, 『운당 구인환 선생 화갑 기념 논문
            집』, 한샘출판사

1989. 5   윤여탁, 「1930년대 서술시에 대한 연구 — 백철과 김용제를 중
            심으로」, ≪국어국문학≫ 101호, 국어국문학회

1989. 9   권영민, 「1930년대 일본 프로시단에서의 백철」, ≪문학사상≫
            203호

1990   유문선, 「1930년대 초반 '유물변증법적 창작 방법' 논의에 관하
            여」, ≪관악어문연구≫ 15, 서울대 국어국문학과

1990   이선영 편, 『1930년대 민족 문학의 인식』, 한길사

1990   류은랑, 「백철의 문예 비평 연구」, 전북대 교육대학원 석사 논문

1991   장경택, 「카프계 농민문학론의 재조명」, ≪반교어문연구≫ 3권,
            반교어문학회

1991   김현주, 「1930년대 후반 휴머니즘 논쟁 연구 : 구카프계를 중심
            으로」, 연세대 석사 논문

1991   홍종욱, 「한국 현대 문학사 연구」, 건국대 교육대학원 석사 논문

1991   임종수, 「백철 연구」, 충남대 박사 논문

1991. 7	권영민, 「1930년대 한국 문단의 휴머니즘 문학론」, ≪예술문화연구≫ 창간호, 서울대 인문대학 예술문화연구소
1991. 가을	김외곤, 「1930년대 후반 한국 문학과 반파시즘 인민전선」, ≪외국문학≫
1991. 12	임종수, 「백철의 1930년대 문학비평론 고찰 : 전향 이후의 비평을 중심으로」, ≪관동어문학≫ 7, 관동대 관동어문학회
1992	김영민, 『한국 문학 비평 논쟁사』, 한길사
1992	박명용, 『한국 프롤레타리아 문학 연구』, 글벗사
1992	김수정, 「1930년대 휴머니즘론 연구 : 백철·임화를 중심으로」, 고려대 석사 논문
1992	김미진, 「해방기 문예 비평의 전개 양상 연구」, 전북대 교육대학원 석사 논문
1992	김종석, 「백철의 인간주의론 연구」, 홍익대 교육대학원 석사 논문
1992	송희복, 「해방기 문학 비평 연구」, 동국대 박사 논문
1992	정영호, 「1930년대 문예 비평관 연구」, 동아대 박사 논문
1992. 12	김종욱, 「백철의 초기 문학론에 대한 비판적 고찰」, ≪목원어문학≫ 11집, 목원대 국어교육과
1993	전홍남, 「해방 직후 '중간파' 문학론에 관한 고찰」, ≪국어문학≫ 28집, 전북어문학회
1993	손재호, 「초기 한국 문학사론 연구」, 대구대 석사 논문
1993. 6	김혜영, 「카프 농민문학론의 비판적 검토」, ≪강릉어문학≫ 8호, 강릉대 국어국문학과
1993. 10	임종수, 「전형기의 문학론 연구 — 백철의 문학론을 중심으로」, ≪어문연구≫ 24집, 어문연구학회
1993. 12	김주일, 「백철 문학론 연구」, ≪목원어문학≫ 12집, 목원대 국어교육과

1994   이해년, 「1930년대 한국 행동주의 문학론 연구」, 부산대 박사
          논문

1994   권성우, 「1920~1930년대 문학 비평에 나타난 타자성 연구」,
          서울대 박사 논문

1994   김영진, 「해방기의 문학 비평 연구」, 전주우석대 박사 논문

1994. 2   이경훈, 「백철의 친일문학론 연구」, 《연세대 원우논집》 21집,
          연세대 대학원

1995   이병순, 「해방기 중간파 문학론 연구」, 《어문논집》 5집, 숙명
          여대 한국어문학연구소

1995   강태근, 「백철 문학의 비평사적 의의」, 『초강 송백헌 박사 화갑
          기념 논총』, 학예인쇄사

1995   김정자, 「백철의 프로문학론과 휴머니즘론의 대비적 연구」, 동
          덕여대 석사 논문

1995   이현식, 「1930년대 후반 한국 문예 비평 이론 연구」, 연세대 박
          사 논문

1995. 3   정명호, 「백철 문학론 — 1930년대를 중심으로」, 《명지어문학》
          22집, 명지대 명지어문학회

1995. 4   홍성암, 「백철 비평 연구」, 《동대논총》 25집, 동덕여대

1995. 8   손종업, 「백철 후기 비평의 본질: 평론집 『문학의 개조』를 중
          심으로」, 《어문논집》 24집, 중앙대 중앙어문학회

1995. 12 김철, 「친일문학론: 근대적 주체의 형성과 관련하여 — 이광수
          와 백철의 경우」, 《민족문학사연구》 8호, 민족문학사학회

1995. 12 남송우, 「1930년대 백철 비평의 해석학적 연구」, 《한국문학논
          총》 16집, 한국문학회

1996   안한상, 「해방기의 문단 조직과 문학론 연구: 소위 '중간파'의
          입장과 문학론을 중심으로」, 《전농어문연구》 8, 서울시립대
          국어국문학과

1996	정명호, 「광복 전후의 백철 문학론」, ≪새국어교육≫ 52권 1호, 한국국어교육학회
1996	이주형, 「백철론 ― 새로움을 향한 모색의 도정」, 김윤식 외, 『한국 현대 비평가 연구』, 도서출판 강
1996	류보선, 「1930년대 후반기 문학 비평 연구」, 서울대 박사 논문
1996. 3	정재찬, 「백철의 신비평 수용에 관한 연구」, ≪한국국어교육연구회논문집≫ 57권, 한국국어교육연구학회
1996. 8	정명호, 「백철의 초기 문학론 연구 : 농민문학론과 유물변증법적 창작방법론에 한하여」, ≪명지어문학≫ 23집, 명지대 명지어문학회
1996. 9	이해년, 「말기의 행동주의 문학론 연구 : 순수 문학자의 절충적 평가」, ≪어문교육논집≫ 15, 부산대 국어교육과
1996. 10	정명호, 「항일 시대 말기 백철의 문학론」, ≪새국어교육≫ 53권 1호, 한국국어교육학회
1996. 12	한형구, 「30년대 휴머니즘 비평의 속성과 그 파장 ― 백철 비평의 원질과 그 지속의 성격을 이해하기 위한 연구」, ≪논문집≫ 28집, 안성산업대
1997	정명호, 「백철의 문학사 기술방법론 연구」, ≪새국어교육≫ 54권 1호, 한국국어교육학회
1997	전기철, 『한국 근대 문학 비평의 기능』, 살림터
1997	연은순, 「백철 비평 연구」, 청주대 석사 논문
1997	정명호, 「백철 비평문학론 연구」, 명지대 박사 논문
1997. 3	정재찬, 「백철의 신비평 수용에 관한 연구」, 문학사와비평연구회, 『한국 근대 문학 연구의 반성과 새로운 모색』, 새미
1997. 7	박미령, 「백철론」, ≪비평문학≫ 11호, 한국비평문학회
1997. 11	진영백, 「백철 문학론 연구 : 1930년대 비평 담론을 중심으로」, ≪우암어문논집≫ 8호, 부산외대 국어국문학과

1997. 12 송왕섭, 「전후 '신비평'의 수용과 그 의미」, ≪성균어문연구≫ 32집, 성균관대 성균어문학회

1997. 12 서영식, 「백철의 장편소설론에 대한 비교 문학적 고찰: 요코미쓰 리이치(橫光利一)과의 영향 관계를 중심으로」, ≪육사논문집≫ 53권, 육군사관학교

1997. 12 박미령, 「비평의 휴머니즘과 인간 탐구」, ≪어문연구≫ 29집, 어문연구학회

1998 박경수, 「백철의 일본에서의 문학 활동 연구」, 『실헌 이동영 교수 정년 퇴임 기념 논문집』, 부산대 출판부

1998 권영민, 『한국 계급 문학 운동사』, 문예출판사

1998. 2 권영민, 「비평가 백철과 일본 동경의 '지상낙원' 시대」, ≪문학사상≫ 304호

1998. 2 조계숙, 「현대 문학 비평에 나타난 소설의 묘사론」, ≪어문논집≫ 37집, 안암어문학회

1998. 2 김진석, 「심리소설론의 전개 양상」, ≪인문과학연구≫ 7호, 서원대 인문과학연구소

1998. 7 김영진, 「해방기 중간파 문학론의 위치: 백철의 관점을 중심으로」, ≪목포어문학≫ 1호, 목포대 국어국문학과

1999 김윤식, 「비평의 자립적 근거에 대하여: 한국 문학사와 비평의 관련 양상」, ≪한국학보≫ 25권 2호, 일지사

1999 이미영, 「1930년대 후반 소설론 양상 연구: 리얼리즘론, 본격소설론, 로만개조론, 종합문학론을 중심으로」, 서강대 교육대학원 석사 논문

1999 임영봉, 「1960년대 한국 문학 비평 연구: 비평 세대와 문학 인식의 분화 양상을 중심으로」, 중앙대 박사 논문

1999. 2 김현정, 「1930년대 후반 임화의 휴머니즘론 고찰」, ≪대전어문학≫ 16집, 대전대 국어국문학회

1999. 2   김기한, 「백철의 창작시 연구 : 창작방법론과의 관계를 중심으로」, ≪학술논문집≫ 48권 1호, 건국대 대학원

1999. 2   진영백, 「백철 초기 비평의 연구 : 일본 프롤레타리아 문학론을 중심으로」, ≪우암어문논집≫ 9호, 부산외대 국어국문학과

1999. 3   김기한, 『신문학 사조사』 연구」, ≪건국어문학≫ 23·24호, 건국대 국어국문학연구회

1999. 12   박경수, 「일제하 재일 한국인의 문학 비평 연구 ― 김희명과 백철의 문학론을 중심으로」, ≪일본어문학≫ 9권, 일본어문학회

1999. 12   김현정, 「백철의 휴머니즘론에 나타난 주체의 욕망과 변모 과정 연구」, ≪한국언어문학≫ 43집, 한국언어문학회

1999. 12   김상선, 「전후 문학론 서설」, ≪어문논집≫ 27집, 중앙어문학회

2000   서준섭, 『한국 근대 문학과 사회』, 월인

2000   손종업, 『한국 근대 문학과 식민지 근대성』, 월인

2000   김영민, 『한국 현대 문학 비평사』, 소명출판

2000   윤순재, 「해방 이후 근현대 문학사 비교 연구 : 백철의 『조선 신문학 사조사』와 조연현의 『한국 현대 문학사』를 중심으로」, 홍익대 석사 논문

2000   김현정, 「백철의 휴머니즘 문학 연구」, 대전대 박사 논문

2000. 2   진영백, 「백철 비평 연구 : 1960년대 전통론을 중심으로」, ≪우암어문논집≫ 10호, 부산외대 국어국문학과

2000. 6   양문규, 「한국 프로 소설 연구사」, ≪인문학보≫ 29, 강릉대 인문과학연구소

2001   김윤식, 「백철 비평의 특질과 그 변모 과정 연구」, ≪한국학보≫ 27권 1호, 일지사

2001   김윤식, 「백철 비평이 보여 주는 것」, 『한일 근대 문학의 관련 양산 신론』, 서울대 출판부

2001   김기한, 「백철 문학론 연구」, 건국대 박사 논문

2001. 2   김윤식, 「베이징, 1945년 초여름 : 김사량, 백철 그리고 노천명」, 《문예중앙》 93호

2001. 2   박경수, 「1930년대 재일 한국인의 일어시 연구」, 《외대어문논집》 16권, 부산외대 어학연구소

2001. 8   박경수, 「일제 강점기 재일 한국인의 일어시에 나타난 민족적 정체성」, 《우리말글》 21권, 우리말글학회

2001. 12   홍재범, 「1930년대 휴머니즘론 연구(1) — 백철의 '인간' 개념을 중심으로」, 《한국현대문학연구》 10집, 한국현대문학회

2002   진영백, 「백철의 비평 담론 연구」, 부산대 박사 논문

2002. 2   양영길, 「백철의 한국 근대 문학사 인식 방법」, 《영주어문》 4집, 영주어문학회

2002. 6   박경수, 「일제 강점기 재일 한국인의 일어시와 근대성」, 《한국문학논총》 30집, 한국문학회

2003. 10   이경재, 「백철 비평과 천도교 관련 양상 연구」, 《육사논문집》 59집 3권, 육군사관학교 화랑대연구소

2004   전용호, 「근대 국어국문학자의 재조명 : 백철의 『조선 신문학사조사』 연구」, 《우리어문연구》 23호, 우리어문학회

2004   전용호, 「백철 문학사의 판본 연구」, 《민족문화연구》 41호, 고려대 민족문화연구소

2004   김명인, 「주체적 문학관 구성의 모색과 그 좌절 : 백철, 김기림의 『문학개론』」, 민족문학사연구소, 『한국 근대 문학의 형성과 문학 장의 재발견』, 소명출판

2004   이명재, 『변혁기의 한국 문학』, 한국학술정보(주)

2004   석진, 「일제 말 친일 문학의 논리 연구 : 최재서·이광수·백철·서인석을 중심으로」, 홍익대 석사 논문

2004. 4   주영중, 「1950~1960년대 신비평의 수용과 새로운 비평의 모색」, 《한국근대문학연구》 5권 1호

2004. 12　　박광현, 「'전후'와 '센고 전후' : 식민지 역사에 관한 기억 / 망각」, ≪국제언어문학≫ 10호, 국제언어학회

2005　　　정명중, 「반(反) 정치의 이념과 "즉물주의" ― 1930년대 백철의 비평」, ≪현대문학이론연구≫ 24호, 현대문학이론학회

2005　　　김현정, 『백철 문학 연구』, 역락

2005. 3　　이한창, 「재일 동포 문인들과 일본 문인들과의 연대적 문학 활동 ― 일본 문단 진출과 문단 활동을 중심으로」, ≪일본어문학≫ 24집, 한국일본어문학회

2005. 4　　전용호, 「백철의 『신문학 사조사』 개작에 관한 연구」, ≪어문논집≫ 51호, 민족어문학회

2005. 12　　정종민, 「식민지 시대의 농민 문학 논쟁」, ≪성균어문연구≫, 성균관대 어문학회

2006. 5　　김윤식, 「1930년대 초 일본 프롤레타리아 문학에서 활동한 백철 평론에 대해서」, ≪현대문학≫

2006. 12　　홍경표, 「근대 초기 『문학개론』의 수용과 그 전개 과정」, ≪어문학≫

2006. 12　　전성욱, 「국문학과 민족주의 : '민족주의 담론'의 비판적 극복을 위하여」, ≪국어국문학≫, 동아대

2007. 12　　서영채, 「민족, 주체, 전통」, ≪민족문학사연구≫ 34호, 민족문학사연구소

2008　　　김윤식, 『백철 연구 : 한없이 지루한 글쓰기, 참을 수 없이 조급한 글쓰기』, 소명출판

2008. 2　　배개화, 「백철 신문학 사조사의 재검토」, ≪한국현대문학회 학술발표회자료집≫, 한국현대문학회

2008. 3　　성주현, 「천도교 정신으로 일관한 문학 평론가 백철」, ≪신인간≫

2008. 4　　구중서, 「문학사 성찰의 광범한 터전 ― 백철의 비평과 생애」, ≪민족문학사연구≫ 36호, 민족문학사학회

2008. 4   박경수, 「현대시에 나타난 현해탄 체험의 형상화 양상과 의미」,
             ≪한국문학논총≫ 48집, 한국문학회

2008. 여름   백지혜, 「특별 기획 : 먼 옛조상과 먼 훗자손과의 거룩하고 아
             득한 슬픔 ― 나의 할아버지 백철」, ≪대산문화≫ 28호, 대산문
             화재단

2008. 6   김예림, 「'동아'라는 시뮬라크르 혹은 그 접속자들의 문화 이념
             ― 1930년대 후반 최재서·백철의 문화론을 중심으로」, ≪상허
             학보≫ 23집, 상허학회

2008. 6   차승기, 「전시 체제기 기술적 이성 비판」, ≪상허학보≫ 23집,
             상허학회

작성자 심동수 인하대학교 대학원 국어국문학과 박사과정 수료.

최재서 생애 연보

1908년 2월 11일, 황해도 해주군 해주면 북행정(北幸町) 72번지에서 출생.
호는 석경우(石耕牛). 필명은 학수리(鶴首里), 상수시(尙壽施). 아버
지가 청년 시절에 고생한 대가로 규모가 큰 과수원을 경영하여 최재
서는 '아흐레 갈이' 과수원집 아들로 유복하게 자람. 어린 시절에 대한
회고에 따르면, "겨울밤 헐벗은 가지 끝에 매달려 있는 차디찬 별을
보며 자랐다"고 하고, "고독할 때에 동무들을 찾아가서 그들의 장난에
참가하는 것은 굴복하는 일로 생각되었다. 나는 나의 힘으로써 고독을
극복할 수밖에 없었다."라고 말하는 것으로 보아 소년 시절의 최재서
는 비교적 고독한 아이였으며, 자존심이 강했다고 함.[1]

1912년 부친의 강권으로 9세에 이르기까지 4년간 서당에 나감. 당시 붓글씨 연
습에 대한 부친의 지나친 관심 탓에 좌절감을 느꼈다는 술회가 있음.[2]

1923년 경성제2고보(경복고의 전신) 입학. 이 학교는 1922년 조선교육령 개정
을 통해 만든 대학령의 시행을 위해 설치된 관립 고등보통학교였으며,
최재서가 입학하던 당시에는 대학을 가기 위해 지방에서 올라온 유학
생이 많이 입학한 학교였음. 경성제2고보는 다른 학교에 비해 특히 영
어 교육을 많이 시켰는데 이 점이 최재서가 영문과를 선택한 이유라
보는 시각도 있음.[3] 최재서를 포함한 동급생 6명이 졸업 후 경성제대
에 입학함.

---

1) 최재서, 『인상과 사색』(연세대 출판부, 1977), 52~54쪽 참조.
2) 같은 책, 108~109쪽.
3) 성윤자, 「최재서의 친일문학론 연구」, 서울대 석사 논문, 2000, 6쪽.

1926년   4월, 경성제대 예과 제3회에 입학. 문과B 반의 수석이었음. 동급생으로는 천태산인이 있었음.

1927년   8월 19~20일, 해주학우회가 주최하고 조선일보, 동아일보, 중외일보, 매일신문이 후원한 해주학우 제4회 학술 강연에서 '영시에 나타난 연애'란 주제로 강연을 함. 경성제대의 학생들 사이에서 발간되던 ≪청량≫에 「예이츠 연구」(일문)를 발표함.

1928년   예과 수료 후 영문과로 진학하였으며, 낭만주의 영시를 전공함. 영어를 잘해서 경성제대 영문과의 창설 위원 중 하나였던 후지이(藤井秋夫) 교수로부터 총애를 받았으며, 1926년 31세의 젊은 나이로 경성제대 영문과에 부임한 사토 키요시(佐藤淸) 교수로부터 지도를 받음. 영문과 입학 후 내선인 공동으로 각 학년마다 있었던 독서회에 적극적으로 참여하였으며 지도교수인 사토 키요시 교수가 편집 발행인이었던 ≪영문학회보≫에 거의 매회 글을 실은 것으로 보아 매우 학구적인 태도였던 것으로 보임. 학구적인 태도에서 기인한 것이겠지만 입학 후 최재서는 일본어로만 말하고 일본인 친구만을 사귀어 동급생 조선 학생들로부터는 유달리 비난을 받았다고 함. 유일한 조선인 친구였던 현영섭(玄永燮)의 회고에 따르면 최재서는 개인주의자를 자처했던 것으로 보이며 그의 개인주의가 조선인 학생들 특유의 민족의식과 갈등을 일으킨 것으로 보임.[4] 이 당시 최재서의 일인 흉내는 유명했다고 하는데, 내선일체를 목표로 주로 경성제대 예과생들을 모아 결성된 단체인 경성천업청년단(京城天業靑年團) 소속 일본인 학생들과 특히 친했다고 함. 이 단체를 주도한 쓰다사카에(津田榮)는 경성제대 예과 화학과 교수였고, 그의 동생인 쓰다스요시(津田剛)는 철학과 학생이었는데 최재서의 절친한 친구였다. 이런 사정들 때문에 최재서는 차후 일제 강점기 말 내선일체를 묘사한 이광수의 소설 「그들의 사랑」

---

4) 玄永燮, 『朝鮮人の進むべき道b』(綠旗聯盟, 1938), 188~189쪽; 위의 글 9쪽에서 재인용.

(≪신시대≫, 1941. 1~3 후 연재 중단)의 모델이 되기도 함.

1930년   3학년 신분으로 경성제대 영문과 학생위원으로 선출됨. 같은 해에 1년 상급생이었던 이효석이 'The Play of J. M. Synge[5]'(J. M. 싱의 연극)이 란 제목으로 논문을 써 졸업함. 일본 영문학회 일로 일본 방문시 아베 토모지(阿部知二)에게 관심을 가짐. 11월, 경성제대 영문학회 제2회 예회(例會)에서 「장편시의 난점」을 발표. 조용만의 「Oscar Wilde, chiefly seen through The Picture of Dorian Gray」에 이어 발표된 이 글 은 다음 해 7월에 「미숙한 문학」이란 이름으로 경성제대 졸업생들의 잡지였던 ≪신흥≫에 발표됨.

1931년   3월, 경성제대 영문과 졸업. 졸업 논문은 「The Development of Shelly's Poetic Mind」였으며, 사토 기요시 교수의 지도를 받았음. 지도교수인 사토 교수의 후원에 힘입어 졸업과 동시에 대학원에 진학함. 두 사람 의 관계는 이후에도 매우 친밀했는데, 이는 사토가 최재서를 일본에 소개, ≪영어영문학≫에 데뷔한 것에서부터 일제 강점기 말 최재서가 주관하던 ≪국민문학≫지에 사토 교수가 일정 부분 관여했던 것으로 잘 드러남. 사토는 1942년에 시집, 『벽령집(碧靈集)』을 최재서가 운 영하던 인문사에서 발행하기도 함. 최재서의 한 해 상급생이었던 데라 모토(寺本喜一)와 한 해 하급생인 스기모토 나가오(杉本長夫)가 같 은 지도교수 아래의 학생들이었음. 대학원에서의 최재서에 대해서는 '무표정한 이지(理智)의 인물', '오연(傲然)한 학구의 인물'이라고 평 가받음. 대학원에서의 연구 주제는 'Romantic Types of the Poetic Mind (시 정신의 낭만적 유형들)'이었음. 대학원 재직시 어빙 배빗(Irving Babbit)의 명저인 『루소와 낭만주의』를 번역했다고 하며, 이 책은 8년

---

5) 1871~1909. 아일랜드의 극작가. W. B. 예이츠와 교류했고 황량한 자연을 배경으로 빈곤과 싸우는 농어민의 생활과 전설을 소재로 한 작품 세계를 보였다. 주요 작품으로 는 『골짜기의 그림자(The shadow of the Glen)』(1903), 『바다로 달려가는 사람들(Riders to the Sea)』(1904), 『성자(聖者)의 샘(The Well of the Saints)』(1905) 등이 있다.

뒤인 1939년에 개조사에서 문고본(『ルーソと浪漫主義』)으로 발간됨. 7월, 첫 논문 「미숙한 문학」을 경성제대 졸업생들의 학술지인 ≪신흥≫ 5호에 발표. 문학평론가의 길로 첫발을 디딤.

1933년　사토 교수를 지도교수로 하여 경성제국대학 영문학과 대학원 졸업. 「17세기부터 18세기의 영문학의 비평에 있어서의 상상설의 발견」이라는 논문이었는데, 영국 낭만파 시인을 대상으로 한 것임.

　　　　4월. 야마모토(山本智道) 교수의 후임으로 경성제국대학교 졸업생으로는 처음으로 강사에 발탁, 모교에서 강의를 함. 정식 직함은 경성제국대학교 법문학부 강사였고, 수당은 월 70원이었음. 조선인이 영문과 교수가 되었다는 사실만으로 언론의 주목을 받았는데,[6] 그 이유는 당시 경성제대가 기밀에 속하는 사항을 다루기 힘들다는 이유로 조선인 교수 임용을 거부해 왔기 때문이었음. 최재서가 교수로 임용받은 것은 경성제대 법학부 1회 졸업생인 유진오가 조선인이라는 이유로 교수 임용을 받지 못하고 결국 형법 연구실 조교로 들어간 일과 대비됨. 4월 27일~29일, ≪조선일보≫에 평론, 「구미 현대 문단 총관」을 발표하면서 본격적인 문학 평론가의 길로 나섬.

1934년　경성제대 영문과의 영어학·영문학 강사를 1년 만에 그만둠. 경성법전의 교수로 취임. 이후 수년간 경성법전에서 강의를 함. 3월, ≪경성제대영문학회회보≫ 13호에 「윈담 루이스(Wyndam Lewis)론」을 기고. 이 글은 J. 조이스나 파운드, T. S. 엘리엇에 맞서는 또 하나의 모더니스트인 루이스를 고찰한 글로 종래의 낭만주의로부터 눈을 돌려 모더니즘 이론에로 경사되는 계기가 되었다 함. 이 논문을 계기로 최재서는 연구실에서 벗어나 한국 문단과 일본 영문학회로 진출하는데 이후 최재서가 주로 다루는 주제는 낭만주의가 아니라 주지주의 이론, 즉 모더니즘이었음.[7] 8월, 조선일보 학예면 담당이었던 이원조의 도움을

---

6) ≪조선일보≫, 1933. 4. 30일자 지면 참조.
7) 김윤식, 『한국 근대 문학 사상 연구 1』(일지사, 1984), 231~232쪽 참조.

받아 박영희, 김기림의 뒤를 이어 하기(夏期) 강좌란에 일련의 영미 비평가들의 문학론을 주지주의라는 이름 아래 소개하기 시작함. 「현대 주지주의 문학 이론 건설 ─ 영국 평단의 주류」(≪조선일보≫, 1934. 8. 6~12), 「비평과 과학 ─ 현대 주지주의 문학 이론의 건설(속편)」(≪조선일보≫, 1934. 8. 31~9. 5) 등이 발표되었는데, 이 글들의 골자는 흄의 불연속적인 세계관을 기초로 한 반낭만주의 이론, 이른바 신고전주의자였던 엘리엇과 리처즈의 이론에 관한 것이었음.

12월. 「T. E. 흄의 비평적 사상」(≪사상≫, 1934. 12)이란 평문으로 일본 문단에 데뷔.

1935년   1월, 「John Dennis의 시론 연구」(≪영문학연구≫ 5권 1호, 1935. 1)란 글로 일본 영문학계에 데뷔함. 이 역시 대학 때의 은사였던 사토 교수의 후원에 힘입은 것이었다 함. 이 학술지에 한국인으로 최초로 글을 쓴 이는 불과 2년 전의 이양하였다고 함.(「페이터와 인본주의」, ≪영문학연구≫ 13권 2호, 1933. 4) 그러나 이양하는 이후 지속적인 투고를 하지 못해 관계가 단절됨. 7월에 「풍자문학론」 발표. 이 평문은 최재서가 자신의 문학적 신념과 이론을 전개하기 시작한 첫 글임. 당시 문단의 침체를 극복하기 위해 제창된 휴머니즘론에 대하여 그것이 문학의 미래적 입장만을 내세움으로써 더욱 혼미에 빠져들자, 창작과 실제 비평의 체질 개선을 위해 최재서는 풍자문학론을 대안으로 제시, 당대와 같이 신념을 잃은 상태 곧 위기의 시대에 있어서는 비평적 태도를 가져야 한다고 주장함. 10월, 영어영문학회 제7회 대회에 은사 사토 교수와 함께 참가, 「현대 비평에 있어서 개성의 문제」(≪영문학연구≫ 16권 2호(1936. 4)에 게재)를 발표함.

1936년   경성법전에서의 3년간의 강의를 끝으로 대학 강단에서 완전히 물러남. 인문사(人文社)를 설립, 출판사를 경영함. 김남천, 이효석 등의 장편소설 외에도 노벨문학상 수상작인 『대지』 등과 같은 대작들을 출판하였으며, 『조선 문예 연감』을 발행하여 "행정부의 문화 담당 부서가 해야 할 일을 일개의 출판사 편집부가 해냈다"는 평가를 받음. 10월, 이원조의 도움을 받아 ≪개조≫지에 이상허 이태준의 단편 「꽃나무는 심어 놓고」(≪신동아≫, 1933. 3)와 박화성의 「한귀(旱鬼)」(≪조광≫, 1935. 11)를 번역하여 실음. 같은 달에 「리얼리즘의 확대와 심화」를 발표. 박태원의 『천변풍경』과 이상의 「날개」를 리얼리즘의 확대와 심화로 본 이 글은 곧 김용제, 한효 등 사회주의 리얼리즘 논자들의 반발을 사 이른바 리얼리즘 논쟁 혹은 창작방법론 논쟁이 벌어지는 계기가 됨.

1937년 6개월간 도쿄에 머물면서 ≪문예춘추≫의 편집진과 『인문평론』 발간을 협의함.[8]

12월 6일, 경성부 광화문통 210번지에서 자본금 3만 5000원으로 인문사를 설립, 대표직을 맡음.

1938년 5월, ≪문학과지성≫이 금서목록에 포함됨. 10월, 은사 사토 교수와 함께 영어영문학 제10회 발표 대회에 참가, 「현대 비평의 성격」(≪영문학연구≫ 19권 2호(1939. 4)에 게재)을 발표함.

1939년 3월, 김남천, 이원조, 임화, 백철, 안회남 등과 공동편집 형식으로 『조선작품연감』(1939년도)을 간행함. 10월, 정동연맹(精動聯盟)에 가입하기 위한 문예협회 발기인회 개최에 참여함. 당시 발기인은 이광수, 김동환, 이태준, 박영희, 유진오, 최재서, 김문집 등이었음. 10월, ≪인문평론≫ 창간. ≪인문평론≫의 창간은 최재서가 이른바 '국책 문학'에 야합하기 시작한 출발점으로 평가됨. 어빙 배빗의 명저 『루소와 낭만주의』를 번역, 개조 문고본으로 발간.

1940년 11월 25일, 조선문인협회 시국 강연(문예보국강연회)에 백철과 함께 강사로 나섬. 최재서의 강연 제목은 「신체제와 문학」이었음.[9]

---

8) 최재서, 「사변 당초와 나」, ≪인문평론≫(1940. 7).
9) 당시 조선문인협회가 추진한 강연 일정은 다음과 같다.
제1반 경부선.
강사 : 김동환, 유진오, 박영희.

1941년   10월, 경성 부민관 2층 홀에서 ≪국민문학≫ 발간 준비위원회 개최. 주간으로 추대됨. 11월, ≪국민문학≫ 창간 주재. ≪국민문학≫은 편집 요강인 '국체 관념의 명징', '국민의식의 앙양', '국민 사기의 진흥', '국책에의 협력', '지도적 문화 이론의 수립', '내선인 문화의 종합', '국민 문화의 건설' 등에서도 보듯이 노골적인 친일 문학 잡지였음. 2권 5호 이후로는 일어판으로 일관하였으며, 1945년 2월의 통권 38호까지 발행함. 이 잡지를 통해 최재서는 「국민 문학의 요건」(일문), 「조선 문학의 현단계」(일문) 등 신체제 문학을 옹호하는 많은 글을 발표, 전형적인 친일 문학자로 나섬.

1942년   6월 17일, 합자 회사였던 인문사를 주식회사로 변경, 자본금 12만 원으로 증자함.

7월. 「징병제 실시와 지식 계급」을 ≪조선≫ 7월호에 발표함.

경성제대 영문학과의 은사인 사토 교수의 시집 『벽령집(碧靈集)』을 인문사에서 발간함.

1943년   2월, ≪국민문학≫지에서 「시단의 근본 문제를 건드리다」(일문)라는 제하에 좌담회를 주재함. 이 좌담회는 최재서의 친일 문학 경력의 배후에 대학 영문학과 시절의 은사인 사토 교수와 그의 제자들 그룹이 있음을(寺本喜一, 杉本長夫 등) 공공연하게 드러낸 계기임.[10] 4월,

---

일정 : 12월 8일 부산, 9일 마산, 10일 진주, 11일 대구, 12일 청주, 13일 공주.
제2반 호남선.
강사 : 정인섭, 이헌구.
일정 : 12월 1일 광주, 2일 목포, 3일 군산, 4일 전주, 5일 이리, 6일 대전.
제3반 경의선.
강사 : 백철, 최재서.
일정 : 11월 31일 평양, 12월 1일 신의주, 2일 선천, 3일 진남포, 4일 해주, 5일 개성.
제4반 함경선.
강사 : 이석훈, 함대훈, 이효석.
일정 : 12월 5일 원산, 6일 함흥, 7일 성진, 8일 청진, 9일 나남, 11일 춘천.
10) 김윤식, 앞의 책, 264쪽의 주 69) 참조.

조선문인보국회의 상무이사로 선임됨. 같은 상무이사 급으로는 김동
환, 유진오, 유치진이, 총무부장은 박영희가, 이사에는 이광수, 주요한
이 선임됨. 6월, 조선문인보국회의 평론 및 수필분회 분회장으로 선임
됨. 8월, 유진오와 유치진, 김용제(金龍濟), 쓰다스요시(津田剛)(녹기
연맹) 등과 함께 조선인 대표로 '제2회 대동아문학자대회'에 참석하기
위해 도쿄에 다녀옴.(보고 대회는 9월 12일자로 열림.) '대동아문학'에
대한 최재서의 생각은 《국민문학》에 실은 글들에서도 잘 나타나 있
듯이 당대의 "조선 문학이 지방 문학으로서 존재 의의를 부여받아야
한다"는 것이었는데, 이런 그의 생각은 이 대회에서 행한 연설에서도
잘 나타남.[11] 11월 14일, 종로 기독교청년회관에서 학도병 출전 격려
강연을 함. 주최는 문인보국회이며 후원은 매일신보가 맡음. 연사는
현영섭, 서춘, 배상하, 주요한 등이었음. 일문으로 된 평론집『전환기
의 조선 문학』을 인문사에서 간행.

1944년 1월, 이시다(石田耕造)로 창씨개명. 당시 문인들은 최재서를 석전경
우(石田耕牛)로 불렀는데, 이 별칭은 '돌밭을 가는 우직하고 부지런
한 소'라는 의미로 해주 사람들의 성정을 가리키는 말이었다 함. 3월
15일, 1943년도에 국민총력조선동맹이 제정한 국어문예총독상 2회 수
상자로 결정됨. 수상 이유는 《국민문학》지의 간행이었음. 10월 18일,
부민관에서 열린 국민동원총진회에서 '우리는 무엇 때문에 싸우고 있
는가'라는 제목으로 연설. 같은 대회에서 김동환(일본명, 白山靑樹)은
'부산 부두 유감(釜山埠頭有感)'이라는 제목 아래 연설함.

1945년 7월 4일, 최린(崔隣)이 회장으로 있던 조선언론보국회(朝鮮言論報國
會)가 덕수궁에서 개최한 본토결전부민대회에서 "천황이 계시옵는 곳
에 우리들 선조 분묘지(先祖墳墓地)가 있다. 만리 밖에 승리의 종소
리 울릴 때까지 우리들 진군(進軍)은 멈추지 않을 것이다."라는 선언

---

11) 최재서, 「대동아 의식의 눈뜸」(일문, 《국민문학》 1943. 10)에 당시 연설이 실려 있다.

문을 낭독함. 7월 23일, 안정식, 이성환, 신태악 등과 더불어 국민동지회(國民同志會)를 결의함. 8월 15일, 해방 후 일체의 문단 활동 중단. 향후 10년간 문학 연구에만 전념함. 해방 이후 동국대 강사를 거쳐 연세대학교 영문과 교수 역임. 개인적으로 의숙(남의숙, 南溪塾)을 열어 영어를 강의했다고도 하나 구체적인 활동 내역은 전해지지 않음.

1948년   12월 26일, '민족 정신 앙양 전국 문화인 총궐기 대회'에 참석.

1949년   8월 17일, 반민특위에서의 조사가 일단락되어 조서가 위원회로 송부됨. 9월 8일, 기소유예자로 분류, 석방됨.[12] 연세대학교 교수로 임용, 1960년까지 근무함. 연세대학교 재직시 여학생들로부터 '딤즈데일 목사'란 별명으로 불렸다고 하는데, '딤즈데일 목사'는 최재서가 번역한 『주홍글씨』에 나오는 우울한 위선자를 가리킴.

1950년   12월, 크리스마스날 아침에 『콘사이스 옥스퍼드 영어 사전』과 『셰익스피어 전집』 두 권을 보따리에 싸서 대구로 피난. 피난지 대구에서 『햄릿』과 『맥베스』, 『리어왕』을 다시 정독했다는 술회가 있음.[13]

1955년   12월, ≪사상계≫에 「지성의 비극—「햄릿」의 현대적 해석」을 투고함. 이 논문은 최재서가 본격적인 셰익스피어 연구로 나가는 디딤돌 역할을 했다고 평가되며, 차후 독창적인 햄릿 해석의 하나를 제출한 셰익스피어 연구자로 국제적인 명성을 얻는 계기가 됨.

1956년   9월, 현재 주소지는 서울시 중구 남산동 2가 47인 것으로 확인됨.[14]

1957년   『문학원론』 간행. 낭만주의 시론의 바탕인 상상력의 본질을 밝히는 일에 주력한 이 책은 최재서가 평생을 바쳐 도달한 문학에 대한 최종적인 견해를 펼친 저서로 알려져 있으며,[15] 해방 이후 간행된 문학 쪽의 중요 이론서 중 하나로 평가됨. 11월에 평문 「표현과 전달의 이론」

---

12) ≪조선중앙일보≫ 1949. 9. 8. 기사.
13) 최재서, 『문학원론』(춘조사, 1957) 서문.
14) 강진화 편, 『대한민국 건국 십년지』(건국기념사업회, 1956).
15) 김윤식, 앞의 책, 236~237쪽 참조.

(≪사상계≫ 1957. 11, 12)을, 12월에 역시 평문 「문학의 내용과 형식」
(≪사상계≫ 1957. 12, 1958. 1)을 작성하여 기왕의 『문학원론』을 보
강함.

1959년 10월 26일, ≪연세춘추≫에 「우울한 명태」(수필) 기고. 이 글에 따르
면 해방 전 문단 활동시 최재서의 별명은 '우울한 명태'였는데, 평소
우울한 표정에 깡마른 외모 탓이었다 함. 작명자는 모윤숙임.

1960년 동국대학교 대학원장으로 취임, 재임 기간은 1년.

1961년 6월, 동국대학교에서 「셰익스피어 예술론」, 『문학원론』으로 문학 박사
학위 받음. 영문학 박사 학위 수여로는 국내 최초라고 함.

1963년 박사 학위 논문을 다듬은 『셰익스피어 예술론』 간행. 이 책은 최재서
사후 1년 뒤인 1965년에 뉴욕에서 영문판(*Shakespere's Art as Order of
Life*)이 간행되어 외국인에게도 널리 읽히게 되며, 셰익스피어의 한국
수용 50년 만에 처음으로 발간된 체계적인 연구서로 평가됨.

1964년 11월 16일, 사망.

1965년 사후 1년. 영문 저서인, *Shakespere's Art as Order of Life*가 New York :
Vantage Press에서 발간됨.

최재서 작품 연보

발표일	분류	제 목	발표지
1927	논문	예이츠 연구(일문)	청량
1929. 12	논문	유령(일문)	경성제대 영문학회보
1930. 4	졸업 논문	The Development of Shelly's Poetic Mind	
1930. 11	논문	Shelly의 Reminiscences(일문)	경성제대 영문학회보
1931. 6	논문	시의 한계(일문)	경성제대 영문학회보
1931. 7	논문	미숙한 문학	신흥
1931. 12	논문	Hurd의 「기사 전기론(騎士傳奇論)」 (일문)	경성제대 영문학회보
1932. 7~9	평론	서양 아동물 독물(讀物) 안내	문교의 조선
1933. 2. 18~21	번역	미국 현대 소설의 동향	동아일보
1933. 3	논문	Addison의 상상론(일문)	경성제대 영문학회보
1933. 4. 27~29	평론	구미 현대 문단 총관	조선일보
1933. 5. 1	평론	최근 장서(長逝)한 3문호 (三文豪) ― 영문학의 현상	조선일보
1933. 6	논문	문학의 보전(일문)	경성제대

발표일	분류	제 목	발표지
			영문학회보
1933. 11	논문	제퍼슨의 신문법서(新文法書, 일문)	경성제대 영문학회보
1933. 11. 1~7	번역	현대성의 파산	조선일보
1933. 12. 8~16	번역	영국 현대 소설의 동향	동아일보
1934. 2. 21~3. 9	번역	반공일	조선일보
1934. 3	평론	윈담 루이스(Wyndam Lewis)론 (일문)	경성제대 영문학회회보
1934. 4	평론	굶주린 쫀슨 박사	문학
1934. 4	평론	시인 대 행위인	朝鮮及滿洲
1934. 7. 8~17	번역	낙엽	조선일보
1934. 8. 7~20	평론	현대 주지주의 문학 이론의 건설 — 영국 평론의 주조(主潮)	조선일보
1934. 8. 31~9. 7	평론	비평과 과학 — 현대 주지주의 문학 이론의 건설(속편)	조선일보
1934. 11. 21~29	평론	문학 발견 시대	조선일보
1934. 12	평론	T. E. 흄의 비평적 사상(일문)	사상
1934. 12	평론	시인과 인간고(일문)	朝鮮及滿洲
1935. 1	평론	존 데니스의 시론 연구(일문)	영문학연구
1935. 1. 1	평론	조선 문학과 비평의 임무	조선일보
1935. 1. 21~30	평론	올다스·학쓰레 이론 — 현대 풍자 정신의 발로	조선일보
1935. 1. 30~31	평론	고전 부흥의 문제 — 조선 문학상의 복고 사상 검토 — 고전 문학과 문학의 역사성	조선일보

발표일	분류	제 목	발표지
1935. 1. 30~2. 3	평론	사회적 비평의 대두	동아일보
1935. 4. 7~12	평론	「D. H. 로렌스」 그의 생애와 예술	조선일보
1935. 5. 15~20	평론	자유주의 문학 비판 ── 자유주의 몰락과 영문학	조선일보
1935. 7. 6	단평	신문학 수립에 대한 제가(諸家)의 고견(高見)	조선일보
1935. 7. 14~29	평론	풍자문학론	조선일보
1935. 8. 25	평론	시대적 통제와 예지(叡智) ──「특집」 문학의 옹호	조선일보
1935. 9. 29	수필	서적의 선택	조선일보
1935. 10. 12~20	평론	비평의 형태와 기능	조선일보
1935. 11	평론	문예수감(文藝隨感) ── 단상	비판
1936. 1. 4~5	평론	영국의 전통과 자유, E. M. 포스터의 연설 요지	조선일보
1936. 3	평론	영국 평단의 동향(일문)	개조(改造)
1936. 4	평론	현대 비평에 있어서 개성의 문제 (일문)	영문학연구
1936. 4. 24~29	평론	문단우감(文壇偶感)	조선일보
1936. 6. 30	평론	해혹(解惑)의 일언(一言) ── 외국 문학 연구에 대하야	조선일보
1936. 7. 15	수필	한여름밤의 꿈, 우주가 함께 괴멸하던 찰나	조선일보
1936. 8. 21~27	평론	현대시의 생리와 성격	조선일보
1936. 10	평론	문예 좌담회	신인문학
1936. 10	번역	「한귀(旱鬼)」(박화성), 「꽃나무는	개조

발표일	분류	제 목	발표지
		심어놓고」(이태준)	
1936. 10. 31~11. 7	평론	리알리즘의 확대와 심화 ─『천변풍경』과 「날개」에 관하여	조선일보
1937. 1	평론	「단층」파의 심리주의적 경향	조광
1937. 1. 1~7	좌담	문학 문제 좌담회 ─ 리얼리즘, 문장 문제	조선일보
1937. 1. 29~2. 3	평론	중편 소설에 대하여 ─ 그 양과 질적 개념에 관한 시고(試考)	조선일보
1937. 2	평론	헉슬리의 풍자 소설(일문)	개조
1937. 2. 27~3. 3	평론	빈곤과 문학 ─ 현대 조선 문학의 단편적 모색	조선일보
1937. 3. 23	수필	적수공권 시대	조선일보
1937. 4. 3	평론	문학의 빈곤	조선일보
1937. 5. 15~20	평론	현대적 지성에 관하여	조선일보
1937. 6	평론	고(故) 이상(李箱)의 예술	조선문학
1937. 6. 9	평론	문화공의(文化公議) ─ 문화 기여자로서	조선일보
1937. 7. 3~8	보고문	무장야 통신(武藏野通信)	조선일보
1937. 8. 3~7	보고문	동경 통신	조선일보
1937. 8. 18	평론	방자성(放恣性)	조선일보
1937. 8. 19	수필	위악자	조선일보
1937. 8. 23~27	평론	이상적(理想的) 인간에 대한 규정 ─ 지적협력국제협회 담화회 보고	조선일보
1937. 8. 24	평론	사실의 훈련	조선일보
1937. 8. 31	평론	「멋」의 연구	조선일보

발표일	분류	제 목	발표지
1937. 9. 8	평론	도회 문학(都會文學)	조선일보
1937. 9. 15~19	평론	시와 도덕과 생활—「렌의 애가」, 「석류」, 「분수령」 등	조선일보
1937. 10. 3~8	평론	센티멘탈론	조선일보
1937. 10. 10	평론	경기구식(輕氣球式) 비평	조선일보
1937. 10. 24	평론	메가로포리타니즘	조선일보
1937. 11	평론	최근 문단의 동향	조광
1937. 12. 5	평론	「인형의 가(家)」, 노라 모델에 대한 이야기	조선일보
1937. 12. 10	평론	전통과 「도그마」	조선일보
1937. 12. 19	수필	비평가와 깍쟁이	조선일보
1937. 12. 22	수필	한적(韓籍)의 출판에 관한 이야기	조선일보
1938	평론집	문학과 지성	인문사
1938	편저	(해외) 서정시집	인문사
1938. 1	평론	작가와 모랄의 문제	삼천리문학
1938. 1	논문	전통과 권위(일문)	영문학연구
1938. 1. 1	평론	장편소설론—평론가 대 작가 문답	조선일보
1938. 1. 1~2	좌담	리얼리즘, 로맨티시즘, 휴매니즘 논의	동아일보
1938. 1. 1~4	평론	명일(明日)의 조선 문학	조선일보
1938. 1. 7	평론	노천명 시집 『산호림(珊瑚林)』을 읽고	동아일보
1938. 1. 8~13	평론	취미와 이론의 괴리	조선일보
1938. 2	평론	여성·문학·가정	여성
1938. 2. 4	평론	인테리 작가 「헉스레이」 작중인물을	조선일보

발표일	분류	제 목	발표지
		통해서 본 작자의 지성	
1938. 3. 1	평론	언어의 유통성과 진실성	조선일보
1938. 3. 10~15	평론	시단 전망	조선일보
1938. 3. 25	평론	시와 휴머니즘 — 임화 시집 『현해탄』을 읽고	동아일보
1938. 4	평론	현대 작가와 고독 — 문학을 지망하는 동생에게	삼천리문학
1938. 4. 12~15	평론	비평의 형태와 내용 — 특히 월평(月評)을 중심으로 하야	동아일보
1938. 4. 12	평론	전망과 성과 — 『현대 조선 문학 시가집』을 읽고	조선일보
1938. 4. 22~24	평론	세계 문학의 동향	조선일보
1938. 6~7	평론	현대와 비평 정신	사해공론
1938. 6. 2	평론	고발 문학의 정체 — '특집' 6월 창작 일인일평(一人一評)	조선일보
1938. 6. 7	평론	조선 문학의 성격 — 「빌헬름 마이스텔」적 성격에의 탐구	동아일보
1938. 6. 10	평론	고전 연구의 역사성 — 전통의 전체적 질서를 위하여	조선일보
1938. 7. 2	평론	사실의 세기와 지식인	조선일보
1938. 8	평론	비평과 모랄 문제(일문)	개조
1938. 8. 6~7	평론	서구 정신과 동방 정취 — 휴매니즘과 종교	조선일보
1938. 8. 20~23	평론	문학 · 작가 · 지성 — 지성의 본질과 그 효용성	동아일보

발표일	분류	제 목	발표지
1938. 9	평론	하버드 리드의 비평 체계(일문)	삼전문학
1938. 9	평론	출판 1년생의 변(辯)	비판
1938. 9	평론	지성과 행동	사해공론
1938. 9. 10	수필	일기(日記) 일절(一節)	동아일보
1938. 10	평론	감상론	조광
1938. 11	평론	문예수감 ― 단상(斷想)	비판
1938. 11	평론	비극과 진리	비판
1938. 11	번역	아리스 메이넬(시 4편)	삼천리
1938. 11. 2~8 1	평론	현대 비평의 성격 ― 19세기적 비평의 결론적 고찰	조선일보
1938. 12	평론	번역 문학 관견(飜譯文學管見)	청색지
1938. 12. 1	평론	토마스만의 가족사 소설 ― 「붓덴·부르크 일가」	동아일보
1938. 12. 24~28	평론	서정시에 있어서의 지성 ― 현대시론의 전진을 위하야	조선일보
1939	역서	루소와 낭만주의(상, 하)	개조문고
1939	공편	조선문예연감	인문사
1939. 1	평론	(속)시단 전망	비판
1939. 1	평론	연재 소설에 대하여	조선문학
1939. 1. 3	평론	오는 1년간의 비평계 중심 과제	조선일보
1939. 1. 24	수필	주책(상)	조선일보
1939. 1. 26	수필	주책(중)	조선일보
1939. 1. 29	수필	주책(하)	조선일보
1939. 2. 3	평론	문학의 수필화 ― 문단 유감	동아일보
1939. 2. 5~8	평론	예이츠의 생애와 예술 ― 그의	동아일보

발표일	분류	제 목	발표지
		부전(訃電)을 접하고	
1939. 2. 19~21	평론	문단 유감 1~3	동아일보
1939. 3	평론	지성·모랄·가치	비판
1939. 3	평론	시의 장래 — 낭만 정신의 길	시학
1939. 3. 9~10	평론	장편 소설과 단편 소설, 특히 그 가능성과 한계성에 관해서 — 산문 문학의 재검토	동아일보
1939. 4	평론	현대 비평의 성격(일문)	영문학연구
1939. 4. 30	평론	최근 독서 경향	조선일보
1939. 5	번역	엘도라도	시학
1939. 5. 7	설문	나와 영화	동아일보
1939. 5. 7	평론	문학적 성격	동아일보
1939. 5. 12~17	평론	시 감상법 강좌 — 제목·언어· 상상력·교양	조선일보
1939. 6. 8~13	평론	구라파 문예 사상의 전망	조선일보
1939. 6~7	평론	구라파 현대 소설의 이념	비판
1939. 7	평론	현대 소설의 주제 — 문예 시평	문장
1939. 7. 6~9	평론	신세대론 — 문학적 세대, 신질서에 대한 새 인간, 문학사의 정리와 전통	조선일보
1939. 7. 22~24	평론	西村眞太郎 씨 번역의 「보리와 병정」 독후감	매일신보
1939. 8. 18~16	평론	시단의 신세대 — 교체되는 시대 조류 — 근작시집을 중심으로	조선일보
1939. 9. 18	평론	시대의 동행자 — 「유진오 단편집」 을 읽고	조선일보

발표일	분류	제 목	발표지
1939. 9. 28~10. 6	수필	추풍(秋風)	경성일보
1939. 10	평론	성격에의 의욕 — 현대 작가의 집념	인문평론
1939. 10	평론	「근대 일본 문학의 전개」唐木順三 저(著) 서평	인문평론
1939. 11	평론	교양의 정신	인문평론
1939. 11	평론	정신분석학과 현대 문학	인문평론
1931. 11	번역	불란서 소설의 신구 세대	인문평론
1939. 11. 5	평론	여행의 낭만 — 김기림 시집 『태양의 풍속』 서평	매일신보
1939. 11. 7~12	평론	소설과 민중	동아일보
1939. 12	평론	평론계의 제문제 — 소화(昭和) 사십년도 문단의 동태와 성과	인문평론
1939. 12	번역	등대직이(셍키비치 作)	인문평론
1940	공편	조선문예연감	인문사
1940. 1	평론	현대 소설가 연구(1) — 죠이스, 『젊은 예술가의 초상』	인문평론
1940. 1	번역	아메리카 소설의 동향	인문평론
1940. 1. 1	평론	성격론 · 시단(詩壇) · 희곡	동아일보
1940. 1. 1	좌담	문단 현세(現勢)의 총검토	동아일보
1940. 1. 9~10	평론	시단(詩壇)의 신춘(新春)을 말한다	조선일보
1940. 1. 9	평론	기대한 건 신세대의 소리 — 신춘문예 선후감(選後感)	조선일보
1940. 2	평론	가족사 소설의 이념 — 현대 소설 연구(2)	인문평론
1940. 2. 20	평론	"휴맨 · 패로트"	조선일보

발표일	분류	제 목	발표지
1940. 2. 26	평론	지성 없는 문학은 오산(誤算) — 신인에게 기(寄)하는 서신	매일신보
1940. 2. 29~3. 2	평론	작가의 다양성 — 토마스 만 작품에 나타난 연애	조선일보
1940. 3	평론	시단 월평(詩壇月評) — 소감 이것저것	인문평론
1940. 3	평론	성격의 생성과 분열 — 현대 소설 연구(3)	인문평론
1940. 4~6	번역	호반의 처녀	인문평론
1940. 4	평론	관념소설론 — 학슬리 「포인트 카운터 포인터」	인문평론
1940. 5. 8~10	평론	소설의 현상 타개의 길 — 역사전기(歷史傳記)·생산장면 (生産場面)·편집자와 작가의 협동	조선일보
1940. 6	평론	전쟁 문학	인문평론
1940. 7	평론	소설의 서사시적 성격 — 말로의 작품 성격	인문평론
1940. 7	평론	사변 당초(當初)와 나 — 일지사변 삼주년 기념	인문평론
1940. 7	평론	6월 시단평(詩壇評)	인문평론
1940. 8	평론	서사시·로만스·소설	인문평론
1940. 8	평론	시의 목적 — 7월 시단평	인문평론
1940. 8	번역	아리시아의 일기(토마스 하디 작)	인문평론
1940. 8. 5	평론	시단(詩壇) 삼세대(三世代)	조선일보
1940. 8. 6	평론	비평과 기교	매일신보

발표일	분류	제 목	발표지
1940. 8. 9	평론	문학 정신	조선일보
1940. 11. 11~12	평론	전형기의 평론계	매일신보
1940. 11. 13~14	평론	반성과 모색	매일신보
1940. 11	강연	신체제와 문학(일문)	문예보국강연대
1940. 12	평론	알바이트화의 경향 ― 평론계	조광
1941. 1	평론	신세대론 그 후	신세기
1941. 1	평론	전형기(轉形期)의 평론계	인문평론
1941. 1	번역	마을의 외방사람	인문평론
1941. 1	좌담	신체제하의 반도 문화를 말한다 (일문)	綠旗
1941. 1. 14	평론	문화 이론의 재편성	매일신보
1941. 2	평론	전형기(轉形期)의 문화 이론	인문평론
1941. 2	평론	문학 신체제화의 목표(일문)	綠旗
1941. 3	평론	문학 정신의 전환(일문)	인문평론
1941. 8. 4	논설	도의(道義)의 선사(選士)로 ― 징병 감사와 우리의 각오	매일신보
1941. 11	좌담	조선문단의 재출발을 말한다(일문)	국민문학
1941. 11	평론	신체제하의 문예 비평(일문)	국민문학
1941. 11	평론	국민 문학의 요건(일문)	국민문학
1942. 1	수필	아들이여 편안히 ― 망아 강(剛)에 바친다	국민문학
1942. 1	좌담	일미개전(日米開戰)과 동양의 장래 (일문)	국민문학
1942. 1	좌담	문예 동원(文藝動員)을 말한다(일문)	국민문학
1942. 1	수필	문인 기질	동양문화

발표일	분류	제 목	발표지
1942. 1. 10	평론	추천 못 하는 이유 ― (평론)신춘문예 선후감(選後感)	매일신보
1942. 2	좌담	대동아 문화권의 구상(일문)	국민문학
1942. 2	평론	국민 문학의 작가들(일문)	『전환기의 조 선 문학』 수록
1942. 3	좌담	반도 기독교의 개혁을 말한다(일문)	국민문학
1942. 3~4	평론	나의 페이지(일문)	국민문학
1942. 5·6합본	평론	징병제 실시의 문화사적 의의(일문)	국민문학
1942. 5·6합본	좌담	반도 학생의 제문제를 말한다(일문)	국민문학
1942. 7	논설	징병제 실시와 지식 계급	조선
1942. 7	평론	새로운 비평을 위하여(일문)	국민문학
1942. 7	좌담	국민 문학의 1년을 말한다(일문)	국민문학
1942. 8	평론	조선 문학의 현단계(일문)	국민문학
1942. 9	평론	문학자와 세계관의 문제(일문)	국민문학
1942. 10	좌담	북방권 문화를 말한다(일문)	국민문학
1942. 10	강연	국민 문학의 입장	『전환기의 조 선 문학』 수록
1942. 12	평론	시인으로서의 佐藤淸 선생(서평)	국민문학
1942. 12	평론	문예 시평(文藝時評)	국민문학
1943	평론집	전환기의 조선 문학(일문)	인문사
1943. 1. 9	평론	틀이 잡힌 국민문학론 ― 신춘문예 선후감	매일신보
1943. 2	좌담	시단(詩壇)의 근본 문제를 충격한다 (일문)	국민문학
1943. 3	좌담	반도 문학에의 요망(일문)	국민문학

발표일	분류	제 목	발표지
1943. 4	논설	의무 교육이 될 때까지(일문)	국민문학
1943. 4	수필	우감록(偶感錄)	『전환기의 조선 문학』 수록
1943. 4	논설	선전의 효과(일문)	조선
1943. 5	평론	근로와 문학(일문)	국민문학
1943. 5	좌담	농촌 문화를 위해(일문)	
1943. 6	평론	사상전의 첨병(일문)	국민문학
1943. 6	좌담	전쟁과 문학(일문)	국민문학
1943. 6	평론	신반도 문학의 성격(일문)	문화조선
1943. 7	소설	보도 연습반(報導演習班)(일문)	국민문학
1943. 8	수필	징병서원행(徵兵誓願行)(일문)	국민문학
1943. 8	좌담	국민 문화의 방향(일문)	국민문학
1943. 10	수필	대동아 의식의 눈뜸 — 제2회 대동아문학자대회에 다녀와서(일문)	국민문학
1943. 12	평론	금일의 신인군(新人群)(일문)	국민문학
1944. 1	소설	수석(燧石)(일문)	국민문학
1944. 4	평론	받드는 문학(일문)	국민문학
1944. 5~8	소설	비시(非時)의 화(花)(일문)	국민문학
1944. 8	평론	징병과 문학(일문)	국민문학
1944. 12	평론	금년의 신인군(일문)	국민문학
1944. 12	좌담	총력 운동의 신구상(일문)	국민문학
1945. 2	소설	민족의 결혼(일문)	국민문학
1945. 2	좌담	사상전의 현단계(일문)	국민문학
1945. 3	좌담	언론 타개의 길(일문)	국민문학
1949	편저	(해외) 서정시집(재판)	인문사

발표일	분류	제 목	발표지
1951	역서	매카 더 선풍	향학사
1952	편저	Contemporary American Essays	백영사
1952	역서	영웅 매카 더 장군전	일성당서점
1953	역서	주홍글씨	을유문화사
1954	역서	햄릿	연희춘추사
1954	저서	(종합) 영문법	연학사
1955	수필집	현대평론수필선	한성도서
1955	역서	Prose Tales	한일문화사
1955. 7	평론	문학의 속성	새벽
1955. 9	평론	예술적 체험	새벽
1955. 10	평론	문학과 한계 — 정의를 위하여	사상계
1955. 11	평론	시적 체험	새벽
1955. 12	평론	지성의 비극 —『햄릿』의 현대적 해석	사상계
1956. 1	평론	표현과 전달	새벽
1956. 2~3	평론	문학과 사상	사상계
1956. 3	평론	상상력 — 문학원론 · 제6장	새벽
1956. 4	평론	현대 비평에 있어서의 개성의 문제	사상계
1956. 5	평론	문학의 목적 · 기능 · 효용	사상계
1956. 6	평론	낭만주의의 초극 — 휴움의 예술 사상	사상계
1956. 7	평론	표현 매체로서의 언어	사상계
1956. 9~1957. 2	평론	비극적 체험 ①~④	새벽
1957	저서	문학원론	춘조사
1957	저서	기초영문법	연학사

발표일	분류	제 목	발표지
1957	저서	고등영문법	연학사
1957. 5	평론	열정론	사상계
1957. 11	평론	표현과 전달의 이론	사상계
1957. 12~58. 1	평론	문학의 내용과 형식	사상계
1958	역서	포우 단편집	한일문화사
1958	역서	햄릿	정음사
1958	역서	햄릿	한일문화사
1958	역서	세계 문학 전집: 전기, 1, 3-5	정음사
1958. 3	수필	르네쌍스인 말로(Marlowe)	작가와작품 (연세대)
1958. 6	논문	영국 소설의 탄생과 사회적 배경	영어영문학
1958. 9	좌담	르네쌍스가 가까웠다	사상계
1959	저서	영문학사: 고대·중세	동아출판사
1959	저서	영문학사: 르네쌍스 2편	동아출판사
1959	역서	아메리카의 비극	박영사
1959	공편	현대 영미 단편 소설 감상	한일문화사
1959. 1	평론	셰익스피어 비극의 개념— 셰익스피어 연구초	사상계
1959. 2	평론	에이븐 강의 백조	사상계
1959. 3	평론	시성의 수업 시대	사상계
1959. 4~5	평론	영시개관	사상계
1959. 5. 9	수필	서설(序說)	연세춘추
1959. 5. 18	수필	나무	연세춘추
1959. 5. 25	수필	빈곤의 철학	연세춘추
1959. 6. 1	수필	폐허의 합창석	연세춘추

발표일	분류	제 목	발표지
1959. 6. 8	수필	무자애(無子哀)	연세춘추
1959. 6. 15	수필	노서아의 이쁜이	연세춘추
1959. 6. 22	수필	조선의 이쁜이	연세춘추
1959. 6. 29	수필	슬프니까 우는가, 우니까 슬픈가	연세춘추
1959. 6~7	평론	역사 · 질서 · 문학	사상계
1959. 7	논문	셰익스피어의 시	연세대 인문 과학 4집
1959. 7. 6	수필	체증의 효과	연세춘추
1959. 8	평론	정치는 음악처럼 :「헨리 5세」의 주제와 상징	사상계
1959. 8. 10	수필	어린이는 어른의 아버지	연세춘추
1959. 8. 31	수필	보고(報告)	연세춘추
1959. 9. 7	수필	영화 불견(不見)의 변(辯)	연세춘추
1959. 9. 14	수필	Thank you＝고맙습니다(?)	연세춘추
1959. 9. 21	수필	과수원	연세춘추
1959. 9. 28	수필	As You Like It	연세춘추
1959. 10	평론	호랑(虎狼)의 세계 :「헨리 6세」 삼부작	사상계
1959. 10. 5	수필	Words, Words, Words	연세춘추
1959. 10. 12	수필	한가(閒暇)의 가치	연세춘추
1959. 10. 19	수필	말 뒤에 오는 것	연세춘추
1959. 10. 26	수필	우울한 명태	연세춘추
1959. 11	평론	인간 혼돈 :「리처드 3세」가 의미하는 바	사상계
1959. 11. 2	수필	가면극	연세춘추

발표일	분류	제 목	발표지
1959. 11. 23	수필	어느날 오후의 산 속	연세춘추
1959. 11. 30	수필	체념	연세춘추
1959. 12	평론	셰익스피어의 완성기의 희곡들	외대학보
1959. 12. 7	수필	문학의 해도(海圖)를 그리며	연세춘추
1959. 12. 24	수필	바다의 이미지(1)	연세춘추
1960	저서	영문학사(3권; 고대·중세편, 르네상스편, 셰익스피어편)	동아출판사
1960. 1	평론	셰익스피어의 희극 정신: 원저의 유쾌한 아내들을 중심으로	새벽
1960. 1	논문	셰익스피어의 낭만적 희극	연세대 인문 과학 5집
1960. 1. 11	수필	바다의 이미지(2)	연세춘추
1960. 2. 8	수필	"결"의 사상	연세춘추
1960. 2. 15	수필	주옥(珠玉)처럼	연세춘추
1960. 2. 22	수필	가치의 세계와 행동의 세계	연세춘추
1960. 3. 14	수필	최씨를 위한 항의	연세춘추
1960. 3. 21	수필	가리킴과 가르침	연세춘추
1960. 3. 28	수필	지적 허영	연세춘추
1960. 4. 4	수필	파스텔낙 시집	연세춘추
1960. 4. 11	수필	전심(轉心)의 기초	연세춘추
1960. 4. 18	수필	스토이씨즘의 미(美)	연세춘추
1960. 4. 27	수필	분노의 세대	연세춘추
1960. 5	평론	희극에서 비극으로: 셰익스피어 예술의 실험	사상계
1960. 5. 2	수필	치통과 비극	연세춘추

발표일	분류	제 목	발표지
1960. 5. 9	수필	거품을 무는 씨이저	연세춘추
1960. 5. 15	수필	노년 찬미(老年讚美)	연세춘추
1960. 5. 23	수필	옛날 이야기	연세춘추
1960. 6. 6	수필	성직자의 변(辯)	연세춘추
1960. 6. 13	수필	Durable	연세춘추
1960. 6. 20	수필	초록빛의 형이상학	연세춘추
1960. 6. 27	수필	TV 고(考)	연세춘추
1960. 7	논문	문제의 극 Troilus and Cressida	연세영어 영문학
1960. 7. 4	수필	밥·눈물·잠	연세춘추
1960. 7. 11	수필	행복의 조건	연세춘추
1960. 8	좌담	한국 대학의 반성	사상계
1960. 8. 22	수필	하운(夏雲)	연세춘추
1960. 8. 29	수필	백벽(白璧)	연세춘추
1960. 9. 5	수필	누가 영웅이냐	연세춘추
1960. 10. 1	논설	학원 투쟁의 불법성	동아일보
1960. 10. 5	논설	학원 민주화냐? 학원 혁명이냐?	조선일보
1961	박사 논문	셰스피어	동국대학교
1961	평론집	최재서 평론집	청운출판사
1961. 4~5	평론	문학연구방법론 서설	현대문학
1961. 7~8	평론	셰익스피어 연구의 방법 ①, ②	현대문학
1962	공저	세계문학강좌 II, III	어문각
1962. 1~4, 6, 10	평론	셰익스피어의 예술	현대문학
1963	저서	(증보) 문학원론	청조사
1963	편저	교양론	박영사

발표일	분류	제 목	발표지
1963	저서	셰익스피어 예술론	을유문화사
1963	편역	영시개설	한일문화사
1963. 2	수필	세대의 비극을 넘어서 : 명가의 일문	자유문학
1963. 3~6	평론	교양으로서의 문학	자유문학
1964. 3	평론	셰익스피어와 휴머니즘 — 셰익스피어의 출생 사백주년	사상계
1964. 4	평론	세계 문학사상의 셰익스피어	현대문학
1964. 4	평론	햄릿의 현대적 성격(상) : 햄릿을 둘러싼 작품 논쟁	세대
1964. 6	평론	햄릿의 현대적 성격(하) : 새로운 해석을 위하여	세대
1964. 6	평론	슬픔의 문학과 기쁨의 문학	문학춘추
1964. 6	논문	J. Dover Wilson As a Dramatic Critic	영어영문학
1964. 7	평론	극작가로서의 셰익스피어	현대문학
1964. 9	평론	문학의 역사적 연구 — 문학연구방법론 서설 ③	현대문학
1964. 10	논문	Wordsworth on Poetry and Poet	한양대논문집
1964. 11	평론	인습론 — 문학연구방법론 서설 ④	현대문학
1964. 12	논문	Tillyard as a Historical Critic	Journal of Social Science And Humanitie
1964. 12	평론	현상과 실재 — 문학연구방법론 서설 ⑤	현대문학
1965	저서	Shakespere's Art as Order of Life	New York :

발표일	분류	제 목	발표지
		(영문)	Vantage Press
1967	역서	햄릿	문원사
1969	역서	포우 단편집	문원사
1970	편저	교양론(재판)	박영사
1971. 10	평론	교양의 정신	월간사월
1972. 2	평론	교양의 정신	월간사월
1976. 9	수필	적은 이야기	시문학
1977	수필집	인상과 사색	연세대 출판부
1981~2	평론집	최재서 평론집(김활 편저)	형설출판사
1986	선집	친일문학작품 선집 1, 2	실천문학사
1986	편저	오뇌의 무도, 실향(失香)의 화원, 해외서정시집	서강대학교 인문과학 연구소
2006	평론집	전환기의 조선 문학(노상래 역)	영남대 출판부
2007	선집	한국근대일본어 소설선 1940~44(이경훈 편역)	역락
2008	선집	신반도문학 선집 1, 2(이시다 코조 편, 노상래 역)	제이앤씨

최재서 연구 서지

1935. 8. 1   필자 불명(논설), 「경성제대 출신 청년 학사는 어데갔는가」, 《삼
천리》 7권 7호

1938. 1   필자 불명(기자), 「문인 풍경 —— 최재서 편」, 《삼천리문학》

1938. 7. 9   유진오, 「『문학과 지성』—— 최재서 씨의 신저(新著)」, 《동아일
보》

1940. 4   이양하, 「루쏘와 낭만주의(서평)」, 《인문평론》

1950   백철, 『조선 신문학 사조사(현대편)』, 백양당

1951. 6. 24   필자 불명(기자), 「최재서 저, 『매카더 선풍』(신간평)」, 《동아
일보》

1956. 5. 4   이혜구, 「최재서 역주, 『햄릿』(신간평)」, 《동아일보》

1960. 1. 5   오화섭, 「최재서 저, 『영문학사』(신간평)」, 《동아일보》

1965. 1   조연현, 「고 최재서의 인간과 문학」, 현대문학 11권 1호

1966   임종국, 『친일문학론』, 평화출판사

1966. 3   김윤식, 「최재서론」, 《현대문학》 12권 3호

1969   조연현, 『한국 현대 문학사』, 성문각

1971   이인숙, 「최재서와 김문집을 중심으로 본 전환기 비평의 이해」,
한국어문학연구 11호

1972   홍사중, 『한국 지성의 고향』, 탐구당

1973   김윤식, 『한국 근대 문예 비평사 연구』, 일지사

1973   김홍규, 「최재서 연구」, 서울대 석사 논문

1974   김윤식, 『모더니즘의 한계, 한국 근대 작가 논고』, 일지사

1974. 4	김정수, 「한국에 있어서의 영문학」, 전남대 ≪용봉논총≫ 3집
1976	이재철, 「모더니즘 시론 소고」, ≪국어국문학≫ 72호
1976. 2	김홍규, 「최재서의 문학 이론: 최재서 연구」, ≪문학과지성≫ 23호
1977. 12	김정수·송기숙, 「일제하 영국 문학 이론의 수용 태도」, 전남대 ≪용봉논총≫ 7집
1979	조동일, 『한국 문학 사상사 시론』, 지식산업사
1979	김우창, 「1930년대 모더니즘 문학 연구」, ≪홍대논총≫ 11집
1980	이창배, 「현대 영미시가 한국의 현대시에 미친 영향」, 동국대 ≪한국문학연구≫ 3집
1980	김홍규, 『문학과 역사적 인간』, 창작과비평사
1980	김상선, 「최재서론」, 『난정 남광우 박사 회갑 기념 논문집』
1980	신형기, 「최재서 연구 — 인문학자로서의 그를 중심으로」, 연세대 석사 논문
1981	이승옥, 「崔載瑞論のための覺え書 — 15年戰爭下の朝鮮における國民文學」, 조선문제연구회, ≪해협(海峽)≫ 10호, 도쿄
1981. 11	홍경표, 「주지주의 비평론의 수용과 그 한계」, 어문학 41집
1982. 5	전규태, 「최재서 연구」, 국어국문학 87호
1982. 5	우한용, 「소설 언어의 연구방법론고」, ≪국어국문학≫ 87호
1983	박남훈, 「최재서론」, 부산대 석사 논문
1983. 12	신형기, 「「날개」의 비평적 재해석 — 최재서의 관점을 중심으로」, ≪현상과 인식≫ 27호
1984	김윤식, 『한국 근대 문학 사상 연구 1: 도남과 최재서』, 일지사
1984. 10	박남훈, 「반역사주의자의 인식 구조」, 한국문학논총 6·7 합집
1985	김윤태, 「한국 모더니즘시 연구」, 서울대 석사 논문
1985	신형기, 「장편소설론 전개의 양상」, ≪연세어문학≫ 18집
1986	권영민, 「최재서의 소설론 비판」, 단국대 ≪동양학≫ 16집

1986. 2	김준오, 「현대 한국 장르 비평 연구 : 최재서의 장르론」, ≪국어국문학≫ 23집
1987	박미령, 「1930년대 시론 연구」, 충남대 박사 논문
1987	신재기, 「최재서의 모랄론에 관하여」, ≪문학과언어≫ 8집
1987. 1	김학면, 「최재서의 비평 연구」, 홍익대 ≪홍익어문≫ 6집
1987. 5	신재기, 「최재서의 모랄론에 대하여」, ≪문학과 언어≫ 8집
1987. 12	정영호, 「최재서론 : 비평 이론의 전개와 그 적용, 부산여자전문대학 ≪논문집≫ 8집
1988	오인숙, 「1930년대 리얼리즘론 연구」, 숙명여대 석사 논문
1988. 12	황종연, 「1930년대 고전 부흥 운동의 문학사적 의의」, 동국대 ≪한국문학연구≫ 11집
1989. 2	홍성암, 「최재서 연구」, 한양대 ≪한국학논집≫ 15집
1990. 12	한원영, 「최재서의 소설론 비판」, 국어교육 71·72 합본호
1991	송민호, 『일제 말 암흑기 문학 연구』, 새문사
1991	한영옥, 「한국 현대시의 주지성 연구 : 20, 30년대를 중심으로」, 성균관대 박사 논문
1991	김준오, 「한국 모더니즘 시론의 사적 전개」, ≪현대시사상≫, 1991년 가을호
1991	김용직, 「모더니즘과 그 초극 시도」, ≪세계의문학≫ 60호, 1991년 여름호
1992	김상선, 『한국 근대 문학과 그 미래상』, 중앙대 출판부
1992	김윤식, 「1930년대 비평가들의 지식으로서의 생존 방식 연구」, 『한국사학논총(하)』, 수촌 박영석 교수 화갑 기념 논총 간행위원회
1992	임환모, 「1930년대 한국 문학 비평 연구 : 김남천의 리얼리즘과 최재서의 모더니즘을 중심으로」, 전남대 박사 논문
1992	한형구, 「일제 말기 세대의 미의식에 관한 연구」, 서울대 박사

논문

1992. 12   김활, 「최재서 비평의 인식론적 배경」, 계명대 ≪동서문화≫ 24집

1992. 9   채진홍, 「최재서의 친일문학론 연구」, 한남대 ≪한남어문학≫ 17·18 합본호

1993   이은실, 「최재서 문학론 연구」, 동덕여대 석사 논문

1993   홍성식, 「최재서 비평 연구」, 명지대 석사 논문

1993   김동식, 「최재서 문학 비평 연구」, 서울대 석사 논문

1993   김춘식, 「최재서 비평 연구: 소시민 비평과 근대적 지성의 파산」, 동국대 석사 논문

1993   김재용, 「최재서 — 서구적 지성론자에서 천황 숭배자로」, 『친일파 99인(3)』, 돌베개

1993   임환모, 『문학적 이념과 비평적 지성 : 1930년대 김남천의 리얼리즘론과 최재서의 모더니즘론』, 태학사

1993   반민족문제연구소 편, 『친일파 99인(3)』, 돌베개

1993   송희복, 『일제 말의 신명과 역사적 이성』, 문학아카데미

1993. 12   김춘식, 「최재서 비평 연구」, ≪동악어문논집≫ 28집

1994   윤충의, 「1930년대 리얼리즘의 형상화 방법」, ≪안양대 인문과학연구≫ 2집

1994   권성우, 「1920, 30년대 문학 비평에 나타난 '타자성' 연구」, 서울대 박사 논문

1994. 5   임환모, 「1930년대 '지성'의 실체와 의미 : 최재서의 지성론을 중심으로」, 한국언어문학 32집

1995   백운복, 「1930년대 한국 이미지즘과 주지적 문학론 연구」, 서원대 ≪인문과학논문집≫

1995   김학면, 「최재서의 실제 비평 연구」, 홍익대 교육대학원 석사 논문

1995   김학명, 「최재서 실제 비평 연구」, 홍익대 교육대학원 석사 논문

1995	이은애, 「최재서 문학론 연구」, 서울대 박사 논문
1995. 2	김시태·이승훈·박상천, 「1930년대 한국 모더니즘 연구」, 한양대 ≪한국학논총≫ 26집
1995. 12	이병헌, 「최재서의 문학 비평 연구 : 비평의 유형과 문체를 중심으로」, ≪대진논총≫ 3집
1996	김유중, 『한국 모더니즘 문학의 세계관과 역사의식』, 태학사
1996	이현식, 「1930년대 후반 한국 문예 비평 이론 연구: 특히 주체 문제와 관련하여」, 연세대 박사 논문
1996	소영현, 「최재서 문학 비평 연구」, 연세대 석사 논문
1996. 11	김승환, 「친일문학론」, 수원대 ≪기전어문학≫ 10·11 합본호
1996. 11	신두원, 「30년대 비평 이론 연구 노트」, 수원대 ≪기전어문학≫ 10·11 합본호
1996. 12	권일경, 「1930년대 모더니즘 소설의 실재관과 '재현' 개념에 관한 고찰 : 최재서의 리얼리즘론과 '내성(內省) 소설'을 중심으로」, 서울대 ≪관악어문연구≫ 21집
1996. 6	정창석, 「'내선일체' 논리의 양상」, ≪일본학보≫ 42집
1996. 6	소영현, 「최재서 문학 비평 연구 : '객관적 태도'의 이중성 탐구」, ≪문학과의식≫ 32·33 합본호
1996. 8	이은애, 「친일 문학에 대한 일고찰 : 최재서를 중심으로」, ≪덕성여대논문집≫ 26집
1996. 9	이해년, 「말기의 행동주의 문학론 연구 : 순수 문학자의 절충적 평가」, 부산대 국어육교과 ≪어문교육논집≫ 15집
1997. 10	김동식, 「1930년대 후반 지성론(知性論)에 대한 고찰 : 근대성과의 관련을 중심으로」, ≪작가연구≫ 4호
1997. 12	김미영, 「1930년대 후반기 리얼리즘론에 미친 루카치 문예 이론의 영향 연구」, 서울대 ≪관악어문연구≫ 22집
1997. 3	진정석, 「최재서의 리얼리즘론 연구」, ≪한국학보≫ 23권 1집

1998	오형엽, 「1930년대 시론의 구조적 연구」, 고려대 박사 논문
1998. 11	진순애, 「1930년대 모더니즘 문학론 연구」, ≪한국시학연구≫ 1호
1998. 11	허윤회, 「작가의 근대 탐색과 극복──「최재서의 근대 문학 인식론」, 상허학보 4집
1998. 12	남송우·정해룡, 「1930년대 한국 문학에 나타난 T. S. 엘리엇의 영향 : 최재서와 김기림을 중심으로」, 부산대 ≪국어국문학≫ 35집
1998. 2	김진석, 「심리소설론의 전개 양상」, 서원대 ≪인문과학연구≫ 7집
1998. 2	조계숙, 「현대 문학 비평에 나타난 소설의 묘사론」, 안암어문학회 ≪어문논집≫ 37집
1999	이인주, 「최재서 문학 비평 연구」, 이화여대 석사 논문
1999	정창석, 「'전쟁 문학'에서 '받들어 모시는 문학'까지」, ≪일어일문학연구≫ 35집
1999	안수진, 「비평적 주체의 정체성에 대한 연구」, ≪문학교육학≫ 3호, 1999년 여름호
1999	신재기, 『한국 근대 문학 비평가론』, 월인
1999. 12	이승혁, 「식민지 말기 최재서의 '탈근대 문학론' 비판」, 한국외국어대학 ≪한국어문학연구≫ 10집
1999. 12	정착석, 「문학 일본학편 : '전쟁 문학'에서 '받들어 모시는 문학'까지 ── 일제하 소위 '국민 문학' 논의」, ≪일어일문학연구≫ 35집
1999. 6	김윤식, 「비평의 자립적 근거에 대하여 : 한국문학사와 비평의 관련 양상」, ≪한국학보≫ 95집
2000	정봉석, 「최재서 비평의 비판적 고찰」, ≪신라학 연구≫ 4집
2000	성윤자, 「최재서의 친일문학론 연구」, 서울대 석사 논문
2000	채만묵, 『1930년대 한국 시문학 연구』, 한국문화사
2000. 6	남송우·정해룡, 「1930년대 한국 문학에 나타난 T. S. 엘리엇의 영향 ── 최재서와 김기림을 중심으로」, ≪비교한국학≫ 6집

2000. 10	박정호, 「절충적 이식론의 시험과 실패 : 최재서의 1930년대 비평연구」, 한국외국어대학 ≪한국어문학연구≫ 11집
2000. 11	허윤회, 「최재서의 근대 문학 인식론」, ≪상허학보≫ 4집
2000. 12	노지승, 「1930년대 후반 비평에서의 내면의 가치화 현상에 대한 고찰」, ≪한국현대문학연구≫ 8집
2000. 12	Hae-Ryong, Jung, 「A Review of Critical Approaches to Shakespeare in Korea」, ≪비교한국학≫ 7집
2001	진순애, 『한국 현대시와 정체성』, 국학자료원
2001. 12	배경열, 「중편 소설의 존재 양식 고찰」, 동악어문집 37집
2001. 12	김치규, 「엘리엇과 우리 현대시」, ≪T. S. 엘리엇 연구≫ 11호
2002. 9	염형운, 「소설 위기 상황 인식의 전체주의로의 귀결 : 최재서·임화·김남천의 소설론을 중심으로」, 한국외국어대 ≪한국어문학연구≫ 16집
2002. 10	전용호, 「한국 문학과 낭만성 2 : 최재서의 개성론 연구」, ≪우리어문연구≫ 19집
2003	김윤식, 『일제 말기 한국 작가의 일본어 글쓰기론』, 서울대 출판부
2003	전용호, 「김기림과 최재서의 문학 이론 대비 연구 : 『시의 이해』와 『문학원론』을 중심으로」, 고려대 박사 논문
2003	이양숙, 「최재서 문학 비평 연구」, 서울대 박사 논문
2003	김춘식, 『한국 문학의 전통과 반전통』, 국학자료원
2003	홍경표, 『문학의 비평과 인식』, 새미
2003. 3	정창석, 「식민과 원주민: 주입과 감염 : 최재서와 佐藤淸」, ≪일본학보≫ 54집
2003. 6	岸川秀實, 「「주지주의 문학론」과 「주지적 문학론」: 비평가 최재서와 아베 토모지(阿部知二)의 비교 문학적 고찰」, ≪국제어문≫ 27권

2003. 6   김춘섭, 「1930년대 주지주의 문학 이론의 수용 양상 연구」, 현
                 대문학이론연구 19집

2004   타무라 히데아키, 「식민지기에 있어서의 일본어 문학과 조선(植
                 民地期における日本語文學と朝鮮)」, 전남대 박사 논문

2004   석진, 「일제 말 친일 문학의 논리 연구: 최재서·이광수·백
                 철·서인식을 중심으로」, 홍익대 석사 논문

2004. 2   채호석, 「과도기의 사유와 '국민 문학'론: 1940년을 전후한 시기,
                 최재서의 문학론 연구」, 한국외국어대 ≪외국문학연구≫ 16호

2004. 2   박노현, 「내선인과 국민 문학: 신민족에 의한 신문학 고안의
                 기획: 최재서의 민족 문학과 국민 문학 개념을 중심으로」, ≪한
                 국어문학연구≫ 42집

2004. 6   노상래, 「≪국민문학≫ 소재 한국 작가의 일본어 소설 연구」,
                 ≪한민족어문학≫ 44호

2005   이양숙, 「최재서와 모더니즘 그리고 국민 문학」, 문학수첩 3권
                 3호, 2005년 가을호

2005   김재용, 「'대동아 문학'의 함정: 최재서의 친일 협력」, 문학수첩
                 3권 3호, 2005년 가을호

2005. 4   호사카 유지, 「최재서의 '친일' 이론 고찰」, ≪일본언어문화≫ 6집
                 田村榮章, 「≪국민문학≫의 변용: 최재서 1941~1942」, ≪일본
                 어문학≫ 32집

2005. 10   호사카 유지, 「최재서의 일본어 역사 소설 고찰──『민족의 결
                 혼』을 중심으로」, ≪일본언어문화≫ 7집

2005. 12   신정옥, 「셰익스피어의 한국 수용(1)」, 드라마 연구 23호(통합
                 1권)

2006. 4   이승복 외 토론, 「「문학의 목적·기능·효용」에 대한 토론」,
                 ≪시문학≫ 36권 4호

2006. 6   신정옥, 「셰익스피어의 한국 수용(2)」, 드라마 연구 24호(통합

2권)

2006. 6   하수정, 「경성제대 출신의 두 영문학자와 매슈 아놀드: 김동석
           과 최재서를 중심으로」, ≪영미어문학≫ 79호

2006. 7   김태진 외 토론, 「개성과 보편성, 부정적 능력 토론」, ≪시문학≫
           36권 7호

2006. 8   이승복 외 토론, 「텍스트 ― 최재서의 『문학원론』: 시 교육, 전
           통, 고전 등에 관한 토론」, ≪시문학≫ 36권 8호

2006. 11   이승복 외 토론, 「의미의 예술 토론」, ≪시문학≫ 36권 11호

2006. 12   홍경표, 「근대 초기 '문학개론'의 수용과 그 전개 과정: 문학개
           론서의 서지와 관련하여」, ≪어문학≫ 94집

2006. 12   고봉준, 「지성주의의 파탄과 국민 문학 ― 최재서론」, ≪한국시
           학연구≫ 17호

2006. 12   이승복 외 토론, 「텍스트 ― 최재서의 『문학원론』: 교과서 시의
           문제점」, ≪시문학≫ 36권 12호

2007   송병삼, 「한국 문학 비평의 근대주의 연구: 최재서 비평을 중
           심으로」, 전남대 박사 논문

2007. 3   田村榮章, 「≪국민문학≫의 변용: 최재서 1941~1945」, ≪일
           본어문학≫ 32집

2007. 4   이승복 외 토론, 「최재서의 『문학원론』: 시적 체험 토론」, ≪시
           문학≫ 37권 제4호

2007. 8   김준환, 「1930년대 영국 시의 수용 양상」, 『한국현대문학회발표
           자료집』

2008. 2   채호석, 「1930년대 후반 문학의 지형 연구: 인문 평론의 폐간
           과 국민 문학의 창간을 중심으로」, 한국외국어대 ≪외국문학연
           구≫ 29호

2008. 3   김인환, 「최재서 셰익스피어론의 한계」, ≪어문논집≫ 57집

2008. 4   김동식, 「1930년대 비평과 주체의 수사학: 임화·최재서·김기

	림의 비평을 중심으로」, ≪한국현대문학연구≫ 24집
2008. 4	고봉준, 「전형기 비평의 논리와 국민문학론 : 최재서 비평을 중심으로」, ≪한국현대문학연구≫ 24집
2008. 6	박수연, 「친일과 배타적 동양주의」, ≪한국문학연구≫ 34집
2008. 6	김예림, 「'동아'라는 시뮬라크르 혹은 그 접속자들의 이념─1930년대 후반 최재서·백철의 문화론을 중심으로」, ≪상허학보≫ 23집

작성자 차원현 문학박사. 경주대 교수.

시대에 대한 성찰, 혹은 두 가지 저항의 방식

권성우(숙명여대 교수)

임화와 김기림, 그 차이와 동일성

식민지 시대의 대표적인 비평가 임화(林和: 1908~1953)와 김기림(金起林: 1908~?)의 비평 세계를 탐색하는 도정은 곧 근대 비평사의 가장 근원적이며 예민한 주제를 천착하는 작업과 연계된다. 이 두 비평가가 보여 준 비평적 궤적과 지식인으로서의 여정은 비평에 대한 자의식, 리얼리즘과 모더니즘, 식민지 근대의 본질, 미디어(언론)를 비롯한 당대의 문학 제도에 대한 성찰, 1940년을 전후한 일제 군국주의 파시즘에 대한 대응, 장르 규범에 대한 문제의식 등의 핵심적인 아젠다에 걸쳐 있다. 여기서 각별하게 강조되어야 할 사실은 그들이 비평가로서 보여 준 여러 가지 고민과 모색, 사유의 풍경은 지금 이 시대에도 여전히 현재적인 의미를 지니고 있다는 사실이다.

비평가로서의 임화와 김기림은 많은 공통점을 지니고 있으며, 그 공통점 이상으로 커다란 차이점이 둘 사이에 존재한다. 1908년 동갑인 임화와 김기림은 시인이며 동시에 비평가였다는 점, '비평'에 대한 남다른 자의식과 투철한 사유를 지니고 있었다는 점, 박영희, 김팔봉, 최재서, 백철, 이헌구,

김문집, 김용제 등의 일제에 적극적으로 **協力**한 전향 비평가들과는 달리 1930년대 말부터 본격적으로 대두된 일제의 군국주의 파시즘이나 대동아 공영권의 논리에 일정한 거리를 두면서 일종의 '내적 저항'으로 불릴 수 있는 주체적인 태도를 견지했다는 점, 식민지 경험에 대한 자각과 문화적 식민성에 대한 통찰에서 비롯되는 탈식민주의적 문제의식[1]을 보여 주었다는 점, 소설 중심의 장르 규범을 탈피하여 수필에 대한 자의식을 지니고 있었다는 점, 해방 직후에 함께 문학가 동맹에 가담하여 진보적이며 민중적인 입장의 문학관을 주창했다는 점, 그들의 인생과 문학이 한국전쟁과 더불어 비극적으로 종결되거나 한때 잊혀졌다는 점 등등에서 적지않은 공통점이 존재한다.

그러나 비평가로서의 임화는 사실상 카프(KAPF)의 실세였으며 마르크스주의에 기반한 리얼리즘 비평의 기수였다는 점에 비해 볼 때 김기림은 구인회의 멤버였으며 모더니즘 이론을 전파한 모더니즘 문학의 전령사였다는 사실, 임화가 문학의 역사성과 정치성을 지속적으로 강조한 데 비해 김기림은 문학의 과학적 분석과 합리적 해석에 많은 관심을 기울였다는 사실, 임화가 비평에 있어서 평가와 비판의 기능을 중시하고 비평 행위를 둘러싼 정치적, 문화적 콘텍스트에 대한 커다란 관심을 둔 데 비해 김기림은 작품 자체에 대한 세밀한 분석이 비평의 본령이라고 생각했다는 점, 임화가 문예 잡지나 신문 등의 문학 미디어와 제도에 대해 비판적으로 성찰했다면 김기림은 자신의 글쓰기를 신문 기자라는 직업 속에서 자연스럽게 전유하면서 전개했다는 점 등등에서 커다란 차이점이 있다.

이러한 차이들로 임화와 김기림은 기교주의 논쟁을 전개하는 등, 자주 논쟁 관계에 있었다는 것도 흥미로운 대목이 아닐 수 없다. 가령, 김기림이 임화에 대해서 "예를 들면 비평가 임화 씨는 매우 솔직하고 단순한 인간학

---

1) 서준섭, 「한국 근대 시인과 탈식민주의적 글쓰기 — 한용운, 임화, 김기림, 백석의 경우를 중심으로」, 《한국시학연구》 13호, 2005; 권성우, 「임화 시에 나타난 '탈식민성' 연구」, 『횡단과 경계』(소명출판, 2008) 참조.

을 가지고 있다. 그의 비평의 시야에는 작품이 먼저 들어오는 것이 아니고, 계급적 화장(化粧)을 입은 작자의 얼굴이 먼저 들어온다. 거기서부터 작품에 대한 가치 판단이 아니고, 작자의 인간에 대한 무수한 판단들이 나온다."[2]라고 말한 대목은 이 두 사람이 차이를 김기림의 관점에서 인상적으로 보여 준다.

이 글은 임화와 김기림의 비평 세계를 그들이 내선일체 사상과 대동아 공영권이 주창되고 전시 체제가 가동되던 1940년을 전후한 일제 말에 어떤 입장을 지니고 있었는가, 그들은 각자 문학 미디어(신문과 잡지)에 대한 어떤 태도와 자의식을 가지고 있었는가 하는 두 가지 논점을 중심으로 살펴보고자 한다.

시대에 대한 성찰, 혹은 내적 저항

한 사람의 비평가가 일제 군국주의 파시즘 체제가 전면화되던 중일 전쟁 발발(1937) 이후 해방에 이르는 시기에 어떠한 입장과 문제의식을 지니고 비평가로 활동했는가를 탐색하는 작업은, 친일과 반일, 협력과 저항의 이분법을 떠나 한 비평가의 실존적 위기의식과 시대에 대한 대응 방식을 살펴볼 수 있다는 점에서 대단히 중요한 시금석이라 할 수 있다.

1940년을 전후한 시기의 임화의 비평은 일제에 대한 저항과 협력 사이의 묘한 줄타기를 보여 준다. 1939년 3월 14일 '황국 위문 작가단' 구성을 위한 실행 위원 9명에 임화의 이름이 올라와 있다는 사실[3]은 이미 밝혀진 바이다. 또한 임화는 나중에 '조선 문인 보국회'로 발전한 조선 문인 협회의 발기인 명단에 포함되기도 했으며 군국주의 선전 영화 「너와 나」의 대본 교정을 보기도 했다고 전한다.[4] 김윤식은 "백철의 시국적 문학론의 의

---

2) 김기림, 「비평의 태도와 표정」, 『김기림 전집』 3권(심설당, 1988), 123쪽.
3) 임종국, 『친일문학론』 증보판(민족문제연구소, 2003), 94~95쪽.
4) 김윤식, 『그들의 문학과 생애: 임화』(한길사, 2008), 146쪽.

의는 실상은 유진오나 임화, 또 최재서나 김종한 등에 비해 미미했을 터이다."[5]라고 당시 임화의 시국 협력에 대한 언급한 바 있다. 아울러 임종국은 임화의 황국 위문 작가단 참여에 대해 "이를 위해서 반도 문단은 종군 문필 부대를 파견해야 한다는 것이었는데, 이러한 논의가 정식으로 실현 단계에 들어선 것이 1939년 2월 말경. 이에 주동적 역할을 담당한 것은 학예사의 임화, 인문사의 최재서, 문장사의 이태준의 3명이었다."[6]라고 지적한 바 있다.

무엇보다도 임화를 전향이나 협력이라는 층위에서 바라보게끔 만든 문건은 1941년 1월 15일에 이루어진 당시 총력연맹 문화부장 야나베 에이사부로(失鍋永三郞)와 진행한 대담(「失鍋 林和 對談」, ≪조광≫, 1941. 3) 때문일 터이다. 이 대담의 자리에서 임화는 '직역봉공'(職域奉公)의 방법에 대해 상의하는 등 문화를 통한 시국 협력의 포즈를 보였다. 임화는 대담의 끝부분에서 야나베 에이사부로에게 "부디 저희들 편이 되어 주십시오."(≪조광≫, 1941. 3월호, 153~154쪽)라고 말하는데, 이러한 대목은 대단히 상징적이다. 즉 이 부분에는 피식민지 지식인과 식민 권력 사이에 존재하는 문화관의 차이와 불평등한 권력 관계가 인상적으로 표출되어 있다. 어쨌든 임화는 일본 제국주의의 국책 논리에 편승한 혐의에서 결코 자유롭지 않았다.

그러나 임화가 당시에 발표한 여러 평문들을 종합적으로 검토해 보면, 임화의 이러한 협력의 모습은 상당히 제한적이며 피동적이었다. 최근 몇몇 연구가 이루어진 바, 1940년을 전후하여 임화가 발표한 「전체주의의 문학론」(1939), 「생산소설론」(1940), 「시단은 이동한다」(1940), 「창조적 비평」(1940) 등의 문건을 세심하게 검토해 보면, 임화는 당시 휘몰아치던 군국주의 파시즘이나 적극적인 시국 협력과 분명한 거리를 두고 있음을 인식할 수 있다.[7] 가령, 「시단은 이동한다」에서 임화는 당시 신인이던 오장환과 서

5) 김윤식, 『백철 연구』(소명출판, 2008), 329쪽.
6) 임종국, 앞의 책, 94~95쪽.
7) 하정일, 「일제 말기 임화의 생산문학론과 근대극복론」, ≪민족문학사 연구≫ 31호, 2006;

정주의 시를 논하면서 다음과 같이 퇴폐와 시국에 대한 협조를 분명하게 구분하고 있다.

광란(狂瀾)과 탕란(蕩亂) 가운데서 전율하는 무망(無望)이 그대로 결정 (結晶)한 채 그것은 현실에 대한 하나의 준엄한 심판이 될 수 있는 동시에 또한 어떤 정신의 고매(高邁)한 상태와 방불할 수 있다. 시속(時俗)에 대한 시정배와 같은 협조와 완전한 절연에 있어 퇴폐가 전하는 높은 향기는 능렬(凜 烈)한 정신의 상태에 가까울 수 있기 때문이다. (중략) 우리가 퇴폐에 대하여 공감하는 이유가 그것이 퇴폐적이기 때문이 아니다. 오히려 그것이 왕성한 현실에 대한 의욕과 인생에 대한 부절(不絶)한 호기심의 불가피한 결과이기 때문이라는 것은 오장환(吳章煥) 군의 시를 이야기할 때에도 피력한 말이다. 바꾸어 말하면 그 부정 가운데서 강한 긍정의 의식이 또한 그 절망 가운데서 희망의 강고한 보장을 발견하기 때문에 퇴폐란 것은 비로소 하나의 심판일 수 있다.[8](강조는 인용자)

그렇다면 임화가 이 시기에 "퇴폐가 전하는 높은 향기", "퇴폐에 대하여 공감하는 이유", "퇴폐란 것은 비로소 하나의 심판일 수 있다." 등의 표현을 구사하면서 퇴폐적 문학을 적극적으로 옹호하는 이유는 무엇인가? 위의 예문에서도 인식할 수 있듯이, 그것은 퇴폐적 문학이 시국에 대한 협조와는 완전히 절연된 다른 층위에 서 있기 때문이다. 당시 상당수의 비평가들이 시국에 대한 협력을 모토로 국민 문학의 건설과 신체제 문학의 필연성을 주장하고 있는 상황[9]에 비추어 볼 때 임화의 퇴폐에 대한 공감과 강조는 시국에 봉사하는 글쓰기에 포섭되지 않고자 하는 의지의 표명으로 해석

권성우, 「임화, 혹은 세 가지 저항의 방식」, 『횡단과 경계』(소명출판, 2008) 참조.
8) 임화, 「시단(詩壇)은 이동한다, 3」, 《매일신보》, 1940. 12. 11.
9) 예를 들어 박영희의 「국민 문학의 건설」(《매일신보》, 1940. 1. 1)과 정인섭의 「신체제 운동의 필연성」(《인문평론》, 1940. 10)이 대표적이다.

될 수 있다. 이러한 사실과 연관하여 나치가 1937년에 개최한 퇴폐 미술전에서 당시 나치의 정책에 협조하지 않았던 미술가들의 작품들을 조롱의 대상으로 전시한 사실을 주목할 필요가 있다. 당시 나치가 퇴폐로 낙인찍은 작품 중에는 발터 벤야민이 「역사 철학 테제」에서 언급한 '새로운 천사'의 화가 파울 클레의 작품 17점이 포함되어 있었다.[10] "공동체를 더 깨끗하게 더 긴밀히 통합해야 한다는 요구"[11]를 지닌 파시즘의 속성상 공동체의 통합과 건강에 방해가 되는 퇴폐적 예술은 극심한 탄압과 배제의 대상이었다. 이 점은 당시 본격적인 전시 체제에 돌입하고 있던 식민지 조선에서도 마찬가지였다.

그렇다면 표면적인 자료에서 나타난 임화의 '협력의 포즈'를 어떻게 보아야 할까. 여기서 분명히 해 둘 점은 임화의 협력은 다분히 전략적이었으며 분명 제한적이었다는 사실이다. 몇몇 친일 단체에 자신의 이름을 올리기는 했지만, 임화가 당시 시국에 대한 협력을 자발적으로, 주체적으로 감행한 흔적은 거의 보이지 않는다. 예컨대 임화의 시국 협력의 증거로 언급되기도 하는 총력연맹 문화부장 야나베 에이사부로와 진행한 대담(「야나베·임화 대담」, 《조광》, 1941. 3)만 하더라도, 임화는 대담 내내 야나베 에이사부로의 논리에 단순히 찬동하거나 동화되는 모습보다는 식민지 조선의 특수성과 정치, 경제와 구별되는 문화의 독자성에 대해 지속적으로 언급하는 태도를 보여 주고 있다. 임화는 "지금은 총후(銃後)를 굳게 하는 것이 가장 긴요하니까"라는 야나베 에이사부로의 발언에 대해 "그리고 우리들로서 생각하는 문제는 솔직하게 말씀드린다면, 직접 우리들이 생활하는 문화, 조선의 지역적인 특수성, 이러한 문제는 이제부터 장차 어떠한 방법으로 진행시키실럽니까"[12]라고 묻고 있다. 또한 임화는 "조선 문화에 집착한다는 것은 아니나 그 특수성은 현존한 것이고, 거기에 대한 고려라고 하는 것도

---

10) 서경식, 김석희 옮김, 「역사의 천사」, 『청춘의 사신』(창작과비평사, 2002), 102쪽.
11) 로버트 O. 팩스턴, 손병희·최희영 옮김, 『파시즘』(교양인, 2005), 489쪽.
12) 「야나베·임화 대담」, 《조광》, 1941. 3, 149쪽.

장래의 견지에서 본다면 지극히 중대한 의미를 가진 문제일 겝니다."[13]라고 말하고 있다.

조선 문화 특수성을 강조하는 이러한 임화의 주장에서 당시 휘몰아치던 내선일체나 신체제의 논리와는 일정한 거리를 두고 민족 문화의 특수성을 수호하고자 하는 임화의 의지를 엿볼 수 있다. 물론 임화는 "그렇다고 통속극단이 국책에 협력하지 못한다는 말은 물론 아닙니다."라며 기본적으로 협력에 대한 우호적 입장을 얘기하고 있다. 그러나 동시에 임화는 "동아공영권의 지도의 중심이 되어 가면서 문화를 만들어 가지 않으면 안되겠지"라는 야나베의 원칙적 주장에 맞서, "언어는 다른 각도로 본다면 일반 향토적 색채라든가, 민중적 색채라든가 하는 것으로 강하게 생각하는 것 같습니다", "자연이라든지, 역사라든지 혈통이라는 것은 번역이 되지 않습니다. 바꾸어칠 수는 없습니다", "조선어의 필요는 아직도 많이 있으리라고 생각하는데요." 등의 발언을 통해, 당시 총독부의 억압적인 내선일체 논리를 절묘한 방식으로 비껴가고 있기도 하다. 이러한 임화의 발언은 호미 바바가 말했던 바 '혼종성'[14]을 통한 저항을 연상시킨다.

지금까지 살펴 온 식민주의에 대한 저항과 협력을 둘러싼 임화의 이중성과 균열은 순전한 저항과 비협력이라는 관점에서 보면 아쉬운 대목이 존재한다. 그즈음 식민지 조선의 문단과 지식 사회에서 자신이 처하고 있던 사회적, 문단적 위상으로 인해, 몇몇 단체에 이름을 올리고 최소한의 협력의 포즈를 보이는 것은 임화로서는 불가피한 일이 아니었을까 싶다. 보다 근본적으로 이러한 점은 당시 합법적인 테두리에서 식민지의 저명한 문화인이 마주할 수밖에 없었던 근본적인 실존적 조건이었을지도 모른다. 여기서

---

13) 앞의 글, 149~150쪽.
14) 이는 호미 바바의 용어이다. 호미 바바는 식민지 지배자를 모방하는 식민지 피지배자들의 논리에 의도하지 않은 차이가 생성되게 되는 과정을 '혼종성'의 개념으로 설명하고 있다. '혼종성'은 식민지 피지배자의 정체성의 위기를 불러일으키며, 동시에 제국주의에 대한 저항의 공간을 가능하게 한다고 설명한다. 호미 바바, 나병철 옮김, 『문화의 위치』(소명출판, 2002) 참조.

강조되어야 할 사실은 임화는 당시의 시국과 신체제의 논리에 결코 적극적인 동화와 찬동의 모습은 보여 주지 않았다는 점이다. 표면적인 협력의 논리 속에 임화는 마치 송곳처럼 식민주의를 돌파하는 타자성의 논리와 혼종성을 활용한 저항의 지평을 숨겨 두고 있는 것이다. 이러한 의미에서 당시에 이루어진 임화의 부분적인 시국 협력의 포즈는 위장 전향자의 행동에 가까운 것으로 해석될 수 있다. 그렇다면, 1940년을 전후한 임화의 비평과 산문은 '식민주의에 대한 내적 저항의 다양한 방식'이라는 차원에서 조망되어야 할 것이다.

김기림의 경우 임화에 비할 때, 일제에 대한 협력의 흔적은 거의 드러나지 않는다. 이는 그들의 기질 차이와 문단에서의 위치, 각자에게 주어진 일제의 압력의 크기, 역사에 대한 소신, 미래에 대한 전망 등이 복합적으로 작용한 결과일 것이다. 그렇다면, 1940년을 전후한 시기에 적극적으로 대두되던 대동아 공영권 및 동양론의 논리와 '근대 비판'에 대한 김기림의 평문을 통해 한 사람의 시인이자 비평가로서, 김기림이 당시의 시국과 현안에 대해 어떠한 입장을 지니고 있었는지 확인해 보기로 하자.

김기림의 「우리 신문학과 근대 의식」, (《인문평론》, 1940. 10)과 「동양에 대한 단장(斷章)」(《문장》, 1941. 4)은 1940년을 전후하여 불어닥치던 일제의 동양론과 근대 비판 및 초극에 대한 김기림의 입장을 확인해 볼 수 있는 소중한 텍스트이다. 김기림은 우선 「우리 신문학과 근대 의식」의 앞부분에서 다음과 같이 근대에 대한 신랄한 비판을 전개하고 있다.

최근 10년간 우리가 끌어들인 여러 가지 사상 '모더니즘', '휴머니즘', '행동주의', '주지주의' 등등은 어찌 보면 전부 구라파의 하잘것없는 신음 소리였으며 '근대' 그것의 말기적 경련이나 아니었던가. 그렇다면 대체 지난 10년 동안의 우리의 노력은 무엇이었나. 우리는 저도 모르게 한낱 혼돈을 수입한 것이며 열매 없는 도로(徒勞)에 그치고 만 것일까.[15]

이러한 주장은 표면적으로 당시 횡행하던 서구적 근대에 대한 비판의 논리를 문학 쪽에 끌어온 것에 불과하다고 볼 수도 있다. 또한 "사실 오늘에 와서 이 이상 우리가 '근대' 또는 그것의 지역적 구현인 서양을 추구한다는 것은 아무리 보아도 우스워졌다. '유토피아'는 뒤집어진 셈이 되었다. 구라파 자체도 또 그것을 추구하던 후열(後列)의 제국도 지금에 와서는 동등한 공허와 동요와 고민을 가지고 '근대'의 파산이라는 의외의 국면에 소집된 셈이다."[16]라는 표현에서 서구적 근대와 이를 추종하던 후발 제국주의에 대한 비판의 논리를 엿볼 수 있을 뿐이다. 이는 당시 일제가 전시 체제의 효과적 가동을 위해 대동아 공영권을 주창하면서 서구적 근대를 비판한 논리와 흡사하다. 그러나 김기림은 근대에 대해 결코 단순하게 바라보지 않는다. 다음 대목에서 김기림은 근대의 명암에 대한 냉철하고 복합적인 성찰을 보여 준다.

그렇다고 해서 오늘 기울어져가는 '근대' 그것에 매질(罵叱)이나 조소만 퍼붓는 것은 그리 자랑이 될 것이 없다. 그것은 거리의 야유군조차 쉽사리 할 수 있는 일이다. 차라리 우리는 전보다 더 주밀한 관찰과 반성과 계량(計量)을 준비해야 할 때다. 우리는 지나간 30년 동안의 우리 자신의 체험을 토대로 '근대' 그것을 다시 은밀하게 검토할 필요가 있겠다. 개인주의, 자유주의, 민주주의 등등 '근대'의 기초에 가로누운 이른바 근대정신 그것 속에는 물론 버릴 것도 많겠으나 한편 추려서 새 시대에 유산으로 넘길 부분은 무엇 무엇일까.[17]

당시 서구적 근대에 대한 과격하면서도 단순한 청산이 지적 유행으로 작용하던 시기에 김기림이 근대에 대한 이 정도의 균형 감각과 냉철한 인식

---

15) 김기림, 「우리 신문학과 근대 의식」, 김학동 편, 『김기림 전집』 2권(심설당, 1988), 48쪽.
16) 앞의 글, 49쪽.
17) 앞의 글, 49쪽.

을 보여 주었다는 사실은 대단히 인상적이다. 근대에 대해 한층 세밀한 관찰과 반성을 준비해야 하며, 우리 자신의 체험을 통해 근대 정신 속에서 계승해야 될 요소를 면밀하게 따질 필요가 있다는 당시 김기림의 전언은 탈근대주의의 여러 현란한 논리가 횡행하던 지금 이 시대에 비추어도 되새겨들을 가치가 있다고 생각된다. 이러한 사실과 연관하여 "지금 이 순간에 우리에게 던져진 긴급한 과제는 새 세계의 구상이기 전에 먼저 현명하고 정확한 결산이 아닐까 한다. 우리가 깊이 생각해야 할 중요한 점이 여기 숨어 있다고 나는 생각한다."[18]라는 김기림의 언급은 당시 서구적 근대를 비판하면서 전쟁 준비를 위한 총력전 체제로 달려가던 일제 군국주의 파시즘에 대한 비판적 문제 제기로 수용될 수 있을 것이다. 1940년 당시 김기림이 취한 입장은 다음의 예문에서 좀 더 명쾌하게 드러난다.

한 민족의 문화는 늘 그 자신의 존엄과 독창성과 의욕을 가지는 것이고 따라서 거기로 통하는 길은 오직 사랑과 존경을 거쳐서만 뚫려진다. 한 민족이 세계에 향해서 실로 그 자신이 이해되기를 원한다면 그것은 자신의 문화를 버림으로써 얻어질 리는 만무하다. 보다도 전통 및 생리와 보편성과의 충격과 조화와 충격의 끊임없는 운동을 따라 자신의 문화를 더 확충하고 심화하고 진전시킴으로써 이루어질 수 있을 뿐이다.[19]

위의 예문이 포함된 「우리 신문학과 근대 의식」이 발표된 것은 1940년 10월이었다. 그 무렵 일제에 의해 ≪조선일보≫, ≪동아일보≫ 등이 폐간되었으며, 창씨개명이 반강제로 추진되었다. 황민화 정책이 본격화되기 시작했던 것이다. 그리고 1938년부터 대두된 내선일체(內鮮一體) 운동은 1940년 경에는 당시의 지배적인 정책 이념으로 정착되었다. 그 무렵, 전향 마르크스주의자 인정식이 「내선일체의 문화적 이념」(≪인문평론≫, 1940. 1)을 발

---

18) 앞의 글, 50쪽.
19) 앞의 글, 51쪽.

표하는 등, 수많은 전향자들이 내선일체 사상을 신봉하기 시작했다. 1940년 1월 1일에 친일 일문 잡지(日文雜誌) ≪내선일체≫가 창간되는 등, 당시 일제는 이른바 황도 정신(皇道精神)과 동조동근설(同祖同根說)에 입각한 내선일체의 이념의 고취를 위해 온갖 수단을 동원하였다.

이처럼 점점 옥죄어 오는 급박한 역사적 정황 속에서 김기림이 민족 문화의 독창성과 존엄을 언급하고 민족 문화의 진전과 심화를 얘기하는 것은 그 자체로 당시의 시국과 지배 이데올로기에 대한 저항에 가깝다. 바로 이러한 냉철한 역사 인식을 지니고 있었고 시대와 맞선 자신의 관점에 대한 자부심이 존재했기에 해방 직후에 개최된 전국 문학자 대회에서 김기림은 "위대한 민족의 수난기에 있어서 민족을 배반한 정치적·문화적 모든 반역 행위는 물론이지만 우리들의 정신의 내부에서 범한 온갖 사소한 반역에 대하여서도 우리들 자신이 먼저 준엄해야 할 것이다."[20]라고 떳떳하게 말할 수 있었으리라.

김기림은 동양에 대한 인식에 있어서도 다른 논자와 달리 냉철한 사유를 보여 주고 있다. 「'동양'에 대한 단장」(≪문장≫, 1941. 4)에서 김기림은 이렇게 말하고 있다.

또 하나의 다른 감상주의(感傷主義)가 있다. 오늘 와서는 서양은 돌아볼 여지조차 없는 것이라 속단하고 그 반동으로 실로 손쉽게 동양 문화에 귀의하고 몰입하려는 태도가 그것이다. 그것은 관념적으로는 매우 하기 쉬운 일이고 또 경솔한 사색 속에 즉흥적으로 떠오르기 쉬운 아름다운 포말이기는 하다. 이러함으로써 동양 문화는 그 진가 있는 부면이 오히려 희미하게 보여지고 우리가 그중에서 청산하여야 할 가치 없는 부분마저를 아름다운 감상의 연막으로 휩싸 버릴 염려가 있는 때문이다. (중략) 동양은 그저 덮어 놓고 경도될 것이 아니라 다시 발견되어야 하리라고 말했다. 그러면 어떻게

---

20) 김기림, 「우리 시의 방향」, 전국 문학자 대회에서의 강연, 1946. 2. 8.(『김기림 전집』 2권, 심설당, 139쪽.)

발견될 것인가. 서양적인 근대 문화가 우리들의 시야에서 한창 관찰되기에 알맞은 거리로 마침 우리가 물러선 기회에 우리는 이 근대 문화의 심판장에서 무엇을 명일(明日)의 문화로 가져갈 유산인가를 반성해야 할 것이다. 우리는 서양적인 근대 문화가 다음 문화에 남겨줄 가장 중요한 유산의 하나는 '과학적 정신=태도=방법'이 아닌가 생각한다.[21]

이와 같은 김기림의 동양에 대한 인식 역시 당시의 어떤 논의보다도 복합적이며 균형 잡힌 관점에 해당한다. 위의 발언에는 서구적 근대의 대안으로 동양론을 맹목적으로 주장하던 당시의 지배 이데올로기에 대한 근본적인 성찰이 담겨 있다. 동양 문화 중에서 가치가 있는 것과 없는 것을 냉철하게 분별해야 된다는 김기림의 견해, 그리고 서양 근대에 대한 정밀한 관찰을 요구하며 서양 문화 중에서 미래에 계승할 긍정적 유산에 대해 언급하는 김기림의 주장은 모든 형태의 극단적인 선동주의와 문화적 파시즘, 정략적인 동양주의 등과 분명히 구별된다. "동양은 감상적으로 즉흥적으로 현학적으로 몰입되거나 감탄만 될 것이 아니라 바로 과학적으로 발견되어야 할 것이다. 이것이 오늘 우리 앞에 가로놓인 가장 급한 과제의 하나가 아닐까."라는 김기림의 입장은 전시 체제의 확립과 연동된 선동적인 동양주의에 맞서 당시 지식인이 제출할 수 있었던 가장 원칙적이며 온당한 관점이 아닐까 싶다.

"일본의 대동아 공영권이 많은 좌파를 전향시켰던 것은 그것이 갖는 탈식민주의적, 진보적 지향이 있었기 때문이었습니다."[22]라는 관점에서 인식할 수 있다시피, 당시의 대동아 공영권이나 동양론은 수많은 마르크스주의자를 비롯한 식민지 조선의 지식인들에게 매력적으로 다가왔다. 이러한 상황 속에서 거듭 성급한 동양주의를 경계하고 서양 근대의 명암과 성과를 냉철하게 진단하는 김기림의 입장은 여러 모로 돋보인다. 이렇게 본다면,

---

21) 김기림, 「동양에 대한 단상」, 김학동 편, 『김기림 전집』 6권(심설당, 1988), 51~53쪽.
22) 「좌담 : 한국의 아시아적 정체성이 친미 세계관의 대안」, ≪경향신문≫, 2008. 3. 24.

"그의 평문들은 1930년대 후반 당시 역사철학적 담론을 근거로 친일의 논리를 재생산해 온 일군의 지식인들, 그리고 자발적 동의와 타율적 강제에 의해 친일의 논리를 반복한 문인들의 내적 논리와 놀라울 정도의 유사성을 보인다."[23]라는 한 연구자의 관점은 비판적으로 재검토될 필요가 있다.

신문과 문학 미디어에 대한 자의식

임화는 카프 해산 무렵 카프 서기장이었으며 1930년대 초반부터 식민지 문단에서 가장 유력한 문인 중의 한 사람이었다. 실제로 1935년에 경기도 경찰부에 카프 해산계를 제출했던 것도 임화 자신이었다. 임화는 어떤 측면에서는 문화적 헤게모니를 지니고 있었다고 평가될 정도로 여러 문학적 아젠다와 논쟁 과정에서 자신의 의견을 적극적으로 제출했다. 그리고 임화는 영화 「유랑」과 「혼가」의 주연배우를 맡았고(1928), 1937년부터 출판사 학예사를 운영했으며 1940년에는 고려영화사 문예부에서 일하기도 하는 등 문학, 출판, 영화, 문화 전반에 걸쳐서 커다란 영향력을 지니고 있었다.

실제로 임화는 ≪조선일보≫, ≪동아일보≫, ≪조선중앙일보≫, ≪매일신보≫, ≪조선지광≫, ≪비판≫, ≪사해공론≫, ≪문장≫, ≪조광≫, ≪인문평론≫, ≪삼천리≫, ≪한글≫, ≪청색지≫, ≪풍림≫, ≪춘추≫, ≪신세기≫ 등 이념과 정치적 입장과 관계 없이 당시 거의 모든 지면에 자신의 글을 수록하고 있다.[24] 정치적인 조직에서도 뛰어난 감각을 지니고 있던 임화는 자신의 문학적 선배였던 김팔봉, 박영희, 비슷한 사상을 공유했던 평생의 동료 김남천, 이북만 등뿐 아니라, 나중에 전향했던 백철, 최재서 등과도 친분을 나눌 정도로 넓은 인맥을 지니고 있었다. 이렇게 본다면 임화는 지

---

23) 고봉준, 「모더니즘의 초극과 동양 인식 ─ 김기림의 1930년대 중반 이후 비평을 중심으로」, ≪한국시학연구≫ 13호, 2005, 131쪽.
24) 다만 임화는 1941년 11월 창간된 노골적인 친일 문예지 ≪국민문학≫에는 한 편의 글도 싣지 않았다.

면 확보나 언론의 주목 등과 연관하여 당시의 문단과 문예지, 신문 등의 문학 제도로부터 가장 실질적인 수혜자 중의 한 사람이었다. 임화는 체질적으로 아웃사이더와는 거리가 멀었다. 그는 늘 중심에 있었으며 중대한 문학적 아젠다에 항상 능동적으로 참여했다. 이런 임화의 면모는 유종호에 의해 "항상 무대 한가운데 있으려는 조급한 허영"[25]으로 비판적으로 표현되기도 했다.

여기서 흥미로운 사실은 이러한 임화의 중심 지향성에도 불구하고 그가 1930년대 중반 이후부터 문학 제도와 언론, 문예 잡지 등에 대한 냉철하고 예리한 비판을 전개했다는 사실이다. 그중에서 가장 인상적인 대목은 1930년대 말에 임화가 문학 미디어인 문예 잡지와 신문에 대한 비판을 전개하고 있다는 점이다. 실제로 임화는「잡지문화론」(≪비판≫, 1938. 5),「문학과 '저널리즘'과의 교섭」(≪사해공론≫, 1938. 6),「문화기업론」(≪청색지≫, 1938. 6),「문예잡지론」(≪조선문학≫, 1939. 4~6),「신문화와 신문」(≪조광≫, 1940. 10) 등의 평문을 통해 당시 어떤 문인이나 비평가보다도 문학장의 유통과 문학 미디어의 시스템에 대해서 근본적인 성찰을 치열하게 수행한 바 있다.

예를 들어 "신문사가 정치적 가치를 상실해 가는 반면 차차로 기업적으로 성장하여 각기 종합 잡지(기실 정치 비평이 없는 취미 문화.)를 발행하여 순연한 자본의 힘으로 잡지계의 왕좌를 점하여 오늘날엔 잡지라고는 이것밖에 없는 형편이 되었다."[26]라는 임화의 발언은 1930년대 말부터 점차 탈정치주의와 상업주의에 매몰되어 가던 당시의 출판 문화에 대한 비판적 진단에 해당한다. 임화는 카프 해산 이전의 비판적 해석의 복원을 위해 탈정치적인 그 시대의 문학 미디어를 비판하고 있는 것이다.[27]

---

25) 유종호,『다시 읽는 한국 시인』(문학동네, 2002), 20쪽.
26) 임화,「잡지문화론」, ≪비판≫ 1938. 5, 115쪽.
27) 권성우,「문학 미디어 비판과 문화 산업에 대한 성찰: 임화의 경우」,『횡단과 경계: 근대 문학 연구와 비평의 대화』(소명출판, 2008) 참조. 임화의 문학 미디어 비판 대목은 이 논문의 몇몇 부분을 수정, 요약했다.

또한 임화가 당시의 어떤 비평가보다도 미디어와 문학장을 실제 움직이는 구조, 문학작품의 유통 시스템, 문학과 언론의 역학 관계에 대해 끊임없이 민감한 인식을 보여 주었다는 점도 대단히 흥미로운 대목이다. 예를 들어 임화가 개진한 "'저-널리즘' 없이 현대 문학에 고유한 문학 생활인 문단 사회란 것을 생각할 수 없는 것을 보아도 명백한 것이다."[28] "'저-널리즘'이 필요 이상의 위력을 가지게 되고 평가란, 신문 잡지가 제출한 제목에 대한 답안 작자(答案作者)가 되고 만다."[29] "문학에 대하여 저널리즘이 경제일 뿐 아니라 실로 정치란 점을 암시하는 데 그친다."(「문학과 '저-널리즘'과의 교섭」, ≪사해공론≫, 1938. 6) 등의 발언은 문학 행위를 둘러싼 매개자, 즉 문학 미디어의 역할과 본질에 대해 그가 정확하게 포착하고 있음을 여실히 보여 주고 있다.

미디어에 의하지 않고서는 자신의 의사를 효과적으로 전달하기 힘든 상황에서, 유사한 맥락에서 미디어에 의해 비로소 효과적인 비평적 인정 투쟁이 가능한 상황에서 문학 미디어의 중대한 역할과 과잉 권력화에 대한 임화의 문제 제기는 그가 당대의 다른 어떤 비평가보다도 미디어(매체 권력)의 전략, 문학 소통의 시스템 등의 문학장의 구조에 대해 명석하게 인식하고 있던 논자라는 사실을 입증한다. 이는 임화가 푸코 식으로 말해서 문화 권력의 작동 방식과 역학 관계에 대단히 예민한 인식을 지니고 있었음을 의미하기도 한다.

임화는 '선택'과 '배제'를 통해 수행되는 미디어(저널리즘)가 어떤 비평보다도 중대한 비평의 권능을 내포하고 있음을 아래와 같이 언급한 바 있다.

사실 어느 시대에 있어 '저-널리즘'은 여러 가지 종류의 비평 정신의 의거점이었고 자유스러운 비평적 발언의 방법이었다. (중략) 이 점에서 벌써 '저-널리즘'은 역사적 의미에서 훌륭한 한 개 비평이었을 뿐만 아니라, 보도

28) 임화, 「문학과 '저-널리즘'과의 교섭」, ≪사해공론≫, 1938. 6, 45쪽.
29) 임화, 「문단 논단의 분야와 동향」, ≪사해공론≫, 1936. 7, 89쪽.

할 만한 사실과 보도 안 될 사실을 구분하는 선택 행위에서 은연중 하나의 평가와 평가하는 기준을 가지고 있지 않을 수 없었다는 데 또한 날카로운 비평의 권능을 스스로 내포하고 있었다.[30]

위의 예문은 저널리즘의 본질을 '평가'와 '선택'으로 상징되는 비평적 기능으로 파악하고 있다. '선택'은 곧 '배제'를 동반하기 마련이다. 이는 저널리즘이 객관적 진실을 실어 나른다는 전통적인 관점에서 이탈하여 저널리즘 자체의 편파적인 태도, 즉 미디어의 의제 설정 권한을 임화가 분명하게 인지하고 있음을 암시한다. 말하자면 저널리즘에서 어떤 대상을 다루고 안 다루고 하는 기능 자체가 본원적으로 특정한 이데올로기나 입장에서 자유로울 수 없다는 것이다.

주지하다시피 그때나 지금이나 미디어(신문, 문예지 서평)에서 배제된 문학작품은 실상 발간되지 않은 것과 마찬가지일 정도로 미디어가 문학의 소통과 전파에 차지하는 역할은 막강하다. 임화는 바로 이러한 문학 미디어의 속성을 당대의 어떤 문인보다도 투철하게 인지하고 있었다. 임화가 1938년부터 1940년 사이에 집중적으로 발표한 신문, 문예지 등의 문학 미디어 및 문화 산업에 대한 글들(「잡지문화론」, 「문예잡지론」, 「문화기업론」, 「신문화와 신문」)은 그가 당시로서는 드물게도 미디어의 속성과 문학 소통의 시스템에 대해 예리하게 인식하고 있는 비평가라는 사실을 잘 보여 주고 있다. 오늘날 신문을 비롯한 미디어가 문학의 소통과 홍보에 미치는 엄청난 영향력을 생각해 볼 때, 임화의 이러한 문제의식은 선구적 혜안을 지닌 탁견이라 아니할 수 없다.

지금까지 살펴본 임화의 문학 미디어의 본질에 대한 통찰은 그가 자신의 문화적 위상이나 명망성을 단지 권력적으로 활용한 비평가가 아니라, 항상 현실과 제도의 본질을 투시했으며 투철한 비판정신으로 충만한 비평가였다

---

30) 임화, 「문학과 '저-널리즘'과의 교섭」, 《사해공론》, 1938. 6, 42쪽.

는 사실을 의미한다. 요컨대 임화는 늘 문단의 중심에 있으면서도, 외부자의 입장에서 그 중심의 문제점과 지배 이데올로기에 대해 항상 비판적으로 자각한 비평가였다.

이에 비할 때, 김기림은 스스로가 기자라는 자의식이 존재했다.[31] 신문과 문학이 학예면 기사로 긴밀하게 결합된 당시의 문단 제도 속에서 김기림이 유력한 일간지(≪조선일보≫)의 기자이자 시인이며 비평가였다는 사실은 그의 문학 행위를 파악함에 있어 대단히 중요한 측면이다. 김기림은 ≪조선일보≫ 기자로서의 자신의 입지를 최대한 활용하면서 문학 활동을 수행했다. 실제로 김기림의 「오전의 시론」, 「속 오전의 시론」 등의 주요한 평문들이 상당수 ≪조선일보≫ 학예면에 게재되었다.

1929년 봄 ≪조선일보≫에 입사하면서 문인 기자 김기림의 기자 생활이 시작된다. 「신문 기자로서의 최초 인상 : '저널리즘'의 비애와 희열」(≪철필(鐵筆)≫ 1호, 1930. 7)라는 글을 통해 김기림은 "새로운 사상이나 학설이 '저널리즘'의 권외(圈外)에 독립하여 그 작용과 반작용을 한가지로 거절할 때에 그것은 현대에 향하여 동작할 것도 동시에 기권하지 않으면 안 된다."[32]라면서 현대에 있어 저널리즘이 얼마나 중요한 역할을 수행하는지에 대해 언급하고 있다. 이러한 김기림의 언급은 '저널리즘'의 자장에서 독립하는 순간, 사회적인 영향력도 존재하지 않는다는 주장으로 풀어서 설명할 수 있을 것이다. 이와 같은 인식의 연장선상에서 김기림은 "신문을 떠나서 생활하는 그 하루는 곧 그가 현대라고 하는 시간적 이동의 수준에서 그만치 낙후되는 것을 의미하는 것이다."[33]라면서 현대적인 일상사에서 신문이 차지하고 있는 중대한 위상에 대해 언급하고 있다. 김기림의 언론관은 언

---

31) 김기림의 삶과 글쓰기에 '기자'라는 직업이 미친 대목에 대해서는 조영복의 『문인 기자 김기림과 1930년대 '활자 – 도서관'의 꿈』(살림, 2007)을 참조할 것.

32) 김기림, 「신문 기자로서의 최초 인상 : '저널리즘'의 비애와 희열」, 『김기림 전집』 6권 (심설당, 1988), 93쪽.

33) 앞의 글, 93쪽.

론의 권력적 속성보다는 현대 사회에서 언론이 지닌 중대한 역할을 중립적인 맥락의 차원에서 강조하는 원론적 주장에 가깝다. 김기림이 언론(신문)을 바라보는 시선은 내부자의 시선에 가깝다. 그 내부자적 시선은 다음과 같이 묘사되고 있다.

오후 2시 — 우리들 신문 기자의 즐거운 시작이다. 우리는 신문의 제1면에서 제8면까지 마감해 놓고 이윽고 눈이 돌아가는 분주한 활동에서 해방되어 가슴속에 서린 단숨에 내쉬는 때 지어오는 점심 그릇을 앞에 놓고 우리들의 눌렸던 식욕을 향락하는 때의 즐거운 마음과 별다른 음식맛 —. 이윽고 황홀히 회전하는 윤전기는 최대의 '스피드'로 신문지를 생산한다. '슈베르트'의 음악보다도 오히려 아름다운 윤전기가 끌어내는 조음(燥音)에 하염없이 귀를 기울이는 때의 무상한 감격 — 그것은 '발레리라르보'가 국제열차와 윤선(輪船)을 노래한 이상으로 우리들의 음악이며 새로운 '제네레이션'의 고통이 아니면 아니된다.

오후 네 시발의 북행열차와 밤 열한 시 남으로 가는 급행차 열 시 55분발의 함경선 최종 열차는 윤전기에서 떨어진 우리의 아들 — 신문지를 연선의 각도시마다 흘리며 달려간다. 아니 조선의 최북단에서 남단의 산간벽지까지 우리의 호흡인 신문을 보내 주는 것을 우리는 꿈꾸어 본다.[34]

위의 예문에서 볼 수 있듯이 김기림은 신문을 "우리의 호흡"으로 상징되는, 신문 기자의 자긍심이 응축된 내부자의 시선으로 신문 기사 마감 후 신문이 각 지방으로 배달되는 과정을 경쾌하게 묘사하고 있다. 김기림에게 신문은 매혹적인 현대성의 상징이었다. 실제로 김기림에게 신문 기자는 "저널리즘의 거대한 기구에 접촉하여 현대의 첨단을 걷는 것"이다. 이러한

---

34) 앞의 글, 94~95쪽.

내부자의 시선과 신문의 현대성에 대한 경쾌한 탐닉의 과정에 언론의 역할에 대한 근본적인 성찰과 사유가 들어설 여지는 존재하지 않는다. 임화와는 달리 김기림은 대체로 언론과 신문을 가치 중립적인 차원에서 현상 그 자체로 바라보았던 것이다.

김기림은 자신이 신문 기자라는 사실에 대해 커다란 자부심을 가지고 있었다. 다음의 예문을 보자.

이리하여 편집국은 한 장의 호흡지(呼吸紙)인 것이다. 순간순간에 사회의 각우(各隅)에서 일어나는 사건이 그대로 넘쳐흐른 검은 「잉크」와 같이 이 사회적 호흡지에 흡입되는 것이다. 신문 기자는 실로 이 호흡지의 각 세포에 부착한 흡반과 같다. 거대한 사회생활의 기구의 심장에까지 돌입할 수 있는 특권을 우리는 가지고 있는 것이다.[35]

신문 기자가 거대한 사회생활의 기구의 심장에까지 돌입할 수 있는 특권을 가지고 있다는 김기림의 고백에서 신문 기자임을 자랑스러워하는 태도를 엿볼 수 있다. 이러한 태도는 가령, 「주을온천행」(≪조선일보≫, 1934)이라는 제목의 수필에서 "역에 왔더니 뜻밖에 ≪조선일보≫ 청진지국장 박씨가 어디로부터 달려와서 행중에 뛰어들었다."[36]라고 묘사하는 대목이나 「생활의 바다 —— 제주도 해녀 심방기(尋訪記)」(≪조선일보≫, 1935)에서 "봉직하는 조선일보사의 사명(社命)을 받고 시와 전설의 나라를 찾아 남으로 2천리 산과 바다를 건너왔다가" 등의 표현에서 인식할 수 있다시피, 당시 ≪조선일보≫ 기자에게 부여된 혜택과 인맥, 정체성, 권리 등을 자연스럽게 수용하게 만든다. 그러므로 자신이 신문 기자였던 김기림에게 신문을 외부적 시점에서 성찰할 여지는 존재하지 않았던 것이다. 지금까지 언급한 김기림의 신문에 대한 감각과 입장은 그 자신의 위치에서 볼 때 자연스러운

---

35) 앞의 글, 94쪽.
36) 김기림, 「주을온천행(朱乙溫泉行)」, 『김기림 전집』 5권(심설당, 1988), 262쪽.

태도이기도 할 것이다.

임화와 김기림의 언론관의 차이는 한편으로 보면 내부자와 외부자의 차이이며 또 다른 한편으로 보면 제도와 지배 이데올로기에 비판적인 마르크스주의자와 현대적 문명과 습속에 심취하는 모더니스트의 차이일 것이다. 언론에 대한 임화와 김기림이 취했던 두 가지 입장은 지금 이 시점에도 심층적인 탐색이 필요한 테마라고 생각된다.

임화와 김기림 비평의 현재적 의의

"비평은 논리 조작이 아니라 삶을 이해하고 반성하는 정신의 움직임"(김현, 「비평 방법의 반성」)이라는 입장에 선다면, 식민시 시대의 비평가들에게는 필연적으로 당시의 시대적 정황에 대한 성찰과 대응이 요청되었을 것이다. 이러한 입장에서 보면 임화와 김기림은 김남천과 더불어 각지 다른 방식으로 식민지 시대와 해방 직후에 시대의 본질과 자신의 비평 행위에 대한 투철한 성찰과 대응을 보여 준 비평가라 할 수 있다. 이들의 비평은 무엇보다도 지금 이 시대에도 여전히 유효한 현재적 의미를 지니고 있다는 점을 각별하게 주목해야 한다.

원칙적인 의미에서 과거의 모든 문학적 기록은 현재적인 의미를 지니고 있다. 그러나 임화와 김기림의 비평가로서의 여정과 문제의식은 동시대의 다른 어떤 비평가들보다도 소중한 현재적 의미망을 형성하고 있다. 두 비평가가 약 70여 년 전에 보여 주었던 문제의식과 비평적 여정은 지금 이 시대 비평의 거울이자 바로미터에 다름 아니다. 역사성과 사회의식을 상실하고 문학 내부에만 침잠된 문단에 대한 임화의 예리한 비판, 분석적이며 과학적인 작품 읽기를 강조한 김기림의 비평적 입장, 언론과 문학의 관계에 대한 근본적 성찰을 보여 준 임화의 비판정신, 일제 말에 불어 닥치던 동양주의와 근대 초극론에 대해 냉철한 인식을 보여 준 김기림의 역사적 균형 감각 등은 지금 이 시대에도 여전히 유효하다.

물론 이들이 마주하고 있던 문학적 정황은 뉴미디어와 소비 자본주의, 다문화 사회, 탈국경 사회 등으로 요약되는 현재와는 현저하게 다르다. 또한 문학이 마주하고 있는 환경도 많은 차이가 있다. 마르크스주의와 민족주의, 모더니즘으로 상징되었던 식민지 시대의 문학에 비해 지금 이 시대 문학은 월등 복합적이며 다양한 문학 세계를 보여 주고 있다. 그러므로 임화와 김기림의 약 70여 년 전의 비평적 문제의식이 지금 그대로 적용될 수는 없을 것이다. 그럼에도 불구하고 임화와 김기림이 오래전 보여 준 비평적 아젠다와 문제의식은 시대를 초월한 의의와 진실을 담보하고 있는 것이 아닐까.

　　그러나 이러한 중요한 비평사적 맥락을 지닌 임화와 김기림의 비평은 한국전쟁과 더불어 종료되고 말았다. 그 후, 수십 년 동안 그들의 비평과 문학적 삶은 남한 사회에서 온전히 기억되지 못했으며 본격적으로 연구되지 못했다. 1980년대에 들어와서야 임화와 김기림의 비평은 조금씩 탐색되기 시작했다. 최근에 임화와 김기림은 1940년을 전후한 시기에 가장 문제적인 시각과 비평적 대응을 보여 준 비평가로 자주 호출되고 있다. 그럼에도 불구하고, 아직도 임화와 김기림의 비평적 위상은 일부 학술적 논의를 제외하면 현실적인 문학장에서 김팔봉, 김환태, 이헌구, 박영희의 비평이 제도적으로 기억되는 위치에 비할 때 결코 크지 않다. 올해는 임화와 김기림 탄생 100주년을 되는 해이다. 이제 우리가 그들에게 정당한 비평사적 위상과 온전한 문학적 몫을 돌려줄 수 있기를 염원한다. 그들의 비극적인 인생과 슬픈 문학적 종말을 애도하는 마음 가득하다.

제6주제에 관한 토론문

서영인(대구대 연구교수)

　이 논문을 통해 문학 연구가 특정한 역사적 한 시기의 문학 논의와 실상을 파악하고 그 가치를 평가하는 작업임은 물론, 과거와 현재와의 끊임없는 대화, 그 현재성의 거울과 근원을 찾는 작업이기도 하다는 사실을 다시금 확인할 수 있었습니다. 임화와 김기림의 문학 비평이 보여 준 성찰과 고민의 깊이, 실천의 방향성은 이 논문이 거듭 강조하는 바와 같이 여전한 현재성의 울림을 가지고 있습니다. 논문의 논지에 십분 공감하면서 논문의 내용에서 촉발되는 몇 가지 문제에 대해서 질문하고자 합니다.

　선생님의 발표와 관련하여 제가 관심을 가졌던 문제는 문학 미디어에 대한 자의식과 일제 말 식민주의에 대한 비판적 의식이 맺는 관련에 대한 것입니다. 문화 권력과 정치권력은 그것이 결코 무관할 수 없는 것이지만 또한 동일한 범주에서 논할 수 없는 독자성의 메커니즘을 가지고 있는 것도 사실입니다. 그렇기 때문에 문화 권력을 정치권력에 곧바로 귀속시키지 않으면서도 그 정치적 효과와 관계 구조를 세심하게 점검하는 태도가 필요합니다. 그런 의미에서 임화와 김기림이 보여 준 문학 미디어에 대한 자의식이 일제 말 식민주의에 대한 입장과 어떻게 연결되는지를 좀더 고찰할 필요가 있다고 생각합니다.

김기림의 경우, 선생님이 지적하셨다시피 문학 미디어의 성격에 대해 충분한 비판적 자의식을 가졌다고 보기는 어렵습니다. 물론 신문과 언론 매체에 대한 생각을 표출한 글과 일제 말기의 글 사이에는 시간적 거리가 있기 때문에 이를 바로 연결시켜 이해하기가 힘들기는 합니다. 신문과 언론 매체가 제한적이나마 진보적 발언의 가능성을 갖고 있던 시기와 그것이 전면적으로 차단된 시기는 다를 수밖에 없고 그러므로 신문과 언론 매체에 대한 반응 역시 다르게 나타날 수밖에 없기 때문입니다. 이러한 정황 아래 있긴 했지만 김기림이 보여 주었던 현대적 습속으로서의 신문에 대한 호감과 심취는 일제 말기의 태도에서 드러나는 서양적 근대주의자로서의 면모와 관련이 있지 않은가 하는 문제를 조심스럽게 제기해 볼 수 있습니다. 일제 말기 일본 식민주의에 대한 김기림의 거리 두기는 서양적 근대주의자로서의 자신의 태도를 일관되게 유지하였기 때문에 가능한 효과였다고 생각됩니다. 서양적 근대의 몰락을 일방적으로 확정하지 않고 동양적 세계에 대한 경도를 경계하였던 것은 결국 서양적 근대를 기준으로 한 보편주의에서 나온 태도였고 그렇기 때문에 상대적으로 구체적 정치의 장, 현실의 식민주의적 권력 관계에 대한 문제의식은 충분히 드러나지 않았다는 생각입니다. 이것이 김기림과 임화의 차이, 즉 침묵과 우회적 저항 내지는 개입의 태도 차이로 이어진다고 볼 수 있을까요. 이에 대한 선생님의 의견을 듣고 싶습니다.

임화의 경우는 유사하면서도 좀 다른 문제를 발견할 수 있습니다. 임화는 1930년대 중반 이후부터 언론과 문학 매체, 그 제도적 메커니즘과 상업주의에 대한 문제를 거듭 거론하고 있습니다. 이는 선생님의 지적대로 문학장의 구조와 권력 관계에 대한 민감한 문제의식과 비판정신을 보여 준 것이라고 할 수 있습니다만, 한편으로 임화가 보여 준 비판의식이 단지 문학장과 미디어를 겨냥한 것은 아니었다고 생각합니다. 임화가 하필 이 시기에 문학 미디어와 문단의 상업주의에 대해 왜 이토록 지속적인 관심을 드러냈는가에 대해 좀더 생각해 볼 수 있지 않을까요. 혹시 임화는 이미 난숙의 단계에 다다른 식민지 자본주의에 대한 문제의식을 이런 식으로 표출한 것은 아닐까요. 문학 제도와 상업주의는 이미 공고한 이데올로기로 굳어져서 그 자체의 작동 구조를 갖추고 있고 그만큼 식민지 자본주의의 제도화는 빠른 속도로 지배력을 확보하고 있다는 사실, 그리하여 이러한 식민지 자본주의의 구조를 근본적으로 성찰하지 않는다면 정치적 개입의 방식이나 실천의 방향성을 올바로 설정할 수 없다는 긴박한 위기의식이 여기에는 내재해 있었던 것이 아닐까요. 물론 임화의 문학 제도에 대한 고민은 그 자체로 대안을 제시하거나 돌파구를 찾지는 못합니다. 그러나 여기에서 이미 형식적으로 난숙의 길을 걷고 있었던 식민지 자본주의와 그럼에도 불구하고 거기에 상응하는 시민적 비판의식을 찾을 수 없는 식민지 자본주의의 구조에 대한 문제의식을 찾을 수 있지 않을까요. 그렇게 본다면 임화의 이러한 문제의식이 한편으로는 내선일체와 대동아 공영에 대해 조선적 특수성, 문화적 독자성을 주장하며 내적 저항을 시도하고 또 한편으로는 문학사 기술을 통해 식민지 근대의 특수성 문제를 고찰하는 방향으로 이어졌다고 볼 수도 있을 것 같습니다. 이에 대한 선생님의 의견을 듣고 싶습니다.

선생님의 세심한 지적과 같이 일제 강점기 말 김기림과 임화가 보여 준 비평적 사유와 그 문학적 실천은 현재의 문학이 다시금 되새겨야 할 소중한 성과라 할 수 있습니다. 그렇기 때문에 더욱 김기림과 임화가 고민했던 근대의 성격과 한국적 특수성의 구체적 맥락, 일방적 정치권력에 대한 문학적 실천의 방향성이 지닌 차이와 공통점이 더 섬세하게 분별되고 날카롭게 분석되어야 함을 알 수 있습니다. 탄생 100주년을 맞아 이들 문인의 문학적 공과를 검토하는 일은 결국 이러한 과제를 다시금 확인하고 연구의 자세를 가다듬는 일과 이어집니다. 선생님의 논문을 읽으며 머릿속에서 맴돌았던 수많은 질문들이 이러한 과제를 새삼 확인하게 합니다. 역량이 못 미쳐 과제들을 구체화하는 일을 미처 갈무리하지 못했습니다. 한동안 의미 있는 화두가 되어 줄 듯합니다. 좋은 발표 감사합니다.

임화 생애 연보

1908년 10월 13일, 서울 낙산(駱山) 기슭에서 태어남. 북한에서 재판받을 때
한 진술에 의하면 빈농의 집안이었으나, 4~5세 때 아버지가 소기업을
운영하여 이후 소시민의 가정 환경에서 자라난 것으로 되어 있음.
1938년에 발표한 「작가 단편 자서전」에 의하더라도 어린 시절 자상한
아버지와 어머니 슬하에서 '행복된 소년'으로 자랐다고 함. 본명은 인
식(仁植). 필명으로 성아(星兒), 임(林)다다, 임화(林和), 임화(林華),
쌍수대인(雙樹臺人), 청로(靑爐), 쌍두마차(雙頭馬車) 등이 있음.[1]
성아, 임다다는 카프 가입하기 이전 습작과 다다이즘 경향의 시 및 잡
문을 발표할 때 사용했으며, 카프 가입 및 프로 문학에 경도하면서는
林和, 쌍수대인 등을 사용했고, 林華, 청로는 영화 일을 하면서, 쌍두
마차는 1938년 동아일보의 '啄木鳥'라는 단평란에 단평을 연재하면서,
양남수는 1947년 월북 이후 해주에 머무르면서 사용함.

1921년 서울 사립 보성고등보통학교 입학. 그 이전에는 동대문 근처 소재 사
립 소학교에 다니다 학교가 폐쇄되자 공립 보통학교에 편입학하여 다
녔다고 함. 보성중학에서는 이강국(李康國), 이상(李箱), 이헌구(李軒
求), 유진산(柳珍山) 등과 동기였고, 김기림(金起林), 김환태(金煥
泰), 조중곤(趙重滾), 윤기정(尹基鼎) 등과 선후배 사이였음.

1924년 12월, ≪동아일보≫에 「연주대(戀主臺)」, 「해녀가(海女歌)」, 「낙수(落

---

[1] 기존의 연보에는 대부분 '鐵友'라는 필명도 사용한 것으로 되어 있으나, 백철(白鐵)의
회고에 의하면 철우는 임화, 고경흠(高景欽) 등과 함께 도쿄에서 공산당 재건 운동을
한 한재덕(韓載德)이 사용한 필명이라고 한다.

水)」,「실연(失戀) 1, 2」,「소녀가(少女歌)」 등 6편의 시를 성아(星兒)라는 필명으로 발표. 현재까지 확인되는 바로는 이들이 임화의 첫 발표 작품들로서, 아직 사회주의나 모더니즘의 세례를 받기 이전의 단순 서정시 경향임.

1925년　졸업을 앞두고 보성고보 중퇴. 이 무렵 모친의 사망과 집안의 파산이 겹쳤으며 학교 중퇴도 그와 무관하지 않은 것으로 보임. 학교 중퇴와 함께 가출, 문학과 인연을 맺으며 아나키즘, 사회주의, 다다이즘 등 최신 유행 사상과 예술 사조를 접하고 관련 서적을 탐독.

1926년　≪매일신보≫와 ≪조선일보≫에 성아(星兒)라는 필명으로 「무엇 찾니」,「서정 소시」,「향수」 등의 시와 「근대 문학상에 나타난 연애」,「문학 사상의 2월 25일」,「위기에 임한 조선 영화계」 등의 평론을 발표. 본격적인 문학작품 발표가 시작되며, 다다이즘에의 경도를 거쳐 이해 말에 이르면 계급문학론을 수용하기 시작함. 11월, ≪조선일보≫에 발표한 「정신분석학을 기초로 한 계급 문학 비판」, 12월에 발표한 「무산 계급 문화의 장래와 문예 작가의 행정」 등의 글이 그 증거가 됨. 북한에서의 재판 과정에서 진술한 바에 따르면, 이해 12월에 '조선프롤레타리아예술동맹' 즉 카프(KAPF)에 가입하였다고 함.

1927년　「무산 계급을 주제로 한 세계적 작가와 작품」을 발표하는 도중에 필명을 '성아'에서 '임화'로 교체하면서 임화라는 필명을 사용하기 시작함.「혁토」,「화가의 시」,「지구와 박테리아」 등 다다이즘적인 성격의 시를 발표하는 한편, 카프의 기관지인 ≪예술운동≫ 창간호(11월)에 계급의식과 프롤레타리아의 국제주의적 연대 의지를 표명한 시 「담(曇)-1927」을 발표하여 프롤레타리아 문학에의 전향을 분명히 함. 평론에서도 당시 카프의 주요한 현안이었던 '목적의식론으로의 방향 전환'과 '아나키즘과의 투쟁'에 가담하는 평론 「분화와 전개——목적의식론에 서론적 도입」,「착각적 문예 이론——김화산 씨의 우론 검토」 등을 발표하면서 카프에서의 활동을 본격화함.

1928년 1차 방향 전환 이후 카프의 주도권을 잡은 박영희(朴英熙)의 문하에
       들고, 윤기정(尹基鼎)과 함께 영화 작업에 열중함. 「조선 영화가 가진
       반동적 소시민성」, 「토월회 57회 공연을 보고」 등 연극·영화평을 쓰
       면서 전방위적인 평론 활동 시작. 카프 중앙위원에 피선되어 프로 문
       학 운동에도 깊숙이 관여하기 시작함.

1929년 카프 맹원인 김유영(金幽影)이 연출한 영화 「유랑(流浪)」 및 「혼가
       (昏街)」(개봉은 1930년)의 주연배우로 활동(예명으로 '林華'를 사용)
       하는 한편, 1, 2월에 시 「네거리의 순이」, 「우리 오빠와 화로」를 발표
       하여 일약 카프의 가장 주목받는 시인으로 부상함. 김기진(金基鎭)이
       이를 두고 '단편서사시'로 명명하였는데, 이는 그 무렵까지 창작적 성
       과가 부진했던 카프 시의 활로를 타개할 수 있는 유력한 경향으로 자리
       잡음. 초기 신경향파 및 카프를 주도했던 김기진의 대중 노선을 공격하
       면서(「탁류에 항하여」, 「김기진 군에게 답함」 등) 박영희(朴英熙)의 강
       경 노선을 지지하였고, 박영희의 후원으로 일본 도쿄로 떠남.

1930년 도쿄에서 이북만(李北滿), 김남천(金南天), 안막(安漠), 한재덕(韓載
       德), 김두용(金斗鎔) 등과 함께 카프 도쿄 지부에서 활동. 카프 도쿄
       지부는 '무산자사(無産者社)'라는 별도 조직체로 잡지 ≪무산자≫를
       발간하기도 했는데, 이는 조선공산당의 재건을 계획하던 고경흠(高景
       欽)의 활동 발판이었음. 카프 도쿄 지부는 또한 이해부터 조선 문예
       운동의 볼셰비키화를 제창하여 카프 내의 이론적 주도권을 장악해 가
       는데, 임화는 「시인이여! 일보 전진하자!」, 「조선 푸로 예술 운동의 당
       면의 중심적 임무」 등의 평론을 통해 이 볼셰비키화론의 선도적 논객
       으로 떠오름.

1931년 이북만의 동생 이귀례(李貴禮)와 결혼 후 딸 혜란(惠蘭)을 낳음. 귀
       국하여 무산자사파의 지지하에 문예 운동의 볼셰비키화를 강조하면서
       카프의 주도권을 장악함. 5월, 신간회 해소대회에 경성지회 대표로 참
       석, 해소안을 동의함. 박영희, 김기진, 이기영(李箕永), 윤기정, 고경흠

등과 공산당 재건을 획책한 혐의로 70여 명이 검거되는 카프 1차 검거 사건에 연루되어 투옥되었으나 3개월간의 옥살이 후 불기소처분으로 석방됨.(8월~10월) 이 무렵부터 맹장염, 위경련 등의 병마에 시달리고 지병인 폐결핵에 걸린 것으로 추정됨. 11월, 조선프롤레타리아예술동맹 문학부 편으로, 김창술(金昌述), 권환(權煥), 박세영(朴世永), 안막(安漠) 등과의 공동 시집 『카프시인집』 출간.

1932년 1차 검거 사건으로 약화된 카프의 활동을 재활성화하기 위한 문학운동론을 주로 발표함.(「당면 정세의 특질과 예술 운동의 일반적 방향」 등.) 윤기정의 후임으로 카프 서기장이 되어 카프 기관지인 ≪집단≫을 책임 편집함. ≪집단≫은 3호까지 발간이 준비되었으나 일제 당국의 불허로 발간에 실패함.

1933년 카프 1차 검거 시 카프 맹원으로는 유일하게 기소되어 2년간 수형 생활을 한 후 출옥, 옥중 체험을 형상화한 소설 「물」을 발표한 김남천과 작품 「물」을 둘러싸고 논쟁('「물」 논쟁')을 벌임. 이 무렵부터 임화는 작가적 실천이 곧 작품에서의 성과를 보증하지 않는다는 사고를 하기 시작하며, 이 사고는 이후 임화 리얼리즘론의 심화로 이어지게 됨. 이 논쟁을 벌이면서 임화는 '예술적 반영의 특수성'에 대한 사유를 보여주는 일련의 평론을 발표하는데, 이는 카프 비평사에서 일종의 전환에 해당함. 1930년 6월 「제비」를 발표한 이후 절필 중이던 '시작(詩作)'을 다시 재개함.

1934년 당시 카프의 가장 큰 관심사는 소련의 사회주의 리얼리즘론 수입을 매개로 한 '창작 방법 논쟁'이었는데, 임화는 이와 관련하여 '낭만주의론'(낭만적 정신론)으로 대응함. 이는 창작 방법이 세계관보다 중요하다는 사회주의 리얼리즘 찬성론자들에 대응하여 세계관의 중요성을 강조하는 입장이었음. 또 언어 문제에 최초로 관심을 기울이게 되는데, 이 관심은 임화가 이전까지의 '계급문학론'으로부터 '민족문학론'으로 전환하는 최초의 계기가 됨. 8월에 발생한 카프 2차 검거 사건

(신건설사 사건) 시 폐병의 발병으로 검거를 모면함. 첫 부인 이귀례와 헤어지며, 평양의 병원과 서울의 탑골승방 등을 전전하며 요양 생활을 함.

1935년   2차 카프 검거 사건 이후 카프가 활동 정지 상태에 빠지고 일제의 직접적인 해산 압력이 가해지면서, 김남천, 김기진과 협의하여 카프 해산을 결정하고 종로경찰서에 해산계를 제출함.(8월) 악화된 폐결핵 요양차 마산으로 내려가 후일 지하련(池河蓮)이라는 필명으로 소설가로 데뷔하는 이현욱(李現郁)과 재혼. 마산은 이현욱의 연고지로, 임화는 1937년 무렵까지 마산에서 머무름. 카프 해산(이는 비단 카프만의 문제가 아니라 조선 혁명 운동의 퇴조를 상징하기도 했음.) 무렵의 심정을 시 「다시 네거리에서」에 담아 발표했으며, 카프 문학에 대한 속류적 해석에 반발하여, 그에 대한 이론 투쟁의 일환으로 신문학사 연구에 돌입, 그 1차적인 성과로 이해 10~11월에 「조선 신문학사론 서설」 발표. 이후에도 임화는 문학사 연구를 계속하여 1939년~1940년에 걸쳐 「조선 신문학사」를 발표함.

1936년   2년 뒤 간행될 시집 『현해탄』의 주요 모티프가 되는 '현해탄 컴플렉스'(김윤식의 명명)를 담은 시들을 발표하기 시작함. 박용철(朴龍喆), 김기림 등과 기교주의 논쟁을 벌임.

1937년   마산에서 상경, 출판 관련 일에 종사하기 시작하며, ≪사해공론≫ 등의 잡지 편집에 관여함. 1934년~1936년간 제출했던 낭만주의론을 자기비판하고 사실주의(리얼리즘)론으로 복귀하는 「사실주의의 재인식」 및 「주체의 재건과 문학의 세계」를 발표하며, 이후 1938년까지 수준 높은 사실주의 관련 평론을 발표. 아울러 휴머니즘론과 관련한 다수의 평론을 썼고, 이를 통해 이식문학론의 맹아가 될 만한 이론적 요소들을 마련함.

1938년   2월, 첫 번째 시집 『현해탄』을 동광당서점에서 간행함. 사실주의론을 소설에 적용한 '세태소설론' '본격소설론' '통속소설론'을 발표함. 광업으로 돈을 번 최남주(崔南周)의 출자로 출판사 학예사(學藝社)를 설립하여 경영하기 시작함.

1939년 학예사를 통해 『현대조선시인선집』과 『조선민요선』을 편집하여 간행하고, 김태준(金台俊)과 함께 『원본 춘향전』을 간행함.(임화는 이 책의 '해제+일러두기'에 해당하는 '例言'을 씀.) 3월에는 김남천, 최재서 등과 함께 『昭和 14년판 조선작품연감』과 그 별권으로 『조선문예연감』을 인문사(人文社)에서 간행함. 9월부터 그동안 준비해 온 신문학사 연구의 성과인 「개설 조선 신문학사」를 ≪조선일보≫에 연재하기 시작함. 이는 이후 중단과 재연재를 반복해 가며 1941년 3월까지 이어지는데, 그 도중 게재지를 ≪조선일보≫에서(폐간과 함께) ≪인문평론≫으로 바꾸기도 함.

1940년 1월에 '이식문학론'으로 유명한 「조선 문학 연구의 일 과제」를 발표.(『문학의 논리』에 수록하면서 「신문학사의 방법」으로 개제됨.) 8월, 고려영화사 문예부의 촉탁을 맡아 1942년까지 근무. 언론인 설의식(薛義植) 가문에서 출자한 오문(悟文 혹은 梧文)출판사에 입사, 주간으로 있다가 다음 해 재정 관계로 해산하면서 퇴사하였다고 함. 12월에 평론집 『문학의 논리』를 학예사에서 간행.

1941년 오문출판사 해산 뒤 이창용(李創用)이 주재하는 조선영화문화연구소 입사.(1944년까지 근무하였다고 알려져 있음.) 총독부 소속 총력연맹 문화부장 矢鍋永三郎과 대담을 갖고, 일제의 신체제 문화 정책에 대해 논의하였으며, 「조선영화발달소사」, 「조선영화론」 등 영화 관련 글을 씀.

1942년 「≪백조(白潮)≫의 문학사적 의의」를 발표.

1943년 친일 문인 단체인 '조선문인보국회'에 가입했으며, 조선영화문화연구소
~1944년 의 촉탁으로서 『조선 영화 발달사』, 『조선 영화 연감』 등의 편집에 관여한 것으로 되어 있음.

1945년 해방이 되자 바로 다음 날(8월 16일) 일제 시대의 카프 쪽 인사들만

이 아니라 중간파 인사들까지 망라하는 '조선문학건설본부'를 조직, 서기장이 되었고, 8월 18일에는 그 상위 단체로서 '조선문화건설중앙협의회'를 조직했으며, 이들 단체의 이념으로 '인민적 기초'를 강조함. '조선인민공화국 수립과 조선공산당 재건을 경축하는 시가행진'이 있었던 9월 12일을 제목으로 삼고 '1945년, 또 다시 네거리에서'라는 부제를 단 시를 씀. 12월, 임화의 중간파 포섭 노선에 반발하여 구 카프 문인들이 만든 '조선프롤레타리아문학동맹'과 '조선문학건설본부'를 통합하여 '조선문학가동맹'을 결성하는 데 주도적으로 참여.

1946년   2월, 조선문학가동맹 주최로 1회 전조선문학자대회를 개최하고, 기조 발제(조선 민족 문학 건설의 기본 과제에 관한 일반 보고)와 소설 부문 발제(조선 소설에 관한 보고)를 하고 조선문학가동맹의 중앙 집행 위원으로 선출됨. 같은 달, 문화 부문의 통일전선체로서 '조선문화단체 총연맹'을 조직하는 데 주도적으로 참여하고 부위원장 직을 맡음. 조선문학가동맹의 문학 이념으로서 '(민주주의) 민족 문학'을 제시하고 이를 이론화함. 조선공산당의 통일전선 단체인 민주주의민족전선의 기획차장으로 활동하며 좌파 문학 운동을 주도함.

1947년   2월, 제2시집 『찬가(讚歌)』를 백양당에서 발간하고 이어서 4월에는 『현해탄』의 재판인 『회상시집』을 건설출판사에서 발간. 남한 조선문학 가동맹의 민족문학론에 대한 북한에서의 비판에 대응하여 민족문학론 에서의 당파성 문제를 논의한 「민족 문학의 이념과 문학 운동의 사상적 통일을 위하여」를 발표함. 남조선 노동당의 노선을 선전하는 잡지 ≪노력인민≫ 간행에 진력. 1947년 8월 미군정의 좌파에 대한 대검거령과 문학가동맹 회관 폐쇄 이후 더 이상 남한에서의 활동이 불가능하다 판단하고 월북한 것으로 추정됨. 월북 이후에도 북한 해주 제1인쇄소에 근무하면서 남로당 문화 부문 활동을 계속 지도하였고, 북한에서는 '조·소문화협회(朝蘇文化協會)' 중앙위원회의 부위원장 직을 맡음.

1950년   한국전쟁 발발 직후 서울에 와서 '조선문화총동맹'을 조직하여 부위원
　　　　장을 맡음. 서울에서 네 번째 네거리 계열의 시 「서울」을 썼으며, 다
　　　　시 문화공작대의 일원으로 낙동강 전선에 종군한 뒤 9월 인민군 퇴각
　　　　과 함께 자강도로 후퇴, 전쟁 중에 헤어진 딸 혜란에게 보내는 시 「너
　　　　어느 곳에 있느냐」를 씀.

1951년   5월, 한국전쟁 기간 동안 쓴 시를 묶어 세 번째 시집 『너 어느 곳에
　　　　있느냐』(문화전선사, 전선문고) 간행. 이 시집에 수록된 「너 어느 곳에
　　　　있느냐」, 「바람이여 전하라」, 「흰눈을 붉게 물들인 나의 피 위에」 등은
　　　　이후 북한 문단에서의 비판을 거쳐 숙청의 빌미가 되었음. 북조선문학
　　　　예술총동맹과 남조선문화단체총연맹의 합동으로 조선문학예술총동맹이
　　　　발족(1951년 3월)하자 그 상무위원 겸 문학동맹 위원으로 활동.

1952년   평론집 『조선문학』을 발간한 것으로 알려져 있음. 이 역시 이후 북한
　　　　문단에서의 비판을 거쳐 숙청의 빌미가 되지만, 현재까지 전해지지 않
　　　　고 있음.

1953년   한국전쟁 휴전 직후, 북한에서 전쟁 실패의 책임을 물어 박헌영 등 남
　　　　로당 계열을 숙청하는 과정에서 '조선민주주의인민공화국 정권 전복
　　　　음모와 반국가적 간첩 테로 및 선전선동 행위에 대한 사건'으로 체포,
　　　　구금되어 사형을 언도받고 처형됨. 사형 선고 날짜는 1953년 8월 6일
　　　　이나 처형 시기는 알려져 있지 않음.

임화 작품 연보

발표일	분류	제 목	발표지
1924. 12. 8	시	연주대(戀主臺)	동아일보
1924. 12. 15	시	해녀가(海女歌)[1]	동아일보
1924. 12. 15	시	낙수(落水)	동아일보
1924. 12. 22	시	소녀가(小女歌)	동아일보
1924. 12. 22	시	실연(失戀) 1, 2	동아일보
1926. 1. 3	잡문	근대 문학에 나타난 연애	매일신보
1926. 1. 31	소설	절문 순희와 영철이	매일신보
1926. 2. 7	잡문	잡지 문학의 해설	매일신보
1926. 3. 7	잡문	평론문학사 상의 2월 25일	매일신보
1926. 3. 28	시	밤이면	매일신보
1926. 4. 4~11	잡문	풀테스파의 선언	매일신보
1926. 4. 16	시	무엇 찾니	매일신보
1926. 5. 23	잡문	근대문예잡감	매일신보
1926. 6. 13	잡문	위기에 임한 조선 영화계	매일신보
1926. 8. 8	잡문	심심푸리로	매일신보
1926. 9. 12	시	밤비(민요)	매일신보
1926. 9. 12	시	구고(舊稿)	매일신보
1926. 10. 3	잡문	환멸의 철인	매일신보

---

1) 이 「해녀가」와 다음 작품 「낙수」가 '燈心草'라는 큰 제목 아래 같이 묶여 있다.

발표일	분류	제 목	발표지
1926. 10. 10	시	서정소시(抒情小詩)	매일신보
1926. 10. 24	시	가을의 탄식	매일신보
1926. 11. 22~24	평론	정신분석학을 기초로 한 계급 문학의 비판	조선일보
1926. 12. 1~30	평론	무산 계급을 주제로 한 세계적 작가와 작품	조선일보
1926. 12. 19	시	향수(鄕愁)	매일신보
1926. 12. 27~8	평론	무산 계급 문화의 장래와 문예 작가의 행정	조선일보
1927. 1. 2	시	설(雪)	조선일보
1927. 1. 2	시	혁토(赫土)	조선일보
1927. 1. 5~	소설	최후의 면회인	매일신보
1927. 1. 21~2. 7	평론	(속) 무산 계급을 주제로 한 세계적 작가와 작품	조선일보
1927. 1. 31	시	초상	조선일보
1927. 1. 31	시	선시(宣詩)	조선일보
1927. 3. 8	시	혼광(昏光)의 아들	조선일보
1927. 3. 30~4. 2	평론	자본주의 사회에 재한 문학 운동의 전개 경향	조선일보
1927. 4. 8	시	신조태양(新造太陽)[2]	조선일보
1927. 4. 29	시	말세[3]	조선일보
1927. 5. 8	시	화가의 시	조선일보
1927. 5. 8	수필	영춘부	매일신보

---

2) 새로 발굴한 작품.
3) 새로 발굴한 작품.

발표일	분류	제 목	발표지
1927. 5. 16~21	평론	분화와 전개 — 목적의식론에 서론적 도입	조선일보
1927. 8	시	지구와 '빡테리아'	조선지광
1927. 9. 4~11	평론	착각적 문예 이론 — 김화산 씨의 우론 검토	조선일보
1927. 10	시	다이쿠의 출발(タンクの出發)	프롤레탈리아예술 (プロレタリア藝術)
1927. 10. 2	설문 답변	각서	조선일보
1927. 11	시	담(曇) — 1927 — '작코'· '반제스틔' 명일(命日)에	예술운동
1927. 11. 20~24	평론	미술 영역에 재(在)한 주체 이론의 확립	조선일보
1928. 1. 1	잡문	신건설 과정에 오른 1928년의 문단	조선일보
1928. 1	잡문	효용을 위한 문학	조선지광
1928. 3. 30	잡문	판토마임을 숭내낸 지하실의 소식	조선일보
1928. 4	시	젊은 순라(巡邏)의 편지	조선지광
1928. 7. 28~8. 4	평론	조선 영화가 가진 반동적 소시민성의 말살 — 심훈(沈薰) 등의 도량에 항(抗)하여	중외일보
1928. 10. 19~21	잡문	연애의 종말	조선일보
1928. 11	평론	토월회 57회 공연을 보고	조선지광
1928. 11. 22~28	평론	서화협전(書畵協展)의 진로 — 제8회전을 보내며	조선일보

발표일	분류	제 목	발표지
1929. 1	시	네 가리(街里)의 순이(順伊)	조선지광
1929. 1	잡문	기술적 능력의 확충과 조직	조선지광
1929. 2	시	우리 옵바와 화로	조선지광
1929. 2	평론	최근 세계 영화의 동향	조선지광
1929. 4	시	어머니	조선지광
1929. 5	시	봄이 오는구나 ― 사랑하는 동모야	조선문예
1929. 5	평론	라인할트 극장	조선문예
1929. 6	평론	제1회 '녹향회'전의 비판	조선지광
1929. 6	평론	영화적 시평	조선지광
1929. 6	평론	표현주의의 예술	조선문예
1929. 7	시	병감(病監)에서 죽은 여석 ― ×의 유월 십일에	무산자
1929. 8	시	다 업서젓는가	조선지광
1929. 8	평론	탁류에 항하야	조선지광
1929. 9	시	우산 밧은 요꼬하마의 부두	조선지광
1929. 11	평론	김기진 군에게 답함	조선지광
1930. 3	평론	朝鮮映畵の諸傾向に就いて	新興映畵[4] 2-3
1930. 3	시	양말 속의 편지 ― 1930. 1. 15 남쪽 항구의 일	조선지광
1930. 5. 5	번역 동시	쌀악눈[5]	『赤い歌』(紅玉堂書店)

---

4) 일본 도쿄에서 발행된 잡지.
5) 마기모토 구스로(槇本楠郞)의 「コンコン小雪」을 번역. 작품이 수록된 『赤い歌』는 같은 저자의 동시집.

발표일	분류	제 목	발표지
1930. 5. 15~19	평론	노풍 시평에 항의함	조선일보
1930. 6	시	제비	조선지광
1930. 6	평론	시인이여! 일보 전진하자!	조선지광
1930. 6	평론	조선 푸로 예술 운동의 당면의 중심적 임무	중외일보
1930. 7. 1	동시	자장자장	별나라
1930. 8	평론	朝鮮における近代劇 運動の終焉	プロレタリア科 學 2-8
1930. 12	평론	조선 근대극 발전 과정	연극운동
1931. 3. 25~4. 3	평론	「화륜」에 대한 비판	조선일보
1931. 11	공동 시집	카프 시인집[6]	집단사
1931. 12. 7~13	평론	1931년간의 카프 예술 운동 정황	중앙일보
1932. 1. 1~2. 10	평론	당면 정세의 특질과 예술 운동의 일반적 방향	조선일보
1932. 1. 1~28	평론	1932년을 당하야 조선 문학 운동의 신단계	중앙일보
1932. 1. 3	설문 답변	유일 지도자는 ○○적 계급—노동층 확대 강화는 사실[7]	조선일보

---

6) 조선프롤레타리아예술동맹 문학부 편으로 출간한, 김창술(金昌述), 권환(權煥), 임화, 박세영(朴世永), 안막(安漠)의 공동 시집. 임화는 이 시집에 「다 없어졌는가」, 「네거리 의 순이」, 「우리 오빠와 화로」, 「제비」, 「양말 속의 편지」, 「우산 받은 요꼬하마의 부두」 의 6편을 수록하고 있다.

7) 「조선 운동의 금후 방향—각 단체 요인 제씨의 견해」라는 특집에 '프로 예맹(藝盟)' 의 대표로서 답변한 글.

발표일	분류	제 목	발표지
1932. 2	시사 평론	전후 자본주의 제3기의 제문제	조선지광
1932. 8	시	ピクニック	プロレタリア詩集(中外書房)
1932. 11	시사 평론	국제 스파이 이야기	신계단
1932. 12~1933. 2	시사 평론	전쟁과 종교	신계단
1933. 3	평론	수운주의 문화 철학 비판	신계단
1933. 3	시	오늘밤 아버지는 퍼렁이불을 덥고	제일선
1933. 3	시사 평론	세계 경제 공황의 발전과 노동자 계급의 상태	신계단
1933. 5	시사 평론	세계 공황과 자본주의 제국의 예산 위기	신계단
1933. 5	시사 평론	농업 집단화의 발전과 국방	신계단
1933. 6	시사 평론	영인(英人) 기사 중심의 반 싸베트 음모의 의의	신계단
1933. 6	시사 평론	중국에 있어서의 장개석 지배의 새로운 동요	신계단
1933. 6. 14~17	평론	동지 백철 군을 논함	조선일보
1933. 6	시사 평론	반(反)싸베-트 음모 사건의 진상	대중
1933. 7	시사 평론	아미리가(亞米利加) 금 본위제 붕괴의 정치적 의의	대중
1933. 7. 12~19	평론	유월 중의 창작	조선일보
1933. 7	시사 평론	나치스의 문화 폭압과	신계단

발표일	분류	제 목	발표지
		파시즘의 파도	
1933. 8. 11~18	평론	카톨릭 문학 비판	조선일보
1933. 9. 28	시	한톨의 벼알도	동아일보
1933. 10. 5~8	회고록	문단의 그 시절을 회상한다	조선일보
1933. 10. 13	평론	진실과 당파성 — 나의 문학에 대한 태도	동아일보
1933. 11. 25~12. 2	평론	문학에 있어서 형상의 성질 문제	조선일보
1933. 11. 0~10	평론	비평의 객관성의 문제	동아일보
1933. 12. 19~21	평론	비평에 있어 작가와 그 실천의 문제	동아일보
1933. 11	좌담	문예 좌담회[8]	조선문학
1933. 12	설문 답변	자화상	조선문학
1933. 12	설문 답변		조선문학
1934. 1. 1~14	평론	1933년의 조선 문학의 제 경향과 전망	조선일보
1934. 1. 1~12	평론	33년을 통하여 본 현대 조선의 시문학	조선중앙일보
1934. 1. 12	설문 답변	문단인으로서 사회에 보내는 희망 : 희망보다 실망	동아일보
1934. 2	시	만경(萬頃)벌	우리들
1934. 2. 18~25	평론	신춘 창작 개평	조선일보
1934. 2	평론	현대의 문학에 대한 단상	형상
1934. 2	설문 답변	1934년에 임하여 문단에	형상

---

8) 참석자: 김기림, 유치진, 김광섭, 백철, 서항석, 임화, 정지용, 이무영.

발표일	분류	제 목	발표지
		대한 희망	
1934. 2	평론	아동문학 문제에 대한 2, 3의 사견	별나라
1934. 3	평론	현대 문학의 제 경향	우리들
1934. 3. 13~20	평론	집단과 개성의 문제	조선중앙일보
1934. 4. 19~25	평론	낭만적 정신의 현실적 구조	조선일보
1934. 5. 12~14	일기	일기	조선중앙일보
1934. 5	설문 답변	10년 갈 명작, 100년 갈 걸작	삼천리
1934. 6	시	영원한 청춘 세월[9]	문학창조
1934. 6	평론	언어와 문학 — 특히 민족어와의 관계에 대하여	문학창조
1934. 8. 11~12	일기	병상일기	동아일보
1934. 7. 14	수필	여름 그리운 산 그리운 바다 9 — 현해탄의 백일몽	동아일보
1934. 10	시	암흑의 정신	청년조선
1935. 1	평론	언어와 문학	예술
1935. 6. 25~27	평론	조선적 비평의 정신	조선중앙일보
1935. 7. 4~16	평론	역사적 반성에의 요망	조선중앙일보
1935. 7. 27	시	다시 네거리에서	조선중앙일보
1935. 8	시	낫(牛)	삼천리
1935. 8. 4	시	꼴푸장	조선중앙일보
1935. 8. 11	시	야행차(夜行車) 속	동아일보
1935. 9	시	옛 책 — 밤 3제 중의 기이(其二)	신동아
1935. 9. 1	수필	질풍노도를 초극하는 위대한	조선일보

9) 『현해탄』에 수록되면서 「세월」로 개제됨.

발표일	분류	제 목	발표지
		정열	
1935. 10. 9~11. 3	평론	조선신문학사론 서설	조선중앙일보
1935. 11	시	최후의 염원	조광
1935. 11	시	안개	조광
1935. 11	평론	거울로서의 톨스토이	조광
1935. 12	평론	담천하의 시단 일년	신동아
1935. 12	시	버러지[10]	신동아
1935. 12	시	일년	조광
1935. 12	잡문	「이민」 선후감	삼천리
1935. 12	설문 답변	금년도 조선 문학 수확	신동아
1936. 1	시	들(野)	조광
1936. 1	시	가을 바람	중앙
1936. 1		나의 애송시	중앙
1936. 1	평론	시와 시인과 그 명예	학등
1936. 1	평론	시의 일반 개념	삼천리
1936. 1. 1~4	평론	당래할 조선 문학을 위한 신제창—위대한 낭만 정신	동아일보
1936. 1. 8~10	평론	문학과 행동의 관계	조선일보
1936. 1. 19	수필	공가(空家)의 향수	동아일보
1936. 1. 26~2. 13	평론	조선 문학의 신정세와 현대적 제상	조선중앙일보
1936. 1. 28~2. 4	평론	문학의 비규정성 문제— 무이론주의의 비판	동아일보
1936. 2	시	강가로 가자	조광

---

10) 『현해탄』에 수록되면서 「벌레」로 수정됨.

발표일	분류	제 목	발표지
1936. 2	평론	기교파와 조선 시단	중앙
1936. 2	수필	경원가도(京元街道)의 초입	신동아
1936. 2	설문 답변	금년에 하고 싶은 문학적 활동기	삼천리
1936. 2	설문 답변	영어 우(又)는 에쓰어로 번역하여 해외에 보내고 싶은 우리 작품	삼천리
1936. 2	잡문	트루게네프가 만든 영원한 엘레나	조광
1936. 3	시	현해탄[11]	중앙
1936. 3	평론	언어의 마술성	비판
1936. 3. 8~24	평론	조선어와 위기하의 조선 문학	조선중앙일보
1936. 4	시	달밤	신동아
1936. 4	평론	그 뒤의 창작 노선 — 최근 작품을 읽은 감상	비판
1936. 4	평론	문예 시평 — 창작 기술에 관련되는 소감	사해공론
1936. 4	수필	할미꽃 으젓이 피는 낙타산록의 춘색	조광
1936. 4	잡문	나의 경구	조광
1936. 4	설문 답변	아동과 성인의 신장 겨누기	삼천리
1936. 5	시	적 — 사랑합시다, 적을!	중앙
1936. 5	수필	푸른 골작의 유혹	조광
1936. 5	수필	만장	중앙

---

11) 『현해탄』에 수록되면서 「海峽의 로맨티시즘」으로 개제됨.

발표일	분류	제 목	발표지
1936. 5	수필	주유(侏儒)의 변	사해공론
1936. 5	평론	언어의 현실성 — 문학에 있어서의 언어	조선문학
1936. 5	잡문	말의 빈곤(작가 생활 노트에서)	조선문학
1936. 5	평론	경우(畏友) 송영(宋影) 형께[12]	신동아
1936. 6	평론	예술적 인식 표현의 수단으로서의 언어	조선문학
1936. 6. 10~19	평론	현대적 부패의 표징인 인간 탐구와 고민의 정신	조선중앙일보
1936. 6. 28	수필	정릉리의 계곡	동아일보
1936. 6	수필	밀림에의 일 고언	신동아
1936. 6	서간	사회주의 리얼리즘 재검토	조선문학
1936. 6	수필	현해탄 상의 일야(一夜)	조광
1936. 7	수필	설천하(雪天下)의 대동강반	조광
1936. 7	수필	하늘	신인문학
1936. 7	설문 답변	객관적 사정에 의해 규정된다	삼천리
1936. 7. 18~29	평론	7월의 창작 월평	조선중앙일보
1936. 7	평론	문단 논단의 분야와 동향	사해공론
1936. 8	시	하눌	신인문학
1936. 8	평론	시의 일반 개념	삼천리
1936. 8	일기	합포(合浦)에서 — 작가의 생활 기록	신동아
1936. 9	시평	학예 자유의 옹호	사해공론

---

12) 서간체로 썼으나, 『문학의 논리』에 수록되면서 '송영론'으로 개제되므로 평론으로 분류할 수 있음.

발표일	분류	제 목	발표지
1936. 9	평론	조선 문학의 개념 규정에 반(伴)하는 소감	조선문학
1936. 10	수필	가을의 탐승처	조광
1936. 10	평론	문학상의 지방주의 문제	조광
1936. 10	설문	나의 묘지명	삼천리
1936. 11	시	단장(斷章)	낭만
1936. 11	평론	암흑기의 문예는 융성하는가	조선문학
1936. 12	수필	남방비행편(南方飛行便)	사해공론
1936	서간	민촌(民村) 형에게	조선문인서간집[13]
1937. 1	평론	진보적 시가의 작금	풍림
1937. 2	시	지상의 시	풍림
1937. 3	시	너 하나 때문에	풍림
1937. 3	평론	조선 문화와 신휴머니즘론	비판
1937. 3	수필	사랑의 진리	조광
1937. 4	잡문	우리 문단의 희귀한 작가 무영	조선문학
1937. 4	평론	문예 이론으로서의 신 휴머니즘에 대하여	풍림
1937. 4	평론	'르네상스'와 신휴머니즘론	조선문학
1937. 5	시	안개 속	조선문학
1937. 5	시	주유(侏儒)의 노래	조광
1937. 6	시	밤길	조광
1937. 6	설문	독서 설문 / 인기 설문 / 미신 설문 / 산책 설문	조광

---

13) 서상경(徐相庚) 편, 『조선문인서간집』(삼문사, 1936).

발표일	분류	제 목	발표지
1937. 6. 23	시	어린 태양이 말하되	동아일보
1937. 6. 23	시	바다의 찬가	조선일보
1937. 6. 24	시	홍수 뒤	조선일보
1937. 6	평론	작가의 눈과 문학의 세계	조선문학
1937. 6	평론	1905년 전의 고리끼	조광
1937. 6	수필	춘래불사춘(春來不似春)	조광
1937. 7. 15~20	평론	복고 현상의 재흥 ― 휴머니즘 논의의 주목할 일 추향	동아일보
1937. 8. 5	단평	타도! 추종 비평	동아일보
1937. 10. 8~14	평론	사실주의의 재인식	동아일보
1937. 10. 22	시	내 청춘에 받히노라	동아일보
1937. 10. 24	시	새 옷을 갈아입으며	동아일보
1937. 11. 3	시	지도	동아일보
1937. 11. 11~16	평론	주체의 재건과 문학의 세계	동아일보
1937. 12. 12~15	평론	정축년 문단 회고 ― 방황하는 시대정신	동아일보
1938. 1. 1~3	좌담	명일(明日)의 조선 문학, 장래할 사조와 경향[14]	동아일보
1938. 1	자서전	작가 단편 자서전	삼천리문학
1938. 1	잡문	나와 호랑이	조광
1938. 1	설문	나의 십년 계획	조광
1938. 2. 8	수필	지난날 논적들의 면영	조선일보
1938. 2. 13	수필	우수의 서	동아일보

---

14) 참석자: 박영희, 김문집, 김남천, 정인섭, 이헌구, 김용제, 정지용, 유치진, 김상용, 김광섭, 모윤숙, 임화, 최재서, 서항석.

발표일	분류	제 목	발표지
1938. 2. 22~24	평론	작가 한설야론	동아일보
1938. 2	수필	내 애인의 면영	조광
1938. 3	시집	현해탄[15]	동광당서점
1938. 3	수필	빙설 녹을 때	조광
1938. 3. 1~2	평론	극작가 유치진론	동아일보
1938. 3. 1~9	수필	언제나 지상은 아름답다	조선일보
1938. 3. 4	단평	익명 비평의 변[16]	동아일보
1938. 3. 5	단평	월평론	동아일보
1938. 3. 8	단평	문단 페미니즘	동아일보
1938. 3. 12	단평	야담의 매력	동아일보
1938. 3. 13	단평	평론·이론·비평	동아일보
1938. 3. 15	서평	엄흥섭 단편집『길』을 독(讀)함	동아일보
1938. 3. 16	단평	작가의 변설	동아일보
1938. 3. 23~27	평론	현대 문학의 정신적 기축	조선일보
1938. 3. 26	단평	전집과 편찬의식	동아일보
1938. 3. 24	서평	조벽암의 시집『향수』를 읽고	동아일보
1938. 4	시	사랑의 찬가	조광
1938. 4. 1~6	평론	세태소설론	동아일보

---

15) 발표된 바가 없던 시들도 다수 수록함.「주리라 네 탐내는 모든 것을」,「나는 못 믿겠노라」,「밤 甲板 위」,「海上에서」,「荒蕪地」,「鄕愁」,「故鄕을 지내며」,「다시 인젠 天空에 星座가 있을 必要가 없다」,「月下의 對話」,「눈물의 海峽」,「上陸」,「玄海灘」,「구름은 나의 從僕이다」 등이 신작들인데, 혹은 이들 작품 가운데서도 다른 매체를 통해 발표되었지만 그 매체를 아직 찾지 못한 경우도 있을 것이다.

16) 이하, 1938년 5월 5일까지 ≪동아일보≫에 발표되는 단평들은 '雙頭馬車'라는 필명으로 발표되었다.

발표일	분류	제 목	발표지
1938. 4. 13~17	수필	경궤연선(京軌沿線)	동아일보
1938. 4. 21	단평	저작권을 존중하라	동아일보
1938. 4. 23	단평	'이즘'들의 소멸	동아일보
1938. 4. 28~5. 7	평론	5월 창작평	동아일보
1938. 4	평론	휴머니즘 논의의 총 결산	조광
1938. 4	평론	작가의 문학과 잉여의 세계	비판
1938. 5	시	별들이 합창하는 밤[17]	비판
1938. 5. 5	단평	모방의 가치	동아일보
1938. 5. 7	평론	오월 창작 1인1평 — 비상하는 작가 정신 외	조선일보
1938. 5. 14	수필	애드바룬	조선일보
1938. 5. 24~28	평론	최근 조선 소설계 전망[18]	조선일보
1938. 5. 28	수필	창공	동아일보
1938. 5	평론	잡지문화론	비판
1938. 6	시	한잔 포도주를	청색지
1938. 6	평론	문단 — 문화월보	비판
1938. 6	평론	문학과 '저널리즘'의 교섭	사해공론
1938. 6	평론	문화기업론	청색지
1938. 6. 18~22	평론	수필론	동아일보
1938. 6. 22	서평	번역 문학의 중흥 — 해외 서정시집을 읽고	조선일보
1938. 6. 26	평론	7월 창작 1인1평 — 몽롱 중에 투명한 것을	조선일보

---

17) 『찬가』에 수록되면서 '李相春 君의 외로운 주검을 爲하여'라는 부제가 추가되었다.
18) 『문학의 논리』에 수록하면서 '본격소설론'으로 개제됨.

발표일	분류	제 목	발표지
1938. 7. 17~23	평론	문단 시감—문단적인 문학의 시대	조선일보
1938. 7	평론	언어와 문화—문예의 융성과 어문 정리	사해공론
1938. 7	설문 답변	그리운 바다, 그리운 산악	여성
1938. 7. 16	서평	현대조선문학전집 「평론집」을 독(讀)함	조선일보
1938. 8	평론	작가기질론	청색지
1938. 8~10	잡문	문단삼행어(文壇三行語)[19]	사해공론
1938. 8. 11	수필	때를 기다리는 월세계 (月世界) 여행	조선일보
1938. 8. 24~28	평론	작가에의 진언장—사실의 재인식	동아일보
1938. 9. 24	서평	박승극 수필집 『다여집』 서평	조선일보
1938. 9. 20~28	평론	시월 창작평—신 영역에의 갈망 외	동아일보
1938. 10	시	차중(車中)(추풍령)	맥
1938. 10	평론	비평의 시대	비판
1938. 10	평론	전환기 조선극단의 전망	사해공론
1938. 11	시	자선시초(自選詩抄)[20]	삼천리
1938. 11. 12~27	평론	통속 문학의 대두와 예술 문학의 비극[21]	동아일보
1938. 11. 17~20	평론	『대지』의 세계성	조선일보

19) '綠林客'이라는 필명을 사용.
20) 「향수」, 「너 하나 때문에」, 「행복은 어디 있었느냐」 세 편 재수록.
21) 『문학의 논리』에 수록되면서 '통속소설론'으로 개제됨.

발표일	분류	제 목	발표지
1938. 11. 4	서평	김대봉 시집 『무심』을 독(讀)함	조선일보
1938. 11. 29~12. 8	좌담	朝鮮文化の將來と現在[22]	경성일보
1938. 12. 23~25	평론	저회하는 시정신 ― 시단 무인(戊寅)이 걸어온 길	동아일보
1938. 12	평론	신극론	청색지
1938	발문	박세영 『산제비』 발문	별나라사
1939	편저	현대조선시인 선집	학예사
1939	편저	조선민요선	학예사
1939. 1	시	실제(失題)[23]	문장
1939. 1	평론	문예 시평 ― 비평의 고도	조선문학
1939. 1. 3	좌담	문학건설 좌담회[24]	조선일보
1939. 1. 4	좌담	신건(新建)할 조선 문학의 성격[25]	동아일보
1939. 1	좌담	朝鮮文化の將來[26]	문학계6-1
1939. 1	잡문	『원본 춘향전』 내의 「예언(例言)」	원본 춘향전 (학예사)
1939. 1	평론	신인론	비판
1939. 2. 18~31	평론	역사 문화 문학	동아일보
1939. 2. 23~25	평론	朝鮮の現代文學(1)-(3)	경성일보

22) 참석자: 村山知義, 林房雄, 雨田秋雀, 장혁주, 辛島曉(城大), 古川兼秀(本府도서 과장), 정지용, 유진오, 임화, 이태준, 김문집, 寺田瑛(본사 학예부장).
23) 『찬가』에 수록되면서 '자고 새면'으로 개제됨.
24) 참석자: 정지용, 최재서, 임화, 김광섭, 김기림, 백철, 김남천, 조선일보 측에서 홍기문, 이원조, 이헌구.
25) 참석자: 정지용, 김상용, 김남천, 안함광, 백철, 김광섭, 신남철, 임화, 동아일보 측에서 정래동, 이무영.
26) 참석자: 정지용, 임화, 유진오, 장혁주, 김문집, 이태준, 유치진 외 5명.

발표일	분류	제 목	발표지
1939. 2. 26~3. 1	평론	전체주의문학론	조선일보
1939. 2. 17	서평	박태원 저『천변풍경』평	조선일보
1939. 2. 28~3. 1	좌담	이 땅 연극의 조류²⁷⁾	동아일보
1939. 3	시	한녀름밤의 꿈²⁸⁾	조선문학
1939. 3	서평	박태원씨 저『천변풍경』평	박문
1939. 3	평론	문학어로서의 조선어	한글
1939. 3	평론	13년도의 창작계 개관	조선문예연감²⁹⁾
1939. 3	설문 답변	구두 신고 안 신은 것으로	여성
1939. 3. 9~14	좌담	연극 경연 심사를 마치고³⁰⁾	동아일보
1939. 4	수필	안해 있는 사람과의 사랑	여성
1939. 4. 13	수필	현대의 매력	조선일보
1939. 4. 30	잡문	內地文壇人への公開狀	국민신보
1939. 4~7	평론	문예잡지론—조선 잡지사의 측면	조선문학
1939. 5	수필	잡록	청색지
1939. 5	잡문	김문집『비평문학』에 대한 각계의 일가견 중	청색지
1939. 5~6	평론	최근 10년간 문예비평의 주조와 변천	비판
1939. 5. 2	잡문	독서력에 반영된 세상	동아일보

---

27) 좌담 참석자: 이기세, 안종화, 유치진, 임화, 서항석, 홍해성, 동아일보 측에서 이무영, 채정근.
28) 『찬가』에 수록되면서 '한여름 밤'으로 개제됨.
29) 인문사 편집부 편,『昭和 14년도 조선문예연감』(조선작품연감 별권)(인문사, 1939).
30) 참석자: 이기세, 임화, 송석하, 안석영, 현철, 동아일보 측에서 정래동, 이무영, 채정근.

발표일	분류	제 목	발표지
1939. 5. 2	설문	읽은 책, 읽는 책, 읽을 책 ― 최근 독서 초	동아일보
1939. 5. 2~4	평론	카토리시즘과 현대 정신	조선일보
1939. 5. 6	잡문	신인불가외(新人不可畏)	동아일보
1939. 5. 12~14	평론	19세기의 청산 ― 세계 대전을 회고함	동아일보
1939. 5. 21	평론	朝鮮の詩歌と女性	국민신보
1939. 5. 22	서평	김태오(金泰午) 씨 시집 『초원(草原)』	조선일보
1939. 6	수필	연애의 자유	신세기
1939. 6. 29~7. 2	평론	신세대론[31]	조선일보
1939. 7	서문	김태준, 『증보 조선소설사』 서문	『증보 조선소설사』(학예사)
1939. 7. 19~28	평론	7월 창작평[32]	조선일보
1939. 7. 5~9	평론	제1회 신인 문학 콩쿠르 심사를 마치고	동아일보
1939. 7. 30	수필	경성 풍토기	국민신보
1939. 8	평론	최근 소설의 주인공 ― 문예 시평	문장
1939. 8. 18~26	평론	시단의 신세대	조선일보
1939. 8	수필	하일환몽	매일신보
1939. 8	수필	폭우 나리는 밤	신세기
1939. 8. 16~20	평론	言葉を意識する	경성일보

---

31) 『문학의 논리』에 수록되면서 '소설과 신세대의 성격'으로 개제됨.
32) 『문학의 논리』에 수록되면서 '현대 소설의 귀추'로 개제됨.

발표일	분류	제 목	발표지
1939. 9	평론	교육과 문화	신세기
1939. 9	평론	최근 소설의 주인공	문장
1939. 9	잡문	이월화(李月華) 신일선 (申一仙)	모던조선
1939. 9. 1~	문학사	개설 조선신문학사[33]	조선일보/ 인문평론
1939. 10	평론	농민과 문학	문장
1939. 10	평론	단편 소설의 조선적 특성 —9월 창작평	인문평론
1939. 10. 20	수필	악서담의	매일신보
1939. 10	평론	에밀 졸라 저『실험소설론』 해설	인문평론
1939. 11. 5	평론	조선어의 운율형(韻律型)	매일신보
1939. 11. 5	일기	낙엽일기	국민신보
1939. 11. 25	수필	전시오락(戰時娛樂)	매일신보
1939. 12. 5~10	수필	초동잡기(初冬雜記)	경성일보
1939. 12	평론	창작계의 일년	조광
1939. 12	평론	창작계의 일년—중견 13인론	문장
1939. 12. 10	수필	세모수필(歲暮隨筆)	국민신보
1939. 12. 28~30	평론	신극의 새 활로—고협(高協) 중앙 공연을 보고	조선일보
1939. 12	평론	교양과 조선 문단	인문평론

---

33) 이후 제목을 '신문학사(속)', '개설 조선신문학사' 등으로 바꿔 가며, 《조선일보》
1939. 9. 1~10. 31, 《조선일보》 1940. 2. 2~5. 10, 《인문평론》 1940. 11~1941. 4에
걸쳐 연재함.

발표일	분류	제 목	발표지
1939. 12. 22	수필	전기(傳記)	매일신보
1940. 1	평론	문예 시평 —'레아리즘'의 변모 혹은 생활의 발견	태양
1940. 1. 6	수필	시민 문화의 종언	매일신보
1940. 1. 20	수필	구우(舊友)	매일신보
1940. 1. 24	수필	해후(邂逅)	매일신보
1940. 1	평론	조선 문학 연구의 일 과제[34]	동아일보
1940. 1. 13~17	대담	시단의 현상과 희망[35]	조선일보
1940. 1. 1~4	좌담	문화 현세의 총 점검[36]	동아일보
1940. 1	좌담	문학의 제 문제[37]	문장
1940. 1. 4~5	좌담	신극은 어디로 갔나/ 영화 조선의 새 출발[38]	조선일보
1940. 1. 9	평론	새로운 정신과 언어를 대망함 — 신춘문예 선후감	조선일보
1940. 1	평론	일본 농민 문학의 동향	인문평론
1940. 1	수필	기계미	인문평론
1940. 1	사전	모던문예사전	인문평론
1940. 2	수필	어떤 청년의 참회	문장
1940. 2	수필	과동기	금융조합

---

34) 『문학의 논리』에 수록되면서 '신문학사의 방법'으로 개제됨.
35) 임화, 김광균의 대담.
36) 참석자: 김광섭, 김상용, 김용준, 길진섭, 이태준, 임화, 양주동, 유치진, 안석주, 서항석, 서광재, 정인섭, 최재서, 홍난파, 동아일보 측에서 정래동, 이하윤.
37) 참석자: 김기림, 이병기, 이원조, 이선희, 임화, 양주동, 모윤숙, 박종화, 박태원, 유진오, 정지용, 최정희, 이태준, 정인택.
38) 참석자: 서광재, 이창용, 심영, 김용승, 방한준, 지경순, 김남천, 임화, 이태준, 최재서, 조선일보 측에서 이상호, 김기림.

발표일	분류	제 목	발표지
1940. 2. 2	잡문	문학 정신 검토 — 비평에 반영된 작품	매일신보
1940. 2. 10	좌담	영화 문화인 간담회	매일신보
1940. 2. 13	서평	『전망』의 윤리	조선일보
1940. 2. 15	수필	골동열(骨董熱)	매일신보
1940. 2. 15~16	평론	李光洙氏の小說「無明」に就て	경성일보
1940. 3	수필	고균전(古筠傳) 잡감	삼천리
1940. 3	설문	우리 가정 카드	삼천리
1940. 3	수필	잠 아니 오는 밤을 위하여	요양촌
1940. 3. 27	잡문	ひとら-傳	경성일보
1940. 3. 29	수필	귀의(歸依)와 자각(自覺)	매일신보
1940. 4	평론	생산소설론	인문평론
1940. 4	문학사	소설 문학의 이십 년	동아일보
1940. 4. 3	수필	기(技)·사(師)·도(道) — 조선 영화와 기술	매일신보
1940. 4. 27	수필	이출문학(移出文學)	매일신보
1940. 4. 30	수필	유료시사회	매일신보
1940. 5. 11~15	평론	소설 현상 타개의 길	조선일보
1940. 5	평론	시단 월평 — 시와 현실과 교섭	인문평론
1940. 6	평론	동경 문단과 조선 문학	인문평론
1940. 6	잡문	朝鮮文學通信	문예
1940. 6. 29	시평	문화의 신대륙 — 문허져가는 낡은 구라파	조선일보
1940. 6. 19	서평	시집 『망양』	매일신보
1940. 6. 1~4	수필	시정담의(市井談議)	매일신보

발표일	분류	제 목	발표지
1940. 7	평론	現代朝鮮文學の環境	문예 8-7
1940. 8. 21~27	평론	예술의 수단	매일신보
1940. 9	잡문	「도전」(이석징) 추천의 말	인문평론
1940. 9. 20	수필	일상성(日常性)	매일신보
1940. 10	평론	신문과 신문화	조광
1940. 10	평론	창조적 비평	인문평론
1940. 10. 29~11. 1	평론	사치론(奢侈論)	매일신보
1940. 12. 9~16	평론	시단은 이동한다	매일신보
1940. 12. 29	좌담	강한 개성 가지라!	매일신보
1940. 11	평론	조선영화론	춘추
1940. 12	평론	고전의 세계 — 혹은 고전주의적인 심정	조광
1940. 12	평론집	문학의 논리	학예사
1941. 1	평론	현대의 서정 정신	신세기
1941. 1	평론	기독교와 신문화	조광
1941. 1	좌담	문학의 제문제	문장
1941. 2. 7	서평	유진오 저 『봄』	매일신보
1941. 3	평론	문예 시평 — 여실한 것과 진실한 것	삼천리
1941. 3	대담	총력연맹 문화부장 矢鍋永三郎·임화 대담	조광
1941. 4	평론	농촌과 문화	조광
1941. 6	평론	조선영화발달소사	삼천리
1941. 6	서평	羽仁五郎 저 『미켈안제로』	춘추
1941. 7	서평	유진오 저 『화상보』를 독(讀)함	춘추

발표일	분류	제 목	발표지
1941. 7. 18	수필	究極への前提	경성일보
1941. 8	좌담	조선 주택 문제 좌담[39]	춘추
1941. 9	평론	독서론	신시대
1941. 10	평론	학생론	조광
1941. 10	수필	조어비의(釣魚泌義)	춘추
1941. 11	평론	조선영화론	춘추
1942. 1	평론	결혼론	신세대
1942. 1	좌담	文藝動員お語る[40]	국민문학
1942. 1	좌담	조선 영화의 신출발(新出發)[41]	조광
1942. 1. 31	단평	연극시평 "성길사한 (成吉思汗)" 소감	매일신보
1942. 2	평론	영화의 극성(劇性)과 기록성	춘추
1942. 10. 14	서평	윤승한 저『대원군』	매일신보
1942. 11	문학사	백조의 문학사적 의의	춘추
1942. 12	평론	연극경연대회의 인상	춘추
1943. 1	평론	소설의 인상	춘추
1943. 3. 11~12	서평	신서시평(新書時評)	매일신보
1945. 2	서평	권환 저 시집『윤리』	매일신보
1945. 10	시평(時評)	건국과 청년	인민보
1945. 11	평론	현하의 정세와 문화 운동의 당면 임무	문화전선
1945. 11. 15	시	길—지금은 없는 전사	자유신문

39) 참석자: 孫亨淳, 李克魯, 李聖鳳, 林和, 본사 측에서 梁在廈, 張鉉七, 李根榮, 李仁布.
40) 참석자: 辛島曉, 嶋元勸, 寺田瑛, 津田剛, 長崎祐三, 백철, 古川兼秀, 本多武夫, 星野相河, 松本泰雄, 矢鍋永三郎, 八幡昌成, 임화, 최재서.
41) 참석자: 安夕影, 方漢駿, 李創用, 李炳逸, 李錦龍, 林和, 朴致祐, 徐光霽.

발표일	분류	제 목	발표지
		김(金)에게[42]	
1945. 12	평론	조선문화의 방향	민성 1
1945. 12	평론	문화에 있어 봉건적 잔재와의 투쟁 임무	신문예 1
1945. 12	잡문	아동 문학 압헤는 미증유의 큰 임무가 있다	아동문학 1
1945. 12	작사	해방 전사의 노래	무궁화
1945. 12. 6~14	평론	문학의 인민적 기초	중앙신문
1946. 1	시	헌시 — 전국청년단체총동맹 대회에	건설
1946. 1	시	학병 도라오다	혁명
1946. 1	시	인민의 소리(애국시)[43]	예술신보
1946. 1	평론	조선 문학의 지향	예술
1946. 1. 28	시	초혼[44]	자유신문
1946. 2	잡문	박헌영(인물 소묘)	신천지
1946. 2. 13	요약	조선 민족 문학 건설의 기본 과제에 관한 일반 보고	조선일보
1946. 2. 25	시	3월 1일이 온다	자유신문
1946. 3	시	발자욱[45]	적성
1946. 3	평론	민주주의 민족전선	인민평론

---

42) 『찬가』에 수록되면서 부제가 '지금은 없는 戰士 金致程 동무에게'로 수정됨.
43) '애국시'라는 큰 제목 아래 여러 사람의 시를 싣고 있는데, 노래 가사로 지은 것으로 보임.
44) 『찬가』에 수록되면서 '1946년 1월 19일 새벽 서울 三淸洞 朝鮮學兵同盟會館 戰鬪에서 死沒한 세 勇士의 英靈 앞에 드리노라'라는 부제가 추가됨.
45) 『찬가』에 수록되면서 '붉은 軍隊를 歡迎하기 爲하여'라는 부제가 추가됨.

발표일	분류	제 목	발표지
1946. 4. 3	시평	방황하는 일제의 망령	현대일보
1946. 4. 9	잡문	민전의 신정부 설계	조선인민보
1946. 5	잡문	중간사	『낙동강』
1946. 5. 1	평론	비평의 재건	독립신보
1946. 5. 1	시	나의 눈은 핏발이 서서 감을 수가 없다 — 메이데이 송가(頌歌)	현대일보
1946. 5. 5	시	손을 들자 — 어린이날을 위하여 삼화피복공장 소년공 방형환(方馨煥) 군에게	조선인민보
1946. 5. 5	평론	칼 맑스의 예술	현대일보
1946. 5. 8	평론	서평에 관하여	현대일보
1946. 5. 9	시	제사(祭詞) — 5월 6일 죽은 세 학병의 제사로 삼가 이글을 쓰노라	해방일보
1946. 5. 19	시	기(旗)ㅅ발을 내리자	현대일보
1946. 5. 29	잡문	전쟁은 명랑히 하라!	현대일보
1946. 5	서평	박아지 시집 『심화』 서평	현대일보
1946. 6	평론	조선 민족 문학 건설의 기본 과제에 관한 일반 보고	건설기의 조선 문학[46]
1946. 6	평론	조선 소설에 관한 보고	건설기의 조선 문학
1946. 6. 6	서평	김기림 시집 『바다와 나비』	현대일보
1946. 6. 18	평론	꼴키의 세계 문학	조선인민보

46) 1946년 2월 8~9일에 조선문학가동맹 주최로 개최된 '제1회 조선문학자대회'의 발표문 및 회의록으로서, 조선문학가동맹 중앙위원회 편으로 조선문학가동맹에서 출간된 책.

발표일	분류	제 목	발표지
1946. 6.10	시	청년의 6월 10일로 가자	조선인민보
1946. 7	평론	조선에 있어 예술적 발전의 새로운 가능성에 관하여	문학 1
1946. 8	평론	혁명극장과 3·1 공연에 제(際)하여	영화시대 2
1946. 8. 30	시평	망국의 교훈	조선인민보
1946. 10	좌담	문학자의 자기비판[47]	인민예술 2
1947. 2	시집	찬가[48]	(小序)백양당
1947. 2	평론	인민 항쟁과 문학 운동	문학 특집호
1947. 2	잡문	진정한 민족 문학의 건설	국학
1947. 4	시집	회상시집[49]	건설출판사
1947. 4	평론	민족 문학의 이념과 문학 운동의 사상적 통일을 위하여	문학 3
1947. 4	평론	북조선의 민주 건설과 문화 예술의 위대한 발전	문학평론 3
1947. 4	서간	안회남 씨에게	문학평론 3
1947. 5	발문	김상훈(金尙勳) 시집 『대열』 발문	대열(백우서림)
1947. 6. 6	논설	민족의 원수를 제외한 정부를	문화일보
1947. 6. 13	시	박헌영(朴憲永) 선생이시어 우리게로 오시라	문화일보

---

47) 참석자: 이태준, 한설야, 이기영, 김사량, 이원조, 한효, 임화, 김남천.
48) 기 발표된 작품들 외에, 「慟哭」, 「밤의 讚歌」, 「九月十二日 ─ 1945년, 또 다시 네거리에서」, 「桂冠詩人 ─ 獄中의 兪鎭五 君에게」, 「우리들의 戰區 ─ 勇敢한 機關區 警備隊의 英雄들에게 바치는 노래」, 「높은 山 봉우리마다」 등 수록.
49) 『현해탄』의 재판. 일부 시를 제외하고 재판으로 출간하였음.

발표일	분류	제 목	발표지
1947. 6. 19	시	박헌영 선생이시여 『노력 인민』이 나옵니다	노력인민
1947. 6. 29	논설	문화공작단 출범에 제하여	문화일보
1947. 7. 5	가사	민애청가	노력인민
1950. 1. 12	시	눈이 나린다 ─ 형제들이여 인민유격도를 도웁자![50]	노동신문
1950. 3	시	그 고향이여! 한층 아름 다워라[51]	한 깃발 아래에 서(문화전선사)
1950. 3	시	형제[52]	한 깃발 아래에 서(문화전선사)
1950. 3	시	기적 울리는 죽령 고개에[53]	한 깃발 아래에 서(문화전선사)
1950. 3. 21	시	대숲 어득히 흔들리는 거기[54]	노동신문
1950. 5. 2	시	노력하자 투쟁하자 5·1절이다	노동신문
1950. 7. 8	시	전선에로! 전선에로! 인민 의용군은 나아간다	해방일보
1950. 7. 24	시	서울	해방일보
1950. 8. 19	시	원쑤와의 싸움에서 더욱 용감하라	노동신문
1950. 9. 6	시	전진이다! 진격이다![55]	노동신문

50) '양남수'라는 필명으로 발표됨.
51) 부제는 '1948년 5월 10일 경기도 長端郡 고랑포에서 죽은 김택주 동무를 위하여'.
52) 부제는 '1948년 5월 10일 서울 光熙町에서 죽은 강홍렬과 김산해 두 동무를 위하여'.
53) 부제는 '1948년 12월 19일 경북 영주에서 총살된 정규봉, 정후진, 김제룡, 권녕찬, 권 병모, 정을진 외의 한 동무를 위하여'.
54) 부제는 '1949년 11월 9일 전라남도 장흥군 유치면 전투에서 전사한 호남 전구 서남부 유격대 총사령 최현 동무를 위하여'. '양남수'라는 필명으로 발표됨.

발표일	분류	제 목	발표지
1950. 9. 18	시	한번도 본 일 없는 고향 땅에[56]	노동신문
1951. 1. 15	시평	눈 덮힌 폐허 속에서 불사의 새는 날아난다	노동신문
1951. 2. 25	시평	침략자들의 말로를 명확히 제시	노동신문
1951. 4	시	평양	문학예술
1951. 5	시집	너 어느 곳에 있느냐[57]	문화전선사
1951. 6	시	모쓰크바	젊은 투사의 깃발
1952. 2. 7	시	기지로 돌아가거든	노동신문
1952. 4	시	40년 — 김일성 장군 탄생 40년에 제하여	문학예술
1952. 4	평론	로씨야의 위대한 사실주의 작가 니꼴라이 와씨리예위츠 고골리	인민
1952. 4. 3	시평	이와 벼룩이 모조리 박멸되듯이 미국 식인종들도 박멸될 것이다	?
1952. 11. 6	시평	크레물린의 붉은 별	조쏘문화

---

55) 『너 어느 곳에 있느냐』에 수록되면서 '밟으면 아직도 뜨거운 모래밭 건너'로 개제됨.
부제는 '락동강 전선 ○○지점에서'였다가 '락동강 북부전선 ○○지점에서'로 수정됨.
56) 부제는 '오득천 소대장 이하 6명의 돌격조 용사들을 위하여'.
57) 「서울」, 「한번도 본일 없는 고향 땅에」, 「밟으면 아직도 뜨거운 모래밭 건너」, 「너 어느곳에 있느냐 — 사랑하는 딸 혜란에게」, 「한 전호 속에서 — 청년들의 단결은 무적하다」, 「바람이여 전하라」, 「흰눈을 붉게 물들인 나의 피 위에」 수록.

발표일	분류	제 목	발표지
?	시	인민의 날개	청년문예써클 자료집
1988	시전집	신승엽 편, 현해탄 : 임화 전집 1	풀빛출판사
1989	시선집	다시 네거리에서	고려원
1989	평론집	문학의 논리[58]	서음출판사
1991	시선집	다시 네거리에서	미래사
1993	문학사	임규찬, 한진일 편, 임화 신문학사	한길사
2000	시전집	김외곤 편, 임화 전집 1 — 시	박이정
2001	문학사	김외곤 편, 임화 전집 2 — 시 문학사	박이정

---

58) 임화 평론집 『문학의 논리』를 복간한 것.

임화 연구 서지

1929. 5   김기진, 「단편 서사시의 길로」, ≪조선문예≫

1929. 9. 20~22   김기진, 「예술 운동에 대하여」, ≪동아일보≫

1930. 1. 1~22   김기진, 「1929년도 문예계 총관」, ≪중외일보≫

1930. 6   권환, 「시평과 시론」, ≪대조≫

1933. 1. 21   안석영, 「문단 메리고라운드」, ≪조선일보≫

1933. 7. 22~25   김남천, 「임화에 관하여 ― 그에 대한 수감의 이 토막 저 토막」,
                 ≪조선일보≫

1933. 7. 29~8. 4 김남천, 「임화적 창작평과 자기비판」, ≪조선일보≫

1933. 9. 2   박승극, 「푸로작가의 동향 ― 임화의 문예 시평을 논함」, ≪조선
                 일보≫

1936. 1   여수, 「지용과 임화의 시」, ≪중앙≫

1936. 4   이원조, 「문예 평론가 군상 ― 특히 그들의 문장을 중심으로 해
                 서」, ≪비판≫

1936. 10   一記者, 「문인 임화 씨와의 잡담집」, ≪신인문학≫ 3권 4호

1937. 4   윤곤강, 「임화론」, ≪풍림≫

1937. 5   이동규, 「작가가 본 평가(評家)(1) ― 임화」, ≪풍림≫

1938. 3. 25   최재서, 「시와 휴머니즘 ― 임화 시집 『현해탄』을 읽고」, ≪동아
                 일보≫

1938. 3. 31   이찬, 「임화 시집 『현해탄』을 읽고」, ≪조선일보≫

1938. 4. 17   김중원, 「임화의 처녀 시집 『현해탄』을 읽고」, ≪매일신보≫

1938. 12   민병휘, 「젊은 문화인 임화 군 ― 그리운 문우들」, ≪청색지≫

1939. 5. 14 정철모, 「기성문인들에게 ─ 임화 씨의 「신인불가외」를 읽고」, ≪매일신보≫

1941. 2. 24 권환, 「임화 저 『문학의 논리』를 읽고」, ≪매일신보≫

1941. 3 이원조, 「신간평 ─ 임화 저 『문학의 논리』에 대하여」, ≪문장≫ 3권 3호

1941. 4 한설야, 「임화 저 『문학의 논리』」, ≪인문평론≫ 3권 3호

1941. 7 안함광, 「임화 저 『문학의 논리』」, ≪춘추≫

1945. 11 편집부, 「문학이 인민에게 돌아가야 한다 역설하는 임화 씨」, ≪민중조선≫

1946. 1 김동석, 「임화론 ─ 그의 시를 중심으로」, ≪상아탑≫

1947 김동석, 『예술과 생활』, 박문출판사

1947. 4 정진석, 「임화 저 『찬가』를 읽고」, ≪자유신문≫

1947. 4. 24 이병철, 「시인이 본 시인 ─ 임화, 이용악」, ≪문화일보≫

1948. 11 임긍재, 「임화론」, ≪백민≫ 4권 14호

1948 백철, 『조선 신문학사조사』, 수선사

1949 백철, 『조선 신문학사조사: 현대편』, 백양당

1961 김창순, 『북한 15년사: 1945년 8월~1961년 1월』, 지문각

1964 조연현, 『문학과 생활』, 탐구당 (「임화의 비극」 수록)

1966 이철주, 『북의 예술인』, 계몽사

1967 大村益夫, 「解放後の林和」, ≪社會科學討究≫ 35집, 早稻田大學 사회과학연구소

1972 김윤식, 「임화 연구」, ≪논문집 ─ 인문・사회과학편≫ 4집, 서울대 교양과정부

1973 김윤식, 『한국 근대 문예 비평사 연구』, 한얼문고(재판, 일지사, 1976)

1974 구연식, 「한국 다다이즘(Dadaism)의 비교 문학적 연구: 이상 시를 중심으로」, 동아대 대학원 박사 논문

1975	구연식, 「한국 다다이즘의 비교 문학적 연구」, 《동아논총》 12 No.1
1979	구중서, 『민족 문학의 길 : 구중서 문학 평론집』, 새밭(3장에 「한국문학사 방법론 비판」 수록)
1980	김용직, 『한국 문학의 흐름』, 문장사
1981	양일운, 「북한의 肅淸文人」, 《북한학보》 5
1982	서연호, 『한국 근대 희곡사 연구』, 고대 민족문화연구소 출판부
1983	신형기, 「「날개」의 비평적 재해석」, 《현상과 인식》 7
1983	박철석, 「한·일 근대시의 비교문학적 연구」, 《국어국문학논문집》 5집, 동아대 국어국문학과
1985	신형기, 「장편소설론 전개의 양상」, 《연세어문학》 18, 연세대 국어국문학과
1985	이용훈, 「참여 문학의 한계성」, 《루시퍼(Lucifer)》 No. 2, 단국대 영어영문학과
1985	성기조, 『한국 문학과 전통 논의』, 장학출판사 (3장 「임화의 문학사관과 전통 문제」 수록)(1989년 신원문화사에서 재판)
1985	정종진, 「한국근대시론사(Ⅱ)」, 《논문집》, 18 No. 1, 청주대
1985	시라카와 유타카(白川豊), 「한국근대문학사의 서술(~1945)」, 《한국학논집》 7집, 한양대 한국학연구소
1986	최유찬, 「1930년대 한국 리얼리즘론 연구」, 연세대 박사 논문
1987	마쓰모토 세이쪼, 김병걸 옮김, 『북(北)의 시인 임화』, 미래사 1987(실명 소설)
1988	박성준, 「임인식의 문학 비평 연구를 위한 시론」, 연세대 석사 논문
1988	전승주, 「임화의 신문학사 방법론에 관한 연구」, 서울대 석사 논문
1988	이경훈, 「논문 임화 시 연구 : 시집 『현해탄』을 대상으로」, 연세

대 석사

1988   김윤식, 『한국 현대문학사론』, 한샘

1988   황종연, 「1930년대 고전 복흥 운동의 문학사적 의의」, ≪한국문
            학연구≫ 11집, 동국대 한국문학연구소

1988   김윤식, 「회고록의 효용성에 대하여 : 김팔봉, 박영희의 경우」,
            ≪선청어문≫ 18집, 서울대 국어교육과

1988. 8   김윤식, 「임화의 문학 이론 : 신문학사론 비판 — 이해를 겸하여」,
            ≪문학사상≫, 190호

1988. 10   김윤식, 「월북 문인 연구II / 임화 연구(상) : 임화와 김남천(金南
            天) — 「물논쟁」에서 「문학과 동맹」 조직까지」, ≪문학사상≫, 192

1988. 10   박성준, 「'역사의 비극' 선택받은 시인 임화」, ≪현대공론≫

1988. 10   김재용, 「진보적 문학가 임화의 삶과 문학」, ≪사회와사상≫

1988. 12   김윤식, 「임화 연구(하) : 임화와 이북만(李北滿) — 누이 콤플
            렉스에 대하여」, ≪문학사상≫, 194호

1988. 12   김윤식, 「임화와 김팔봉」, ≪외국문학≫ 17호

1989   김윤식, 『임화 연구』, 문학사상사, 1989

1989   한국비평문학회, 『혁명 전통의 부산물 : 납·월북 문인 그 후』,
            신원문화사

1989   김용직, 『해방기 한국 시문학사』, 민음사

1989   유임하, 「임화 시의 변모 양상에 관한 연구」, ≪동악어문논집≫
            24, 동악어문학회

1989   채수영, 「임화론」, ≪한국문학연구≫ 12, 동국대 한국문학연구소

1989   김윤식, 「'이광수'에서 '임화'까지」, ≪문학과 사회≫ 2권 4호

1989   권영민 외, 『월북 문인 연구』, 문학사상사

1989   송창섭, 「임화와 백석론」, ≪북한≫ 210

1989   김윤식, 「임화와 전향 논리」, ≪한국학보≫, 15 No. 2

1989   박제천, 『꿈꾸는 삶의 불꽃』, 문학아카데미(「비극적 시인의 한

계, 임화」수록)

1989	강정숙, 「한국문학사에 관하여」, ≪성심어문논집≫ 12집, 성심여대 국어국문학과
1989	유임하, 「임화 시의 변모 양상에 관한 연구」, 동국대 대학원 석사 논문
1989. 3~5	김윤식, 「임화와 백철 — 거울화의 두 표정」, ≪한국문학≫
1989. 6~7	김재홍, 「낭만파 프로시인 임화」, ≪한국문학≫
1989. 6	유창근, 「임화론」, ≪시문학≫ 19권 6호
1989. 12	김윤식, 「이광수에서 임화까지」, ≪문학과사회≫
1989. 12 ~1990. 1	김용직, 「이데올로기의 칼날과 시의 길 — 임화론」, ≪작가세계≫
1990	신승엽, 「식민지 시대 임화의 삶과 문학」, 윤여탁·오성호 편, 『한국 현대 리얼리즘 시인론』, 태학사
1990	김재용, 「진보적 문학가 임화의 삶과 문학」, 『민족 문학 운동의 역사와 이론』, 한길사
1990	김윤식, 「해방 공간 문화 운동의 갈래와 그 전망」, ≪한국학보≫, 16 No. 1
1990	정경운, 「임화의 낭만주의론 연구」, 전남대 대학원 석사 논문
1990	홍종욱, 「한국 현대문학사 연구」, 건국대 교육대학원 석사 논문
1990	민경희, 「임화의 소설론 연구」, 서울대 대학원 석사 논문
1990	김재홍, 「문학의 길, 정치의 길, 임화」, ≪한국논단≫ 7 No. 1
1990	정효구, 「대화적 성격과 낭만적 세계관 — 「우리 오빠와 화로」 임화」, ≪문학과 비평≫ 4권 2호
1990	오성호, 「식민지 시대 노동 소설의 성과와 한계」, ≪연세어문학≫ 22
1990	김정석, 「임화 시 연구 : '시적 자아'의 변모 과정」, ≪국학연구≫ 3호, 국학연구소
1990	김재홍, 「낭만파 프로시인 임화」, 『카프시인 비평』, 서울대 출

판부

1990   황정범, 「임화 비평의 연구」, 부산대 석사 논문

1990   이현식, 「1930년대 후반 사실주의 문학론 연구: 임화와 안함광을 중심으로」, 연세대 석사 논문

1990   김윤식, 「임화론: 문학과 정치의 관련 양상」, 김윤식·정호웅 편, 『한국 근대 리얼리즘 작가 연구』, 문학과지성사

1990   한기형, 「임화의 문학사 서술에 대한 관점의 몇 가지 문제: 신경향과 소설 평가를 중심으로」, 『벽사 이우성 교수 정년 퇴직 기념 논총 ─ 민족사의 전개와 그 문화 하』, 창작과비평사

1990   신명경, 「임화 시 연구」, 동아대 대학원 석사 논문

1990   박상천, 「임화의 시 연구」, 『한국 근대시의 비평적 성찰』, 국학자료원

1990   김진희, 「임화 시 연구: '단편 서사시'를 중심으로」, 이화여대 대학원 석사 논문

1990. 2   김용직, 「임화와 일제 말 암흑기」, 《문학정신》

1990. 6   김용직, 「이데올로기 지향시의 해석 문제 ─ 임화의 전선시를 중심으로」, 《문학과사회》

1990. 6   정효구, 「대화적 성격과 낭만적 세계관 ─ 임화의 「우리 오빠와 화로」」, 《문학과비평》

1990. 9   이상경, 「임화의 소설사론과 그 미학적 근거에 대한 비판적 검토」, 《창작과비평》 18권 3호

1991   오현주, 「임화의 문학사 서술에 대한 고찰」, 《현상과 인식》 15권 1·2호, 한국인문사회과학원

1991   박상천, 「임화론」, 홍기삼·김시태 공편, 『해금문학론』, 미리내

1991   김승환, 「임화의 민족문학론」, 『해방 공간의 현실주의 문학 연구』, 일지사 (2부 1장 1절)

1991   이태숙, 「임화 시의 변모 양상에 관한 고찰」, 서울대 석사 논문

1991	신명경, 「임화의 낭만정신론 연구」, ≪동아어문논집≫ 1집, 동아어문학회
1991	김승환, 「해방 공간의 북한 문학」, ≪한국학보≫, 17 No. 2
1991	조두섭, 「임화 서간체 시의 정체」, ≪대구어문논총≫ 9집, 대구어문학회
1991	김정훈, 「임화 시 연구를 위한 소론」, ≪국제어문≫ 12·13집, 국제대 국어국문학과
1991	高英子, 「中野重治と林和」, ≪용봉논총≫ 20집, 전남대 인문과학연구소
1991	김용직, 『현대 경향시 해석 / 비판』, 느티나무
1991	김용직, 「일제 말기의 임화」 ; 「임화의 전선시 고찰」, 『변혁기의 시와 문화』, 서울대 출판부
1991	유창근, 「임화론」, 『(현대문학 평론집)문학과 인생』, 양서원
1991	손진은, 「새로운 시 양식의 시도와 실패 : 임화론」, ≪문학과 언어≫ 12집, 문학과언어연구회
1991	유영희, 「임화론」, ≪강릉어문학≫ 6집, 강릉대 국어국문학과
1991	권희선, 「1930년대 예술방법론 연구」, 서울대 대학원 석사 논문
1991	송승환, 「1920년대 한국 경향시의 한 연구」, 경희대 교육대학원 석사 논문
1991	신두원, 「임화의 현실주의론 연구」, 서울대 석사 논문
1991	홍희선, 「임화 시 연구」, 서울여대 석사 논문
1991	강정숙, 「한국 근대시에 나타난 서구 지향성과 전통 지향성의 변모 양상 연구 : 바다와 산의 이미지를 중심으로」, 건국대 교육대학원 석사 논문
1991. 6	강진호, 「임화 낭만주의론의 성격과 의미」, ≪우리문학≫ 여름호
1991. 9	신승엽, 「이식과 창조의 변증법 ─ 임화 이식문학론의 정당한 이해를 위하여」, ≪창작과비평≫ 19권 3호

1991. 12	임규찬, 「임화 문학사를 바라보는 최근의 관점과 비판 — 임화 「산문학사」에 대한 연구(2)」, 《한길문학》 11호
1992	김수정, 「1930년대 휴머니즘론 연구 — 백철·임화를 중심으로」, 고려대 석사 논문
1992	이현식, 「카프 대중화론 연구」, 《원우논집》 19집, 연세대 대학원 원우회
1992	신종호, 「임화의 비평의식 연구」, 《숭실어문》 9집, 숭실대 숭실어문연구회
1992	유병석, 「임화의 '신문학사' 연구」, 《한국학논집》 21, 한양대 한국학연구소
1992	유임하, 「1920~30년대 시에 나타난 근대 문명 인식」, 《한국문학연구》 14집, 동국대 한국문학연구소
1992	이양숙, 「해방 직후 임화의 민족문학론에 대하여」, 《문학과 논리》 2호
1992	김재용, 「8·15 직후의 민족문학론」, 《문학과 논리》 2호
1992	송광수, 「임화 시 연구 : 근친애정의 변형을 중심으로」, 영남대 교육대학원 석사 논문
1992	신종호, 「임화 연구」, 숭실대 석사 논문
1992	성진희, 「임화의 신문학사론 연구」, 서울대 대학원 석사 논문
1992	김은영, 「경향시의 서사 지향성 연구 : 임화와 이용악의 이야기시를 중심으로」, 부산대 대학원 석사 논문
1992	송근호, 「1930년대 후반 임화의 문학론 연구」, 연세대 석사 논문
1992	김주언, 「임화 시론 연구」, 단국대 대학원 석사 논문
1992	남기혁, 「임화 시의 담론 구조와 장르적 성격 연구」, 서울대 대학원 석사 논문
1992	정영호, 「1930년대 문예비평관 연구」, 동아대 박사 논문
1992	김병구, 「임화의 소설론 연구」, 서강대 석사 논문

1992	전상기, 「임화 리얼리즘론의 변모 과정 연구」, 성균관대 석사 논문
1992	하정일, 「해방기 민족문학론 연구」, 연세대 박사 논문
1992	박정희, 「임화 시 연구 — 시적 양식을 중심으로」, ≪논문집≫ 15집, 한양여전
1992. 2	김재용, 「북학 문학계의 '반종파 투쟁'과 카프 및 항일 혁명 문학 : 임화·김남천·이태준·한효·안막·윤두현·안함광·한설야 등의 '숙청'에 대한 문학사적 검토」, ≪역사비평≫ 16호
1992. 6	이경훈, 「전쟁을 시쓰기 : 임화 시집 『너 어느곳에 있느냐』에 대하여」, ≪한길문학≫ 13호
1993	김지연, 「임화의 시론과 시에 관한 일고찰」, ≪국어국문학≫ 110호, 국어국문학회
1993	이경훈, 「임화의 1930년대 후반기 시 연구」, ≪비평문학≫ No. 7, 한국비평문학회
1993	나병철, 「임화의 리얼리즘론과 소설론」, ≪현대문학의 연구≫ 4, 한국문학연구회
1993	정희모, 「임화의 '본격소설론' 연구」, ≪연세어문학≫ 25집, 연세대 국어국문학과
1993	박용찬, 「프로 문학 선택과 시의 창작 방법 문제」, ≪어문학≫ 54, 한국어문학회
1993	전재은, 「해방 후 임화시 연구 : 시집 『찬가』 1부와 『너 어느곳에 있느냐』를 중심으로」, 숙명여대 교육대학원 석사 논문
1993	이상갑, 「임화의 단편 서사시 연구」, ≪우리어문연구≫ 6·7집, 국학자료원
1993	이훈, 「1930년대 임화의 문학론 연구」, 서울대 대학원 박사 논문
1993	정찬영, 「1930년대 후반기 리얼리즘론 연구」, 부산대 석사 논문
1993	정효구, 「임화의 단편 서사시에 나타난 방법적 특성의 고찰」,

≪인문학지≫ 9집, 충북대 인문과학연구소

1993   이승훈, 『한국현대시론사』, 고려원(3장 「1930년대의 시론」 중
        「임화의 시론」 수록)

1993   송희복, 『해방기 문학비평 연구』, 문학과지성사

1993   이숭원, 「임화 시의 선동성과 낭만적 열정」, 『현대시와 삶의 지
        평』, 시와시학사

1993   이숭원, 「임화 시의 선동성과 낭만적 열정」, 『한국 현대 시인
        론』, 개문사

1993   나병철, 「임화의 리얼리즘론과 소설론」, 한국문학연구회 편,
        『1930년대 문학 연구』, 평민사

1993. 6   조봉제, 「문단 회상기·12 : 카프의 효장 임화」, ≪(월간)문학세
        계≫ 17호

1994   김순전, 「1920년대 일본·한국의 예술 대중화론의 시각 고찰」,
        ≪용봉논총≫ 23집, 전남대 인문과학연구소

1994   최정숙, 「松本淸張의 『북의 시인』과 임화의 문학」, 한국문학평
        론가협회 편, 『문학 속의 서울』, 백문사

1994   김정훈, 「임화의 문학관 연구」, ≪국제어문≫ 14·15집, 서경대
        출판부

1994   김영진, 「해방기의 문학비평 연구」, 전주우석대 박사 논문

1994   권성우, 「1920~30년대 문학 비평에 나타난 '타자성' 연구」, 서
        울대 박사 논문

1994   기나연, 「임화 시 연구」, 성신여대 교육대학원 석사 논문

1994   김명인, 「1930년대 중후반 임화 시의 양상과 성격」, ≪민족문학
        사연구≫ 5호, 민족문학사연구소

1994   김현정, 「임화와 김기림 비평의 대화적 연구」, 대전대 석사 논문

1994   정순진, 「리얼리즘 시의 흐름과 양상」, ≪어문연구≫ 25집, 어
        문연구회

1994	조현일, 「임화 소설론 연구」, 한국현대문학연구회 엮음, 『한국 문학과 모더니즘』, 한양출판
1994	김주언, 「임화의 문학사 서술에 나타난 근대성 인식의 문제」, ≪국문학논집≫, 단국대 국어국문학과
1994	김윤식, 「서정시의 운명 ── 임화와 김기림의 김광균론」, 『현대 문학과의 대화』, 서울대 출판부
1994	이훈, 「임화의 초기 문학론 연구」, ≪국어국문학≫ No. 111, 국 어국문학회
1994	김진기, 「임화의『조선신문학사』비판」, ≪건국어문학≫ 19·20 합집
1994	황국명, 「계급 문학에서의 장편 소설 논쟁」, ≪인문논총≫ 6, 경남대 인문과학연구소
1994	이상갑, 「1930년대 후반기 창작방법론 연구」, 고려대 박사 논문
1995	이훈, 「임화의 1920년대 중반~1930년대 초 문학론 연구」, ≪국 어국문학≫ 114
1995	이해년, 「프로 문학자의 행동주의 문학론」, ≪한국문학논총≫ 16집, 한국문학회
1995	김외곤, 「임화의 비평론과 생활 세계의 인식」, ≪호서어문연구≫ 3 No. 4, 호서대 국어국문학과
1995	이기형, 「시로 본 한국현대사 : 1940년대 ── 임화 : 해방은 왔어 도」, ≪역사비평≫ 31호, 역사문제연구소
1995	김진기, 「임화의『조선신문학사』비판」, ≪건국어문학≫ 19·20 합집, 건국대 국어국문학연구회
1995	김외곤, 「임화의 소설론과 생활 세계의 인식」, ≪한국학보≫ 21 No. 4
1995	양진오, 「이식과 전통의 문학사」, ≪서강어문≫ 11집, 서강어문 학회

1995	황국명, 「임화의 소설론 연구」, ≪인제논총≫ 11권 2호, 인제대
1995	이훈, 「임화의 1920년대 중반~1930년대 초 문학론 연구」, ≪국어국문학≫ 114호, 국어국문학회
1995	문지성, 「한국 프로 문학과 임화의 시 세계」, ≪성심어문논집≫ 17집, 가톨릭대 국어국문학과
1995	이승훈, 「1920년대 한국 모더니즘시 연구」, ≪한국학논집≫ 29집, 한양대 한국학연구소
1995	이훈, 「임화의 1940년대 전반기 문학비평 연구」, ≪목포대논문집≫ 16집 1호
1995	김현옥, 「임화 시 연구」, 우석대 석사 논문
1995	한만수, 『삶 속의 비평』, 새미 (「겨눈 곳과 맞춘 곳 — 임화의 대중화론에 대하여」 수록)
1995	정효구, 「임화론 — 임화의 단편 서사시에 나타난 방법적 특성」, 김은전·이승원 공편, 『한국현대시인론』, 시와시학사
1995	정효구, 『20세기 한국 시의 정신과 방법』, 시와시학사
1995	신은주, 「韓國文學の中の日本近代文學: 一九二〇年代の詩と詩人たち」, お茶の水女子大學 박사 논문
1995	김오경, 「임화시 연구」, 충남대 석사 논문
1995	송희복, 『한국문학사론 연구』, 문예출판사
1995	윤여탁, 「임화 시론과 서술시의 전개」, 『시의 논리와 서정시의 역사』, 태학사
1995	김영옥, 「한국 현대시의 서사성 연구: 김동환, 임화, 신동엽을 중심으로」, 충남대 석사 논문
1995	나병철, 「임화의 리얼리즘론과 소설론」, 『전환기의 근대 문학』, 두레시대
1995	최두석, 「한국 현대 리얼리즘시 연구: 임화·오장환·백석·이용악의 시를 중심으로」, 서울대 대학원 박사 논문

1995	안상수, 「타이포그라피적 관점에서 본 이상 시에 대한 연구」, 한양대 대학원 박사 논문
1995	이수남, 「한국 현대 서술시의 특성 연구」, 부산외대 석사 논문
1995. 9	이숭원, 「임화 시와 격정·고뇌의 가락」, ≪현대시≫ 6권 9호
1995. 11	이기형, 「1940년대 — 임화: 해방은 왔어도」, ≪역사비평≫
1996	신두원, 「30년대 비평 이론 연구 노트」, ≪기전어문학≫ 10∼11, 수원대 국어국문학회
1996	김윤식, 『해방 공간 문단의 내면 풍경』, 민음사
1996	강진호, 「임화론 — 낭만주의론의 성격과 의미」, 『한국 근대 문학 작가 연구』, 깊은샘
1996	문정희, 「임화 시의 정치의식」, 『언어의 혁명』, 답게
1996	정호웅, 『한국 현대소설사론』, 새미 (「임화론 — 임화 소설 비평의 구조」 수록)
1996	김춘식, 「한국 문예비평사의 사회·문화사적인 서술을 위한 시론」, ≪국어국문학논문집≫ 17집, 동국대 국어국문학과
1996	이승훈, 『한국 현대시 새롭게 읽기』, 세계사
1996	이형권, 「임화시의 비유적 특성」, ≪목원어문학≫ 14집, 목원대 국어교육과
1996	장사선, 「한효론(II)」, ≪동서문화연구≫ 4, 홍익대 인문과학연구소
1996	정호웅, 「임화 소설 비평의 구조」, ≪한국학보≫, 22 No. 2
1996	정호웅, 『임화: 세계 개진의 열정』, 건국대 출판부
1996	이형권, 「임화시와 이미지」, ≪문예시학≫ 7 No. 1, 충남시문학회
1996	이보영, 「비평가의 초상(2) — 임화론」, ≪문예연구≫ 3권 3호
1996	박정선, 「1930년대 후반기 임화 시 연구」, 경북대 석사 논문
1996	김형숙, 「임화 리얼리즘 문학론 연구: '주체' 문제를 중심으로」, 한국교원대 대학원 석사 논문

1996	유보선, 「1930년대 후반기 문학 비평 연구」, 서울대 박사 논문
1996	이현식, 「1930년대 후반 한국 문예 비평 이론 연구 : 특히 주제 문제와 관련하여」, 연세대 박사 논문
1996	김정훈, 「임화 시 연구」, 한양대 대학원 박사 논문
1996	진순애, 「한국 현대시의 모더니티 연구」, 성균관대 박사 논문
1996. 6	임성운, 「임화의 문학사 기술 방법 연구 — 지리적 공간 인식을 중심으로」, 《순천대 어학연구》 7호
1996. 6	서경석, 「1930년대 문학 비평에 나타난 '탈근대성' 연구」, 《한국학보》 22 No. 3
1996. 11	오세영, 「오세영의 분석적 시 읽기 4 — 임화의 「우리 오빠와 화로」」, 《현대시》 7권 11호
1997	이형권, 「임화 문학 연구」, 충남대 박사 논문
1997	박진영, 「임화 신문학사론 연구」, 연세대 대학원 석사 논문
1997	김중호, 「임화 연구」, 홍익대 석사 논문
1997	김수기, 「1930년대 단편 서사시 연구」, 건국대 교육대학원 석사 논문
1997	이승원, 『20세기 한국시인론』, 국학자료원
1997	정재형 편, 『한국 초창기의 영화 이론』, 집문당
1997	채형석, 「임화의 비평 의식에 따른 시적 변모 양상 고찰」, 《국어국문학연구》 19, 원광대 국어국문학과
1997	신은주, 「나카노 시게하루(中野重治)와 한국 프롤레타리아 문학운동」, 《일본연구》 12호, 한국외국어대 일본연구소
1997	정호웅, 「'임화 소설사'의 몇 가지 내용에 대한 비판적 검토」, 《현대문학이론연구》 8, 현대문학이론학회
1997. 4	조남익, 「월·남북시인론 : 임화 편 — 프로 시와 이야기 시의 전개」, 《시문학》 27권 4호
1998	신용협 편, 『한국 현대시 대표 작품 연구』, 국학자료원 (이형권,

임화의 「우리 오빠와 화로」 수록)

1998   오세영, 『한국 현대시 분석적 읽기』, 고려대 출판부

1998   박건명, 「1930년대 시에 나타난 산(山) 이미저리의 의미 층위
        연구」, 건국대 대학원 박사 논문

1998   최수진, 「1930년대 임화 시 연구」, 경희대 석사 논문

1998   김병택, 「임화의 시논고」, ≪인문학연구≫ 4, 제주대 인문과학
        연구소

1998   안심순, 「임화 연구」. 국민대 석사 논문

1998   김기중, 「임지의 신문학사론 연구」, ≪순천향어문논집≫ 5, 순
        천향대 국어국문학과

1998   윤석우, 「한국 현대 서술시의 담화 특성 연구」, 조선대 대학원
        박사 논문

1998   채호석, 「임화와 김남천의 비평에 나타난 '주체'의 문제」, 상허
        문학회, 『1930년대 후반 문학의 근대성과 자기 성찰』, 깊은샘

1998   Chang, Yun Ik, 「북한 작가들의 인권 진상(The Violations of
        Human Rights in North Korea)」, ≪논문집≫ 10, 경주대

1998   정희모, 「임화의 리얼리즘론과 소설론 연구」, ≪비평문학≫ 12
        호, 한국비평문학회

1998   김정훈, 「일제 강점기 임화의 시 세계」, 조상기 편, 『한국 현대
        시의 양상과 이론』, 태학사

1998   김기중, 「임화의 신문학사론 연구」, 평주박을수박사화갑기념논
        총간행위원회 편, 『국어국문학 연구의 오늘』, 아세아문화사

1998   오형엽, 「1930년대 시론(詩論)의 구조적 연구: 김기림·임화·
        박용철을 중심으로」, 고려대 대학원 박사 논문

1998   김영민, 「해방 직후 민족문학론 연구」, ≪매지논총≫ 15집, 연
        세대 매지학술연구소

1998   김정훈, 「광복 직후의 임화 시 연구」, ≪국어교육≫ 97호, 한국

국어교육연구회

1998   박희병, 「임화의 이식문학론 비판」, ≪한국문화≫ 22호, 서울대
        한국문화연구소

1999   송기섭, 『한국 현대 문학의 도정』, 새미 (「서정의 힘과 이념—
        임화론」 수록)

1999   권용선, 「30년대 후반 임화 문학론에 나타난 근대성 인식 고찰」,
        ≪인천어문학≫ 14·15집, 인천대 국어국문학과

1999   김윤식, 「비평의 자립적 근거에 대하여」, ≪한국학보≫, 25 No. 2

1999   박배식, 「임화의 문학론과 현실 인식」, ≪한국문학이론과비평≫
        6집

1999   서경석, 「1930년대 후반의 카프(KAPF)」, ≪어문학≫ 66, 한국
        어문학회

1999   이용훈, 「신경향파 소설 연구 : 주체의 형성과 그 이념에 대해
        서」, 동국대 대학원 석사 논문

1999   서경석, 「1930년대 후반의 카프(KAPF)」, ≪어문학≫ 66집, 한
        국어문학회

1999   김미정, 「임화의 단편 서사시 연구」, 동아대 대학원 석사 논문

1999   최명표, 「단편서사시론」, ≪한국문학논총≫ 24집, 한국문학회

1999   신경명, 「일제 강점기 로만주의 문학론 연구」, 동아대 대학원
        박사 논문

1999   정진용, 「임화 시의 계급 의식 연구 : 단편 서사시를 중심으로」,
        아주대 교육대학원 석사 논문

1999   선주원, 「1930년대 후반 반파시즘 인민전선론에 관한 비판적
        검토」, ≪청람어문학≫ 21집, 청람어문학회

1999   이기수, 「김기림 연구 : 광부 전의 시론(詩論)과 시를 중심으로」,
        명지대 교육대학원 석사 논문

1999   허형만·이훈, 「1930년대 임화의 리얼리즘론 연구」, ≪한국언어

문학》 42집, 한국언어문학회

1999   박승희, 「한국 시의 미적 근대성 연구 : 최남선, 임화, 김기림을
        중심으로」, 영남대 대학원 박사 논문

1999   신재기, 「임화의 '주체 재건론' 비판」, 『한국근대문학비평가론』,
        월인(月印)

1999   조두섭, 「서간체 시의 전략 / 임화」, 『한국 근대시의 이념과 형
        식』, 다운샘

1999   서지영, 「한국 현대시의 산문성 연구 : 오장환·임화·백석·이
        용학·이상 시를 대상으로」, 서강대 대학원 박사 논문

1999   김외곤, 「임화의 '신문학사'와 오리엔탈리즘」, 《한국문학이론과
        비평》 5집, 예림기획

1999   김근철 편, 『한국 근대시의 이해』, 문창사

1999   김진기, 「임화의 『조선신문학사』 비판」, 『한국 근현대 소설 연
        구』, 박이정

1999   허형만·이훈·임춘성, 「1930년대 임화와 후평(胡風)의 리얼리
        즘론 비교 연구」, 한국학술진흥재단 공모 과제

1999   이미경, 「1930년대 '기교주의 논쟁' 전개 양상과 그 의미」, 《어
        문학》 67, 한국어문학회

1999   신재기, 「임화의 '주체 재건'론 비판」, 《어문학》 66집, 한국어
        문학회

1999   송기섭, 「서정의 힘과 이념 : 임화론」, 《어문연구》 31집, 어문
        연구학회

1999   김재용, 「임화의 이식문학론과 조선적 특수성 인식의 명암」,
        《문예연구》 6권 3호

1999   류찬열, 「임화의 문학사론 연구」, 문학과비평연구회 편, 『1930
        년대 문학과 근대 체험』, 이회문화사

1999   김용직, 『임화 문학 연구 : 이데올로기와 시의 길』, 새미

2000   하재연, 「임화 시 연구」, 고려대 석사 논문

2000   최동호, 『디지털 문화와 생태시학』, 문학동네

2000   임규찬, 「임화 시론 연구」, 반교어문학회 편, 『근현대 문학의 사적 전개와 미적 양상 1-2』, 보고사

2000   김윤태, 「1930년대 한국 현대시론의 근대성 연구 : 임화와 김기림의 시론을 중심으로」, 서울대 대학원 박사 논문

2000   신승엽, 「이식과 창조의 변증법 — 임화 이식문학론의 정당한 이해를 위하여」, 「해방 직후의 민족문학론」 등, 『민족 문학을 넘어서』, 소명출판

2000   양영길, 「임화의 한국 근대문학사 인식 방법 연구」, ≪백록어문≫ 16집, 백록어문학회

2000   김재용, 「민족주의와 관념적 국제주의를 넘어서」, ≪한국근대문학연구≫ 1 No. 1, 한국근대문학학회

2000   김영택 · 권순부, 「임화의 『신문학사』에 관한 일연구」, ≪어문집≫ 39, 목원대

2000   김외곤, 「1930년대 후반 임화의 문학론 재론」, ≪현대문학이론연구≫ 13집, 현대문학이론학회

2000   김태석, 「기교주의 논쟁 발단에 담긴 내포적 의미」, ≪국문학논집≫ 17, 단국대 국어국문학과

2000   백문임, 「식민지 시대 프로 영화운동론」, ≪원우론집≫ 31집

2000   김종일, 「임화 『신문학사』의 공론적인 성격 연구」, 『문학사는, 어쨌든, 계속 다시 쓰여질 것이다』, 한국문화사

2000   김명인, 「임화 — 한 절정의 정신이 놓였던 자리」, 『불을 찾아서』, 소명출판

2000   이명원, 「카프 해산 직후 임화 비평에 나타난 '주체 재건'의 양상에 대한 고찰」, 『타는 혀』, 새움

2000   김외곤, 「임화의 문학 비평과 미술 비평의 관련성」, ≪인문과학

연구≫ 9권 1호, 서원대 인문과학연구소

2000   서준섭, 「문학과 정치 —임화의 문학 비평」, 『한국 근대 문학과 사회』, 월인(月印)

2000   임영천 편, 김종일, 임화 「신문학사」의 공론적 성격 연구」, 『한국 현대 문학과 시대정신』, 국학자료원

2000. 3   신두원, 「변증법적 문학 이론의 전개: 임화론」, ≪한국문학평론≫ 13호

2000. 9   최동호, 「임화의 단편 서사시와 전선시가의 문학사적 의미: 「우리 오빠와 화로」에서 「바람이요 전하라」까지」, ≪한국문학평론≫ 15호

2000. 9   홍정선, 「우리 시의 아름다움과 깊이 ③: 임화와 이상」, ≪황해문화≫ 28호

2001   김재용, 「임화와 양남수」, ≪한국근대문학연구≫ 2 No. 1, 한국근대문학학회

2001   박은미, 「임화 시에 나타난 가족 모티브 연구」, ≪겨레어문학≫ 27집, 겨레어문학회

2001   이경수, 「임화 시에 나타난 '운명'의 의미」, ≪어문논집≫ 44집, 민족어문학회

2001   김정훈, 『임화 시 연구』, 국학자료원

2001   이혜선, 「해방 직후 좌·우익의 문학 운동과 근대 기획」, ≪원우론집≫ 34, 연세대 대학원 원우회

2001   김주언, 「임화의 낭만주의론, 그 의미와 한계」, ≪어문연구≫ 29권 4호, 한국어문교육연구회

2001   김영민, 「임화의 신문학사(新文學史) 연구의 성과와 의미」, ≪매지논총≫ 18집, 연세대 매지학술연구소

2001   이명찬, 「네 거리를 고향으로 둔 시인의 운명」, ≪민족문학사연구≫ 18호, 민족문학사학회 민족문학사연구소

2001   송기한, 「1920~30년대 카프 시의 전개 양상」, ≪인문과학논문집≫ 31집, 대전대 인문과학연구소

2001   이형권, 「임화의 「우리 오빠와 화로」」, 신용협 편, 『현대 대표 시 연구』, 새미

2001   신재기, 「임화의 창조적 비평론 연구」, ≪한민족어문학≫ 38집, 한민족어문학회

2001   양영길, 「임화의 한국 근대 문학사 인식 방법」, 『한국 문학사 인식 어떻게 할 것인가』, 푸른사상사

2001   임정택, 「임화 전기시의 변모 양상 연구」, 울산대 교육대학원 석사 논문

2001   정희모, 「사상성의 회복과 본격 소설의 완성 — 임화의 리얼리 즘론」, 『한국 근대 비평의 담론』, 새미

2001   임헌영, 「서정시와 혁명시 — 임화의 해방 후 혁명시를 중심으로」, 문덕수 등 편, 『한국 현대 시인 연구 상, 하』, 푸른사상사

2001   박용구 지음, 장광열 대담, 「문학 — 비운의 재사, 임화」, 『20세기 예술의 세계』, 지식산업사

2001   최열, 「프롤레타리아 미술 논쟁」, 『한국 근대 미술 비평사』, 열화당

2001   이광호, 「'낭만적 정신'의 변증법과 프로 시의 근대성 — 임화의 시론」, 『미적 근대성과 한국 문학사』, 민음사

2001   권희영, 「1930년대 한국 지식인의 정서와 근대적 공간: 임화, 이상을 중심으로」, 『한국사와 정신 분석』, 집문당

2001   정찬영, 「임화의 문학론 연구」, ≪우암어문논집≫ 11호, 부산외대 국어국문학과

2001   정찬영, 「임화 문학론의 근거와 성격」, 『한국 근현대 문학의 재인식』, 세종출판사

2001   이진형, 「임화의 소설 이론 연구: 본격소설론의 형성과 구조」,

연세대 대학원 석사 논문

2001   김명인, 「임화 ― 한 절정의 정신이 놓인 자리」, 이명재·류근
조·김흥식 (공)편저, 『문학과 사회』, 동인

2001   임규찬, 『문학사와 비평적 쟁점』, 태학사

2001   김창수, 「한국 근대시에 나타난 집 이미지 연구」, 고려대 대학
원 박사 논문

2001   구장률, 「휴머니즘론의 사적(史的) 전개 과정 연구: 1930~
1950년대를 중심으로」, 연세대 대학원 석사 논문

2001   김병호, 「한국 근대시 연구: 주제의식을 중심으로」, 중앙대 대
학원 박사 논문

2001   김윤태, 제1부 제3장 「1930년대 프로시론의 전개 양상」, 『한국
현대시와 리얼리티』, 소명출판

2001   이동하, 「문학과 정치, 문학과 이데올로기 ― 정지용, 임화, 그
리고 한설야의 경우」, 『한국 문학을 보는 새로운 시각』, 새미

2001   이병헌, 「단정과 표현의 적극성: 임화의 비평」, 『한국 현대 비
평의 문체』, 고려대 민족문화연구원

2001   박배식, 「임화의 비평의식 변모 양상」, ≪인문논총≫ 8집, 동신
대 인문과학연구소

2001   양상선, 「임화 시의 엘리트 의식 고찰」, 군산대 석사 논문

2002   임영천 외, 『문학의 이념과 표현 방법의 변화』, 국학자료원 (특
집 ― '임화의 이념과 문학'에 김정훈, 「1930년대 임화의 시적 대
응 양상」; 이향아, 「'위대한 낭만'과 투쟁의 관계」; 신규호, 「『북
의 시인』(松本淸張)에 형상화된 상징 공간의 임화」 등 수록)

2002   전성은, 「임화 시의 전개 양상」, 한남대 교육대학원 석사 논문

2002   신두원, 「계급 문학, 민족 문학, 세계 문학」, ≪민족문학사연구≫
21호, 민족문학사학회

2002   유종호, 『다시 읽는 한국 시인: 임화, 오장환, 이용악, 백석』,

문학동네

2002   오타케 키요미, 「근대 한일 아동 문화 교육 관계사 연구: 1895~
        1945」, 연세대 대학원 박사 논문

2002   전병준, 「이상화와 임화의 시 비교 연구」, 고려대 석사 논문

2002   정준희, 「임화 시 연구」, 경기대 석사 논문

2002   정명중, 「김남천 문학 비평 연구」, 전남대 대학원 박사 논문

2002   김용직, 『한국 현대 경향시의 형성 / 전개』, 국학자료원

2002   채호석, 「탈식민의 거울, 임화」, ≪한국학연구≫ 17집, 고려대
        한국학연구소

2002   김봉군, 『문학작품 속의 인간상 읽기』, 민지사(2장 6절 「사회주
        의 리얼리즘 문학의 인간상」 중 2항 3목 「조명희 — 임화의 혁
        명가상」 수록)

2002   박광현, 「京城帝國大學と「朝鮮學」」, 名古屋大學大學院 박
        사 논문

2002   김경숙, 「북한 시의 형성과 전개 과정 연구」, 이화여대 대학원
        박사 논문

2002   이혜선, 「해방 직후의 문학 담론 연구」, 연세대 대학원 석사
        논문

2002   정승운, 「日本現代詩人と朝鮮 : 中野重治を中心に」, 關西大
        學 박사 논문

2002   정비아, 「세태 소설의 세계관 연구」, 숙명여대 대학원 석사 논문

2002   김훈, 「다시, 임화를 추억함」, 『아들아, 다시는 평발을 내밀지
        마라』, 생각의 나무

2002   와타나베 나오키, 「'조선 문학'이란 무엇인가」, ≪한중(韓中)인
        문과학연구≫, 9, 한중인문과학연구회

2002   김형필, 「임화의 시 연구」, ≪논문집≫ 34집, 한국외대

2002   김지연, 「임화 시의 낭만성 시의식에 관하여」, ≪성심어문논집≫

24집, 성심어문학회

2002   조영복, 「임화 — 운명에 동화되어 버린 낭만주의자」, 『월북 예
       술가, 오래 잊혀진 그들』, 돌베개

2002   이형권, 「현해탄 시편의 양가성(兩價性) 문제」, ≪한국언어문
       학≫ 49, 한국언어문학회

2002   김영택, 「임화의 『신문학사』에 관한 연구」, ≪한국문예비평연구≫
       10, 한국현대문예비평학회

2002   염형운, 「소설 위기 상황 인식의 전제주의로의 귀결 : 최재서,
       임화, 김남천의 소설론을 중심으로」, ≪한국어문학연구≫ 16집,
       한국외대 한국어문학연구회

2002   방민호, 「임화의 '이식문화론' 재고」, ≪관악어문연구≫ 27집,
       서울대 국어국문학과

2002   유종호, 『다시 읽는 한국 시인 : 임화, 오장환, 이용악, 백석』,
       문학동네

2002   고형렬, 「깃발을 올린 자가 깃발을 내리려 하다니 — 임화」, 『시
       속에 꽃이 피었네』, 바다출판사

2002   박배식, 「1930년대 임화의 리얼리즘론의 변모 양상」, ≪국민어
       문연구≫ 8집

2002   정영진, 『바람이여 전하라』, 푸른사상사(실명 소설)

2002   鄭勝云, 『中野重治と朝鮮』, 綠蔭書房

2002. 6 이기형, 「이기형이 만난 월북 작가 : 내가 만난 임화 비극으로
       끝난 그의 명복을 빌며」, ≪민족예술≫ 83호

2003   윤여탁, 『리얼리즘의 시 정신과 시 교육』, 소명출판

2003   최용, 「임화 시 연구 : 감정시를 중심으로」, 건국대 석사 논문

2003   이숭원, 「정치 현실에 대한 두 시인의 반응 : 임화와 김수영의
       경우」, ≪한민족어문학≫ 43집, 한민족어문학회

2003   류수연, 「박태원의 고현학적 창작 기법 연구」, 인하대 대학원

석사 논문

2003   김춘식, 「한국 문예 비평사의 사회문화사적 서술을 위한 시론
        ─임화 「조선 문학 연구의 일 과제─신문학사의 방법」을 중
        심으로」, 『한국 문학의 전통과 반전통』, 국학자료원

2003   홍문표, 『한국 현대 문학사 1-2』, 창조문학사

2003   송기한, 「임화 '단편 서사시'의 대화적 담론 구조」, 오세영·최
        승호 공편, 『한국 현대 시인론 1』, 새미

2003   신명경, 「낭만주의자 임화 시 연구」, 『한국 낭만주의 문학론』,
        새문사

2003   김병택, 「임화 시의 현실 인식 : 임화론」 ; 「임화 시론의 기교주
        의 비판과 경향시 주창 : 임화 시론」 등, 『한국 현대시인의 현
        실 인식』, 새미

2003   김두환, 「안함광 문학론 연구 : 해방 전의 활동을 중심으로」, 단
        국대 교육대학원 석사 논문

2003   신재기, 『창조적 비평의 논리』, 새미

2003   김병호, 『주제로 읽는 우리 근대시』, 행복한책읽기

2003   손진은, 「새로운 시 양식의 시도와 한계」, 『현대시의 지평과 맥
        락』, 월인

2003   김면수, 「임화론 : 식민지 '청년' 지식인의 내면 보고서」, 상허학
        회, 『(새로 쓰는) 한국시인론』, 백년글사랑

2003   김윤식, 『일제 말기 한국 작가의 일본어 글쓰기론』, 서울대 출
        판부

2003   남기혁, 「작품론 : 임화의 「우리 오빠와 화로」」, 『한국 현대시와
        침묵의 언어』, 월인

2003   전봉관, 「1930년대 한국 도시적 서정시 연구」, 서울대 대학원
        박사 논문

2003   채호석, 「탈식민과 (포스트)카프 문학」, 《민족문학사연구》 23호,

민족문학사학회 민족문학사연구소

2003   방민호, 「주체적 시각으로의 전회 ─ 1930년대 임화의 비평적
         행로」, 『문명의 감각』, 향연

2003   임경순, 「비평 행위와 현실 인식의 상관성에 관한 연구」, 《한
         국언어문학》 51집, 한국언어문학회

2003   윤수하, 「「네거리의 순이」의 영화적 요소에 관한 연구」, 《한국
         시학연구》 9, 한국시학회

2003   남민우, 「임화 시의 문학 교육적 의미 연구」, 《문학교육학》
         12호.

2003   윤대석, 「1940년을 전후한 조선의 언어 상황과 문학자」, 《한국
         근대문학연구》 4, No. 1, 한국근대문학학회

2003   이정환, 「'바다' 시편에 나타난 일제 말 임화의 내면 풍경」,
         《어문논집》 48집, 민족어문학회

2003   오성호, 「임화의 월북 후 활동과 숙청」, 《현대문학의 연구》,
         21, 한국문학연구학회

2003   이향아, 「임화의 이념과 시」, 『삶의 깊이와 표현의 깊이』, 새미

2003   김현주, 「1930년대 '수필' 개념의 구축 과정」, 《민족문학사연구》
         22호, 민족문학사학연구소

2003   홍혜원, 「1930년대 한중 리얼리즘 전개 양상 비교 고찰」, 《비
         교문학》 Vol. 31

2003   김윤식, 「일제 말기 한국 작가의 일어 창작에 대하여」, 《한국
         학보》, 29 No. 1

2003   김외곤, 「임화의 초기 문학 활동 연구」, 《인문과학연구》 12,
         서원대 인문과학연구소

2003   노정은, 「후평(胡風)과 임화의 리얼리즘론 고찰」, 《중국학보》
         47집, 한국중국학회

2003   장인수, 「근대 보편과 식민지 현실의 간극」, 《반교어문연구》,

15, 반교어문학회

2004 구영산, 「서정 시학 교육을 서정 정신 연구」, 《국어교육학연구》, 18, 국어교육학회

2004 김예림, 「초월과 중력, 한 근대주의자의 초상」, 《한국근대문학 연구》 5 No. 1

2004 조현일, 「임화 소설론」, 『한국 문학의 근대성과 리얼리즘』, 월인

2004 와타나베 나오키(渡邊直紀), 「임화의 언어론」, 《국어국문학》 138호, 국어국문학회

2004 유문선, 「카프 작가와 프롤레타리아 국제주의」, 《민족문학사연 구》 24호, 민족문학사학회

2004 문학과사상연구회편, 『임화문학의 재인식』, 소명출판

2004 김윤식, 「텍스트로서의 인간 — 임화론」, 『20세기 한국작가론』, 서울대 출판부

2004 김명인, 「임화의 해방기 문학사 인식 : 「조선 민족 문학 건설의 기본 과제에 대한 일반 보고」」, 『자명한 것들과의 결별』, 창비

2004 신경림, 「임화 : 역사의 격랑 속에 침몰한 혁명시인」, 『(신경림 의) 시인을 찾아서』, 우리교육

2004 이탄, (「임화의 시 연구」, 『한국 현대시의 이해』, 한국외대 출판부

2004 박상준, 「임화의 문학사 연구에 나타난 이론 구성과 실제 기술 의 변증법」, 《한국근대문학연구》 5 No. 1

2004 김진희, 「반성과 거울의 양식」, 《한국근대문학연구》 5 No. 1

2004 이상갑, 「분열의 수사와 근대 극복」, 《한국근대문학연구》 5 No. 1, 한국근대문학학회

2004 김인애, 「현대시의 '길' 이미지에 나타난 의식 지향성과 그 교 육적 의의 연구 : 김소월, 임화, 박목월의 시를 중심으로」, 부산 외대 교육대학원 석사 논문

2004 김성진, 「비평 활동 교육의 내용 연구」, 서울대 대학원 박사 논문

2004   김예림, 『1930년대 후반 근대 인식의 틀과 미의식』, 소명출판

2004   지은경, 「한국 현대시의 사회적 변화상 수용 연구 : 1920년대 시를 중심으로」, 중앙대 산업경영대학원 석사 논문

2004   남원진, 『남북한의 비평 연구』, 역락

2004   주창규, 「역사의 프리즘으로서 '영화(映畵)란 하(何)오' : 충무로 영화의 문화적 근대성 연구」, 중앙대 첨단영상대학원 박사 논문

2004   배개화, 「1930년대 후반 전통 담론의 탈식민성 연구」, 서울대 대학원 박사 논문

2004. 4   박승희, 「시의 소통 구조와 시 교육 학습자의 주체성 연구 — 임화의 「우리 옵바와 화로」를 중심으로」, ≪우리말글≫ 30집

2005   김윤식, 『비도 눈도 내리지 않는 시나가와 역』, 솔출판사

2005   이명원, 「임화 : 임화와 근대 문학, 나와 탈근대 이행기의 문학」, 『연옥에서 고고학자처럼 : 이명원의 한국 문학 탐사』, 새움

2005   전병준, 「1930년대 후반 임화의 시 연구」, ≪한국시학연구≫ 13, 한국시학회

2005   서준섭, 「한국 근대 시인과 탈식민주의적 글쓰기」, ≪한국시학 연구≫ 13, 한국시학회

2005   조명숙, 「임화의 단편 서사시 연구」, 아주대 대학원 석사 논문

2005   조혜진, 「시의 논리와 논리의 운명 — 임화 시 연구」, 돈암어문 학회 편, 『문학과 대중문화의 만남』, 푸른사상사

2005   박세미, 「북한형 인테리 형성 과정 : "오랜 인테리" 임화 숙청 을 중심으로」, 경남대 북한대학원 석사 논문

2005   김미혜, 「생산적 사유로서의 문학 비평과 문학 교육」, ≪국어교 육연구≫ 15집, 서울대 국어교육연구소

2005   손정수, 「오빠·누이 구조의 연원 — 임화의 「최후의 면회인」」, 『한국 근대 문학사의 틈새』, 역락

2005   김정경, 「고전 문학의 지식 체계 형성에 대한 담론적 연구」, 서

강대 대학원 박사 논문

2005 차입방, 「장광자와 임화의 리얼리즘 고찰」, 목포대 대학원 석사
     논문

2005 김춘식, 「임화의 "근대성"과 "전통" ― 임화의 신문학사 인식을
     중심으로」, ≪한국언어문화≫ 27, 한국언어문화학회

2005 최현식, 「낭만성, 신념과 성찰의 이중주 ― 임화론」, 『한국 근대
     시의 풍경과 내면』

2005 박정선, 「임화 시의 시적 주체 변모 과정 연구」, 경북대 대학원
     박사 논문

2005 정상균, 「임화」, 『한국 문예 비평 사상사』, 민지사

2005 송기한, 「임화 '단편 서사시'의 대화적 담론 구조」 『한국 현대
     시사 탐구』, 다운샘

2005 신승엽, 「20세기 민족문학론의 패러다임에 대한 몇 가지 반성」,
     ≪크리티카≫ 1호

2005 원응재, 「팔봉 김기진 비평 연구 : 식민지 지식인으로서의 정체
     성을 중심으로, 성균관대 석사 논문

2005 정진용, 「단편 서사시의 모방성 : 임화론」, 조창환 등 저, 『한국
     현대시인론』, 한국문화사

2005 강경화, 「미당의 시 정신과 근대 문학 해명의 한 단서 : 임화의
     「신문학사의 방법론」과 관련하여」, 『한국 현대 문학의 이면과
     탐색』, 푸른사상사

2005 차승기, 「임화와 김남천, 또는 "세태"와 "풍속"의 거리」, ≪현대
     문학의 연구≫ 25, 한국문학연구학회

2006 김지연, 「임화 시의 낭만성 시 의식에 관하여」, 『한국의 현대시
     와 시론 연구』, 역락

2006 이찬, 「임화와 조동일의 문학사 비교 연구」, ≪우리어문연구≫,
     26, 우리어문학회

2006	정년퇴임기념논총 간행위원회 편,「박선애, 임화론」,『한국 현대 문학과 작가들: 장촌 임영천 박사 정년 퇴임 기념 논총』, 빛나리
2006	허정,「임화 다다이즘 시의 행방과 계급 의식의 출발」,≪한국 시학연구≫ 16, 한국시학회
2006	박선애,「임화의 문학론 연구」, 임영천 편,『카프 문학과 비평의 논리』, 다운샘
2006	하정일,「일제 말기 임화의 생산문학론과 근대극복론」, 연세대 근대한국학연구소 편,『한국 문학의 근대와 근대성』, 소명출판
2006	곽효환,「임화 초기 시의 경향 연구」,≪비평문학≫, 23, 한국비평문학회
2006	신재기,「임화의 문학언어론 연구」,≪한국문예비평연구≫ 19, 한국현대문예비평학회
2006	권성우,「임화의 문화 담론과 에세이 연구」— 미디어에 대한 성찰을 중심으로,≪한민족문화연구≫ 19집, 한민족문화학회
2006	윤대석,『식민지 국민문학론』, 역락
2006	이길연,「임화의 혁명과 프로 문학의 향방」,≪현대문학의연구≫ 29, 한국문학연구학회
2006	이현식,「주체 재건을 향한 도정과 실천으로서의 리얼리즘: 임화」,『일제 파시즘 체제하의 한국 근대 문학 비평』, 소명출판
2006	남민우,「임화 시의 성장시적 특성과 도덕적 사고의 발달」,『문학 교육의 역사와 성장의 시학』, 역락
2006	백은주,「임화 시의 낭만성 연구를 위한 시론」,≪한국시학연구≫ 17, 한국시학회
2006	배경열,『월북 문인 연구』, 정은출판
2006	김윤태,「임화 — 시적 리얼리즘을 통한 근대 극복의 열망과 좌절」, 한국현대시학회 편,『20세기 한국시론 2』, 글누림

2006	하정일, 「일제 말기 임화의 생산문학론과 근대극복론」, ≪민족문학사연구≫ 31, 민족문학사학회 연구소
2006	정홍섭, 「1930년대 후반 임화 문학론 비판—이식문학론 극복을 위하여」, 『소설의 현실·비평의 논리』, 역락
2007	김성숙, 「「우리 옵바의 화로」 등 임화의 단편 서사시에 대한 일고찰」, ≪현대문학의 연구≫ 31, 한국문학연구학회
2007	권성우, 「임화 시에 나타난 '탈식민성' 연구」, ≪한국문예비평연구≫ 24, 한국현대문예비평학회
2007	권성우, 「임화, 혹은 세 가지 저항의 방식」, 『현대 문학의 연구』 33집, 한국문학연구학회
2007	신승엽, 「김태준과 임화—민족문학론을 준비한 두 사람의 지적 협력」, ≪크리티카≫ 2, 사피엔스 21
2007	류찬열, 「임화의 문학사론 연구」, 『한국 문학의 반성과 성찰』, 제이앤씨
2007	강만식, 「카프 주도한 비운의 천재 임화」, 『시 속에 숨어 있는: 시와 시평』, 대훈닷컴
2007	권성우, 「임화의 메타 비평 연구」, 상허학회, 『한국 근대 문학의 전환과 모색』, 깊은샘
2007	장석주, 『20세기 한국 문학의 탐험 1-5』, 시공사
2007	이양숙, 「해방 직후 임화의 민족문학론에 대한 고찰」, 『한국 근대 문예 비평의 논리』, 월인
2007	최명표, 「해방기 임화의 시와 행동」, ≪현대문학이론연구≫ 32, 현대문학이론학회
2007	이효정, 「임화 후기 시 연구」, 세종대 석사 논문
2007	강유진, 「『인문평론』의 신체제기 비평 연구」, 중앙대 대학원 석사 논문
2007	이영조, 「한국 현대 수필론 연구」, 배재대 대학원 박사 논문

2007	이성혁, 「1920년대 한국 근대시의 전위성 연구 : 아나키즘 다다와 임화의 초창기 시문학에 대한 비교문학적 접근」, 한국외대 대학원 박사 논문
2007	김지형, 「임화 비평의 탈식민성 연구」, 한국외대 대학원 석사 학위 논문
2007	허정, 「임화 시 연구」, 동아대 대학원 박사 학위 논문
2007	김성표, 「임화 시의 낭만성 연구」, 충북대 석사 학위 논문
2007	하재연, 「1930년대 조선 문학 담론과 조선어 시의 지형」, 고려대 박사 학위 논문
2008	하정일, 「이식·근대·탈식민 — 임화의 이식문학사론에 대하여」 ; 「1930년대 후반 문학 비평과 이식 논의」 ; 「일제 말기 임화의 생산문학론과 근대 극복론」, 『탈식민의 미학』, 소명출판
2008	유성호, 『근대시의 모더니티와 종교적 상상력』, 소명출판
2008	김윤식, 『임화』, 한길사
2008	권성우, 「문학미디어 비판과 문화 산업에 대한 성찰 : 임화의 경우」 ; 「임화, 혹은 세 가지 저항의 방식」 ; 「임화의 메타 비평과 비평적 자의식」 ; 「임화 시에 나타난 '탈식민성' 연구」 등, 『횡단과 경계 : 근대 문학 연구와 비평의 대화』, 소명출판
2008	최병구, 「임화 문화론 연구」, 성균관대 석사 논문
2008	권은, 「「소설가 구보씨의 일일」의 정치적 무의식 연구」, 서강대 대학원 석사 논문
2008	선주원, 『(1930년대 후반기) 소설론 : 임화, 김남천, 안함광을 중심으로』, (주)한국학술정보
2008	서진리, 「임화 시의 혁명적 낭만주의 연구」, 조선대 석사 논문

작성자 신두원 문학평론가. 민족문학사연구소 사무국장.

김기림 생애 연보[1]

1908년   5월 11일(음력 4월 12일), 함경북도 학성군 학중면 임명동(鶴城郡 鶴
        中面 臨溟洞) 276번지에서 태어남. 아버지 선산(善山) 김씨 병연(秉
        淵)과 어머니 밀양(密陽) 박씨 사이에서 6녀 1남 중 장남으로 태어남.
        본적은 출생지와 동일함. 그의 고향인 임명은 항구 도시 성진(城津)과
        는 고개 하나 너머에 있는, 30리밖에 떨어지지 않은 아주 가까운 곳
        임. 지금은 북한의 행정 구역명 개편으로 김책시로 이름이 바뀌었지
        만, 성진시는 1899년 군산, 마산과 함께 개항되었던 곳으로 일찍이 근
        대 문물이 들어온 중요한 대일본 수출항임. 부친 김병연은 젊어서 만
        주와 시베리아 등지를 왕래하며 토목 사업에 종사하며 자수성가한 지
        주로서, 농장과 과수원('무곡원'(武谷園)이라고 불렸음.)을 경영하면서
        유족하게 살았음. 8·15광복 이후 김기림이 온 가족을 솔거하여 서울
        로 옮겨올 때까지 그는 고향에다 본적지를 두고 있었음. 가(假)본적은
        서울특별시 종로구 이화동 196번지. 형제로는 위로 누나가 여섯 분이
        있었고, 김기림은 막내이자 장남으로 태어났음. 백부 김병문(金秉文)
        은 고을 제일의 한학자로서, 슬하에 자식이 없어 조카인 김기림을 친
        자식처럼 사랑했다고 함. 아명(兒名)은 인손(寅孫), 기림(起林)은 호
        적명, 아호(雅號)는 편석촌(片石村), 초기에는 G.W.란 필명을 쓰기도
        했음.

1914년   4월, 고향에 있는 4년제 임명(臨溟)보통학교에 입학함. 이해 가을 어

---

1) 이 연보를 작성하는 데 김학동 교수의 『김기림 평전』(새문사, 2001)으로부터 많은 도
   움을 받았음을 밝혀 두면서, 이 자리를 빌려 사의를 표한다.

머니가 고향 자택에서 장질부사로 사망함. 이때 셋째 누나인 신덕(信德)이 어머니와 같은 병으로 사망함. 그 후 언제인지 불분명하지만, 단천(端川)에 살던 과수 성연(成淵, 본관은 전주 이씨)을 계모로 맞이함.(이 여인에게 딸린 아들이 둘이 있었다고 함.)

1918년 보통학교 졸업함. 그 후 백부의 주선으로 한학자를 초빙하여 자택에서 한문을 배움. 어린 나이로 임명동에서 시오리 쯤 떨어진 어촌에서 자란 19세의 나주 김씨와 혼인하였으나, 3년쯤 살다가 부인이 무슨 연유에서인지는 모르나 돌아갔다고 함.

1920년 성진(城津)보통학교 부속 농업전수학교에 입학하여 1년간 다님. 이 무렵부터 성진에 양녀로 나간 바로 위의 막내누나 선덕(善德)과 자주 어울렸다고 함.

1921년 서울의 보성(普成)고등보통학교(5년제)에 입학함. 경성(京城)고등보통학교에 진학하려 했으나 백부의 반대로 보성고보에 진학함. 성적이 매우 우수했음. 당시 보성고보의 동기생으로 김환태가 있었고, 선후배로는 이상, 이헌구, 윤기정, 임화 등이 있었음.

1923년 보성고보 3학년 때, 병으로 휴학하여 고향에서 1년간 요양함.

1925년 일본 도쿄의 명교(名敎)중학교 4학년에 편입함. 이때 히로시마[廣島]에서 학교를 다니던 선덕 누나가 도쿄로 오게 됨에 따라 두 남매가 함께 2년간 자취 생활을 함.

1926년 명교중학교에서 1년을 공부하고 문부성에서 치르는 시험에 합격하여 5년 졸업 자격증을 획득함. 4월에 일본대학(日本大學) 전문부(專門部) 문과 정과(正科)에 입학함. 가을에 백부 사망.

1927년 동경의전(東京醫專)에 입학하려고 했던 선덕 누나가 갑자기 고향으로 돌아감. 그 후 선덕 누나는 다시 일본에 가지 못했고 고향에서 교편을 잡았으며 다음 해(1928년 4월)에 결혼함.

1928년 전주 이씨 월녀(月女)와 약혼함. 이월녀는 같은 마을에 사는 선덕 누나의 친구로 근화여학교(槿花女學校, 德成女高의 전신)를 졸업했고,

김기림과 줄곧 사귀어 왔지만 그동안 백부의 반대로 결혼하지 못하고 있었음. 약혼 후 월녀는 김기림과 같이 일본에 가서 학교에 적을 두었지만 몸이 약해서 귀국하여 요양함.

1929년 3월, 일본대학 전문부를 졸업하고 귀국함. 4월, 입사 시험에 합격하여 조선일보사 사회부 기자로 들어감. 후에 학예부를 신설함에 따라 학예부 기자로 주로 활동함.

1930년 5월경에 이월녀와 결혼하여 서울 명륜동에서 신혼집을 차림. 이해부터 김기림의 시작 및 비평 활동이 시작됨. 지금까지 알려진 최초의 글은 「오후와 무명작가들 ── 일기첩에서」(조선일보, 4. 28~5. 3)라는 평론이고, 처음 발표된 시는 「가거라 새로운 생활로」(조선일보, 9. 6)라는 작품임. 그는 문단에 참여하게 된 "별다른 동기는 없었다"고 하면서, 다만 "신문 학예란에 출장 갔던 기행문을 쓰기 시작"하면서부터라고 밝히고 있음.[2] 조선일보사에 입사한 후 일본의 도후쿠제대(東北帝大)로 다시 유학을 가기 전까지 6여 년간 당시 신문이나 잡지에 많은 작품을 발표함. 이 무렵 사귄 친구로는 양재하, 이홍직, 이여성, 설의식 등이 있음.

1931년 조선일보사를 잠시 쉬고 부인 이월녀와 함께 고향에 돌아간 적이 있음. 그리고 이월녀와 이혼함. 서로 사랑하는 사이였지만 이월녀가 몸이 약해 임신을 못 해서 스스로 친정에 돌아갔다고 함.

1932년 1월, 길주에 사는 신보금(申寶金, 본관은 平山이고 호적명은 金園子)과 중매 결혼함. 조선일보사에 복직하여 기자 활동을 함과 동시에 모든 문학 장르에 걸쳐 창작 및 비평 활동을 활발히 함. 12월, 장남 세환(世煥)이 임명동에서 출생함.

1933년 8월 30일, 구인회(九人會)에 가담하여 1936년 3월 구인회의 회지 ≪시와 소설≫이 나올 때까지 관여함. 회원들 가운데 특히 이상, 이태준,

---

2) 김기림, 「문단 불참기」, ≪문장≫ 2권 2호, 1940. 2 참조

박태원 등과 친밀했음.

1935년   3월, 장녀 세순(世順)이 고향 임명동에서 출생함.

1936년   4월, 조선일보사를 휴직하고 일본 센다이[仙臺]의 도호쿠제대 법문학부 영문학과에 입학함. 김기림은 와세다대학과 도호쿠제대에 동시에 합격했으나 도호쿠제대로 가기로 결정함. 집안이 비교적 부유한 까닭에 부친으로부터 학비를 지원받았으나, 조선일보사에서도 일부 부담했다고 함.(신문사가 후원하는 정상장학회(正相奬學會)의 장학생.) 7월, 첫 시집『기상도』가 창문사(彰文社)에서 간행됨.

1937년   3월 20일, 도쿄에서 이상을 만남. 그로부터 한 달이 채 안 된 4월 17일 새벽에 이상은 도쿄에서 폐병으로 사망함. 이상은 죽어 가면서 문단에서 거의 유일하게 자신을 인정하고 호평해 준, 당시 센다이에서 도호쿠제대를 다니고 있던 김기림을 애타게 찾았다고 하나, 그는 이상의 임종을 지키지 못했음.

1938년   5월, 차남 세윤(世允)이 고향 임명동에서 출생함.

1939년   도호쿠제대를 졸업(졸업 논문은「I. A. 리챠즈론」)하고 조선일보사에 복직함. 이때 보성전문(普成專門)과 연희전문(延禧專門) 교수로 초빙되기도 했지만, 조선일보사의 깊은 인연으로 다시 복직하여 사회부장이 되었음. 장남의 취학을 위해 부인과 자녀들을 데리고 서울 종로구 충신동 62-10으로 옮겨옴. 9월, 두 번째 시집『태양의 풍속』이 학예사(學藝社)에서 간행됨.

1940년   서울 종로구 이화동으로 이사함. 7월, 차녀 세라(世羅)가 여기서 출생함. 아버지가 고향에서 사망함. 8월, 조선일보 폐간과 함께 고향으로 돌아감.

1941년   함경북도 경성중학교(鏡城中學校)에서 영어와 수학을 가르침. 이때의 제자로는 시인 김규동과 영화 감독 신상옥, 언론인 이활, 만화가 신동헌 등이 있음.

1944년   경성중학교 교사직을 사임함. 그 후 성진중학교(城津中學校) 교장을 한 달간 지냈다고 하나, 확실치 않음.

1945년 광복이 되고, 9월 28일에 고향에서 다시 서울에 올라와 장남 세환과 함께 하숙을 하다가 후에 집을 구하여 이화동으로 이사함. 이때부터 1950년까지 서울대 사범대, 중앙대, 연희대 등의 전임 교수를 지냈으며 동국대, 국학대 등 여러 대학에도 출강함.

1946년 조선문학가동맹의 중앙집행위원 및 시부(詩部) 위원장, 서울시 위원장을 지냄. 4월, 세 번째 시집 『바다와 나비』가 신문화연구소에서 간행됨. 5월, 삼남 세훈(世勳)이 고향 임명동에서 출생함. 12월, 『문학개론』 초판이 문우인서관에서 간행됨.

1947년 겨울에 평양을 거쳐 고향으로 가서 가족을 솔거하여 서울로 옴. 부인은 가산 정리를 한다고 어린 세훈과 함께 고향에 잠시 머묾. 11월, 『시론(詩論)』 초판이 백양당에서 간행됨.

1948년 봄에 부인이 세훈과 함께 서울로 옴. 그리하여 온 가족이 이화동 집에서 모여 살게 됨. 4월, 네 번째 시집 『새노래』가 아문각에서 간행됨. 6월, 번역서 『과학개론』이 을유문화사에서 간행됨. 9월, 장시 『기상도』 재판이 산호장에서 간행됨. 10월, 조선문학가동맹과의 관계를 청산하고 보도연맹에 가입함. 12월, 수필집 『바다와 육체』가 평범사에서 간행됨.

1950년 2월, 교양시론집(敎養時論集) 『학생과 학원』(유진오, 이건호, 최호진, 김기림 공저)이 수도문화사에서 간행됨. 4월, 시론서(詩論書) 『시의 이해』가 을유문화사에서 간행됨. 또 같은 달에 『문장론신강』이 민중서관에서 간행됨. 6월에 한국전쟁이 일어나자 미처 피난하지 못하고 서울에 머물러 있다가 인민군 정치보위부에 연행, 납북됨. 이후 평양 근처의 수용소에서 본 사람이 있다고 하나 명확하지 않고, 차후 종적에 대해서는 아직 정확히 알려진 바가 없음.

1988년 4월, 김기림, 정지용 등 납·월·재북 문인들 상당수에 대한 해금이 이루어짐. 곧바로 김광균을 위원장으로 하여 '김기림기념사업회'가 발족됨.(발기인: 조병화, 구상, 송지영, 정비석, 김규동, 김경린, 서기원, 양병식, 조경희, 최호진, 원형갑, 이종복, 김학동 등.) 5월 11일, 제1회 '김기림 문학의 밤' 행사가 열렸고, 거기서 백병동 작곡으로 「바다와 나비」가 노래가 되어 불림. 2~7월에 걸쳐 『김기림 전집』이 전6권으로 심설당에서 간행됨.

1990년   5월 11일, 김광균 등이 주관하여 그의 모교인 보성고등학교(현재 송파구 소재) 교정에 시비를 세움. 시비에는 그의 대표작 「바다와 나비」가 새겨져 있음.

김기림 작품 연보

발표일	분류	제 목	발표지
1930. 4. 28~5. 3	평론	오후와 무명작가들 — 일기첩에서	조선일보
1930. 7	시론(詩論)	신문 기자로서 최초의 인상	철필(鐵筆) 1권 1호
1930. 7. 24~30	평론	시인과 시의 개념	조선일보
1930. 9	수필	두만강과 유벌	삼천리 2권 4호
1930. 9. 2~14	시론	정조 문제의 신전망	조선일보
1930. 9. 3	시론	최근 해외 문단 소식 — 하이네의 동상 문제	조선일보
1930. 9. 6	시	가거라 새로운 생활로	조선일보
1930. 9. 30	시	슈르레알리스트	조선일보
1930. 10. 1	시	가을의 태양은 '플라티나'의 연미복을 입고	조선일보
1930. 10. 11	시	시체의 흐름	조선일보
1930. 11. 11	수필	1인1문(一人一文) : 찡그린 도시 풍경	조선일보
1930. 11. 22~12. 9	평론	노벨문학상 수상자의 푸로필	조선일보
1930. 12. 14	시	저녁별은 푸른 날개를 흔들며	조선일보
1931. 1	시론	표절 행위에 대한 저널리즘의 책임	철필 2권 1호
1931. 1. 2~13	시론	첨단적 유행어	조선일보

발표일	분류	제 목	발표지
1931. 1. 8	시	훌륭한 아츰이 아니냐?	조선일보
1931. 1. 16	시	시론(詩論)	조선일보
1931. 1. 23	시	꿈꾸는 진주여 바다로 가자	조선일보
1931. 1. 27	평론	피에로의 독백 — 포에시에 대한 사색 단편	조선일보
1931. 1. 29~2. 2	희곡	떠나가는 풍선(風船)	조선일보
1931. 2. 11~14	평론	시의 기술, 인식, 현실 등 제문제	조선일보
1931. 2. 21~24	수필	도시 풍경 Ⅰ·Ⅱ	조선일보
1931. 3. 1	시	목마를 타고 온다던 새해가	조선일보
1931. 3. 1~21	희곡	천국에서 왔다는 사나희	조선일보
1931. 3. 7~11	수필	어째서 네게는 날개가 없느냐	조선일보
1931. 3. 27	시	출발	조선일보
1931. 4. 7~9	수필	식전의 말 — 우리의 문학	조선일보
1931. 4. 23	시	3월의 '프리즘'	조선일보
1931. 5. 17~24	시론	인텔리의 장래 — 그 위기와 분화 과정에 관한 연구	조선일보
1931. 5. 31	산문시	옥상 정원	조선일보
1931. 6	수필	'환경'은 무죄인가 — 사체(死體)에 채질하는 냉정에 항하야	비판 1권 2호
1931. 6	시론	해소가결(解消可決) 전후의 '신간회'	삼천리 3권 6호
1931. 6. 2	시	연애의 단면	조선일보
1931. 6. 2	시	SOS	조선일보
1931. 7	시	살수차	삼천리 3권 7호
1931. 7. 30~8. 9	평론	현대시의 전망, 상아탑의 비극 — 싸포에서 초현실파까지	동아일보

발표일	분류	제 목	발표지
1931. 8. 27~29	수필	바다의 유혹(상/중/하)	동아일보
1931. 9	희곡	어머니를 울리는 자는 누구냐?	동광 3권 9호
1931. 9	평론	문예시평 ―「홍염」에 나타난 의식의 흐름	삼천리 3권 9호
1931. 11	시	날개만 도치면	신동아 1권 1호
1931. 11	시	고대(苦待)	신동아 1권 1호
1931. 12	시	아침해 송가	삼천리 3권 12호
1931. 12	시	가을의 과수원	삼천리 3권 12호
1932. 1	시	청중 없는 음악회	문예월간 2권 1호
1932. 1. 9	시	어머니 어서 이러나요	동아일보
1932. 1. 10	설문답	1932년의 문단 전망―어떻게 전개될까, 어떻게 전개시킬까	동아일보
1932. 1. 10	평론	신민족주의 문학 운동	동아일보
1932. 2	수필	별들을 잃어버리는 사나이	신동아 2권 2호
1932. 2	시	오―어머니여	신동아 2권 2호
1932. 2. 19	평론	내게 감화를 준 인물과 그 작품(2) ― 로맨로랑과 장그리스토프	동아일보
1932. 3	시론	풍운 중의 2거성: 전독제(前獨帝) '카이자', 애란제상(愛蘭帝相) 떼 발레라 씨	삼천리 4권 3호
1932. 3	수필	결혼	신동아 2권 3호
1932. 4	시	잠은 나의 배를 밀고	삼천리 4권 4호
1932. 4	시	봄은 전보도 안치고	신동아 2권 4호
1932. 4	수필	붉은 울금향과 '로이드' 안경	신동아 2권 4호
1932. 7	시론	김동환론	동광 4권 7호

발표일	분류	제 목	발표지
1932. 7	시	오—기차여(한 개의 실험시)	신동아 2권 7호
1932. 8	수필	월세계여행	신동아 2권 8호
1932. 9	수필	가을의 나상	동광 4권 9호
1932. 9	시론	미쓰 코리아여 단발하시오	동광 4권 9호
1932. 9	수필	잊어버린 전설의 거리(그 강산과 그 문학)	신동아 2권 9호
1932. 10	평론	현 문단의 부진과 그 전망	동광 4권 10호
1932. 12	수필	첫 기러기	신동아 2권 12호
1932. 12	시	아롱진 기억의 옛바다를 건너	신동아 2권 12호
1932. 12	시	폭풍 경보	신동아 2권 12호
1932. 12	설문답	'나의 총결산'에서	신동아 2권 12호
1932. 12	시	황혼	제일선(第一線) 2권 11호
1933. 1. 2~3	수필	에트란제의 제1과	조선일보
1933. 1	수필	황금 행진곡	삼천리 5권 1호
1933. 1	번역 콩트	사랑은 경매 못 합니다 (스니-드 오그번 원작)	삼천리 5권 1호
1933. 1	수필	생활전선 정찰	삼천리 5권 1호
1933. 1	평론	신문 소설 '올림픽' 시대	삼천리 5권 1호
1933. 1	수필	생활과 파랑새	신동아 3권 1호
1933. 1	시	바닷가의 아침	신동아 3권 1호
1933. 1	시	기원	신동아 3권 1호
1933. 1	시	새날이 밝는다	신동아 3권 1호
1933. 1. 1~11	대담	문인 좌담회	동아일보
1933. 1. 4	시	써클을 선명히 하라—문예인의	조선일보

발표일	분류	제 목	발표지
		새해 선언	
1933. 2	수필	'앨범'에 부처둔 '노스탈자'	신여성 7권 2호
1933. 2. 22	수필	봄의 전령(북행열차를 타고)	조선일보
1933. 3	시	이별	신동아 3권 3호
1933. 3	시	십오야(十五夜)	신동아 3권 3호
1933. 3	시	가등(街燈)	신동아 3권 3호
1933. 3	시	람푸	신동아 3권 3호
1933. 3	시	구두	신동아 3권 3호
1933. 3	수필	입춘풍경	신여성 7권 3호
1933. 3	수필	비지	제일선 3권 3호
1933. 4	설문답	당신이 제일 이뿐 때는 (일고일명(一鼓一鳴))	신가정 1권 4호
1933. 4	시	오후의 꿈은 날 줄을 모른다	신동아 3권 4호
1933. 4	시	들은 우리를 부르오	신동아 3권 4호
1933. 4	평론	시작(詩作)에 있어서의 주지적 태도	신동아 3권 4호
1933. 4	수필	밤 거리에서 집은 우울	신동아 3권 4호
1933. 4	수필	'코스모포리탄' 일기	삼천리 3권 4호
1933. 4. 22	수필	종달새와 가치 (심금을 울린 문인의 이 봄)	동아일보
1933. 4	시론	직업 여성의 성 문제	신여성 7권 4호
1933. 4	시론	여인 금제국(禁制國)	신여성 7권 4호
1933. 5	설문답	어머니(경구)	신가정 1권 5호
1933. 5	수필	심장 업는 기차	신동아 3권 5호
1933. 5	평론	시평(詩評)의 재비평(딜렛탄티즘에	신동아 3권 5호

발표일	분류	제 목	발표지
		항하야)	
1933. 5	수필	잊어버리고 싶은 나의 항구	신동아 3권 5호
1933. 5	시	고전적인 처녀가 잇는 풍경	신동아 3권 5호
1933. 5. 6	시	분수 ― S씨에게	조선일보
1933. 5. 6~12	평문	협전(協展)을 보고(2)	조선일보
1933. 6	수필	오월의 아침	신동아 3권 6호
1933. 6. 23	시	유람 뻐스 ― 동물원 / 광화문 ① /	조선일보
		경회루 / 광화문 ② / 파고다공원 /	
		남대문 / 한강 인도교	
1933. 6. 25~27	평론	스타일리스트 이태준 씨를 논함	조선일보
1933. 7	수필	어둠속에 흐르는 반딧불 하나	신가정 1권 7호
1933. 7	평론	포에시와 모더니티	신동아 3권 7호
1933. 7	희곡	미스터 뿔떡(전 2막)	신동아 3권 7호
1933. 7. 2	수필	웃지안는 아폴로, 그리운 폰의 오후	조선일보
1933. 7. 2~4	평론	극시 「무기와 인간」 단평	조선일보
1933. 8	시	한여름	카톨릭청년 1권 3호
1933. 8	시	해수욕장의 석양	카톨릭청년 1권 3호
1933. 8	시	카피잔을 들고	신여성 7권 8호
1933. 8	시	하롯길이 끗낫슬 때	신여성 7권 8호
1933. 8	수필	바다의 환상	신가정 1권 8호
1933. 8. 4~6	평론	최근의 미국 평론단	조선일보
1933. 8. 9	평론	현대 예술의 원시에 대한 욕구 ― 수첩에서(상)	조선일보

발표일	분류	제 목	발표지
1933. 8. 10	평론	현대시의 성격 원시적 명랑― 수첩에서(하)	조선일보
1933. 8	수필	미래 투시기	신여성 7권 8호
1933. 9	수필	어린 산양의 사춘기	신여성 7권 9호
1933. 9	시	임금(林檎)밧	신가정 1권 11호
1933. 9	시	나의 탐험선	신동아 3권 9호
1933. 9	평론	문단시평 (1) 수필을 위하야, (2) 불안의 문학, (3) 카톨리시즘의 출현	신동아 3권 9호
1933. 9. 7~9	수필	전원일기의 일절	조선일보
1933. 10	시	바다의 서정시	카톨릭청년 1권 5호
1933. 10	시	전율하는 세기	학등(學燈) 1권 1호
1933. 10	수필	나도 시나 썼으면	신동아 3권 10호
1933. 10. 21~24	평론	예술에 있어서의 리알리티, 모랄 문제	조선일보
1933. 10. 29~30	평론	모윤숙 씨의 '리리시즘' ― 시집 『빛나는 지역』을 읽고	조선일보
1933. 11	잡저	문예 좌담회	조선문학 1권 4호
1933. 11. 2	평론	어네스트 헤밍웨이의 작품 ― 『전쟁아 잘잇거라』 원작자	조선일보
1933. 11	시	가거라 너의 길을	신가정 1권 11호
1933. 11	시	일요일 진행곡	신가정 1권 11호
1933. 11	시	편집국의 오후 한시 반	신동아 3권 11호

발표일	분류	제 목	발표지
1933. 11	시	어둠이 흐름	신여성 7권 11호
1933. 11	시	밤	조선문학 1권 4호
1933. 11	시	비행기	조선문학 1권 4호
1933. 11	시	새벽	조선문학 1권 4호
1933. 12	시	화물 자동차	중앙 1권 2호
1933. 12	희곡	바닷가의 하룻밤	신가정 1권 12호
1933. 12	설문답	송년사	신가정 1권 12호
1933. 12. 7~13	평론	1933년 시단의 회고와 전망	조선일보
1934. 1	시	밤의 SOS	카톨릭청년 2권 1호
1934. 1	시	산보로	문학 1권 1호
1934. 1	시	초승달은 소제부	문학 1권 1호
1934. 1	시	식료품점	신여성 8권 1호
1934. 1	시	나의 성서의 1절	조선문학 2권 1호
1934. 1	시	소아 성서(小兒聖書)	조선문학 2권 1호
1934. 1	수필	그 녀석의 커다란 웃음소리	신동아 4권 1호
1934. 1. 1	시	날개를 펴렴으나(새해 첫 아츰에 드리는 시)	조선일보
1934. 1. 3	시	항해의 1초전	조선일보
1934. 1. 3	수필	눈보래에 싸힌 '마천령 아래의 옛꿈'	조선일보
1934. 2	소설	어떤 인생	신동아 4권 2호
1934. 2	시	거지들의 크리스마쓰송	형상 1권 1호
1934. 2	설문답	1934년을 임하야 문단에 대한 희망	형상 1권 1호
1934. 2	촌평	여류 문인 편감 촌평	신가정 2권 2호
1934. 3	시	스케이팅	신동아 4권 3호

발표일	분류	제 목	발표지
1934. 3	시	악마	중앙 2권 3호
1934. 3	시	시 ①	중앙 2권 3호
1934. 3	시	시 ②	중앙 2권 3호
1934. 3	시	제야시	중앙 2권 3호
1934. 3	시	항구	학등 2권 2호
1934. 3	시	연돌(煙突)	학등 2권 2호
1934. 3	시	님을 기다림	신가정 2권 3호
1934. 3. 2~4	수필	여호가 도망한 봄(상/중/하)	조선일보
1934. 3. 9	잡저	신문—한국—어린이 세계	동아일보
1934. 3. 11	수필	1일1문: 산보로의 이풍경—행복스러운 나폴레옹 군에 대하야	조선일보
1934. 3. 25	평론	문예 시평 1: 문학에 대한 새 태도	조선일보
1934. 3. 28	평론	문예 시평 2: 비평의 태도와 표정(상)	조선일보
1934. 3. 30	평론	문예 시평 3: 비평의 태도와 표정(하)	조선일보
1934. 4. 1	평론	문예 시평 4: 작품과 작자의 거리	조선일보
1934. 4. 3	평론	문예 시평 5: 인텔리겐챠의 눈	조선일보
1934. 5	수필	사진 속에 남은 것—잃어버린 나의 어린 날	신가정 2권 5호
1934. 5	시	호텔	신동아 4권 5호
1934. 5. 1	수필	진달래 참회	조선일보
1934. 5. 8~9	수필	오월에게 주는 선물	조선일보
1934. 5. 13	시	풍속(風俗)(근작시 1)	조선일보
1934. 5. 15	시	관념 결별(근작시 2)	조선일보
1934. 5. 16	시	5월	조선일보
1934. 5. 16	시	상공운동회(근작시 3)	조선일보

발표일	분류	제 목	발표지
1934. 5	시	아스팔트	중앙 2권 5호
1934. 6. 28~29	시론	주요한 씨에게	조선중앙일보
1934. 7	시	여행	중앙 2권 7호
1934. 7. 12~13	평론	현대시의 발전: 이해라는 비난에 대하여	조선일보
1934.7. 14~18	평론	현대시의 발전: 초현실주의의 방법론	조선일보
1934.7. 19	평론	현대시의 발전: 스타일리스트	조선일보
1934.7. 20	평론	현대시의 발전: 아름다운 음악성	조선일보
1934.7. 21	평론	현대시의 발전: 감정과 지성의 조소성	조선일보
1934.7. 22	평론	현대시의 발전: 속도의 시 문명 비판	조선일보
1934. 8	시	장식	신가정 2권 8호
1934. 8	설문답	'피서 비법' 중에서	신가정 2권 8호
1934. 8	수필	아이스크림 항구	중앙 2권 8호
1934. 8. 2	시	7월의 아가씨	조선일보
1934. 8. 15	시	항해	조선일보
1934. 9. 19	시	여행 풍경(上) ─ 서시 / (1) 대합실 / (2) 해수욕장 / (3) 함경선 / (4) 고원부근 / (5) 원산이북 / (6) 마을 / (7) 풍속 / (8) 함흥평야 / (9) 불행한 여자	조선일보
1934. 9. 20	시	여행 풍경(中) ─ (10) 신창역 / (11) 숨박곱질 / (12) 뽀이 / (13) 동해 / (14) 식충 / (15) 동해수	조선일보
1934. 9. 21	시	여행 풍경(下) ─ (16) 뱌록이 /	조선일보

발표일	분류	제 목	발표지
		(17) 바위 / (18) 물 / (19) 따리아 / (20) 산촌 / (21) 바다의 여자	
1934. 9	시	광화문통	중앙 2권 9호
1934. 10. 16	시	향수	조선일보
1934. 10. 24~11. 2	수필	관북의 숨은 절승 — 주을 온천행	조선일보
1934. 10	시	해변 시집 — (1) 기차 / (2) 정거장 / (3) 조수 / (4) 고독 / (5) 에트란제 (이방인) / (6) 밤항구 / (7) 파선 / (8) 대합실	중앙 2권 10호
1934. 10	설문답	명사와의 독서문답	신가정 2권 10호
1934. 11	시	가을의 누나	중앙 2권 11호
1934. 11	시	희화(戱畵)	카톨릭청년 2권 11호
1934. 11	시	마음	카톨릭청년 2권 11호
1934. 11	시	밤	카톨릭청년 2권 11호
1934. 11. 14	평론	장래할 조선 문학은? — 문학상 조선주의의 제양자(諸樣姿)	조선일보
1934. 11. 15	평론	조선의 무대에서 세계 문학의 방향으로	조선일보
1934. 11. 16	평론	신휴매니즘의 요구	조선일보
1934. 11. 17~18	평론	태만 휴식 탈주에서 비평 문학의 재건에	조선일보
1934. 12. 8~9	수필	질투에 대하야(상 / 하)	조선일보

발표일	분류	제 목	발표지
1934. 11	시	첫사랑	개벽 재간 1호
1935. 1	시	창	개벽 재간 2권 1호
1935. 1	잡저	이화식(梨花式) 옷차림(五色燈)	신가정 3권 1호
1935. 1	수필	봄은 사기사(詐欺師)	중앙 3권 1호
1935. 1. 1~5	평론	신춘 조선 시단 전망(1~4)	조선일보
1935. 2	시	층층계	시원(詩苑) 1권 1호
1935. 2	시	배우	시원 1권 1호
1935. 2	평론	현대시의 기술(시의 회화성)	시원 1권 1호
1935. 2. 10~14	평론	시에 있어서의 기술주의의 반성과 전망	조선일보
1935. 2. 19~20	수필	어느 오후의 스케트 철학	조선일보
1935. 2	시	선물	중앙 3권 2호
1935. 2	시	연애	중앙 3권 2호
1935. 3	시	들은 우리를 부르오	삼천리 7권 3호
1935. 3	수필	상형 문자	카톨릭청년 3권 3호
1935. 3. 18	수필	그 봄의 전리품	조선일보
1935. 4	시	나	시원 1권 2호
1935. 4	시	생활	시원 1권 2호
1935. 4	시	습관	시원 1권 2호
1935. 4	평론	현대시의 육체—감상과 명랑성에 대하야	시원 1권 2호
1935. 4. 20	평론	오전의 시론—제1편 기초론:	조선일보

발표일	분류	제 목	발표지
		현대시의 주위	
1935. 4. 21~23	평론	오전의 시론—제1편 기초론: 시의 시간성	조선일보
1935. 4. 24	평론	오전의 시론—제1편 기초론: 인간의 결핍	조선일보
1935. 4. 25	평론	오전의 시론—제1편 기초론: 동양인	조선일보
1935. 4. 26~28	평론	오전의 시론—제1편 기초론: 고전주의와 로맨티시즘	조선일보
1935. 5. 1~2	평론	오전의 시론—제1편 기초론: 도라온 시적 감격	조선일보
1935. 5	시	기상도 Ⅰ	중앙 3권 5호
1935. 5	평론	현대시의 난해성	시원 1권 3호
1935. 6. 4	평론	오전의 시론—기초편 속론: 각도의 문제	조선일보
1935. 6. 5	평론	오전의 시론—기초편 속론: 몇 개의 단상	조선일보
1935. 6. 6~7	평론	오전의 시론—기초편 속론: 시의 제작 과정	조선일보
1935. 6. 8	평론	오전의 시론—기초편 속론: 시인의 포즈	조선일보
1935. 6. 20	평론	오전의 시론—기초편 속론: 질서와 지성	조선일보
1935. 6. 24	시	바다의 향수	조선일보
1935. 7	평론	객관에 대한 시의 포즈	예술 1권 3호

발표일	분류	제 목	발표지
1935. 7	시	기상도 II	중앙 3권 7호
1935. 8	수필	생활의 바다— 제주도 해녀 심방기	조선일보
1935. 8. 29	평론	시대적 고민의 심각한 축도— 문학의 옹호	조선일보
1935. 9	산문시	기적	삼천리 7권 9호
1935. 9. 17~19	평론	오전의 시론— 기술편: 사유와 기술	조선일보
1935. 9. 22	평론	오전의 시론— 기술편: 언어의 요소	조선일보
1935. 9. 27	평론	오전의 시론— 기술편: 용어의 문제	조선일보
1935. 10. 1~4	평론	오전의 시론— 기술편: 의미와 주제	조선일보
1935. 10	수필	길을 가는 마음	비판 3권 5호
1935. 11. 29~12. 6	평론	현대 비평의 딜렘마	조선일보
1935. 11	수필	청량리	조광 1권 1호
1935. 11	수필	다도해 난상	조광 1권 1호
1935. 11	수필	바다	조광 1권 1호
1935. 11	시	기상도 III	삼천리 7권 11호
1935. 11. 1~13	시	번영기	조선일보
1935. 12~1936. 2	소설	철도연선(鐵道沿線)	조광 1권 2호 ~2권 2호
1935. 12	평론	'하나' 선후감	삼천리 7권 12호
1935. 12	시	기상도 IV	삼천리 7권 12호
1935. 12	시	금붕어	조광 1권 2호
1935. 12	평론	을해년의 시단	학등 3권 2호
1936. 1	시	연애와 탄석기(彈石機)	삼천리 8권 1호
1936. 1	시	어떤 연애	삼천리 8권 1호
1936. 1	시	축전	삼천리 8권 1호

발표일	분류	제 목	발표지
1936. 1	평론	정지용 시집을 읽고	조광 2권 1호
1936. 1. 1~5	평론	시인으로서 현실에 적극 관심	조선일보
1936. 1. 29	평론	『사슴』을 안고 — 백석 시집 독후감	조선일보
1936. 2. 28	수필	초침(秒針)	조선일보
1936. 3	수필	길	조광 2권 3호
1936. 3	시	제야	시와 소설 1권 1호
1936. 3	평론	걸작에 대하여	시와 소설 1권 1호
1936. 3. 14~20	시	관북기행 단장(斷章)	조선일보
1936. 4	시	파랑 항구	여성 1권 1호
1936. 4	수필	여상 4제	여성 1권 1호
1936. 6	시	추억	여성 1권 3호
1936. 6	수필	촌 아주머니(村婦)	여성 1권 3호
1936. 7	시	'아프리카' 광상곡	조광 2권 7호
1936. 7	시집	기상도(氣象圖)	창문사
1936. 8. 28	시론	나의 관심사 — 민족과 언어	조선일보
1939. 9	시집	태양의 풍속	학예사
1936. 9	시론	평범한 도시 여성 — 여배우 인상기	모던조선 1권 1호
1936. 9. 30	수필	임금의 만가	조선일보
1936. 12. 24~25	수필	수방설신(殊方雪信)(사향(思鄕) 논쟁)	조선일보
1937. 1	설문답	작품 연대표	삼천리 9권 1호
1937. 1	잡저	신년계획	여성 2권 1호
1937. 2. 21~26	평론	과학과 비평과 시 — 현대시의	조선일보

발표일	분류	제 목	발표지
		실망과 희망	
1937. 6	수필	고 이상의 추억	조광 3권 6호
1937. 7. 25~28	수필	여행	조선일보
1937. 7. 31	수필	인제는 늙은 망양정 — 어린 꿈이 항해하던 저 수평선	조선일보
1937. 9. 8	평론	오장환 시집 『성벽』을 읽고	조선일보
1938. 4. 10~16	평론	현대시와 시의 르네상스	조선일보
1939. 1	시론	신념 있는 생활	조광 4권 1호
1939. 2. 16	수필	산 — 시인 산문	조선일보
1939. 4	시	바다와 나비	여성 4권 4호
1939. 4	시	연도(連禱)	조광 4권 4호
1939. 5	편지	엽서	여성 4권 5호
1939. 5	편지	박태원 형에게	여성 4권 5호
1939. 5	시	에노시마(속 동방기행시)	문장 1권 5호
1939. 6	수필	서울 색시, 창 — 파라솔	여성 4권 6호
1939. 6. 2	수필	'심문(心紋)'의 생리	조선일보
1939. 7	시	뇌호내해(瀨戶內海)(속 동방 기행시)	문장 1권 6호
1939. 7	시	해양 동물원	조광 5권 7호
1939. 9	수필	동양의 미덕	문장 1권 9호
1939. 9	시	전별(餞別)	여성 4권 9호
1939. 9	시	요양원	조광 5권 9호
1939. 9	시	산양(山羊)	조광 5권 9호
1939. 10	시	공동묘지	인문평론 1권 1호
1939. 10	평론	모더니즘의 역사적 위치	인문평론 1권 1호
1939. 11	평론	푸로이드와 현대시	인문평론 1권 2호

발표일	분류	제 목	발표지
1939. 12	평론	시단의 동태	인문평론 1권 3호
1939. 11. 22~28	수필	낙엽일기	조선일보
1939. 12	시	겨울의 노래	문장 1권 11호
1939. 12. 25	평론	『촛불』을 켜놓고 ― 신석정 시집 독후감	조선일보
1940. 1	대담	문학의 제문제(신춘 좌담회)	문장 2권 1호
1940. 1	수필	소나무 송(頌)	여성 5권 1호
1940. 1	평론	언어의 복잡성	한글 8권 1호
1940. 2	수필	문단불참기	문장 2권 2호
1940. 2	평론	과학으로서의 시학	문장 2권 2호
1940. 2	평론	시단 월평(감각, 육체, 리듬)	인문평론 2권 2호
1940. 4	시	흰 장미같이 잠이 드시다	인문평론 2권 4호
1940. 4. 20	평론	시인의 세대적 한계	조선일보
1940. 5	수필	단념	문장 2권 5호
1940. 5	평론	시와 과학과 회화	인문평론 2권 5호
1940. 7	시론	인형의 옷	여성 5권 7호
1940. 7. 15	평론	20세기의 서사시 ― 올림피아 영화 '민족의 제전' 찬(讚)	조선일보
1940. 7. 17	수필	퍼머넌트(어휘집)	조선일보
1940. 7. 18	수필	행복(어휘집)	조선일보
1940. 7. 19	수필	기적의 심리(어휘집)	조선일보
1940. 7. 20	수필	웅변(어휘집)	조선일보
1940. 7. 21	수필	목의 문제(어휘집)	조선일보
1940. 8. 2	수필	도망(어휘집)	조선일보
1940. 8. 10	평론	시의 장래	조선일보

발표일	분류	제 목	발표지
1940. 9	평론	여성과 현대 문학	여성 5권 9호
1940. 10	평론	조선 문학에의 반성	인문평론 2권 9호
1940. 10	수필	공분(公憤)(어휘집)	조광 6권 10호
1940. 11	번역 논문	과학과 인류	조광 6권 11호
1941. 2	시	못	춘추 2권 1호
1941. 3	수필	건강	조광 7권 3호
1941. 4	평론	동양에 관한 단장	문장 3권 4호
1941. 4	시	소곡	조광 7 권4호
1942. 1	시	새벽의 '아담'	조광 8권 1호
1942. 3	수필	건망증	국민문학 2권 3호
1942. 5	시	연륜	춘추 3권 5호
1942. 5	시	청동	춘추 3권 5호
1942. 7	수필	분원유기(分院遊記)	춘추 3권 7호
1945. 12	시	파도소리 헤치고	신문예 1권 1호
1945. 12	시	지혜에게 바치는 노래 (『해방기념시집』 소수(所收))	중앙문화협회
1946. 2. 18	강연 논문	우리 시의 방향(『건설기 조선 문학』 소수)	조선문학가동맹
1946. 2	시	두견새	학병 1권 2호
1946. 2	시	모다들 돌아와 있고나	서울신문
1946. 4	시	순교자	신문학 1권 1호
1946. 4	시	나의 노래	서울신문
1946. 4. 27	시	말과 피스톨	중앙신문
1946. 4	시집	바다와 나비	신문화연구소
1946. 6	시	무지개	대조 1권 2호

발표일	분류	제 목	발표지
1946. 6	좌담회	건국 운동과 지식 계급	대조 1권 2호
1946. 6	시론	계몽 운동 전개에 대한 의견 (『 건설기 조선 문학 』 소수)	조선문학가동맹
1946. 7	시	새나라 송(頌)	문학 1권 1호
1946. 7	평론	공동체 발견(시단 별견(詩壇瞥見))	문학 1권 1호
1946. 7	시	어린 공화국이여	신문예 2권 2호
1946. 7	시	한 깃발 받들고	인민평론
1946. 8. 2	시	다시 8월에	독립신문
1946. 8	시	우리들 모두의 깃쁨이 아니냐	민성(民聲) 9호
1946. 9. 7	시론	'아메리카니즘' 여담	국제신문
1946. 10. 19	시론	출판물 배급 시급	경향신문
1946. 10. 31	평론	새로운 시의 생리 ― 일련의 새 시인에 대하야	경향신문
1946. 12	서문	서(『 전위시인집 』 서문)	노농사
1946. 12	논저	문학개론	문우인서관
1947. 1	서문	전진하는 시정신	국학 1권 2호
1947. 1	시	연가	협동
1947. 1	설문답	문학자의 말	국학 2호
1947. 신춘호	평론	문학의 새 영역	우리문학
1947. 3	시	시와 문화에 부치는 노래	문화창조 2권 1호
1947. 4	시	인민 공장에 부치는 노래	문학평론 1권 3호
1947. 4	시론	하나 또는 두 세계	신문평론 1권 1호
1947. 4. 8	평론	정치와 협동하는 문학	경향신문
1947. 4. 11	시론	어머니와 자본	문화일보
1947. 4. 20	시론	이브의 약점	만세보

발표일	분류	제 목	발표지
1947. 6. 6	잡저	민족과 문학의 융성에 필히 성공되기를 열원	경향신문
1947. 6	시	민주주의에 부침	새한민보
1947. 7	시론	공위휴회중의 남조선 현실 ― 민족주의 위기	문학 1권 4호
1947. 8	시	구절도 아닌 두서너 마디 더듬는 말인데도	개벽 9권 1호
1947. 11	논저	시론(詩論)	백양당
1947. 12	시	희망	신천지 2권 10호
1947. 12	논문	민족 문화의 수립	문화
1948. 1. 4	시	새해의 노래	자유신문
1948. 3	수필	슬픈 폭군	민성
1948. 3. 13	평론	낭독시에 대하여	신민일보
1948. 3	수필	육체에 타이르노니	신세대 3권 3호
1948. 4	시집	새나라	아문각
1948. 4	평론	분노의 미학 ― 시집 『포도』에 대하야	민성 24
1948. 5	시	센토-르	개벽 10권 3호
1948. 6	번역서	과학개론(J. A. Thomson 원저)	을유문화사
1948. 7. 8	시	재산	민성 4권 8호
1948. 9	시집	기상도(재판)	산호장
1948. 10	평론	예술에 있어서의 정신과 기술	문장 4권 1호
1948. 10	평론	I. A. 리챠아즈론('시의 과학' 설계의 일례)	학풍 1권 1호
1948. 10. 31~11. 2	평론	새 문체의 확립을 위하야	자유신문

발표일	분류	제 목	발표지
1948. 11	평론	문학의 전진	조광 123호
1948. 11. 7	평론	T. S. 엘리엇의 시(노벨문학상 수상을 계기로)	자유신문
1948. 11. 7	번역시	창머리의 아츰(T. S. 엘리엇 원작)	자유신문
1948. 12	수필집	바다와 육체	평범사
1948	논저	문학개론(3판)	신문화연구소
1949. 1. 1	평론	체험의 문학—신인 문학의 포부	경향신문
1949. 3	서문	이상의 모습과 예술—『이상 선집』 서(序)	이상 선집 (백양당)
1949. 3~4	평론	새 문체의 갈 길	신세대
1949. 4	수필	나의 서울 설계도	민성 5권 5호
1949. 4. 10~11	수필	꽃에 부처서	국도신문
1949. 4. 26~27	평론	이상의 문학의 한 모	태양신문
1949 .6. 30	시	곡 백범 선생	국도신문
1949. 7	논문	새말의 이모저모	학풍 2권 5호
1949. 10	논문	한자어의 실상	학풍 2권 6호
1949. 11. 3	평론	민족 문화의 성격	서울신문
1950. 1	편지	평론가 이원조군, 민족과 자유와 인류의 편에 서라	이북통신 5권 1호
1950. 3	평론	문화의 운명(20세기 후반기의 전망)	문예 2권 3호
1950. 3	공저	학생과 학원(유진오, 이건호, 최호진, 김기림 4인 공저로서, 김기림의 글「학생과 연애」가 실려 있음.)	수도문화사

발표일	분류	제 목	발표지
1950. 4	논저	시의 이해	을유문화사
1950. 4	논저	문장론 신강(新講)	민중서관
1950. 5	평론	소설의 파격(까뮈의 「페스트」에 대하여)	문학 6권 3호
1950. 5. 24	시	조국의 노래	연합신문
1950. 6. 9~11	평론	시조와 현대	국도신문
1986	시집	기상도	기민사
1988	전집	김학동 편저, 김기림 전집 1~6	심설당
1988	시선집	조병화 편, 김기림 시선: 오늘도 고향은	심설당
1988	선집	김기림 선집	깊은샘
1989	수필	간도 기행(이태준 외, 소재영 편, 『간도 유랑 40년: 중국·시베리아 미공개 기행문 23선』 소수)	조선일보사 출판국
1991	시선집	김기림 시선 — 태양의 풍속	미래사
1992	선집	갈릴레오가 잊어버린 또 하나 별의 이름	깊은샘
1992	선집	길: 시 수필 시론	깊은샘
1994	논저	김기림의 시론	앞선책
2004	시집	태양의 풍속	열린책들
2004	수필집	청소년이 읽는 우리 수필: 김기림	돌베개

1931. 12. 7~8 박용철, 「1931년 시단의 회고와 비판」, 《중앙일보》

1933. 12. 17~24 윤곤강, 「1933년도 시작 6편에 대하야」, 《조선일보》

1933. 4. 26~29 이원조, 「근대 시단의 한 경향—특히 낭만파와 감각파에 대하여」, 《조선일보》

1933. 9. 29~10. 1 백철, 「사악한 예원의 분위기」, 《동아일보》

1934. 1. 1~10 홍효민, 「1934년과 조선 문단」, 《동아일보》

1934. 1. 1~14 임인식, 「1933년의 조선 문학의 제 경향과 전망」, 《조선일보》

1934. 1. 9   임화, 「33년을 통하여 본 현대 조선의 시문학」, 《조선중앙일보》

1934. 2. 21   임인식, 「신춘 창작 개평」, 《조선일보》

1934. 8   박영희, 「상반기 단편 소설 총평」, 《신동아》

1935. 6. 5   박승극, 「문예와 정치」, 《동아일보》

1935. 11. 16~17 신고송, 「문단유감」, 《조선중앙일보》

1935. 12   임화, 「담천하의 시단 1년」, 《신동아》

1935. 12. 11 엄흥섭, 「을해년의 창작 결산」, 《조선일보》

1935. 12. 28 박용철, 「「기상도」와 《시원》 5호—을해 시단 총평」, 《동아일보》

1936. 2   박귀송, 「새 것을 찾는 김기림」, 《신인문학》

1936. 2   임화, 「기교파와 조선 시단」, 중앙

1936. 4   윤곤강, 「기교파의 말류—주지시가의 이론적 근거」, 《비판》

1936. 6   박승극, 「조선 문학의 재건설」, 신동아

1936. 8. 21~27 최재서, 「현대시의 생리와 성격」, 《조선일보》

1937. 4	김광균, 「현대시의 황혼 — 김기림론」, 《풍림》
1939. 11. 5	최재서, 「여행의 낭만 — 김기림 시집 『태양의 풍속』」, 《매일신보》
1939. 12. 11	이원조, 「김기림 제2시집 『태양의 풍속』」, 《조선일보》
1939. 12	이병각, 「『태양의 풍속』 — 김기림 시집」, 《문장》 11호
1941. 4	이원조, 「시의 고향 — 편석촌에게 부치는 단언」, 《문장》
1946. 5. 19	김광균, 「신간평 — 『바다와 나비』」, 《서울신문》
1946. 5. 2	단운, 「『바다와 나비』의 세계 — 김기림 시집을 읽고」, 한성일보
1946. 6. 6	임화, 「김기림 시집 『바다와 나비』」, 현대일보
1948	김동석, 「금단의 과실 『예술과 생활』」, 박문출판사
1948. 1	홍효민, 「김기림론」, 《예술평론》 1 · 2합집
1948. 11	김철수, 「『기상도』의 논리 — 김기림론」, 《민성》
1948. 11. 16	임호권, 「김기림 장시 「기상도」를 읽고」, 《자유신문》
1948. 3	김광현, 「김기림 씨에 대한 일고」, 《신인》 5호, 청년사
1949. 1	박인환, 「『기상도』 전망 — 김기림 장시집(서평)」, 《신세대》 4권 1호
1949. 4	이남수, 「문학 이론의 빈곤성 — 백철 · 김기림 양씨의 '문학개론'에 대하여」, 신천지 4권 4호 《서울신문사》
1949. 5. 30	윤영춘, 「김기림 저 『바다와 육체』 — 신간평」, 《경향신문》
1956. 4~5	이봉래, 「한국의 모던이즘」, 《현대문학》
1957. 1	조용만, 「구인회의 기억」, 《현대문학》
1963	송욱, 「한국 모더니즘 비판 『시학평전』」, 일조각
1963. 4	이상로, 「운성의 무덤 위의 김기림 — 월북 작가의 문학적 재판」, 《동아춘추》 2권 3호
1966	조동민, 「한국적 모더니즘의 계보를 위한 연구」, 《문호》 4, 건국대 국문과
1967. 12	김해성, 「한국 주지시 발달 과정 소고」, 《국어국문학》 37 · 38

합호, 국어국문학회

1967. 12   이재선, 「문장론 성립에 있어서의 서구의 영향— 김기림과 I. A. Richards의 관계를 중심으로」, 《어문학》 17, 한국어문학회

1968   최정순, 「한국 현대시의 이원성」, 《논문집》 3, 광주교육대학

1968   김훈, 「한국에 있어서의 모더니즘의 시와 시론」, 서울대 석사 논문

1968. 7   김우창, 「한국시와 형이상 — 하나의 관점」, 《세대》 60

1969   장윤익, 「1930년대 한국 모더니즘 시 연구」, 경북대 석사 논문

1969   이창배, 「영미 현대시론이 한국 현대시론에 미친 영향」, 이호근· 조용만 교수 회갑 기념 논문집

1969. 9. 23~10. 2   조용만, 「나와 구인회 시대」, 《대한일보》

1972. 3   양왕용, 「1930년대 한국시의 연구」, 《어문학》 26, 한국어문학회

1973   이창준, 「20세기 영미시 비평이 한국 현대시에 끼친 영향」, 《단 국대 논문집》 7

1973. 10   신명석, 「한국 시에 나타난 모더니즘: 1930년대를 중심으로」, 《수련어문논집》 1, 수련어문학회

1973. 2   성행자, 「한국 시의 모더니즘에 관한 고찰: 김기림, 정지용, 김 광균을 중심으로」, 《국어과교육》 3, 부산대 국어교육연구회

1974   김용직, 「모더니즘의 시도와 실패」, 《논문집》 6, 서울대 교양 과정부

1974   김윤식, 「모더니즘의 한계 — 장서언, 편석촌, 정지용론」, 『한국 근대작가 논고』, 일지사

1974   김종길, 「한국 현대시에 끼친 T. S. 엘리엇의 영향」, 『진실과 언 어』, 일지사

1974   이창배, 「현대 영미시가 한국의 현대시에 미친 영향」, 동국대 박사 논문

1974. 11   김윤식, 「한국 모더니즘 시운동에 대하여」, 시문학

1974. 2	장백일, 「한국적 모더니즘 시 연구: 김기림 시 세계의 내용 비판」, 《북악 25》 국민대 국어국문학과
1974. 4	김정수, 「한국에 있어서의 영문학」, 《용봉논총》 3, 전남대
1975. 봄	김종철, 「30년대의 시인들」, 《문학과지성》
1975. 1	김용직, 「새로운 시어의 혁신과 그 한계」, 《문학사상》
1975. 1	오세영, 「모더니스트, 비극적 상황의 주인공들」, 《문학사상》
1975. 1	유병석, 「절창에 가까운 시인의 집단」, 《문학사상》
1975. 1	유병석, 「30년대 모더니즘의 특질」, 《국어교육》 26, 국어교육 연구회
1975. 2	김규동, 「모더니즘의 역사적 의의」, 《월간문학》
1975. 2	오세영, 「모더니즘, 그 발상과 영향」, 《월간문학》
1976	김시태, 「구인회 연구」, 《제주대논문집》 7, 제주대
1976	김시태, 「기교주의 논쟁고」, 《제주대논문집》 8, 제주대
1976. 10	이재철, 「모더니즘 시론 소고: 김기림 「시론」을 중심으로」, 국어국문학 72·73, 국어국문학회
1976. 12	김병욱, 「한국 현대시파의 공과」, 《심상》
1976. 12	김재홍, 「한국 모더니즘의 사적 전개」, 《심상》
1976. 9~10	이재철, 「모더니즘 시론 소고: 김기림 「시론」을 중심으로 1 / 2」, 《시문학》 62, 63호, 시문학사
1977	서준섭, 「1930년대 한국 모더니즘 연구」, 서울대 석사 논문
1977	김우창, 「한국시와 형이상」, 『궁핍한 시대의 시인』, 민음사
1977. 2	문성숙, 「김기림 연구: 1945년 이전의 활동을 중심으로」, 동국대 석사 논문
1977. 2	장윤익, 「한국 주지시의 문명 비평적 성격 — 김기림의 시와 시론을 중심으로」, 《명지어문학》 9, 명지대 국어국문학과
1977. 9	홍정운, 「한국의 모더니즘 시 연구」, 《동악어문논집》 10, 동국대 동악어문학회

1977. 9	문성숙, 「김기림 연구」, ≪동악어문논집≫ 10, 동국대 동악어문학회
1977. 12	김은전, 「30년대 모더니즘 시 운동에 대한 비교문학적 연구(상)」, ≪국어교육≫ 31
1978	김인환, 「김기림의 비평」, 『문학과 문학 사상』, 열화당
1978. 12	김영실, 「김기림의 모더니즘 문학관 산고 ─ 그의 『시론』을 중심으로」, ≪논문집≫ 17, 진주교대
1978. 2	이경희, 「시적 경험의 과학적 분석과 시의 본질」, 이화여대 석사 논문
1979	박정희, 「김기림 연구」, 건국대 석사 논문
1979	문덕수·마광수, 「1930년대 모더니즘 문학 연구」, ≪홍대논총≫ 11, 홍익대
1979. 12	정상균, 「한국 모더니즘 시 이론 비판」, ≪국어교육≫ 35, 국어교육연구회
1979. 12	김용직, 「1930년대 한국시의 스티븐 스펜더 수용」, ≪관악어문연구≫, 서울대 국문과
1980	이창배, 「현대 영미시가 한국의 현대시에 미친 영향」, ≪한국문학연구≫ 3, 동국대 한국문화연구소
1980	박철희, 「김기림의 모더니티」, 『한국시사연구』, 일조각
1980. 12	서준섭, 「한국 현대 문학 비평사에 있어서의 시 비평 이론의 체계화 작업의 양상」, ≪비교문학≫ 5, 한국비교문학회
1981	문덕수, 「한국 모더니즘 시 연구』, 시문학사
1981	이재선, 「한국 현대시와 T. E. 흄」, 『한국 문학의 분석』, 새문사
1981	김시태, 「기교주의 논쟁고」, 『현대시 연구』, 정음사
1981. 12	김시태, 「김기림의 시와 시론」 ≪한국문학연구≫ 4, 동국대 한국문학연구소
1981. 2	채만묵, 「한국 모더니즘 시 연구 ─ 1930년대를 중심으로」, 전북

대 박사 논문

1981. 2   조남철, 「김기림 연구」, 연세대 석사 논문

1981. 2   전규태, 「한국 모더니즘의 수용 양상고: 김기림, 이상을 중심으로」, ≪연세교육과학≫ 18, 연세대교육대학원

1981. 8   예종숙, 「기림의 「기상도」」, 논문집 3, 영주경상전문대학

1982   김윤식, 「모더니즘 시운동 양상」, 『한국 현대시론 비판』, 일지사

1982   정한모, 「순수 문학과 모더니즘」, 『현대시론』, 보성문화사

1982   김재홍, 「모더니즘과 30년대의 현대시」, 『한국 문학 연구 입문』, 지식산업사(황패강 외 편)

1982. 2   김진영, 「1930년대 한국 모더니즘 시 연구」, 충남대 석사 논문

1982. 2   박상천, 「김기림의 시론 연구」, 한양대 석사 논문

1982. 겨울   서준섭, 「30년대 모더니즘 시 연구의 현황과 문제점」, ≪한국학보≫ 5, 일지사

1983   한계전, 「모더니즘 시론의 수용」, 『한국 현대시론 연구』, 일지사

1983   장백일, 「김기림 시 세계의 비판」, 『한국 신문학 특강』, 관동출판사

1983   민병기, 「편석촌의 시 세계」, ≪논문집≫ 5권 1호, 마산대

1983. 1   장승엽, 「한국 모더니즘 시의 기본 패턴 시론: 특히 김기림 정지용 김광균 박인환을 중심으로」, ≪국어국문학논집≫ 5, 동아대 국어국문학과

1983. 1   박철석, 「한일 근대시의 비교 문학적 연구」, ≪국어국문학논집≫ 5, 동아대 국어국문학과

1983. 6   정규웅, 「북행 시인 정지용과 김기림」, ≪정경문화≫ 220

1983. 8   오완석, 「김기림 연구」, 한양대 석사 논문

1984   안상근, 「한국 모더니즘 운동의 구호와 그 실제적 좌표: 김기림의 해방 전 활동을 중심으로」, 제주대 교육대학원 석사 논문

1984   조용만, 『구인회 만들 무렵』, 정음사

1984   김병택, 「1930년대 한국 모더니즘 시에 나타난 시대 인식」, ≪논
             문집≫ 17, 제주대

1984   김윤식, 「전체시론— 김기림의 경우」, 『한국 근대 문학사상사』,
             한길사

1984. 2   이선희, 「김기림의 시론 연구」, 동아대 석사 논문

1984. 2   송순애, 「이미지즘의 한국적 수용 양상에 관한 연구: 김기림의
             시와 시론 중심으로」, 서강대 석사 논문

1984. 6   최하림, 「30년대의 시인들 ⑤— 김기림의 시를 중심으로」, 문예
             중앙

1984. 8   박상천, 「「기상도」 연구」, ≪한국학논집≫ 6, 한양대 한국학연
             구소

1984. 8   안상준, 「한국 모더니즘 운동의 구호와 그 실제적 좌표— 김기
             림의 해방 전 활동을 중심으로」, ≪국어교육논총≫ 1, 청주대
             교육대학원

1984. 8   장도준, 「김기림 연구: 1945년 이전의 시와 시론을 중심으로」,
             연세대 석사 논문

1985   최원규, 「한국 현대시에 대한 미(영)시의 영향」, 『한국 현대시
             논고』, 예문관

1985   신명석, 「문학의 역사적 인식」, ≪어문집≫ 3집, 성심외국어전
             문대

1985   이기형, 「한국 모더니즘 시론 연구」, 인하대 석사 논문

1985. 2   김기중, 「김기림 연구」, 고려대 석사 논문

1985. 2   원명수, 「한국 모더니즘 시에 나타난 소외 의식과 불안 의식 연
             구」, 중앙대 박사 논문

1985. 8   박상천, 「김기림의 소설 연구」, ≪한국학논집≫ 7

1985. 8   김영실, 「김기림 모더니즘 문학관 연구」, 경남대 석사 논문

1985. 8   김윤태, 「한국 모더니즘 시론 연구— 김기림 시론을 중심으로」,

578

서울대 석사 논문

1986   김종길, 「한국에서의 장시의 가능성」, 『시에 대하여』, 민음사

1986   김윤식, 「모더니즘과 리얼리즘의 넘어서기에 대하여」, 『한국 근대 소설사 연구』, 을유문화사

1986   오세영, 「한국 모더니즘 시의 전개와 그 특질」, ≪예술원논문집≫ 25, 대한민국 예술원

1986   김훈, 「모더니즘의 시사적 고찰」, 『한국 문학사의 쟁점』, 집문당

1986. 10   강은교, 「김기림 시론 연구」, 『청천 강용권 박사 송수 기념 논총』

1986. 12   신명석, 「한국 모더니즘 시의 변천 과정」, ≪논문집≫ 4, 성심외국어전문대

1986. 12   정영호, 「김기림 시론과 조지훈 시론의 대비적 고찰」, ≪어문학교육≫ 9, 한국어문학교육학회

1986. 겨울   서준섭, 「모더니즘과 1930년대의 서울」, ≪한국학보≫ 45, 일지사

1987   원명수, 『모더니즘 시 연구』, 계명대 출판부

1987   한민성, 『김기림 : 공산분자냐, 기회분자냐』, 갑자문화사

1987   김영조, 「김기림의 시론 — 그의 전체시론을 중심으로」, ≪수원대문화≫ 3, 수원대

1987   민병기, 「1930년대 모더니즘 시의 심상 체계 연구」, 고려대 박사 논문

1987. 2   조병춘, 「모더니즘 시의 기수들」, ≪태능어문≫ 4, 서울여대 국문과

1987. 2   윤광중, 「김기림 시 연구」, 동아대 석사 논문

1987. 8   선효원, 「한국 주지주의 시의 비교 문학적 연구」, 동아대 석사 논문

1987. 8   박미령, 「1930년대 시론 연구」, 충남대 박사 논문

1987. 8	진창영, 「한국 전·후기 모더니즘 시의 비교 연구」, 동아대 석사 논문
1987. 8	강은교, 「1930년대 김기림의 모더니즘 연구」, 연세대 박사 논문
1987. 8	예종숙, 「김기림 연구」, 한양대 박사 논문
1987. 8. 30	강유일, 「납북 시인 김기림 미망인 김원자 여사 — "남편 이름을 ○○○으로 쓰는 37년의 고통을 상상해 봐요"」, ≪주간조선≫
1987. 8. 30	나명순, 「납북 문인 김기림, 정지용 그들은 과연 누구인가」, ≪주간조선≫
1988	김학동, 『김기림 연구』, 새문사
1988	서준섭, 『한국 모더니즘 문학 연구』, 일지사
1988	서준섭, 「1930년대 한국 모더니즘 문학 연구」, 서울대 박사 논문
1988. 1	김규동, 「시보다 인간을 더 사랑한 시인 : 내가 만난 김기림 선생」, ≪문학사상≫ 183, 문학사상사
1988. 1	이동순, 「문화의 민주화, 문화의 자주화 — 김기림 시의 세계」, ≪문학사상≫ 183, 문학사상사
1988. 11	채수영, 「김기림 시의 특질 : 바다를 중심으로」, ≪동양문학≫ 5, 동양문학사
1988. 12	김영수, 「영미 모더니즘의 수용과 거부 — 김기림의 「시론」에 있어서」, ≪논문집≫ 10, 안동대
1988. 12	최시한, 「김기림의 희곡과 소설에 대하여」, ≪배달말≫ 13, 배달말학회
1988. 12	정순진, 「김기림의 「기상도」 연구」, ≪어문연구≫ 18, 충남대
1988. 2	김덕근, 「주지파 시론의 수용 양상 연구」, 청주대 석사 논문
1988. 3	김윤식, 「정지용과 김기림의 작품 세계」, ≪월간조선≫ 96, 조선일보사
1988. 3	이동순, 「김기림 시의 새로운 독법 : 한국 현대시사의 변증법적 확충을 위하여」, ≪인문학지≫ 3, 충북대 인문과학연구소

1988. 6	원형갑, 「살아 있는 김기림 ─ 그 갈등과 숙제」, ≪월간문학≫ 232, 월간문학사

1988. 6 원형갑, 「살아 있는 김기림 ─ 그 갈등과 숙제」, ≪월간문학≫ 232, 월간문학사

1988. 7 김경린, 「김기림의 현대성과 사회성 ─ 그의 포에지와 작품 세계를 중심으로」, ≪월간문학≫ 233, 월간문학사

1988. 8 이미경, 「김기림 모더니즘 문학 연구: 「근대성」의 의미 변화를 중심으로」, 서울대 석사 논문

1988. 8~10 김용직, 「현대 한국 시의 형성과 전개 (1)~(3)」, ≪동양문학≫

1988. 가을 이남호, 「현실과 문학과 모더니즘 ─ 김기림론」, ≪세계의문학≫

1988. 가을 전규태, 「1930년대 한국 모더니즘 시 연구 ─ 김기림, 이상, 정지용, 김광균을 중심하여」, ≪시와의식≫

1989 백운복, 『한국 현대시론사 연구: 리얼리즘과 모더니즘의 상관적 연쇄망』, 계명문화사

1989 문성숙, 「김기림론」, 『김장호 선생 회갑 기념 논문집』

1989 백운복, 「한국 현대시론의 역사적 연구 ─ 리얼리즘과 모더니즘의 상관적 연쇄망」, 서강대 박사 논문

1989. 2 이우용, 「김기림의 시론 연구」, ≪논문집≫ 28, 건국대 부설 교육연구소

1989. 2 전일숙, 「김기림 시론 연구」, 전남대 석사 논문

1989. 2 이경영, 「김기림의 시에 나타난 '바다'의 상징성 연구」, 성균관대 석사 논문

1989. 2 예종숙, 「김기림의 초기 시」, ≪논문집≫ 17, 영남공업전문대

1989. 2 한상규, 「1930년대 모더니즘 문학에 나타난 미적 자의식에 관한 연구 ─ 이상, 김기림을 중심으로」, 서울대 석사 논문

1989. 2 김유중, 「김기림의 주지주의 시론 연구 ─ '과학적 시학'을 중심으로」, 서울대 석사 논문

1989. 2 박귀례, 「김기림 시 연구」, ≪성신어문학≫ 2, 성신어문학연구회

1989. 4 박철석, 「1930년대 시의 사적 고찰」, 한국문학논총한국문학회

1989. 봄   오세영, 「한국 모더니즘의 존재성」, ≪예술 비평≫

1989. 9∼10   박철희, 「김기림론」, ≪현대문학≫

1989. 12   정순진, 「모더니즘 시론과 리얼리즘 시론의 접맥 ─ 기교주의
                 논쟁을 중심으로」, ≪어문연구≫, 충남대

1989. 12   박철희, 「김기림론」, ≪예술과비평≫ 18, 서울신문사

1990   박상천, 『한국 근대시의 비평적 성찰』, 국학자료원

1990   박철석, 「모더니즘의 시」, 『1930년대 시문학 연구』, 백문사

1990   신동욱, 「김기림 시 작품의 한 이해」, 『1930년대 민족 문학의
                 인식』, 한길사 (이선영 편)

1990. 2   박정희, 「1930년대 한국 모더니즘 시 연구 : 장시 「기상도」를
                 중심으로」, ≪논문집≫ 13, 한양여전

1990. 2   정순진, 「김기림 문학 연구」, 충남대 박사 논문

1990. 2   정한용, 「김기림의 시 연구」, 인하대 석사 논문

1990. 4   신동욱, 「미적 거리의 원근법에 의한 김기림의 시 작품의 이해」,
                 ≪현대시≫ 1, 4, 한국문연

1990. 4   조창환, 「김기림론 ─ 포오즈의 시학 그 지향과 한계 : 『태양의
                 풍속』과 『기상도』」, ≪현대시≫ 1, 4, 한국문연

1990. 4   이활, 「PRO-TYPE 선택의 실패 ─ 근대의 초극에 나섰다가 길
                 잃은 기림 선생」, ≪현대시≫ 1, 4, 한국문연

1990. 6   문성숙, 「김기림의 I. A. 리챠즈 시론 수용 양상」, 『심전 김홍식
                 교수 화갑 기념 논총』

1990. 8   문혜원, 「김기림 문학론 연구」, 서울대 석사 논문

1990. 11   원형갑, 「모더니즘의 핵심과 포스트모던의 가능성」, 『돌곶 김상
                 선 교수 화갑 기념 논총』

1990. 12   이승훈, 「모더니티와 기교 ─ 우리 시론을 찾아서」, 현대시

1990. 12   박혜경, 「김기림의 모더니즘 수용 양상에 대하여 : 특히 T. S.
                 엘리엇의 영향 관계를 중심으로」, ≪동악어문논집≫ 25, 동악어

문학회

1990. 12   김윤식, 「『쥬피타 추방』에 대한 6개의 주석 : 이상과 김기림」, ≪세계의문학≫ 58, 민음사

1990. 12   이숭원, 「김기림 시 연구」, ≪국어국문학≫ 104, 국어국문학회

1990. 12   곽봉재, 「김기림 시의 변모 양상과 서정적 특질」, ≪경희어문학≫ 11, 경희대 국문과

1990. 12   최병준, 「30년대 한국 현대시」, ≪논문집≫ 20, 강남대

1990. 12   한원균, 「김기림 비평의 일고찰―『시론』의 인식론적 근거를 중심으로」, ≪경희어문학≫ 11, 경희대 국문과

1990. 12   노창수, 「한국 모더니즘 시론의 형성 과정 고찰」, ≪인문과학연구≫ 12, 조선대

1990. 12   유태수, 「한국에 있어서의 주지주의 문학의 양상―시를 중심으로」, ≪강원인문논총≫ 1, 강원대 인문과학연구소

1991   김학동 편, 『김기림 연구』, 시문학사

1991   정순진, 『김기림 문학 연구』, 국학자료원

1991   이활, 「정지용·김기림의 세계」, 명문당

1991   김용직, 「1930년대 김기림과 『황무지』―김기림의 비교 문학적 접근」, 『한국의 전후 문학』, 한국현대문학연구회

1991   조달곤, 「김기림의 소설」, ≪용연어문논집≫ 5

1991   김용직, 「김기림의 모더니티 추구 양상」, 『도곡 정기호 박사 회갑 기념 논총』

1991   정정숙, 「김기림 연구」, ≪한성어문학≫ 10, 한성대 국문과

1991. 2   강정숙, 「한국 근대시에 나타난 서구 지향성과 전통 지향성의 변모 양상 연구―바다와 산의 이미지를 중심으로」, 건국대 석사 논문

1991. 2   좌지수, 「김기림 시론 연구 : 서구 수용을 중심으로」, 제주대 석사 논문

1991. 2   장은아, 「모더니즘 시 교육론: 김기림 「기상도」에 나타난 표현 기법을 중심으로」, 동국대 석사 논문

1991. 2~4   최정숙, 「1930년대의 모더니스트 김기림 ① ~ ③」, ≪통일≫ 113~115, 민족통일중앙협의회

1991. 8   한영옥, 「한국 현대시의 주지성 연구: 20, 30년대를 중심으로」, 성균관대 박사 논문

1991. 여름   김용직, 「모더니즘과 그 초극 시도: 김기림의 경우」, ≪세계의 문학≫ 60, 민음사

1991. 11   양혜경, 「김기림 문학의 효용론 연구: 시론을 중심으로」, ≪동아어문논집≫ 1, 동아어문학회

1991. 가을   하현식, 「1930년대 구원과 희망의 시학 — 기독교 문학론(3)」, 시와 의식

1991. 가을   한상규, 「예술적 자각과 그 미학적 지반 — 한국 모더니즘 문학의 경우」, ≪한국학보≫ 64, 일지사

1991. 겨울   김태진, 「한국 모더니즘의 사상 — 자기반성과 새로움의 모색」, 시와 시인

1992   유임하, 「1920~30년대 시에 나타난 근대 문명 인식」, ≪한국문학연구≫ 14, 동국대 한국문화연구소

1992   최유찬, 「1930년대 모더니즘론: 김기림의 시론을 중심으로」, 『리얼리즘 이론과 실제 비평』, 두리

1992   문혜원, 「김기림의 시론 연구」, 『한국 현대시론사』, 모음사(오세영 외)

1992   신범순, 「30년대 모더니즘에서의 산책가의 꿈과 재현 붕괴」, 『한국 현대시사의 매듭과 혼』, 민지사

1992   대한언론인회 편, 「김기림」, 『한국 언론 인물 사화: 8·15 전편(하)』, 대한언론인회

1992. 2   이경란, 「김기림 시의 상상력 연구」, 이화여대 석사 논문

1992. 2	김형주, 「한국 초기 모더니즘 시에 나타난 민족의식 양상: 정지용과 김기림의 시를 중심으로」, 수원대 석사 논문
1992. 2	조달곤, 「김기림 연구」, 동아대 박사 논문
1992. 2	손채모, 「김기림 시에 나타난 바다 이미지 연구」, 조선대 석사 논문
1992. 8	이기향, 「1930년대 시의 이미지론: 정지용, 김기림을 중심으로」, 단국대 석사 논문
1992. 12	예종숙, 「김기림의 후기 시」, ≪논문집≫ 21, 영남전문대학
1993	김용직 편, 『모더니즘 연구』, 자유세계
1993	신범순, 「김기림의 근대성 추구에 있어서 작은 자아, 군중, 그리고 가슴의 의미」, 『모더니즘 연구』, 자유세계
1993	김유중, 「김기림의 「바다와 나비」— 모더니즘과 문명 비판」, 『한국 대표시 평설』, 문학세계사(정한모 외 편)
1993	정순진, 「기술과 사상의 종합에 이르는 길 — 김기림론」, 『한국문학과 여성주의 비평』, 국학자료원
1993	조달곤, 「의장된 예술주의」, ≪용연어문논집≫ 6, 경성대 국문과
1993	이숭원, 「김기림 시의 실상과 허상」, 『현대시와 삶의 지평』, 시와시학사
1993. 2	허윤회, 「김기림 시 연구: '유기체적 전체성'을 중심으로」, 성균관대 석사 논문
1993. 2	김지연, 「김기림 시 연구: 시집 『바다와 나비』를 중심으로」, ≪성심어문논집≫ 14·15 합집, 성심여대 국어국문학과
1993. 8	홍성암, 「김기림 연구」, ≪한국학논집≫ 23, 한양대한국학연구소
1993. 8	이춘전, 「김기림 시집 『바다와 나비』의 연구」, 홍익대 석사 논문
1993. 12	예종숙, 「김기림의 시론」, ≪논문집≫ 22, 영남전문대학
1993. 12	이기철, 「1930년대 전반기 시론의 주류: 김기림, 김환태의 시론」, ≪국어국문학연구≫ 21, 영남대 국어국문학회

1993. 12	문혜원, 「김기림 문학에 미친 스펜더의 영향」, ≪비교문학≫ 18, 한국비교문학회
1993. 12	김윤재, 「김기림 시론 재고」, ≪이문논총≫ 13, 한국외대 대학원
1993. 12	고명수, 「한국 문학 이론과 모더니즘: 김기림 시론의 의의」, ≪한국문학연구≫ 16, 동국대 한국문학연구소
1994	김규동, 「아, 기림 선생과 인환!」, 『시인의 빈손』, 소담출판사
1994	고명수, 「한국 문학 이론과 모더니즘」, ≪한국문학연구≫ 16, 동국대 한국문화연구소
1994. 2	고명수, 「한국 모더니즘 문학의 공간 체험: 정지용과 김기림의 경우」, ≪동국어문학≫ 6, 동국대 사범대학 국어교육과
1994. 2	김현정, 「임화와 김기림 비평의 대비적 연구」, 대전대 석사 논문
1994. 9	한상규, 「김기림 문학론과 근대성의 기획: '모더니즘의 역사적 위치'를 중심으로」, ≪한국학보≫ 76, 일지사
1995	고명수, 『한국 모더니즘 시인론』, 문학아카데미
1995	김학동, 「김기림의 시와 산문」, 『현대 시인 연구 II』, 새문사
1995	김유중, 「1930년대 후반기 한국 모더니즘 문학의 세계관 연구—김기림과 이상을 중심으로」, 서울대 박사 논문
1995	김유중, 「김기림의 래디컬 모더니즘 수용과 그 의의」, 『한국 문학과 리얼리즘』, 한국현대문학연구회
1995	김유중, 「「기상도」에 나타난 김기림의 역사의식」, 『연거재 신동익 박사 정년 기념 논총』, 경인문화사
1995. 2	박정희, 「주지시의 모색과 김기림 시의 내면 구조 연구」, ≪논문집≫ 18, 한양여자전문대
1995. 2	연용순, 「김기림 시 연구:『태양의 풍속』을 중심으로」, 중앙대 박사 논문
1995. 2	김시태·이승훈·박상천, 「1930년대 한국 모더니즘 연구」, ≪한국학논집≫ 26, 한양대 한국학연구소

1995. 2	이삼현, 「김기림의 시론 연구」, 서강대 석사 논문
1995. 2	최학출, 「1930년대 한국 모더니즘 시의 근대성과 주체의 욕망 체계에 대한 연구 ― 김기림, 백석, 이상의 시를 중심으로」, 서강대 박사 논문
1995. 5	한계전, 「1930년대 모더니즘 시에 있어서의 문명 비판」, ≪국어국문학≫ 114, 국어국문학회
1995. 8	박기수, 「김기림의 모더니즘 시론 연구」, 한양대 석사 논문
1995. 8	고명수, 「한국 모더니즘 시의 세계 인식 연구」, 동국대 박사 논문
1995. 8	박진수, 「한국 현대시에 나타난 '태양' 이미지」, 서강대 석사 논문
1995. 여름	조영복, 「김기림 수필에 나타난 일상성」, ≪외국문학≫ 43, 열음사
1995. 9	김용직, 「1930년대 모더니즘 형성과 전개」, ≪현대시사상≫
1995. 12	김정숙, 「김기림론 I: 시론, 문학론을 중심으로」, ≪세종어문연구≫ 8, 세종대세종어문학회
1995. 12	문혜원, 「1930년대 문학에 나타난 영화적 요소에 관한 고찰」, ≪국어국문학≫ 115, 국어국문학회
1995. 12	서준섭, 「모더니즘의 반성과 재출발: 1940년대의 김기림과 오장환」, ≪한양어문연구≫ 13, 한양대한양어문연구회
1996	이병헌, 「한국 현대 비평의 유형과 그 문체에 관한 연구 ― 1930년대의 비평을 중심으로」, 고려대 박사 논문
1996	김유중 편, 「김기림: 김기림 시·산문·비평/평전·연구 논집·연구 자료집」, 문학세계사
1996	김유중, 『한국 모더니즘 문학의 세계관과 역사의식』, 태학사
1996	조영복, 『한국 모더니즘 문학의 근대성과 일상성』, 다운샘
1996	문혜원, 『한국 현대시와 모더니즘』, 신구문화사

1996   김용직, 「주지주의계 모더니즘」, 『한국 현대시사 I』, 한국문연

1996   문정희, 「김기림 시 연구」, 『언어의 혁명』, 답게

1996   엄성원, 「1930년대 한국 모더니즘 시에 나타난 시간 의식 연
              구: 김기림·이상·정지용의 시를 대상으로」, 서강대 석사 논문

1996. 2   김정숙, 「김기림 시론을 통해 본 '주체'의 의미 변화 연구」, 한
              국외대 석사 논문

1996. 2   박정희, 「김기림 시 연구」, 서울여대 박사 논문

1996. 2   이용훈, 「김기림 시와 바다」, ≪해양문화연구≫ 1호, 한국해양
              대 해양문화연구소

1996. 2   조영복, 「1930년대 문학에 나타난 근대성의 담론 연구 — 김기
              림, 이상을 중심으로」, 서울대 박사 논문

1996. 2   이장렬, 「한국 근대시에 나타난 도시 공간 연구: 김기림과 임
              화를 중심으로」, 경남대 석사 논문

1996. 6   오문석, 「김기림 시론에 있어서 과학주의와 근대의 문제: 그의
              『시론』을 중심으로」, ≪문학과의식≫ 32~33, 문학과의식사

1996. 8   하태욱, 「김기림 시론의 전개 양상 연구」, 연세대 석사 논문

1996. 11   윤여탁, 「한 모더니스트의 변모와 그 의미: 김기림론」, ≪기전
              어문학≫ 10~11, 수원대 국어국문학회

1996. 11   김유중, 「연구 시대와 저작이 편중되어 있다: 김기림 문학 연
              구의 문제점」, ≪문학사상≫ 289, 문학사상사

1996. 12   이명희, 「구인회 작가들의 여성 의식: 김기림, 박태원, 이태준
              을 중심으로」, ≪어문논집≫ 6, 숙명여대 한국어문학연구소

1996. 12   임용택, 「한일 모더니즘 시의 비교 문학적 일고찰: 김기림과
              『시와 시론』의 시인들」, ≪일어일문학연구≫ 29, 한국일어일문
              학회

1997   김용직, 『김기림 — 모더니즘과 시의 길』, 건국대 출판부

1997   엄경희, 「속도와 근대 의식: 김기림론」, ≪숭실어문≫ 13, 숭실대

1997	박은미, 「김기림 시의 구조 연구 : 「바다와 나비」, 「공동묘지」, 「못」, 「유리창」을 중심으로」, 동덕여대 석사 논문
1997. 2	윤태성, 「1930년대 김기림 시에 나타난 근대성 연구」, 명지대 석사 논문
1997. 2	신재기, 「김기림 문학 비평의 근대성 연구 — 그의 비평론을 중심으로」, ≪어문학≫ 60, 한국어문학회
1997. 2	박정호, 「한국 근대 장시 형성 과정 연구」, 한국외대 박사 논문
1997. 7	김명옥, 「김기림의 「기상도」에 관하여」, ≪청람어문학≫ 19, 청람어문학회
1997. 8	이명희, 「김기림의 「기상도」 연구」, 홍익대 석사 논문
1997. 8	박삼옥, 「김기림 시론 연구 : 방법론의 변모 양상을 중심으로」, 세종대 석사 논문
1997. 8	엄성원, 「1930년대 한국 모더니즘 시에 나타난 시간 의식 연구 : 김기림, 이상, 정지용의 시를 대상으로」, 서강대 석사 논문
1997. 8	이지나, 「김기림 모더니즘 문학 연구 : 도시 체험을 중심으로」, 서울여대 석사 논문
1997. 10	이승훈, 「1930년대 한국 모더니즘 시 연구」, ≪한국학논집≫ 31, 한양대 한국학연구소
1998	조달곤, 『의장된 예술주의 : 김기림 문학 연구』, 경성대 출판부
1998	박미령, 「김기림 시론」, 『전통시의 공간』, 바탕
1998	이기철, 「우리 시에도 예술지상주의는 있었던가? — 박용철, 김기림, 김환태의 시론」, 『인간주의 비평을 위하여』, 좋은날
1998. 1	김명옥, 「김기림 시 연구」, ≪청람어문학≫ 20, 청람어문학회
1998. 1	한상규, 「김기림 문학론과 근대성의 기획」, 『한국 현대시론사 연구』, 문학과지성사(한계전 외 편)
1998. 2	이승철, 「김기림 문학의 모더니즘 연구」, ≪인문과학논집≫ 18, 청주대 인문과학연구소

1998. 2	현철종, 「김기림 시론의 서구 지향성에 관한 연구」, 제주대 석사 논문
1998. 2	유수연, 「김기림 시의 바다 이미지 연구」, 숙명여대 석사 논문
1998. 2	조상기, 「영미 모더니즘 수용의 초기적 양상」, ≪인문과학연구≫ 4, 동덕여대
1998. 2	유병관, 「한국 현대시의 풍자성 연구」, 성균관대 박사 논문
1998. 2	황정산, 「한국 현대시의 운율론적 연구 : 모더니즘 시를 중심으로」, 고려대 박사 논문
1998. 7	이두혜, 「김기림 다시 읽기 1 : 전체성 시론을 중심으로」, ≪비평문학≫ 12, 한국비평문학회
1998. 8	박은미, 「정지용과 김기림 시론 대비 연구」, 청주대 석사 논문
1998. 10	이승훈, 「1940년대 한국 모더니즘 시 연구」, ≪한국학논집≫ 32, 한양대 한국학연구소
1998. 12	정보암, 「김기림의 희곡 연구」, ≪경상어문≫ 4, 경상어문학회
1999	정순진 편, 『김기림』, 새미
1999	김용구, 「김기림의 수필 세계」, 『문학 산책』, 신아출판사
1999	오문석, 「시와 과학의 조화가 행한 일」,
1999	강상대, 「김기림론 — 전체적 시와 과학적 시학」, 『문학의 표정과 화법』, 한불문화출판
1999	정희모, 「김기림의 모더니즘과 식민지적 역사성」, 『1930년대 한국 모더니즘 작가 연구』, 평민사(조정래 외)
1999. 2	이광호, 「한국 근대시론의 '미적 근대성' 연구 : 1930년대 시론을 중심으로」, 고려대 박사 논문
1999. 2	오형엽, 「1930년대 시론의 구조적 연구 : 김기림, 임화, 박용철을 중심으로」, 고려대 박사 논문
1999. 2	정보암, 「김기림의 문학 갈래 넘나듦 연구」, 경상대 박사 논문
1999. 2	이국재, 「김기림의 장시 『기상도』의 텍스트 언어학적 연구」, 공

주대 석사 논문

1999. 2 오형엽, 「김기림 초기 시론 연구」, ≪어문논집≫ 39, 안암어문학회

1999. 2 고정원, 「1930년대 자유시의 산문 지향성 연구 : 김기림, 정지용, 백석의 시를 중심으로」, 경북대 석사 논문

1999. 2 박종석, 「송욱 문학 연구」, 동아대 박사 논문

1999. 3 조영복, 「근대성의 폭풍과 도시의 산책자」, 『한국 현대시와 언어의 풍경』, 태학사

1999. 5 박혜경, 「한국 시의 모더니즘 수용 양상 : 특히 김기림의 시와 시론에 미친 T. S. 엘리엇의 영향을 중심으로」, ≪인문과학연구논총≫ 19, 명지대 부설 인문과학연구소

1999. 5 신기훈, 「해방기 김기림 시 연구」, ≪문학과언어≫ 21, 문학과언어학회

1999. 6 오형엽, 「시적 대상과 자아의 일체화, 혹은 공간화 : 김기림과 정지용의 '유리창' 비교, 분석」, ≪한국문학논총≫ 24, 한국문학회

1999. 6 전정구, 「김기림 시에 나타난 근대성 : 『기상도』를 중심으로」, ≪한국문학논총≫ 24, 한국문학회

1999. 6 오형엽, 「김기림 시론에 나타난 근대성과 과학성」, ≪어문학≫ 67, 한국어문학회

1999. 7 이지나, 「김기림 모더니즘 문학에 있어서 도시 체험과 근대성의 인식」, ≪태릉어문연구≫ 8, 서울여대 국어국문학회

1999. 8 이희경, 「1930년대 모더니즘 시에 나타난 '바다' 이미지 연구 : 정지용과 김기림의 시 세계를 중심으로」, 아주대 교육대학원 석사 논문

1999. 8 이기수, 「김기림 연구 : 광복 전의 시를 중심으로」, 명지대 석사 논문

1999. 8 백승필, 「김기림 시론 연구」, 세명대 석사 논문

1999. 12	고봉준, 「김기림 시론의 근대성 연구 : 『시론』을 중심으로」, 《고봉논집》 25, 경희대 대학원
1999. 12	김형필, 「김기림 : 모더니즘 수용과 영향」, 《한국어문학연구》 10, 한국외대 한국어문학연구회
1999. 12	선효원, 「김기림 시론 연구」, 《동남어문논집》 9, 동남어문학회
2000	채만묵, 『1930년대 한국 시문학 연구』, 한국문화사
2000	김명옥, 『한국 모더니즘 시인 연구』, 한국문화사
2000	이혜영, 「김기림 시의 모더니즘적 특성 연구」, 영남대 석사 논문
2000	전정구, 「과학 문명의 동경과 근대의 미완성 ─ 김기림의 『기상도』」, 『언어의 꿈을 찾아서』, 평민사
2000	서준섭, 「한국 현대시에서의 장시의 문제 ─ 김동환, 김기림, 김용호의 작품을 중심으로」, 『한국 근대 문학과 사회』, 월인
2000	이승훈, 「김기림의 도시 미학」, 『한국 모더니즘 시사』, 문예출판사
2000. 2	김윤태, 「1930년대 한국 현대시론의 근대성 연구 : 임화와 김기림의 시론을 중심으로」, 서울대 박사 논문
2000. 2	박승희, 「한국시의 미적 근대성 연구 : 최남선, 임화, 김기림을 중심으로」, 영남대 석사 논문
2000. 6	남송우·정해룡, 「1930년대 한국 문학에 나타난 T. S. 엘리엇의 영향 : 최재서와 김기림을 중심으로」, 《비교한국학》 6, 국제비교한국학회
2000. 6	노철, 「김기림의 모더니즘과 김수영의 모더니티」, 《민족문학사연구》 16, 민족문학사연구소
2000. 8	조병춘, 「김기림의 시 연구」, 《새국어교육》 60, 한국국어교육학회
2000. 8	박혜숙, 「1930년대 한국 모더니즘 시 교육에 관한 연구 : 김기림의 「기상도」를 중심으로」, 아주대 석사 논문

2000. 9	이혜원, 「근대성의 지표와 과학적 시학의 실험: 김기림의 시와 시론」, ≪상허학보≫ 3집, 상허문학회
2000. 9	진영복, 「반파시즘 운동과 모더니즘: 김기림의 모더니즘관을 중심으로」, ≪상허학보≫ 3집, 상허문학회
2000. 11	박승희, 「김기림 문학과 인공 낙원」, ≪문예미학≫ 7, 문예미학회
2000. 12	정명호, 「김기림의 전체시론」, ≪한국문예비평연구≫ 7, 양문각
2000. 12	한종수, 「김기림 초기 시에 나타난 현실 인식 연구」, ≪한국언어문학≫ 45, 한국언어문학회
2000. 12	류찬열, 「1930년대 기교주의 논쟁에 관한 연구: 김기림 시론과 임화 시론에 나타난 낭만주의 수용과 재평가를 중심으로」, ≪어문논집≫ 28, 중앙어문학회
2000. 12	이성혁, 「『기상도』텍스트 분석: 문학 생산 이론적 관점에서」, ≪한국어문학연구≫ 12, 한국외대 한국어문학연구회
2001	김학동, 『김기림 평전』, 새문사
2001	윤지관, 「1930년대 모더니즘을 보는 눈: 김기림과 이상을 중심으로」, 『놋쇠하늘 아래서: 지구 시대의 비평』, 창작과비평사
2001	임규찬, 「김기림과 모더니즘론의 변화 양상 — 시론의 형성과 전개 과정을 중심으로」, 『문학사와 비평적 쟁점』, 태학사
2001	박혜경, 「김기림의 모더니즘 수용 양상」, 『한국 문학과 근대 의식』, 동국대 한국문학연구소
2001	정희모, 「김기림 모더니즘론의 전개와 근대성의 문제」, 『한국 근대 비평의 담론』, 새미
2001	김동근, 「모더니즘 시론의 수용과 시적 변용」, 『서정시의 기호와 담론』, 국학자료원
2001	김승희, 『현대시 텍스트 읽기』, 태학사
2001	진순애, 「1930년대 모더니즘 문학론 연구 — 김기림, 최재서의 문학론을 중심으로」, 『한국 현대시와 정체성』, 국학자료원

2001. 2   이정안, 「근대기 한국 건축과 한국 문학에 나타난 모더니즘 수용과 구현 양상에 관한 연구 : 1930년대 작품을 중심으로」, 성균관대 석사 논문

2001. 2   김창수, 「한국 근대시에 나타난 집 이미지 연구」, 고려대 박사 논문

2001. 2   라영수, 「1930년대 한국 모더니즘 시 연구」, ≪선무학술논집≫ 11

2001. 2   서지라, 「김기림의 시론 연구」, 대구카톨릭대 석사 논문

2001. 3   김현주, 「'바다'와 '육체'의 모순을 살아가기 : 김기림의 수필론과 수필 연구」, ≪경원어문논집≫ 4·5 합집, 경원대 국어국문학과

2001. 7   김명옥, 「김기림 시에 나타난 모더니티」, ≪비평문학≫ 15, 한국비평문학회

2001. 8   장칠환, 「시적 이미지의 역동성 : 상상력과 언어를 중심으로」, 연세대 석사 논문

2001. 8   강유신, 「김기림 비평 연구」, 고려대 석사 논문

2001. 8   조운호, 「김기림 시론의 변모 양상 연구」, 단국대 석사 논문

2001. 12   전용호, 「김기림 시학 연구」, ≪논문집≫ 4, 한국예술종합학교

2001. 12   고점복, 「모더니즘 두 양상 : 김기림과 목단」, ≪중국학논총≫ 14, 고려대 중국학연구소

2001. 12   김치규, 「엘리엇과 우리 현대시」, ≪T. S. 엘리엇 연구≫ 11집, 한국T.S.엘리엇학회

2002   윤여탁 편, 『김기림 문학 비평』, 푸른사상사

2002   조용훈, 「모더니스트의 현실 인식 — 김기림」, 『시가 그렇게 왔다 : 시와 시인』, 새문사

2002   이성욱, 「한국 근대 문학과 도시성 문제 : 도시 문화를 중심으로」, 연세대 박사 논문

2002   신범순, 「원초적 시학과 레스토랑의 시학」, ≪한국현대문학연구≫

12. 한국현대문학회

2002. 1   차호일, 「김기림 모더니즘 시론 연구」, ≪새국어교육≫ 63, 한
          국국어교육학회

2002. 2   김병호, 「한국 근대시 연구」, 중앙대 박사 논문

2002. 2   박미숙, 「김기림의 『기상도』 연구」, 부산 외대 석사 논문

2002. 2   박종철, 「1930년대 한국 모더니즘 시 연구 : 정지용・김기림・
          김광균을 중심으로」, 서남대 석사 논문

2002. 2   박순원, 「김기림 시 연구 : 화자의 변화 양상을 중심으로」, 고려
          대 석사 논문

2002. 2   엄성원, 「한국 모더니즘 시의 근대성과 비유 연구 : 김기림 이
          상 김수영 조향의 시를 중심으로」, 서강대 박사 논문

2002. 2   이국재, 「김기림의 장시 「기상도」의 텍스트 언어학적 연구」,
          ≪대전어문학≫ 18, 대전대국어국문학회

2002. 2   박정인, 「한국 모더니즘 시의 사적 전개」, 조선대 석사 논문

2002. 4   금동철, 「1930년대 한국 모더니즘 시의 수사학적 연구」, ≪우리
          말글≫ 24, 우리말글학회

2002. 9   정명호, 「속물적 세계의 확장과 예술적 응전 : 김기림의 『태양
          의 풍속』」, ≪새국어교육≫ 64, 한국국어교육학회

2002. 9   윤여탁, 「역사적, 사회적인 실천으로서의 시론 : 김기림 문학론
          의 선택」, ≪선청어문≫ 30, 서울대 사범대학 국어교육과

2002. 12 오세영, 「김기림의 「과학으로서의 시학」」, ≪한민족어문학≫ 41,
          한민족어문학회

2002. 12 장도준, 「한국 현대시 텍스트의 시적 주체 분열에 대한 연구 :
          김기림 이상 백석의 시를 중심으로」, ≪배달말≫ 31, 배달말학회

2003   김혜니, 「김기림의 모더니즘 시론」, 『비평 문학의 이해』, 푸른
          사상사

2003. 2   지언호, 「김기림 시론 연구 : 역사철학적 근대성과 미적 근대성

의 역학 관계를 중심으로」, 성균관대 석사 논문

2003 봄   신범순, 「능금의 기호학 새로운 감각의 유토피아 시와 정신 3

2003. 6   유종호, 「어느 근대의 초상 : 김기림 1」, ≪문학인≫ 2, 2, 시공사

2003. 6   김춘섭, 「1930년대 주지주의 문학 이론의 수용 양상 연구」, ≪현대문학이론연구≫ 19, 현대문학이론학회

2003. 6   홍은택, 「영미 이미지즘 이론의 한국적 수용 양상」, ≪국제어문≫ 27, 국제어문학회

2003. 8   전용호, 「김기림과 최재서의 문학 이론 대비 연구 : 「시의 이해」와 「문학원론」을 중심으로」, 고려대 박사 논문

2003. 8   주영중, 「1930년대 후반기 시론의 의미 : 임화와 김기림의 시론을 중심으로」, ≪한성어문학≫ 22, 한성대 한국어문학부

2003. 8   정문선, 「한국 모더니즘 시 화자의 시각 체계 연구 : 보는 주체로서의 화자와 보이는 대상으로서의 공간을 중심으로」, 서강대 박사 논문

2003. 8   정경해, 「김기림 시에 나타난 이미지 연구」, 중앙대 예술대학원 석사 논문

2003. 8   장인수, 「근대 보편과 식민지 현실의 간극 : 김기림 모더니즘론의 문학사적 의의과 그 한계」, ≪반교어문연구≫ 15, 반교어문학회

2003. 9   채상우, 「혼돈과 환멸 그리고 적요 : 김기림과 이상 정지용 읽기의 한 맥락」, ≪한국문학평론≫ 7, 2, 국학자료원

2003. 12   오형엽, 「1930년대 모더니즘의 시사적 의미 : 김기림의 시론과 이상의 시를 중심으로」, ≪논문집≫ 21, 수원대

2004   오봉옥, 「김기림 시에 나타난 모더니즘의 얼굴」, 『한국 시와 시조의 공(空)과 색(色)』, 박이정

2004   서준섭, 「1930년대 한국 모더니즘 시의 향방—1940년대의 김기림과 오장환」, 『생성과 차이 : 우리 시대의 시』, 푸른사상사

2004. 2   염철, 「김기림과 박용철 시론의 대비 연구 : 주체 인식 양상을 중심으로」, 중앙대 박사 논문

2004. 2   임영선, 「김기림 문학에 나타난 도시 체험 연구」, 건국대 석사 논문

2004. 2   전미향, 「김기림 시에 나타난 '바다' 이미지 연구」, 순천대 석사 논문

2004. 2   임경미, 「김기림 시 연구」, 가톨릭대 박사 논문

2004. 6   김기중, 「김기림의 장시 「기상도」에 나타난 현실 인식의 양상」, ≪인문과학논총≫ 14, 순천향대 교수학습개발센터

2004. 6   김종구, 「김기림의 모더니즘의 시, 『시론』 연구」, ≪한국문학이론과비평≫ 23, 예림기획

2004. 6   문혜원, 「김기림 시론에 나타나는 인식의 전환과 형태 모색」, ≪한국문학이론과비평≫ 23, 예림기획

2004. 6   조혜옥, 「도시 공간과 빈민의 시 : 김기림의 시」, ≪한국문학이론과비평≫ 23, 예림기획

2004. 6   엄성원, 「김기림 시와 시론의 근대성 연구」, 한국문학이론과비평 23, 예림기획

2004. 8   김윤정, 「김기림 문학의 담론 연구 : 주체의 변모 과정을 중심으로」, 서울대 박사 논문

2004. 12   김권동, 「한국 현대시의 산문시형 정착과 모더니즘 글쓰기 방식 : 김기림을 중심으로」, ≪어문학≫ 86, 한국어문학회

2004. 12   이민호, 「김기림의 역사성과 텍스트의 근대성 : 시집 『태양의 풍속』과 『기상도』를 중심으로」, ≪한국문학이론과비평≫ 25, 예림기획

2004. 12   허형만, 「김기림 연구 : 해방 후 시 작품을 중심으로」, ≪한국문학이론과 비평≫ 25, 예림기획

2004. 12   맹문재, 「김기림의 문학에 나타난 여성 의식 고찰」, ≪여성문학

연구》 11, 한국여성문학학회

2005   김윤정, 『김기림과 그의 세계』, 푸른사상사

2005   정상균, 「김기림」, 『한국 문예 비평사상사』, 민지사

2005. 3   방민호, 「해방 공간에서 사라진 김기림 시」, 《서정시학》 15,
            1, 서정시학

2005. 3   김창완, 「김기림의 시 세계와 변모 양상」, 《한남어문학》 29,
            한남대

2005. 4   조영복, 「김기림의 연구의 한 방향: 언론 활동과 지식인적 세
            계관과 관련하여」, 《우리말글》 33, 우리말글학회

2005. 5   유성호, 「김기림 비평의 현재성」, 《문학수첩》 3, 2, 문학수첩

2005. 6   양인경, 「모더니즘 시의 시각화 연구: 김기림, 김수영 시를 중
            심으로」, 《한국언어문학》 54, 한국언어문학회

2005. 6   이보영, 「현대 한국 시와 T. S. 엘리엇: 『황무지』의 영향을 중
            심으로」, 《문예연구》 12, 2, 문예연구사

2005. 8   서안나, 「김기림 시에 나타난 근대 도시 이미지: 1930년대 경
            성 이미지」, 《한국문학평론》 9, 1, 국학자료원

2005. 8   방민호, 「김기림 비평의 문명비평론적 성격에 관한 고찰」, 《우
            리말글》 34, 우리말글학회

2005. 8   홍기돈, 「식민지 시대 김기림의 의식 변모 양상: 구모룡의 「식
            민성 근대주의의 한 양상」 비판」, 《어문연구》 48, 어문연구학회

2005. 12   조영복, 「시 텍스트의 해석과 시 교육: 김기림의 「바다와 나비」
            에 대한 해석 문제를 중심으로」, 《한국언어문학》 54, 한국언
            어문학회

2005. 12   박성창, 「말을 가지고 어떻게 할 것인가: 김기림과 이태준의
            문장론 비교」, 《한국현대문학연구》 18, 한국현대문학회

2005. 12   송기한, 「김기림 문학 담론에 나타난 과학과 유토피아 의식」,
            《한국현대문학연구》 18, 한국현대문학회

2005. 12   이근화, 「김기림 시의 언어와 근대성」, ≪국어국문학≫ 141, 국
            어국문학회

2005. 12   홍성식, 「한국 모더니즘 시의 스티븐 스펜더 수용」, ≪동서비교
            문학저널≫ 13, 한국동서비교문학학회

2006   조달곤, 『한국 모더니즘 시학의 지형도』, 새미

2006   윤호병, 「김기림의 경우: 초현실주의의 긍정적 이해와 수용」,
            『문학이라는 파르마콘』, 새미

2006   김지연, 「김기림의 '쥬피타 추방' ― 초현실주의적 문명 비판의
            리얼리티」, 『한국의 현대시와 시론 연구』, 역락

2006. 2   김승구, 「김기림 수필에 나타난 대중의 의미」, ≪동양학≫ 39,
            동양학연구소

2006. 6   김준환, 「스펜더가 김기림의 모더니즘에 끼친 영향 연구」, ≪현
            대영미시연구≫ 12, 1, 한국현대영미시학회

2006. 6   나희덕, 「김기림의 영화적 글쓰기와 문명의 관상학」, ≪배달말≫
            38, 배달말학회

2006. 11   최학출, 「김기림의 근대 지향성과 초기 시」, ≪인문논총≫ 25,
            위산대 인문과학연구소

2006. 12   이미순, 「김기림의 「문장론 신강」에 대한 수사학적 연구」, ≪한
            국현대문학연구≫ 20, 한국현대문학회

2006. 12   오세영, 「김기림 ― 과학으로서의 시학과 새로운 시」, 『20세기
            한국시론 1』, 글누림(한국현대시학회 편)

2007   이미순, 『김기림의 시론과 수사학』, 푸른사상사

2007   조영복, 『문인 기자 김기림과 1930년대 '활자 - 도서관'의 꿈』,
            살림출판사

2007   이탄, 「모더니즘 수용과 영향 ― 김기림」, 『한국 현대시의 이해』,
            한국외대 출판부

2007   고봉준, 「모더니즘의 초극과 동양 인식: 김기림의 30년대 중반

이후 비평을 중심으로」, 『모더니티의 이면』, 소명출판

2007. 2   조혜진, 「1930년대 모더니즘 시의 타자성 연구: 김기림, 이상, 백석 시를 중심으로」, 성신여대 박사 논문

2007. 2   이근화, 「사회 구조적 억압과 문학적 주체의 형성: 김기림과 김수영의 시를 중심으로」, ≪비교문학≫ 41, 비교문학회

2007. 2   박성창, 「근대 이후 서구 수사학 수용에 관한 고찰: 김기림과 I. A. 리차즈를 중심으로」, ≪비교문학≫ 41, 한국비교문학회

2007. 4   이미순, 「김기림의 시론과 풍자」, ≪한국현대문학연구≫ 21, 한국현대문학회

2007. 4~7   임경미, 김기림 시문학의 모더니즘적 양상에 관한 고찰: 그의 시집을 중심으로 ①~④」, ≪창조문예≫ 11, 4~7, 창조문예사

2007. 8   허치범, 「정지용과 김기림의 '바다' 시 연구」, 청주대 석사 논문

2007. 3   조영복, 「일제 말기와 해방 공간, 6·25 이후의 김기림: 김규동 인터뷰 및 보유」, ≪어문연구≫ 35, 1, 한국어문교육연구회

2008   이숭원, 『그들의 문학과 생애: 김기림』, 한길사

2008   윤호병, 『문학과 문학의 비교: 한국 현대시에 반영된 외국시의 영향과 수용』, 푸른사상사

2008   김지혜, 「1930년대 모더니즘 시의 특성 연구: 정지용, 김광균, 김기림을 중심으로」, 건국대 석사 논문

2008. 2   김연정, 「김기림의 장시 「기상도」와 '장시론' 연구」, 부경대 석사 논문

2008. 9   김진희, 「김기림 문학론에 나타난 타자의 지형과 근대문학론의 역사성」, ≪우리어문연구≫ 32집, 우리어문연구

작성자 김윤태   인하대학교 연구교수. 서울대 대학원 국어국문학과 졸업. 문학박사.

근대의 안과 밖

탄생 100주년 문학인 기념문학제 논문집 2008

1판 1쇄 찍음 · 2008년 12월 17일
1판 1쇄 펴냄 · 2008년 12월 24일

지은이 · 조남현, 김인환 외
펴낸이 · 박근섭, 박상준
편집인 · 장은수
펴낸곳 · (주)민음사

출판등록 1966. 5. 19. (제16-490호)
서울시 강남구 신사동 506 강남출판문화센터 5층(135-887)
대표전화 515-2000 | 팩시밀리 515-2007
www.minumsa.com
www.daesan.org

값 30,000원

이 논문집은 대산문화재단과 한국작가회의가 기획, 개최한
'탄생 100주년 문학인 기념문학제'의 일환으로 서울특별시의
지원을 받아 제작되었습니다.

ISBN 978-89-374-8239-7 03800